LE « BEST OF »
DES MAÎTRES DU POLAR

DANS LA MÊME SÉRIE

Aux Éditions Albin Michel

Choix de maître,
présenté par Lawrence Block, 2003.

LE « BEST OF » DES MAÎTRES DU POLAR

Vingt-six histoires
de mystère et de suspense
par les maîtres d'aujourd'hui
et ceux qui les ont inspirés

Présenté par Lawrence Block

Albin Michel

Traduction de l'américain par :

Charles Baudelaire, Marina Boraso, Gérard de Chergé, Anne Damour, Gérard Joulié, Pierre Leyris, Valérie Malfoy, Madeleine Nasalik, Christine Rousselet

Édition originale :
MASTER'S CHOICE, VOLUME II

(suite du © p. 537)

Sommaire

Introduction

Quoi de plus facile que de vous présenter ces vingt-six nouvelles ? Laissez-moi seulement citer ceux qui ont si généreusement accepté de figurer dans cette anthologie : Doug Allyn, Mary Higgins Clark, Joe Gores, Reginald Hill, Edward D. Hoch, Clark Howard, Evan Hunter, Stuart Kaminsky, Sharyn McCrumb, Joyce Carol Oates, Ian Rankin et Carolyn Wheat. Impressionnant, non ? Et voici les auteurs qu'ils ont eux-mêmes choisis : William Bankier, Mat Coward, Stanley Ellin, Susan Glaspell, Edgar Allan Poe, Jack Ritchie, John Russell, Saki, Robert Louis Stevenson, Robert Turner ainsi que l'éternel favori : Anonyme. (Quant à moi, je dois l'avouer en rougissant, j'y suis aussi et présente une histoire de l'inégalable Fredric Brown.)

Comme dans *Choix de maître*, la règle est toujours la même : des maîtres de la nouvelle ont été invités à choisir deux histoires – l'une de leur cru, parmi celles dont ils sont le plus fiers, l'autre qu'ils ont appréciée tout particulièrement en tant que lecteurs. Dans cet opus, comme dans le précédent, le résultat n'est pas seulement un recueil de textes remarquables, c'est aussi un fascinant aperçu sur qui aime quoi – et pourquoi.

En parcourant cette sélection, j'ai réfléchi à l'impact que pouvait avoir une histoire réussie, à la façon dont elle marque les esprits. Parfois, il arrive, hélas, que le lecteur oublie et le titre et le nom de l'auteur...

Ce qui m'amène à la véritable raison pour laquelle j'ai écrit ce préambule à une anthologie qui, de toute évidence, s'en passerait bien. J'aimerais qu'on m'aide à identifier deux textes...

Je n'ai pas lu le premier, il est donc normal que je ne m'en souvienne plus. Il y a très longtemps, Donald E. Westlake et moi étions réunis, comme à notre habitude, et devisions, comme à notre habitude, lorsqu'il m'a raconté une histoire qui l'avait singulièrement frappé. Rien d'étonnant : sur moi aussi, elle fit forte impression, alors que je n'en avais que le résumé.

Si ma mémoire est bonne, en voici l'argument : un type des plus ordinaires se lève un matin, endosse son costume, noue sa cravate, prend son petit déjeuner, lit son journal, embrasse son épouse et s'en va au bureau. En chemin, il s'arrête devant une maison, choisie semble-t-il au hasard, massacre toute la famille, puis il nettoie les lieux, rajuste sa cravate et reprend sa route.

Pas mal, non ?

Il y a quelques années, j'ai tenté d'identifier cette nouvelle. Tout d'abord, démarche logique, j'ai demandé à Donald. Il m'a dit que l'idée était géniale, en effet, mais qu'il n'avait jamais lu une chose pareille. La conversation dont je me souvenais si clairement n'avait laissé aucune trace dans son esprit. Il suggéra que je l'avais peut-être tenue avec quelqu'un d'autre et me demanda, au cas où je retrouverais cette nouvelle, de la lui signaler, car il aimerait beaucoup la lire.

Il me semblait qu'à l'époque il l'avait attribuée à Anthony Boucher. Je croyais avoir tout lu de cet auteur, mais on ne sait jamais, avec les nouvelles... Si elles ne se retrouvent pas dans une anthologie, elles peuvent se perdre dans la nature. J'ai donc demandé à des connaisseurs, mais aucun ne se rappelait cet texte et plusieurs m'ont indiqué que cela ne ressemblait guère à du Anthony Boucher.

Quant à l'autre, la voici : une femme qui vit seule à la campagne apprend par la radio qu'un sadique s'est échappé d'un asile de fous. Le fuyard a une idée fixe : l'Allemagne. Panique de cette femme : sa voiture ne démarre pas, ou quelque chose de cet ordre. Donc, elle ne peut s'en aller et est convaincue que l'individu va venir chez elle.

C'est alors qu'un type arrive, la providence en personne. Soulagée, elle lui parle du communiqué radiophonique. « Vous savez, lui dit l'inconnu, j'étais en Allemagne il y a deux ans. Quel beau pays ! J'ai fait Munich-Baden-Baden à bicyclette et... »

Tout à coup, elle a une révélation : c'est lui le maniaque !

Enfin, elle parvient à se tirer d'affaire... Quelqu'un se présente à la porte, le type est distrait, et elle en profite pour lui planter un couteau dans le dos... Bref, c'est lui qui y passe, et comme il y a ce prêtre à la porte, ou bien ce policier, ce pompier, que sais-je, elle se jette dans ses bras, lui explique en bredouillant qu'elle s'était presque laissé berner par ce maniaque, ce fumier qui semblait parfaitement normal, jusqu'au moment où il s'est mis à parler de l'Allemagne.

— L'Allemagne, dit son sauveur. L'Allemagne... Saviez-vous que ce pays mesure *x* kilomètres carrés et que son PNB en l'an 1927 était de *x* deutsche marks... ?

C'est alors qu'elle comprend qu'elle a tué un innocent et qu'elle n'en réchappera pas...

Quelle histoire ! Il y a au moins quarante-cinq ans que je l'ai lue, et à l'époque j'étais trop jeune pour prêter attention aux titres ou aux auteurs. En revanche, je sais qu'elle figurait dans une anthologie rangée dans la bibliothèque de notre salon, à droite de la cheminée, sur la seconde tablette en partant du bas. Ce qui m'avance énormément...

Alors, cher lecteur ? Cela te dit quelque chose ? Si oui, n'hésite pas à me contacter (LawBloc@aol.com, ou par fax au 212.675.4341). Si je retrouve ces nouvelles, je les inclurai dans un prochain volume. Sinon, si jamais personne ne se rappelle ces histoires, j'en déduirai que ce sont des souvenirs fantômes, des créations de mon subconscient. Auquel cas, je me les attribuerai et verrai si je peux les mettre en forme et obtenir un résultat aussi bon que dans mon souvenir.

Ce que ces anecdotes démontrent, en tout cas, c'est l'extraordinaire impression que peuvent laisser des récits excellents. Et je ne doute pas que vous en découvrirez, au fil de ces pages, plusieurs qui continueront à vous hanter longtemps après avoir refermé ce livre. Comme ils me hantent encore.

Lawrence Block,
Greenwich Village.

Doug Allyn

Certaines histoires naissent facilement. Penchée sur votre épaule, la bonne fée vous souffle des idées à une cadence excédant votre vélocité dactylographique, puis peaufine votre style pendant que vous vous resservez du café.

L'accouchement du Paradis des chiots *fut plus délicat. L'histoire me touchait si personnellement que je me suis demandé si elle présentait un quelconque intérêt pour autrui. Lorsque des lecteurs d'*Ellery Queen *l'ont élue parmi les meilleures nouvelles de l'année, grande fut ma surprise. Et mon émotion. Car...*

J'ai écrit cette histoire pour mon amie Nadine, dont l'âme, pareille à une balise au cœur de la tempête, illuminait le monde pour tous ceux qui avaient la chance d'évoluer dans son cercle.

Elle ne l'a jamais lue. Redoutant sa réaction, j'ai trop longtemps tardé à la lui présenter. Le temps s'est chargé de régler la question.

Qui sait si, aujourd'hui...

Choisir une histoire qui a compté pour moi, parmi les millions que j'ai lues ? Facile. Il y a une dizaine d'années, alors que je commençais seulement à écrire, un ami m'a engagé à lire quelques histoires policières. J'ai acquis un Mystery Magazine *d'Alfred Hitchcock et un* Ellery Queen. *Quel choc !*

Moi qui croyais que les nouvelles policières, c'était le Colonel

Moutarde assommant Mademoiselle Rose avec un chandelier dans une vieille bibliothèque poussiéreuse... Loin de là !

Si de nombreuses nouvelles étaient excellentes, L'enfant d'autrefois *m'a emballé. William Bankier compte parmi les rares écrivains capables de bâtir un conte autour d'un véritable dilemme humain. Il arrive que les choses tournent mal. Dans la vie réelle, par exemple...*

L'enfant d'autrefois *est l'une des premières histoires policières que j'aie lues. Huit billions d'histoires plus tard (bon, disons sept billions) sans compter les miennes, elle reste l'une de mes préférées. Bankier est un sorcier. Si vous ne connaissiez pas ce texte, vous allez vous régaler...*

Le paradis des chiots

La chienne avait des yeux ambrés, profonds et chauds. Son poil était soyeux, couleur foie, moucheté de blanc aux épaules et à l'arrière-train. C'était un braque allemand à poil court de quatre ans, pesant dans les trente-sept kilos. Epuisée, elle était couchée sur le flanc, dans son élégant panier garni de velours rouge. Son nom était gravé sur une plaque de cuivre ouvragé : Hilda Von Holzweg. Cinq boules de fourrure frétillantes tétaient ses mamelles gonflées.

Une sixième ne remuait plus. Elle l'avait écartée. David prit le corps sans vie. Il était déjà presque froid. Hilda redressa la tête et lui jeta un regard farouche, mais ne gronda pas. Faute d'énergie, sans doute.

— Le travail a duré longtemps ?

— Je ne sais pas exactement, répondit Ted Crane. Ils sont nés au cours de la nuit. Je suis venu la voir à vingt-trois heures avant d'aller me coucher. Ce matin, à sept heures, ils étaient là...

— Et celui-ci était en vie ? reprit David qui examinait le petit corps, cherchant une blessure, une anomalie flagrante.

— Il me semble. Je ne puis l'affirmer avec certitude, ils se ressemblent tous... sauf le blanc. Est-ce un albinos ?

Crane avait lui-même quelque chose d'un albinos, un albinos plaisant à regarder, grand, avec ses cheveux filasse et ses sourcils presque invisibles. Avec son complet-veston brun, c'était le parfait bureaucrate. A elle seule sa cravate avait sans doute coûté plus que la veste verte en velours côtelé de David.

— Un véritable albinos ? J'en doute... Son nez est foncé. On ne peut rien dire tant que les yeux sont clos. Les braques allemands à la robe uniformément blanche valent cher... Celui qui est mort a-t-il essayé de téter ?

— Je ne crois pas. Il n'a attiré mon attention que lorsque je l'ai vu tituber... il avait une respiration sifflante. Et puis, il est mort. L'autre aussi respirait bruyamment, mais ça s'est arrangé...

— L'autre ?

— Un autre se comportait bizarrement. Mon épouse l'a pris dans sa chambre, elle le nourrit au biberon.

— Et il se laisse faire ?

— Apparemment. Mais seulement quand il est dans ses bras. Sinon, il ne tète plus.

— Je vois. Comment le tient-elle ? Comme ceci ?

Tout en parlant, David montra ce qu'il voulait dire en tenant le chiot mort comme un nourrisson.

— A peu près, répondit Ted, en tiquant un peu de voir manipuler ce cadavre. Mais elle ne peut pas garder longtemps cette position. Elle-même est très malade. Ecoutez, je ne vais pas rester planté là toute la journée, on m'attend au bureau. J'ai un déjeuner d'affaires à treize heures.

— Je n'en ai plus pour longtemps, dit David, qui examina la face du chiot mort de plus près.

Il avait du lait séché dans les narines. Le vétérinaire tâcha de lui ouvrir la gueule de force, impossible. La raideur cadavérique avait déjà fait son œuvre.

— La mère et les autres petits m'ont l'air en parfaite santé. Celui-ci devait souffrir plutôt d'une malformation congénitale que d'une maladie. Je vais examiner l'autre, si ça ne vous dérange pas...

— La chambre de mon épouse est en haut de l'escalier,

dit Crane avec impatience. Je me sauve... Vous vous occuperez de celui-ci ?

— Vous voulez que je m'en débarrasse ?

— Ça me soulagerait. Je n'aime pas avoir à... à me salir les mains.

— Je croyais que vous travailliez à l'hôpital ?

— Je suis directeur des relations publiques, répondit Crane en s'efforçant de ne pas avoir l'air suffisant, sans y parvenir. Je suis en contact avec des bailleurs de fonds, pas avec les patients. Franchement, je ne suis pas très à l'aise dans ces situations...

— Je m'en occupe. Vous auriez un sac en plastique ?

— Dans la cuisine. Merci d'être venu, docteur Westbrook. Je file...

Là-dessus, Ted Crane s'éclipsa. Content d'avoir une excuse pour ne pas devoir affronter le spectacle de la vie et de la mort, songea David.

Laissant Hilda et sa portée, lui-même se promena dans le salon. La maison des Crane avait tout d'une demeure de maître pleine d'antiquités. Les tapis persans étaient beaux mais élimés, les fauteuils Tudor tendus de damas blanc, et un escalier digne d'*Autant en emporte le vent* élevait ses volutes vers les étages supérieurs. La cage en avait été modifiée de façon à accueillir un élévateur à fauteuil roulant. David monta au premier. Une porte était entrouverte et il frappa discrètement.

— Madame Crane ?

Pas de réponse.

— Madame Crane... ?

Il jeta un coup d'œil prudent. Une femme était assise dans son lit, parmi des coussins, un chiot dans les bras.

— Bonjour, je suis le vétérinaire, le Dr Westbrook. Votre époux prétend que vous avez un problème avec l'un des petits. Puis-je entrer ?

Elle hocha la tête, ferma les yeux. Ses cheveux auburn, très fins, formaient un halo de feu autour de sa tête. Elle portait une liseuse en soie brodée, assortie à ses yeux verts, qui étaient très enfoncés dans les orbites. Cette femme avait sans doute la trentaine, mais la maladie l'avait prématurément vieillie. Il y avait toute une panoplie près de son lit : un humidificateur, un moniteur cardiaque et un respirateur gros comme un four à micro-ondes. Un tube flexible raccordait ce respirateur à un masque posé sur l'oreiller.

— Excusez-moi, dit-elle à mi-voix. J'ai de la peine à parler. Comment se porte Hilda ?

— A merveille. Les chiots aussi. Et celui-ci ?

— Pas très bien. Il tète seulement quand je le tiens.

— Vous permettez ?

David prit l'animal et alla à la fenêtre pour bénéficier de la lumière naturelle, puis inséra son doigt entre les jeunes mâchoires, les écarta et jeta un coup d'œil. Flûte !

— Qu'y a-t-il ?

David hésita.

— Parlez, docteur. J'ai l'habitude des mauvaises nouvelles.

— Il a une malformation, madame. Le palais est fendu. L'autre est sans doute mort de cela...

— Appelez-moi Inga, je vous prie. C'est grave ?

— Fatal, hélas ! Comme ils ont des difficultés pour téter, soit ils meurent de faim, soit le lait passe dans le système respiratoire. Son frère a sans doute péri étouffé.

— Mais celui-ci tète très bien !

— Parce qu'il a la tête en l'air. Il n'a pas à téter. Le lait coule naturellement dans sa gorge.

— Alors, où est le problème ?

— Pour le moment, tout va bien, mais il ne sera pas capable de manger des aliments solides de cette façon, ni même de boire de l'eau normalement. Il pourrait s'étouffer, absorber du liquide par les poumons et mourir de pneumonie.

— Que faire ?

— Si c'était un chien adulte, je pourrais intervenir sur le

palais en posant une plaque, éventuellement, mais c'est une intervention délicate et très onéreuse...

— Mais envisageable sur un chien adulte ?

— Madame Crane... Inga, pardonnez ma brutalité, mais les chiots ayant ce problème atteignent rarement l'âge adulte.

— Ah oui ? Regardez toute cette machinerie qui m'entoure, docteur. Vous savez ce que c'est ?

David jeta un coup d'œil au matériel installé contre le mur.

— Un moniteur cardiaque, dit-il. Et un respirateur ?

— Exact. J'ai la maladie de Lou Gehring, une sclérose latérale amyotrophique. Il y a trois ans, je me suis fracturé l'épaule et la hanche droites à l'occasion d'un accident de la circulation. A l'hôpital, pendant ma rééducation, on m'a découvert cette maladie. Les médecins me donnaient dix-huit mois à vivre — au mieux. C'était il y a trois ans. Je ne me déplace plus qu'en fauteuil roulant et le respirateur travaille sans arrêt pour moi, mais je suis encore là ! Peut-être est-ce la raison pour laquelle la vie me semble si précieuse, aujourd'hui. S'il est convenablement soigné, a-t-il une chance de survivre ?

— Ça dépend. Il ne va pas rester très longtemps ainsi. Il va boire du lait pendant quelques semaines, après quoi il aura besoin d'une nourriture solide qui ne pourra pas passer par son palais. Êtes-vous prête à le nourrir au moyen d'un tube ? Sept jours sur sept ?

— Si c'est indispensable, je le ferai moi-même, ou je trouverai quelqu'un. Je ne suis pas toute seule ; ma mère peut m'aider, ainsi que ma nièce. Et vous ? Êtes-vous disposé à m'aider ?

— Je ne sais pas. Ce que vous suggérez serait difficile pour n'importe qui, a fortiori pour quelqu'un comme vous. Ne le prenez pas mal, mais vous avez vous-même assez de difficultés comme cela...

— Croyez-moi, m'occuper des problèmes de santé d'un chiot me changera agréablement du reste ! dit-elle avec le sourire.

C'était un sourire faible, mais un sourire tout de même.

— Dans ce cas, nous allons faire de notre mieux, dit David en lui rendant la petite bête.

— Parfait ! (Elle la porta contre son sein.) Vous ne voulez pas rester un peu ? J'ai rarement des visites. C'est vous, le nouveau venu qu'Yvonne Leclair a épousé, n'est-ce pas ?

— Nouveau ? dit David en se carrant dans un fauteuil. J'exerce à Algoma depuis quatre ans !

— Dans le nord du Michigan, à moins d'être né ici on reste toujours un nouveau venu. Ted, mon mari, s'est installé ici... mon Dieu... il y a cinq ans ? Je croyais que cela faisait plus longtemps ! Nous étions encore jeunes mariés quand j'ai eu... l'accident.

Elle indiqua d'un geste vague sa silhouette cadavérique.

— Il fait des efforts, mais c'est un homme actif, qui a du mal à affronter la maladie...

— Vous, en revanche, avez l'air de faire front...

— Ai-je le choix ? Oh, regardez ! Il s'agite... !

David scruta le chiot anxieusement, puis se détendit.

— Ce n'est rien, il rêve...

— Il rêve ? Mais de quoi... ?

— Que voulez-vous dire ?

— Il est né cette nuit. Il n'a encore rien vu, rien fait. Ses yeux ne sont même pas ouverts. De quoi peut-il bien rêver ?

— Qui sait ? Je n'y avais jamais réfléchi...

— Peut-être qu'il rêve du paradis des chiots...

— De quoi ?

— Du paradis des chiots. Ma famille a toujours eu des chiens, donc ma mère ne nous a jamais raconté des histoires de cigognes... Elle disait que les chiots venaient d'un paradis à eux, où ils batifolaient toute la journée. Quand j'étais petite, cette maison était mon paradis à moi. Mes aïeuls l'ont bâtie et j'y ai grandi. Ted voudrait la vendre. Je sais que son entretien est onéreux, mais ma mère se plaît ici, et moi aussi ! J'en ai fait des balades dans les collines ! J'en rêve encore. Je cours comme une dératée, le vent dans la figure, et je n'ai aucun mal à respirer. Les réveils sont pénibles... J'espère que ce mignon-là ne sera pas trop déçu quand ses yeux seront ouverts et qu'il découvrira qu'il n'est plus au paradis des chiots, mais bien ici-bas...

Elle étouffa une quinte de toux derrière sa main. Visiblement, elle s'épuisait.

— Au moins, il aura un ami, dit David en se levant. Quel nom allez-vous lui donner ?

— Je préfère ne pas lui en donner, dit-elle, pensive, en caressant les oreilles soyeuses du bout des doigts. Ce serait trop douloureux, s'il mourait. J'attendrai quelques semaines. Merci d'être venu, docteur...

— David... Que diriez-vous si je passais de temps à autre... gratuitement ?

— Avec joie. Vous pourriez m'aider à lui trouver un nom... S'il... s'il lui faut un nom.

— Il lui en faudra un, dit David.

Elle le nomma Hector, d'après la fameuse phrase : « Puisque Hector était un chiot. » Nul ne se rappelait qui était, à l'origine, cet Hector-là, mais cela n'avait aucune importance. Bientôt, le Hector d'Inga révéla une personnalité bien à lui. En dépit de sa malformation, il s'adapta avec bonne humeur à sa situation, apprenant à boire et à manger dans les bras de sa maîtresse, d'abord des aliments liquides, puis solides à travers un tube. Au cours des mois suivants, l'été remplaçant le printemps, David passa une ou deux fois par semaine pour suivre l'état de santé de son protégé et causer avec Inga Crane. Ces visites duraient souvent une heure ou plus ; la conversation portait sur les chiens, des amis communs, ou sur la vie en général. Ted était rarement présent, mais il rencontra la mère d'Inga, Clare, une vieille dame charmante et un peu perdue, qui semblait déambuler dans la maison comme un spectre. Elle avait dû être très belle en son temps, mais son esprit était aussi brumeux que celui de sa fille était clair.

Le gros des tâches ménagères incombait à la nièce, Cindy, une jeune fille d'une vingtaine d'années replète et flegmatique. C'était elle aussi qui avait mission d'aider l'invalide dans sa toilette quotidienne. Ses cheveux bruns étaient savamment emmêlés et ses oreilles percées de trois clous chacune. Jamais elle ne se plaignait, mais David devinait que sa présence lui était désagréable et prenait sa venue pour le signal du départ.

A la vérité, ses visites revêtaient un caractère plus privé que professionnel. Hector se portait bien et grossissait à vue d'œil, et David ne pouvait se permettre de passer trop de temps hors de son cabinet, mais il est certaines choses qu'on se doit de faire pour soi-même. C'est une question de morale.

En l'occurrence, il savait que ses visites prendraient bientôt fin. Il était véto, pas médecin généraliste ; pourtant même si la santé d'Hector était florissante grâce aux soins dévoués d'Inga, cette dernière dépérissait visiblement, comme si sa flamme intérieure consumait un organisme déjà affaibli. Cela aurait pu être déprimant, mais elle donnait par son courage une vraie leçon de vie. S'il avait lu Dylan Thomas à la fac, il n'avait jamais vraiment compris la phrase : « Colère, colère contre l'agonie de la lumière », avant de la rencontrer. Par sa volonté de savourer chaque goutte d'une existence parfois amère, Inga incarnait la supériorité de l'esprit sur la matière. Et à la fin, elle ne devait pas « partir doucement dans la nuit... ». Non, sa fin ne fut pas douce...

Le téléphone tira David d'un rêve obscur. Il jeta un coup d'œil à sa pendulette tout en cherchant à tâtons le combiné. Quatre heures trente !

— Allô ?

— Docteur Westbrook ? Ici le shérif Wolinski. Désolé de

vous déranger à cette heure-ci, toubib, mais j'ai un gros souci. Vous êtes bien réveillé ?

— Maintenant, oui. Qu'y a-t-il, Stan ?

— Je me trouve chez les Crane... Stillmeadow Road. Vous connaissez ?

— Je connais. Il s'agit d'Inga ?

— Oui. Elle est morte. Et on dirait que c'est son chien qui l'a tuée.

— Quoi ?

— Ça serait plus simple si vous veniez. Vous pouvez ?

— Entendu, dit David, qui avait à présent toute sa lucidité. J'arrive...

Le gyrophare de la voiture de police et celui de l'ambulance pâlissaient sous les premiers rayons de soleil lorsque David s'engagea sur l'allée privée pavée de briques rouges. Le shérif Stan Wolinski l'attendait sur le perron en faisant les cent pas. Son uniforme gris était parfaitement tendu sur sa silhouette massive et son regard, limpide. Seule une ombre de barbe grise trahissait un départ un peu précipité. David se demanda s'il lui arrivait de dormir ou s'il se contentait de roupiller dans son bureau, à la prison du comté.

— Bonjour, toubib, dit Stan en le précédant dans l'escalier en colimaçon. Désolé de vous tirer du lit, mais les circonstances...

— Que s'est-il passé ?

— La mère a appelé police secours vers trois heures du matin pour dire que sa fille était morte, puis elle s'est mise à bredouiller. Lorsque les secours sont arrivés, elle était assise à son chevet. Le chien était sur le lit et gardait le cadavre. La vieille dame était dans le brouillard.

— Elle doit être sous sédatifs...

— Sa fille était bien morte, sans doute depuis une heure environ. La literie était un peu chamboulée, comme si elle s'était débattue. Un infirmier a remarqué que le respirateur était débranché.

— Le respirateur ?

— Oui. Apparemment, elle ne pouvait s'en passer que durant de courtes périodes. Elle était très faible. Cette machine est contre le mur, près des autres appareils. La mère dit qu'elle n'a touché à rien et, d'après l'infirmier, il est peu probable qu'on ait pu le débrancher par hasard. Comme ça lui semblait louche, il m'a appelé...

— Et vous m'avez prévenu ? Pourquoi ?

— J'y viens... Au moment où j'arrivais, le mari s'est pointé.

— « Pointé » ? Comment cela ?

— Il est apparu à l'étage, disant qu'il venait de se réveiller, mais l'équipe soignante était là depuis une demi-heure et elle n'avait pas été particulièrement discrète...

— Il a peut-être le sommeil lourd...

— Peut-être... Il prétend avoir bu quelques whiskies avant de se coucher et je le crois volontiers – il empestait ! D'un autre côté, il était tout habillé. Je vous pose la question : si votre épouse est malade et que vous entendez du bruit dans la nuit, prenez-vous la peine de vous vêtir ? En tout cas, lorsqu'on lui a dit que le respirateur avait été débranché, il est devenu maboul. A l'entendre, c'est le chien, le coupable, il l'avait déjà surpris à farfouiller dans ce coin. Et il y a des marques sur la prise de courant qui pourraient avoir été faites par lui. C'est pourquoi je vous ai appelé.

— Vous voulez que j'examine cette prise ?

— Dave, cette femme était de toute façon condamnée à brève échéance. Il y a peut-être des trucs un peu bizarres dans le tableau, mais c'est classique... Je n'ai pas de raison valable de douter de la version du mari. Tout ce que je veux, c'est m'assurer que tout est en ordre. Si les marques sur cette prise correspondent à des empreintes de dents, tout le monde pourra rentrer chez soi...

— C'est quoi, ce bazar ? hurla Ted Crane.

En chaussettes, il bloquait le haut de l'escalier. Sa chemise était en partie sortie du pantalon. Il titubait et sa figure était rouge.

— C'est sa faute !

— Monsieur Crane..., intervint Stan.

— Il savait que ce damné chien avait une malformation ! S'il s'en était débarrassé avant que mon épouse ne s'y attache...

L'homme se jeta sur David, le visant maladroitement à la tête. Stan lui agrippa le bras mais fut entraîné et une mêlée s'ensuivit, les trois hommes luttant dangereusement au bord du vide.

— Enfin, Ted, ressaisissez-vous ! rugit Stan, lui tordant le bras dans le dos et le remettant sur ses pieds.

— Lâchez-moi ! Vous êtes ici chez moi !

— Ici, c'est une scène de crime jusqu'à nouvel ordre ! dit le shérif en le plaquant au mur. Soit vous vous maîtrisez, soit je vous emmène au poste, menottes aux poings. Ça va, Dave ?

— Je survivrai ! dit ce dernier en se relevant, plus ébranlé qu'il ne l'aurait avoué.

Il se toucha la joue. Du sang. Formidable.

— Vous êtes blessé...

— Ce n'est rien. Son bouton de manchette m'a éraflé... Monsieur Crane, je suis désolé pour votre épouse, et je sais que ceci est une épreuve pour vous... Pourquoi ne pas me laisser faire mon travail, afin que je puisse débarrasser le plancher au plus vite ?

— Je vous conseille d'emmener ce chien avec vous ou je le tuerai, je le jure !

Stan entraîna le veuf jusqu'à un fauteuil et l'y fit asseoir de force. Abandonnant les deux hommes dans le couloir, David entra dans la chambre. Un infirmier solidement charpenté se tenait à la porte, bras croisés. La mère, en pantoufles et robe de chambre, était assise au chevet de sa fille. Elle avait passé une main sous les draps ; sans doute tenait-elle encore celle de la défunte. Il lui effleura l'épaule. Elle le regarda sans paraître le reconnaître, puis détourna les yeux.

David contourna le lit avec précaution, s'agenouilla près du respirateur et ramassa la fiche mâle. Des traces de morsure. Il en avait vu un peu partout, sur les beaux meubles et jusque sur les pipes de bruyère. Les chiots testent leurs forces en attrapant tout ce qui est à leur portée ; ils rongent aussi les objets pour le simple plaisir. Il y avait plusieurs fils électriques branchés sur la prise multiple, ceux de la lampe de chevet et des autres appareils. Eux aussi avaient été rongés. Il examina la fiche du respirateur de près, mais le doute n'était pas possible. Flûte. Parfois, le Tout-Puissant a un drôle de sens de l'humour...

Il se releva lentement en se frottant les mains.

— Qu'en pensez-vous ? demanda l'infirmier, un type baraqué, bâti comme un tonneau, avec une ombre de barbe.

Il avait l'air fourbu. Sans doute était-il au bout de ses heures de service.

— Son mari a raison : il y a des traces de morsure sur cette fiche, déclara David en se penchant sur le cadavre. Comment est-elle morte ?

— Arrêt cardiaque. Causé par l'anoxie. En fait, étant donné son état de santé, ce masque était insuffisant pour la maintenir en vie. Son médecin voulait l'hospitaliser depuis des semaines pour la faire ventiler par tube. Elle avait refusé.

— J'en aurais fait autant. Ça doit être très désagréable.

— Et comment ! D'ailleurs, ça n'aurait fait que retarder sa fin. C'est peut-être mieux ainsi. Même si elle s'est réveillée, elle était sans doute trop dans le cirage pour comprendre ce qui se passait.

— Je l'espère, dit David. C'était quelqu'un de bien.

— Alors... ? demanda le shérif qui se tenait à la porte.

— Il y a en effet des marques de dents caractéristiques. Une analyse en laboratoire vous en dirait plus.

— Est-ce nécessaire ?

— Non. C'est assez clair ainsi.

— Qu'est-ce qui ne va pas ? Vous avez l'air défait...

— La contrariété. Nous étions amis.

— Dans ce cas, si l'on considère que le mari vient de vous agresser, j'imagine que votre avis ne saurait être plus impartial. Merci d'être venu.

— Je vous enverrai la note. Où est Hector ?

— ... le chien ?

— On l'a enfermé à côté, déclara l'infirmier. Il ne voulait pas nous laisser approcher.

— Vous l'emmenez avec vous, docteur ?

— Ça me semble préférable, dans ces conditions. Il a fait assez de dégâts...

Il alla le chercher. Ted Crane était encore assis dans le couloir, la tête dans les mains. Il le laissa passer sans broncher.

David fit monter le chien à l'arrière de sa Jeep. Il attacha une laisse à son collier, mais ce n'était pas nécessaire. Hector ne fit rien pour s'échapper. Il semblait désorienté, perdu, à peine conscient de ce qui l'entourait. Et David savait exactement ce qu'il ressentait.

Dans le courant de la journée, il essaya de nourrir le chiot à plusieurs reprises. Il avait vu comment Inga s'y prenait, le tenant affectueusement dans ses bras et glissant le tube de biais dans la gueule pour contourner la fente du palais. Hector paraissait ravi de ce traitement. Naturellement, il ne connaissait pas d'autre façon d'être nourri. Pourtant lorsque David essaya, le chiot sortit de sa léthargie juste le temps de montrer les dents et de recracher le tube. Une heure plus tard, une nouvelle tentative échoua pareillement. Il décida de confier cette tâche à son assistante, Bettina. Une main féminine, peut-être...

— Docteur ? (Bettina venait justement de passer la tête par la porte.) Une certaine Cindy Meyers vous demande. Elle dit que c'est urgent.

— Meyers ? Ah, la nièce d'Inga Crane... Je vais la recevoir, si toutefois personne n'est en train de pisser le sang dans la salle d'attente.

— Non, c'est la routine. Je vous l'envoie.

David rencontra Cindy à la porte. Elle portait un jean et un sweat-shirt. Ses yeux étaient rouges, mais elle semblait plus nerveuse que triste. Son regard se promena lentement dans la pièce, comme si elle remplissait une mission déplaisante.

— Mes condoléances pour votre tante, dit David en lui prenant la main pour la conduire jusqu'au fauteuil près du bureau. Si jamais vous avez besoin de quelque chose...

— Justement..., dit Cindy en jetant un coup d'œil gêné au décor. Je voudrais vous parler en privé. Ça vous ennuie de fermer la porte ?

David hésita, puis s'exécuta.

— Alors ?

— Ted m'a appelée à dix heures du matin, aujourd'hui. J'étais allée dormir chez une amie. Il avait l'air beurré... enfin, ivre.

— C'est compréhensible, non ?

— Oui, mais... (La jeune fille prit une profonde inspiration.) Bref, je suis rentrée directement, mais en chemin je me suis dit que le mieux, c'était d'aller vous voir.

— Je ne comprends pas...

— Ted a accusé Hector d'avoir tué ma tante en débranchant le respirateur avec ses dents. D'après lui, le shérif vous aurait même demandé de vérifier...

— C'est vrai. Le cordon n'était pas très rongé, mais il y avait bel et bien des marques...

— Je sais, je les ai vues.

— Comment cela ?

— Hector mordillait tout depuis des semaines...

Cindy parlait avec prudence, la voix tendue par la concentration.

— Pantoufles, chaussures, pieds de table, tout ce qui était

à sa portée. Inga venait de le surprendre à ronger ce fil électrique. Elle m'avait chargée de lui donner une bonne taloche...

— C'est un jeune... parfois il faut insister pour se faire obéir...

— Comprenez-moi ! Inga et Ted avaient eu une violente dispute à ce sujet. Il voulait qu'elle se débarrasse de ce chien et disait que si ça se reproduisait, il s'en chargerait lui-même, que ça lui plaise ou non. Depuis, elle le surveillait de près quand il était dans sa chambre, et le soir il dormait ailleurs.

— Que voulez-vous dire ?

— Je voudrais seulement comprendre comment... comment elle est morte. Ted prétend que ça s'est passé la nuit...

— Police secours est arrivé vers trois heures trente.

— Et Inga s'endormait rarement avant minuit. Donc, disons que Clare a laissé la porte ouverte par inadvertance et qu'Hector s'est faufilé dans la chambre. Il aurait commencé par sauter sur le lit pour faire la fête à sa maîtresse... C'était toujours comme ça.

David voulut intervenir, mais elle le fit taire d'un geste.

— Je sais, il est jeune... Donc, peut-être qu'il n'a pas sauté sur le lit. Peut-être qu'il est allé directement ronger le fil électrique et débrancher la fiche. Mais, dans ce cas, il aurait forcément bavé dessus, non ?

— Oui, je suppose.

— La prise était mouillée ?

— Non... sèche. Et même un peu poussiéreuse. Je me suis essuyé les mains après l'avoir touchée.

Le silence s'installa, chacun réfléchissant.

— Pour vous, ce n'est pas le chien qui a débranché le respirateur, n'est-ce pas ? demanda finalement David.

— Je ne sais plus quoi penser. Voyez-vous, ma situation est délicate. Inga m'a recueillie à la mort de mes parents, mais aujourd'hui Ted va hériter de tout et il peut me mettre à la porte à tout moment. Ce n'est pas tellement pour moi, mais qui prendrait soin de Clare ? Elle est sans défense et adore cette maison. Donc, je ne voudrais pas faire de vagues, mais j'aimerais examiner ce cordon. Je suis certaine d'être en mesure de dire si Hector l'a rongé depuis la dernière fois. Le problème, c'est que j'aimerais avoir un témoin ; si le shérif venait et qu'il n'y avait rien de suspect, Ted pourrait... Vous qui étiez son ami, vous ne voudriez pas venir ?

— Je... bien sûr, dit David à brûle-pourpoint. Allons-y !

Cindy entra dans la maison sans frapper.

— Avec un peu de chance, notre présence passera inaperçue, dit-elle doucement. Je fais sûrement des histoires pour rien, d'ailleurs...

David la suivit sans bruit dans le grand escalier. Il se sentait dans la peau d'un voleur, mais espérait échapper à une confrontation avec Ted. Clare était toujours dans la chambre de sa fille, assise près du lit. Malgré les apparences, elle avait quand même dû s'absenter, car elle avait troqué sa robe de chambre pour une robe grise sans grâce et des souliers à talons plats.

— Docteur Westbrook, bonjour..., dit-elle vaguement. Inga n'est pas ici pour le moment...

— Calme-toi, grand-mère, dit Cindy en avalant sa salive. Ne t'agite pas. Nous n'en avons que pour un moment.

Elle contourna le lit, s'agenouilla pour examiner la prise du respirateur. Sa bouche se pinça. Elle se releva lentement.

— Je ne peux pas le certifier, bien sûr, fit-elle d'une voix sévère, mais je jurerais que cette prise n'a pas changé d'aspect depuis la dernière fois. Grand-mère, quand tu... quand tu as trouvé Inga, Hector était là ?

— Hector ? fit la vieille dame en écho.

— Dis-moi seulement ce qui s'est passé. Prends ton temps. Tu es bien venue ici ?

— Oui, quelque chose m'a réveillée... Le téléphone ? La sonnette ? Au début, j'ai cru que c'était le matin. Mes cachets... en général, j'ai le sommeil lourd. Mais lorsque je me suis réveillée, j'ai eu un mauvais pressentiment à propos d'Inga. Je suis allée la voir, mais elle... elle n'était plus là. Elle était partie.

Clare détourna les yeux.

— La chambre... parle-nous de la chambre !

— C'était un peu... en désordre. Et pourtant tu sais combien Inga était ordonnée. J'ai un peu rangé, pour ne pas que... qu'on la voie ainsi...

— Et Hector ? Il était là ?

— Hector ? Non. Il était sur sa couverture dans le couloir. Il était entré avec moi et avait sauté sur le lit, mais il n'était pas aussi... aussi joyeux que d'habitude. Il s'est contenté de lui lécher la figure, et puis il s'est couché en rond au pied du lit. Il n'a bougé de là que lorsque les infirmiers sont arrivés. Il voulait la défendre... ! Alors ils l'ont fait sortir...

— Donc, il était dans le couloir avant que tu n'entres, dit Cindy.

Son regard croisa celui de David.

— Oui. Hector était dehors.

Cindy reprit son souffle.

— Tu prétends avoir « arrangé » la chambre. Pourquoi, grand-mère ? Elle était très en désordre ?

— La... les draps étaient rejetés. Comme si elle avait eu... des difficultés...

— C'est tout ce que tu as fait ? Tirer les draps ?

— Non. Son livre était sur le lit... ouvert. Je me doutais qu'elle n'aurait pas voulu qu'on le lise, alors je l'ai rangé.

— Son livre ? fit David.

— Son journal intime, dit Cindy, qui s'approcha de la bibliothèque pour en retirer un mince volume.

— N'y touche pas ! dit Clare. Inga sera fâchée...

Sa voix mourut lorsqu'elle comprit l'absurdité de sa phrase.

Cindy feuilleta le journal, fronça les sourcils. Elle passa le livre à David. Un paragraphe était daté et rédigé d'une écriture nette, mais il était suivi d'un gribouillis occupant la moitié de la page. *Ted a débran...* La phrase ondulait vers la fin.

Il y eut un bruit confus provenant du couloir, et Ted Crane s'encadra subitement dans la porte, rouge, décoiffé.

— Qu'est-ce que vous fabriquez là ? marmonna-t-il d'une voix pâteuse.

David referma avec soin le journal intime.

— Ce que je fabrique, monsieur Crane ? dit-il en décrochant le téléphone sur la table de chevet. J'appelle la police...

Crane facilita les choses. Lorsque le shérif voulut le questionner sur ce journal, il fut si scandalisé qu'il le frappa. Grave erreur. Stan l'arrêta pour tentative de coups et blessures et l'embarqua.

David laissa Cindy et sa grand-mère sur le perron, bras dessus bras dessous. La vieille dame semblait complètement dépassée et David se rappela l'interrogation de Cindy : « Qui prendra soin de Clare ? » C'était à elle de répondre, désormais.

Quant à lui, il ne savait que faire d'Hector. Le chiot rejetait toujours le tube. S'il ne se mettait pas à manger dans les prochains jours, il faudrait l'endormir pour le nourrir de force. Choix difficile. Hector ne pourrait pas subir une intervention chirurgicale avant douze ou quatorze mois, minimum. Il aurait déjà du mal à survivre à quelques semaines de ce régime – alors une année ! De plus, il présentait déjà un comportement inquiétant.

Les chiens très attachés à leur maître peuvent être si affectés par leur décès qu'ils en perdent parfois jusqu'au désir de vivre. Ils ne gémissent pas, ne hurlent pas, ne s'extériorisent pas, mais sombrent tout simplement dans l'apathie et refusent toute nourriture. Exactement comme Hector.

David fut de mauvaise humeur toute la journée, cassant avec ses clients et avec Bettina. Son état d'esprit ne s'améliora pas avec la visite de Stan Wolinski.

— Toubib, dit le shérif en le suivant dans son bureau. J'aurais encore besoin d'un service, ou plutôt, c'est Ted Crane qui en aurait besoin...

— Je ne lui dois rien, répondit David en lui désignant un siège. A vous non plus, je ne dois rien, d'ailleurs. Qu'y a-t-il ?

— Eh bien, pour commencer, je l'ai pris en flagrant délit de mensonge... Au début, il prétendait avoir été chez lui, au lit, mais quand je lui ai montré le journal d'Inga, il est revenu sur sa déposition, jurant qu'il était avec une dame dont il préférait taire le nom. Je lui ai expliqué que c'est bien beau, ce comportement chevaleresque, mais que cela ne tournera pas en sa faveur au pénitencier. Les taulards ne sont pas aussi raffinés... Là, il a craqué et m'a nommé une femme... du meilleur monde. L'épouse d'une huile locale.

— Qui ? demanda David dont la curiosité était piquée.

— J'y viens ! J'ai téléphoné à cette femme. Elle prétend le connaître à peine...

— Où est le problème, alors ? Ça me semble clair...

— Trop clair, justement. Ce type... Ted Crane, je ne l'adore pas, mais c'est un homme instruit, pas un idiot. Pourquoi me fournirait-il un alibi aussi facile à démolir ? Et d'ailleurs, pourquoi se donner la peine d'éliminer sa femme, dont les jours étaient comptés ! Il n'avait plus qu'à attendre – et pas très longtemps !

— Il en avait peut-être assez.

— Admettons. Reste cet alibi. Il affirme pouvoir prouver qu'il est lié à cette dame par plus que de l'amitié. Il prétend lui avoir offert un chiot – un tout blanc, qui vaut très cher. Vous êtes au courant ?

— Il y avait un chiot tout blanc dans la portée, en effet, et qui a une grande valeur. Les braques blancs à poil court sont rarissimes, il doit valoir au moins mille dollars...

— Donc, si cette femme a ce chien, cela signifie qu'elle et Crane sont plus liés qu'elle ne veut bien l'admettre ?

— Je suppose. Quelle suite allez-vous donner à cela ?

— Ça dépend. Reconnaîtreriez-vous ce chien ?

— Un braque blanc à poil court ? Sans doute. Vous aussi. Pourquoi n'allez-vous pas vérifier sur place ?

— Parce que j'ai déjà posé la question à la dame et qu'elle a affirmé ne pas connaître Crane... Si je me pointe à sa porte pour demander à voir ses chiens, elle en déduira que je ne l'ai pas crue.

— Et alors ? Depuis quand craignez-vous d'offenser un suspect ?

— Ce n'est pas un suspect, mais un simple témoin. Et c'est en outre l'épouse du sénateur, M. Holcomb...

— Diane Holcomb ? C'est elle, l'alibi de Crane ?

— Soi-disant ! Et comme j'ai moi aussi quelques ambitions politiques, je me dispenserais d'être mal vu du sénateur et de son épouse, sauf si c'est absolument nécessaire.

— Donc, vous préférez que ce soit moi, l'emmerdeur ?

— Je préfère agir en douceur, c'est tout. Les Holcomb ont un chenil. En passant devant en voiture, vous pourrez sans doute identifier le chien depuis la route. S'il est bien là, je rendrai une visite officielle à Mme Holcomb.

— Sinon ?

— Si vous ne le voyez pas, ce sera la parole de Crane contre la sienne, et il m'a déjà menti. Le plus drôle, c'est que j'aurais tendance à le croire à cause de vous. Cette égratignure, faite par le bouton de manchette ? De nos jours, un type ne met des boutons de manchette qu'en de grandes occasions...

— Un rendez-vous galant, par exemple ? dit David en s'effleurant la joue. Entendu, j'irai là-bas en voiture, mais c'est tout. Je ne vais pas prendre le risque de me mouiller pour Crane.

— Je vous demande juste un coup d'œil, d'accord ?

— D'accord, dit David. Un coup d'œil.

Plus facile à dire qu'à faire. Les Holcomb habitaient un ranch de briques rouges plein de coins et de recoins à l'ouest d'Algoma. Il y avait un garage pour quatre voitures à l'arrière, des logements pour le personnel ou des invités, ainsi qu'un chenil. Le magnifique parc était entouré d'une barrière blanche purement décorative. C'était une demeure luxueuse, mais la plupart des propriétés voisines étaient tout aussi prestigieuses, bâties sur de vastes superficies, avec leurs grands garages et leurs pelouses vallonnées dignes de terrains de polo. Dans un tel environnement, une voiture en stationnement pouvait difficilement passer inaperçue.

Heureusement, la maison des voisins était un manoir très en retrait de la route. Sa longue allée privée longeait l'arrière de la maison des invités des Holcomb et permettait de voir le chenil.

David s'y engagea et ralentit en approchant des enclos. Des beagles. Les trois premières travées accueillaient des beagles. Les chiens levèrent la tête à son passage, sans s'émouvoir. Les deux derniers enclos posaient une énigme : ils étaient plus spacieux, mais l'un était vide et sa porte ouverte. Leurs pensionnaires devaient être plus gros que les beagles. Le dernier abritait un chien blanc. Vu sa taille, ce pouvait être l'un des petits d'Hilda, mais il dormait au soleil en lui tournant le dos, ce qui rendait difficile son identification.

S'étant arrêté brusquement, David mit pied à terre, enjamba la barrière et s'approcha. Les beagles, alarmés, s'animèrent et se mirent à japper.

Le chiot blanc remua à son tour et se leva, mais sans daigner faire chorus aux hurlements. Aboyer, c'était bon pour les beagles, lui n'était pas un chien courant : c'était un braque à poil court, à la robe uniformément blanche. Et sans nul doute possible le frère d'Hector.

David s'agenouilla afin d'en être absolument sûr. Le chiot vint lui renifler la main avec curiosité.

— Que faites-vous ?

Une femme était apparue au coin du bâtiment. Une

femme d'une beauté renversante, aux traits fins et altiers, et dont les cheveux blonds et brillants étaient attachés dans le dos. Ses yeux étaient cachés par des lunettes noires. Elle était habillée pour le plein air : culotte de cheval, bottes et chemise de flanelle, mais il n'y avait rien de campagnard dans son allure. Tout en elle exprimait l'assurance allant de pair avec la possession d'un capital et d'une belle position sociale. Ou peut-être fallait-il attribuer cette assurance à la présence du doberman redoutable qui tirait sur sa courte laisse tenue d'une main gantée. Le chien ne grondait pas, ne montrait même pas les crocs, mais son regard ne quittait pas la gorge de David. Sans doute un spécimen dressé pour l'attaque.

David se releva lentement.

— Je pourrais dire que je ne faisais que passer, madame, mais je ne suis pas très doué pour mentir, même quand c'est pour la bonne cause. Dr Westbrook, vétérinaire... Le shérif m'a demandé de vérifier une information... un alibi, plus précisément.

— Cela concerne ce... un certain M. Crane, n'est-ce pas ? J'ai déjà répondu que je le connaissais à peine. J'ai pu le rencontrer au cours d'une soirée officielle...

— Vous n'avez pas à me convaincre, je ne suis pas de la police. D'un autre côté, vous avez là un chiot exceptionnel. Il a un pedigree, j'imagine ?

— Cela vous regarde ?

— Non, mais si vous voulez bien accepter le conseil d'un aimable voisin vétérinaire, il serait très facile de retrouver la provenance de ce chiot, ce qui signifie que vous avez de grandes chances de vous trouver impliquée dans un procès pour meurtre. Ted Crane affirme que vous êtes son alibi. Il dit aussi qu'il vous a offert ce chien. Un beau cadeau de la part d'un homme que vous connaissez à peine, non ?

Elle s'apprêta à répliquer, puis se ravisa.

— Si vous voulez qu'on vous laisse en paix, le mieux serait d'aller dire la vérité au shérif. Malgré son côté rustique, c'est un homme discret. Il n'a aucune envie de vous créer des problèmes, et encore moins à votre mari. C'est pourquoi il m'a demandé d'intervenir, au lieu de venir lui-même...

— Et vous, quel rôle jouez-vous dans tout cela ? dit-elle froidement.

— Aucun. Je suis là seulement pour identifier le chien.

— Je suis censé compter sur votre discrétion, également ?

— Je ne peux que vous donner ma parole, mais je vis et exerce ici, à Algoma. Je n'ai pas envie de me faire des ennemis...

— Bon, dit-elle en poussant un long soupir, j'ai compris. Très bien. Ted était ici la nuit dernière. Mon mari est à Lansing pour toute la semaine. Il passe beaucoup de temps là-bas... Bref, Ted est arrivé vers minuit, je crois, et est reparti quelques heures plus tard. Je n'ai pas compté les heures... on avait beaucoup bu.

Elle reprit sa respiration et redressa les épaules. Son regard était glacial, indéchiffrable derrière ses lunettes.

— C'est tout ce que j'ai à dire, dit-elle avec fermeté. Vous serez bien aimable de répéter mes propos au shérif. Je pars tantôt rejoindre mon mari à Lansing. Nous dînons ce soir chez le gouverneur.

Tirant sur la laisse du doberman, elle tourna les talons et marqua un temps d'arrêt.

— Dites-lui que je compte sur sa discrétion. Et sur la vôtre. J'espère que je n'aurai pas à le regretter. Vous m'avez compris ?

— Oui, madame, dit David en lorgnant le doberman. Je vous ai parfaitement compris.

— Ça ne me va pas, déclara Wolinski. J'aurais dû l'interroger moi-même.

Ils se trouvaient dans le centre-ville d'Algoma, à la table favorite du shérif, dans le restaurant Chez Tuby. La salle était lambrissée de pin noueux, le mobilier en chêne foncé, et la décoration se résumait à des trophées de chasse aux murs.

Les luminaires étaient faits avec des bois d'élan. Le chic country.

— Libre à vous, dit David en sirotant son café. Lansing n'est qu'à une heure et demie de route. En partant maintenant, vous pourrez sans doute l'arrêter au milieu du discours du gouverneur...

— Très drôle.

— Désolé. A vrai dire, moi aussi je suis déçu. J'espérais que Crane mentait.

— C'est peut-être elle qui ment. Pour le couvrir.

— Ça m'étonnerait. Ce n'est pas le genre à se sacrifier. J'ai eu l'impression que si elle me disait la vérité, c'est que c'était plus pratique. S'il avait été plus pratique de laisser Ted se faire pendre, elle n'aurait pas hésité...

— Pauvre type. Pas très chanceux en amour...

— Tout dépend de ce qu'on entend par chance. Pour moi, Inga, malgré sa maladie, valait dix fois Diane Holcomb. Son mari ne la méritait pas.

— Vous l'avez vous-même dit, elle était très malade et cela pouvait être un terrible fardeau sur le plan affectif et pécuniaire. Pour ma part, je ne crois pas qu'il avait le cran de supporter ce fardeau. Alibi ou pas, je le vois assez bien en assassin. Et c'est lui qu'Inga a désigné.

— Oui. J'y ai pensé toute la journée. Pourquoi l'a-t-elle fait ?

— Parce que c'est lui le coupable ! Ou qu'elle le croyait coupable.

— Elle se serait réveillée en pleine nuit, suffoquant, aurait compris que le respirateur ne fonctionnait plus et que c'était Ted qui l'avait débranché ? J'en doute ! Elle ne pouvait pas se débrouiller sans cette machine ni se lever toute seule, et elle aurait réussi à gribouiller son nom ? Trop théâtral...

— La mort est parfois théâtrale.

— Mais elle ne voulait pas mourir ! Du moins, pas encore. Aussi, pourquoi a-t-elle pris la peine de griffonner son nom au lieu d'appeler police secours ? Son téléphone fonctionne, je m'en suis servi pour vous appeler aujourd'hui...

Stan ouvrit de grands yeux.

— Vous en êtes sûr ?

— Absolument !

— Donc, celui qui a débranché l'appareil aura fait de même avec le téléphone, à moins qu'il ne l'ait déplacé.

— Ou bien Inga ne s'est tout simplement pas réveillée. La machine a cessé de fonctionner et la patiente est morte quelques instants plus tard. De toute façon, elle n'aurait pas pu écrire ce mot accusant Ted.

— Pourquoi ?

— Parce que, d'après sa mère, le journal était ouvert sur le lit. Elle l'a rangé pour protéger la vie privée de sa fille. Si Ted avait tué sa femme, il aurait dû soit débrancher le téléphone, soit le placer hors de sa portée pour le remettre ensuite, et, en ce cas, il aurait vu le journal.

— Mais la seule autre personne présente à la maison était la mère d'Inga. Vous ne la croyez tout de même pas coupable ?

— Si elle l'était, quel intérêt avait-elle à ranger le journal ? Non, je crois que l'assassin savait que Ted irait chez sa maîtresse ce soir-là et que Clare serait trop dans les vapes pour entendre l'alarme de la machine ou tout autre bruit. Inga m'a dit un jour que Ted se souciait du coût de sa maladie, qu'il voulait vendre la maison. Une fois Ted en prison et la vieille dame à l'asile, je me demande qui héritera de la propriété ?

— La nièce ? Mais elle était chez une amie !

— Vraiment ? Vous avez vérifié ?

— Non, dit lentement le shérif. Ce n'était pas nécessaire. Jusqu'à présent...

David se préparait un chocolat sur les coups de minuit lorsqu'il entendit crisser des pneus dans l'allée. Il remplissait un deuxième bol quand Stan Wolinski entra tranquillement en passant par le jardin.

— Merci, toubib ! dit-il en acceptant avec gratitude ce breuvage fumant. Je pensais que vous auriez hâte d'apprendre la nouvelle : j'ai arrêté Cindy Meyers. Elle prétend avoir tué sa tante par charité, pour abréger ses souffrances.

— C'est peut-être vrai, dit David en lui désignant une chaise.

— Elle aura du mal à en persuader ses juges. Elle s'est fabriqué un alibi et a imité l'écriture de sa tante pour faire accuser son oncle. Je doute qu'un jury accepte la version de l'euthanasie compassionnelle. L'amie chez laquelle Cindy affirmait avoir passé la nuit s'est complètement dégonflée en apprenant qu'il s'agissait d'un meurtre. Elle a admis que Cindy avait emprunté sa voiture, soi-disant pour rejoindre un amant secret.

— Un amant secret ? Ted lui a peut-être inspiré cette idée sans le vouloir.

— Possible, bien qu'elle soit assez rusée pour y avoir pensé toute seule. Elle ne démordait pas de sa version, jusqu'au moment où je l'ai déstabilisée en lui parlant du relevé téléphonique.

— Quel relevé ?

— Elle était au courant des coucheries de Ted et voulait s'assurer que police secours trouverait le respirateur débranché et Ted absent. Aussi, je me suis demandé si, son forfait accompli, elle n'avait pas téléphoné en chemin pour réveiller sa grand-mère avant de retourner chez sa copine. En parcourant ce relevé, j'ai trouvé un appel d'une station-service aux abords d'Algoma. Cindy avait utilisé sa carte de crédit...

— Pas très malin de sa part.

— Elle n'avait pas de monnaie ! Et elle n'a pas voulu en demander à l'employé, de peur qu'il puisse l'identifier plus tard. A présent j'ai une question pour vous, toubib. Vous n'êtes pas obligé de me répondre.

— Laquelle ?

— Ce matin, chez les Crane, lorsque je vous ai interrogé sur les traces de dents sur la prise... j'ai eu l'impression que vous aviez des doutes...

— Non, il y avait bien des marques.

— Je ne vous accuse pas d'avoir menti, mais quelque chose vous tracassait...

— C'était trop évident. Il y avait plusieurs fils électriques, et Hector les avait tous rongés. C'était bizarre qu'il ait réussi à débrancher le seul qui importait...

— Vous n'avez rien dit !

— Non. Il était très tôt et je n'avais pas encore eu le temps de réfléchir. J'ai pensé que Crane pouvait avoir assassiné sa femme, mais je ne me suis pas senti le droit de l'accuser.

— Pourquoi ?

— Parce que Inga était mon amie et qu'elle souffrait énormément. Le simple fait de respirer était une épreuve. Pour être franc, j'ai songé plus d'une fois moi-même à la débrancher...

— Je vois. Mais ensuite, lorsque Cindy a sollicité votre aide, vous avez encouragé son jeu...

— J'avais réfléchi à ce moment-là, et je m'étais dit que si Inga voulait en finir, elle aurait pu le faire elle-même en ôtant son masque. Donc, elle avait l'intention de vivre assez longtemps pour voir Hector tiré d'affaire et prêt à se passer d'elle. C'était peut-être une idée folle, mais personne n'avait le droit de l'empêcher de vivre cela, ni ses amis ni sa famille.

— C'est juste, dit Stan en se levant. Mais la prochaine fois, si vous avez des doutes, faites-m'en part, d'accord ?

— J'espère qu'il n'y aura pas de prochaine fois !

— C'est dur, je sais, dit le shérif en s'attardant sur le seuil. Du moins, à quelque chose malheur est bon... Votre amie a fini de souffrir.

David hocha la tête sans répondre, mais il savait que ce n'était pas la vérité. Ce n'était pas terminé. Pas encore.

Quatre jours après les obsèques d'Inga, Hector mourut. A la fin, David lui fit une piqûre. Le chiot n'acceptait aucune nourriture et dépérissait. David avait décidé de ne pas le nourrir sous anesthésie : cela n'aurait fait que retarder l'inévitable et il n'avait pas le courage de le contraindre à habiter un monde qu'il souhaitait si manifestement quitter.

Plus tard dans l'après-midi, il déposa le cadavre dans l'incinérateur et procéda à la crémation. Les cendres remplissaient à peine une enveloppe.

C'était le crépuscule et il y avait de la pluie dans l'air lorsque David franchit en Jeep les grilles du cimetière. Il se gara près de l'entrée et suivit l'allée pavée jusqu'à la sépulture d'Inga. L'endroit avait déjà quelque chose de désolé. Les fleurs avaient disparu et des bandes de gazon avaient été soigneusement déroulées sur le monticule de terre nue.

Il s'agenouilla dans l'herbe, mais ne pria pas. N'ayant jamais été très pratiquant, il aurait trouvé cela hypocrite. Au bout d'un moment, il regarda autour de lui afin de vérifier qu'on ne l'observait pas. Personne dans les parages. Le cimetière s'étendait jusqu'au pied des collines. Il n'y avait qu'une vieille dame en imperméable, mais elle se tenait assez loin et semblait perdue dans ses pensées.

Soulevant un coin du tapis de gazon, David déposa l'enveloppe. Il ne savait pas si cela avait le moindre sens, mais il espérait qu'Inga serait contente.

Les ombres s'allongeant, il resta un moment silencieux, à attendre... quoi ? Un signe lui montrant qu'il avait bien agi. Mais rien ne se produisit, rien ne changea. Il avait cru qu'enterrer les cendres d'Hector serait un apaisement, mais non. C'était un geste vain, futile. Peut-être que les cyniques ont raison, peut-être qu'il n'y a rien après le cimetière. Finalement, las d'attendre, il se leva, les genoux ankylosés. Pourtant, au loin, quelque chose retint son attention. Sans doute le vent dans les arbres. Les collines d'Algoma se succédaient dans le lointain comme des vagues fantomatiques, embrasées par les rayons du soleil couchant. Et dans cette lumière mourante, elles paraissaient rougeoyer de l'intérieur, comme si elles avaient été transmutées en or, comme au pays du magicien d'Oz, ou bien...

Le paradis des chiots. C'était ce que ces collines signifiaient pour Inga enfant. Et c'était peut-être pourquoi il ne percevait pas sa présence devant cette tombe. Elle n'y était plus. Si elle était quelque part, c'était dans ces collines mordorées, en train de gambader. Libre. Libre de respirer à pleins poumons. Mais pas seule. Hector était sûrement avec elle, lui qui ne la quittait pas. Peut-être était-il mort pour lui montrer le chemin du pays d'où il venait, le paradis des chiots. Là où l'air est un baume et où les collines sont si verdoyantes et belles que les chiots en rêvent à leur naissance.

Traduit par Valérie Malfoy.

L'ENFANT D'AUTREFOIS

William Bankier

Leurs regards se croisèrent et il eut comme un coup au ventre. Assez jeune pour être sa fille, elle ne devait pas avoir plus de dix-sept ans. Mais elle leva son verre, où il versa du vin rouge, et lança :

— Salut ! Tina Flanagan... j'arrive de ma campagne.

Il se présenta à son tour et apprit qu'elle était de Toronto. Son père avait usé de ses relations pour lui dégoter un boulot dans une agence de publicité de Montréal. C'était elle qui voulait quitter le foyer familial.

Debout près du buffet, ils regardaient les couples danser dans l'espace occupé d'ordinaire par des bureaux et des planches à dessin.

— Je vous ai observé, dit-elle. Vous travaillez ici ?

Blake Metcalfe hocha la tête.

— Je fais partie de la vieille garde. C'est moi le doyen, dit-il avec une insistance sur son âge qui n'était pas nécessaire.

A quarante-huit ans, il avait tendance à s'empâter. Ses pantalons le boudinaient, il avait des bajoues. La vie était plus facile aujourd'hui. Apex Art Studio vendait à prix d'or ses illustrations et il touchait sa part. Il mangeait bien, picolait par habitude et faisait l'amour avec sa femme, Laura, aussi souvent que le font les hommes mariés depuis vingt-cinq ans. Avoir sa belle-mère malade à la maison était certes un problème ; malgré tout...

Il se surprit à contempler les cheveux de sa voisine. Des cheveux châtains, épais et souples, comme ceux de sa fille Maggie. Heureusement que cette dernière n'était pas là, car elle n'aurait pas manqué de lui jeter des coups d'œil sarcastiques à le voir en compagnie d'une jeunette. A vingt-trois ans, Maggie était en passe de devenir l'une des meilleures illustratrices du service publicité chez Rambeau.

— Il faut que je vous dise... Je préfère les hommes mûrs. J'espère que ça ne vous ennuie pas...

— Ce serait mentir de prétendre le contraire.

Elle était attirante, cette fille, avec ses rondeurs. Metcalfe l'aurait volontiers emballée. Pourtant, ce n'était pas entièrement sexuel. Non, il se sentait déborder d'affection pour elle et aurait bien embrassé ses joues rebondies qui devaient fleurer bon le savon.

— C'est parce que je n'ai pas connu mon père. On m'a adoptée. Mes parents adoptifs me l'ont dit quand j'avais douze ans. Je trouve ça bien, pas vous ? Ils m'ont dit qu'ils m'avaient choisie parce que je leur avais tapé dans l'œil. (Elle but une gorgée de vin.) Mon père adoptif est Horace Flanagan, le magnat de l'immobilier. Vous avez dû entendre parler de lui...

— Comme tout le monde. Il fait la couverture de *Locust* ce mois-ci.

— Je me suis bien débrouillée, hein ? (Elle lui lança un sourire ravageur.) Tant qu'à se faire adopter, autant choisir un richard !

Une partie des invités quittait la fête pour assister à un match de base-ball à l'Olympic Stadium, dans la loge de la société. Les autres restaient pour les slows et l'alcool. Metcalfe consulta sa montre. Il avait dit à Laura de l'attendre pour vingt et une heures. Il ne s'attardait jamais à ce genre de réjouissances.

— Si vous avez envie de partir maintenant, j'accepte de profiter de votre auto, dit Tina.

Ils quittèrent le bâtiment et descendirent la rue Notre-

Dame dans la douceur de la nuit. Elle s'était calée tout naturellement sur son allure. Tout le monde n'en faisait pas autant – la plupart demandaient pourquoi il était si pressé.

Une fois en voiture, il s'enquit de son adresse. Elle avait un appartement rue Durocher.

— Mais je n'ai pas envie de rentrer tout de suite. On va prendre un café quelque part ?

Metcalfe évita les restaurants où il était connu et la conduisit dans un endroit où il s'arrêtait quelquefois après ses épisodiques sorties en solitaire dans les boîtes de strip-tease. Tina, fascinée par l'ambiance française, adressa un sourire amical à leur serveuse québécoise.

— C'est si gentil de m'inviter !

— Tout le plaisir est pour moi...

Avait-elle oublié que l'idée venait d'elle ? Tandis qu'il se contentait d'un café et d'un gâteau, la jeune fille commanda poulet-frites, pâtisserie et milk-shake à la vanille. Tout en attaquant son assiette, elle déclara :

— J'adore Montréal ! Je m'y sens chez moi. Je suis peut-être née ici – mes parents adoptifs ne m'ont jamais dit d'où je venais. Est-il possible qu'un être humain revienne instinctivement sur le lieu de sa naissance, comme les saumons ?

— Pourquoi pas ?

— Parlez-moi pendant que je mange... Parlez-moi de vous.

En général, Metcalfe était plutôt réservé mais il se retrouva en train de tout déballer à cette gamine. Il raconta ses rêves de jeunesse : celui de louer un atelier à Paris – ville qu'il n'avait jamais visitée, en fin de compte –, de devenir un grand peintre, mais il avait préféré la sécurité d'une vie ennuyeuse d'illustrateur.

Il s'échauffa en parlant ensuite de Maggie et de ses débuts prometteurs.

— Elle me dépasse déjà sur le plan professionnel.

Il sortit une photo de son portefeuille.

— Elle me rappelle quelqu'un, dit Tina, sourcils froncés, en trempant une frite dans le ketchup.

Metcalfe parla ensuite de son épouse, qui avait repris sa carrière d'enseignante jusqu'à ce que l'évolution de la maladie de sa mère la contraigne à tout plaquer pour s'occuper d'elle à plein temps.

— C'est la maladie de Parkinson ? Je n'ai jamais vu cela de près...

— J'espère que vous n'y serez jamais confrontée. Le malade tremble constamment, est réduit à l'impotence et décline tout doucement. Cela peut durer des années et des années...

— Cela ne se soigne pas ?

— Si c'est diagnostiqué assez tôt, on peut tenter une intervention au cerveau assez compliquée. Pour ma belle-mère, c'est trop tard.

Songeant au sort atroce de la vieille dame et à Laura condamnée à jouer les gardes-malades, il se sentait bouillir de rage.

Son repas terminé, Tina s'éclipsa aux toilettes. Au moment où Metcalfe réglait l'addition, la serveuse lui lança :

— Votre fille est votre portrait craché. C'est vraiment frappant !

Il eut comme une faiblesse. Dix-sept années s'effacèrent d'un seul coup et il se retrouva à la maternité, dans la salle d'attente, devant un Dr Fox troublé :

— Il y a un problème du côté du bébé. Elle a du mal à respirer. Nous allons faire de notre mieux, mais attendez-vous au pire. Non, votre épouse ne sait rien encore...

L'enfant, qui devait se prénommer Angela, était donc mort en l'espace d'un week-end du mois d'octobre. Il avait appelé le magasin pour se débarrasser du berceau neuf avant le retour de Laura. Tous deux avaient réussi à surmonter cette épreuve, reportant toute leur affection sur la petite Maggie, mais la plaie ne s'était jamais complètement cicatrisée. Encore maintenant, ce souvenir lui faisait monter les larmes aux yeux.

— Ça ne va pas ?

Tina le dévisageait avec curiosité à l'entrée du restaurant.

— Je vais vous déposer...

Le soupçon s'insinuait dans son esprit. C'était absurde, mais... Elle avait dix-sept ans. Entre eux, le courant était aussitôt passé, et c'était bien plus qu'une attirance physique. Et la réflexion de la serveuse...

En la saluant en bas de chez elle, il fut assailli par les indices : ce rire était celui de Maggie. Lorsqu'elle baissa les yeux, c'était le regard de Laura. Le large front était le sien – et ces dents qui se chevauchaient, comment ne l'avait-il pas remarqué, c'était la dentition des Metcalfe, son dentiste l'aurait confirmé.

Il retourna chez lui au ralenti. Ou bien il avait raison, ou bien il avait tort. S'il avait tort, l'apparition de Tina, son existence même, était une coïncidence extraordinaire. S'il avait raison, l'explication était encore plus ahurissante. Le Dr Fox avait-il délibérément menti sur l'état de santé du bébé ? Avait-il mis en scène le décès d'Angela, leur faisant remettre un petit cercueil blanc – et vide – par les pompes funèbres – avant de confier l'enfant au millionnaire de Toronto, Horace Flanagan ? C'était du domaine du possible. On peut tout avec de l'argent et Flanagan était plein aux as. Mais pourquoi ?

— Pourquoi mon enfant ? dit Metcalfe à voix haute, après s'être garé devant son domicile.

— Tu comptes dormir dans la voiture ? lança Laura depuis le seuil.

Il rentra dans la maison et feignit un mal de ventre pour cacher son désarroi, prit un tranquillisant, une tasse de café noir. Impossible de souffler un mot de sa théorie à Laura. A l'époque, cette épreuve l'avait profondément affectée. Aujourd'hui encore, c'était un sujet tabou.

— Et ta mère... ?

— Elle a refait des siennes cet après-midi.

— Il fallait me prévenir.

— Tu avais cette fête... J'ai contacté le médecin. D'après lui, cette violence est normale : c'est la dépression. Elle a fait tomber mon miroir à main, la tablette en verre de la commode est cassée.

— Et tu étais ici toute seule !

Il avait cessé d'insister pour placer sa belle-mère dans une institution. Laura ne voulait pas entendre parler de l'hôpital — un cauchemar, avec ses services saturés et ses couloirs encombrés de pitoyables épaves humaines, comme dans une gravure de Jérôme Bosch. La seule solution acceptable était une clinique privée, mais ça n'était pas dans leurs moyens.

— Le médecin m'a conseillé d'augmenter les doses... Ça m'étonnerait qu'elle recommence...

Le visage de Laura avait pris de nouvelles rides et sa bouche affichait un pli sévère. Elle baissa les yeux et Metcalfe retrouva fugitivement l'expression qu'il avait saisie sur le visage de Tina.

— Veux-tu lui parler avant d'aller te coucher ? Elle serait contente de te voir.

Il approcha une chaise et alluma la lampe de chevet pour éclairer son propre visage.

— Bonsoir, belle-maman, je reviens d'une soirée arrosée. Ne vous en faites pas, j'ai bu pour nous trois...

Elle leva sur lui ses yeux clairs, abrutis par les drogues. Ses lèvres esquissèrent un sourire et ses pauvres mains tremblantes tâtonnèrent sur la couverture. Metcalfe sourit aussi en se penchant pour l'embrasser, mais il ferma les yeux et retint sa respiration.

Deux jours durant, il caressa cette fantastique théorie. Elle ne s'effaçait pas, telle une lubie que le recul rend ridicule : au contraire, elle avait de plus en plus de réalité, comme une relique d'une guerre quelconque qu'on aurait déterrée. Il allait devoir creuser afin d'en avoir le cœur net, mais il avait besoin d'aide et ne connaissait qu'un seul homme qui accepterait de le suivre sans tenter de le décourager.

Metcalfe prit son mardi après-midi pour se rendre en voiture à Decelles Avenue. L'immeuble lui était tristement familier – briques rouges, trois étages flanqués de balcons, une entrée décorée de ciment galbé, comme dans un film d'Alexander Korda. C'était ce hall que lui-même et Laura avaient triomphalement franchi avec la petite Maggie, vingt-trois ans plus tôt. Six ans plus tard, ils étaient repassés par là comme des voleurs, les mains vides, rongés par un sentiment de culpabilité.

La première fois, Alphonse Ferrier remontait de son logis. Al était le concierge, un ex-policier révoqué pour alcoolisme et insubordination. Lorsqu'il avait aperçu Maggie, son visage aux traits d'Indien s'était fendu d'un sourire orgueilleux – elle aurait pu être sa fille.

Après le décès d'Angela, Laura étant encore à l'hôpital, Metcalfe s'était aventuré dans la taverne du coin pour boire quelques bières avec l'espoir de s'étourdir. Alphonse était attablé près de la porte, seul. Il devait avoir appris la nouvelle, car, lorsque Metcalfe s'assit, il avait poussé vers lui l'un de ses trois verres et dit :

— Pas de chance, hein ?

Il y avait dans son attitude un stoïcisme, une acceptation du destin, qui le réconforta plus que tout le déluge de sympathie dont il était accablé depuis deux jours. Il s'était détendu, soulagé.

— Merci, Al. A la vôtre !

Il avait bu d'un trait et commandé quatre autres bières. Les deux hommes avaient fait la fermeture ce soir-là. Par la suite, ils avaient pris l'habitude de se retrouver là une fois par semaine, jusqu'au jour où, l'an passé, Laura avait voulu quitter cet appartement et ses mauvais souvenirs pour se rapprocher du centre-ville. Depuis, ils ne buvaient ensemble qu'à Noël.

Metcalfe se gara. Ferrier était en train de laver les vitres de la porte d'entrée. Il avait pris du poids. Ses cheveux d'un noir de jais tombèrent comme un épais rideau lorsqu'il se pencha.

— La pause, Al !

Il se redressa, peau de chamois en main, ses yeux d'Iroquois décelant tout ce qu'il y avait à déceler chez cet ancien locataire qui revenait si inopinément.

— Qu'y a-t-il ?

— J'ai des soucis.

— Qu'est-ce que je peux faire ?

— J'ai un truc à te raconter. Tu me diras si je suis fou.

— Je pourrais le faire maintenant. Mais je ne cracherai pas sur une mousse.

La taverne n'était pas surpeuplée. Ils s'attablèrent près de la porte, ne parlant qu'après la première gorgée.

— Tu engraisses, Al.

— J'ai cessé de courir...

Ferrier avait l'habitude d'aller à pied, chaque jour, jusqu'au lac. Là, par tous les temps, il courait sur les sentiers de randonnée pendant des kilomètres.

— Je me suis esquinté un os du pied. Si ça s'arrange, je m'y remettrai...

— Tu te rappelles quand Angela est morte le lendemain de sa naissance ? Bon... Tu ne vas pas me croire... Je ne pense plus qu'elle est morte. Je crois l'avoir vue.

Ferrier ne parut pas surpris. Il n'avait jamais l'air surpris.

— Ça lui ferait quel âge... dix-sept ans ?

— Exact. J'ai rencontré une fille de cet âge. Elle est de Toronto... une enfant adoptée. Une serveuse m'a dit qu'on se ressemblait comme deux gouttes d'eau. Mais ce n'est pas l'essentiel : la vérité, c'est que j'ai eu ce feeling immédiatement.

Ferrier regarda au-dehors, les yeux vagues.

— Comment ce serait possible ?

— Je ne sais pas. Le médecin aurait enlevé la petite, j'ignore pourquoi...

— Tu vas lui poser la question ?

— Pas encore. Il me traiterait de fou, se contenterait de nier. Je n'ai aucune preuve... Non, Al, il n'y a qu'une chose à faire...

Depuis toujours, Ferrier savait lire dans son esprit. Son doigt se posa sur le verre embué par la condensation, traça une croix sur la table.

— Tu serais capable de faire cela ? Profaner la sépulture de ton enfant ?

Le temps était au beau fixe, le moment favorable. Ferrier l'emmena chez lui où ils enfilèrent une salopette de jardinier. Il dénicha deux sécateurs, un râteau, une pelle et un gros sac en toile de jute. Une fois les outils dans le sac, ils montèrent dans la voiture de Metcalfe pour se rendre au cimetière, situé en pleine nature.

— Si on passe par l'entrée, on va nous poser des questions. Mais il y a un autre moyen...

Ils gravirent les marches, Ferrier portant le sac, longèrent le lac et le chalet, puis montèrent une petite côte herbue menant à une falaise qui dominait le cimetière.

— Suis-moi, c'est la partie la plus difficile...

L'Indien se mit à descendre, s'agrippant aux aspérités de la roche et aux buissons, provoquant des jets de petits cailloux. A mi-chemin, la pente était moins accusée et le passage en fut facilité. Bientôt, ils se retrouvèrent sur du plat et se faufilèrent parmi de jeunes bouleaux pour atterrir sur un chemin bordé de pierres tombales.

— Tu sais où c'est ? demanda Ferrier.

— J'y suis venu une ou deux fois. Il y a un coin réservé aux enfants.

A cette heure de l'après-midi, le cimetière était presque désert. Ouvrant la voie, Metcalfe passa devant des rangées de monuments, dont les plus imposants projetaient des ombres sur le chemin. Ils arrivèrent à une aire où les pierres tombales étaient plus petites ; au-delà, les sépultures n'étaient signalées que par de simples plaques rectangulaires.

— C'est ici !

Il se meublait l'esprit de détails superflus : la hauteur de l'herbe, le nombre d'œillets de lacets aux godillots de Ferrier. S'il avait songé à la suite, jamais il n'aurait pu agir.

— Attention, des gens...

Ferrier lui tendit un sécateur et ils se mirent à couper de l'herbe. L'Indien se redressa quelques instants plus tard et fit mine de manier le râteau.

— Bien, ne traînons pas...

Armé de sa pelle, il se mit au travail. Metcalfe ne demandait pas mieux que de le laisser faire. La pelle était efficace : elle découpait le gazon en carrés bien nets qui étaient mis de côté. Il n'y avait plus que la terre à nu.

Metcalfe n'avait pas accompagné le croque-mort au cimetière. La cérémonie à la chapelle ardente avait été assez pénible ; après avoir écouté les prières et vu emporter le petit cercueil blanc, il était retourné au chevet de Laura.

La pelle de Ferrier heurta quelque chose. Il ratissa la terre pour révéler du bois pourrissant.

— Tu préfères que je m'en occupe ?

— Oui, vas-y...

Il s'éloigna, se pencha pour examiner un carré de trèfles, arracha des mauvaises herbes. Le cri de son ami le fit revenir.

— Tu avais raison !

— Quoi ?

— Le cercueil est vide. Il n'y a jamais rien eu là-dedans...

L'immeuble était une belle demeure cossue convertie en bureaux. Le standard téléphonique, le terminal de télex, la grosse machine à écrire électrique, tout avait l'air coûteux. La réceptionniste aussi avait tout d'un modèle de luxe. Elle était au téléphone lorsqu'il était entré. Ayant raccroché, elle ramassa une boucle en strass et la remit à son oreille.

— Vous désirez ?

— Je voudrais parler à M. Fox. J'ai téléphoné...

— M. Metcalfe ? En effet. Entrez. Je vais le prévenir...

Le Dr Fox avait bien grossi. A l'époque, c'était un jeune homme nerveux bâti comme un écolier sous-alimenté. Avec le temps, cette frêle carcasse s'était alourdie d'une enveloppe charnelle plutôt encombrante.

— Que puis-je pour vous ?

Metcalfe s'assit. On voyait au regard de ce type qu'il avait décidé de ne pas le reconnaître. L'arme qu'il avait empruntée à Ferrier pesait lourd dans sa poche.

— Quand avez-vous cessé d'exercer la médecine ?

— Il y a longtemps. J'ai découvert que l'immobilier me convenait davantage. Après toutes ces années d'études !

Il émit un son rauque, qui pouvait passer pour un rire.

— Est-elle garce, la vie !

Metcalfe décida d'être direct.

— Il y a dix-sept ans, vous avez fait accoucher ma femme, Laura. Vous nous avez dit que l'enfant ne pouvait pas respirer correctement – une histoire de membrane hyaline – et qu'elle était morte le lendemain. Récemment, j'ai rencontré une jeune fille de dix-sept ans originaire de Toronto, qui pourrait être ma fille. Notre ressemblance est frappante. C'était une enfant adoptée. Qu'en dites-vous, docteur ?

L'épaisse figure était comme de la glaise humide. Des plaques marbrées suggéraient la présence de vers sous la peau.

— Je me souviens de ce cas, évidemment. Une tragédie. Mais cette rencontre... il ne faut pas être le jouet de votre imagination...

— Tout à fait d'accord. C'est pourquoi je suis allé au cimetière et j'ai ouvert le cercueil. J'en viens...

Metcalfe serrait la crosse de l'arme comme s'il s'y cramponnait.

— Il est vide, je ne vous apprends rien...

— Oh !

Fox enfouit sa figure dans ses doigts boudinés, ornés de bagues au luxe criard.

— Quelle est votre intention ?

C'était le moment d'exhiber l'arme à feu. Metcalfe cala le canon au bord du bureau, afin de ne pas trembler.

— Je n'ai pas encore décidé. Je pourrais vous tirer une balle dans le ventre. Mais d'abord, je veux savoir ce qui s'est passé – et pourquoi.

— C'était Horace Flanagan. Il m'a offert de l'argent – tellement que je ne pouvais pas refuser. Imaginez qu'on vous mette un quart de million de dollars sous le nez – net d'impôts ? Il voulait un enfant. Sa femme et lui étaient stériles. Et comme ils n'étaient pas de la même religion, la loi québécoise leur interdisait d'adopter...

— Et alors ? Ces choses-là se passent tous les jours, même si elles sont illégales. Avec toutes les grossesses non désirées, on ne manque pas de jeunes femmes désireuses de confier leur enfant à des inconnus...

— Flanagan est un tordu. Il avait peur de tomber sur un enfant dégénéré... alors il est venu me voir, disant qu'il désirait un enfant issu de bons parents, des gens cultivés, intelligents. Il était prêt à casquer. J'ai refusé, mais il m'a proposé cet énorme paquet de fric. Je voulais changer de métier et je m'étais endetté pour faire mes études. Flanagan le savait.

Entendre confirmer ses pires soupçons fut un soulagement immense pour Metcalfe.

— Comment avez-vous fait ?

Fox expliqua tout. La maternité était un service modeste qui ne recevait que quelques patientes. Il s'était arrangé pour que l'accouchement ait lieu un dimanche soir, jour où l'infirmière de garde serait une jeune femme inexpérimentée. Il l'avait convaincue que le nouveau-né avait besoin de soins particuliers, et s'était proposé pour le conduire lui-même au grand hôpital de Montréal. En fait, il s'était rendu au domicile de Flanagan, où une infirmière privée avait pris en charge le bébé. Comme c'était une petite fille pleine de vie, il n'y avait pas eu de complications.

— Mais l'entrepreneur de pompes funèbres... Il a bien organisé la cérémonie...

— Je lui ai donné vingt mille dollars. Un seul employé était au courant. J'ai prétendu que j'avais réalisé une autopsie et qu'il valait mieux sceller le cercueil. (L'homme découvrit son visage.) C'est horrible, ce que j'ai fait...

Metcalfe se leva et gagna la porte.

— Je ne sais pas encore ce que je vais faire de vous. Alerter la police... ou vous tuer moi-même.

Il remit l'arme dans sa poche.

— D'abord, je veux voir Flanagan.

Aussi incroyable que cela paraisse, Fox essaya de se justifier.

— Il y a des enfants qui meurent à la naissance. C'est fréquent. C'est affreux pour les parents, mais ils s'en remettent. La vie continue...

— Il y a une petite différence, dit Metcalfe. Ma fille, *elle*, n'était pas morte...

Dans les jours qui suivirent, Metcalfe s'efforça de se fixer une ligne de conduite. Il était coincé. Impossible de faire part à Laura de sa découverte – elle en perdrait la tête. Impossible également d'aller trouver Tina pour lui révéler qu'il était son véritable père. Cette révélation la mettrait dans tous ses états. Il avait bien vu qu'elle en pinçait pour lui, elle fantasmait même peut-être à son sujet. Alors apprendre qu'il était son père...

D'un autre côté, s'il se rendait à Toronto pour dire son fait à Flanagan, ce milliardaire le ferait sûrement assassiner. Comment laisser en vie ce témoin gênant ?

Et s'il tuait Flanagan ? S'il s'y prenait mal et se faisait prendre, alors le secret serait révélé et son entourage devrait vivre avec ce fardeau. Sans compter qu'il passerait le reste de ses jours en prison.

Mais s'il s'y prenait adroitement et que personne ne l'arrêtait ? Ce serait un deuil cruel pour Tina, qui visiblement adorait son père adoptif. Comment lui infliger cela ?

De quelque côté qu'il se tournât, il ne trouvait pas d'issue, et pourtant le besoin de se venger était si puissant qu'il en avait un goût amer dans la bouche.

De plus, le Dr Fox devait avoir prévenu Flanagan le jour même. Le millionnaire pouvait très bien avoir d'ores et déjà orchestré son élimination. Tout se déroulait comme si le destin, lui ayant révélé la vérité sur son passé, était sur le point de sceller son avenir...

— Et si vous veniez un de ces soirs chez moi ? proposa Maggie.

Elle s'était invitée à dîner et jouait maintenant au stud poker avec son père au salon, en utilisant des allumettes à la place de jetons. Laura était en train de corriger des devoirs de français dans son fauteuil, tâche qu'elle assurait en free-lance pour l'un de ses anciens collègues. Son visage s'éclaira.

— Avec joie ! Le plus tôt possible...

Les soirées chez Maggie étaient toujours amusantes. Des amis pittoresques passaient, on buvait du vin et riait de bon cœur. Le loft avait été aménagé dans un ex-atelier de confection – il y avait de l'espace, un matelas au ras du sol, des œuvres d'art colorées sur les murs de briques peintes.

— Je vais sans doute devoir me rendre à Toronto, dit Metcalfe sur un ton définitif.

— Vous êtes d'un triste ! se lamenta Maggie en battant les cartes. Reprenons la partie !

Deux jours plus tard, il était penché sur sa planche à dessin quand le téléphone sonna.

— Monsieur Metcalfe ? fit une voix bien timbrée. Horace Flanagan. Ça vous ennuie de descendre ? Je suis en bas.

Metcalfe s'efforça d'imaginer ce richissime homme d'affaires dans une cabine publique.

— Et si vous montiez ?

— Mieux vaut n'être pas vus ensemble. C'est dans notre intérêt réciproque. Et dans celui de Tina.

On ne pouvait être plus clair. Metcalfe se sentit rassuré, comme si le problème était nettement posé et que ce type, qui en réglait à longueur de journée, allait trouver une solution.

Flanagan n'avait pas appelé d'une cabine publique, mais d'une limousine grise qui stationnait dans la rue comme un bloc de rocher poli. La portière s'ouvrit et Metcalfe pénétra dans une alcôve digne d'un hôtel de luxe. Flanagan se fondait presque dans l'étoffe grise de la banquette. Seul son visage émergeait – une peau rose, des yeux bleu océan, des cheveux blancs et fins, une longue lèvre supérieure retroussée en un sourire fade, le menton charnu et carré fendu d'une fossette. L'homme que Tina aimait comme un père. C'était compréhensible. Elle l'adorait.

— Merci d'être venu...

La voiture se mit à rouler.

— Il est onze heures passées. Un verre ?

— Whisky allongé.

Flanagan ouvrit un panneau en bois de rose et versa les doses dans deux verres en cristal. Tel était l'homme qui lui avait fait ce tort impardonnable. Pourquoi ne l'étranglait-il pas sur-le-champ ?

— A la vôtre !

Etait-ce véritablement la meilleure gnôle du monde, ou était-il influencé par les circonstances ? Cette impression de flotter silencieusement au-dessus du plancher des vaches... les vitres teintées – et sans doute blindées – donnaient au monde extérieur un aspect verdâtre. Si les dieux daignaient jamais descendre sur terre, c'était sans doute dans cet équipage qu'ils s'y promenaient.

— Soyons clairs. Il s'est passé une chose extraordinaire. Jamais je n'aurais dû autoriser Tina à venir à Montréal, mais la probabilité pour qu'elle rencontre son père biologique, ou soit reconnue par lui, était quasi nulle.

— Et pourtant elle m'a rencontrée, répliqua Metcalfe avec une pointe d'ironie. Et je l'ai reconnue...

— Vous n'en êtes pas resté là, d'après le Dr Fox. Vous avez ouvert le cercueil pour vérifier vos soupçons. Eh bien, félicitations ! A votre place, jamais je n'aurais pu garder mon sang-froid. J'aurais pris mon fusil et tiré dans le tas. Il y aurait eu des morts. Tina aurait perdu ses deux pères. C'eût été la grande perdante...

— Avec ma femme...

— Ah oui...

Le millionnaire posa la main sur sa mallette noire.

— Mais vous n'avez pas agi ainsi. Vous avez gardé le secret... j'en déduis qu'un heureux dénouement est encore envisageable.

— J'en doute !

Metcalfe se sentait de plus en plus insulté par l'éloge de son comportement civilisé.

— On ne peut pas remonter le temps. Je ne puis vous rendre votre bébé. Il n'existe plus. C'est une jeune fille, qui est parfaitement heureuse de nous avoir pour parents. Notre vie de famille est harmonieuse.

— Arrêtez cette voiture...

— Non, écoutez-moi ! Nous avons deux options : cette mallette renferme une forte somme, un demi-million de dollars. Cela peut vous paraître grossier, mais quelle compensation vous offrir ? Croyez-moi, l'argent fait le bonheur ! D'après un tas de gens, en tout cas...

Metcalfe songeait à l'arme de Ferrier. Elle était dans son bureau, dans le tiroir du bas, sous des blocs à dessins.

— Quelle est la seconde option ?

Flanagan parut sincèrement troublé.

— Si vous refusez de coopérer, je devrai prendre des mesures pour nous protéger, moi et ma famille.

Il jeta un coup d'œil au chauffeur à travers la paroi vitrée. Ce n'était pas une armoire à glace. Les épaules étroites, la nuque sèche et les pellicules suggéraient un individu nerveux, qui prenait plaisir à accomplir de sales besognes sous la protection de son boss.

Comme son passager ne disait rien, Flanagan fit claquer les fermoirs de sa mallette et la lui posa sur les genoux. L'argent était bien là – un demi-million de dollars. De quoi placer sa belle-mère dans une bonne maison médicalisée où elle recevrait le meilleur traitement. Libérée de cet esclavage, Laura reprendrait l'enseignement, ou même ses études. Pourquoi pas à la Sorbonne ? Il louerait cet atelier à Paris avec vue sur la Seine, pour se donner enfin les chances de développer son talent artistique. Ce n'était pas trop tard...

— Qu'est-ce qui m'empêcherait de prendre ce fric, s'entendit-il dire, et d'aller tout raconter à la police ?

— Votre bon sens. Imaginez les conséquences pour Tina ! Je sais que vous l'aimez, mais l'homme qu'elle a accepté pour père – et qu'elle aime, croyez-moi – se retrouverait au tribunal. Songez au scandale...

— Au moins, vous seriez en prison.

— Pensez-vous ! Je pourrais racheter tout le système pénitentiaire canadien et en faire une chaîne de résidences hôtelières. Non, je souffrirais de cette mauvaise publicité, mais je garderais ma liberté. Vous, en revanche, perdriez la vie dans un quelconque accident. Votre femme se retrouverait veuve, votre fille orpheline. La vie de Tina en serait bouleversée. Alors que, au contraire...

Il passa la main sur les grosses liasses d'argent.

Ils étaient revenus à leur point de départ, devant l'immeuble. Refermant lui-même la mallette, Metcalfe posa la main sur la poignée de la portière et dit :

— Ne croyez pas avoir toutes les cartes en main. Je n'étais

pas seul au cimetière. Un ami était là. Un ami qui a le bras long. S'il m'arrivait quelque chose, il pourrait tout raconter.

Flanagan parut impressionné.

— Qui est cet ami influent ?

— Si vous croyez que je vais vous dire son nom, fit l'autre en ouvrant la portière, vous me prenez pour un crétin...

Il passa l'après-midi à travailler, puis rentra chez lui avec la mallette. Il avait peur de la perdre de vue.

— Des documents pour le boulot... expliqua-t-il à Laura.

— Ferrier a appelé.

— Quand ?

— Ce matin, juste après ton départ.

— Je vais voir ce qu'il veut...

Il téléphona de la cuisine.

— Al, c'est moi...

— J'ai fait quelque chose pour toi... (L'ex-policier semblait content de lui.) Ce matin, je suis allé voir ton Dr Fox. Il a eu la frousse de sa vie en voyant ma vieille carte de flic. Il ne pouvait pas savoir qu'elle était périmée ! Bref, je lui ai conseillé de coopérer avec toi.

— Merci, mais je me demande si c'était bien malin de ta part...

— Pourquoi ? Tu aurais vu sa tête !

— Je ne peux pas t'en parler au téléphone. Tu es chez toi ? Je peux passer ?

A la porte, Laura lui demanda :

— Qu'est-ce que vous manigancez tous les deux ?

— Il a des problèmes avec un bookmaker. J'essaie de le tirer d'affaire. Je ne serai pas long...

Il prit la voiture et se rendit sur Decelles Avenue, pénétra dans l'immeuble et descendit en vitesse à l'appartement du concierge, en demi-sous-sol. Au moment de sonner, il remarqua que la porte était entrouverte. Un vent froid semblait émaner du logement, qui était en fait surchauffé, comme il le découvrit en entrant, et sentait bizarrement le renfermé.

Il trébucha sur le cadavre dans la cuisine. Ferrier avait été égorgé et une mare de sang s'était formée dans une légère dépression du sol. Metcalfe resta planté là pendant toute une minute, puis il remonta prévenir la police d'une cabine publique.

Pendant tout ce temps, il n'avait pas lâché la mallette. Il l'ouvrit sur le siège passager et contempla les liasses. Comme si c'était la seule chose importante dans sa vie. Par sa faute, Ferrier était mort. S'il n'avait pas été mêlé à cette enquête morbide, il n'aurait pas perdu la vie.

Morbide ? Non. Sa petite Angela avait ressuscité. Il y avait là comme une leçon pour les parents en deuil : Ne pleurez pas vos enfants, ils sont peut-être vivants.

Il passa une vitesse et se rendit chez Maggie, sur Crescent Street. Elle était bien dans son loft, vautrée sur son matelas, devant un film qu'elle avait déjà vu quatre fois, avec une bouteille de chianti et un morceau de fromage.

— Estime-toi heureux que je t'aime plus que Robert Redford, ricana-t-elle en éteignant le poste et en lui servant un verre.

— Tu vas faire quelque chose pour moi. Tiens-toi bien...

Il ouvrit l'attaché-case.

— Les nouveaux billets du Monopoly ? dit-elle d'une voix soudain dégrisée.

— Ils sont authentiques. Il y a un demi-million.

— A quand, la descente de police ?

— Je te jure que tout est en règle. C'est à nous. Tu peux sourire, si tu veux. Tu es la plus vieille fille à marier d'un papa fortuné.

— D'où tires-tu ça ?

— Je ne peux pas te le dire pour le moment. C'est une affaire compliquée.

— Tu as des ennuis ?

— Pas encore. Mais si ça devait barder, tu devras réagir :

tu iras mettre ça demain dans un coffre. Pour ce soir, je te demande d'aller voir ta mère.

Maggie eut un pressentiment.

— Pourquoi, tu ne rentres pas ? Papa, que se passe-t-il ?

Elle l'agrippait si fort qu'il eut de la peine à se libérer.

— Je dois m'absenter. Tu connais ta mère... si je lui annonce ça, elle va me faire une scène... Crois-moi, je sais exactement ce que je fais.

Il alla prendre son arme à son bureau, puis se rendit au domicile de Tina, rue Durocher. Il ne l'avait pas revue depuis cette fameuse soirée et sentait la nécessité de lui parler, sans savoir ce qu'il dirait, exactement.

Son nom était inscrit sur un bristol au-dessus de la sonnette. Il eut un serrement au cœur en reconnaissant l'écriture, en tous points semblable à celle de Maggie. Il sonna quatre fois, et s'apprêtait à repartir lorsqu'une femme apparut au rez-de-chaussée.

— La petite Flanagan ? Elle s'est absentée, mais elle garde sa location. Elle a réglé deux mois d'avance.

Metcalfe remonta Decarie Boulevard et prit l'autoroute en direction de Toronto. Il avait parcouru la moitié du chemin, lorsqu'il se remit de sa macabre découverte. Presque minuit. A ce train-là, il serait à l'aube au domicile de Flanagan. Le mieux était de dormir.

Ayant trouvé un hôtel n'affichant pas complet, il prit une chambre et s'allongea entre les draps glacés, dans une pièce qui sentait le plâtre moisi et la peinture. Quelle option lui restait-il, maintenant que le pire était arrivé ?

Sa première erreur avait été de laisser son imagination broder sur l'identité de Tina. Aurait-il pris un verre de plus avant de rentrer chez lui, qu'il en serait resté là. Mais il l'avait emmenée au restaurant, l'avait regardée manger, écoutée parler, avant de prêter une oreille complaisante à la réflexion idiote d'une serveuse qui se voulait simplement flatteuse. C'était avec de petites choses qu'on foutait sa vie en l'air.

L'autre grave erreur avait été d'impliquer Ferrier, puis d'annoncer à Flanagan qu'il avait un complice.

Certes, Al avait sa part de responsabilité dans son propre malheur, pour avoir filé chez le Dr Fox et révélé son identité.

Metcalfe se retourna sur les ressorts fatigués. S'il ne faisait rien, s'il rentrait chez lui en prétendant qu'il avait simplement passé la nuit à boire, est-ce que tout finirait bien ? Non. Ayant tué Ferrier, Flanagan allait vouloir se débarrasser du seul homme capable de le compromettre.

Donc, il agissait au mieux. Il se rappelait qu'enfant il suivait à la radio les matches de hockey. La phrase préférée du commentateur était : « La meilleure défense, c'est l'attaque. » Eh bien, voilà ce qu'il allait faire, passer à l'attaque. A quatre heures du matin, il était debout, rasé de frais et reprenait la route.

Le numéro du magazine *Locust* montrait une photo de la demeure de Flanagan et indiquait sa situation. Metcalfe connaissait assez bien Toronto et il remonta à une allure de croisière les rues du quartier résidentiel avant de tomber sur le site, une façade néoclassique gardée par des grilles, des arbres et à laquelle menait une allée arrondie. La limousine grise aux lignes fluides stationnait devant l'entrée.

Roulant encore un peu, Metcalfe choisit pour se garer un endroit d'où il pouvait observer le manoir. Inutile d'aller sonner ; un homme de ce calibre devait être bien protégé. Le mieux serait d'agir lorsqu'il sortirait de chez lui pour monter dans sa limousine. Mais il faudrait faire vite.

A huit heures, le chauffeur fit son apparition et ouvrit sa portière. Armé d'une peau de chamois, il se mit à astiquer l'aile. C'était le signal que Metcalfe attendait. Quittant discrètement sa voiture, il alla d'un pas vif se dissimuler derrière des fourrés.

Des pas sur le gravier. Le chauffeur approchait. Metcalfe serra son arme dans sa poche. Les deux volets du portail grincèrent sur leurs gonds en s'ouvrant. Puis les pas s'éloignèrent. Le richard avait un horaire et s'apprêtait à rejoindre son bureau.

Metcalfe guettait la porte de la maison depuis sa cachette. Le chauffeur bâillait, consultait sa montre, la peau de chamois à portée de main – tel un vieux soldat, il ne voulait pas être surpris à ne rien faire quand le général sortirait.

La porte s'ouvrit, le chauffeur se remit à astiquer la carrosserie et Metcalfe, s'élançant, franchit le portail en courant et galopa sur la pelouse. Horace Flanagan, superbe en costume blanc et panama, vit l'homme et son arme, mais seulement lorsque Metcalfe le braqua, à cinq mètres de distance.

— Hé là, minute !

— Une minute, pas plus ! cria Metcalfe.

Le chauffeur mettait déjà la main dans sa poche, mais il n'avait pas peur : il aurait le temps de leur régler leur compte à tous les deux.

C'est alors que Tina apparut sur le seuil. Elle le vit.

— Qu'y a-t-il ?

Leurs regards se croisèrent. Elle souriait, comme au spectacle. Puis elle eut une intuition et son front se plissa, sa bouche formulant une question muette. En moins d'une seconde, le courant passa entre eux – une sensation sur laquelle elle pourrait méditer jusqu'à la fin de ses jours.

L'arme de Metcalfe vacilla au moment où le chauffeur sortait la sienne. Flanagan enregistra l'hésitation de son agresseur et interpella son garde du corps, mais trop tard : le chauffeur avait tiré deux fois et sa victime s'écroula.

— Papa, qu'y a-t-il ? s'écria Tina. Je le connais ! Il travaille à Montréal.

— N'y va pas, Tina. Viens... Rentre.

— Pourquoi il voulait te tuer ?

— Il y a des fous partout. Viens...

Metcalfe n'eut que quelques secondes pour réfléchir à ce qui s'était passé. Il ne souffrait pas, mais glissait dans une torpeur pas si désagréable. C'était mieux ainsi. Laura et Maggie seraient riches. Sa belle-mère recevrait des soins adéquats. Lui, il était foutu, mais c'était inévitable, il n'y avait pas d'autre issue. Ça valait mieux que de subir les conséquences de son acte si jamais il avait tué Flanagan.

Agenouillé au-dessus de lui, le chauffeur l'observait d'un regard détaché.

— La vérité ne libère pas, dit Metcalfe à son assassin perplexe. Pour être libre, il faut le vouloir.

Traduit par Valérie Malfoy.

Mary Higgins Clark

J'ai toujours affirmé n'avoir aucune prédilection pour l'un ou l'autre de mes romans. C'est comme si vous me demandiez quel est mon enfant préféré.

Il en va un peu différemment pour les nouvelles. Certaines sont mieux réussies que d'autres à mes yeux. L'homme d'à côté *fait partie de mes favorites. Elle suit un schéma qui m'a toujours paru effrayant. Dans cette histoire, Bree est chez elle en sécurité, l'alarme de sa maison est branchée. Le tueur en série, son aimable voisin, pénètre chez elle en ôtant les blocs de parpaing du mur mitoyen de sa cave. Je crois qu'au plus profond de notre être, la maison représente notre sanctuaire. Lorsque ce dernier est envahi, malgré toutes les précautions d'usage, l'épouvante atteint son apogée.*

Dans la même veine, j'ai toujours gardé en mémoire une histoire que j'ai lue dans ma jeunesse. Il s'agit du Cœur révélateur *d'Edgar Allan Poe.*

Les éléments qui me touchent le plus dans un récit sont ici tous réunis : un esprit déséquilibré, une victime innocente, la violation du sanctuaire.

Dans cette histoire, je partage la terreur du vieillard qui devine la présence dans l'obscurité de quelqu'un qu'il ne voit pas. Mais c'est avant tout l'ironie de la situation qui me séduit, le fait que l'œil de la victime était l'objet du crime mais que c'est son cœur qui causera la perte du meurtrier.

La dernière phrase : « C'est le battement de son affreux cœur », me glace encore.

L'HOMME D'À CÔTÉ

IL savait depuis des semaines que le temps était venu de convier une nouvelle pensionnaire dans son endroit secret, la cachette qu'il avait aménagée au sous-sol. Six mois s'étaient écoulés depuis le départ de la dernière de ses invitées. Elle était restée vingt jours, plus longtemps que les autres.

Ce n'était pas raisonnable de jeter son dévolu sur Bree Matthews – il le savait. Matin et soir, alors qu'il se livrait à ses tâches quotidiennes – laver les carreaux, passer l'aspirateur, astiquer les meubles, balayer l'allée –, il se répétait que c'était risqué de choisir une voisine aussi proche. Beaucoup trop risqué. Mais depuis le jour où elle avait sonné à sa porte et où il l'avait fait entrer chez lui, elle hantait son esprit. Debout dans l'entrée, les bras croisés, elle lui avait affirmé que les fuites qui s'étaient produites dans sa maison, mitoyenne de la sienne, provenaient de *son* toit à lui.

— L'entrepreneur auquel j'ai fait appel m'a demandé un prix exorbitant, avait-elle dit, et malgré tout, dès qu'il pleut, j'ai l'impression d'habiter sous les chutes du Niagara ! En tout cas, il soutient que les responsables sont les ouvriers qui ont fait vos travaux.

Sa colère l'avait violemment ému. Elle était superbe, avec son type celtique, ses yeux bleu nuit, son teint clair et ses cheveux aile-de-corbeau. Guère plus de trente ans, à son avis, un peu plus âgée que les femmes qui l'attiraient en général, mais extrêmement séduisante. Il s'était retenu de prendre sa main et de refermer la porte, de l'enfermer.

Il avait rougi, balbutié, expliquant qu'il était impossible que les fuites proviennent de son toit, car sinon elles se seraient produites également chez lui. Il lui avait suggéré de consulter une autre entreprise, afin d'avoir un second avis. Il avait failli lui dire qu'il avait travaillé quinze ans chez un entrepreneur et qu'il était évident qu'elle s'était fait rouler par la société ayant exécuté ses travaux, mais il s'était abstenu. Il ne voulait pas montrer qu'il s'intéressait à elle ni à sa maison, il ne voulait même pas qu'elle puisse deviner qu'il l'avait remarquée.

Quelques jours plus tard, alors qu'il était en train de planter des impatiens le long de son allée, elle était venue s'excuser. Elle avait suivi son conseil et fait venir un autre entrepreneur. Selon ce dernier, le travail avait été bâclé.

— Je ne vais pas me laisser faire, avait-elle promis. J'ai porté plainte contre lui.

Enhardi par son attitude amicale, il avait cédé à une impulsion stupide. Il se tenait près d'elle sur la pelouse, face à leurs deux maisons jumelles, et il avait noté pour la énième fois que le store d'une des fenêtres était de guingois. Elle ne l'avait toujours pas fait réparer. Ça le rendait fou. Les stores de leurs deux maisons étaient parfaitement alignés, et que l'un d'eux penche de la sorte lui était aussi désagréable que le raclement d'un ongle sur un tableau noir. Il lui avait proposé de le redresser.

Elle contempla le store incriminé comme si elle ne l'avait jamais vu auparavant.

— Merci beaucoup, mais je ne veux pas vous ennuyer. Le décorateur a fait confectionner des rideaux qu'il viendra poser dès que les dégâts des fuites auront été réparés. J'en profiterai alors pour lui demander d'arranger le store.

Cet « alors » aurait peut-être lieu dans plusieurs mois, cependant il fut soulagé de l'entendre refuser son offre. Après sa disparition, la police poserait des questions : « Monsieur Mensch, avez-vous vu Mlle Matthews sortir en compagnie de quelqu'un ? A-t-elle reçu des visites récemment ? Entreteniez-vous des relations amicales avec elle ? »

Il pourrait répondre franchement : « Nous parlions de choses et d'autres lorsque nous nous rencontrions dans la rue. Elle sortait souvent avec un jeune homme. Il m'est arrivé d'échanger quelques mots avec lui – un grand brun, d'une trentaine d'années. Je crois qu'il s'appelle Carter. Kevin Carter. »

La police serait probablement déjà au courant de l'existence de Carter. Quand Bree Matthews disparaîtrait, ils interrogeraient d'abord ses amis les plus proches.

On ne l'avait jamais interrogé au sujet de Tiffany. Il n'y avait aucune raison de le faire. Ils s'étaient croisés dans des musées à l'occasion – c'est dans les musées qu'il rencontrait la plupart de ses futures invitées. A la troisième ou quatrième rencontre, il avait demandé à Tiffany ce qu'elle pensait du tableau qu'elle était en train de contempler.

Elle lui avait plu dès le premier coup d'œil. La belle Tiffany, attirante, intelligente. Parce qu'il avait feint de partager son admiration pour Gustav Klimt, elle lui avait accordé sa sympathie et sa confiance. Elle avait accepté son offre de la reconduire à Georgetown. Il l'avait suivie en voiture tandis qu'elle se dirigeait vers la station de métro. Tiffany avait à peine senti la piqûre de l'aiguille. Elle s'était affaissée sur le plancher de la voiture. Au moment où il s'était engagé dans son allée, Bree Matthews était sortie de chez elle ; il lui avait fait un petit signe de tête en actionnant la commande de la porte du garage. A cette époque, naturellement, il ignorait qu'elle prendrait la suite.

Chaque matin pendant les trois semaines suivantes il avait passé tout son temps libre avec Tiffany. Il était heureux de l'avoir chez lui. La cachette était claire, lumineuse et gaie, le sol recouvert d'un épais tapis de sol jaune. Il avait rempli la pièce de livres et de jeux. Il avait même peint la salle de bains aveugle en jaune et rouge et installé une douche portative. Il enfermait Tiffany dans la salle de bains, et pendant qu'elle prenait sa douche il passait l'aspirateur et briquait la pièce. Il fallait que tout soit nickel ; il ne supportait pas le désordre. Il lavait et repassait les vêtements qu'elle portait à son arrivée, et les disposait une fois propres dans la pièce à son intention, ainsi qu'il l'avait fait avec les autres. Il avait même fait nettoyer sa veste ; la tache sur la manche le rendait fou.

Il était conscient de sa chance. Il pouvait consacrer tout son temps à la femme de son choix car il n'était pas obligé de travailler. Il n'avait pas besoin de gagner sa vie. A la fin de ses études secondaires, quand il avait trouvé un emploi chez un entrepreneur, son père avait exigé qu'il lui confie ses gains. « Je vais mettre cet argent de côté pour toi, avait-il dit. Ce serait du gâchis de le gaspiller avec des femmes. Elles ressemblent toutes à ta mère – elles empochent ton fric et te plaquent pour un autre. Ta mère disait qu'elle était trop jeune quand nous nous sommes mariés, que dix-neuf ans était trop jeune pour avoir un enfant. Je lui ai répliqué que cela n'avait pas été trop jeune pour ma mère. »

Son père était mort dix ans auparavant et August avait découvert avec stupéfaction que, pendant tout ce temps où il l'avait chichement entretenu, son père n'avait cessé d'investir en actions. A trente-quatre ans, August Mensch possédait plus d'un million de dollars. Il pouvait se permettre de voyager et de vivre à sa guise, comme il en avait si souvent rêvé durant ces interminables soirées à écouter son père lui rabâcher que sa mère ne s'était jamais occupée de lui quand il était petit. « Elle te laissait dans ton parc des heures entières. Lorsque tu pleurais, elle te lançait un biberon ou un paquet de biscuits. Elle te gardait enfermé à la maison, refusait même de te lire des histoires. Je rentrais du travail pour te trouver assis tout seul, au milieu des miettes et du lait renversé. »

August s'était installé à Washington l'année précédente ; il avait loué cette maison quelque peu délabrée pour une somme modique, effectuant lui-même les réparations indispensables. Il avait lessivé et repeint entièrement la cuisine et les salles de bains. Mais son bail venait à expiration le 1er mai, dans une vingtaine de jours, et il avait déjà annoncé au propriétaire son intention de quitter les lieux. D'ici là, il aurait invité Bree Matthews et il ne lui resterait plus qu'à partir. Il lui faudrait seulement camoufler les améliorations qu'il avait apportées à sa cachette, s'assurer que personne ne puisse deviner ce qui s'y était passé.

Dans combien de villes avait-il vécu au cours de ces dix dernières années ? Il n'aurait su le dire avec exactitude. Sept ? Huit ? Davantage ? Il se plaisait à Washington, il aurait aimé y séjourner plus longtemps. Mais après Bree, ce serait trop risqué.

Quel genre d'invitée sera-t-elle ? Tiffany s'était montrée à la fois terrifiée et furieuse. Elle s'était moquée des livres qu'il lui avait achetés, avait refusé de les lui lire. Elle lui avait dit que sa famille n'était pas fortunée, au cas où il réclamerait de l'argent. Quand elle avait émis son désir de peindre, il lui avait même acheté un chevalet et les fournitures nécessaires.

Et elle avait commencé un tableau pendant son séjour chez lui – une reproduction du *Baiser* de Klimt. Il l'avait arraché du chevalet, et lui avait ordonné de copier une des jolies illustrations de l'album pour enfants qu'il lui avait offert. C'est alors qu'elle lui avait jetée sa boîte de peinture ouverte à la figure.

August n'avait pas un souvenir très exact de ce qui s'était passé ensuite – il se rappelait seulement qu'en voyant sa veste et son pantalon maculés de peinture il s'était rué sur elle.

Lorsqu'on avait repêché son corps dans un canal de Washington le lendemain, la police avait interrogé ses ex-jules. L'histoire avait fait les gros titres de la presse et de la télévision, chacun échafaudant toutes les hypothèses possibles concernant l'endroit où elle avait disparu pendant trois semaines.

August soupira. Il ne voulait plus penser à Tiffany. Il voulait briquer la pièce, la préparer pour la venue de Bree. Ensuite il lui faudrait desceller les parpaings du mur qui séparaient sa cave de la sienne. Il en ôterait suffisamment pour pouvoir pénétrer chez elle, la ramener à travers l'ouverture et tout remettre en place.

On était dimanche soir. Il avait surveillé sa maison du matin jusqu'au soir ; elle n'était pas sortie une seule fois. Récemment, elle s'était mise à rester chez elle le dimanche, depuis que Kevin Carter ne venait plus la voir, en fait. August l'avait vu pour la dernière fois deux semaines auparavant.

Demain à la même heure, elle serait ici avec lui. Il avait acheté plusieurs albums du Dr Seuss [1] qu'elle lui lirait. Il avait jeté tous les autres. Certains avaient été éclaboussés de peinture rouge. Tous lui rappelaient que Tiffany n'avait jamais voulu lui en lire un seul.

Pendant toutes ces années, il avait toujours veillé au confort de ses invitées. Il n'était pas responsable de leur ingratitude. Il se rappelait le jour où celle du Kansas lui avait réclamé un steak. Il était allé lui en acheter un ; il avait choisi un morceau épais, le meilleur qui fût. A son retour, il s'était aperçu qu'elle avait voulu profiter de son absence pour tenter de fuir, et cela l'avait mis hors de lui. Il ne se rappelait pas exactement ce qui s'était passé ensuite.

Il espérait que Bree se montrerait plus aimable.

« Qui fait ce bruit ? » s'étonna Bree à voix haute. Postée sur la première marche de l'escalier qui menait à sa cave, elle dressa l'oreille. Un faible grattement venait du sous-sol de la maison voisine. Elle secoua la tête. *A six heures du matin, un lundi, M. Mensch était déjà en train de bricoler !*

Elle poussa un soupir. Elle n'avait aucune raison d'être

---

1. Dr Seuss : auteur et illustrateur célèbre d'albums pour enfants, dont le plus connu est *The Cat in the Hat*. (*N.d.T.*)

debout si tôt, mais elle n'avait plus sommeil. Elle avait attrapé froid et s'était sentie si mal fichue la veille qu'elle avait passé la journée à somnoler au lit. Elle n'avait même pas pris la peine de répondre au téléphone, se contentant d'écouter les messages. Ses parents étaient en voyage. Sa grand-mère n'avait pas appelé, pas plus qu'un certain Kevin Carter.

Aujourd'hui, enrhumée ou pas, elle devait se rendre au tribunal à neuf heures pour forcer ce maudit entrepreneur à rembourser les réparations du toit qu'il était censé avoir précédemment refait. Sans mentionner les dégâts causés à l'intérieur par les fuites. Elle ferma la porte de la cave d'un geste décidé et alla à la cuisine, prépara un jus de pamplemousse, du café, fit griller un muffin, puis s'installa au comptoir du petit déjeuner. *Je n'ai jamais porté plainte devant un tribunal,* se dit-elle. *C'est pourquoi je suis si tendue.*

Bree – diminutif de Bridget – Matthews était indiscutablement d'un naturel émotif. L'achat de cette maison, un an auparavant, s'était révélé une coûteuse erreur. « Un aperçu de l'enfer », disait-elle à qui voulait l'entendre. Elle admettait pourtant qu'une fois remis en état, l'endroit serait délicieux à habiter.

Elle avait passé en revue tout ce qu'elle voulait dire au juge. « Le papier mural est taché et se décolle. J'ai dû rouler et envelopper le tapis persan de ma grand-mère pour le protéger d'éventuelles nouvelles fuites, et le parquet est abîmé et taché. Maintenant j'attends que le peintre et le parqueteur me demandent une fortune pour refaire les travaux qu'ils ont exécutés il y a quatre mois.

» J'ai demandé à l'entrepreneur de réparer les fuites. Lorsqu'il a prétendu qu'elles provenaient du toit de mon voisin, je l'ai cru et j'ai accusé ce pauvre M. Mensch d'être à l'origine de tous mes problèmes. Vous comprenez, Votre Honneur, un mur mitoyen nous sépare... »

Bree se remémora son voisin, avec ses cheveux dégarnis et sa queue de cheval grisonnante, qui la saluait d'un air gêné lorsqu'ils se croisaient dans la rue. Le jour où elle s'était précipitée comme une furie chez lui, il l'avait invitée à entrer, écoutée calmement récriminer, sans ciller. Puis il avait rougi et dit d'une voix presque chuchotante que l'écoulement ne pouvait pas provenir de son toit, car lui-même aurait alors constaté des fuites dans sa maison. Il lui avait conseillé de faire appel à une autre entreprise.

« J'ai fait une peur bleue à ce pauvre type, avait-elle raconté à Kevin ce soir-là. Dès la minute où j'ai vu l'ordre qui règne chez lui, j'aurais dû me douter qu'il ne pouvait y avoir de fuite dans son toit. Je parie que, dans sa jeunesse, il a obtenu la médaille de la propreté. »

Kevin. Elle avait beau faire, elle ne pouvait s'empêcher de penser à lui. Ce matin, elle allait le revoir pour la première fois depuis un certain temps. Il avait insisté pour la rejoindre au tribunal, bien qu'ils eussent cessé de sortir ensemble. *Comparaître devant un tribunal n'est certes pas une partie de plaisir,* se dit-elle, *et je n'ai vraiment aucune envie de revoir Kevin !*

D'abord anodine, leur dispute avait bientôt pris des proportions épiques. Kevin avait trouvé stupide de sa part de refuser l'arrangement que lui proposait l'entrepreneur – elle n'obtiendrait probablement pas davantage en allant en justice – mais elle était têtue et aimait la bagarre, avait-il dit, et elle ne réfléchissait jamais avant d'agir. Elle s'était montrée irrationnelle dans cette affaire, elle n'aurait pas dû s'en prendre à son malheureux voisin.

Bree lui avait rappelé qu'elle s'était abondamment excusée, et que M. Mensch avait été très aimable, allant jusqu'à offrir de réparer le store de la fenêtre du salon. Ensuite, au lieu de s'en tenir là, elle avait déclaré à Kevin que c'était *lui* qui aimait la bagarre, lui qui soutenait toujours le parti adverse. Il avait alors proposé qu'ils prennent un peu de recul l'un par rapport à l'autre, qu'ils réfléchissent pendant quelque temps à leur relation. Et Bree avait répliqué avec colère : « Si elle donne à réfléchir, c'est qu'elle n'existe pas ! »

Elle soupira. Ces deux semaines lui avaient paru interminables.

A nouveau elle perçut le grattement en provenance du sous-sol. Elle se retint de crier : *Ça suffit !* Puis le bruit cessa brusquement, suivi par un silence profond. Elle crut entendre un pas dans l'escalier de la cave. Elle pivota pour voir son voisin se dresser devant elle, une seringue à la main.

Au moment où elle laissait tomber sa tasse de café, il plongea l'aiguille dans son bras.

Kevin sentait la colère le gagner dangereusement. *Bree est décidément incapable d'entendre raison. C'est une vraie bourrique. Où diable a-t-elle disparu maintenant ?*

L'entrepreneur, Richie Ombert, était arrivé à l'heure. L'air maussade, il ne cessait de consulter sa montre, marmonnant qu'il était attendu sur un chantier. Il réitéra sa position à son avocat : « J'ai proposé de réparer la fuite, mais elle avait déjà fait exécuter le travail par un autre. Pour six fois le prix que j'aurais demandé. Néanmoins, je lui ai offert de payer la somme que ça m'aurait coûté. »

Furieux contre Bree, Kevin regagna son bureau au State Department. Il ne téléphona pas à la société de relations publiques dans laquelle elle travaillait ; pas plus qu'il ne tenta de l'appeler chez elle. Il s'efforça d'oublier ce qu'il avait projeté de lui dire une fois qu'elle serait sortie du tribunal, à savoir qu'elle lui avait horriblement manqué.

August traîna péniblement dans l'escalier le corps inerte de Bree. Arrivé en bas, il se pencha et la souleva dans ses bras. Il avait pratiqué l'ouverture dans le mur derrière la chaufferie, à l'endroit où le trou passerait le plus facilement inaperçu. Il avait entreposé les parpaings dans sa propre cave, si bien qu'il ne lui restait plus qu'à mettre Bree en sécurité dans la cachette, aller lui chercher quelques vêtements de rechange, puis replacer les parpaings et les resceller.

Elle n'avait pas repris conscience et ce fut sans difficulté qu'il la porta dans la cachette. Il lui entrava les poignets et les chevilles et, à titre de précaution, noua une écharpe autour de sa bouche. Il devina à sa respiration qu'elle était enrhumée. Il ne voulait pas qu'elle s'étouffe, bien sûr. Il serra les pans de sa robe de chambre autour d'elle, l'emmitouflant chaudement.

Maintenant qu'elle était là, il se sentait fort et calme. Mais il devait se dépêcher ; aller chercher ses vêtements et son sac, nettoyer les éclaboussures de café. Il fallait donner l'impression qu'elle avait disparu *après* avoir quitté sa maison.

Il jeta un coup d'œil au répondeur dans la cuisine, le clignotant lumineux indiquait plusieurs appels. Bizarre, pensa-t-il. Il savait qu'elle n'était pas sortie la veille. Se pouvait-il qu'elle n'ait pas répondu au téléphone ?

Il écouta les messages. Tous provenaient d'amis. « Comment va ? », « On se voit bientôt... », « Bonne chance au tribunal... », « J'espère que tu vas faire payer ce salaud. »

August effaça les messages et s'assit un moment au comptoir. Il avait besoin de réfléchir à la situation. Bree n'était pas sortie de la journée et n'avait manifestement pas répondu au téléphone. Supposons qu'au lieu d'aller chercher ses vêtements afin de simuler qu'elle était partie à son travail ce matin, il range à fond la maison pour faire croire qu'elle n'était pas rentrée chez elle dans la nuit du dimanche ? Après tout, il l'avait vue sortir, et revenir seule vers onze heures, un journal sous le bras. Qui pouvait dire si elle était rentrée chez elle ou non ?

Il se leva, enfila ses gants de caoutchouc et commença à inspecter les lieux. La poubelle sous l'évier était vide. Il prit un sac-poubelle dans le tiroir et y jeta les écorces de pamplemousse, le café moulu et les morceaux de la tasse que Bree avait fait tomber. Méthodiquement, il nettoya la cuisine, prenant même le temps de récurer la cafetière qu'elle avait laissée sur la cuisinière.

Dans sa chambre à l'étage, il fit le lit et ramassa l'édition du *Washington Post* qui traînait par terre. Il fourra le journal dans le sac-poubelle. Un tailleur était posé sur le lit. Il le rangea dans la penderie.

Ensuite il s'attaqua à la salle de bains. La machine à laver et le séchoir étaient dissimulés dans un placard, derrière une porte à jalousie. Au-dessus de la machine à laver, il trouva le jean et le sweater dont elle était vêtue le samedi. Il ne pleuvait pas ce jour-là, néanmoins elle portait aussi un imperméable jaune. Il rassembla les vêtements, se dirigea ensuite vers sa commode où il choisit des sous-vêtements. Dans la penderie il prit quelques sweaters supplémentaires et deux ou trois confortables pantalons de sport.

Il trouva son imperméable et son sac dans l'entrée près de la porte. Il consulta sa montre. Sept heures et demie – il était temps de retourner en bas. Il devait s'occuper des parpaings.

Il jeta un coup d'œil autour de lui pour s'assurer qu'il n'avait rien oublié. Ses yeux tombèrent sur le store de guingois à la fenêtre du salon. Sa seule vue lui donnait la nausée. Il posa les vêtements, le sac et le sac-poubelle par terre, et d'un pas rapide et décidé alla à la fenêtre. Le cordon du store était cassé, mais il restait assez de longueur pour l'attacher et le redresser.

Une fois sa tâche accomplie, il poussa un soupir de soulagement. Le store était enfin exactement aligné sur l'autre et, comme lui, effleurait l'appui de la fenêtre. Il reprit rapidement l'imperméable, le sac à main, les vêtements et le sac-poubelle. Deux minutes plus tard, il était de retour dans son sous-sol et remettait les parpaings en place.

Bree crut d'abord qu'elle faisait un cauchemar – un cauchemar à la Disneyworld. Elle ouvrit les yeux et vit les murs peints de rayures marron régulièrement espacées, représentant une barrière. L'endroit était petit, pas plus de deux mètres sur trois, et elle était couchée sur un tapis de sol de plastique jaune vif. Au-dessus de la « barrière », les murs étaient ornés de décalcomanies : Mickey, Cendrillon, Kermit, Miss Peggy, la Belle au bois dormant.

Elle se rendit compte qu'elle avait un bâillon sur la bouche. Elle voulut l'ôter mais put à peine remuer le bras. Ses bras et ses jambes étaient entravés par des menottes.

L'engourdissement se dissipait peu à peu. Où était-elle ? Que lui était-il arrivé ? La panique s'empara d'elle au souvenir de l'instant où elle avait vu August Mensch, son voisin, se dresser devant elle dans sa cuisine. Elle regarda lentement autour d'elle, les yeux écarquillés par la stupéfaction. L'endroit où elle se trouvait ressemblait à un parc pour bébé. Des livres d'enfants étaient empilés dans un angle. Elle distingua le titre de l'un d'eux : *Les Contes de Grimm.*

Comment diable avait-elle atterri là ? Elle se souvint qu'elle s'apprêtait à s'habiller pour se rendre au tribunal. Elle avait disposé sur le lit le tailleur qu'elle avait l'intention de porter. Il était neuf. Elle voulait être chic – plus pour Kevin, à dire vrai, que pour le juge. Elle se l'avouait maintenant.

Kevin. Il la chercherait quand il ne la verrait pas apparaître au tribunal. Il devinerait qu'il lui était arrivé quelque chose.

Ica, sa femme de ménage, se mettrait à sa recherche elle aussi. Elle venait chez elle tous les lundis. Elle s'apercevrait qu'il s'était passé quelque chose d'anormal. Bree se souvint d'avoir laissé tomber sa tasse de café. Elle s'était brisée sur le sol de la cuisine lorsque August Mensch l'avait empoignée. Ica savait que Bree n'aurait pas laissé des morceaux de tasse par terre sans les ramasser.

Ses idées s'éclaircissaient peu à peu ; elle se souvint qu'une seconde avant de se retourner et d'apercevoir son voisin, elle avait entendu un bruit de pas dans l'escalier de la cave. Elle sentit sa gorge se contracter à la pensée qu'il s'était introduit chez elle par la cave. Comment ? La porte du sous-sol était fermée à double tour, la fenêtre grillagée.

L'effroi la saisit. Il était clair que rien n'était dû au hasard ; tout avait été méticuleusement planifié. Elle voulut crier mais seul un son étouffé sortit de sa bouche. Elle tenta de prier, répétant désespérément la même phrase : *Mon Dieu, faites que Kevin me trouve.*

Tard dans l'après-midi du mardi, Kevin reçut un appel téléphonique du bureau de Bree. Elle ne s'était pas présentée à son travail depuis vendredi dernier et n'avait pas téléphoné. Ils avaient supposé qu'elle avait été retenue toute la journée du lundi au tribunal, mais à présent ils étaient franchement inquiets.

Un quart d'heure plus tard, August regarda furtivement Kevin Carter sonner à la porte d'entrée de Bree. Ensuite il le vit franchir la pelouse et jeter un coup d'œil par la fenêtre du salon. Il s'attendit presque à le voir venir chez lui, mais Kevin n'en fit rien. Il resta sans bouger pendant un instant, l'air indécis, avant de se diriger vers le garage et de lorgner à l'intérieur par la fenêtre. August savait que la voiture de Bree y était garée. Il eût préféré la faire disparaître, mais n'en avait pas eu la possibilité.

Il continua de surveiller Kevin Carter jusqu'au moment où il le vit enfin regagner sa voiture et s'éloigner. Avec un sourire satisfait, il descendit alors dans son sous-sol et, comme chaque fois, contempla ses outils, ses pots de peinture et de vernis, tous parfaitement disposés sur leurs rayons, ou suspendus à leurs crochets. Les pelles à neige masquaient les parpaings qu'il avait descellés pour pénétrer dans la cave de Bree. Le mortier avait séché à présent et il ne restait aucune trace de l'ouverture. Il traversa la chaufferie pour atteindre la cachette située à l'arrière.

Bree reposait sur le tapis jaune, les bras et les jambes toujours entravés. Elle leva les yeux vers lui, et il vit la peur percer sous la colère. Il s'agenouilla près d'elle, ôta le bâillon qui couvrait sa bouche. « Votre ami était en train de vous chercher, lui dit-il. Il est parti. »

Il libéra sa jambe et son bras gauches. « Quel livre vas-tu

me lire, maman ? » demanda-t-il, prenant soudain une voix enfantine et implorante.

Le jeudi matin Kevin était assis dans le bureau de Lou Ferroni, agent du FBI. Derrière la fenêtre, Washington ressemblait à une mer de cerisiers en fleur, mais il ne les voyait même pas. Tout était confus dans son esprit, en particulier les deux derniers jours : son appel affolé à la police, les questions, les conversations au téléphone avec la famille de Bree, l'entrée en scène du FBI.

— Elle est partie depuis suffisamment de temps pour que l'hypothèse d'une disparition devienne envisageable, lui disait Ferroni.

L'agent savait que Kevin était le petit ami de Bree, du moins jusqu'à ces derniers jours ; Kevin avait reconnu qu'ils s'étaient disputés. Mais il n'était pas un suspect plausible, et il avait un alibi solide.

Bridget – ou Bree – était encore chez elle le samedi. De cela, ils étaient sûrs. Cependant ils n'avaient pu trouver personne qui l'ait vue ou lui ait parlé dans la journée du dimanche, et elle ne s'était pas présentée au tribunal le lundi.

— Reprenons depuis le début, proposa Ferroni. Vous dites que la femme de ménage de Mlle Matthews a été étonnée de voir le lit fait et la vaisselle lavée quand elle est arrivée le lundi matin.

Il avait déjà interrogé la femme de ménage mais voulait s'assurer que son récit concordait avec celui de Kevin.

Kevin hocha la tête.

— J'ai téléphoné à Ica dès que je me suis rendu compte de la disparition de Bree. Elle a la clé de la maison et m'a fait entrer. Elle m'a dit qu'à son arrivée le lundi matin, elle n'avait pas compris pourquoi le lit était fait et la vaisselle propre dans la machine à laver. C'était inhabituel. Bree ne faisait jamais son lit le lundi, jour où Ica changeait les draps. C'était la preuve qu'elle n'avait pas dormi chez elle le dimanche soir, et qu'elle avait probablement disparu à un moment donné entre le samedi et le dimanche soir.

Ferroni sut instinctivement que le désespoir peint sur le visage de Kevin était sincère. Vers qui orienter les soupçons ? Richier Ombert, l'entrepreneur poursuivi en justice par Bridget Matthews, avait été l'objet de plusieurs plaintes pour insultes et menaces à l'égard de clients mécontents. Il était réputé pour son sale caractère, et était jusqu'ici le principal suspect.

Il y avait un aspect de cette affaire que Ferroni préférait taire à Carter. L'ordinateur du VICAP, le programme de recherche criminelle du FBI, avait fait apparaître un schéma particulier de disparitions de jeunes femmes. La piste prenait naissance en Californie une dizaine d'années plus tôt, quand une jeune étudiante en art dramatique avait disparu. On avait retrouvé son corps trois semaines plus tard ; elle avait été étranglée. Le plus étrange était qu'elle portait l'ensemble dont elle était vêtue au moment où l'on avait perdu sa trace, mais fraîchement lavé et repassé. On n'avait relevé sur elle aucune trace de violences sinon celles qui, à l'évidence, avaient provoqué la mort. Mais où diable était-elle restée pendant ces trois semaines ?

Peu après, l'ordinateur du VICAP avait révélé un cas survenu en Arizona et qui présentait des similitudes frappantes avec le précédent. Puis un autre au Nouveau-Mexique, et ainsi de suite au Colorado... dans le Wisconsin... au Kansas... dans le Missouri... en Indiana... dans l'Ohio... en Pennsylvanie... Six mois auparavant, ici même, dans le District de Columbia, une étudiante en arts, Tiffany Wright, avait disparu. Son corps avait été repêché dans un canal de Washington trois semaines plus tard, mais il n'y avait séjourné que peu de temps. Hormis l'effet de l'eau sur les vêtements, ces derniers étaient en parfait état. Le seul détail insolite était une légère tache de peinture rouge sur son chemisier.

Ce petit indice avait orienté les recherches vers le cercle des Beaux-Arts, parmi les camarades de classe de la jeune fille. La disparition de Bridget Matthews n'était probablement pas liée à la mort de Tiffany Wright. Le fait de frapper deux fois consécutives dans la même ville était contraire aux méthodes employées par ce tueur en série...

— Mlle Matthews s'intéresse-t-elle à l'art ? demanda néanmoins Ferroni. Peint-elle en amateur, par exemple ?

Kevin secoua la tête.

— Non, ses goûts la portent davantage vers la musique et le théâtre, répondit-il. Nous allions fréquemment au Kennedy Center.

Allions ? Pourquoi suis-je en train d'utiliser le passé ? Mon Dieu, non !

Ferroni consulta les notes qu'il tenait à la main.

— Monsieur Carter, j'aimerais reprendre les choses depuis le début. Vous connaissiez bien la maison. N'avez-vous rien remarqué de spécial lorsque vous y êtes allé avec la femme de ménage ?

Kevin le regarda, fronçant les sourcils.

— Qu'y a-t-il ? demanda vivement Ferroni.

Le visage de Kevin était décomposé.

— Il y avait quelque chose de changé, dit-il. Je l'ai senti en entrant. Mais je ne saurais dire de quoi il s'agissait.

Depuis combien de temps suis-je ici ? se demanda Bree. Elle avait perdu le fil des jours. Trois ? Quatre ? Ils se confondaient tous. August Mensch venait de remonter à la cuisine avec le plateau du petit déjeuner. Elle savait qu'il allait réapparaître dans moins d'une heure et exiger qu'elle lui fasse la lecture à nouveau.

Son emploi du temps obéissait à une routine bien établie. Le matin, il descendait et lui apportait de nouveaux vêtements, un chemisier ou un pull, un jean ou un pantalon. Visiblement, il avait pris le temps de fouiller dans sa penderie après l'avoir plongée dans l'inconscience. Et il n'avait emporté que des vêtements lavables.

Ensuite il lui libérait les mains, attachait ensemble les menottes qui lui enserraient les chevilles, puis la menait à la salle de bains, déposait ses vêtements propres sur une chaise et l'enfermait à l'intérieur. Avant même d'avoir ouvert le robinet de la douche, elle entendait le ronflement de l'aspirateur.

Elle avait beau chercher désespérément un moyen de s'échapper, elle savait que ses efforts étaient vains. Les entraves de ses pieds l'obligeaient à mesurer ses pas, et il était clair qu'elle ne parviendrait pas à courir plus vite que lui. En outre, elle n'avait rien à portée de la main qui lui permette de l'étourdir et de prendre la fuite.

Elle savait désormais où elle se trouvait – dans la cave de Mensch. Le mur à sa droite était le mur mitoyen de sa maison. En ce moment même, la police était certainement à sa recherche. Kevin leur aurait raconté qu'elle avait accusé son voisin d'être à l'origine des fuites de son plafond. Ils allaient mener une enquête sur lui et s'apercevoir qu'il avait un comportement bizarre. Toutefois, à moins qu'il ne change radicalement son emploi du temps, elle n'avait aucune chance de faire savoir qu'elle se trouvait là. Il ne lui restait qu'à attendre et à espérer, éviter de le contrarier jusqu'à l'arrivée éventuelle d'une aide extérieure. Tant qu'elle lui faisait la lecture, il paraissait satisfait.

La veille au soir, elle lui avait conseillé d'acheter des livres de Roald Dahl. Il avait souri, satisfait.

— Aucune de mes invitées ne s'est montrée aussi gentille que vous, avait-il dit.

Qu'avait-il fait à ces femmes ? *N'y pense pas,* se dit-elle farouchement – *il a horreur que tu aies l'air d'avoir peur.* Elle s'en était rendu compte au début, quand elle s'était mise à sangloter devant lui, le suppliant de la libérer.

— Vous faites trop de bruit, avait-il dit en plaquant une main sur sa bouche tout en lui serrant la gorge de l'autre.

Elle avait cru qu'il allait l'étrangler. Mais il avait hésité avant de dire :

— Promettez-moi de rester tranquille et je vous permettrai de me faire la lecture.

Puis il avait ajouté :

— Mommy, je t'en prie ne pleure pas.

Depuis, elle s'était forcée à dissimuler ses émotions.

Soudain, elle entendit la poignée de la porte tourner et le vit apparaître, la mine inquiète.

— Mon propriétaire vient de téléphoner. Légalement, il a le droit de faire visiter la maison deux semaines avant l'expiration du bail. Elle a lieu lundi, et nous sommes déjà vendredi. Il faut que je fasse disparaître toutes les décorations de cette pièce et que je repeigne les murs ainsi que ceux de la salle de bains, et qu'ils aient le temps de sécher. Cela prendra le week-end entier. Il ne nous reste plus que la journée d'aujourd'hui à passer ensemble, Bridget. Je regrette. Il faudra que vous lisiez un peu plus vite...

A dix heures du matin – le vendredi –, Kevin était à nouveau assis en face de Lou Ferroni dans les bureaux du FBI.

— Grâce à nos appels, nous avons pu reconstituer l'emploi du temps de Mlle Matthews pendant la journée du samedi, lui annonça Ferroni. Plusieurs voisins l'ont vue sortir dans la rue vers deux heures de l'après-midi. D'après leurs dires, elle portait un jean et un imperméable jaune, et elle avait un sac en bandoulière. L'imperméable et le sac ne se trouvent pas dans sa maison. Nous ignorons ce qu'elle a fait ensuite, mais nous savons qu'elle a dîné seule au restaurant Antonio à Georgetown et qu'elle est allée au cinéma à neuf heures voir *L'Arme fatale* au Beacon.

Bree a dîné seule samedi soir, pensa Kevin. *Et moi aussi. Et elle aime les films de violence avec Mel Gibson. Nous en avons souvent ri ensemble...*

— Il semble que personne ne l'ait revue ensuite, poursuivit Ferroni. Toutefois nous détenons une information significative. Nous avons appris que son entrepreneur, qu'elle avait poursuivi en justice, était au même cinéma ce soir-là, à la même séance. Il prétend être rentré directement en voiture chez lui, mais il n'y a personne pour confirmer son alibi. Apparemment, il est séparé de sa femme depuis peu.

Ferroni n'ajouta pas que l'entrepreneur avait clairement exprimé devant plusieurs témoins ce qu'il ferait volontiers à cette nana qui le traînait devant les tribunaux.

— Nous examinons l'hypothèse selon laquelle Mlle Matthews ne serait pas rentrée chez elle ce soir-là, poursuivit-il. Prenait-elle souvent le métro au lieu de sa voiture ?

— Le métro, ou un taxi, répondit Kevin. Elle trouvait trop compliqué de chercher une place de stationnement.

Il était clair que Ferroni commençait à soupçonner l'entrepreneur d'être à l'origine de la disparition de Bree. Il se rappela Richie Ombert au tribunal, lundi dernier – d'abord irrité, puis bruyamment ravi en entendant le juge rejeter la plainte. *Ce type n'avait pas l'air de jouer la comédie,* pensa Kevin. Il avait paru sincèrement surpris et soulagé lorsque Bree ne s'était pas présentée. Non, ce n'était pas du côté d'Ombert qu'il fallait chercher la solution.

— Y a-t-il d'autres pistes ? demanda-t-il à Ferroni.

L'agent du FBI songea à la possibilité, brièvement envisagée, d'un enlèvement par un tueur en série.

— Non, répondit-il fermement.

Puis :

— Comment réagit sa famille ? Son père est-il reparti dans le Connecticut ?

— Les circonstances l'y ont forcé. La grand-mère de Bree a eu une légère attaque cardiaque mardi soir – une de ces affreuses coïncidences. La mère de Bree se trouve actuellement auprès d'elle. C'est pourquoi M. Matthews a dû rentrer. Mais nous restons en contact.

Ferroni soupira.

— J'aimerais avoir une bonne nouvelle à leur annoncer.

Dans un certain sens, il eût préféré imaginer que Bree était séquestrée par le tueur en série. Toutes les femmes qu'il avait enlevées étaient restées en vie pendant plusieurs semaines après leur disparition. Cela donnerait au moins un peu de temps au FBI.

— Et son répondeur ? demanda Kevin. Y avait-il des messages ?

— Aucun datant du dimanche, à moins qu'ils n'aient été effacés. Bien entendu, elle a pu les écouter en appelant de l'extérieur.

Kevin secoua la tête. Il ne voulait pas s'éterniser ici. Il avait promis à Ica de lui téléphoner dès la fin de son entretien avec Ferroni, mais à présent il préférait attendre d'être chez Bree pour l'appeler. Une fois dans sa maison, il aurait l'impression d'être plus près d'elle.

Au moment où Kevin garait sa voiture devant la maison de Bree, il aperçut dans la rue son voisin, le type à la queue de cheval. Il sortait visiblement de la librairie et était chargé d'un sac de livres. Leurs regards se croisèrent, mais ils ne s'adressèrent pas la parole. L'homme se contenta de faire un signe de tête, puis remonta l'allée qui menait chez lui. *Il pourrait avoir la correction de demander des nouvelles de Bree,* pensa Kevin. *A moins qu'il ne soit embarrassé – ou effrayé à cette idée.*

Kevin prit la clé qu'Ica lui avait donnée, entra et composa son numéro de téléphone. « Ica, pouvez-vous venir jusqu'ici ? lui demanda-t-il. Il y a quelque chose dans la maison qui me préoccupe, mais je n'arrive pas à trouver quoi. Peut-être pourrez-vous m'aider. »

En l'attendant, il arpenta nerveusement le rez-de-chaussée. Il s'arrêta devant la porte du salon. Le contraste entre la cuisine et le bureau était frappant. Ici, comme dans la salle à manger, les meubles et le tapis étaient recouverts de plastique et repoussés dans un angle de la pièce à cause des dégâts provoqués par les fuites d'eau. Le papier mural de couleur ivoire à fines rayures était taché et gondolé.

Kevin se souvint de la joie de Bree trois mois plus tôt, quand toute la décoration avait été achevée. Ils avaient même plus ou moins parlé de se marier, évoqué la maison de Bree et la belle ferme ancienne que lui-même avait achetée en Virginie. *Trop prudents pour s'engager vraiment,* se reprocha Kevin amèrement. *Mais pas suffisamment pour éviter de nous disputer à cause de broutilles. Quelle bêtise !*

Ica sonna à la porte, interrompant le cours de ses pensées. Le beau visage de la Jamaïcaine trahissait un chagrin égal au sien.

— Je n'ai pas fermé l'œil cette semaine, dit-elle. On dirait que vous n'avez pas beaucoup dormi non plus.

Kevin acquiesça.

— Ica, il y a dans cette maison quelque chose qui me tracasse sans que je puisse préciser quoi.

Elle hocha la tête.

— C'est drôle que vous fassiez cette réflexion, car j'ai eu la même impression, mais je l'ai mise sur le fait que le lit était fait et la vaisselle lavée. Si Bree n'est pas rentrée le samedi soir, cela explique tout. Elle ne laisse jamais la maison en désordre.

Ensemble ils montèrent l'escalier et pénétrèrent dans la chambre. Ica regarda autour d'elle d'un air hésitant.

— La pièce m'a paru différente lorsque je suis arrivée lundi matin, dit-elle.

— Différente en quoi ?

— Elle était... voyons, elle était trop bien rangée. (Ica alla jusqu'au lit.) Les coussins – Bree les disposait n'importe comment, tels qu'ils sont aujourd'hui.

— Qu'est-ce que vous racontez ?

Kevin la saisit par le bras.

— Tout était trop... trop net. J'ai quand même refait le lit, parce que je voulais changer les draps. Il était bordé si serré que j'ai eu du mal à retirer les couvertures. Quant aux coussins du lit, ils étaient alignés contre le mur comme des petits soldats.

— Rien d'autre ?

— Si, répondit Ica d'un ton surexcité. La semaine dernière, Bree a laissé brûler une cafetière. Je l'ai frottée du mieux que j'ai pu et j'ai écrit un mot lui demandant d'acheter de la laine métallique et de poudre à récurer ; j'ai ajouté que je finirais de la nettoyer la fois suivante. Le lundi matin la cafetière trônait sur le fourneau, rutilante. Je connais Bree – elle n'aurait jamais fait un truc pareil.

Ils descendirent à la cuisine. Ica sortit la casserole du placard et regarda Kevin.

— Tout ça n'est pas normal, dit-elle. Le lit était trop bien fait. La cafetière trop propre.

— Et... et le store de la fenêtre de devant a été réparé ! s'écria Kevin. Il est aligné sur ceux de la maison voisine.

Il avait fait cette remarque spontanément, mais il comprit tout à coup ce qui l'avait tracassé à propos de la maison de Bree.

C'est alors qu'il songea au type qui habitait à côté et passait son temps à faire les vitres, tondre sa pelouse ou balayer son allée. Que savait-on de lui ? Mettons qu'il ait sonné à la porte de Bree et qu'elle l'ait invitée à entrer... Il avait proposé d'arranger son store – c'est Bree elle-même qui le lui avait dit. Kevin sortit la carte de Ferroni de sa poche et la tendit à Ica.

— Je vais faire une petite visite chez le voisin. Appelez Ferroni et dites-lui d'arriver immédiatement.

— Encore un. Nous avons juste le temps. Ensuite tu me quitteras encore une fois, maman, comme elle l'a fait – comme elles l'ont toutes fait.

Pendant les deux heures où elle lui avait fait la lecture, Bree avait regardé August régresser au stade enfantin, passer de l'adoration à la colère. *Il essaye de trouver le courage de me tuer,* avait-elle pensé.

Il était assis en tailleur à côté d'elle sur le tapis.

— Mais je voudrais vous lire tous les livres, dit-elle d'une voix apaisante. Je sais qu'ils vous plairont. Et demain je vous aiderai à peindre les murs. Nous irons plus vite à deux. Ensuite nous partirons quelque part et je continuerai à vous faire la lecture.

Il se leva d'un bond.

— Vous essayez de me tromper. Ce n'est pas vrai, vous ne voulez pas partir avec moi. Vous êtes comme les autres. (Il la regarda fixement, louchant sous l'effet de la colère.) J'ai vu votre petit ami entrer chez vous l'autre jour. Il est trop fouineur. Heureusement que vous êtes en jean aujourd'hui. Mais il faut que j'aille chercher votre imperméable et votre sac.

Il semblait sur le point de pleurer.

— Vous n'avez plus le temps de me lire un autre livre, ajouta-t-il avant de sortir à la hâte de la pièce.

Je vais mourir, pensa Bree. Prise de panique, elle s'efforça frénétiquement de libérer ses bras et ses jambes de leurs entraves. Elle fit un mouvement du bras droit et s'aperçut qu'il avait oublié de rattacher la menotte au mur. Il avait dit que Kevin était à côté. Elle ferma les yeux : *Kevin, viens à mon secours, j'ai besoin de toi.*

Elle devait gagner du temps. Elle n'aurait qu'une seule chance contre lui, un seul instant pour le prendre au dépourvu. Elle le frapperait à la tête avec la menotte qui pendait à son poignet, tenterait de l'assommer. Et après ? Ses yeux s'arrêtèrent sur la pile de livres d'enfants. Il y avait peut-être un moyen. Elle saisit le premier album et commença à en déchirer les pages, les éparpillant autour d'elle sur le tapis.

J'aurais dû me douter que le jour était arrivé, se dit August en prenant l'imperméable et le sac de Bree qu'il avait rangés dans la penderie de sa chambre. *J'ai préparé le jean et le pull rouge qu'elle portait ce samedi-là. Lorsqu'ils la trouveront, les choses se dérouleront comme chaque fois ; ils poseront la même question : où se trouvait-elle depuis sa disparition ?*

Il commença à descendre l'escalier puis s'immobilisa. Le

carillon de la porte d'entrée sonnait. Il posa le sac et l'imperméable. Fallait-il qu'il aille ouvrir ? S'il ne répondait pas, cela paraîtrait-il louche ? Non. Mieux valait se débarrasser d'elle, la transporter loin d'ici. Il ramassa l'imperméable et dévala en courant l'escalier de la cave.

Je sais qu'il est ici, pensa Kevin, *mais il ne répond pas. Il faut que je trouve un moyen de pénétrer dans la maison.*

Il vit Ica traverser la pelouse en courant.

— M. Ferroni est en route, annonça-t-elle, essoufflée. Il a dit de l'attendre. De ne plus sonner à la porte. Il a paru très excité quand je lui ai raconté que tout était tellement bien rangé. Si ses soupçons se vérifient, il dit que Bree est probablement en vie.

Kevin courut à l'une des fenêtres en façade de la maison de Mensch et essaya de regarder à l'intérieur. A travers les jalousies il distingua la salle de séjour, impeccablement ordonnée. Haussant le cou, il aperçut l'escalier dans l'entrée. Puis son sang se glaça. Un sac de femme était posé sur la première marche. Il le reconnut : c'était celui qu'il avait offert à Bree pour son anniversaire.

Il s'élança vers le trottoir, où une poubelle était sortie, attendant d'être vidée. Il en renversa le contenu dans la rue, l'emporta en courant vers la maison et l'installa devant la fenêtre. Avec l'aide d'Ica, il grimpa dessus, donna un coup de pied dans la fenêtre, fit tomber les morceaux de vitre et sauta dans la maison de Mensch. Il se précipita au premier étage en criant le nom de Bree.

Ne trouvant personne, il dévala l'escalier quatre à quatre, ouvrit rapidement la porte d'entrée.

— Ica, prévenez le FBI que je suis là.

Il franchit au pas de course les pièces du rez-de-chaussée, puis descendit au sous-sol.

Le carillon s'était enfin tu. La personne qui avait sonné à la porte était repartie. August comprit qu'il n'avait plus une minute à perdre. L'imperméable et un sac de plastique sur le bras, il pénétra dans la cachette. Le tapis était jonché de bouts de papier. Elle était en train de déchirer ses livres, tous ses albums d'enfant.

— Non ! hurla-t-il.

Il avait mal à la tête, l'impression d'étouffer. Une douleur lui comprimait la poitrine. La pièce était sens dessus dessous – il devait remettre de l'ordre s'il voulait respirer ! Ensuite il la tuerait.

Il courut à la salle de bains, prit la corbeille, revint toujours en courant dans la pièce et commença à rassembler les pages et les livres déchirés. Il procédait rapidement, efficacement, ramassant chaque petit bout de papier. Bree était recroquevillée sur le tapis. Il se pencha vers elle, le sac en plastique serré dans sa main. C'est alors qu'elle leva le bras et le frappa au visage.

Il poussa un hurlement, resta un instant stupéfait, puis poussa un grognement et lui enserra la gorge de ses doigts.

La cave aussi était déserte. Où était-elle donc ? Kevin s'apprêtait à se diriger vers le garage quand il entendit le hurlement de douleur de Mensch à l'arrière de la chaufferie. Suivi d'un autre cri. C'était la voix de Bree !

August étreignait de plus en plus étroitement le cou de Bree quand il sentit soudain qu'on lui tirait violemment la tête en arrière. Un coup à la mâchoire le fit vaciller. Etourdi, il secoua la tête puis, avec un cri guttural, reprit son équilibre.

Bree tendit la main et, lui saisissant la cheville, le fit tomber au moment où Kevin le saisissait à son tour à la gorge.

Des pas lourds résonnèrent dans l'escalier du sous-sol, et Ferroni, escorté de deux agents, se rua dans la pièce, pistolet à la main. Un instant plus tard, blottie dans les bras de Kevin,

Bree regardait un Mensch menotté quitter la pièce avec les policiers.

Deux jours plus tard, Bree et Kevin se tenaient au chevet de la grand-mère de Bree dans le Connecticut.

— D'après le médecin tu vas très vite te rétablir, lui dit Bree.

— Bien sûr que je vais me rétablir ! Mais parle-moi plutôt de ta maison. Je parie que tu as fait passer un mauvais quart d'heure à cet escroc d'entrepreneur, hein ?

Bree sourit en voyant l'air étonné de Kevin.

— Oh, après mûre réflexion j'ai décidé d'accepter son offre de dédommagement, dit-elle. Je me suis rendu compte qu'au fond j'avais horreur des querelles.

Traduit par Anne Damour.

Le cœur révélateur [1]

Edgar Allan Poe

Vrai ! – je suis très-nerveux, épouvantablement nerveux, – je l'ai toujours été ; mais pourquoi prétendez-vous que je suis fou ? La maladie a aiguisé mes sens, – elle ne les a pas détruits, – elle ne les a pas émoussés. Plus que tous les autres, j'avais le sens de l'ouïe très-fin. J'ai entendu toutes choses du ciel et de la terre. J'ai entendu bien des choses de l'enfer. Comment donc suis-je fou ? Attention ! Et observez avec quelle santé, – avec quel calme je puis vous raconter toute l'histoire.

Il est impossible de dire comment l'idée entra primitivement dans ma cervelle ; mais, une fois conçue, elle me hanta nuit et jour. D'objet, il n'y en avait pas. La passion n'y était pour rien. J'aimais le vieux bonhomme. Il ne m'avait jamais fait de mal. Il ne m'avait jamais insulté. De son or je n'avais aucune envie. Je crois que c'était son œil ! Oui, c'était cela ! Un de ses yeux ressemblait à celui d'un vautour, – un œil bleu pâle, avec une taie dessus. Chaque fois que cet œil tombait sur moi, mon sang se glaçait ; et ainsi, lentement – par degrés – je me mis en tête d'arracher la vie du vieillard, et par ce moyen de me délivrer de l'œil à tout jamais.

---

1. Lors des deux publications de la traduction en périodiques (1853 et 1855), Baudelaire avait ajouté le sous-titre : *Plaidoyer d'un fou,* qu'il supprima en 1856. (*N.d.T.*)

Maintenant, voici le hic ! Vous me croyez fou. Les fous ne savent rien de rien. Mais si vous m'aviez vu ! Si vous aviez vu avec quelle sagesse je procédai ! – avec quelle précaution, – avec quelle prévoyance, – avec quelle dissimulation je me mis à l'œuvre ! Je ne fus jamais plus aimable pour le vieux que pendant la semaine entière qui précéda le meurtre. Et, chaque nuit, vers minuit, je tournais le loquet de sa porte, et je l'ouvrais, – Oh ! si doucement ! Et alors, quand je l'avais suffisamment entrebâillée pour ma tête, j'introduisais une lanterne sourde, bien fermée, bien fermée, ne laissant filtrer aucune lumière ; puis je passais la tête. Oh ! vous auriez ri de voir avec quelle adresse je passais ma tête ! Je la mouvais lentement, – très, très-lentement, – de manière à ne pas troubler le sommeil du vieillard. Il me fallait bien une heure pour introduire toute ma tête à travers l'ouverture, assez avant pour le voir couché sur son lit. Ah ! un fou aurait-il été aussi prudent ? – Et alors, quand ma tête était bien dans la chambre, j'ouvrais la lanterne avec précaution, – oh ! avec quelle précaution, avec quelle précaution ! – car la charnière criait. – Je l'ouvrais juste pour qu'un filet imperceptible de lumière tombât sur l'œil de vautour. Et cela, je l'ai fait pendant sept longues nuits, – chaque nuit juste à minuit ; – mais je trouvai toujours l'œil fermé ; – et ainsi il me fut impossible d'accomplir l'œuvre ; car ce n'était pas le vieil homme qui me vexait, mais son mauvais œil. Et, chaque matin, quand le jour paraissait, j'entrais hardiment dans sa chambre, je lui parlais courageusement, l'appelant par son nom d'un ton cordial et m'informant comment il avait passé la nuit. Ainsi, vous voyez qu'il eût été un vieillard bien profond, en vérité, s'il avait soupçonné que, chaque nuit, à minuit juste, je l'examinais pendant son sommeil.

La huitième nuit, je mis encore plus de précaution à ouvrir la porte. La petite aiguille d'une montre se meut plus vite que ne faisait ma main. Jamais, avant cette nuit, je n'avais senti toute l'étendue de mes facultés, – de ma sagacité. Je pouvais à peine contenir mes sensations de triomphe. Penser que j'étais là, ouvrant la porte, petit à petit, et qu'il ne rêvait même pas de mes actions ou de mes pensées secrètes ! A cette idée, je lâchai un petit rire ; et peut-être m'entendit-il ; car il remua soudainement sur son lit, comme s'il se réveillait. Maintenant, vous croyez peut-être que je me retirai, – mais non. Sa chambre était aussi noire que de la poix, tant les ténèbres étaient épaisses, – car les volets étaient soigneusement fermés, de crainte des voleurs, – et, sachant qu'il ne pouvait pas voir l'entrebâillement de la porte, je continuai à la pousser davantage, toujours davantage.

J'avais passé ma tête, et j'étais au moment d'ouvrir la lanterne, quand mon pouce glissa sur la fermeture de fer-blanc, et le vieux homme se dressa sur son lit, criant :

— Qui est là ?

Je restai complètement immobile et ne dis rien. Pendant une heure entière, je ne remuai pas un muscle et pendant tout ce temps je ne l'entendis pas se recoucher. Il était toujours sur son séant, aux écoutes ; – juste comme j'avais fait pendant des nuits entières, écoutant les horloges-de-mort dans le mur.

Mais voilà que j'entendis un faible gémissement, et je reconnus que c'était le gémissement d'une terreur mortelle. Ce n'était pas un gémissement de douleur ou de chagrin ; – oh ! non, – c'était le bruit sourd et étouffé qui s'élève du fond d'une âme surchargée d'effroi. Je connaissais bien ce bruit. Bien des nuits, à minuit juste, pendant que le monde entier dormait, il avait jailli de mon propre sein, creusant avec son terrible écho les terreurs qui me travaillaient. Je dis que je le connaissais bien. Je savais ce qu'éprouvait le vieil homme, et j'avais pitié de lui, quoique j'eusse le rire dans le cœur. Je savais qu'il était resté éveillé, depuis le premier petit bruit, quand il s'était retourné dans son lit. Ses craintes avaient toujours été grossissant. Il avait tâché de se persuader qu'elles étaient sans cause, mais il n'avait pas pu. Il s'était dit à lui-même : – ce n'est rien, que le vent dans la cheminée ; – ce n'est qu'une souris qui traverse le parquet ; – ou : c'est simplement un grillon qui a poussé son cri. Oui, il s'est efforcé de se fortifier avec ces hypothèses ; mais tout cela a été vain. *Tout a été vain,* parce que la Mort qui s'approchait avait passé devant lui avec sa grande ombre noire, et qu'elle avait ainsi enveloppé sa victime. Et c'était l'influence funèbre de l'ombre inaperçue qui lui faisait sentir, – quoiqu'il ne vît et n'entendît rien, – qui lui faisait *sentir* la présence de ma tête dans la chambre.

Quand j'eus attendu un long temps très-patiemment, sans l'entendre se recoucher, je me résolus à entr'ouvrir un peu la lanterne, mais si peu, si peu que rien. Je l'ouvris donc, – si furtivement, si furtivement que vous ne sauriez l'imaginer, – jusqu'à ce qu'enfin un seul rayon pâle, comme un fil d'araignée, s'élançât de la fente et s'abattît sur l'œil de vautour.

Il était ouvert, – tout grand ouvert, et j'entrai en fureur aussitôt que je l'eus regardé. Je le vis avec une parfaite netteté, – tout entier d'un bleu terne et recouvert d'un voile hideux qui glaçait la moelle dans mes os ; mais je ne pouvais voir que cela de la face ou de la personne du vieillard ; car j'avais dirigé le rayon, comme par instinct, précisément sur la place maudite.

Et maintenant, ne vous ai-je pas dit que ce que vous preniez pour de la folie n'est qu'une hyperacuité des sens ? – Maintenant, je vous le dis, un bruit sourd, étouffé, fréquent vint à mes oreilles, semblable à celui que fait une montre enveloppée dans du coton. *Ce son-là,* je le reconnus bien aussi. C'était le battement du cœur du vieux. Il accrut ma fureur, comme le battement du tambour exaspère le courage du soldat.

Mais je me contins encore, et je restai sans bouger. Je respirais à peine. Je tenais la lanterne immobile. Je m'appliquais à maintenir le rayon droit sur l'œil. En même temps, la charge infernale du cœur battait plus fort ; elle devenait de plus en plus précipitée, et à chaque instant de plus en plus haute. La terreur du vieillard *devait* être extrême ! Ce battement, dis-je, devenait de plus en plus fort à chaque minute !

– Me suivez-vous bien ? Je vous ai dit que j'étais nerveux ; je le suis en effet. Et maintenant, au plein cœur de la nuit, parmi le silence redoutable de cette vieille maison, un si étrange bruit jeta en moi une terreur irrésistible. Pendant quelques minutes encore je me contins et restai calme. Mais le battement devenait toujours plus fort, toujours plus fort ! Je croyais que le cœur allait crever. Et voilà qu'une nouvelle angoisse s'empara de moi : – le bruit pouvait être entendu par un voisin ! L'heure du vieillard était venue ! Avec un grand hurlement, j'ouvris brusquement la lanterne et m'élançai dans la chambre. Il ne poussa qu'un cri, – un seul. En un instant, je le précipitai sur le parquet, et je renversai sur lui tout le poids écrasant du lit. Alors je souris avec bonheur, voyant ma besogne fort avancée. Mais, pendant quelques minutes, le cœur battit avec un son voilé. Cela toutefois ne me tourmenta pas ; on ne pouvait l'entendre à travers le mur. A la longue, il cessa. Le vieux était mort. Je relevai le lit, et j'examinai le corps. Oui, il était roide, roide mort. Je plaçai ma main sur le cœur, et l'y maintins plusieurs minutes. Aucune pulsation. Il était roide mort. Son œil désormais ne me tourmenterait plus.

Si vous persistez à me croire fou, cette croyance s'évanouira quand je vous décrirai les sages précautions que j'employai pour dissimuler le cadavre. La nuit avançait, et je travaillai vivement, mais en silence. Je coupai la tête, puis les bras, puis les jambes.

Puis j'arrachai trois planches du parquet de la chambre, et je déposai le tout entre les voliges. Puis je replaçai les feuilles si habilement, si adroitement, qu'aucun œil humain – pas même *le sien !* – n'aurait pu y découvrir quelque chose de louche. Il n'y avait rien à laver, – pas une souillure, – pas une tache de sang. J'avais été trop bien avisé pour cela. Un baquet avait tout absorbé, – ha ! ha !

Quand j'eus fini tous ces travaux, il était quatre heures, – il faisait toujours aussi noir qu'à minuit. Pendant que le timbre sonnait l'heure, on frappa à la porte de la rue. Je descendis pour ouvrir, avec un cœur léger, – car qu'avais-je à craindre *maintenant* ? Trois hommes entrèrent qui se présentèrent, avec une parfaite suavité, comme officiers de police. Un cri avait été entendu par un voisin pendant la nuit ; cela avait éveillé le soupçon de quelque mauvais coup : une dénonciation avait été transmise au bureau de police, et ces messieurs (les officiers) avaient été envoyés pour visiter les lieux.

Je souris, – car qu'avais-je à craindre ? Je souhaitai la bienvenue à ces gentlemen. – Le cri, dis-je, c'était moi qui l'avais poussé dans un rêve. Le vieux bonhomme, ajoutai-je, était en voyage dans le pays. Je promenai mes visiteurs par toute la maison. Je les invitai à chercher, à *bien* chercher. A la fin, je les conduisis dans *sa* chambre. Je leur montrai ses trésors, en parfaite sûreté, parfaitement en ordre. Dans l'enthousiasme de ma confiance, j'apportai des sièges dans la chambre, et les priai de s'y reposer de leur fatigue, tandis que moi-même, avec la folle audace d'un triomphe parfait, j'installai ma propre chaise sur l'endroit même qui recouvrait le corps de la victime.

Les officiers étaient satisfaits. Mes manières les avaient convaincus. Je me sentais singulièrement à l'aise. Ils s'assirent et ils causèrent de choses familières auxquelles je répondis gaiement. Mais, au bout de peu de temps, je sentis que je devenais pâle, et je souhaitai leur départ. Ma tête me faisait mal, et il me semblait que les oreilles me tintaient ; mais ils restaient toujours assis, et toujours ils causaient. Le tintement devint plus distinct ; – il persista et devint encore plus distinct ; je bavardai plus abondamment pour me débarrasser de cette sensation ; mais elle tint bon et prit un caractère tout à fait décidé, – tant qu'à la fin je découvris que le bruit n'était pas dans mes oreilles.

Sans doute je devins alors très-pâle ; – mais je bavardais encore plus couramment et en haussant la voix. Le son augmentait toujours, – et que pouvais-je faire ? C'était *un bruit sourd, étouffé, fréquent, ressemblant beaucoup à celui que ferait une montre enveloppée dans du coton*. Je respirai laborieusement. – Les officiers n'entendaient pas encore. Je causai plus vite, – avec plus de véhémence ; mais le bruit croissait incessamment. – Je me levai, et je disputai sur des niaiseries, dans un diapason très-élevé et avec une violente gesticulation ; mais le bruit montait, montait toujours. – Pourquoi ne *voulaient-ils pas* s'en aller ? – J'arpentai çà et là le plancher lourdement et à grands pas, comme exaspéré par les observations de mes contradicteurs ; – mais le bruit croissait régulièrement. Ô Dieu ! que pouvais-je faire ? J'écumais, – je battais la campagne, – je jurais ! j'agitais la chaise sur laquelle j'étais assis, et je la faisais crier sur le parquet ; mais le bruit dominait toujours, et croissait indéfiniment. Il devenait plus fort, – plus fort ! – toujours plus fort ! Et toujours les hommes causaient, plaisantaient et souriaient. Etait-il possible qu'ils n'entendissent pas ? Dieu tout-puissant ! – Non, non ! Ils entendaient ! – ils soupçonnaient ! – ils *savaient,* – ils se faisaient un amusement de mon effroi ! – je le crus, et je le crois encore. Mais n'importe quoi était plus tolérable que cette dérision ! Je ne pouvais pas supporter plus longtemps ces hypocrites sourires ! Je sentis qu'il fallait crier ou mourir ! – et maintenant encore, l'entendez-vous ? – écoutez ! plus haut ! – plus haut ! – toujours plus haut ! – *toujours plus haut !*

— Misérables ! – m'écriai-je, – ne dissimulez pas plus longtemps ! J'avoue la chose ! – arrachez ces planches ! c'est là, c'est là ! – c'est le battement de son affreux cœur !

Traduit par Charles Baudelaire.

Joe Gores

En 1957, j'habitais une hutte à Tahiti. Pour arriver à Tahiti, il fallait naviguer sur un cargo, un yacht ou un vieil hydravion qui se posait dans le lagon deux fois par mois depuis les îles Fidji. Il n'y avait pas d'aéroport. On faisait le tour des îles dans des goélettes chargées de noix de coco. Tahiti comptait alors sept cents touristes.

Cette année-là, j'ai pu voir les derniers vestiges des mers du Sud – juste avant qu'ils ne soient éradiqués par le progrès –, ces mers du Sud qui avaient captivé Paul Gauguin. Je me suis mis aussi à lire les auteurs de récits d'aventures, tels John Russell, Louis Beck, Robert Dean Frisbie, Eugene Burdick. Par la suite, j'ai pris pour sujet de thèse ces écrivains, jetant les noms de Conrad, London, Michener et Maugham à mon directeur effaré afin de l'amadouer.

Ensuite j'ai passé trois ans en Afrique, où ma vie a été changée par la lecture du livre de Robert Ardrey sur l'origine de l'Homme : African Genesis. *Ardrey m'a fait comprendre que ma fresque préférée de Gauguin –* D'où venons-nous ? Qui sommes-nous ? Où allons-nous ? *– posait les questions clés de l'humanité.*

J'ai réalisé que Russell, Beck, et les autres, avaient mis en lumière la nature fondamentale de l'homme en situant leurs histoires dans les mers du Sud, l'équivalent de l'espace cosmique pour les lecteurs d'avant la Seconde Guerre mondiale. Dans ce monde, leurs personnages étaient privés de tout soutien : ils devaient ou se tirer d'affaire tout seuls, ou bien périr.

En 1970, quand j'ai écrit le conte d'anticipation Le criminel, *les mers du Sud n'étaient plus qu'une simple destination touristique. En même temps, Ardrey m'avait fait entrevoir l'horreur d'une nouvelle solitude : une société du futur mécanisée, sans âme, n'ayant pour seul but que la domination de l'humanité. Dans une telle société, l'individu était l'ennemi.*

Ainsi, le narrateur de cette nouvelle qui a sa place dans la société n'est pas le héros. Le héros, c'est le criminel car, comme le Jimmy Lee de Russell dans Le couteau, *c'est un homme qui, devenu un paria, doit survivre par ses propres moyens – ou mourir.*

Lui et Jimmy Lee auraient aussitôt sympathisé.

Jusqu'à la Seconde Guerre mondiale, les vastes mers du Sud occupaient dans les esprits la place qu'y occupe aujourd'hui l'espace intersidéral. L'étendue illimitée du Pacifique, avec ses profondeurs abyssales infestées de monstres, stimulait les imaginations au même titre que La Guerre des étoiles. *Là-bas, rien n'était impossible.*

Un trésor de perles pouvait se trouver sous la quille de votre goélette, dans les eaux bleu turquoise d'un lagon – mais des indigènes pouvaient aussi se tenir tapis dans les broussailles, prêts à vous attaquer si jamais vous vous aventuriez à terre. Une jeune Polynésienne pouvait vous aimer toute une nuit sur une plage pour vous assassiner la nuit d'après. L'amour côtoyait la cruauté, la noblesse, la servilité – toutes les vertus, tous les vices se jouaient sur fond de mers azur, d'ouragans, d'atolls et de luxuriantes îles volcaniques.

John Russell connaissait bien ces régions et était en outre un infatigable conteur – il a un jour publié sept histoires différen tes dans le même journal sous sept pseudonymes. Il avait vécu les aventures qu'il décrivait, bourlinguant sur le vaste océan Pacifique à l'époque où c'était encore « le cœur des ténèbres » pour la plupart des Américains. D'ailleurs, il a donné son nom aux îles Russell, près de Guadalcanal.

Ses récits, en dépit de leur caractère violent dans des décors écrasés de soleil, ont toujours quelque chose de mystérieux, de magique, et mettent invariablement en scène des oppositions morales : le Blanc contre le Noir, le fort contre le faible, le négociant contre le propre à rien, l'Homme contre la Nature hostile.

Le couteau, *publié en 1925, est du Russell cent pour cent : une histoire d'une simplicité apparente où il y a tout – naufrage, désespoir, terreur, espoir, jusqu'à la rédemption finale, contre toute attente. D'une certaine façon, elle a inspiré la mienne.*

Le criminel

Tout a commencé par un rapport de routine : une simple panne d'émetteur individuel. C'est un phénomène peu courant, mais il arrive qu'à la longue, les composants s'usent. Quand l'émetteur sous-cutané d'un citoyen présente une défaillance au niveau du circuit miniaturisé, l'ordinateur monitoral signale une perte de contact et un exercice de sécurité est alors pratiqué. J'ai contacté le sergent 1418 dont l'image n'a pas tardé à s'afficher sur mon écran.

— C'est à propos du rapport de panne 31, ai-je dit. Avez-vous trouvé la fiche identitaire du suspect ?

— J'allais justement vous la transmettre, contrôleur, chef.

La séquence statistique d'une fiche identitaire est apparue sur mon écran. Le suspect, un brun aux yeux noirs, avait une vigueur musculaire répugnante, un visage carré et un gros cou horrible. Poids : 85 kilos. Taille : 1,87 mètre. Nom : 36/24/GS/8219. Citoyen de l'Etat 36, Ville 204, employé au Centre des communications.

— Quelle est sa station de CentreCom, sergent ?

Le sergent avait l'air inquiet.

— Oh !... contrôleur, monsieur. Il... euh... *Artefacts*, chef.

— *Artefacts* ? Etait-il employé à l'Audiovisuel, 1418, ou ...

— Négatif, chef. Il était... euh... indexeur de matériel de lecture, chef.

— Avait-il accès aux fiches de stockage des livres ?

— Affirmatif, contrôleur, chef.

— 8219 a-t-il été prévenu qu'il avait une heure pour s'adresser à la section médicale afin de faire remplacer son émetteur ?

— Nous... euh... négatif, chef. Aujourd'hui, 8219 ne s'est pas présenté à son poste de travail, contrôleur, chef.

La situation devenait préoccupante.

— S'est-il fait porter malade, 1418 ?

— Négatif, contrôleur, chef. Nous avons envoyé un hélitrans à son unité d'habitation : le rapport s'est lui aussi révélé négatif.

J'avais les mains complètement moites. *Nous avions perdu contact avec le citoyen 8219 !* Un émetteur individuel en panne, c'était un acte de délinquance sans gravité, mais une rupture de contact délibérée, c'était un acte criminel pouvant être assimilé à une conduite déviante.

— Prochaines instructions dans deux minutes, ai-je dit sèchement.

J'ai libéré mon écran et, trempé de sueur, j'ai saisi le code de contrôle pour obtenir le programme d'instructions approprié. En attendant l'information, j'ai mesuré mon niveau d'anxiété pour prendre la dose de tranquillisants psychotropiques recommandée par le Manuel pour ce degré d'agitation. Les microfiches sont parvenues jusqu'à mon audioscan ; au fur et à mesure que les consignes se déversaient en grésillant dans mes écouteurs, je réactivais mon télécran pour les transférer au sergent 1418.

— Encerclez immédiatement l'unité d'habitation du suspect mais attendez mon arrivée pour démarrer l'enquête dans son local individuel. Consignez tous les habitants présents sans les autoriser à communiquer entre eux. Appréhendez les employés de toutes les autres stations de travail et lancez le plan d'action jaune : diffusion générale d'un bulletin de recherche du suspect 8219 et coordination étroite des opérations.

— Bien reçu, contrôleur, chef.

— Tous les individus rattachés à sa station de travail seront poursuivis pour manquement à l'obligation de rapporter une absence, selon l'article 18.9 du code pénal.

Grâce aux tranquillisants, ma voix avait retrouvé son calme.

— Je contacte la CRCD (Cellule de répression des conduites déviantes) pour connaître la suite de la procédure. Mettez un hélitrans à ma disposition au port Sept.

J'ai traversé, sur le tapis roulant réservé au personnel, de grands halls dont la faible lumière me reposait les yeux. Mes mains tremblaient. Depuis cinq ans, j'exerçais les fonctions de contrôleur de sûreté pour la Ville 204 et je n'avais encore jamais rencontré aucun cas de conduite déviante. Pourvu que la Haute Autorité ne découvre aucune négligence dans la manière dont nous avions permis au suspect d'accéder librement aux fiches de stockage des livres ! Ce serait profondément désagréable. Grâce à mon poste, j'avais des avantages non négligeables : mon télécran, mes activités sexuelles sous surveillance, mes aides chimiques aux loisirs. J'avais même l'intention de placer mon sperme à la Banque des gènes pour qu'on me sélectionne une femme qui me convienne.

Une fois parvenu au contrôle de la CRCD, j'ai inscrit mon nom et mon rang. En voyant l'image apparaître en réponse, mes poings se sont crispés et une sueur acide s'est mise à couler sous mes aisselles : c'était Médic Un en personne, le chef du département de recherche de la CRCD, membre de la Haute Autorité.

— Entrez donc, Contrôleur.

Il me souriait d'un air affable.

— La Sûreté nous a contactés à propos de votre mission.

Son bureau personnel avait de larges baies vitrées qui donnaient sur les tours de la ville, aveuglantes de clarté. A l'horizon, du côté de l'océan et des grandes exploitations agricoles de plancton, se trouvait la barre verte oblique de Parc Trois. Médic Un était un homme petit, chauve et alerte, avec d'épaisses lunettes. Ajoutez à cela une légère claudication et vous comprendrez pourquoi il faisait partie de la Haute Autorité. Car seul un individu né de parents génétiquement incontrôlés pouvait présenter ces traits physiologiques, et seul un membre de la Haute Autorité avait le droit d'atteindre la maturité dans de telles conditions.

D'un geste, il m'a fait asseoir près de son gros bureau en plastique et m'a lancé un regard perçant ; puis il a exhibé ses dents jaunies dans un sourire.

— Vous avez fait preuve d'une remarquable célérité dans votre réaction face à l'infraction commise, contrôleur. Si nous appréhendons rapidement le criminel 8219, vous en serez quitte pour un blâme.

Un soulagement infini m'a envahi. Alors qu'il se détournait à nouveau de la fenêtre, j'ai aperçu un disque de lumière se refléter sur ses lunettes.

— Plusieurs détails sont significatifs : le dossier de la Banque des gènes nous décrit son père comme un homme sans histoires, qui travaillait consciencieusement dans la télémétrie aérospatiale ; sa mère, en revanche, est morte d'une overdose massive d'aides chimiques après *avoir délibérément cassé son télécran domestique*.

— Je... comprends ce que cela signifie, monsieur. Elle...

— Ah oui, contrôleur, vous comprenez ?

Son humeur venait d'opérer un revirement à cent quatre-vingts degrés.

— J'en doute, l'overdose... destruction du télécran...

— Dans le premier cas, il s'agit d'un délit mineur, dans l'autre, d'un crime, ai-je dit de façon mécanique.

Mes mains se sont remises à trembler sous l'effet de son brusque courroux. Mais déjà il se calmait.

— C'est juste, puisque le règlement oblige chacun à passer quatre heures par jour devant l'écran. Or, malgré l'instabilité criminelle de sa mère, 8219 était un enfant brillant, extrêmement brillant. Et comme il ne semblait nullement prédisposé aux conduites déviantes, la Sûreté l'a autorisé à prendre le poste qu'il réclamait à l'Index du matériel de lecture... qu'il réclamait, contrôleur ! Vous vous rendez compte ? Un poste que personne d'autre que lui n'aurait voulu occuper ! Nous aurions dû nous méfier.

Profitant de l'embellie de son humeur, j'ai avancé :

— Oui, chef, je vois bien, chef. Je...

— J'espère bien que vous voyez, contrôleur !

— Chef ?

Mon estomac commençait à faire des siennes.

— C'est votre département qui l'a laissé entièrement libre de faire ce qu'il voulait avec les livres. C'est votre département qui, jusqu'à présent, a fait preuve d'une parfaite incurie dans la gestion de l'enquête.

Mon sang se figeait tant son regard était malveillant.

— Par exemple, votre rapport préliminaire ne mentionne à aucun moment le nom du médecin qui a pratiqué l'opération illicite.

— L'opération illicite, chef ? Je ne...

— Parfaitement ! a-t-il vociféré. Celle qui a permis d'extraire l'émetteur de 8219.

Une bave écumeuse a jailli du coin de sa bouche. Bientôt, son sourire est revenu comme par enchantement. Il a fait claquer ses dents jaunes et, d'un ton professoral, a ordonné :

— Trois hypothèses se présentent dans le cas du criminel, contrôleur. Enumérez-les, je vous prie.

J'ai bredouillé :

— Premièrement, chef, je... je pense à une overdose d'aide chimique contenant une forte quantité de métamphétamines.

Son petit signe de tête encourageant m'a permis de retrouver mes mots.

— Deuxièmement, une perturbation de type mental ou émotionnel, chef, deux traitements couramment utilisés. Troisièmement...

Mais il n'y avait pas de troisièmement, j'ai donc dû m'interrompre.

D'un seul coup, le visage de Médic Un a pâli. Son corps maigre et difforme paraissait enfler. Derrière ses épaisses lunettes, je voyais ses yeux s'arrondir furieusement.

— Crétin !

Ses lèvres sont redevenues écumeuses, son corps s'est raidi comme s'il allait avoir une crise catatonique.

— Une aberration génétique, pauvre taré ! Nous sommes peut-être confrontés à un cas d'aberration génétique ! Alors trouvez-le ! Attrapez-le !

Les oreilles résonnent encore de ses malédictions, je me suis précipité vers l'héliport en longeant des halls remplis d'échos. L'extrême tension me donnait la nausée. Que faire ? Comment me sortir de ce guêpier ? Une fois dans l'hélitrans, j'ai pu avaler quelques tranquillisants, ce qui m'a permis d'arriver à l'unité d'habitation de 8219 avec un semblant de contrôle de moi-même. Les habitants présents, pour la plupart des épouses et des enfants, étaient déjà sous tranquillisants, en train de bavarder gaiement avec les policiers de la Sûreté qui les retenaient chez eux. Leurs voix parvenaient jusque dans l'ascenseur qui me conduisait à l'étage du suspect.

L'unité d'habitation du criminel était plongée dans le silence ; on n'entendait que le bourdonnement de l'unité de contrôle environnemental. Conformément au règlement, le mur de l'unité centrale était occupé par le télécran, tous les autres étant nus. Il n'y avait évidemment aucune fenêtre (la Haute Autorité en avait l'usage exclusif). Repérer le corps du délit fut d'une facilité déconcertante : je n'ai eu qu'à ouvrir le tiroir tunique de la chambre à coucher du criminel. Un cahier dérobé aux fournitures du CentreCom (délit supplémentaire) était soigneusement rempli de citations et d'aphorismes illégalement recopiés à partir des fiches de livres.

Je crois qu'il est plus facile de trouver des exemples d'aliénation de la liberté individuelle par abus de pouvoir progressif et insidieux des dirigeants en place que par la prise de possession violente et immédiate.

Les individus ne renoncent à leur liberté que sous l'emprise d'une illusion.

Nous, et tous ceux qui croient aussi sincèrement que nous, préférons mourir debout que vivre à genoux.

Dans notre société éclairée et ô combien libre, quel être sain d'esprit irait se gargariser avec de telles élucubrations, au risque d'encourir la peine de privation de l'existence ? Je me suis juré de trouver la réponse, tout en sachant que ce serait une lourde tâche.

Effectivement, le criminel a été difficile à épingler. D'une part, l'équipe de sûreté était confrontée au même moment à un surcroît de travail : un déséquilibré employé sur une exploitation de plancton avait tué ses collègues, et une série de viols avait été signalée dans les secteurs 11.4 et 11.5 de la carte d'état-major. Oui mais, me direz-vous, le meurtre et le viol ne sont que des délits mineurs, contrairement à la conduite déviante. Les agents de terrain ont tout de même dû mener leurs enquêtes et distribuer les amendes. Par ailleurs, afin de faire comprendre à Médic Un quel département était responsable de la fuite de 8219, j'avais suggéré de faire castrer le sergent 1418 et de le muter dans une exploitation de plancton. La formation de son remplaçant avait pris beaucoup de temps.

Or, quinze jours après le fâcheux événement, le visage placide et heureux du sergent 1419 réapparaissait sur mon écran :

— Contrôleur, chef, le criminel 8219 a été encerclé. Secteur 11.6 de la carte d'état-major, coordonnées : Ac, Bf.

Mon visioscan a affiché ce secteur. Il s'agissait de Parc Trois, cette région très boisée que j'avais aperçue par la fenêtre de Médic Un, une région semblable à celles que nos ancêtres connaissaient sous le nom d'« environnement naturel ». Rien de surprenant à ce que nous ne l'ayons pas repéré plus tôt ! Comment avait-il pu survivre en pareil lieu ? Faute de raccordement électrique, il était impossible d'installer dans Parc Trois une unité de contrôle environnemental portative !

— Nous y allons de ce pas, sergent !

Le Manuel stipulant que tout individu soupçonné de conduite déviante doit être attrapé indemne pour servir aux expériences de diagnostic menées par les médics de la CRCD, le criminel nous a donné du fil à retordre. A un moment, cette brute aux muscles disgracieux et surpuissants a réussi à traverser le cordon de sécurité pour aller assommer le gardien de l'hélitrans et grimper jusqu'à mi-hauteur l'échelle d'embarquement. Mais un agent a tiré un coup de fusil-épuisette et l'a immobilisé dans son filet, le mettant ainsi hors d'état de nuire.

Le lendemain, j'ai commencé mon examen préliminaire sous le contrôle par télécran des hauts responsables de la CRCD, dont faisait partie Médic Un.

— Criminel 8219, ai-je dit, dès que j'aurai établi la preuve de votre culpabilité, les agents de la CRCD vous examineront pour décider si vous êtes apte à réintégrer la société (en subissant au préalable une lobotomie), ou si vous êtes passible de la dissection expérimentale.

— Sans anesthésie, bien entendu ?

Cette idée ne semblait pas l'incommoder outre mesure. Il avait même le sourire aux lèvres.

— En effet, je suis désolé mais c'est obligatoire pour des raisons scientifiques. Dès aujourd'hui, vous allez subir une détranquillisation forcée.

— Ce n'est pas nécessaire, je ne suis pas sous psychotropes.

En regardant la fiche de renseignements physiologiques, j'ai constaté à ma plus grande surprise qu'il n'utilisait aucune aide chimique. Comment faisait-il donc ? Mon adversaire n'en était que plus coriace. L'efficacité était de mise.

— Criminel 8219, il nous faut le nom de votre complice,

c'est-à-dire du médic qui vous a opéré le dos pour extraire votre émetteur individuel.

A nouveau, il m'a lancé ce sourire aimable et insolite en disant :

— Je l'ai fait moi-même, mon gars, avec un couteau de cuisine et deux petits miroirs.

J'ai aussitôt consulté la liste des objets recensés dans son local individuel : il y avait bien deux petites glaces à main et un couteau dont la lame portait la trace de son sang. Un fragment de circuit appartenant à un émetteur individuel était à terre, à côté de son broyeur excrémentiel. Une question me taraudait de plus en plus : comment avait-il supporté la douleur ?

— Il faut être très douillet pour avoir mal quand on retire de sous votre peau un petit objet pas plus gros que l'ongle d'un nouveau-né, mon gars !

— Je vous prierai de m'appeler contrôleur, ai-je répondu fermement.

Montrant du doigt mon télécran, il a dit :

— Vous avez peur d'avoir des ennuis avec les types de la CRCD ? Ils savent qu'il est impossible de vous corrompre, mon gars. Des générations de contrôle génétique ont fait le nécessaire dans ce but. La petite bande de psychopathes dégénérés de la Haute Autorité a peur de moi pour une seule raison : ils craignent que je sois génétiquement in...

— Les contrôles génétiques ont été mis en place pour d'excellentes raisons ! ai-je hurlé, piqué au vif par une telle calomnie envers la Haute Autorité.

— Oui, parce que, il y a douze générations, la surpopulation était catastrophique, et les actes de violence perpétrés par les hommes auraient été ingérables si on avait laissé intacte leur agressivité. C'est indéniable. Mais jusqu'où peut-on contrôler un homme sans qu'il cesse d'être un homme et devienne... autre chose ?

J'ai décidé d'écourter l'interrogatoire. Cet homme me donnait la nausée. Et sachant que les médics de la CRCD nous surveillaient, je sentais l'inquiétude me gagner. Mais le lendemain 8219 est revenu à la charge :

— Vous savez, mon gars, les contrôles ont fait de l'humanité un vaste troupeau de bétail doté d'intelligence mais privé de volonté, et la Haute Autorité ne se soucie pas plus d'eux que des dinoflagellés et des cœlentérés qui vivent dans les fermes à plancton, tout là-bas. Il va de soi que personne n'ose plaisanter avec la structure génétique des gars de la Haute Autorité.

— On a d'excellentes raisons de...

— Bien sûr. Sans son agressivité, sans son esprit de compétition, l'homme ne peut prendre aucune décision. Pour diriger le monde, les membres de la Haute Autorité ne doivent subir aucun contrôle, eux. Qui plus est, ils ont besoin de leur agressivité afin de continuer cette lutte pour le pouvoir qui les aiguillonne à chaque instant.

Malgré l'horreur qu'il m'inspirait, j'avais envie d'en savoir plus.

— Je n'ai jamais entendu parler de ce genre de lutte...

— Bien sûr que non, a-t-il dit en souriant. Mais je suis sûr que les perdants sont privés de leur pouvoir, de leur descendance et de la possibilité de se reproduire. Voilà pourquoi je suis unique en mon genre : le seul à être en possession de gènes incontrôlés sans faire partie du pouvoir dirigeant. Vous comprenez pourquoi il leur fallait absolument me neutraliser ?

— Vraiment ? Comment vous êtes-vous retrouvé avec ces « gènes incontrôlés », comme vous dites ?

— Par mutation. Forcément. Je suis une aberration de la nature, une régression atavique. Mes parents, comme tous les parents, étaient des produits de la Banque des gènes, c'est donc la seule façon dont je m'explique cette différence entre les autres et moi.

— Quand vous avez remarqué cette anomalie, vous avez été assez traître pour dérober le matériel de lecture, pour rompre volontairement le contact avec le contrôle, pour détruire...

Les bras écartés, il s'est mis à rire.

— Vous voyez bien, cas typique de conduite déviante ! Quant à la raison pour laquelle j'ai agi ainsi, c'est une autre affaire.

En effet. Mon interrogatoire était maintenant achevé. Je l'ai escorté sur le tapis roulant jusqu'au contrôle de la CRCD. Et comme, pendant le trajet, nous n'étions pas branchés sur la table d'écoute, j'en ai profité pour lui poser quelques questions personnelles.

— Criminel 8219, vous avez agi délibérément, alors que vous n'êtes pas fou. Pourquoi ne pas avoir simplement gardé votre poste à l'Index de matériel de lecture en cachant les pulsions déviantes qui parcouraient votre cerveau ?

Reprenant son air enjoué, il m'a envoyé une petite bourrade amicale sur l'épaule.

— Lisez donc le dernier paragraphe de mon cahier. Réfléchissez aux délits mineurs et aux secteurs des cartes d'état-major. Ensuite, renseignez-vous sur les propriétés physiques des mutants. Si vous trouvez quelque chose, je vous souhaite de beaux cauchemars... parce que je peux vous assurer que vous n'arriverez pas à arrêter le processus.

En tant que responsable de l'arrestation, il m'a fallu assister, derrière la fenêtre d'observation du laboratoire expérimental de la CRCD, à son installation sur la table de dissection. Comment un homme détranquillisé pouvait-il faire face, avec un tel sang-froid, à l'opération chirurgicale par laquelle on allait lui enlever, l'un auprès l'autre et sans la moindre anesthésie, tous les organes ?

Or, c'est avec une gaieté invraisemblable que le criminel a sauté de son propre gré sur le bord de la table d'opération en balançant les pieds comme un enfant. Et malgré le côté difficilement soutenable de la situation, tous ceux qui étaient présents dans la pièce ne pouvaient détacher leurs yeux de 8219, tant ils étaient fascinés. C'était trop !

— Vous voulez parier avec moi que je ne dirai même pas « Ouille » ? a-t-il demandé en ricanant.

C'est alors que sa main s'est approchée de la table à instruments pour saisir au vol un bistouri étincelant ; il l'a porté à sa gorge dans un geste fulgurant. Le sang a jailli de son artère, éclaboussant gardes, médics et membres de la Haute Autorité sans distinction de rang.

Ce suicide a déclenché une série d'événements tragiques. Les agents de la CRCD responsables de cette défaillance dans la sécurité furent condamnés à la privation d'existence et portés dans un crématoire de traitement gériatrique. Mais ce n'était que justice. Trop de laxisme, que voulez-vous ! Et voilà que, deux jours après la mort du criminel 8219, un accident est survenu dans une unité d'hélitrans, entre la Ville et la résidence secondaire de Médic Un, coûtant la vie à sa femme et à ses deux enfants. Et avant même qu'il ait pu se remettre de cette terrible perte (pas plus tard que le lendemain), il s'est retrouvé enfermé par erreur dans la salle de radiation de la CRCD, puis stérilisé. C'est avec une profonde tristesse que la Haute Autorité a annoncé qu'il prenait sa retraite anticipée.

Il m'a fallu attendre plusieurs jours avant de pouvoir rédiger le rapport définitif au sujet du criminel 36/204/GS/8219. J'ai feuilleté distraitement l'infâme cahier pour jeter un coup d'œil au dernier paragraphe. Peine perdue, je n'ai rien trouvé d'intéressant. Jugez par vous-même : *Nous, et tous ceux qui croient aussi sincèrement que nous, préférons mourir debout que vivre à genoux.*

Ce pouvait bien être une explication, mais une explication valable seulement pour un esprit dérangé. De quoi avait-il parlé, déjà ? Ah oui, les délits mineurs. Et les secteurs des cartes d'état-major. Et... les propriétés physiques des mutants.

Ma curiosité étant à nouveau éveillée, j'ai affiché le tableau du secteur d'état-major dans le visioscan, tout en chargeant sur mon audioscan une fiche d'information sur les mutants.

Il avait été appréhendé dans le secteur... lequel déjà ? Ah oui... 11.4, 11.5. Au fait, c'est dans ce secteur qu'on avait signalé une série de viols ! Parc Trois était dans le secteur adjacent 11.6. Bon sang ! Le viol, délit mineur, et les secteurs, voisins. En plus, ces actes de délinquance remontaient à la quinzaine où le criminel 8219 se cachait justement dans Parc Trois, et...

Aberration ou Mutant, ai-je entendu à ce moment-là dans mes écouteurs. *Brusque déviance par rapport au type parental d'un ou de plusieurs traits transmissibles, due à la modification d'un gène ou d'un chromosome. Conséquence de cette déviance : naissance d'un individu ou d'une espèce nouvelle.*

Une terreur indescriptible s'est emparée de moi ; mes mains sont parties à la recherche d'un tranquillisant. Je gémissais, effondré sur mon bureau. Des traits transmissibles : les mutants peuvent reproduire leur propre mutation en engrossant des femmes... ! Il avait parlé de cauchemars... c'était la terreur noire !

Combien de femmes n'avaient pas fait de déclaration, parmi celles qui avaient été violées et engrossées ? Probablement des femmes mariées, de celles pour lesquelles le contrôle génétique n'avait jamais pu entièrement éradiquer le désir maternel ? Ou des adolescentes qui ne voyaient pas d'inconvénient à se faire avorter mais refusaient de se soumettre à la stérilisation pourtant obligatoire en cas de viol ? Des jeunes filles qui pouvaient attribuer la paternité à leur petit ami pour sauver l'enfant et le mettre sous la tutelle de l'Etat ?

Combien de femmes, combien ?

Le tranquillisant me permettait à nouveau de respirer normalement et d'avoir les idées claires. Si un seul rejeton, un seul, voyait le jour et réussissait à vivre, c'était le tissu même de l'Etat qui était en danger. C'est alors cette vieille race d'hommes insoumis qui resurgirait. Mon devoir était clair : prévenir la CRCD. Pour ordonner sans tarder une descente dans les secteurs affectés et avorter – ou stériliser – toutes les femmes.

J'ai contacté la CRCD.

— Ici, contrôle de sécurité. Passez-moi Médic Un. C'est urgent.

— Il est en réunion, contrôleur. Mais nous le prévenons.

J'ai patienté. Et soudain, nouvelle frayeur : c'était moi, le responsable du crime de 8219 ! Son suicide faisait de moi le partenaire involontaire de cette conduite déviante, en d'autres termes, de ce crime contre l'humanité ! En tant que complice de 8219, j'étais passible de la privation d'existence !

— Oui, contrôleur ?

A travers l'écran, le nouveau Médic Un me regardait avec dureté. Il avait des yeux globuleux ; ses cheveux ternes et épars étaient collés sur sa boîte crânienne comme des brins de varech échoués sur une plage.

— Je... chef...

Non, c'était injuste !

— Monsieur, je... doit-on continuer à travailler sur le dossier du criminel 36/204/GS/8219 ?

— Le dossier est clos, a-t-il beuglé. Je vais noter un blâme dans votre classeur personnel, contrôleur, pour avoir posé une question concernant un dossier clos.

L'écran à nouveau vide, j'ai pu reprendre ma respiration. Un blâme au lieu de la mort. Quel mal avais-je fait, après tout ? La Haute Autorité avait statué que tout allait bien : dossier clos. Et la Haute Autorité avait toujours raison. Et pourtant... et pourtant...

Même maintenant, la Haute Autorité continuait à ignorer que le criminel avait monté un plan diabolique et que, sachant qu'il serait condamné à mort, il s'était reproduit avec son aberration génétique, de la seule façon possible pour éviter l'examen génétique de son ou ses rejetons. La Haute Autorité n'avait pas non plus prévu – à l'inverse du criminel – que je serais incapable de dénoncer son horrible complot, puisque mon code génétique faisait de moi un être par définition inquiet. La Haute Autorité avait-elle toujours raison ?

Mes mains tremblaient si fort que c'est à peine si j'ai pu ouvrir mon tiroir pour en retirer l'objet dont j'avais besoin et faire la seule chose qui soit en mon pouvoir.

Prendre un tranquillisant.

Traduit par Christine Rousselet.

Le couteau

John Russell

C'EST la découverte du couteau qui sauva la vie de Jimmy Lee. Incontestablement. Sans cela, il se serait recroquevillé pour crever parmi les méduses, concombres de mer et autres spécimens échoués qui pourrissaient au soleil, sur la plage de Rose Island. Mais alors qu'il se traînait en gémissant le long d'un banc de corail près du lagon, avec la vague idée de récupérer quelque chose de l'épave, son regard était tombé dans une sorte de grande cuvette d'un vert violet et il avait aperçu l'éclat familier d'une lame de couteau gisant par quatre mètres de fond.

Des individus bien plus capables que lui n'auraient peut-être tiré que peu de consolation de cette découverte Robinson Crusoé, par exemple. Crusoé n'en aurait pas fait grand cas. Mais lui, ce Crusoé, avait veillé à faire naufrage avec tout ce qu'il fallait pour s'installer – pas vrai ? Mousquets, épées, sacs de biscuits et tonnelets de rhum. Tudieu ! Pourquoi Jimmy Lee n'avait-il pas eu cette chance-là ?

Il connaissait l'aventure de ce type, Crusoé. A bord de la *Dundee*, il y avait les pages déchirées d'un livre chapardé à une mission d'Auckland, et il en avait savouré chaque mot dans ses rares moments de répit, caché derrière le fourneau de la coquerie. Et d'ailleurs il savait aussi fort bien pourquoi une telle veine lui avait été, et lui serait, refusée...

C'était un nouveau revers dans la suite logique de revers

successifs parsemant sa chienne de vie – maintenant que c'était à lui d'être jeté dans l'aventure, d'être naufragé, il n'avait ni nourriture, ni outil, ni arme d'aucune sorte.

Rien, hormis sa chemise miteuse et son pantalon en loques.

Et même ce pantalon était une vieille paire appartenant à Anderson, que ce tyran redouté lui avait jeté quelques mois plus tôt – « Comme ça, t'auras pas à vivre comme un cochon avec les Négros sur le gaillard d'avant... Non que tu sois trop bien pour ça ! » Telle avait été sa façon aimable de présenter ce don. « Dieu sait que t'as pas plus de cervelle que le plus noir des Bamboulas, mais t'es un Blanc – ou tu le serais si tu te lavais ! » Là, il lui avait tiré les oreilles à l'en faire crier et l'avait jeté hors de la coquerie à coups de pied avec le pantalon. « Yip-yip ! Yip-yip ! » Tel était son cri de guerre, entre croassement et grincement : un son horrible. « Face de macaque ! Cannes de serin ! Raclure de bidet ! Sors d'ici et reviens lorsque tu seras sapé comme il faut pour ressembler à un homme ! »

Par la suite, il avait eu l'infernale inspiration de faire un problème de ce pantalon. Il était doté d'une poche – la première que Jimmy eût jamais eue. Par une espèce de plaisir masochiste, le cuistot soulignait les avantages de cette poche, suivant la théorie – tacitement supposée sinon ouvertement admise – que sa victime méditait une vengeance.

— Alors, tu l'aurais pas caché là ? disait-il pour le taquiner, procédant à une douloureuse inspection de la pointe de sa botte ou du plat de la main. Me dis pas que t'as pas caché un couteau là-dedans ?

Jimmy ne se serait jamais risqué à y cacher quoi que ce fût – même une croûte de pain – mais Anderson avançait sa figure taillée à coups de serpe et, baissant la voix pour lui prêter des intentions mauvaises :

— Compte-les ! disait-il. Tu entends ? Compte bien les couteaux. Que Dieu te vienne en aide si jamais je te prends à en voler un !

Jimmy n'en finissait plus avec eux. Il passait des heures à les bichonner avec la pierre à aiguiser et la pierre ponce.

Il y avait ceux de la coquerie, pour commencer : couteaux de boucher, couteaux à dépecer, couteaux pour les repas. Ils étaient accrochés à la cloison, alignés – toutes sortes de couteaux, depuis le grand couperet de soixante centimètres qui pouvait démembrer un bœuf jusqu'à la minuscule lame conçue pour ôter les yeux des patates. Il y avait les larges et lourds couteaux à huîtres, soumis à rude épreuve lorsque la *Dundee* touchait un banc d'huîtres perlières et que tout le monde s'installait pendant une semaine dans les odeurs de coquilles pourries. Il y avait les couteaux des hommes – même les mousses noirs avaient le droit de porter crânement le leur, attaché à leur maigre derrière, en signe d'indépendance et de virilité.

Et chacun de ces couteaux passait entre les mains zélées de Jimmy pour être aiguisé et lustré. Anderson y veillait, et il n'était jamais satisfait, même lorsque Jimmy avait fait tout son possible. C'était son obsession.

Pour les autres Blancs de la goélette, naturellement, la chose était devenue une plaisanterie qu'on acceptait, comme il est d'usage parmi les âmes frustes. Ils assistaient à ces petits drames avec un détachement ironique. Et si jamais ce grand gaillard de second, Gulbranson, glissait sa tête hirsute par la porte, Jimmy restait dans son coin, à aiguiser consciencieusement ses couteaux. Anderson, à son ouvrage, le surveillait d'un œil sévère et malveillant. Et Gulbranson, de sa voix rocailleuse, lançait à ce dernier un avertissement plein d'humour :

— Fais gaffe à ce jeune nigaud, Anderson. Lui tourne jamais le dos ! Ça se voit à ses yeux. Un jour, il se vengera !

— De quoi ? Se venger de moi ? Je l'écorcherais tout vif ! Et vous avec !

Là, le cuistot battait des coudes et poussait des cris, comme si cette simple idée le mettait en joie.

— Yip-yip ! Qu'il me touche, qu'il ose...!

Alors Gulbranson avait un sourire mi-méprisant pour l'excité et mi-songeur à l'intention du blondinet malingre qui se tenait humblement à l'écart. Personne d'autre, pas même le capitaine Joe Brett, ne s'en mêlait. C'étaient des hommes sans malice, tout d'une pièce, ni meilleurs ni pires que le commun des mortels qui fréquentaient ces eaux. Eux aussi avaient fait leur apprentissage. S'il survivait, ce garçon s'imposerait par lui-même. En attendant, il était tout juste bon à aiguiser les couteaux.

C'était l'antique loi de la mer qui gouvernait le cas de Jimmy Lee ; et c'est la raison pour laquelle Jimmy Lee connut son premier élan de révolte à la vue d'un simple reflet.

A travers l'eau, troublée par un peu de terre animée de légers remous, on ne distinguait pas clairement l'objet. Mais il identifia son éclat métallique. Il connaissait : un objet d'usage courant. Un outil – qui faisait toute la différence entre la vie et la mort.

Cela tombait bien, pour Jimmy.

Rose Island, où son destin l'avait jeté, est l'un des innombrables cailloux qui jonchent le Pacifique : un caillou escarpé gros comme un navire de guerre, cerné de plages déchiquetées et d'une barrière de corail – le tout ne formant guère plus qu'un point sur une carte. Personne n'allait sur Rose Island. Elle ne figurait sur la route d'aucun négociant ou pêcheur... Selon la légende officielle, elle fut visitée une fois par un gouverneur qui fit dresser cet imposant panneau :

ROSE ISLAND

SAMOA-AMÉRICAINES

ENTRÉE INTERDITE

Pourquoi quelqu'un aurait-il voulu s'y installer, comment aurait-il fait pour y survivre ou pour en repartir si jamais on le surprenait à s'être introduit en fraude, le gouverneur ne le précisait pas. Le panneau montait la garde au milieu de la vastitude océanique, comme pour tenir en respect les frégates en maraude et les envahissantes tortues de mer.

A l'époque où la *Dundee* s'aventura dans ces parages, ce triomphe de la prescience humaine avait fait long feu. La *Dundee* était à la recherche d'une épave représentant une fortune en bois de charpente, la *Yackarra*, repérée pour la dernière fois au large des Manua. L'équipage arriva en vue de Rose Island le 14 avril. Mais aucun écriteau n'était là pour lui en défendre l'accès. Il s'approcha d'assez près pour juger de l'insignifiance de la flore et lâcher des commentaires désobligeants.

— Paraît qu'il faut de tout pour faire un monde, remarqua le capitaine Joe Brett. Heureusement que je suis pas forcé d'y habiter... qu'en dites-vous, Gulbranson ?

A quoi le second, philosophe à ses heures perdues, répondit :

— Qui sait, capitaine ? Un pauvre bougre s'y trouvera peut-être bien un jour...

Trois jours plus tard, à quelque douze miles de distance vers le sud, eux-mêmes auraient été bien heureux de pouvoir y débarquer – les pauvres ! Cela eut lieu le 17 avril ; une date qui marqua les mémoires dans cette région sous l'équateur célèbre pour ses ouragans dévastateurs...

Ils avaient trouvé leur épave : un vieux trois-mâts maintenu à flot par sa cargaison de madriers et bardeaux en cèdre liés par des fils d'étain. Ils étaient sur le point de charger à bord un câble de remorque quand un grain fondit sur eux telles les ailes noires de l'ange de la Mort. Le Kanak à la barre y perdit la tête, la bôme à l'avant balaya le pont en emportant tout le gréement et le mât de misaine rompit.

Anderson, attiré par l'appât du gain, avait été le premier à descendre. Il se tenait dans le youyou avec Jimmy Lee pour prêter main-forte lorsque la tempête se déchaîna. Le youyou s'écrasa contre la coque. Anderson chercha à attraper une corde. Jimmy le gênait. Poussant un cri perçant, Anderson le renversa et lui marcha dessus pour se mettre à l'abri à l'instant même où la barque sombrait.

Ce qui arriva ensuite – comment il fut soutenu par les débris de l'épave et précipité dans le sillage de la *Yackarra*, comment il resta mi-ahuri, mi-noyé pendant que la *Dundee* s'éloignait tel un oiseau aux ailes noircies dans la brume, comment l'épave se fracassa contre le récif, l'abandonnant parmi les grosses bottes de bardeaux – qui avaient joué le rôle de bouées –, ces faits restaient heureusement dans le vague.

Le premier fait avéré auquel il se raccrochait était ce couteau.

A l'heure où il s'accroupit près du récif, il mourait de soif. Il se mit à réfléchir (opération délicate pour Jimmy) et songea qu'avec ce couteau il pourrait couper les roseaux bien verts qui poussaient là en abondance. A un certain endroit, il avait même vu des sortes de melons suspendus en hauteur. Avec le couteau accroché au bout d'une perche, il pourrait les cueillir et s'en désaltérer. Tudieu ! Il imaginait le jus bien frais giclant du fruit et dégoulinant dans sa gorge, et émit de petits couinements, avant de s'en mordre les doigts de convoitise et de désespoir.

Car Jimmy ne savait pas nager. Pire, sa terreur invétérée de l'eau avait été affreusement confirmée. Le plus affreux, c'était de sentir la menace rôder là-dessous, dans la cavité – il entrevoyait les ailerons et tentacules ondulants de ces monstres mystérieux et innommables.

... Non. Il n'osa pas plonger pour attraper le couteau. Pourtant il était là – un but digne d'effort. Aussi, plutôt que de mourir de faim, il s'éloigna en titubant pour tenter de grimper à un arbre.

Personne ne le lui avait appris. Il glissa, s'étala par terre et s'écorcha très sérieusement le nez et les tibias, s'assit et pleura. Mais il n'y avait personne pour le secouer et, comme il se remettait à réfléchir, au bout d'un moment il ôta sa chemise afin de se lier les chevilles de façon assez lâche, et c'est ainsi qu'il parvint à se hisser au sommet d'un arbre au tronc penché, exactement comme font les indigènes depuis la nuit des temps.

Il décrocha un fruit. Il était bizarrement coriace, mais il réussit à fatiguer la partie fibreuse à une extrémité et plongea un bâton au cœur ; quelque chose jaillit et sa bouche torturée par l'eau de mer fut envahie du jus le plus délicieux et revivifiant qu'il eût été donné de goûter à un amateur malgré lui. Un miracle pour Jimmy – et c'en était d'ailleurs un : il venait de découvrir la fontaine aérienne de la moitié du monde tropical – la noix de coco commune !

Ce fut son salut. En vérité, il avait rompu la spirale d'horreur, de solitude, de désespoir. En vérité, ce simple acte lui avait redonné confiance. Et il continua à prendre confiance en lui.

Cette nuit-là il se reposa pour la première fois, sans être importuné par des lions, des ours ou autres bêtes. De jour, il avait bien vu qu'il n'y avait ni faune menaçante ni végétation assez touffue pour l'abriter. Mais dans le noir vibrant des rumeurs du vent et des brisants, comment en être sûr ? Il jugea plus prudent d'étendre son lit d'algues sèches près du rivage – près de l'arme qu'il irait peut-être chercher si sa vie était menacée – et s'il parvenait à vaincre sa peur de l'eau.

Le lendemain, il essaya de la repêcher avec un bout de bambou fendu. Il faillit tout perdre, mais à force de tâtonner il empala par hasard un animal étrange, comme un bouquet de tendres rubans semi-translucides qui frétillaient. Jimmy était affamé. Il déchira la créature, mordit dedans – en tressaillant d'abord de dégoût, mais c'était savoureux. Par la suite, il améliora cette lance en écartant les bords déchiquetés et en les aiguisant contre le corail : et c'est à ce moment-là qu'il se mit à considérer les prouesses de M. Crusoé avec un peu moins de vénération.

Autre heureux hasard, il confectionna avec quelques fils de fibres de coco un grossier filet, lesté de galets. Cet outil rudimentaire n'était pas adapté pour la drague : impossible de ramasser le couteau avec. Mais quand il le fit tournoyer autour de sa tête pour le lancer vers une bande d'oiseaux qui se reposaient sur la plage, il réussit à en prendre un et se serait peut-être lancé dans l'élevage de volatiles s'il avait été capable de digérer la viande crue aussi bien que le calmar.

La question de la cuisson, cependant, serait son plus grand exploit...

Cela devait se régler quelques semaines plus tard – il avait alors fabriqué sa hutte au toit de chaume, des sandales en écorce de noix de coco pour marcher sur les récifs coupants et son petit marteau de corail qui lui permettait de cueillir mollusques et crustacés ; sans oublier sa fronde et son poignard en bambou. Il s'était civilisé.

Il passait encore du temps sur le banc de corail, au-dessus du trou d'eau. Entre le lever et le coucher du soleil, sous le soleil ardent de midi qui faisait danser les rochers dans la brume de chaleur, dans les limites du cercle de sable qui était sa prison... La *Yackarra* s'était complètement disloquée depuis longtemps, et il n'y avait rien à tirer de ces poutres, planches et madriers – alors que ce couteau était un objet artisanal façonné par la main de l'homme ; une consolation et un objet de désir : une vision confortant sa fragile volonté de vivre.

Un jour qu'il ruminait là, il songea qu'il pourrait très bien l'attraper avec un genre d'hameçon. Des hameçons seraient utiles aussi pour la pêche. On pouvait sans doute en fabriquer à partir d'un coquillage, car il se rappelait comment Anderson occupait certaines de ses soirées à forer avec patience et adresse des coquilles à l'aide de l'instrument qu'il appelait « le violon yankee » afin d'en faire des bracelets.

Or un hameçon n'est jamais que le segment d'un bracelet

et un violon yankee rien de plus qu'un arc rudimentaire, avec deux boucles de corde pour faire tournoyer la hampe de la flèche. Jimmy avait déjà fait des tentatives élémentaires en ce sens ; il prit donc son arc, comme il avait vu Anderson le faire, et se mit à la tâche.

D'abord, il fit un essai avec une coquille, puis, ayant remarqué avec étonnement que de la chaleur jaillissait sous ses doigts, avec des bouts de bois. Nombreux furent ses échecs. Mais à un moment donné il fit naître une volute de fumée bleue, puis une étincelle à partir de poussière de bambou...

De l'avis général, ce fut l'apogée de son aventure. Il y a là motif à s'émerveiller, et à s'enorgueillir de l'ingéniosité de l'esprit humain – que, seul et plus démuni que Robinson Crusoé, ce garçon eût réussi à arracher à une nature hostile de quoi se nourrir, s'abriter, avant de confectionner des outils et, pour finir, de réinventer le feu. Ce n'était pas une mince victoire, même si c'est le genre de victoire dont douterait facilement une génération trop éclairée pour croire aux histoires d'île déserte. Mais le fait demeure, indubitablement attesté – car c'est l'unique raison pour laquelle Jimmy fut sauvé.

> 6 juin – vendredi. 14°30' S. 68° 11' O. Brise de provenance S.E. Aucun signe de l'épave qui a dû dériver au loin ou se désagréger. Si rien demain, ferons route pour Butaritari... Après-midi, fumée observée au sud. Supposant qu'il s'agit de naufragés ou d'un bateau en flammes, faisons route vers Rose Island.

Voilà ce qui figurait sur le journal de bord de la *Dundee*.

Ce registre donnait un compte rendu sans fioritures des faits au jour le jour, et voilà pourquoi on n'y faisait pas état de la disparition du jeune aide-cuistot. Le navire s'était retrouvé en rade à Apia pour y subir des réparations pendant deux mois. Une fois remis à flot, on s'était lancé dans des recherches sommaires – pas pour Jimmy, bien sûr, mais pour la *Yackarra*. Pas pour Jimmy dont personne ne pensait qu'il avait survécu, jusqu'à ce que le canot pénètre dans le lagon et que l'équipage, battant des paupières... Même là, ils hésitèrent à comprendre.

— C'est qui, ce loustic ? lança Gulbranson.

Au bord des rochers se dressait une silhouette, un homme qui clignait des yeux, ébloui par les rayons du soleil rasant. Une silhouette bien charpentée, torse nu, avec des lambeaux de pantalon. Avec sa peau cuivrée, tendue sur ses muscles, il aurait pu passer pour un jeune indigène. Mais aucun indigène n'avait cette abondante tignasse blonde – jaune comme les blés ! Et aucun d'eux n'aurait lancé en les reconnaissant un « Hip-hip-hip-hourra ! ».

Le capitaine Joe Brett était assis à la poupe, près de Gulbranson. Sur le banc de nage voisin se trouvait Anderson qui s'était porté volontaire – sous le pieux prétexte de ramasser des œufs de tortue pour le dîner. Deux marins blancs ramaient – car le capitaine Joe, ne sachant à quoi s'attendre, n'avait pas emmené de Noirs.

Les deux rameurs jetaient des regards ébahis en direction de la plage.

— Bon sang ! s'exclama Gulbranson. C'est Jimmy Lee !

Ils étaient assez près pour s'en assurer, malgré la haute improbabilité de la chose. C'était bien lui. Et ce n'était pas tout... Soudain, le jeune homme à la peau brunie entra dans la plus étrange activité : il se mit à sauter sur place, à danser – se frappant le buste, battant des coudes et poussant des cris de coq de combat.

— Il est devenu fou ! déclara le capitaine Joe.

Gulbranson leva la main.

— Ecoutez...

— Yiip-yii-yiip ! lançait le naufragé sur le ton du défi, d'une voix enrouée mais vibrante d'exultation. Je t'ai vu ! C'est à toi que j'cause, sale cuistot !

Suivit le nom d'Anderson, cité à trois reprises.

— Tu m'entends ? Je t'attendais ! Yiip-yiip-yiip !

Ils l'écoutaient, abasourdis, comprenant peu à peu... Mais la silhouette sur son perchoir continuait sa singulière pantomime. Elle se retourna, s'arrêta, s'immobilisa un instant ; puis, sur un cri de triomphe, exécuta un plongeon impeccable. Lorsqu'elle réapparut sur le rocher, elle tenait un objet qui brillait au soleil.

Les quatre hommes jetèrent un coup d'œil à Anderson. Ils se rappelaient. Ils revoyaient clairement les petits drames à bord de la *Dundee* : les humiliations, les cruautés et la traîtrise finale. Et avec l'humour simple de leurs âmes frustes et burinées, ils comprirent : c'est-à-dire qu'ils saisirent assez bien la situation – sa justice essentielle, que le capitaine Joe Brett résuma pour eux d'un ton sinistre :

— Pas si fou, en fin de compte !

L'embarcation était près du récif. Anderson était ramassé sur lui-même comme un animal venimeux, la lèvre retroussée sur ses dents jaunes ; ses petits yeux étaient rouges.

— Il a un couteau ! hurla-t-il.

Tout le côté mauvais de sa nature retorse ressortait dans ce mot. Il se serra avec empressement contre le plat-bord et son propre poignard brilla... mais Gulbranson lui donna un coup de patte et balança le couteau à l'eau avec mépris.

— Non, il n'a pas de couteau ! Regardez !

Car Jimmy Lee avait écarté son arme. Il venait à leur rencontre les mains nues.

— Dieu me damne ! commenta Gulbranson en riant. Quand je te disais qu'il te rendrait la pareille... ! Que le jeune nigaud te réglerait ton compte ! D'homme à homme... à la loyale.

Il riait ; ils riaient tous. Anderson était comme un serpent qui ne peut plus mordre. Il se serait bien défilé, mais on le poussa en avant. Il aurait bien imploré grâce, mais on le fit avancer à coups de botte et un cercle se forma autour de lui sur le rivage, jusqu'à ce qu'il consentît à adopter la posture du boxeur. Comme Gulbranson s'avançait pour arbitrer, son pied buta dans quelque chose et il faillit s'étaler. C'était la chose que Jimmy avait voulu ramasser, mais qu'il avait finalement rejetée – une fine bande de métal – l'un de ces morceaux de fer-blanc servant à lier ensemble des poutres... mais cela ne signifiait rien pour Gulbranson. Et pour Jimmy Lee non plus. Souriant, confiant – fort et capable –, il s'avança pour prendre sa revanche avec ses deux poings seulement, en homme, selon l'antique loi de la mer.

Traduit par Valérie Malfoy.

Reginald Hill

J'ai toujours aimé cette ballade ancienne qui relate l'aventure de Thomas le Troubadour (un type qui, comme moi, gagne sa vie en racontant des histoires), entraîné de force au pays des Elfes et dont le retour, au bout de sept ans, se fait sous les auspices de la reine des Elfes et de son cadeau d'adieu : seule la vérité peut désormais sortir de sa bouche. En voilà un cadeau ambigu ! Moi, je pointerais direct au chômage. Mais, me suis-je demandé, qu'est-ce qu'en ferait un flic ? J'ai trouvé ce sujet intrigant car il s'agit d'un problème universel. J'ai donc cherché une manière de le présenter qui soit à la fois sérieuse mais pas – trop – lourde, amusante sans être légère.

Et j'en ai tiré Thomas au pays des Elfes.

Cela peut paraître surprenant, mais les bons conteurs sont une espèce rare. Un bon conteur doublé d'un bon écrivain est presque introuvable. Stevenson, lui, fait partie des plus grands. Fait étrange, ces dons peuvent se causer du tort l'un à l'autre lorsque l'élan narratif force le lecteur à suivre un rythme trop rapide pour savourer les beautés de la langue. Je recommande de lire Markheim *au moins deux fois afin d'en profiter au maximum. Mais c'est là une recommandation inutile : une fois que vous l'aurez lu, vous y reviendrez encore et toujours pour tenter de pénétrer son mystère.*

Thomas au pays des Elfes

La nuit était ténèbres, nul astre n'y brillait.
Ils franchirent des flots rouges de sang ;
Car c'est du sang versé sur terre
Que se gorgent les sources de ce pays.

— NON coupable !

Incrédulité. Stupeur. Colère. Besoin d'un verre.

L'inspecteur Tom Tyler s'apprêtait à quitter la salle lorsque le juge prononça l'acquittement. Mais il eut beau presser le pas, Chuck Orgill fut plus rapide : il bondit du banc des prévenus et passa outre la main que cette garce de Miss Morphet lui tendait pour le féliciter et préféra la broyer dans une joyeuse étreinte.

Par-dessus la perruque en désordre de son avocate, Orgill croisa le regard de Tom. Ses babines esquissèrent une grimace moqueuse puis, insulte suprême, s'étirèrent en un sourire presque compatissant que pimenta un clin d'œil entendu, ironique, complice.

Pour rester sain d'esprit, un seul allié : le scotch. Se frayant un chemin jusqu'à la porte, Tom rencontra un obstacle impossible à contourner.

— Alors, l'affaire est tombée à l'eau ? demanda le commissaire Missendon. Je suis arrivé juste au moment où Miss Mouffette vous foutait une trempe.

— Ces connards d'avocats. Je peux pas les sentir !

— On en avait un aussi, vous avez oublié ?

— Ce pauvre crétin ! On lui donnerait une baignoire qu'il pisserait à côté !

Tom voulut s'éclipser mais Missendon le saisit par le bras.

— Un certain Smithson, du bureau du procureur, est là. Il souhaite mettre son temps libre à profit pour qu'on examine ensemble l'affaire Bryden. Et, Tom, soyez gentil. Arrêtez de donner du « pauvre crétin » à tout le monde, d'accord ?

Il était déjà deux heures moins le quart lorsque Tom fendit les ténèbres qui, dans ce Lancashire balayé par le vent, faisaient office d'après-midi. Sur les marches du tribunal, Missendon proposa :

— On va s'offrir un verre ? On peut arriver à l'Escale des marins avant la fermeture.

Tom hésita. L'appel du scotch se faisait toujours sentir, pas assez cependant pour qu'il supporte la compagnie de ses collègues, des habitués du pub.

— Je vais m'abstenir, chef, si vous n'y voyez pas d'inconvénient. Il faut que j'aille régler ces problèmes que Smithson a mis sur le tapis.

— Quel sens du devoir ! Vous m'impressionnez, commenta Missendon sans conviction. A plus tard, alors.

Il s'éloigna, et Tom attendit qu'il soit hors de vue pour prendre la direction de la taverne de l'Arbre vert.

L'Arbre avait aussi ses désavantages. A proximité immédiate des tribunaux, c'était la buvette où ces connards d'avocats s'encroûtaient. Et se bourraient la gueule. Malgré l'heure tardive, l'endroit était infesté de ces pochetrons brailleurs. Usant de son épaule comme d'un bélier pour tracer vers le bar, Tom souleva sur son passage protestations et verres de vin.

On le servit en un clin d'œil. Observant son reflet dans le miroir du bar il comprit pourquoi : trentenaire musclé et trapu, il aurait pu passer pour l'un de ces fauteurs de troubles, bêtes noires de la police.

Tom porta un toast moqueur :

— Santé. Et merde à vous, Miss Mouffette.

Il avala une gorgée de whisky et, comme par magie, son image fut remplacée par celle de la femme qu'il venait d'injurier avec délice.

La porte qui faisait communiquer bar et salle de restaurant s'était ouverte à la volée. Miss Morphet, un ballon de brandy devant elle, serrait la main d'un homme que Tom reconnut sans peine : Walter Lime, l'avocat d'Orgill ; ses amis l'appelaient Harry – les flics, Limmonde. Les deux compères venaient sûrement de se payer un gueuleton pour fêter leur triomphe et Limmonde décampait à la rescousse d'un autre de ses clients véreux. Mouffette, quant à elle, pouvait faire durer son cognac. Les escrocs étaient époussetés et débarbouillés avant d'être introduits auprès d'elle ; la garce aimait que l'hygiène soit respectée.

Elle avait éclaté de rire à quelque ultime plaisanterie, sans doute une blague sur cette flicaille si facile à entuber.

Tom se détourna du bar avec une brusquerie telle qu'il renversa quelques verres et se dirigea d'un pas ferme vers la salle de restaurant.

L'avocat avait disparu. Miss Morphet leva les yeux et considéra Tom de cet air de stupéfaction intéressée qu'elle avait arboré au moment où elle insinuait que les preuves contre son client étaient, en majorité, des faux grossiers.

Tom brisa le silence :

— J'aimerais vous parler.

— Excusez-moi, je sais qu'on s'est déjà vus, mais je n'arrive pas à vous remettre...

— Ah oui ? Vous ne regardez pas les gens que vous traitez de menteurs ?

— Ah. Inspecteur Tyler, je présume ? Je doute fort d'avoir effectivement employé ce terme...

— Bien sûr que non. Un peu trop direct pour un avocat. Vous avez dit quoi, déjà ? Ah oui. Mon rapport a été rédigé tellement longtemps après les faits que, comme le *Richard III* de Shakespeare, il offre certes un excellent divertissement mais pèche quant à sa fiabilité.

— J'ai vraiment dit ça ? s'enquit Miss Morphet sur un ton de complaisance amusée. Oups. Je suis sûre que ça impressionne plus quand on le dit d'une grosse voix masculine. Bon, il faut vraiment que je retourne au cabinet, alors si vous n'avez plus rien à...

— Je voulais juste vous demander ce que ça fait de relâcher un dangereux criminel dans la nature.

Elle pinça ses lèvres cerise et dit :

— Je l'ignore, inspecteur. Vous pouvez peut-être me le dire. Mettre les gens en taule ou en liberté, c'est davantage dans vos cordes, il me semble.

— C'est ça. Et vous, vous ne faites que vous pointer au tribunal, jouer avec les mots, en vous foutant bien des conséquences de vos phrases...

Elle s'affairait, ramassait son sac, empoignait sa veste pliée sur le dossier de la chaise.

— Je préférerais ne pas avoir à entendre ça, inspecteur. Et pour vous dire la vérité...

— Savez-vous au moins ce que c'est ? explosa Tom. Avant de vous précipiter pour déposer une plainte, essayez donc de la dire, la vérité, au moins une fois dans votre vie. Alors, Orgill est coupable ? Oui ou non ?

— Le jury l'a déclaré non coupable, vous avez oublié ?

— Que le jury aille se faire foutre ! C'est un verdict, pas un fait. Mais la vérité, la vérité pure et simple, c'est est-ce qu'il est coupable, oui ou merde ?

Une fraction de seconde, il lui sembla voir se fêler le masque professionnel de ce fin visage aux traits délicats de siamois.

Miss Morphet lança alors :

— Asseyez-vous donc, inspecteur.

La fureur de Tom, toujours vive, s'était émoussée, et il avait conscience que de nombreux regards avaient convergé vers eux avec un intérêt non déguisé. Il s'assit.

— Vous vous targuez, à l'évidence, de parler vrai, alors pourquoi ne pas dire exactement ce qui vous tracasse ?

Tom prit une profonde inspiration.

— Très bien, dans ce cas. Je pense – non, je sais – qu'un homme dangereux traîne dans les rues parce qu'il ne s'est pas fait boucler pour un crime qu'il a, j'en suis convaincu, commis. Et à mon avis, vous êtes trop intelligente pour vous méprendre. Mais ça ne vous a pas empêchée de faire passer des mensonges absolus pour la vérité, et de traîner sans vergogne cette vérité dans la boue. D'accord, vous allez me ressortir ce blabla sur le droit universel, garanti par la loi, à être défendu par un avocat. Je veux seulement savoir comment vous, en tant qu'être humain, pouvez tolérer de déformer ainsi la vérité.

Tom ponctua son propos en avalant une gorgée de whisky.

Miss Morphet joua avec son verre avant de prendre la parole :

— Le problème, inspecteur, c'est que je ne vous connais pas vraiment. Ou plutôt, le peu que je sais est insuffisant pour me décider soit à vous dire de vous faire foutre, soit à téléphoner à votre patron.

— Et qu'est-ce que vous devez savoir pour répondre honnêtement à ma question ?

— Oh, pas grand-chose. Qu'on me persuade que cette question est posée par un homme honnête, ça me suffirait. Êtes-vous un de ces oiseaux rares, inspecteur ?

— Je suis du côté de la vérité, gronda Tom, furieux contre lui-même de se voir verser ainsi dans l'emphase. Et je doute qu'on puisse l'atteindre par les chemins du mensonge.

— Voyez-vous ça, un vrai Thomas, dit l'avocate avec un sourire sibyllin.

— Excusez-moi ?

— Thomas le Troubadour, dans cette vieille ballade. Celui qui, depuis son retour du pays des Elfes, n'a jamais plus été capable de sortir un seul mensonge.

— Ecoutez, je dis pas que j'ai jamais menti, mais...

— Mais vous pouvez vous en passer alors que c'est indispensable à mon mode de vie, on va dire ?

— Quelque chose comme ça, oui.

— Alors ça serait un jeu d'enfant pour vous de tenir, disons vingt-quatre heures, sans proférer un seul mensonge ? Qu'est-ce qu'il y a, inspecteur ? Vous avez l'air déconcerté. Vous me jetez la pierre parce que je me complais, soi-disant, dans des stratagèmes que vous ne sauriez éviter une toute petite journée ? Ou je me trompe ?

— J'en suis capable, bien sûr, mais...

— Alors voici mon offre. Ne dites que la vérité pendant vingt-quatre heures, et vous ferez de moi ce que vous voulez.

Elle remarqua qu'à l'énoncé de cette phrase il écarquillait légèrement les yeux, et lui adressa une moue coquine.

— Moralement, s'entend, cela va sans dire. Alors, votre sentiment ?

Tom dévisagea son adversaire, s'efforçant d'afficher son mépris envers une idée si stupide. Elle avait les yeux verts, et une bouche qui, au tribunal, l'avait entraîné au cœur de tant d'incertitudes et de doutes, si pulpeuse, si gourmande. En le voyant hésiter, elle prit une pomme reinette dans la coupe de fruits posée sur la table, la frotta sur son sein et l'offrit à Tom.

— Ça veut dire quoi ?

— Dans la ballade, la reine des Elfes offre à Thomas une pomme magique qui le rend incapable de mentir. Je commence à me demander, inspecteur, si un peu de magie ne vous serait pas, à vous aussi, salutaire.

Raillerie blessante – elle avait agi de même lors du procès, le poussant à réagir d'une manière qu'il savait imprudente. Il eut beau se souvenir de la résolution prise alors – ne plus répondre à de telles provocations –, il s'entendit dire :

— Zéro mensonge une journée entière ? Aucun problème.

— Très bien.

Elle mordilla la pomme et la lui tendit derechef.

— Alors, marché conclu ?

Il saisit le fruit et mordit à belles dents dans l'entaille qu'elle avait tracée. La pulpe juteuse et croquante lui emplit la bouche.

— Marché conclu.

— Super. Vous avez l'heure ?

Comme sur commande, une vieille horloge carillonna au-dessus de la porte de la cuisine.

— Deux heures. Le compte à rebours commence. Rendez-vous ici, à l'Arbre, demain. Ou peut-être devrais-je dire sous l'Arbre.

De nouveau ce sourire moqueur.

— Ça me va, dit Tom sur un ton qui se voulait indifférent tandis qu'il l'observait glisser ses bras fins et souples dans les manches de sa veste.

Elle surprit son regard et devint soudain sérieuse.

— Encore une chose, Tom. Vous permettez que je vous appelle Tom ? Surtout, appelez-moi Sylvie. Dites-moi, vous êtes heureux en ménage ?

— Oui. Enfin, la plupart du temps, y a des hauts et des bas mais...

Plongé dans une confusion provoquée par son souci du mot juste, il ne finit pas sa phrase – sans compter que Sylvie Morphet s'était tellement rapprochée de lui qu'il sentait la chaleur de son souffle parfumé sur son visage et, sous la table, sa main aux longs ongles rouges lui caresser tendrement l'intérieur de la cuisse.

— Mais ça vous plairait de coucher avec moi ? murmura-t-elle.

— Quoi ?

Il repoussa sa chaise, abasourdi. Elle se redressa sans contenir son hilarité.

— Pas besoin de répondre, Tom. C'était un sale tour, hein ? Je pense que vous serez surpris du nombre de sales tours que vingt-quatre heures peuvent jouer à un homme dévoué à la vérité. On se voit demain. Sinon, je saurai pourquoi.

Harponnant le verre de whisky qu'il avait délaissé, Tom la regarda s'éloigner. Il avait, toujours, besoin d'un verre, mais plus pour nourrir sa colère.

Il passa l'après-midi à son bureau, le nez dans la paperasse. Il appliqua avec rigueur les règles strictes qu'il lui faudrait, il s'en doutait, mettre en pratique dans la conversation. La vérité lui coûta de nombreuses révisions et lui attirerait des réprimandes en pagaille lorsque les rapports seraient lus.

A dix-huit heures il se sentit satisfait du démarrage, jugé excellent, de sa journée de défi. Les contraintes éprouvantes du boulot mises de côté, la chance devait lui sourire jusqu'à huit heures et demie le lendemain matin. Il réussirait à honorer le pari de Miss Mouffette, certes, mais il savait que sa vie professionnelle tendait toutes sortes de pièges aux imprudents.

L'un d'eux remontait justement le couloir lorsque Tom sortit de son bureau.

— Tiens, déjà en route ? demanda Missendon. Vous avez réglé cette histoire, j'espère ?

— Comment ?

— Vous m'avez dit que vous alliez au palais de justice fixer les derniers détails de l'affaire Bryden.

— Oui, effectivement.

— Donc vous avez tout réglé ?

— J'ai dit que j'y allais.

— Ah.

Missendon parut interloqué.

— Alors, vous y êtes allé ?

— Non.

— Oh. Et pourquoi ?

— Parce que, répondit Tom en choisissant ses mots avec soin, j'avais déjà réglé tout ce qu'il y avait à régler.

Il sourit en guise d'au revoir et se dirigea vers l'escalier. Missendon lui emboîta le pas.

— Pourquoi vous m'avez dit que vous deviez vous y rendre, alors ? s'obstina-t-il.

Tom se résigna intérieurement.

— C'était une excuse.

— Pour quoi ?

— Pour ne pas me joindre à vous au pub, chef.

— Ça ne vous disait rien de prendre un verre ? Pourquoi ne pas l'avoir dit ?

— Ce n'est pas ce que j'entendais par là, chef.

— Quoi alors ?

— Ça ne me disait rien d'aller prendre un verre avec vous, chef, au pub.

Missendon lui jetait des regards très étranges.

— Vous vous sentez bien, Tom ? Vous avez un comportement curieux ces derniers temps.

— Oui, chef. Je me sens bien.

— Très bien. A demain matin, donc. Bonne soirée.

— Bonne soirée, chef.

Une fois la portière de sa voiture refermée, Tom, soulagé de n'avoir croisé personne sur le chemin du parking, poussa un long soupir. Cette histoire de vérité se révélait plus complexe qu'il ne l'avait affirmé. Bien entendu, le mensonge débité à Missendon sur les marches du tribunal, échantillon de ce ciment social qui scelle les relations, avait constitué un beau geste. Tom prit alors conscience que les heures passées hors du bureau lui réserveraient peut-être aussi quelques surprises.

A peine eut-il poussé la porte de la maison que ses craintes furent confirmées.

Mavis apparut en sous-vêtements en haut de l'escalier – pas pour lui offrir le repos du guerrier.

— Tom, enfin, te voilà ! Dépêche-toi. On doit y être à sept heures.

Tout lui revint en un éclair. Aujourd'hui était un Jour très spécial – l'anniversaire de mariage de ses beaux-parents – et, à cette occasion, la famille Masterman au grand complet se retrouvait au restaurant.

— Pourquoi t'es tellement en retard ? T'as pas oublié, au moins ?

C'était là un reproche plutôt qu'une accusation sérieuse ; Mavis considérait humainement impossible d'oublier un tel événement. La réponse correcte ressemblait plus ou moins à : « Bien sûr que non, chérie, mais Missendon m'a tenu la jambe et avec la promotion qui se rapproche, tu sais que je dois lui passer la pommade à ce vieux con. »

Mais ce soir, tout était différent.

— Si. J'ai oublié, avoua Tom.

Par chance, sa réponse importait peu à Mavis qui s'en retournait déjà dans la chambre. Il les regarda s'éloigner, elle et ses grosses fesses tremblotantes. Que Mavis ait commencé à prendre du poids ne le dérangeait pas, en fait il trouvait certaines rondeurs bien placées vraiment excitantes. Il regrettait seulement que ce changement ne se soit pas répercuté sur le choix de ses vêtements. Si son pantalon en soie étriqué lui rentrait presque en entier dans le derrière, cela ne gênait personne d'autre qu'elle ; mais le tableau qu'elle offrit à Tom quand il sortit de la douche, à se colleter avec une de ces robes moulantes qui l'avaient rendue jadis irrésistible, fut pour lui un crève-cœur.

– Et voilà, dit Mavis en faisant une pirouette. Qu'est-ce que t'en penses ?

— Oh oui, répondit Tom en hochant vivement la tête avec un claquement de langue. Vaut mieux que je me grouille. Faut pas être en retard.

— Tu veux dire : oh oui, j'aime ? persévéra-t-elle, comme à son habitude insatisfaite de tout commentaire non hyperbolique.

— C'est une très jolie robe. Super. A ton avis, je mets ma chemise bleue ?

Il savait qu'elle la détestait parce que le bleu faisait très policier en tenue, mais même cette provocation ne put faire diversion que quelques minutes.

Tandis qu'il boutonnait la chemise gris perle à fines rayures qui le serrait sous les bras mais lui donnait, pour citer Mavis, l'air distingué (traduction : pas l'allure d'un flic), elle revint à la charge :

— Elle ne te plaît pas, hein ?

Tom chercha un moyen d'éluder la question, remarqua qu'il n'était pas loin de franchir les frontières de la vérité et avoua :

— Non, pas vraiment. La robe, ça va mais...

— Mais pas sur moi ? Pourquoi ? Qu'est-ce qui cloche ?

— Elle me paraît un peu juste, c'est tout. Peut-être que t'as acheté la taille en dessous...

— Non. C'est la taille que je prends d'habitude. Tu veux dire que je suis grosse, c'est ça ?

Elle le foudroya du regard, attendant que Tom la rassure, se reprenne, la baratine à fond.

Il ne fit que soupirer :

— Oui.

Tom dut son salut à ses beaux-parents, que le couple devait chercher en voiture ; hors de question de les faire attendre en ce Jour très spécial. Rien ne saurait contrarier le bon déroulement d'un JTS. Tom avait depuis longtemps renoncé à tenir le compte exact du nombre de JTS célébrés à l'année par la famille de Mavis ; il était toutefois certain que les convertir en jours fériés permettrait de résoudre d'un coup le problème du chômage.

Le trajet en voiture se déroula dans un silence glacial sur lequel la climatisation n'eut aucune prise. La présence de Papa et Maman réchauffa l'ambiance en surface – Mavis étant cordiale pour deux –, mais leurs tentatives pour le mêler à la conversation ne firent qu'entraîner de nouveaux problèmes.

— Alors, Tom, comment ça se passe au boulot ? demanda Masterman père de cette voix joviale d'homme du Nord, pragmatique et excluant toute forme d'opposition, qui a réussi à la force du poignet.

— Rien de nouveau.

— Et cette promotion, ça se présente comment ?

— Il y a toujours de l'espoir.

— Surtout, n'oublie pas notre petit accord. Aussitôt que t'as l'impression de faire du surplace chez les flics, il y a un fauteuil confortable qui t'attend chez Masterman.

Masterman père était entrepreneur en bâtiment, l'un des plus gros du Lancashire. Depuis des années, lui et sa fille exhortaient Tom à intégrer l'entreprise familiale au poste de responsable de la sécurité. Du moment que Tom laissait entendre qu'il se rapprochait lentement mais sûrement du grade de commissaire, niveau minimum requis en société, il parvenait à s'en tirer. Cependant, sans qu'il sache comment, un « accord » unilatéral s'était établi, dont une des clauses stipulait que le moindre hiatus dans son ascension signifiait démission immédiate et enrôlement dans la boîte de beau-papa.

Tom grogna quelques mots inintelligibles.

Assise à l'arrière, Masterman mère babilla :

— Je suppose que Tom espère en secret que son avancement lui passera sous le nez afin de quitter la police et travailler avec Papa. N'est-ce pas, Tom ?

Aucune réaction.

— Tom, tu as entendu, Maman t'a posé une question, dit Mavis d'une voix douce.

— Oui, j'ai entendu.

— Alors pourquoi tu ne réponds pas ? Les gens polis répondent quand on leur pose des questions aimables.

— Vous pouvez répéter la question aimable ? s'enquit Tom.

— Vous n'aimeriez pas troquer ce travail affreux et éprouvant dans la police contre un emploi agréable, à heures fixes, avec Papa ? reprit sa belle-mère, choisissant mal son moment pour commettre, fait des plus rares, une question précise.

Tom réfléchit avant de répliquer :

— Non. Je crois que j'ai plus d'avenir dans la cueillette du coton.

Un ange passa, puis deux, et le beau-père éclata de rire.

— *La cueillette du coton* ! Elle est bien bonne, hein, Maman ? Le coton ! Ils sont trop malins pour nous, ces jeunes. *J'ai plus d'avenir dans la cueillette du coton.* Il faudra que je la ressorte à l'occasion.

Tom sauta donc ce premier obstacle sans trop de dommages. Cependant, tandis qu'ils descendaient de voiture, pour toute réponse au sourire désabusé offert à Mavis en guise d'excuses il reçut un regard froid qui lui promettait un paiement différé, avec intérêts.

Tom poussa un profond soupir. En disant à Miss Mouffette que d'une manière générale son mariage était heureux, il n'avait pas menti. Mavis et lui formaient un couple très uni, rarement en désaccord. Par malheur, la famille de Mavis constituait un des sujets de discorde et, faisant entrer en ligne de compte certains sentiments de culpabilité, la jeune femme refusait tout compromis sur ce terrain.

Les autres Masterman étaient déjà installés à la table : il y avait là son beau-frère Trevor, mauviette pondue par un père imposant, qui cherchait à compenser en évitant d'être charmant, mais pas facho ; à son côté, Joanna, sa femme, dont l'ivrognerie devait être soit la cause, soit l'effet des érections de plus en plus hésitantes de Trevor. Elle, Tom l'aimait bien, mais c'était vraiment trop lui demander que d'apprécier Trudi, sa belle-sœur, à la parole aussi rare que ses accointances avec l'eau et le savon. Et, pour compléter ce joyeux tableau, Fred, l'heureux élu de ladite Trudi, au pas traînant et aux gestes désaccordés, à qui on avait attribué un poste à la compta, loin des machines et des objets tranchants.

Le repas se déroula sur le schéma habituel.

Tandis qu'on prenait la commande, Joanna annonça de sa voix claire et perçante de poivrote professionnelle :

— Des épinards. Mon mari prendra des épinards. On m'a dit que ça aide à bander.

Au même moment, Fred, qui malgré son absence totale de coordination adorait le sport, racontait à Mavis comment il avait blousé six billes d'un coup au billard. Il fit la démonstration de cet exploit en projetant son coude dans l'entrejambe du serveur occupé à déboucher la rituelle bouteille de champagne. Le type se plia en deux avec un cri étranglé, le bouchon fusa à la vitesse d'une balle et alla frapper une femme à la table voisine, pile entre les yeux ; le liquide gicla avec une telle force qu'il arracha la moumoute de son compagnon.

Ce genre d'occasion laissait toujours Tom en proie à la perplexité : Joanna avait beau repousser les limites de la décence, Fred pouvait sans complexe détruire l'infrastructure, leur comportement ne provoquait chez son beau-père qu'un petit rire résigné, tandis que lui, Tom Tyler, sobre comme un chameau et capable d'avaler son cocktail de crevettes sans casser l'assiette, était considéré comme l'élément perturbateur de la famille.

Ce soir-là, il fut enfin fidèle à sa réputation.

Il évita les ennuis jusqu'au plat principal. Et vlan :

— Alors, Tom, comment va le crime ? demanda Trevor.

— Il y en a pas mal.

— Tu m'étonnes. Moi, je dis, c'est à cause des juges Trop de laxisme. Il serait temps que les législateurs se bougent le cul. Pas vrai ?

Après son expérience au tribunal, Tom ne pouvait qu'approuver.

— Si.

— Couper la main aux voleurs pris en flagrant délit, avec une hache bien tranchante, c'est ça qu'il faudrait, continua Trevor rendu loquace. Tout ce qu'on se fait faucher sur les chantiers, tu le croirais pas. C'est ces foutus Irlandais, y en a trop, je comprends pas pourquoi on les laisse entrer. Et si on les chope la main dans le sac, il se passe quoi ? Rien ! Dès le lendemain, ils s'en vont détrousser un autre pauvre diable. Il faudrait en punir pour l'exemple et encourager les gens honnêtes. Pas vrai, Tom ?

Tom choisit judicieusement ses mots :

— En tant que principe général appliqué sans discrimination, je pense qu'une personne sensée peut faire un usage sensé de cette méthode, Trev.

Dans cette conjoncture peu favorable, il trouva sa réponse plutôt bien tournée. Mais le problème avec les Masterman, c'est que gratifier la foi familiale d'un assentiment poli ne leur suffit pas, ils vous veulent à genoux dans le temple, face contre terre, lèvres collées au gros orteil de l'idole.

— Alors pourquoi tu ne nous rejoins pas, Tom ? répéta Papa. Ou si tu ne te sens pas encore prêt, donne-nous au moins le bénéfice de ton avis d'expert. Comme un genre de consultant.

— Oui, renchérit Trevor. Une famille doit se serrer les coudes, hein ? Alors en tant qu'expert légal, par où tu commencerais le grand ménage chez Masterman ?

Par le sommet, fut la réponse que Tom sentit monter à ses lèvres, mais il se retint.

— Ecoutez, ces petits larcins dont vous me parlez, j'ai l'impression que le problème se résume au budget que vous accepterez de consacrer à la surveillance.

— Embaucher des vigiles, tu veux dire ? s'exclama Trevor. C'est un peu fort, venant de toi.

— Pardon ?

— Oui, c'est pas toi qui dénonçais l'éducation privée comme une calamité ? Et la médecine privée ? Et privé ci, privé ça ? Et tout d'un coup ça ne te poserait pas de problème que ta propre famille doive se payer des vigiles ? Qu'est-ce qui est arrivé aux forces de l'ordre ? C'est parce qu'on n'est pas des parasites sociaux que la loi devrait pas nous protéger ? Après tout c'est avec le fric des gens comme nous que le système fonctionne, pas vrai ? Nous, on vit pas d'allocs. On paie nos impôts. Alors pourquoi ceux qui arrosent le joueur de flûte n'auraient pas le droit de lui demander un air ?

— Ça dépend.

— De quoi ?

— D'une foule de choses. Si le joueur est payé plein pot, par exemple. Fred, tu pourrais me passer le raifort ?

La tentative de diversion échoua. Fred accomplit le petit miracle de lui tendre le plat sans le lâcher ni rien renverser. Le pauvre lança un regard débordant d'espoir à Joanna, qui semblait replongée dans la catatonie.

Masterman père articula lentement :

— Je ne suis pas sûr de te comprendre, Tom. Parlons sans détour. Pour commencer, la police est un service public, d'accord ?

— D'accord.

— Ce qui veut dire que ce sont les contribuables qui mettent la main au porte-monnaie, on est d'accord ?

— D'accord.

— Ce qui implique des impôts. Et nous payons nos impôts, pas vrai ?

Tom resta muet.

— Pas vrai, Tom ? insista Papa.

— Jusqu'à un certain point.

— Un certain point ! explosa le vieux Masterman. Tu n'as jamais vu notre feuille d'impôts ? Fred, dis-lui. Tu as les comptes en tête. Combien on a payé d'impôts l'année dernière ?

Un court instant, la panique grêla le visage de Fred telle la petite vérole ; il prit une profonde inspiration, remua les lèvres comme s'il additionnait des colonnes de chiffres puis énonça :

— Un gros paquet.

— Tout à fait. Un gros paquet. Alors où est le problème, Tom ?

C'était le moment de décamper. De s'esquiver avec adresse. De donner à Joanna un coup de pied sous la table avec l'espoir que ce traitement la réveillerait et lui donnerait l'idée de s'épancher sur quelque déficience sexuelle de Trevor.

L'image de Miss Mouffette s'empara alors de son esprit – la reine des Elfes aux yeux verts lui tendait la pomme, et le jus perlait à l'entaille qu'elle y avait creusée de ses dents blanches, les vilaines.

Tom prit la parole :

— Le problème, c'est comment vous souhaitez que ces impôts soient dépensés. Le problème, c'est le genre de personnes que vous élisez au pouvoir et qui dépensent ces impôts. Le problème, c'est que vous déboursez peut-être un gros paquet, mais vous en planquez aussi pas mal.

— Tom ! s'exclama Mavis, outrée.

— Non, laisse-le parler, ordonna Papa. Qu'est-ce que tu insinues, Tom ? Qu'on fraude ? C'est ça ?

— Oui, soupira Tom en songeant avec regret au diplomate à l'eau-de-vie.

Les pâtisseries étaient succulentes dans ce restaurant. Tom en avait salivé à l'avance, mais il avait le sentiment qu'il irait au lit privé de dessert.

— Cela mérite quelques explications, je trouve, énonça Trevor de sa plus belle voix de cadre sup.

Tom repoussa son assiette, se résignant à quitter son rosbif avant la fin.

— Très bien. Prenez ce repas, par exemple. Vous avez un arrangement avec le resto, pas vrai ? Ils vous font de la pub au dos de leur menu. Et le coût annuel de cette annonce correspond comme par hasard à vos frais de sorties resto sur l'année. Je t'ai entendu t'en vanter, Trev. Donc ce dîner sera inclus dans vos comptes, dans la colonne dépenses publicitaires, déductibles des impôts.

— Oui, tout à fait, admit Masterman père. C'est moi qui en ai eu l'idée quand ils ont annulé le remboursement des frais d'agrément, sauf pour les clients étrangers. Mais il y a rien de mal à être en avance sur son temps, pas vrai ?

Il accompagna ces paroles d'un sourire fier et lui adressa un clin d'œil entendu, complice, d'homme rompu à tout.

— Oh non, rien de mal. Sauf que c'est de la fraude fiscale. Non, écoutez-moi ! Prenons ces ouvriers dont vous vous plaignez sans cesse, ces salopards qui vous volent. Combien ne sont pas déclarés parce qu'ils sont soi-disant employés par des sous-traitants que vous dirigez vous-mêmes ? Comme ça, pas de dossiers, pas de cotisations sociales à régler, et vous pouvez carrément les sous-payer parce que, vous le savez bien, ils ont besoin de ce boulot et ne risquent pas de remplir une déclaration d'impôts. En d'autres termes, vous et d'autres de la même espèce vous mettez chaque année dans la poche des millions de livres qui reviennent de droit à l'Etat, et vous avez le culot de vous écrier : « Mais on les paie, nos impôts ! » La vérité c'est que non ! Et c'est quand vous casquerez vraiment que vous aurez le droit de lancer des vannes sur tous ces services publics qui sont surchargés de boulot mais pas de pognon, comme la police !

Tout cela avait dû s'accumuler en lui depuis un bon moment, vu la manière dont les mots se pressaient à ses lèvres, débordaient en un flot ininterrompu.

Un processus similaire était sans doute à l'œuvre à l'intérieur de Joanna, qui s'éveilla soudain, yeux écarquillés, bouche grande ouverte, et n'eut que le temps de dire « Oh non » avant que son repas déjà à moitié digéré ne se presse à ses lèvres pour déborder, lui aussi, en un flot ininterrompu.

Voilà qui aurait dû détourner leur attention, au moins quelques instants, de son propre esclandre !

Mais non. Même Fred qui, en esquivant les régurgitations de sa belle-sœur, se retrouva les quatre fers en l'air parmi les débris d'une chaise fracassée, ne put ravir la vedette à Tom.

— Regarde ce que tu as fait ! hurla Mavis. Tout est fichu maintenant !

Et Papa d'ajouter :

— Ta haine envers nous doit être immense, Tom, pour

que tu n'hésites pas à gâcher ainsi une réunion de famille aussi heureuse.

Ce fut l'inflexion autosatisfaite et moralisatrice de sa voix qui eut raison de Tom.

— Heureuse ? Mais regardez-les. Un bande-mou, une alcoolo qui ne se maîtrise plus, une épave ambulante, une autiste qui pue, et un bonhomme Michelin ! Même dans la famille de Charles Manson ils étaient moins tarés !

Il se dirigea vers la sortie.

Mavis le rattrapa sur le parking tandis qu'il faisait une pause pour respirer un grand coup.

Il regrettait déjà l'allusion au bonhomme Michelin. Le reste, non, pas encore. Mais ça, c'était impardonnable.

Et Tom n'avait pas tort. Mavis n'allait pas le pardonner de sitôt.

— Espèce de salaud. C'est fini entre nous. Ce soir je ne rentre pas à la maison. Et quand j'y retournerai je ne veux plus t'y trouver. Je veux que tu t'en ailles, compris ? Ouste ! Sinon je demande à l'avocat de Papa de te foutre à la porte !

Elle en avait bien le droit. La maison, une villa « géorgienne » Masterman, cadeau de mariage de son père, était déclarée à son nom uniquement.

Tom aurait dû résister dès le départ et refuser d'habiter un logement pour lequel il n'avait pas déboursé un centime. Mais à l'époque il aimait trop Mavis pour penser que cela poserait un problème. L'aimait toujours trop pour penser qu'elle parlait sérieusement.

— Mavis, je suis...

Une gifle monumentale qui l'envoya valser, empêcha toute forme d'explication ou d'excuse.

Vraiment, elle prenait du poids. La dernière fois qu'elle l'avait frappé, il n'avait pas vu trente-six chandelles !

Tom essuya le sang à sa bouche et se mit au volant.

Une fois rentré, il s'assit et entreprit de vider sans se presser une bouteille de scotch, dont le pouvoir anesthésiant semblait envolé. Il finit par en voir le fond, tout en restant désespérément sobre.

Il s'en rendit compte lorsque le téléphone sonna et qu'il se leva sans difficulté pour répondre.

— Allô ?

— Tom ? Missendon, à l'appareil. Ecoutez, je rentrais en voiture d'un séminaire lorsque j'ai reçu un message radio signalant qu'il y a eu du grabuge au Chien jappeur. Ça a l'air sérieux.

Tom jeta un coup d'œil à sa montre. Minuit passé. Ça s'annonçait très sérieux, même, si le chef en personne sortait de sa tanière pour une querelle d'ivrognes.

— Vous êtes là, Tom ?

— Oui, chef.

— Bon, écoutez, ça va vous plaire. Devinez ce qui s'y passait ? Une petite fête privée pour célébrer la remise en liberté de votre vieux pote Chuck Orgill. Une bagarre s'est déclenchée. Et il y a des blessés, peut-être même pire. Je me rends sur place, et je me suis dit, vu qui est impliqué, que vous aimeriez vous joindre à moi.

Orgill. Celui par qui tout avait commencé.

— Oui, chef. Merci.

En s'installant dans la voiture, il remarqua qu'il avait toujours la bouteille de scotch à la main. Il la posa avec précaution sur le siège passager. Etait-il en état de conduire ? D'après la loi, non, bien sûr que non. Convaincu pourtant qu'il assurerait comme un pro sur une corde raide, il démarra.

De nombreux véhicules de police encerclaient le Chien jappeur. Les badauds se bousculaient, malgré l'heure tardive. Une ambulance débarqua dans la cour, sirène hurlante, et une autre attendait près de l'entrée principale.

— Tom. Vous voilà.

Missendon s'approcha de lui, tout sourire. Avec sa veste de smoking il ressemblait à un maître d'hôtel accueillant un client aux pourboires généreux.

— Bonjour, chef. Qu'est-ce qu'on a ?

— Un mort, deux types dans un état critique, quatre ou cinq salement amochés, et je compte pas les blessés légers. Rien de surprenant quand ce genre de compagnie s'enfile du champ' à volonté.

— Et Orgill ?

— L'invité d'honneur ? Il est à l'intérieur, on lui fait quelques points de suture au visage. Il gueule qu'il veut aller à l'hôpital mais il peut toujours courir, tant que j'en ai pas fini avec lui.

— Et qui s'est fait refroidir ?

— Son cousin Jeff.

Tom siffla.

— Quelqu'un nous a rendu service, alors. Ça s'est passé comment ?

— Lutte de pouvoir, on dirait. Vous savez que Jeff était l'héritier présomptif de la famille Orgill depuis un bail. Lorsqu'il est devenu évident que Chuck ferait un séjour au frais, il a dû se dire que son heure était venue. Mais la Miss Mouffette a changé la donne. Ma théorie, c'est qu'une fois la langue déliée par l'alcool, il n'a pas pu cacher que le retour de Chuck lui faisait pas trop plaisir. Il a peut-être même suggéré qu'un changement serait bienvenu dans la hiérarchie. Sauf qu'il s'est fait descendre.

— Par Chuck, vous croyez ? Si seulement. Des témoins ?

— Tom, ne soyez pas stupide. Dans l'excitation du moment, le serveur racontait à qui voulait l'entendre que les deux cousins se sont rentrés dans le lard, et ensuite l'horreur s'est déchaînée. Mais à peine s'est-il souvenu de qui il parlait qu'il est devenu amnésique. Les autres la boucleront aussi, quel que soit leur camp. Il y a un seul chef désormais, et personne ne va prendre le risque de l'énerver.

Tout en parlant, il guidait Tom à l'intérieur du pub. Par la porte du salon privé, celui-ci aperçut un groupe disparate d'hommes et de femmes, blessés pour la plupart, surveillés par une demi-douzaine de flics notant leurs noms et adresses.

Puis Missendon le fit entrer dans le bar. Là, Tom n'eut pas besoin de lui demander où la rixe s'était produite : il y avait, littéralement, du sang sur les murs, et la pièce était dévastée. Dans ce chaos de verres brisés et de meubles fracassés, on ne remarquait pas tout de suite le malheureux cadavre.

— Poignardé ? demanda Tom en s'en approchant avec mille précautions pour éviter les flaques du sang qui avait jailli des blessures.

— Trois fois, on dirait, peut-être plus. J'ai seulement laissé le toubib constater le décès. Je veux qu'on ne touche à rien tant que le service médico-légal n'a pas passé l'endroit au peigne fin.

— Vous espérez trouver quoi ?

— Le moindre élément qui permette d'envoyer Orgill à l'ombre pour meurtre. Il s'en est tiré ce matin, Tom. Une fois, pas deux.

— Ça va être dur, sans témoins. Vu ce qui est arrivé, il peut avoir été buté par n'importe qui.

— On croirait entendre cette foutue Mouffette. Regardez, il y a un cran d'arrêt là-bas. Il a sûrement été balancé à la seconde où nos hommes se sont pointés. L'arme du crime, peut-être. Ça serait bien utile qu'on trouve les empreintes de Chuck dessus. Jeff a du sang sur la main. Avec de la chance il sera du même groupe que celui de Chuck, que Jeff a blessé en lui envoyant un verre au visage. Et j'ai la chemise de Chuck. Couverte de sang. Sûr et certain qu'il va être du groupe de Jeff.

Son optimisme tournait à vide, pensa Tom, car même si ces hypothèses se vérifiaient, que prouvaient-elles ? Pour commencer, Chuck Orgill était du groupe O, le groupe sanguin le plus courant. Tom le savait, car il n'ignorait rien de cet homme. Et tout portait à croire que Jeff, lui, était du groupe O ou A comme quatre-vingt-dix pour cent de la population. Tom entendait déjà la voix insidieusement persuasive de Sylvie Morphet : « Combien de personnes ont été blessées dans cette échauffourée, chef ? Quinze ? Vingt ?

Plus ? Alors il y a plein de sang partout. Et parmi ces blessés combien sont du groupe A ou O ? Tant que ça ? Dans ce cas, comment pouvez-vous être sûr que... »

Et ainsi de suite.

— Ça ne va pas, Tom ? Vous n'avez pas l'air heureux, l'interrompit Missendon. Videz votre sac. Qu'est-ce qui vous gêne ?

— Je me disais que vous vous raccrochez à de faux espoirs, chef, lança Tom sans plus d'égards. Si vous n'avez rien d'autre que cette histoire pour épingler Orgill, Miss Mouffette nous en fera voir de toutes les couleurs. Il va vous falloir des éléments plus solides pour gagner la course.

— Oh, vous croyez ? s'exclama Missendon, furieux. Qu'est-ce qui vous arrive, Tom ? Vous avez peur de Miss Mouffette ?

— Vous feriez mieux de me croire. Tiens, qu'est-ce que c'est ?

Tom s'agenouilla près du corps et examina le sol.

— Quoi ? Vous avez trouvé quelque chose ?

— La chemise d'Orgill, il lui manquerait pas un bouton ?

Missendon rejoignit Tom dans son inspection. A moins d'un mètre du cadavre qui gisait main tendue, il remarqua un petit bouton en nacre, comme arraché à un vêtement, auquel restaient accrochés du fil et un petit bout de tissu.

— Restez là, ordonna-t-il d'une voix où perçait l'excitation. Je vais jeter un œil.

Missendon quitta le bar et revint quelques secondes plus tard, un sac plastique scellé à la main. Sans l'ouvrir, avec d'infimes précautions, il présenta la chemise tachée de sang que le sac renfermait.

— Tom, vous êtes un génie, dit-il en reprenant sa place.

La chemise avait bien des boutons en nacre, et le troisième en partant du bas manquait à l'appel.

— Avec ça, c'est sûr qu'on va l'avoir. Vous êtes content maintenant ?

— Ça pourra nous aider, approuva Tom en se relevant.

Mais c'est juste un indice de plus. Combien d'autres boutons et morceaux de tissu les légistes dégoteront-ils dans ce foutoir ? Si encore on l'avait trouvé dans la main de Jeff...

— Mais c'est là qu'il était, rétorqua Missendon sur un ton de parfaite surprise. Vous avez oublié ? Regardez.

Il se releva aussi et fit un pas de côté. Tom regarda le cadavre.

Presque invisible au creux de la paume droite du cadavre, brillait le bouton de nacre.

— Jeff s'est raccroché à la chemise d'Orgill lorsque celui-ci l'a poignardé, est tombé en arrière et a déchiré le tissu. Même les légistes peuvent pas le rater.

— Non, il était par terre, affirma bêtement Tom.

— Tout à fait. Jeff était par terre avec le bouton dans la main. Ça vous revient maintenant ?

Missendon souriait, et lorsque Tom croisa son regard il lui adressa un clin d'œil entendu, complice.

— Alors, Tom, ça vous revient ? répéta-t-il.

Tom resta muet.

Il pensa à Orgill qui, si justice avait été faite, aurait dès ce soir été mis en cabane pour dix ans.

Il pensa au petit sourire de Sylvie Morphet, elle qui l'avait raillé lorsqu'il avait affirmé pouvoir vivre dans un monde de franchise totale.

Il pensa au dîner des Masterman et à son mariage brisé.

Et il dit :

— Non.

— Quoi ?

— Non. Je ne peux pas faire ça. Je ne peux pas mentir.

Les traits de Missendon se figèrent.

— Que dites-vous, inspecteur ?

— Je dis que si on me pose la question, je déclarerai sans mentir où j'ai trouvé le bouton.

— Alors c'est aussi bien que vous ne l'ayez pas trouvé, pas vrai ? C'est aussi bien que vous ne soyez pas là. Et ça serait encore mieux si vous rentriez chez vous sur-le-champ, comme ça votre nom ne sera jamais cité dans cette enquête. Vous êtes surmené, Tom. Vous avez déjà merdé dans une affaire aujourd'hui parce que vous n'êtes pas à la hauteur...

— C'est des conneries et vous le savez bien ! gronda Tom.

— Des conneries ?

Missendon s'approcha de Tom et renifla son haleine.

— Vous puez l'alcool. Je me doutais que vous n'étiez pas dans votre état normal pour me parler comme ça. Vous avez bu quoi ?

— Une bouteille de scotch, mais je ne suis pas...

— Une bouteille !

La stupeur de Missendon n'était pas feinte.

— Et vous avez conduit jusqu'ici ! Vous avez perdu la boule ou quoi ? Pas étonnant que vous vous comportiez n'importe comment. Ecoutez-moi maintenant. Si vous approchez de votre voiture, je vous flanque en taule, à Dieu ne plaise. Je demande à quelqu'un de vous ramener chez vous. Et vous pouvez y rester. Congé maladie, jusqu'à nouvel ordre, pigé, inspecteur ?

— Oui. Bien reçu. Mais il faut que vous pigiez aussi, chef. Si on me demande...

— Si on vous demande quoi ? hurla Missendon. Mais qui va vous demander quoi que ce soit ?

— Moi ! s'écria Tom. Moi !

La vieille horloge indiquait deux heures moins dix lorsque Tom franchit le seuil de l'Arbre vert.

Sylvie Morphet, en grande discussion avec Limmonde, était installée au même endroit que la veille. Tom n'eut aucun mal à deviner de quoi ces deux-là conféraient.

Il s'approcha et se planta près de la table, attendant qu'ils lèvent les yeux – lui pour manifester sa surprise, tandis qu'elle arborait le même air amusé et secret, exaspérant et enjôleur tout à la fois.

— Inspecteur Tyler, vous semblez fatigué. Vous faites des heures sup au service de la justice, c'est ça ?

— Plus ou moins, oui.

— Plutôt plus que moins, le gronda-t-elle. M. Lime me racontait comment ce pauvre M. Orgill s'est de nouveau retrouvé sous les verrous. Vous ne perdez vraiment pas de temps.

— Vous trouvez ? Ecoutez, je suis désolé de vous interrompre, mais vous aviez dit deux heures.

D'abord perplexe, elle sourit :

— Bien sûr. Veuillez nous excuser, monsieur Lime, une petite histoire de pari. Non non, restez, ce sera vite fini. Alors, inspecteur, comment ça s'est passé ? Etes-vous venu me voir en vainqueur et réclamer votre prix ?

En fait, Tom lui-même ne savait pas pourquoi il avait choisi de débarquer là, sauf qu'au réveil, dans le chaos d'une vie aussi radicalement dévastée que la salle du pub éclaboussée de sang, il ne lui restait plus que ce rendez-vous auquel se raccrocher.

Elle l'observait, attendait sa réponse, ses yeux pers chatoyant comme des gouttes de pluie sur un vert feuillage, ses lèvres rouges et douces laissant voir les petites dents blanches, son sourire compatissant, sa paupière veinée de bleu, ce clin d'œil entendu, complice...

Ce visage, il l'avait déjà vu ailleurs.

C'était celui, triomphal, d'Orgill qui venait d'échapper à la condamnation. C'était celui de Masterman lorsqu'il se félicitait de frauder. C'était celui de Missendon qui le sommait d'être complice de ses magouillages.

Et le revoilà, ce visage, même expression, même clin d'œil, sur la reine des Elfes...

C'était donc ça ! Tom n'en fut pas surpris. Il s'en doutait, en fait, depuis le début. Ces trois-là – et Dieu savait combien d'autres encore – étaient de la même espèce, n'appartenaient pas au monde humain, ordinaire, routinier, mais à un tout autre pays, un pays d'ombres aux frontières incertaines, un pays de sables mouvants où la brume tourbillonnait au-dessus de rivières rouges de sang...

Et lui, là-dedans ?

Facile. Au pays des Elfes, lui était un étranger, et un mot de travers pouvait l'y retenir à tout jamais.

— Alors ? l'exhorta l'avocate. Vous avez gagné ?

Tom rit et secoua la tête. Oui, son savoir de simple mortel était limité, mais il avait appris que la reine des Elfes remporte toujours ses paris.

— Voyons, dit-il très à son aise, bien sûr que non. C'est impossible et vous le saviez bien. Maintenant veuillez m'excuser, je dois aller retrouver ma femme.

Le plus étrange, c'est qu'il ne mentait pas – du moins l'espérait-il.

Voici comment Tom voyait les choses : Mavis avait passé sa soirée en famille à le démolir, avait remis ça au petit déj avec ses parents, s'était enlisée dans un examen de conscience unilatéral devant un café et sa sœur mutique, et Trevor devait en ce moment même lui dépeindre son avenir lors d'un interminable déjeuner – aux frais de la boîte, bien sûr.

Ses estimations les plus prudentes indiquaient que cela devait amplement suffire. Car Tom Tyler connaissait le secret le mieux gardé de sa femme.

Sa famille lui sortait par les trous de nez. Voilà pourquoi les JTS devaient être tellement parfaits, afin qu'elle se sente moins coupable de les négliger le reste du temps !

Mavis ne l'avait jamais avoué, tout au plus y avait-elle fait allusion de temps à autre après l'amour, dans ces moments langoureux propices aux confidences. Mais Tom était certain qu'avant la fin du déjeuner Mavis en aurait sa claque, trouverait un prétexte quelconque et rentrerait direct à la maison pour rester seule, et au calme.

Eh bien, c'était vraiment pas de veine pour elle. Ou l'inverse, tout dépendait du point de vue. Il se dévouerait corps et âme à recoller les morceaux. Pas question de travailler pour eux, ça non ! Mais il se dévouerait quand même. Et si

Mavis exigeait des preuves de son amour et de l'irrésistible attirance qu'elle exerçait sur lui, il ne doutait pas un instant de sa capacité à lui fournir un témoignage en béton. Armé.

A l'instant où Tom voulut ouvrir la porte, l'horloge sonna deux heures.

Ce qui signifiait que son ultime mensonge à Sylvie Morphet était inclus dans les vingt-quatre heures du pari, et il avait bel et bien perdu...

Mais s'il avait vraiment perdu, alors le mensonge n'en était plus un...

Ce qui voulait dire...

Tom secoua la tête avec férocité. C'était bien là une logique d'Elfe. Et il en avait fini avec ces histoires.

Laissant hardiment derrière lui l'Arbre vert et ses ombres, il émergea dans la lumière d'un glorieux soleil hivernal qui avait chassé le brouillard de la veille et s'en retourna chez lui, déterminé à rassembler les éclats de sa vie détruite par la vérité.

Traduit par Madeleine Nasalik.

Markheim

Robert Louis Stevenson

— Oui, dit le marchand, nos bonnes affaires viennent de différentes sources. Certains clients sont ignorants et alors mon plus de savoir me rapporte un dividende. D'autres sont malhonnêtes – ce disant il éleva la bougie de telle sorte que la lumière éclairât fortement son visiteur – et en ce cas je tire profit de ma vertu.

Markheim venait de quitter le grand jour de la rue, et ses yeux n'étaient pas encore familiarisés avec le mélange d'ombre et de clarté qui régnait dans la boutique. A ces paroles sardoniques et sous l'influence de la flamme toute proche, il cligna douloureusement les yeux et les détourna.

Le marchand eut un petit rire étouffé.

— Vous venez me trouver le jour de Noël, reprit-il, quand vous savez que je suis seul chez moi, que je mets mes volets et que je me refuse systématiquement à faire des affaires. Eh bien ! il vous faudra me payer ça ; il vous faudra me payer le temps que je devrais employer à équilibrer mes comptes ; il vous faudra me payer de surcroît cette façon d'être que je remarque tout particulièrement chez vous aujourd'hui. Je suis l'essence de la discrétion et je ne pose jamais de questions gênantes, mais quand un client ne peut pas me regarder dans les yeux, il faut qu'il me le paye.

Le marchand eut encore son petit rire ; puis, prenant son

ton commercial habituel, quoique toujours avec une pointe d'ironie :

— Vous pouvez, comme d'habitude, expliquer clairement comment vous êtes entré en possession de l'objet ? continua-t-il. Il s'agit toujours du cabinet de votre oncle ? Un remarquable collectionneur, monsieur !

Sur quoi le pâle petit marchand au dos voûté se dressa presque sur la pointe des pieds en regardant par-dessus ses lunettes d'or et en hochant la tête avec tous les dehors de l'incrédulité. Markheim le regarda en retour avec une pitié infinie mêlée d'une pointe d'horreur.

— Pour cette fois, dit-il, vous vous trompez. Je ne suis pas venu vendre, mais acheter. Je n'ai plus d'antiquités à monnayer ; d'ailleurs le cabinet de mon oncle est dépouillé jusqu'aux lambris. A supposer qu'il fût encore intact, j'ai eu la main heureuse en Bourse et je serais plutôt enclin à l'enrichir qu'à le dilapider. L'objet de ma visite d'aujourd'hui est la simplicité même : je cherche un cadeau de Noël pour une dame, continua-t-il en devenant plus disert maintenant qu'il rejoignait le discours qu'il avait préparé, et j'ai vraiment scrupule de vous déranger pour si peu de chose ; mais j'ai négligé mon emplette hier, il faut que je fasse mon offrande à dîner et, comme vous le savez fort bien, un riche mariage n'est pas chose à dédaigner.

Une pause suivit, pendant laquelle le marchand parut peser ces paroles d'un air de doute. Le tic-tac de nombreuses pendules mêlé au curieux fatras de la boutique et le roulement assourdi des cabs dans la rue voisine comblèrent l'intervalle de silence.

— Eh bien ! soit, monsieur, dit le marchand. Vous êtes un vieux client ; et si, comme vous le dites, vous avez l'occasion de faire un mariage profitable, loin de moi l'idée d'y mettre obstacle. Tenez, voici une jolie chose pour une dame, continua-t-il : cette glace à main – garantie du XVe ; elle vient d'ailleurs d'une bonne collection, mais je garde le nom pour moi dans l'intérêt de mon client, qui était comme vous, mon cher monsieur, le neveu et le légataire universel d'un remarquable collectionneur.

Le marchand, tout en dévidant ce discours de sa voix sèche et mordante, s'était baissé pour prendre l'objet sur son rayon ; et cependant une secousse avait parcouru Markheim, dont le pied et la main avaient tressailli en même temps qu'un flot de passions tumultueuses envahissait tout à coup son visage. Mais cela passa sans laisser d'autre trace qu'un léger tremblement de la main qui recevait à présent le miroir.

— Un miroir ! dit-il d'une voix rauque.

Puis il s'arrêta et répéta plus clairement :

— Un miroir ? Pour Noël ? Certainement pas !

— Et pourquoi pas ? s'écria le marchand. Pourquoi pas un miroir ?

Markheim le regarda avec une expression indéfinissable.

— Pourquoi pas, dites-vous ? Mais regardez, regardez dedans, regardez-vous ! Aimez-vous à vous voir ? Non ! Moi non plus – ni personne.

Le petit homme avait fait un bond en arrière lorsque Markheim lui avait présenté si brusquement le miroir ; mais à présent, voyant qu'il n'y avait là qu'un objet inoffensif, il gloussa :

— Votre future épouse, monsieur, ne doit pas avoir un visage bien avenant.

— Je vous demande un cadeau de Noël, dit Markheim, et vous me donnez ceci – ce maudit rappel des années et des péchés et des folies –, cette conscience portative ! L'avez-vous fait exprès ? Aviez-vous une idée derrière la tête ? Parlez, cela vaudra mieux pour vous. Allons, parlez-moi de vous. Dirai-je à tout hasard que vous êtes en secret un homme très charitable ?

Le marchand scruta les traits de son interlocuteur. Chose étrange, Markheim ne semblait pas plaisanter ; il y avait dans son visage quelque chose comme une étincelle d'espoir, mais aucune gaieté.

— A quoi voulez-vous en venir ? demanda le marchand.

— Vous n'êtes pas charitable, reprit l'autre sombrement. Ni charitable ni pieux ni scrupuleux. Ni aimant ni aimé. Une main pour saisir l'argent, un coffre-fort pour le garder. Est-ce là tout ? Dieu bon, malheureusement, est-ce là tout ?

— Je vais vous dire ce qu'il en est, commença le marchand d'un ton assez acerbe.

Mais il s'interrompit pour reprendre avec un petit rire :

— Je vois qu'il s'agit d'un mariage d'amour : vous aurez bu à la santé de la demoiselle.

— Ah ! s'écria Markheim, saisi d'une étrange curiosité. Ah ! vous avez été amoureux ? Racontez.

— Moi ! s'écria le marchand. Moi, amoureux ? Je n'ai jamais eu le temps, pas plus que je n'ai aujourd'hui le temps pour toutes ces bêtises. Prenez-vous le miroir ?

— Qu'est-ce qui nous presse ? répliqua Markheim. C'est très agréable de causer comme ça, et la vie est si courte – si peu sûre aussi – que je ne voudrais pas tourner le dos à quelque plaisir que ce soit, fût-il aussi anodin que celui-ci. Nous devrions plutôt nous cramponner, oui, nous cramponner à ceux qui nous sont donnés, si minces soient-ils, comme un homme se cramponne au rebord d'une falaise. Chaque seconde est une falaise, si vous y pensez, une falaise haute d'un mille, assez haute pour nous dépouiller, si nous tombons, de tout trait humain. Ainsi donc, mieux vaut causer agréablement. Parlons de chacun de nous. Pourquoi porter ce masque ? Faisons-nous confiance. Qui sait si nous ne pourrions pas devenir amis ?

— Je n'ai qu'un mot à vous dire, répliqua le marchand. Ou vous faites votre achat ou vous sortez de ma boutique.

— C'est juste, c'est juste, dit Markheim. Assez baguenaudé. A notre affaire. Montrez-moi autre chose.

Le marchand se baissa de nouveau, cette fois pour replacer le miroir sur son rayon, et ce faisant ses fins cheveux blonds tombèrent sur ses yeux. Markheim se rapprocha un peu de lui, une main dans la poche de son manteau ; puis il se redressa et aspira de l'air plein ses poumons ; maintes émotions diverses se peignirent en même temps sur son visage : la terreur, l'horreur et la résolution ainsi que la fascination et la répulsion physique. Sa lèvre inférieure, dans un rictus hagard, découvrit ses dents aux aguets.

— Ceci fera peut-être l'affaire, dit le marchand.

C'est alors, comme il commençait à se redresser, que Markheim bondit par-derrière sur sa victime. La longue dague, pareille à une baïonnette, jeta un éclair et frappa. Le marchand se débattit comme une volaille, heurtant sa tempe contre l'étagère, puis tomba à terre comme une masse.

Le Temps avait une vingtaine de petites voix dans cette boutique : les unes majestueuses et lentes comme il convenait à leur grand âge, les autres babillardes et précipitées. Toutes annonçaient les secondes dans un chœur de tic-tac embrouillés. Mais les pas d'un gamin qui courait lourdement sur le trottoir couvrirent ces voix plus frêles et rappelèrent soudain Markheim à la conscience du lieu. Il regarda autour de lui avec crainte. La bougie se dressait sur le comptoir, sa flamme vacillant avec solennité dans un courant d'air ; et à cause de ce mouvement ténu, toute la chambre, emplie d'un silencieux tumulte, ondulait comme une mer ; les grandes ombres branlant du chef, les grosses taches d'humidité se dilatant et se contractant comme sous l'effet d'une respiration, les visages des portraits et les dieux de porcelaine changeant et oscillant comme des reflets dans l'eau. La porte intérieure était entrebâillée et elle perçait ce moutonnement de ténèbres d'une longue fente de clarté tel un doigt dénonciateur.

De ces pérégrinations pleines de crainte, les yeux de Markheim retournèrent au corps de sa victime entassé et affalé tout ensemble, incroyablement petit et singulièrement plus minable qu'en état de vie. Dans ces pauvres hardes misérables, dans cette posture disgracieuse, le marchand gisait comme autant de sciure. Markheim avait redouté de le voir et voilà que ce n'était rien. Néanmoins, tandis qu'il regardait, ce ballot de vieux habits et cette mare de sang commencèrent à trouver des voix éloquentes. Il fallait que ce corps gît là – il n'y avait personne pour faire jouer ces mécanismes subtils et présider au miracle de la locomotion –, il fallait qu'il gît là jusqu'au moment où il serait découvert. Découvert ! Oui, et alors ? Alors cette chair morte pousserait une clameur qui retentirait d'un bout à l'autre de l'Angleterre et qui remplirait le monde des échos d'une poursuite. Oui, mort ou non, cela restait l'ennemi. « Le cerveau éteint, c'est le temps qui a pris la relève », pensa-t-il ; et le mot temps resta fixé dans son esprit. Le temps, maintenant que la chose était accomplie, le temps qui s'était clos pour la victime, était devenu pressant, capital pour le meurtrier.

Cette pensée était toujours présente à son esprit lorsque, l'une après l'autre, avec toutes les variétés de rythme et de timbre – celle-ci grave comme une cloche de cathédrale, celle-là égrenant d'une voix de soprano un prélude de valse – les pendules se mirent à sonner trois heures de l'après-midi.

L'irruption soudaine de tant de langues dans cette chambre muette le fit chanceler. Il commença à s'agiter, allant deci de-là avec la bougie, assailli par des ombres mouvantes, bouleversé jusqu'au fond de l'âme par des reflets fortuits. Dans une foule de riches miroirs, les uns de facture anglaise, d'autres de Venise ou d'Amsterdam, il vit son visage répété et répété encore, telle une armée d'espions ; ses propres yeux se rencontraient et le découvraient ; ses propres pas, si légers qu'il fussent, troublaient le calme environnement. Et tandis qu'il continuait à remplir ses poches, son esprit l'accusait sans cesse, avec une insistance écœurante, des mille fautes qu'il avait commises dans l'exécution de son dessein. Il aurait dû choisir une heure plus tranquille ; il n'aurait pas dû employer un couteau ; il aurait dû être plus hardi et tuer en même temps la bonne ; il aurait dû procéder autrement en tout : poignants regrets, efforts exténuants, incessants, de l'esprit pour changer l'inchangeable, pour planifier le révolu, pour être l'architecte d'un passé irrévocable. Et cependant, derrière toute cette activité, des terreurs animales, tel un grouillement de rats dans un grenier désert, emplissaient de leur tumulte les chambres les plus reculées de son cerveau ; la main du constable s'appesantissait sur son épaule, et tous ses nerfs tressautaient comme un poisson pris à l'hameçon ; ou bien il voyait défiler au galop le banc des accusés, la prison, le gibet, le noir cercueil.

La terreur des gens de la rue mit le siège devant son esprit comme une armée. Il était impossible, pensa-t-il, qu'aucun écho de la lutte n'eût atteint leurs oreilles et stimulé leur curiosité ; et maintenant, dans toutes les maisons du voisinage, il les devinait assis immobiles, l'oreille aux aguets, que ce fussent des individus solitaires condamnés à passer la Noël sans compagnie en ruminant des souvenirs du passé et qui étaient arrachés soudain à cet attendrissant exercice, ou d'heureuses familles figées dans le silence autour de la table, la mère tenant encore un doigt levé : gens de toute condition, de tout âge, de tout caractère, mais qui tous, en vertu de leur propre cœur, épiaient et tendaient l'oreille et tissaient la corde destinée à le pendre. Parfois il lui semblait qu'il ne pouvait pas remuer trop doucement ; le tintement des grands verres de Bohême retentissait comme un carillon ; et alarmé de l'importance des tic-tac, il était tenté d'arrêter les pendules. Puis de nouveau, par un rapide transfert de ses terreurs, le silence même lui apparaissait comme une source de péril, comme une chose faite pour frapper et glacer le passant ; et il se mettait à marcher plus hardiment parmi les objets de la boutique, imitant avec une bravade calculée les mouvements d'un homme affairé qui ne se gênait pas dans sa propre maison.

Mais il était maintenant tiraillé de telle sorte par diverses alarmes que, si une part de son esprit restait alerte et rusée, une autre part tremblait au bord de la démence. Une hallucination, en particulier, s'imposa avec force à sa crédulité. Le voisin tendant l'oreille, le visage livide, auprès de sa fenêtre, le passant arrêté sur le trottoir par une horrible supposition, pouvaient au pire soupçonner, non pas savoir ; à travers les murs de briques et les fenêtres aux volets clos, seuls les sons pouvaient pénétrer. Mais ici, dans la maison, était-il seul ? Il avait vu la bonne, endimanchée de son mieux, sortir pour rejoindre son amoureux, « en congé pour la journée » inscrit sur chacun de ses rubans et de ses sourires. Oui, il était seul, bien entendu ; et pourtant, dans le grand vide de la maison qui s'étageait au-dessus de lui, il était certain d'entendre un pas discret – conscient, inexplicablement conscient d'une présence. Oui, cela ne faisait pas de doute ; son imagination la suivait dans chaque chambre, dans chaque recoin ; et tantôt c'était une créature sans visage qui avait pourtant des yeux pour voir ; tantôt c'était une ombre de lui-même ; tantôt enfin c'était l'image du marchand mort réanimé, plein de ruse et de haine.

Parfois, au prix d'un violent effort, il regardait la porte ouverte qui semblait toujours repousser son regard. La maison était haute, la lucarne petite et sale, le jour enfumé de brouillard, et la lumière qui filtrait jusqu'au rez-de-chaussée extrêmement faible : à peine luisait-elle confusément sur le seuil de la boutique. Et pourtant, dans cette bribe de clarté douteuse, ne voyait-on pas onduler une ombre ?

Soudain, au-dehors, dans la rue, un individu très jovial se mit à tambouriner avec une canne sur la porte de la boutique, en accompagnant ses coups de cris et de railleries parmi lesquels le nom du marchand revenait sans cesse. Markheim, figé, glacé, regarda le mort. Non ! Il restait parfaitement immobile. Il s'en était allé au loin, tout à fait hors de portée de ces coups et de ces cris ; englouti sous des mers de silence ; et son nom, qui eût naguère attiré son attention dans une tempête mugissante, n'était plus qu'un son vide de sens. Bientôt l'individu jovial cessa de cogner et s'en alla.

Voilà qui était une claire invite à en finir rapidement avec ce qui restait à faire, à quitter ce voisinage accusateur, à se plonger dans les multitudes de Londres et à atteindre sur l'autre versant du jour ce havre de sécurité et d'apparence innocence – son lit. Un visiteur était venu ; à tout moment un autre pouvait suivre et se montrer plus obstiné. Avoir commis ce qu'il avait commis sans en récolter le fruit serait un échec intolérable. L'argent, voilà ce qui maintenant occupait Markheim ; et à cette fin, les clefs.

Il regarda par-dessus son épaule la porte ouverte où l'ombre oscillante s'attardait toujours ; et sans répugnance consciente, mais le ventre crispé, il s'approcha du corps de sa victime. Celui-ci avait perdu tout caractère humain – tel un costume à demi bourré de son, les membres gisaient épars autour du tronc plié en deux sur le plancher – et pourtant n'en rebutait pas moins Markheim. Si minable et dérisoire qu'il apparût au regard, n'aurait-il pas plus de signification au toucher ? Markheim prit le corps par les épaules et le retourna sur le dos. Il était singulièrement léger et souple, et les membres retombèrent dans d'étranges postures, comme s'ils eussent été brisés. Le visage était dépouillé de toute expression, mais pâle comme de la cire et, à l'une des tempes, hideusement souillé de sang. Ce fut le seul trait déplaisant pour Markheim, car il le ramena sur-le-champ à certain jour de foire dans un village de pêcheurs : un jour gris, un vent siffleur, une rue pleine de monde, le fracas des cuivres, le tonnerre des tambours, la voix nasillarde d'un chanteur de ballades, et un petit garçon qui allait de-ci de-là, englouti tout entier par la foule et partagé entre la curiosité et la peur, jusqu'à ce que, débouchant à l'endroit principal où se concentrait l'intérêt, il vît une baraque et un grand écran orné de peintures aux sujets sinistres et aux couleurs criardes : la femme Brownrigg avec son apprenti ; les Manning et l'hôte qu'ils avaient assassiné ; Weare dans l'étreinte mortelle de Thurtel ; et vingt autres crimes fameux. Ce fut aussi net qu'une hallucination ; il était redevenu ce petit garçon, il regardait de nouveau, avec le même sentiment de répulsion physique, ces horribles peintures ; il était de nouveau abasourdi par les roulements de tambour. Une mesure de musique lui revint en mémoire ; et pour la première fois son cœur se souleva ; il eut la nausée et sentit dans ses jointures une faiblesse soudaine contre laquelle il lutta sans perdre une seconde pour être encore capable de la surmonter.

Il jugea plus sage de faire face à ces impressions que de les fuir ; regardant plus hardiment le visage mort ; obligeant son esprit à mesurer la nature et l'importance de son crime. Quelques instants plus tôt, ce visage avait accusé chaque changement de sentiment par sa mobilité, cette bouche livide avait parlé, ce corps avait été plein d'énergies ardentes et contrôlables, et voici à présent que son geste avait arrêté ce vivant instrument, tout comme l'horloger, en interposant un doigt, arrête le battement d'une horloge. Il eut beau raisonner ainsi, il ne parvint pas à faire en sorte que sa conscience fût pénétrée de plus de remords ; le même cœur qui avait frissonné devant ces effigies peintes du crime regardait sans émoi le crime réel. Tout au plus ressentait-il un semblant de pitié pour un homme qui avait été doué en vain de tous les facultés qui peuvent faire de ce monde un jardin enchanteur, qui n'avait jamais vécu et qui maintenant était mort. Mais de repentir, point, pas le moindre tressaillement.

Là-dessus, rejetant loin de lui ces considérations, il trouva les clefs et s'avança vers la porte ouverte de la boutique. Dehors il s'était mis à pleuvoir à verse ; et le bruit de la pluie sur le toit avait banni le silence. Comme une grotte ruisselante, les chambres de la maison étaient hantées par une rumeur incessante qui remplissait l'oreille et se mêlait au tic-tac des horloges ; et lorsque Markheim s'approcha de la porte, il crut entendre, en réponse à son pas prudent, le pas d'un autre pied qui s'éloignait en montant l'escalier. L'ombre palpitait toujours vaguement sur le seuil. Bandant ses muscles d'une tonne de résolution, il ouvrit la porte toute grande.

Le jour falot, voilé par le brouillard, brillait confusément sur le plancher et l'escalier nus, sur l'armure scintillante postée, hallebarde en main, sur le palier, et sur les sombres bois sculptés et les tableaux suspendus aux panneaux jaunes des lambris. Le battement de la pluie retentissait avec un tel fracas dans toute la maison qu'aux oreilles de Markheim il commença à se diviser en maints sons divers. Des pas et des soupirs, la marche d'un régiment passant au loin, le tintement de pièces d'argent et le grincement de portes furtivement entrebâillées parurent se mêler au crépitement de la pluie sur la coupole et au ruissellement de l'eau dans les tuyaux. Le sentiment de n'être pas seul grandit en lui jusqu'à le rendre presque fou. Des présences le hantaient, le cernaient de toutes parts. Il les entendait bouger dans les pièces d'en haut ; dans la boutique, il entendait le mort se dresser sur ses jambes ; et lorsqu'il commença, au prix d'un grand effort, à monter l'escalier, des pieds s'enfuirent tout doucement devant lui et le suivirent furtivement par-derrière. Si seulement il était sourd, pensa-t-il, comme il tiendrait tout tranquillement son âme en main ! Tandis qu'il écoutait avec une attention toujours renouvelée, il bénit ce sentiment d'inquiétude qui occupait les avant-postes et qui gardait sa vie en sentinelle vigilante. Sa tête tournait continuellement de droite et de gauche ; ses yeux, qui semblaient jaillir de leurs orbites, allaient en reconnaissance de tous côtés, et de tous côtés étaient à demi récompensés de leurs peines par l'extrémité d'une créature sans nom en train de disparaître. Les vingt-quatre marches qui menaient au premier étage furent vingt-quatre agonies.

A ce premier étage, les portes étaient entrebâillées : il y en avait trois, pareilles à trois embuscades, qui lui ébranlèrent les nerfs comme l'auraient fait des gueules de canon. Il sentit que jamais plus il ne pourrait être suffisamment à l'abri et fortifié contre les regards scrutateurs des hommes ; il aspirait à être chez lui, ceint de murs, enfoui sous ses couvertures, invisible pour tous sauf pour Dieu. Et à cette pensée, il devint songeur, se rappelant les histoires d'autres meurtriers et la crainte qu'ils avaient eue, disait-on, de vengeurs célestes. Il n'en était pas ainsi pour lui en tout cas. Il craignait les lois de la nature et que, dans leur processus implacable, immuable, elles ne conservassent une preuve confondante de son crime. Il craignait dix fois plus encore, avec une terreur abjecte, superstitieuse, quelque scission dans la continuité de l'expérience humaine, quelque illégalité volontaire de la nature. Il jouait un jeu habile selon les règles, calculant les conséquences en vertu des causes ; mais si la nature, tout comme le tyran vaincu renverse l'échiquier, brisait le moule de leur succession ? Pareille chose était arrivée à Napoléon (disaient les écrivains) lorsque l'hiver avait fait son apparition plus tôt que de coutume. Il pouvait en être de même pour lui, Markheim ; les murs massifs pouvaient devenir transparents et révéler ses actes comme une ruche de verre ceux des abeilles ; les planches robustes pouvaient céder sous ses pas comme des sables mouvants et le retenir dans leurs serres. Et d'autres accidents moins extraordinaires pouvaient causer sa perte. La maison, par exemple, pouvait s'écrouler et l'emprisonner côte à côte avec sa victime. Le feu pouvait se déclarer dans la maison voisine et les pompiers surgir autour de lui de toutes parts. Il craignait toutes ces choses ; et en un sens on aurait pu voir en elles la main de Dieu s'abattant sur le péché. Mais par rapport à Dieu lui-même, Markheim était tranquille ; son geste était exceptionnel sans doute, mais ses excuses ne l'étaient pas moins et Dieu les connaissait. Devant lui bien plus que parmi les hommes, il éprouvait la certitude qu'il lui serait fait justice.

Quand il eut atteint le salon sain et sauf et fermé la porte derrière lui, il eut conscience d'un répit à ses alarmes. La pièce était tout à fait délabrée, sans tapis et jonchée de caisses d'emballage et de meubles incongrus ; plusieurs grandes glaces à trumeaux dans lesquelles il se voyait sous divers angles comme un acteur sur une scène ; de nombreux tableaux, encadrés ou non, appuyés et tournés contre le mur ; un beau buffet Sheraton, un cabinet en marqueterie et un grand lit ancien avec ses courtines. Les fenêtres descendaient jusqu'au plancher ; mais par une heureuse chance les volets intérieurs étaient clos, ce qui cachait Markheim aux voisins. Il tira une caisse près du cabinet et commença à chercher parmi les clefs.

C'était toute une affaire, car il y en avait beaucoup ; une affaire irritante aussi, car, après tout, il pouvait ne rien y avoir dans le cabinet, et le temps volait, mais le caractère minutieux de l'opération le calma. Il surveillait la porte du coin de l'œil, de temps à autre il la regardait même carrément, comme le commandant d'une place assiégée aime à vérifier le bon état de ses défenses. Mais somme toute il était en paix. La pluie qui tombait dans la rue rendait un son naturel et agréable. Tout à coup, de l'autre côté, les notes d'un piano s'éveillèrent, égrenant la musique d'un hymne, et de nombreuses voix d'enfants entonnèrent le chant et les paroles. Quelle noblesse, quel réconfort dans cette mélodie ! Quelle fraîcheur dans ces voix juvéniles ! Markheim prêta l'oreille en souriant tandis qu'il triait les clefs ; et son esprit s'emplit d'idées et d'images correspondantes : des enfants allant à l'église, où tonnaient de grandes orgues ; des enfants aux champs, se baignant dans le ruisseau, vagabondant sur le communal épineux, lançant des cerfs-volants dans le ciel venteux où cinglaient les nuages ; puis, l'hymne changeant de cadence, il retrouva l'église et la somnolence des dimanches d'été, et la voix de flûte si distinguée du pasteur (il sourit un peu à ce souvenir) et les tombeaux peints du temps de Jacques Ier et l'inscription fanée des dix commandements dans le chœur.

Il était assis de la sorte, à la fois absorbé et absent, lorsqu'il tressaillit et bondit sur ses pieds. Un éclair de glace, un éclair de feu, un flux de sang le parcoururent – après quoi il resta cloué sur place, frémissant. Un pas montait l'escalier, lentement et fermement, puis une main se posa sur le bouton de la porte, le loquet cliqueta et la porte s'ouvrit.

L'effroi tenait Markheim dans son étau. Que devait-il s'attendre à voir ? Le mort en train de marcher, ou les ministres officiels de la justice humaine, ou quelque témoin fortuit tombant là par pur hasard pour le vouer au gibet ? Mais quand un visage s'avança dans l'entrebâillement de la porte, regarda tout autour de la chambre, le considéra, lui fit de la tête en souriant un signe de reconnaissance amical, puis se retira, et que la porte se referma derrière lui, sa terreur prit le dessus et lui fit pousser un cri rauque. Ce qu'entendant le visiteur revint.

— Vous m'avez appelé ? demanda-t-il d'un ton enjoué.

Sur quoi il entra dans la chambre et ferma la porte derrière lui.

Markheim le regarda de tous ses yeux. Peut-être quelque chose lui brouillait-il la vue, car les contours du nouveau venu semblaient changer et onduler comme ceux des idoles du rez-de-chaussée à la lueur de la bougie ; et parfois il lui semblait le connaître ; parfois aussi il croyait lui trouver une ressemblance avec lui-même ; et toujours le hantait, vivante terreur dont il sentait le poids dans sa poitrine, la conviction que ce visiteur n'était ni de la terre ni de Dieu.

Il n'en considérait pas moins Markheim d'un air étrangement familier, en souriant, et quand il ajouta « Vous cherchez l'argent, je crois ? », ce fut sur le ton de la politesse la plus courante.

Markheim ne répondit pas.

— Je dois vous prévenir, reprit l'autre, que la bonne a quitté son amoureux plus tôt que de coutume et qu'elle ne tardera pas à être ici. Si l'on trouve M. Markheim dans cette maison, je n'ai pas besoin de lui décrire les conséquences qui en résulteront.

— Vous me connaissez ? s'écria le meurtrier.

Le visiteur sourit.

— Il y a longtemps que vous êtes un favori pour moi. Longtemps que je vous observe et que je cherche à vous aider.

— Qui êtes-vous ? demanda Markheim. Le Diable ?

— Ce que je puis être ne saurait influer sur le service que je me propose de vous rendre.

— Si fait ! s'écria Markheim. Etre aidé par vous ? Non, jamais ; pas par vous ! Vous ne me connaissez pas encore. Dieu merci, vous ne me connaissez pas.

— Je vous connais, répliqua le visiteur avec une sorte de sévérité ou plutôt de fermeté bienveillante. Je vous connais jusqu'au fond de l'âme.

— Vous me connaissez ! s'écria Markheim. Qui peut me connaître ! Ma vie n'est que déguisement, que calomnie de moi-même. J'ai vécu pour trahir ma nature. C'est ce que font tous les hommes ; tous les hommes valent mieux que cette défroque qui pousse autour de leur personne et qui les étouffe. On voit chacun entraîné par la vie comme une victime que des brigands auraient saisie et emmitouflée dans un manteau. S'ils se possédaient, si l'on pouvait voir leur visage, ils seraient tout autres, ils resplendiraient comme des héros et des saints ! Je suis dans un pire état que la plupart ; mon moi est plus surchargé ; mon excuse est connue de moi et de Dieu. Mais si j'en avais le temps, je pourrais me dévoiler.

— A moi ? demanda le visiteur.

— A vous avant quiconque, répondit le meurtrier. Je vous croyais intelligent. Je croyais – puisque vous existez – que vous sauriez lire les cœurs. Et pourtant vous proposez de me juger selon mes actes ! Pensez un peu : selon mes actes ! Je suis né et j'ai vécu dans un pays de géants. Des géants m'ont traîné par les poignets depuis que j'ai vu le jour ; ces géants que sont les circonstances. Et vous voudriez me juger selon mes actes ! Mais ne voyez-vous pas au-dedans de moi ? Ne voyez-vous pas que je hais le mal ? Ne voyez-vous pas en moi la claire dictée de ma conscience, trop souvent négligée, mais jamais brouillée par des sophismes volontaires ? Ne découvrez-vous pas en moi quelque chose qui doit être aussi commun que l'humanité – un pécheur involontaire ?

— Tout cela est exprimé de façon très sentie, fut la réponse, mais ne me regarde pas. Ces considérations sont en dehors de mon rayon, et je ne me soucie nullement de savoir par quelle force contraignante vous avez été entraîné, pourvu que vous soyez emporté dans la bonne direction. Cependant le temps vole ; la bonne s'attarde, séduite par les visages de la foule et les images des réclames, mais elle ne s'en rapproche pas moins, et, souvenez-vous-en, c'est comme si le gibet lui-même s'avançait vers vous à travers les rues de Noël ! Vous aiderai-je, moi qui sais tout ? Vous dirai-je où trouver l'argent ?

— A quel prix ? demanda Markheim.

— Je vous offre ce service comme cadeau de Noël.

Markheim ne put s'empêcher de sourire avec une sorte d'amer triomphe.

— Non, dit-il, je n'accepterai rien de vous. Si je mourais de soif et si c'était votre main qui portait la cruche à mes lèvres, je trouverais le courage de refuser. C'est peut-être naïf, mais je ne ferai rien qui m'engage vis-à-vis du mal.

— Je n'ai pas d'objection à ce qu'on se repente sur son lit de mort, observa le visiteur.

— Parce que vous estimez que c'est en pure perte, s'écria Markheim.

— Je ne dis pas cela, répondit l'autre ; mais je regarde ces choses-là sous un autre angle, et quand une vie est terminée, c'en est fait de mon intérêt. L'homme a vécu pour me servir, pour faire grise mine à autrui sous couleur de religion ou pour semer de l'ivraie dans le champ de blé, comme vous le faites en cédant lâchement à vos désirs. Maintenant qu'il est tout proche de la délivrance, il ne peut me rendre qu'un dernier service : se repentir, mourir en souriant et par là même inspirer confiance et espoir aux plus timorés de mes disciples survivants. Je ne suis pas un maître si dur que cela. Eprouvez-moi. Acceptez mon aide. Prenez vos aises dans la vie comme vous l'avez fait jusqu'ici ; prenez vos aises plus amplement, étalez vos coudes sur la table, et quand la nuit commencera à tomber et qu'on tirera les rideaux, je vous dis pour votre plus grand réconfort que vous n'aurez aucun mal à mettre un terme à la querelle que vous avez avec votre conscience et à faire servilement la paix avec Dieu. Je reviens du chevet d'un moribond de ce genre ; la chambre était pleine d'assistants qui écoutaient ses dernières paroles, et quand j'ai regardé ce visage qui s'était comporté à l'égard de la miséricorde comme un silex, je l'ai trouvé souriant d'espoir.

— Me prenez-vous pour un individu de cette espèce ? demanda Markheim. Croyez-vous que je n'ai pas de plus généreuse aspiration que de pécher, de pécher, de pécher, et pour finir de me faufiler au ciel ? Le cœur me lève à cette idée. Est-ce donc là l'expérience que vous avez de l'humanité ? Ou bien est-ce parce que vous me trouvez les mains rougies que vous m'attribuez pareille bassesse ? Ce crime de meurtre est-il vraiment assez impie pour tarir les sources mêmes du bien ?

— Le meurtre n'a rien de particulier à mes yeux, répondit l'autre. Tout péché est un meurtre comme toute vie est une guerre. Je vous vois, vous autres hommes, comme des marins affamés sur un radeau arrachant des croûtes de pain aux mains de la famine et se nourrissant de la vie d'autrui. Je suis les péchés au-delà de l'instant où on les commet ; je découvre en tous que leur conséquence dernière est la mort ; et à mes yeux la jolie jeune fille qui tient tête à sa mère avec des mines gracieuses à propos d'un bal ruisselle aussi visiblement de sang humain qu'un meurtrier comme vous-même. Disais-je que je suis les péchés ? Je suis aussi les vertus, qui ne diffèrent pas des péchés de l'épaisseur d'un cheveu : les uns et les autres sont des faucilles pour l'ange moissonneur de la Mort. Le mal, pour lequel je vis, ne réside pas dans l'acte, mais dans le caractère. C'est le méchant qui m'est cher, non la mauvaise action dont les fruits, si nous pouvions les suivre assez loin dans la succession précipiteuse des âges, se révéleraient peut-être comme étant plus bénis que ceux des vertus les plus rares. Et ce n'est pas parce que vous avez tué un marchand, mais parce que vous êtes Markheim, que je vous propose de faciliter votre fuite.

— Je vais vous ouvrir mon cœur, répondit Markheim. Ce crime que vous me trouvez pour ainsi dire en train de commettre, est mon dernier. J'ai appris en chemin plus d'une leçon ; lui-même est une leçon, une formidable leçon. Jusqu'ici j'ai été entraîné malgré moi à ce que je ne voulais pas. J'étais un esclave que la pauvreté chassait à coups de fouet devant elle. Il y a des vertus robustes qui peuvent résister aux tentations ; la mienne ne l'était pas ; j'avais soif de plaisirs. Mais aujourd'hui je tire de cet acte à la fois un avertissement et des richesses, à la fois le pouvoir et la résolution toute fraîche d'être moi-même. Je deviens en toutes choses un agent libre ici-bas ; je commence à me voir transformé tout entier, ces mains devenues des instruments du bien, ce cœur en paix. Quelque chose s'en vient vers moi du fond du passé, quelque chose qui est une part de ce que j'ai rêvé les soirs du sabbat au son de l'orgue de l'église, de ce que j'ai prévu quand je versais des larmes sur de nobles livres ou que je parlais dans mon innocence d'enfant avec ma mère. C'est là ma voie. J'ai erré pendant quelques années, mais je découvre maintenant une fois de plus la cité qui est ma destination.

— Vous allez employer cet argent à la Bourse, je crois ? remarqua le visiteur ; et si je ne m'abuse, vous avez déjà perdu de la sorte des milliers de livres.

— Ah ! dit Markheim. Cette fois, je suis sûr de mon affaire.

— Cette fois encore vous perdrez, dit tranquillement le visiteur.

— Ah ! mais je garde la moitié de la somme par-devers moi ! s'écria Markheim.

— Elle aussi vous la perdrez, dit l'autre.

La sueur perla au front de Markheim.

— Eh bien ! qu'importe ? s'écria-t-il. Admettons que je perde, admettons que je sois replongé dans la pauvreté, faut-il pour cela qu'une part de moi, la pire, continue jusqu'à la fin à dominer la meilleure ? Le bien et le mal sont en moi deux courants puissants qui me tiraillent d'un côté et de l'autre. Je n'aime pas seulement ceci ou cela : j'aime tout. Je puis concevoir de grandes actions, des renoncements, des martyres ; et bien que je sois descendu jusqu'à commettre un meurtre, la pitié n'est pas étrangère à mes pensées. J'ai pitié des pauvres ; qui connaît leurs épreuves mieux que moi ? J'ai pitié d'eux et je les secours. J'attache du prix à l'amour ; j'aime le rire honnête. Il n'y a rien de bon, rien de vrai sur terre que je n'aime pas du fond du cœur. Faut-il donc que mes péchés soient seuls à diriger ma vie et que mes vertus restent sans effet, comme un poids mort de l'esprit ? Non pas : le bien aussi est un ressort d'action.

Le visiteur leva un doigt.

— Depuis trente-six ans que vous êtes au monde, dit-il, passant par maints revirements de fortune et maints changements d'humeur, je vous vois constamment déchoir. Voici quinze ans, vous auriez sursauté à l'idée d'un vol. Voici trois ans, vous auriez blêmi au seul mot de meurtre. Y a-t-il un seul crime, un seul acte cruel ou mesquin devant lequel vous reculerez encore d'ici cinq ans ? Je vous prendrai sur le fait ! Tomber plus bas, toujours plus bas, tel est votre lot. Seule la mort peut arrêter votre chute.

— C'est vrai, dit Markheim d'une voix sourde. J'ai pactisé dans une certaine mesure avec le mal. Mais il en est ainsi pour tous : les saints eux-mêmes, du seul fait qu'ils vivent, deviennent moins délicats et prennent le ton de leur entourage.

— Je vous poserai une simple question, dit l'autre, et selon votre réponse je vous lirai votre horoscope moral. Vous vous êtes relâché à beaucoup d'égards ; peut-être avez-vous raison de le faire, et je vous accorde qu'il en va de même pour tous les hommes. Mais y a-t-il un point quelconque, si insignifiant soit-il, sur lequel vous soyez plus exigeant avec vous-même, ou lâchez-vous la bride en tout ?

— Un point quelconque ? répéta Markheim en s'interrogeant avec angoisse. Non, ajouta-t-il avec désespoir. Il n'y en a aucun. J'ai dégringolé sur toute la ligne.

— Alors, dit le visiteur, contentez-vous de ce que vous êtes, car vous ne changerez jamais. Votre rôle sur cette scène est irrévocablement tracé.

Markheim garda longtemps le silence. En fait, ce fut le visiteur qui le rompit enfin :

— Les choses étant ainsi, vous montrerai-je où est l'argent ?

— Et la Grâce ? cria Markheim.

— Ne l'avez-vous pas recherchée ? répondit l'autre. Voici deux ou trois ans, ne vous ai-je pas vu sur l'estrade lors d'une mission et n'était-ce pas votre voix qui chantait le plus fort ?

— C'est vrai, dit Markheim, et je vois clairement de quel côté est mon devoir. Je vous remercie de ces leçons du fond de l'âme. Mes yeux se sont ouverts, je me vois enfin tel que je suis.

A ce moment, le timbre aigu de la sonnette retentit dans la maison, et le visiteur, comme si c'était là un signal concertait qu'il eût attendu, changea aussitôt d'attitude.

— La bonne ! s'écria-t-il. Elle est revenue, comme je vous en avais averti, et vous allez avoir encore un passage difficile à franchir. Son maître, lui direz-vous, est souffrant. Vous devez la faire entrer avec un air assuré, mais assez grave – pas de sourires, pas d'outrance, et je vous promets le succès. Une fois la fille entrée et la porte fermée, la dextérité dont vous avez fait preuve en vous débarrassant du marchand vous délivrera de ce nouveau danger. Après quoi, vous aurez toute la soirée – toute la nuit s'il le faut – pour rafler les trésors de la maison et pourvoir à votre sécurité. C'est un secours qui vous arrive sous le masque du danger. Debout ! cria-t-il. Debout, mon ami ! Votre vie est suspendue, tremblante, dans la balance. Debout et agissez !

Markheim regarda son conseiller avec fermeté.

— Si je suis condamné à toujours mal agir, dit-il, une porte m'est encore ouverte sur la liberté : je puis cesser d'agir. Si ma vie est malfaisante, je puis la déposer. Si je suis, comme vous l'avez dit, à la merci de la moindre tentation, je puis encore, par un geste décisif, m'affranchir de toutes. Mon amour du bien est voué à la stérilité ? Soit ! Mais j'ai encore la haine du mal. Et vous verrez, pour votre amère déception, quelle énergie j'y peux puiser ; et quel courage.

Les traits du visiteur se transformèrent soudain de merveilleuse et ravissante manière ; ils s'illuminèrent et s'adoucirent, attendris et triomphants ; et tout en se faisant plus brillants, ils s'estompèrent et s'évanouirent. Mais Markheim ne s'attarda pas à observer ou à comprendre cette transformation. Il ouvrit la porte et descendit lentement l'escalier, plongé dans ses pensées. Son passé se déroula calmement devant lui. Il le vit tel qu'il avait été, pénible et laid comme un mauvais rêve, aussi aléatoire qu'un jeu de hasard : une scène de débâcle. La vie, telle qu'il la passa ainsi en revue, ne le tenta plus ; mais sur l'autre rive, il aperçut un havre paisible pour sa barque. Il s'arrêta dans le vestibule et tourna son regard vers la boutique, où la bougie brûlait toujours à côté du corps étrangement silencieux. Des pensées concernant le marchand se pressèrent en foule dans son esprit tandis qu'il se tenait là, les yeux fixés sur le mort. Puis la sonnette retentit de nouveau, impatiemment.

Il fit face à la bonne sur le seuil avec une manière de sourire.

— Vous feriez bien d'appeler la police, dit-il. J'ai tué votre maître.

Traduit par Pierre Leyris

Edward D. Hoch

Au début des années 1990, j'ai été invité à écrire une nouvelle pour un numéro Mystery & Suspense *d'une revue littéraire,* Crosscurrents. *Je voulais raconter une histoire qui fût très différente de ma production ordinaire, tout en restant dans le cadre assez large de la nouvelle policière. Je crois y avoir réussi avec* L'épouse du détective. *Après que je l'eus replacée sans vergogne dans ma propre anthologie annuelle, elle a reparu dans* Ellery Queen's Magazine *et dans* Les 25 plus beaux crimes et intrigues policières de l'année *d'Ed Gorman.*

Quoique n'étant pas inconnu, ce bijou de 1958 du regretté Stanley Ellin n'a pas été republié aussi souvent que beaucoup de ses nouvelles plus célèbres. Elle compte pourtant parmi ses meilleures et me semble faire un pendant parfait à ma propre histoire. Le jugement de Stanley m'était cher et j'aurais aimé qu'il soit là pour lire mon texte.

Pour ceux qui ne connaîtraient que ses nouvelles, je recommande La Clé de Nicholas Street, *et* Le Huitième Cercle, *deux des meilleurs romans policiers des années 1950.*

L'ÉPOUSE DU DÉTECTIVE

JUSTE après leur mariage, quand elle ne savait pas encore ce qu'était avoir un époux inspecteur, Jenny le taquinait au sujet de ses enquêtes. Parfois, quand il rentrait assez tôt pour dîner, il lui brossait pour l'amuser un tableau des derniers crimes commis dans le secteur. La plupart des enquêtes aboutissaient grâce au témoignage d'un témoin oculaire ou au tuyau d'un indicateur, mais de temps en temps, il arrivait un crime digne d'un roman policier et qui demandait un don certain de déduction.

C'était dans ces affaires, surtout, que Roger aimait parler avec Jenny. Il lui exposait les faits avec soin, sans omettre aucun détail, lui présentait les indices collectés, résumait les dépositions des témoins et leurs alibis, signalait les liens possibles, et, invariablement, finissait par lui dire : « Tu connais ma méthode, Watson. Qui est le coupable ? »

Elle ne trouvait presque jamais la vérité, mais ce n'était pas l'important. C'était un jeu entre eux. Elle était Watson, lui Holmes, et le « Tu connais ma méthode, Watson » était devenu leur phrase fétiche. Un jour, il l'avait lancée tout à trac au lit, alors qu'ils faisaient l'amour, et elle avait pouffé de rire.

C'était au début, quand l'existence était plus simple. Lorsqu'ils avaient abordé la trentaine, leur union restant stérile, quelque chose avait changé.

— Il y a davantage de crimes de nos jours, lui disait-il lorsqu'elle l'interrogeait sur ses retards.

— Tu ne me parles plus de tes enquêtes.

— Que dire d'un dealer qui s'est fait buter ? C'est pareil tous les jours et j'en ai marre d'en parler.

Certes, il avait raison. Elle connaissait d'autres flics, des amis à eux, qui s'étaient usés au boulot. Roger n'était pas à l'abri.

Mais ce n'était pas tout. Il ne faisaient plus l'amour avec la même passion, la même gaieté. Parfois, elle se demandait s'il avait trouvé quelqu'un d'autre. Elle fit tous ses efforts pour s'intéresser à ses enquêtes et redevenir son Watson.

— Il n'y a pas que des règlements de comptes entre dealers ! protesta-t-elle un soir. Raconte-moi un truc sympa...

— Un barman qui s'est fait descendre, c'est sympa ?

— Quel mobile ?

— La caisse, je suppose. C'était après la fermeture, il était seul. La caisse n'a pas été vidée mais l'assassin a peut-être pris peur. Ou bien, c'était pour une autre raison : un mineur refoulé du bar qui sera rentré chez lui prendre le flingue de papa. La victime devait connaître son assassin, car c'est elle qui l'a fait entrer...

C'était en février, ils étaient mariés depuis huit ans.

Jenny travaillait au service production d'une petite agence de publicité située en centre-ville. Parfois, elle déjeunait avec les autres femmes du bureau, mais le plus souvent elle se contentait d'un sandwich sur place. De temps en temps, quand il faisait beau, elle allait le savourer dans le square d'en face où la mairie sponsorisait des concerts de jazz le vendredi. C'est là qu'un des artistes de l'agence, un jeune barbu prénommé Carl, la rejoignit par une journée torride du mois d'août. La rumeur disait qu'il allait quitter la boîte, ayant trouvé mieux.

— Comment allez-vous, Jenny ? La musique vous plaît ?

— Ça me change du bureau ! Je n'en peux plus des commandes de photocomposition, de gravure et d'impression...

Il prit place à son tour sur le banc de pierre.

— Et le mari ?

— Roger va bien, fit-elle, sur la défensive.

Ses collègues, surtout les hommes, semblaient le traiter avec un dédain à peine voilé à cause de sa situation dans la police.

— Il a attrapé des méchants, ces jours-ci ?

— Un dealer qui...

— Et le tueur en série ? lança Carl en déchirant l'enveloppe d'une barre chocolatée. Celui qui descend les barmen ?

En effet, trois barmen avaient été abattus depuis le mois de février, en gros à deux mois d'intervalle. Un journaliste avait usé du terme « tueur en série » et on craignait un quatrième meurtre au mois d'août. Elle en avait parlé à Roger, mais il préférait s'étendre sur les petites victoires qu'il remportait au quotidien.

— Je ne crois pas qu'il travaille sur cette affaire, dit-elle, alors qu'il était justement chargé de l'enquête.

— C'est tout le problème avec les flics... Ils perdent leur temps avec des délits sans importance et laissent courir le gros gibier.

Elle éprouva soudain le besoin de le défendre :

— D'après lui, la plupart des criminels sont arrêtés sur dénonciation anonyme. Les tueurs en série opérant seuls, on a du mal à les attraper.

Ayant terminé son en-cas, Carl s'adossa au banc pour profiter de la musique. Jenny reconnut un standard de Duke Ellington que son père aimait interpréter lorsqu'elle était petite.

— J'aimerais faire sa connaissance. Pourquoi on ne le voit jamais à nos petites sauteries ?

— Il finit tard le soir, dit-elle sans conviction.

En fait, elle préférait ne pas mêler ses deux vies. Roger

n'apprécierait pas ses collègues et leur inspirerait peu de respect. La plupart affectaient le genre artiste ; ils portaient des jeans déchirés au boulot et prenaient les représentants de la loi pour des fascistes.

— Bon..., fit Carl en se levant. A plus tard. J'espère que vous viendrez à ma soirée d'adieu !

Elle le regarder traverser le square et entrer dans le bâtiment par la petite porte. Il avait laissé le papier de sa barre chocolatée par terre, après y avoir fait un nœud.

Roger fut maussade pendant tout le dîner. Il picorait dans son assiette, taciturne. Elle avait beau l'interroger sur sa journée – rien. Finalement, au café, il lâcha :

— Je suis passé en voiture près de ta boîte ce midi...

— Ah ? Tu aurais dû t'arrêter. On aurait déjeuné ensemble.

— Je t'ai vue. Tu étais dans le square en compagnie d'un type.

Ce trait de jalousie la fit rire.

— Carl ? C'est l'un de nos artistes. Je ne le prends pas très au sérieux. Et toi non plus, tu ne devrais pas...

— Vous aviez l'air de vous apprécier...

Il ne plaisantait pas, et elle en fut contrariée.

— Si c'est ça qui te chiffonne... ! Il part dans deux semaines. Il a trouvé un meilleur emploi chez un imprimeur.

— Je demandais, c'est tout !

— Qu'est-ce que tu as, à la fin ? Qu'ai-je fait ? Autrefois, tu me parlais de ton travail, de tes enquêtes. C'était amusant. On aurait dit un jeu !

— Ce n'est plus un jeu. Les cadavres, c'est de moins en moins amusant...

Jenny essaya de le flatter.

— Tu te souviens quand tu me faisais un compte rendu de l'enquête ? Tu m'appelais Watson.

— C'est vrai...

Ce souvenir le fit sourire.

Quelques jours plus tard, il était tout guilleret, au contraire, et l'emmena dans le petit restaurant de quartier qu'ils fréquentaient aux premiers temps de leur mariage.

— Aujourd'hui j'ai arrêté un coupable, lui annonça-t-il à l'apéritif. Une affaire intéressante qui m'a occupé toute la semaine.

Elle comprit qu'il allait lui en parler et s'en réjouit à l'avance. C'était presque comme au bon vieux temps.

— Tu as des photos ? dit-elle, se rappelant la grosse enveloppe brune qu'il avait rapportée.

— Pas avant le dîner. Je te les montrerai à la maison.

— Dis-moi de quoi il s'agit, au moins !

— Un homme avait signalé le suicide de sa femme, pendue dans son garage.

— Avait-elle laissé un mot d'adieu ?

— Non, et c'est l'une des raisons pour lesquelles on a commencé à enquêter.

— Quelle est l'autre raison ?

— Sa voiture était garée dehors. C'est quand même plus sympa de se tuer en respirant du monoxyde de carbone qu'en se balançant au bout d'une corde...

Les plats arrivèrent et la conversation prit une tournure plus plaisante. Elle parla du bureau, des campagnes de publicité auxquelles elle participait. Le dîner fut un rêve. Ils étaient venus à pied et elle prit grand plaisir à rentrer en marchant par cette belle soirée d'été. La fraîcheur de l'air lui rappela que l'automne était presque là.

De retour à la maison, il lui montra les photos prises sur le lieu du crime. Elles étaient en couleurs, à présent ; heureusement, il n'y avait pas de sang. Les pieds déchaussés de la malheureuse étaient suspendus à soixante centimètres du sol, près d'un cageot renversé.

— Elle était montée là-dessus pour se mettre la corde au cou ?

— Apparemment, dit Roger avec un léger sourire. Allons, tu connais ma méthode, Watson !

— Primo, cette caisse est trop fragile. C'est une femme grande. Secundo, sur ce cliché pris de dos, montrant les plantes des pieds, on ne voit pas de trous à son collant. Elle n'aurait pas pu monter sur cette caisse, arranger le nœud coulant, puis se balancer, sans filer une maille.

— Bravo ! C'est ce que j'ai dit au mari, et une heure plus tard il avouait...

— Tant mieux ! lui souffla-t-elle à l'oreille.

Elle était heureuse qu'il ait arrêté un meurtrier, et de retrouver son Roger d'autrefois, celui qu'elle aimait tant.

Cette nuit-là, le tueur en série frappa une nouvelle fois.

Le lendemain soir, il était d'une humeur exécrable.

— Quand je te disais que ce n'était plus une partie de rigolade ! Je suis sur la sellette... Quatre barmen assassinés depuis février, c'est trop pour notre bonne ville... Si on ne fait pas de rapides progrès, on va me dessaisir du dossier – et alors, adieu mes espoirs de promotion ! J'aurai de la chance si je ne me retrouve pas à régler la circulation.

— Je n'ai pas lu les journaux. Raconte. C'était comme les autres, dans un restaurant ?

— Non, il a été tué en rentrant du travail, vers trois heures du matin. L'assassin était embusqué dans une ruelle...

— Il était bien barman ?

— Dans un bowling. Avant, il avait travaillé au Max's Party House, comme la deuxième victime.

— Ce pourrait être une piste. Ils avaient peut-être des dettes de jeu, ou quelqu'un leur devait de l'argent. Ils revendaient peut-être de la drogue sous le manteau.

— On a déjà vérifié tout cela avec les autres. On va recommencer, mais je n'y crois pas beaucoup. Celui-ci était un intérimaire. Quand il a bossé chez Max's, c'était seulement en extra. Lui et la victime numéro deux se sont sans doute croisés, mais ils se connaissaient à peine, selon nos infos.

— Et les autres ?

— Aucun lien.

— Ce n'était pas un crime crapuleux ?

— Son portefeuille est intact.

— Ça ne serait pas une coïncidence ?

— D'après l'expertise balistique, c'est la même arme à chaque fois – un pistolet automatique neuf millimètres.

Il fut sinistre pendant toute la soirée, et rien ne put le dérider.

— On t'a fixé un délai ? finit-elle par lui demander.

— Une semaine ou deux.

— Je pourrais t'aider...

Il se contenta de soupirer avant de tourner les talons. Fini la rigolade, lui avait-il bien dit.

Roger ne vint pas à la soirée d'adieu de Carl. Elle s'y attendait, et lorsqu'elle lui en parla, il ne daigna même pas répondre. Le plus souvent, elle dînait seule, sachant qu'il ne rentrerait pas avant neuf ou dix heures du soir, minimum. Elle n'aurait jamais cru que ce serait cela, la vie d'une femme d'inspecteur.

La soirée, qui se donnait dans un hôtel chic, fut une récréation bienvenue. Carl ne buvait plus depuis que sa femme était morte dans un accident de voiture deux ans plus tôt, mais cela n'empêcha pas les autres de prendre du bon temps. Le supérieur de Jenny était un homme costaud prénommé Herb qui s'imaginait que toutes ses jeunes subordonnées étaient bonnes à draguer, mariées ou non. A un moment donné, il l'accula dans un coin, mais il était déjà trop éméché pour représenter un danger véritable. Ce fut le P.-D.G. de l'agence qui demanda à la jeune femme de reconduire ce type chez lui.

— Il n'est pas capable de tenir un volant et je ne veux pas

de nouvel accident. Si je le fais monter dans votre véhicule, vous voudrez bien le ramener chez lui ?

— Certainement, monsieur Miller !

Elle n'en avait aucune envie, mais ne se voyait pas lui conseiller d'appeler un taxi. Miller tenait à la réputation de la maison.

Ce n'est qu'une fois en route qu'elle s'aperçut qu'elle n'avait pas dit adieu à Carl.

Herb ronfla et marmonna pendant tout le trajet, pour se réveiller au moment où Jenny s'arrêtait devant chez lui, et il essaya de la peloter avant de réaliser qui elle était. Elle repoussa la main posée sur son corsage, et il chercha dans sa poche son mouchoir, faisant tomber des allumettes, du chewing-gum et ses clés par la même occasion.

Jenny l'aida à descendre et ramassa ce qu'elle trouvait par terre. Le concierge prit le relais, sans manifester d'étonnement. Ce n'était peut-être pas la première fois qu'il voyait Herb dans cet état.

Quand elle arriva chez elle, Roger se confectionnait un sandwich dans la cuisine.

— J'avais oublié que tu sortais, ce soir. C'était bien ?

Elle haussa les épaules et posa ses clés sur la table.

— Comme d'habitude. Mon chef s'est saoulé et j'ai dû le reconduire chez lui. Ton enquête progresse ?

— Loin de là. Quatre meurtres, et nous sommes au point mort. Mon temps est compté. Le commissaire exige des résultats avant les élections de novembre.

— Tu ne veux pas me laisser t'aider ? Rapporte-moi des photos. Rappelle-toi, j'ai tout de suite vu ce qui clochait dans ton affaire de pendaison !

— Il n'y a rien à voir. Je les ai examinées à fond.

Le lendemain matin, elle trouva un prétexte pour s'éclipser du bureau et faire des recherches en bibliothèque. Une fois là-bas, elle parcourut les exemplaires microfilmés des quotidiens et se renseigna sur tout ce qui concernait les précédents meurtres. Il n'y avait rien de neuf, rien de commun entre ces quatre hommes, excepté l'activité professionnelle. La deuxième victime avait travaillé exclusivement chez Max's Party House mais les autres bougeaient, assurant des remplacements chez des concurrents. Le premier était le plus jeune, il avait vingt-six ans. Les autres avait la trentaine ou la quarantaine. Ils habitaient dans des quartiers différents et semblaient ne s'être connus que de vue, au mieux. Un seul était marié. Les autres étaient divorcés. Le plus jeune était célibataire. Le tueur frappait-il au hasard ?

Cette nuit-là, Roger parut plus déprimé que jamais. Il avait rapporté des photos, mais les laissa dans l'enveloppe. Il avait passé toute la journée à interroger les fiancées et ex-femmes des victimes, sans aucun résultat.

— Il n'y a pas de coucheries, ce n'est pas une histoire de jalousie.

Finalement, juste avant d'aller au lit, elle demanda à voir les photos.

— A ta guise ! Je dois les rapporter demain matin.

Elle ouvrit le rabat de l'enveloppe et sortit une dizaine de clichés, pris sur les lieux des crimes. Quatre cadavres, tous abattus pratiquement à bout portant. Les trois premiers gisaient dans la salle de bar où la mort les avait surpris alors qu'ils s'apprêtaient à fermer. Le quatrième se trouvait au bout d'une ruelle, où le tueur l'avait guetté. Une photo montrait la douille éjectée par le pistolet automatique, par terre, parmi les ordures.

Un paquet vide de cigarettes, un ticket déchiré de cinéma, les restes répandus d'un cornet à moitié consommé de popcorn, un papier de friandise industriel noué, un bout de berlingot en carton...

Elle passa à la photo suivante, retourna vivement à la précédente. Où avait-elle vu un papier d'emballage formant un nœud ? Etait-ce banal ou rarissime ?

C'est alors qu'elle se rappela. Carl avait jeté par terre l'étui de sa barre chocolatée le jour où ils avaient écouté ensemble l'orchestre de jazz. C'était la même marque et l'emballage avait été tordu et noué à l'identique.

Certes, cela ne prouvait rien.

— Ces photos m'ont donné une idée, dit-elle à son mari en se glissant au lit. Demain, j'irai vérifier quelque chose.

— J'aurai besoin de ta voiture demain.

— Comment cela ?

— Les freins de la mienne sont défectueux. Je les ferai réviser ce week-end.

— Tu devras me déposer au boulot.

— Tu pourras rentrer par tes propres moyens ?

— Sue me ramènera.

— Entendu.

Il roula sur le flanc et se mit à ronfler.

Jenny chercha dans les archives un compte rendu de l'accident ayant coûté la vie à l'épouse de Carl. Elle savait peu de choses à ce sujet, ce malheur étant arrivé avant son propre recrutement, mais une réflexion de M. Miller – « Je ne veux pas d'autre accident » – suggérait que cela pouvait s'être passé après une soirée entre collègues. Sa recherche fut longue, mais fructueuse : la femme de Carl avait été heurtée par un camion alors qu'elle sortait du parking de chez Max's Party House peu après minuit. Les deux conjoints étaient venus dans des voitures différentes, et il était encore au bar au moment de l'accident. Le taux d'alcoolémie de la jeune femme était très élevé et le camionneur n'avait pas été inculpé.

Un article plus tardif dénonçait la responsabilité d'un établissement qui continuait à servir une cliente en état d'ébriété avancé. Des poursuites judiciaires avaient été engagées, mais le patron du bar s'était déclaré incapable de dire lequel de ses quatre barmen de service était le coupable.

Quatre barmen.

Pourquoi personne n'avait-il compris ?

La réponse était simple : on avait abordé le problème par le mauvais angle, en s'intéressant aux victimes. Elle, elle s'était penchée sur Carl, et son épouse défunte, et l'accident, et le bar.

Il fallait qu'elle passe là-bas. Roger avait été bien inspiré de lui piquer sa voiture ! En revenant au bureau, elle se débrouilla pour emprunter la Volvo de Sue.

— J'en ai pour une heure à tout casser, promis !

Au bar, elle eut un vrai coup de veine. Max lui-même était là pour organiser un banquet de départ à la retraite.

— Non, encore ? dit-il en apprenant la raison de sa visite. C'est de l'histoire ancienne...

— D'après vos déclarations à la presse, quatre barmen travaillaient pour vous le soir de l'accident. Donnez-moi leurs noms.

— Ecoutez, on s'est arrangés à l'amiable avec quelques milliers de dollars. L'avocat du conjoint l'a convaincu qu'il ne pourrait obtenir plus. Si j'ai casqué, c'est uniquement parce qu'elle est morte en sortant du parking. En ce qui concerne mes employés, je ne peux rien vous dire, même avec la meilleure volonté du monde. Deux d'entre eux travaillaient au noir... Une pratique courante, dans le métier.

Jenny sortit sa liste.

— Je ne vous demande qu'une chose : est-ce eux ?

Il n'y jeta qu'un coup d'œil.

— D'accord, c'est eux. Il y en a deux qui sont morts.

— Vous devriez lire les journaux : ils sont morts tous les quatre...

Jenny était tout excitée en rentrant ce soir-là avec Sue. A peine si elle entendait le babil de son amie tandis qu'elle repassait les faits dans son esprit. Carl avait renoncé au procès à contrecœur, pour une somme inférieure à ce qu'il estimait justifié. Un mois plus tard, en février, il s'était mis à tuer en respectant un intervalle de deux mois, dans l'espoir que personne ne ferait le rapprochement... Evidemment, au troisième meurtre, on en avait fait un, mais il n'avait plus qu'un dernier meurtre à commettre pour assouvir sa vengeance.

Quatre morts – pour venger sa femme. Et il s'en serait tiré sans ce bout de papier qu'il avait jeté par terre en attendant sa quatrième victime. Comment avait-il découvert leur identité ? Sans doute en se liant d'amitié avec la première et en lui posant d'innocentes questions. Cela aurait expliqué sa présence dans l'établissement bien après l'heure de fermeture. Il s'était lié d'amitié avec sa première victime et l'avait tuée après lui avoir soutiré les noms des trois autres.

— Nous y sommes ! dit Sue en se garant. Je ne vois pas ta voiture. Roger doit être encore au boulot.

— Il travaille tard, en ce moment. Merci, Sue.

— A demain !

Jenny se hâta de rentrer et quitta ses vêtements moites en se demandant comment présenter la chose à Roger. Elle enfila sa robe de chambre et alluma la télévision, prit le fauteuil sans vraiment suivre le programme.

Roger rentra très tard et il était de très mauvaise humeur. Avant même de lui adresser la parole, il déboucla son holster et jeta son arme sur une chaise.

— A quoi tu joues, Jenny ?

— Quoi ?

Elle essaya de voir ce qu'il avait dans la main.

— Qu'est-ce que c'est ?

— Un préservatif sous étui scellé. Je l'ai trouvé dans ta voiture, sous la place du passager. Tu as une explication ?

Son cerveau était en ébullition. A peine si elle reconnaissait l'homme qui se tenait devant elle.

— Roger, laisse-moi réfléchir. Je...

— Trouve quelque chose de convaincant, je te le conseille...

— Mon Dieu ! Tu me crois capable de faire l'amour dans ma voiture ?

Soudain, elle eut un éclair de lucidité.

— Herb, mon chef ! Je t'ai dit que je l'avais reconduit chez lui parce qu'il était ivre. En descendant de la voiture, il a sorti son mouchoir et fait jaillir un tas de trucs. J'ai ramassé ce que je pouvais en vitesse...

— Herb, ton chef... Et je dois gober ça ?

Tout à coup, ces accusations injustes la mirent hors d'elle.

— Ça m'est complètement égal. (Elle écarta comme une furie les pans de sa robe de chambre.) Là ! Tu veux relever les empreintes digitales sur mes seins ?

C'est alors qu'il la gifla à la volée.

Jenny dormit cette nuit-là recroquevillée sur le divan, comme pour parer d'autres coups. Lorsqu'elle se réveilla de très bonne heure, il pleuvait. Roger descendit peu après et vint s'excuser.

— Pardonne-moi. Cette enquête... Je suis convoqué chez le divisionnaire ce matin et je n'ai rien à lui montrer.

Elle se leva, resserrant les plis de sa robe de chambre, et alla préparer du café. Plus tard, alors qu'elle dégustait sa tasse, il songea à lui demander :

— Au fait, tu as pensé à quelque chose, pour les meurtres ?

— Non, dit-elle doucement en regardant tomber la pluie. A rien.

Traduit par Valérie Malfoy.

TU NE VAS PAS RESTER UNE ENFANT TOUTE TA VIE

Stanley Ellin

C'EST le silence qui la réveilla. Pas d'un seul coup (Tom lui enviait souvent son sommeil de marmotte), mais par un glissement progressif qui la tira des profondeurs abyssales jusqu'à une demi-conscience où, les yeux fermés, elle attendit en vain le schéma familier des bruits nocturnes qui avait été dérangé sans qu'elle sache comment.

Puis elle entendit le craquement du plancher – ce craquement rassurant d'une latte sous les pieds de son mari qui rentrait tard – et elle comprit. Même au plus profond de son sommeil, elle aurait senti que Tom était rentré, elle aurait anticipé le déclic de la lampe de chevet et son pas pesant pour aller du lit au placard et du placard à la commode, une routine précise et infaillible qui culminait par ces petits mots chuchotés au-dessus du lit, « tu dors ? », suivis de son grognement à elle, signifiant oui, je dors mais je suis contente que tu sois là, viens te coucher au lieu de passer la nuit à travailler.

Il était donc de retour, mais ne suivait pas la procédure habituelle. Voilà ce qui l'avait réveillée. Comme à l'époque où il y avait le criquet, caché dans un coin de la maison : pendant une semaine, cette pauvre bête l'avait empêchée de dormir avec ses stridulations incessantes, puis elle s'était habituée. Et la nuit où il était mort, à moins qu'il ne soit parti faire son cocon (ou autre chose, enfin, ce que font les criquets), elle était restée éveillée à l'attendre sans pouvoir s'endormir ; au bout de quelques nuits, elle s'était à nouveau habituée.

Le pauvre, pensait-elle vaguement, moins par compassion que pour se distraire en attendant le retour de son mari. Cette pensée se transforma en une sensation de reptile ondulant sur son dos, s'entortillant autour de sa poitrine. Il lui disait : *Ma pauvre, ma pauvre idiote, ce n'est pas Tom qui est là !*

Elle ouvrit les yeux à l'instant où une main gantée s'aplatissait sur sa bouche. Elle vit l'ombre géante de l'individu, entendit sa respiration rauque et sentit l'odeur âcre de l'alcool. Puis elle mordit sauvagement dans le gant pour le broyer, le déchiqueter. Mais de son autre main, l'homme la frappa en plein visage. Elle s'effondra, la tête à moitié pendante hors du lit. Il la frappa une deuxième fois.

Là, elle sombra dans le noir absolu.

Au plafond, elle voyait des ballons voltiger ; sous ses yeux indifférents, ils se transformèrent en masques, mais des masques dont les traits étaient dessinés à l'envers, les bouches en haut, les yeux en bas... les masques se déplaçaient, se remettaient à l'endroit... prenaient la forme de visages connus... le Dr Vaughn... Tom... une femme avec un bonnet d'âne blanc perché sur la tête... une infirmière.

Le Dr Vaughn se pencha sur elle et lui souleva une paupière. Elle sentit que son visage n'était qu'un gros hématome qui l'élançait horriblement. Le médecin retira son pouce et se mit à grogner (pour l'avoir souvent entendu, elle reconnut le grognement de satisfaction).

— Vous savez qui je suis, Julie ? demanda le médecin.

— Oui, docteur.

— Vous vous souvenez de ce qui s'est passé ?

— Oui.

— Comment vous sentez-vous ?

— Bizarre. Je suis un peu dans les vapes. Et j'ai un sifflement dans les oreilles.

— C'est le produit. Quand on vous a ranimée, vous avez eu une sacrée crise d'hystérie, alors je vous ai fait une piqûre. Vous vous souvenez ?

— Non.

— Ça vaut mieux. Ne vous tracassez pas pour ça.

Elle ne se tracassait pas pour ça. Son problème, c'était de ne pas savoir l'heure. Tout paraît tellement irréel quand on ne sait pas l'heure ! Elle voulut tourner la tête vers le réveil. Le médecin comprit son intention.

— Il est six heures passées. Il fera bientôt jour. Je parie que c'est la première fois que vous voyez le soleil se lever.

Elle lui sourit, autant que le lui permettaient ses lèvres tuméfiées.

— Non, je l'ai vu cette année au nouvel an.

Tom vint s'asseoir au bord du lit. Il serra sa main dans la sienne en répétant :

— Julie, Julie, Julie !

Comme si les mots explosaient d'avoir été trop longtemps contenus dans sa bouche.

Elle l'aimait et n'en était que plus désespérée de le voir si malheureux, avec cette mine défaite. Hagard, pas rasé, à bout de nerfs. Quand je pense que c'est à cause de moi ! se disait-elle.

— Je suis désolée.

— Désolée ?

Il lui serra la main tellement fort qu'elle grimaça.

— Parce que ce cinglé, cette bête...

— Oh, je t'en prie !

— Je sais. Je sais que tu veux tout oublier, ma chérie, mais ce n'est pas encore le moment. Tu vois, Julie, la police a attendu toute la nuit pour t'interroger. Ils sont sûrs de retrouver le type, mais ils ont besoin de ton aide. Tu dois le leur décrire et raconter ce que tu sais. Ensuite, tu pourras tout effacer de ta mémoire. Tu comprends ?

— Oui.

— Je savais que tu serais raisonnable.

Il s'apprêtait à se lever.

— Non, il faut que vous restiez auprès d'elle, dit le médecin. Je les préviendrai moi-même en sortant qu'elle est d'accord. Je dois y aller, et puis ces gardes de nuit sont éreintantes pour un vieux croulant comme moi.

La main sur la poignée de la porte, il se retourna.

— Quand on l'aura retrouvé, dit-il résolument, j'aurai le plaisir de...

Il laissa sa phrase en suspens, sachant qu'ils l'avaient compris.

Le grand type grisonnant en costume froissé était le lieutenant de police Christensen. Le petit moustachu tiré à quatre épingles était M. Dahl, détaché par le procureur du district. M. Dahl expliqua que d'habitude, il ne participait pas aux enquêtes, mais quand il s'agissait de... enfin, dans un cas comme celui-ci, il était nécessaire de prendre des mesures particulières. Et tout le monde devait coopérer, y compris Mme Barton. Aussi pénible que ce fût, elle allait devoir répondre aux questions du lieutenant Christensen avec la plus grande franchise, et sans se gêner. C'était entendu ?

Poussée par le regard incitatif de Tom, Julie répondit :

— Oui.

Le lieutenant Christensen prit un carnet dans sa poche. Quand il appuya sur l'extrémité de son stylo pour faire sortir la pointe, on eût dit qu'il était en train d'écraser un insecte.

— Tout d'abord, dit-il, je veux que vous me racontiez exactement ce qui s'est passé. Tout ce que vous vous rappelez.

Elle obéit. Il gribouillait sous sa dictée, le stylo cliquetant à chaque mot.

— Quelle heure était-il ?

— Je ne sais pas.

— A peu près ? Plus j'aurai de précisions, plus il sera facile de vérifier les alibis. Quand vous êtes-vous couchée ?

— A dix heures et demie.

— Et M. Barton est rentré vers minuit. C'est donc arrivé entre dix heures et demie et minuit.

En replongeant dans son carnet, le lieutenant se mordit les lèvres pensivement.

— Et maintenant, passons à une chose plus importante.

— Oui ?

— Voilà : le reconnaîtrez-vous si vous le voyiez une seconde fois ?

Les yeux fermés, elle fit un effort considérable pour mettre un visage sur cette ombre monstrueuse, mais rien que d'y penser, elle fut prise de nausée et d'effroi.

— Non, dit-elle.

— Vous ne paraissez pas très convaincue.

— Mais si.

— Enfin, voyons ! Je veux bien admettre que la pièce n'était pas très éclairée, mais vous avez dit que vous ne dormiez pas quand il est entré. J'en déduis que vous avez eu le temps de vous adapter à l'obscurité. En plus, la lumière des réverbères traverse vos volets ! Vous ne voyiez pas aussi bien qu'en plein jour, mais c'était suffisant pour distinguer l'homme qui était devant vous, non ?

Dans son for intérieur, elle dut admettre qu'il avait raison, mais cela ne changeait rien.

— Peut-être, mais ça ne s'est pas passé comme ça.

Dahl se balançait d'un pied sur l'autre, impatient d'intervenir. Il commença à dire :

— Madame Barton...

Mais il fut vite interrompu par le lieutenant :

— Ecoutez-moi, dit ce dernier. Je vais mettre les choses à plat. Supposons que cet homme soit dans un endroit où vous puissiez l'examiner tout à loisir sans qu'il puisse vous voir. Imaginez la situation. Donc, il est devant vous et ignore votre présence : vous ne pensez pas que c'est beaucoup plus facile de le reconnaître dans ces conditions ?

Julie souhaitait de plus en plus ardemment lui donner la réponse qu'il attendait et voir ce qu'il voulait lui faire voir. Mais elle n'y parvenait pas. Elle secoua la tête en signe d'impuissance. Le lieutenant Christensen respira profondément et dit :

— Dans ce cas, essayez tout de même de me dire quelque chose : était-il grand, petit, moyen ?

L'ombre géante réapparut au-dessus d'elle.

— Il était grand, je crois. Mais je ne suis pas certaine.

— Blanc ou de couleur ?

— Je ne sais pas.

— Et ses vêtements ? Vous avez remarqué quelque chose de particulier ?

Elle secoua la tête, mais très vite quelque chose resurgit.

— Les gants. Il portait des gants, dit-elle triomphalement.

— En cuir ou en laine ?

— En cuir.

Le goût aigre du cuir était maintenant dans sa bouche et lui soulevait le cœur.

Le stylo cliqueta et le lieutenant, impatient, leva les yeux de son carnet.

— Autre chose ?

— Non.

Le lieutenant fronça les sourcils.

— Je ne suis pas beaucoup plus avancé. Vous n'êtes pas très coopérative.

— Je suis désolée, dit Julie.

Mais pourquoi répétait-elle cette phrase ? Qu'avait-elle donc à se reprocher ? Elle n'en avait aucune idée. Des larmes de désolation lui brouillaient les yeux. Elle mit la main de Tom contre sa poitrine et posa son regard sur lui dans l'espoir de se réconforter. Mais elle s'aperçut avec horreur que l'expression de son mari n'était pas différente de celle du lieutenant.

Pendant ce temps, Dahl l'interpellait :

— Madame Barton, madame Barton...

Elle se tourna vers lui.

— Je sais ce que vous ressentez, madame Barton, mais j'ai à vous parler, c'est extrêmement important. Voulez-vous m'écouter attentivement ?

— Oui, répondit-elle faiblement.

— Quand je me suis adressé à vous, à une heure ce matin, madame Barton, vous étiez dans un état... disons, vous comprendrez que je ne voulais pas vous persécuter dans un moment pareil. J'agissais pour votre bien et pour le bien de la communauté, d'ailleurs.

— Je ne me souviens pas, je ne me souviens de rien.

— Je vois. Mais il faut que vous sachiez qu'il y a eu dans notre commune toute une série d'agressions ces dernières années, et les pouvoirs publics tout comme la presse ont exercé une pression considérable (à juste titre) sur la police et sur moi-même pour que nous agissions.

Julie laissa sa tête retomber sur l'oreiller et ferma les yeux.

— Si vous le dites...

— Oui. Et je dis aussi que nous ne pouvons rien faire si la partie lésée, enfin... je veux dire la victime, ne nous aide pas. Et pourquoi voit-on des femmes refuser d'identifier le criminel ou de témoigner contre lui ? Parce que c'est pour elles une publicité néfaste ? Parce qu'elles ont provoqué l'homme et craignent d'entendre sa défense sur le banc des accusés ? La raison m'importe peu. Il n'en reste pas moins que ces femmes sont coupables de laisser en liberté un salopard prêt à récidiver. Ecoutez, madame Barton, je ferai tout pour que ce sinistre individu soit fiché par la police et qu'on établisse un procès-verbal précis de ses actes (une énumération infâme, croyez-moi). Il y a au quartier général une douzaine de personnes qui étudient actuellement le dossier, et quand elles auront tous les éléments en main, nous pourrons traquer le sauvage ! Tout cela pour vous dire que vous seule pouvez nous aider à l'éliminer pour de bon. J'aimerais donc que vous me confirmiez ici même que vous allez y mettre du vôtre. C'est votre devoir.

— Je sais, mais puisque je vous dis que je ne l'ai pas vu.

— Vous en avez sûrement vu plus que vous ne croyez, madame Barton. Enfin ! Ne vous méprenez pas : je ne vous accuse pas de retenir délibérément l'information, non, je sais que vous avez reçu un choc terrible et que vous voulez chasser à tout jamais cet homme de votre esprit. Mais si vous vous entêtez dans cette voie, nous n'arriverons à rien. Maintenant que je vous ai prévenue, reprenez-vous et essayez de me le décrire.

Après tout, se disait-elle, j'ai peut-être mal interprété le regard de Tom tout à l'heure. Confiante, elle rouvrit les yeux. Mal lui en prit : le visage de son mari exprimait la même colère confuse qu'auparavant, et en plus, il était penché sur elle, le regard fixe, comme s'il espérait pouvoir, par sa propre volonté, lui faire dire ce qu'on attendait d'elle. Décidément, on lui demandait la lune ! Elle se mit à pleurer faiblement. Puis comme par magie, quelqu'un lui glissa un mouchoir dans les mains. L'infirmière. Elle avait oublié l'infirmière. Quel réconfort pour Julie de voir ce visage penché sur elle ! Tous les hommes présents dans la chambre (y compris son mari) étaient devenus des étrangers après ce qui lui était arrivé. La présence de cette femme lui apportait un immense soulagement.

— Madame Barton !

La voix de Dahl était d'une telle brutalité que Tom se retourna vers lui. Il se radoucit.

— Madame Barton, laissez-moi vous dire les choses crûment. Je vais vous montrer à quoi nous sommes confrontés. Un homme dangereux est actuellement en liberté. Vous avez cru qu'il était ivre, mais il ne l'était pas tant que ça : il a su où aller pour trouver une proie facile et sans protection. Il avait dû repérer votre maison de longue date, et il n'ignorait pas que votre mari rentrait tard. Il lui a suffi d'enjamber le rebord de la fenêtre, en l'éraflant sérieusement, et il était là.

Il aurait pu cambrioler, mais il n'était pas venu pour cela. Il ne s'intéressait qu'à une chose, une seule chose.

Contre toute attente, Dahl se dirigea vers la commode pour attraper la photo de mariage.

— C'est vous, n'est-ce pas ?

— Oui, dit Julie complètement éberluée.

— Vous êtes très belle, vous savez.

Il reposa la photo, souleva le miroir et s'approcha de Julie.

— Je vais vous montrer à quoi ressemble une belle femme quand elle tente de résister à ce genre d'individu.

Il plaça le miroir devant Julie qui frémit à la vue de son visage abîmé.

— Oh ! Non, par pitié, cria-t-elle.

— Vous n'avez pas à vous inquiéter, répondit-il sèchement. D'après le médecin, bientôt il n'y paraîtra plus. En attendant, dites-moi : êtes-vous toujours aussi certaine que vous ne reverrez pas l'homme aussi clairement que vous me voyez ? Que vous ne pourrez pas l'identifier et jurer sur la Bible que c'est bien lui ?

Non, elle n'était plus certaine. Elle était perplexe. Il écarta les bras et dit d'un ton solennel :

— Alors, vous le reconnaîtrez ?

— Oui.

Après toutes ces épreuves, elle espérait qu'on la laisserait enfin tranquille. Mais non. Elle devait encore rendre des comptes. Aucun répit ne lui serait accordé. Il y avait un concert ininterrompu de sonnettes, entre celle de la porte d'entrée et celle du téléphone. Tom entrait dans la chambre avec des hommes au visage dur (sûrement des officiers de police) qui n'osaient même pas la regarder en face. Ils inspectaient la pièce avec gravité et se mettaient dans un coin pour chuchoter entre eux. Tom les reconduisait à la porte et revenait s'asseoir à son chevet. Sans rien dire. Sans bouger, tendu comme un ressort, à guetter la prochaine visite, le prochain coup de fil.

Il ne s'éloignait jamais beaucoup de Julie, et celle-ci s'en trouvait de plus en plus gênée. A cause d'elle, il laissait tomber son travail et tout ce qui pour lui comptait le plus au monde. D'ailleurs, que savait-elle de son travail ? Pas grand-chose, si ce n'est qu'il était depuis des mois sur une grosse affaire (raison pour laquelle elle passait tant de soirées toute seule). Elle se demandait ce qu'il allait devenir loin de son bureau. Au bout de deux ans de mariage, elle connaissait déjà par cœur la devise de l'homme d'affaires : les soucis domestiques vont et viennent, mais les Affaires restent. Jusque-là, elle trouvait cette idée révoltante, mais à présent, elle prenait toute sa valeur. Car Tom allait bientôt retourner à ses activités, la laissant enfin libre de se barricader et de s'isoler du monde entier. Sa vie reprendrait son cours.

Mais quand elle osa timidement suggérer cette idée, il la réfuta avec véhémence.

— De toute façon, c'est tombé à l'eau. J'ai perdu mon temps. C'est ce que j'avais l'intention de te dire quand je suis rentré et que je t'ai découverte dans cet état. Quel spectacle !

L'air abattu, il la regardait.

— Quel spectacle !

Et il se remit à attendre, muet, la prochaine visite ou le prochain coup de fil.

Quand Tom était absent, il y avait toujours une infirmière avec Julie : pour la nuit, Mlle Shepherd, une personne taciturne, et dans la journée, Mlle Waldemar, un vrai moulin à paroles.

— Eh oui, on se demande dans quel monde on vit ! Vous les verriez, tous à ralentir devant la maison pour piétiner la pelouse et vous épier. Mais qu'est-ce qu'ils croient trouver ? Ils ont le vice dans la peau, ce n'est pas possible ! Que je leur crie leurs quatre vérités, et ils me traiteront de menteuse !

Avec la marmaille sur le siège arrière... Qu'y a-t-il, mon chou ? Vous n'avez pas l'air bien.

— Ça va, je vous remercie, répondit Julie.

Jamais elle n'aurait osé dire à Mlle Waldemar de se taire ou de ficher le camp. Il y a des gens doués pour cela, mais ils ne tiennent jamais compte du mal qu'ils pourraient faire aux autres. Julie, elle, s'en préoccupait.

Mlle Waldemar poursuivit :

— Si vous me demandez qui est à incriminer dans cette histoire, je vous répondrai que ce sont les journaux. Le médecin a bien raison de ne pas vous laisser les lire, ma chère. On pourrait penser qu'avec les nouvelles qui nous arrivent de Russie ou d'ailleurs, les journalistes ont d'autres chats à fouetter mais non, ça fait la une de tous les journaux. Que ne feraient-ils pas pour gagner trois sous ! L'argent, toujours l'argent, et on se fiche pas mal de voir les enfants gober les gros titres et se mettre des idées plein la tête, à leur âge ! C'est exactement ce que j'ai dit à un journaliste. Pas plus tard qu'hier, j'avais à peine mis le pied dehors qu'il s'est précipité sur moi, avec un de ces culots ! Et il m'a demandé de lui donner une photo de vous. Vous n'avez qu'à en prendre une discrètement, qu'il disait ! Vous savez, mon chou, qu'ils utilisent votre photo de classe, c'est tout juste s'ils ne la mettent pas sur leur table de nuit. Et le comble, c'est qu'il m'a proposé cinquante dollars en échange. Alors là, j'en ai profité pour lui dire ma façon de penser. Oh, mais vous avez l'air de vous endormir, mon chou. Vous voulez faire une sieste ?

— Oui.

Et il y eut la visite de ses parents. C'est avec impatience qu'elle les avait attendus, mais dès leur entrée dans la chambre, son enthousiasme fondit d'un seul coup. Tom avait toujours méprisé son père, à qui il reprochait son côté superficiel et cette espèce d'impuissance qui se traduisait dans le moindre de ses gestes. Tom ne cachait pas son manque d'estime pour lui. La mère de Julie avait déclenché les hostilités en déplorant que Tom soit trop âgé pour Julie (lui, trente ans, et elle dix-huit le jour de leur mariage) et elle était allée jusqu'à accuser son gendre d'être un horrible tyran. Tom avait pris cela pour une déclaration de guerre.

Julie se sentait responsable de ce conflit absurde, et elle s'en mordait les doigts. Un jour, son mari, qui était parfois aussi maniaque qu'une vieille fille, lui avait fait une scène parce qu'elle n'avait pas vidé les poches de ses vestes avant de les déposer chez le tailleur, et comme Julie était encore à cette époque la fille de sa maman plus que l'épouse de son mari, elle était allée pleurer dans le giron de sa mère. Jamais plus elle n'avait recommencé, mais le mal était fait. D'où la rupture ferme et définitive entre son mari et ses parents, avec elle au milieu, messagère inutile entre les deux camps.

Tom les fit entrer dans la chambre. Aussitôt, Julie perçut de l'animosité dans l'air. Elle avait plus ou moins espéré qu'ils se raccommoderaient, vu les circonstances, mais ce n'était pas le cas. La mort dans l'âme, elle se résigna à l'idée qu'ils se haïssaient plus qu'ils ne l'aimaient. Cette pensée lui fit honte.

Son père lui dit bonjour d'un frémissement des doigts et resta planté au pied du lit, avec un regard de chien battu. Par chance, quelqu'un sonna à la porte : il se précipita dans le couloir à la suite de Tom. Sa mère avait les yeux tout rouges et se tamponnait le nez avec son mouchoir. Elle s'assit au bord du lit et caressa la main de Julie.

— C'est effroyable, ma chérie. Effroyable. Tu comprends maintenant pourquoi j'étais contre l'achat de cette maison, dans un quartier aussi désert ? Comment vas-tu ?

— Bien.

— Sans Mamie, nous aurions pu arriver plus tôt. Mais une commère de voisine est allée tout lui raconter. Résultat – tu sais comment elle est –, elle est restée prostrée sans rien dire. Le Dr Vaughn a passé une heure auprès d'elle.

— Je suis désolée, maman.

A nouveau, sa mère lui caressait la main.

— Ça ira. Elle t'enverra une carte postale dès qu'elle sera remise.

Toutes les occasions étaient bonnes pour que sa grand-mère envoie des cartes postales. Que va-t-elle choisir pour la circonstance ? s'interrogea Julie avec scepticisme.

— Veux-tu que je te recoiffe, Julie ?

— Non merci, maman.

— Mais tes cheveux sont pleins de nœuds. Elles sont payées à rien faire, ces infirmières ! Et tes lunettes de soleil, où sont-elles, ma chérie ? Celles que tu mets à la plage. Ça te ferait du bien de les porter jusqu'à ce que ces traces aient disparu.

Futilité que tout cela, comme des nuées de moucherons flottant au-dessus de la tête de Julie.

— Oh, maman, je t'en prie.

— Bon, bon, je ne vais pas faire d'histoires. Je donnerai une liste à l'infirmière avant de partir. Quoi qu'il en soit, j'ai quelque chose de beaucoup plus grave à te dire, Julie, pendant que papa et Tom ne sont pas là. Ça ne t'ennuie pas trop ?

— Non.

Sa mère se rapprocha d'un air soucieux.

— C'est au sujet... de ce qui s'est passé, de ce que tu ressens par rapport à Tom, maintenant. Parce que tu sais, Julie, tu ne dois pas oublier que ton mari reste ton mari, en dépit des circonstances. Et je le respecte à ce titre. Dans la vie, il y a des choses qu'une femme doit à son mari, quels que soient les drames qu'elle a vécus. Elle a des devoirs à respecter. Pourquoi fais-tu ces yeux ? Tu ne comprends pas ce que je veux dire ?

— Mais si.

Julie venait de s'imaginer avec angoisse la vie de couple de ses parents.

— S'il te plaît, ne parle pas de ça. Tout ira bien.

— Je sais. Quand on n'a pas peur de regarder les problèmes en face, ils ne peuvent pas nous faire de mal. Et Julie, avant que Tom ne revienne, il y a autre chose... C'est à son sujet.

Julie rassembla toutes ses forces.

— Oui ?

— Il a dit une chose ! En arrivant, papa et moi avons un peu discuté avec Tom, et en plein milieu de la conversation – tu te doutes de quoi nous avons parlé – , il a annoncé avec le plus grand naturel, comme s'il parlait de la pluie et du beau temps, qu'il tuerait l'homme quand on l'aurait retrouvé. Il m'a fait si peur, Julie ! Tu connais ses sautes d'humeur, mais là, il n'était pas en colère, il parlait froidement, avec un sang-froid... Tuer le bonhomme, tout simplement. Et il le pensait, Julie. Il faut que tu fasses quelque chose.

— Faire quoi ? demanda Julie interloquée. Faire quoi ?

— Tu devrais commencer par lui dire qu'il n'a pas à parler comme ça. Nous sommes tous complètement retournés. Nous voulons tous voir ce monstre mort et enterré. Mais ce n'est pas à Tom de le tuer. Tu te rends compte des conséquences ? Comme si nous n'avions pas assez de soucis !

Julie ferma les yeux.

— Oui, dit-elle.

Le Dr Vaughn entra dans la chambre et vit Julie déambuler autour de son lit.

— J'avoue que vous êtes très mignonne avec ces lunettes de soleil, mais à quoi vous servent-elles ? Vous avez mal aux yeux ?

— Non, dit Julie, je me sens mieux avec, simplement.

— Je m'en doute. Vous êtes plus agréable à regarder, et inversement, les autres doivent être plus agréables à regarder pour vous. Tiens, c'est une idée. Toute l'humanité devrait se mettre à en porter. Ce serait beaucoup moins mauvais pour le foie que l'alcool.

— Je ne sais pas.

Julie s'assit au bord du lit, enveloppée dans sa robe de chambre, les mains sous ses manches. Elle avait froid aux doigts et se demandait si elle pourrait un jour se réchauffer.

— J'ai quelque chose à vous demander.

— Allez-y, je vous en prie.

— Vous allez sûrement vous moquer de moi, mais tant pis. C'est à propos de Tom. Il a dit à ma mère qu'il avait l'intention de tuer le type. J'espère qu'il n'essayera pas de faire une chose pareille.

Le médecin ne se moqua pas. Il répondit d'un air lugubre :

— Je crois au contraire que ça lui ressemblerait.

— Quoi, assassiner quelqu'un ?

— Julie, quelque chose m'échappe. Vous êtes mariée avec lui depuis... combien de temps, déjà ?

— Deux ans.

— Et en deux ans, vous l'avez déjà vu ne pas tenir ses promesses ?

— Non.

— Alors ? Je ne connais pas bien Tom, mais j'ai passé mon enfance avec son père. Quand je le regarde, c'est comme si je revoyais son père. Il y avait en lui une sorte de fierté diabolique qui sommeillait, avec un tempérament prêt à tout faire exploser comme de la dynamite. Mais il refoulait ses émotions. Il les refoulait. Son fils aussi. Comment faire autrement, quand on a tant de responsabilités ? Il faut se contrôler. Je ne vous cacherai pas que, dans la famille Barton, personne ne m'a jamais paru très équilibré. Donnez-leur une bonne raison de tuer et ils tueront, sans autre forme de procès. D'ailleurs, Tom a une arme, je crois.

— C'est vrai.

— Mais ne prenez pas cet air effaré, dit le médecin. Vous

avez bien fait de me prévenir. Je pourrai demander à Christensen de surveiller votre précieux mari du coin de l'œil tant que notre homme ne sera pas ficelé sur la chaise électrique. Un coup de fusil, c'est trop gentil pour un animal pareil.

Julie détourna vivement la tête. Le médecin la força à revenir vers lui par une légère pression du doigt sur le menton.

— Ecoutez, je ferai le nécessaire pour que Tom ne se mette pas dans une situation fâcheuse. Vous me faites confiance ?

— Oui.

— Alors, qu'est-ce qui vous contrarie ? Ce que j'ai dit au sujet de la chaise électrique ? C'est ça ?

— Oui. Je ne veux pas en entendre parler.

— Mais pourquoi ? Surtout vous, Julie ! Vous n'êtes donc pas pressée de le voir sous les verrous ? Vous ne le détestez pas au point de souhaiter sa mort ?

Avec ces dernières paroles, il touchait le point sensible. Julie devint fébrile :

— Bien sûr que si ! Mais Tom ne le croit pas. Voilà le problème. Il est persuadé que je me moque de savoir si on va le trouver ou non. Il pense que cela compte moins pour moi que pour lui et que je ne souhaite qu'une chose : oublier. Il ne dit rien, mais je le vois bien. Ça nous empoisonne la vie. Je me sens coupable et honteuse. Rien ne résoudra ce problème. Ils peuvent le tuer cent fois, ça ne résoudra pas le problème !

— Enfin, Julie !

Le médecin prit un air sévère.

— Réfléchissez deux secondes, Julie. Vous ne comprenez donc pas que Tom se sent encore plus coupable que vous et que c'est pour lui un échec de ne pas avoir su vous protéger ? A présent, il enrage. Il crie vengeance. Et c'est son sentiment de culpabilité qui vous déchire tous les deux. Vous savez ce que ça veut dire, jeune dame ? Ça veut dire que vous avez une mission, et une sale mission : quand la police aura épinglé cet homme, vous serez amenée à l'identifier, à témoigner contre lui, à affronter les flashs des journalistes, à passer au milieu d'une foule d'abrutis qui se bousculeront pour savoir à quoi vous ressemblez. Voilà ce qui vous attend. Vous ne réalisez pas à quel point ce drame a créé l'événement. Jusque-là, nous vous avons tenue à l'écart, mais ça ne durera pas. Ce sera en quelque sorte votre mise à l'épreuve. Si vous vous échappez, vous pourrez faire une croix sur votre mariage ... Alors, cessez de vous lamenter pour des problèmes qui n'en sont pas !

Julie resta immobile quelques instants à réfléchir sur elle-même. Elle annonça :

— Quand j'étais petite, il suffisait qu'on me montre du doigt pour que je me mette à pleurer.

— Vous n'allez pas rester une petite fille toute votre vie !

Vous n'allez pas rester une petite fille toute votre vie !

Le jour J, elle se servit de cette idée pour se redonner du tonus. Assise dans la voiture de police entre Tom et le lieutenant Christensen, protégée des regards curieux par ses lunettes noires et le col de son manteau relevé, les yeux fermés, les dents serrées, elle se récitait cette phrase comme un Je vous salue Marie, une formule incantatoire tournant indéfiniment dans son esprit.

Le lieutenant Christensen dit :

— Il est gardien dans un de ces vieux immeubles, à quelques blocs de chez vous. Un alcoolique complètement dégénéré. Il a déjà été été arrêté pour une affaire de mœurs, mais jamais rien de semblable. Cette fois-ci, il s'est mis dans un trou d'où il ne sortira pas vivant. Il est considéré comme sain d'esprit. Il n'aura aucune circonstance atténuante.

Tu ne vas pas rester une petite fille toute ta vie, se disait Julie.

— Ce qui nous a d'abord coincés, c'est son alibi, expliqua le lieutenant. Il soutenait mordicus que le soir où c'est arrivé, il était dans un bar à se saouler avec une femme. Elle appuyait sa version. Nous avons eu du mal à lui faire dire la vérité, mais elle a reconnu qu'ils n'étaient pas ensemble. C'est inouï, tout de même, de mentir pour un spécimen pareil !

Tu ne vas pas rester une petite fille toute ta vie...

— Nous y voilà, madame Barton, dit le lieutenant.

Le véhicule s'arrêta devant une petite porte du quartier général. Poussée par son mari, Julie s'y engouffra, fuyant les flashs des photographes qui grouillaient autour d'elle en criant son nom. Ils tambourinèrent sur la porte une fois refermée. Julie se cramponna à la main de Tom pour traverser les couloirs impersonnels, sous l'escorte du lieutenant. D'autres hommes les suivaient. Ils arrivèrent devant une porte où Dahl les attendait. Celui-ci s'adressa à Julie :

— Ça ne prendra pas plus d'une minute, madame Barton. Vous serez bientôt au bout de vos peines. Vous n'avez qu'une chose à faire : dire oui ou non. Il ne vous verra pas, soyez-en certaine. Vous n'avez rien à craindre. C'est entendu ?

— Oui.

Elle reprit sa place entre Tom et le lieutenant Christensen.

Devant eux, il y avait une estrade placée sous une lumière intense, tandis que le reste de la salle était dans l'obscurité. Julie était entourée d'individus qui ne cessaient de s'agiter. L'un d'eux la fit sursauter en éternuant. Julie devinait, juste devant elle, la maigre silhouette de Dahl et ses épaules étroites. Elle respirait de plus en plus mal dans cette salle obscure et oppressante où l'air était confiné. Elle décida de compter comme elle le faisait à l'école pendant les exercices de gymnastique : *Inspirez, et un et deux et trois... Expirez, et un et deux et trois...*

Une porte claqua. Trois hommes montèrent sur l'estrade et se placèrent face à la salle. Deux hommes en uniforme. Le troisième, celui du milieu, était cadavérique et beaucoup plus grand qu'eux ; il portait un pull déchiré et un pantalon sale.

Les traits de son visage étaient mous et sa main énorme allait et venait devant sa bouche dans un mouvement absurde. Julie ne parvenait pas à détacher les yeux de cette main. Elle était comme envoûtée par ce geste aveugle, insensé.

L'un des policiers souleva un panneau où était inscrit le nom de Charles Brunner, puis il lut à voix haute : « Âge : quarante et un. Arrêté... » et ainsi de suite. Puis ce fut le silence. Et la main de continuer à bouger, à grandir aux yeux de Julie. Sans vraiment s'inquiéter, elle comprit qu'elle était en train de s'évanouir. Son corps vacilla, sa tête plongea en avant. Mais elle sentit quelque chose de froid et de dur à la racine de son nez, puis une odeur d'ammoniaque dans les narines. Elle s'écarta. Le policier approcha à nouveau la bouteille de son visage, mais elle la repoussa.

— Ça va, merci.

— Mais vous avez eu un choc en le voyant ! s'exclama Dahl.

— Oui.

— Parce que vous l'avez reconnu, c'est ça ?

Elle réfléchit vaguement.

— Je n'en suis pas sûre.

— Madame Barton ! Vous ne pensez pas ce que vous dites ? Vous m'aviez donné votre parole que vous le reconnaîtriez. Pourquoi vous défiler, maintenant ? De quoi avez-vous peur ?

— Je n'ai pas peur.

— Si, vous avez peur. J'ai même cru que vous alliez vous évanouir. Vous avez beau essayer de le chasser de votre esprit, vous êtes rattrapée par vos émotions. Ce sont elles qui disent la vérité. Je me trompe ?

— Je ne sais pas !

— Alors, regardez-le encore une fois et voyez ce qui se passera. Allez, regardez bien !

Le lieutenant intervint :

— Madame Barton, si vous nous faites faux bond maintenant, c'est vous qui irez voir les journalistes. Ils nous harcèlent comme des loups avec cette affaire, et je voudrais bien une fois dans ma vie leur faire comprendre ce que nous endurons, ici !

Puis ce fut au tour de Tom (dont les doigts lui comprimaient l'épaule) de dire :

— Je ne comprends pas, Julie. Accouche, bon Dieu ! C'est lui, oui ou non ?

— Oui ! Oui !

Et les mains plaquées sur les oreilles, elle fit tout son possible pour ne plus entendre ces voix furieuses, ces voix haineuses qui vociféraient tout autour d'elle dans le noir.

— Dieu merci ! dit le lieutenant Christensen.

Tom commença à s'agiter. Puis il se leva en sortant de sa poche un objet métallique. Julie poussa un cri en voyant le revolver. Un homme bondit pour s'en emparer.

La lumière inonda la pièce. Ils furent plusieurs à se jeter sur Tom. Les chaises valsaient, le combat faisant rage autour de lui, et la mêlée se rapprochait dangereusement de l'estrade. Les trois hommes n'étaient plus là quand les policiers réussirent à maîtriser Tom et à le plaquer au sol.

Deux hommes l'aidèrent à se relever d'un air contrit, sans pour autant relâcher la pression de leurs bras autour de lui. Quelqu'un tendit le revolver au lieutenant Christensen. Le mari de Julie, débraillé et haletant mais toujours imperturbable, fit un signe de tête en direction de son arme.

— J'aimerais le récupérer, si vous voulez bien, dit-il.

— Je ne veux pas, rétorqua le lieutenant.

Il ouvrit le revolver et en sortit les balles ; au grand soulagement de Julie, il glissa le tout dans sa poche.

— Monsieur Barton, vu la situation dans laquelle vous vous trouvez à la minute, si je vous accuse de tentative de meurtre, vous ne nierez pas les faits, je suppose ?

— Non.

— Bien. Alors je vous conseille de vous calmer et de nous laisser faire notre job. Jusque-là nous avons rempli notre mission. Quand Mme Barton aura témoigné à la barre, Brunner sera un homme mort et vous serez soulagé.

Puis, se tournant vers Julie, le lieutenant ajouta :

— J'ai raison, n'est-ce pas ?

— Oui, murmura Julie.

Tom souriait.

— Je voudrais récupérer mon revolver, dit-il.

Le lieutenant ne répondit pas tout de suite. Il glissa la main dans sa poche, comme pour s'assurer que l'objet était toujours là.

— Une autre fois.

On relâcha Tom qui, ne pouvant marcher, dut s'appuyer sur l'un de ses assaillants. Son visage était d'une pâleur extrême. Pourtant il souriait.

— Vous feriez mieux d'appeler un médecin, dit-il au lieutenant sur le mode de la plaisanterie. Vos gorilles ont dû me casser la jambe.

Durant son séjour à l'hôpital, il resta enfermé dans un silence obstiné. Le jour où il rentra chez lui (sur sa demande insistante), la jambe plâtrée de la cheville au genou, il eut un long entretien avec le Dr Vaughn, derrière la porte fermée. Julie comptait sur le médecin pour lui parler avec franchise et fermeté. Dès le départ de celui-ci, elle prit son courage à deux mains et rejoignit Tom dans le salon. Celui-ci la regardait comme un malade à qui on aurait prescrit un traitement draconien mais qui n'est pas convaincu de son efficacité.

Il la fit asseoir à côté de lui sur le divan.

— Il y a juste assez de place pour toi, ma jambe et moi.

Elle s'installa docilement, les mains sur les genoux.

— Vaughn m'a dit tout ce qu'il avait sur le cœur. Il a bien fait. Parce que tu viens de subir une sale épreuve, Julie, et au lieu de te soutenir, je n'ai fait qu'empirer les choses. Sans compter que je me suis menti à moi-même, en étant persuadé que j'agissais pour ton bien, alors que j'étais obnubilé par mes propres sentiments.

— Je ne sais pas, dit Julie. Peu importe. Ce qui compte

pour moi, c'est que tu m'en parles. Je n'ai pas supporté ton silence.

— C'était si pénible que ça ?

— Oui.

— J'espère que tu comprends, maintenant : j'étais rongé par cette histoire. A présent, c'est terminé, je te le promets. Tu me crois, Julie ?

— Oui, dit-elle non sans une pointe d'hésitation.

— C'est vrai, ce mensonge ? Difficile à dire derrière ces lunettes. Enlève-les.

Julie s'exécuta. Il observa son visage avec gravité.

— Effectivement, tu me crois. Un beau visage comme le tien ne peut pas mentir. Mais pourquoi te caches-tu comme ça ? Tu n'as plus de marques !

Elle remit ses lunettes et le monde retrouva son aspect familier, à la fois rassurant et opaque.

— J'aime bien. Je m'y suis habituée.

— Bon, si le médecin est d'accord... Mais si c'est dans le but de te faire remarquer ou de faire peur, ce n'est pas la peine. Tu ressembles trop à la Douce Alice. Tu n'y peux rien.

Elle sourit.

— Je ne tremble pas de peur devant toi, que je sache !

— Si, et ce n'est pas fait pour me déplaire. Tu me fais tellement penser à la Douce Alice ! Ma petite femme est l'épouse la plus sage et la plus réservée qui soit. Accommodante, mais froide et distante. On dirait que tu es enveloppée dans du papier cellophane. Tu n'as jamais eu envie de devenir religieuse ?

Elle savait qu'elle devait lui paraître rayonnante de bonheur. Il y avait si longtemps qu'elle ne l'avait pas vu d'aussi bonne humeur !

— J'ai failli. A l'école, il y avait cette fille, une fille extraordinaire qui avait déjà pris la décision. Je suppose que c'est elle qui m'en a donné l'envie.

— Et ensuite ?

— Tu connais la suite.

— Oui, je revois encore la scène. C'était ta première soirée au Country Club, dans ta superbe robe longue, toute blanche, avec tes cheveux pleins de paillettes. Je t'ai tout de suite remarquée. Et très vite, il y a eu notre lune de miel au Mexique.

Il prit Julie par la taille. Détendue, celle-ci s'appuya sur la courbe dure de ses bras.

— Julie, quand ce mauvais rêve sera passé, on y retournera. On mettra les valises dans le coffre de la voiture et on roulera vers le sud. Ça te plairait, dis ?

— J'adorerais !

Elle lui lança un regard plein d'espoir et abandonna sa tête sur son épaule.

— Je ne veux pas voir de corridas. Pas cette fois-ci.

Il éclata de rire.

— D'accord. J'y assisterai tout seul pendant que tu feras une excursion. Mais le reste du temps, on sera ensemble. Partout où j'irai, il faudra que tu sois là, près de moi. A la même distance que maintenant. Je n'aurai qu'à étendre la main pour te toucher. D'accord ?

— D'accord. Je ne te lâcherai pas d'une semelle.

Elle l'avait donc retrouvé. Elle s'appuyait sur cette certitude pour faire taire ses scrupules à chaque fois que la pensée de Brunner et de son procès l'envahissait. Mais jamais elle ne dévoila ses états d'âme à son mari ; d'ailleurs, elle n'était pas dupe : il y avait une véritable conspiration du silence, que ce soit dans son entourage proche – sa famille, ses amis, le médecin – ou auprès des collègues de Tom, qui interdisait toute conversation sur Brunner. Jusqu'au soir où, alors qu'elle était heureuse que Tom ait enfin accepté de se coucher tôt malgré ses insomnies, on sonna à la porte avec insistance.

Par le judas, elle vit un homme d'âge moyen, l'air fatigué, avec un porte-documents en cuir usé sous le bras. Elle ouvrit la porte à contrecœur.

— Je vous en prie, dit-elle. Mon mari est malade et il dort. Nous n'avons besoin de rien.

Forçant le passage, l'homme entra pour aller se planter en face d'elle au milieu du couloir.

— Je ne suis pas représentant, madame Barton. Je m'appelle Karlweiss. Le Dr Lewis Karlweiss. Mon nom vous dit quelque chose ?

— Non.

— Il devrait, pourtant. Jusqu'à cet après-midi quinze heures, j'étais chef de service à l'hôpital psychiatrique. Tel que vous me voyez actuellement, j'ai perdu mon emploi et ma réputation est salie. Et je suis assez inquiet et furieux, madame Barton, pour me sentir obligé de chercher à tout prix une solution. Voilà ce qui m'amène ici.

— Je ne vois pas en quoi cela me concerne.

— Je vais vous le dire : il y a deux ans, on a placé Charles Brunner dans mon service et, une fois le traitement terminé, il a été relâché sur mes conseils. Vous voyez où je veux en venir ? Pour les autorités, je suis responsable de sa remise en liberté et de l'agression dont vous avez été victime. J'avais signé un certificat de sortie où j'assurais que ses crises ne pouvaient pas être dangereuses pour autrui. Et cet après-midi, une bande de politiciens tocards m'a mis ce papier sous la gorge.

— Et vous voulez que j'aille leur dire qu'ils ont eu tort ? C'est ça que vous voulez ? demanda Julie, incrédule.

— Seulement si vous le pensez. Loin de moi l'idée de vous obliger à vous dédire (je ne sais même pas si j'ai le droit d'être là pour commencer), et je n'ai nullement l'intention de m'attirer de nouveaux ennuis.

Karlweiss jeta un coup d'œil furtif dans le salon.

— Nous pourrions peut-être nous asseoir pour discuter un peu, dit-il. Il y a beaucoup à dire !

— Non.

— Tant pis, je vais m'expliquer ici. J'essaierai d'être bref. Madame Barton, je connais Charles Brunner beaucoup plus que n'importe qui au monde, et même plus qu'il ne se connaît lui-même. D'où mon scepticisme quant à la personne que vous avez identifiée !

— Je ne veux pas entendre parler de ça. Voulez-vous sortir !

— Non, dit Karlweiss en s'échauffant. J'insiste pour que vous m'écoutiez. Voyez-vous, madame Barton, les actes de Brunner correspondent à un schéma précis. Le moindre de ses délits entre dans ce schéma. Un schéma qui révèle une incapacité à affirmer sa masculinité. Mais aujourd'hui, il est poursuivi pour des faits diamétralement opposés à ceux qui caractérisent son schéma de personnalité. C'est un acte brutal et sadique qui a été commis par un homme viril qui ne peut assouvir ses désirs qu'à travers la violence. Il s'agit d'une agressivité qui ne correspond pas à la structure mentale de Brunner. Vous voyez donc pourquoi votre identification a porté un sale coup à mon équipe et à moi-même ? Nous avons encore beaucoup à apprendre dans notre science, je suis le premier à l'admettre, mais nous avons réussi à décortiquer certains comportements avec une précision quasi mathématique. C'était le cas pour Brunner, du moins j'en étais convaincu. Ma présence ici n'a qu'un seul objectif : vous entendre dire de vive voix que vous êtes absolument certaine d'avoir reconnu Brunner. Parce que s'il y a un doute...

— Il n'y a aucun doute.

— Mais s'il y en avait un, supplia Karlweiss, je pourrais jurer que Brunner n'est pas coupable. S'il y avait l'ombre d'un doute...

— Je vous dis qu'il n'y en a aucun !

— Julie ! appela Tom de la chambre. Qui est-ce ?

Elle fut prise de panique. Devant elle, le spectre de Brunner descendant les marches de la prison, s'arrêtant, ébloui par la lumière du soleil et, juste en face, Tom sortant le revolver de sa poche. Elle saisit Karlweiss par la manche et l'entraîna vers la porte.

— Je vous prie de sortir ! dit-elle avec une rage assourdie. Il n'y a rien à dire. Sortez !

Quand il fut dehors, elle dut s'apppuyer contre la porte, tant ses jambes étaient flageolantes.

— Julie, qui est-ce ? A qui parlais-tu ?

Une fois à nouveau en possession de ses moyens, elle repartit vers la chambre en disant :

— C'était un représentant. Pour nous vendre un contrat d'assurance. Je lui ai dit que ça ne nous intéressait pas.

— Tu sais pourtant que je ne veux pas que tu ouvres à n'importe qui, dit Tom.

Julie eut un sourire forcé.

— Il était parfaitement inoffensif.

Mais la terreur avait pris racine en elle et prospérait, nourrie par de nombreux motifs, telle la citation à comparaître en tant que témoin que Tom avait rangée dans le tiroir de la commode, de sorte que Julie tombait dessus à chaque fois qu'elle ouvrait le tiroir, tel le cercle rouge sur le calendrier, autour de la date fatidique du procès, telle cette succession d'images qui revenait dans l'esprit de Julie en prenant diverses formes, mais qui disparaissait toujours de la même façon : Brunner sur les marches de la prison, Brunner dans la salle du procès, Brunner dans la cellule moisie qu'elle voyait désormais comme sa demeure habituelle, Brunner debout en train de cligner bêtement de l'œil, et ce va-et-vient de sa main, et enfin Tom campé en face de lui, sortant lentement son revolver pour le braquer sur Brunner.

Ces images furent encore plus intenses quand le Dr Vaughn eut apporté les béquilles de Tom. Dès qu'elle les vit, elle les prit en horreur. Que lui importait que Tom soit trop lourd pour son épaule, quand elle l'aidait à se déplacer d'une pièce à l'autre avec son plâtre, sorte de boulet qui le rendait prisonnier chez lui. Il avait beau rouspéter et se révolter contre son état, c'était peine perdue. Avec les béquilles, il lui était désormais possible d'aller à la poursuite de Brunner.

Ce soir-là, elle le regarda s'entraîner avec ses béquilles, sans se déplacer, mais à la recherche de son équilibre ; puis elle l'aida à se rasseoir sur le divan et plaça un tabouret devant lui pour lui soutenir la jambe.

— Julie, tu n'imagines pas à quel point c'est pénible pour un homme de vivre toute la journée en robe de chambre. J'espère que je n'en ai plus pour longtemps !

— Moi aussi.

— A propos, demain tu pourrais porter mes affaires chez le tailleur. Il est tellement lent ! Je veux que tout soit prêt quand je reprendrai le collier.

— D'accord.

Julie alla chercher des vêtements dans la penderie du couloir et revint les bras chargés ; elle posa le tout sur le fauteuil. Elle passait mécaniquement les mains dans les poches d'une veste quand Tom lui dit :

— Viens me voir. Qu'est-ce que tu as ?

— Rien.

— Tu n'as jamais su mentir. Qu'est-ce qui ne va pas, Julie ?

— Rien, ça va.

— Bon, puisque tu ne veux rien dire.

Il lui lâcha la main et elle retourna s'occuper de la pile de vêtements, affligée de comprendre qu'il pouvait lire dans ses pensées et qu'il en était profondément agacé. Elle posa la veste de côté et prit le manteau qu'il mettait d'habitude pour conduire. Ce qui signifie, pensa-t-elle avec un frisson d'horreur, qu'il ne l'a pas porté depuis cette nuit-là. Elle retira les gants de sa poche et jeta le manteau sur la veste.

— Ces gants, dit-elle en les lui montrant. Où...

Ces gants, fit un écho derrière elle. *Ces gants*, répétait un autre écho plus lointain, et *ces gants, ces gants* s'estompa peu à peu.

Ce gant.

Un gant en daim gris tout croûté, et plein de taches brunes. L'index déchiré. Le goût amer dans sa bouche. Son propriétaire, un étranger, assis sur le divan, la main tendue vers elle, lui disant quelque chose.

— Donne-moi ça, Julie, dit Tom.

En le regardant, elle comprit qu'il n'y avait plus aucun secret entre eux. Elle vit la sueur perler sur son front et déferler sur son visage blafard. Elle vit ses dents, ses yeux qui la fixaient tandis qu'il essayait de se mettre debout. Mais aussitôt, il retomba assis, le souffle coupé.

— Ecoute-moi, Julie. Maintenant, écoute-moi. Contrôle-toi.

— C'était donc toi... dit-elle, ivre. Toi...

— Julie, je t'aime !

— C'était toi. Je n'arrive pas à le croire. C'est fou.

— Je sais. Oui, c'était fou ! C'est ça, je suis devenu fou pendant une minute. Le surmenage. Cette affaire. Je m'étais tué pour ce contrat et, ce soir-là, tout a capoté, ils ont refusé mon projet. Je ne sais pas ce qui m'a pris. Je me suis saoulé et, en rentrant, je n'ai pas trouvé ma clef. Alors j'ai enjambé le rebord de la fenêtre. Je n'ai rien compris à ce qui se passait, mais j'ai senti comme une explosion en moi. Dans ma tête, quelque chose. Je t'ai vue et là... et je ne sais même pas pourquoi. Ne me demande pas pourquoi ! Le surmenage, quoi. Tout le monde en souffre à notre époque, tu le sais bien, Julie, tu en entends toi-même parler ! Julie, sois raisonnable !

Julie murmura :

— Si tu m'avais dit que c'était toi. Si seulement tu me l'avais dit. Mais non.

— Parce que je t'aime.

— C'est faux. Et en plus, tu connaissais mon trouble, et tu as retourné la situation contre moi. Tu m'as fait dire que c'était Brunner. Tu me l'as fait répéter et répéter, jusqu'à ce que je le fasse condamner. Tu n'as jamais vraiment voulu le tuer. Car tu savais que je m'en chargerais, moi. Et je l'aurais fait.

— Julie, Julie, on s'en fiche de Brunner. Tu l'as vu, ce taré, ce déchet humain ? Le monde ne se portera pas plus mal sans lui.

Elle continua, hors d'elle :

— Mais tu savais que ce n'était pas lui ! Pourquoi ne pas avoir fait classer l'affaire sans suite, comme c'est souvent le cas ?

— Parce que j'avais des doutes. Tout le monde me disait que ton oubli était dû au choc et qu'à force de chercher tu te souviendrais du visage, tôt ou tard. Alors, si Brunner... enfin, de cette façon, le dossier était clos ! Tu n'aurais plus à y penser.

Elle s'aperçut qu'il était très près d'elle et que, s'il se penchait, il pourrait la toucher. Elle trouva l'énergie de reculer d'un pas, à sa grande surprise.

Puis elle fit un geste de la main. En fait, elle réalisa avec horreur qu'elle lui disait adieu.

— Où vas-tu ? dit Tom. Ne sois pas idiote, Julie. Personne ne te croira. Pense à tout ce qui a été dit, tout ce qui a été fait, et tu verras que personne ne te prendra au sérieux. On dira que tu as perdu la tête !

— Ils me croiront, cria-t-elle.

Elle bondit hors de la maison et, sanglotante, se mit à courir, trébucha, tomba sur les genoux, se releva avec une sensation de picotement aux genoux, mais elle reprit de plus belle sa course effrénée, mal assurée, dans la rue déserte et toute noire. Ce n'est qu'à une certaine distance qu'elle s'arrêta, le cœur battant, les jambes tremblantes, pour jeter un coup d'œil à la maison. Cette maison qui n'était plus la sienne.

Lui et tous les autres avaient fait d'elle une menteuse et une complice. Tous, pour des raisons différentes. Tandis qu'elle, prisonnière de sa propre faiblesse, s'était laissé manipuler. Une faiblesse inouïe, se disait-elle, étreinte par l'angoisse, ce désir d'avoir l'approbation des autres, ce besoin de leur dire toujours oui. Comme si elle s'était toujours cachée derrière des lunettes noires, sans se soucier que le monde qu'elle voyait ainsi n'était pas le monde réel.

Elle se retourna pour s'élancer à la rencontre des lumières et des autres. Ses lunettes gisaient au milieu de la rue où elle les avait jetées et le vent de la nuit balayait la poussière à travers la monture brisée.

Traduit par Christine Rousselet.

Clark Howard

On l'a dit et répété, les aspirants écrivains devraient écrire sur les choses qu'ils connaissent. Expériences, souvenirs, événements, aventures.

Un mois après la parution de Le dernier qui pleurera, *le* Ellery Queen Mystery Magazine *m'a fait suivre la lettre d'une dame retraitée qui avait travaillé dans l'administration de l'Ecole de formation professionnelle de l'Etat de l'Illinois. L'histoire l'avait particulièrement émue parce qu'elle avait entendu dire autrefois qu'un garçon avait trouvé la mort dans des circonstances semblables à celles de mon récit. Elle concluait son message par ces mots : « Vous étiez là, vous savez. »*

Oui, les aspirants écrivains devraient vraiment écrire sur ce qu'ils connaissent.

Dans les années cinquante, quand j'ai été démobilisé après avoir combattu en Corée dans les marines, j'avais déjà décidé d'essayer de devenir écrivain ou, plus précisément, d'écrire des nouvelles. Je n'ambitionnais pas d'écrire des textes plus longs, simplement des nouvelles, un genre dont j'avais toujours adoré la lecture.

A cette époque-là, j'avais l'habitude d'acheter tous les magazines qui publiaient des nouvelles et de les lire de la première à la dernière ligne. Les genres étaient divers : suspense, western, intrigues sentimentales ou aventure. C'est en lisant que j'ai appris à écrire, en étudiant et en analysant ces histoires qu'une foule d'écrivains avaient écrites pour ces revues. Je n'ai pas tardé à repérer mes favoris, dont je recherchais les œuvres chaque mois. Un de mes préférés d'alors, ou peut-être mon préféré tout court, était Jack Ritchie, passé maître dans l'art que certains auteurs appellent le hook. *En d'autres termes, la faculté d'accrocher le lecteur de manière si sûre et si définitive en seulement quelques lignes qu'il ne lâchera pas le livre avant d'avoir terminé l'histoire. Jack Ritchie était en outre un virtuose du dialogue : les conversations entre ses personnages étaient fluides et naturelles, on les lisait sans effort.*

J'ai étudié les nouvelles de Jack Ritchie tout au long de sa vie, et la lecture de ses œuvres me rendait toujours meilleur écrivain. L'histoire qui suit est L'absence d'Emily, *récompensée par le prix Edgar, pur diamant parmi les nombreux bijoux forgés par cet auteur de nouvelles.*

Le dernier qui pleurera

Martin n'en crut pas ses yeux lorsqu'il revint au service du personnel après la pause-déjeuner. Assis en face de la responsable des entretiens d'embauche, se tenait l'homme qui avait tué Freddie Walsh plus de vingt ans auparavant.

Martin l'observa attentivement depuis le pas de la porte. C'était McKey, il en avait la certitude.

Il alla s'asseoir dans son bureau, séparé par une cloison en verre, et prit conscience du léger tremblement de ses mains posées sur la table de travail. En attendant, il s'occupa comme il pouvait avec quelques paperasses. Ses fonctions de directeur du personnel l'amenant à étudier toutes les candidatures qui se présentaient, il saurait forcément d'ici quelques minutes s'il s'agissait bel et bien du Vieux McKey, ou simplement d'une personne qui lui ressemblait. En attendant, il ne contrôlait pas plus ses mains que sa bouche, devenue toute sèche, et le sandwich de midi lui restait sur l'estomac.

Il sortit un instant chercher un gobelet d'eau fraîche au distributeur et y jeta un Alka-Seltzer. Le cachet mit un temps infini à se dissoudre dans l'eau glacée, mais il réussit à l'avaler au moment précis où son assistante entrait lui remettre le CV.

— Il s'est présenté pour le poste de gardien de nuit à l'usine, expliqua-t-elle.

Elle se retira aussitôt, sachant que Martin la rappellerait par l'interphone dès qu'il aurait consulté le document. Il ne s'autorisa à regarder le nom inscrit sur la feuille que lorsqu'elle fut sortie.

Edward McKey.

Martin n'avait jamais connu le prénom du Vieux McKey. Se pouvait-il qu'il ait affaire à un frère ou à un cousin qui lui ressemblait ? Il se reporta à la liste des anciens employeurs : en deuxième position figurait l'Ecole de formation professionnelle pour garçons de l'Etat de l'Illinois.

Ainsi c'était bien lui. Le Vieux McKey.

L'homme qui avait tué Freddie Walsh.

Le bus qui les emportait loin du Centre de détention pour mineurs ressemblait à un car scolaire ordinaire, à cette différence près qu'une grille métallique isolait des passagers la cabine du chauffeur, et qu'un gardien armé voyageait à bord. Assis côté fenêtre, Martin, âgé de douze ans à l'époque, regardait défiler le paysage.

Il y avait une douzaine de garçons dans le bus, des Blancs, des Noirs et des métis entre douze – l'âge minimum – et seize ans, tous crispés et repliés comme Martin sur leur propre terreur. Aucun n'était très bavard. Ils ne se connaissaient pas, si ce n'est pour s'être croisés en cellule ou dans la salle de jour du Centre de détention, ce qui ne leur était pas d'un grand secours. Dans l'ensemble, ils se sentaient étrangers les uns aux autres, conviés à une fête où personne ne se rendait de son plein gré.

L'Ecole de formation pour garçons était située à St. Charles dans l'Illinois, deux comtés à l'ouest de Chicago sur l'autoroute qui menait en Iowa. Pour Martin qui n'avait jamais rien vu d'autre que les rues des quartiers pauvres, cet endroit parfaitement inconnu aurait pu aussi bien se trouver en Asie. Au plus profond de lui-même, les couleurs, le paysage et la beauté de la nature éveillèrent une brève fascination que son instinct de gamin des rues s'empressa d'étouffer. D'accord, c'était très joli, mais comment survivre dans un endroit pareil ? Pour s'en sortir il fallait des porches d'immeuble, des passages, des toits.

Le garçon assis de l'autre côté du couloir vint s'installer près de Martin.

— T'as vu, ces vaches noires et blanches ? Je croyais qu'elles étaient toutes marron.

— Ouais, approuva Martin, moi aussi.

Le garçon avait l'air un peu plus âgé que lui, dans les quatorze ans, et il était aussi plus costaud, un peu moins pétrifié par la peur.

— D'où tu es ?

La question ne concernait pas la ville, puisqu'ils étaient tous originaires de Chicago, mais le quartier.

— De l'ouest, entre Ashland et Van Buren.

— Moi je viens du sud, entre Sacramento et la 22e. On n'était pas si loin, finalement.

Et il ajouta en baissant d'un ton :

— T'es là pour quoi ?

— Je suis un multirécidiviste.

C'était pour cette raison qu'on l'envoyait en maison de correction, même si le sens et l'orthographe du mot lui échappaient totalement. A son avis, il existait un lien avec le fait qu'il n'avait pas de père, que sa mère se droguait, qu'il était pupille de l'Etat et s'obstinait à s'enfuir de tous les foyers d'accueil où on le plaçait.

— Moi ils m'ont coincé pour cambriolage, fit l'autre avec un curieux mélange de frayeur et d'orgueil. Mon nom, c'est Freddie Walsh. Et toi ?

— Martin Howe.

Freddie le dévisageait en souriant.

— Tu m'as pas l'air bien vieux, toi. Je parie qu'on te surnomme Babyface.

— Non, dit Martin avec un haussement d'épaules.

— En tout cas, je crois que moi je vais t'appeler comme ça. Ça te gêne pas ?

Martin haussa de nouveau les épaules.

— Pas plus que ça.

C'est de là que venait le sobriquet de Martin en maison de correction. De Freddie Walsh.

Le gosse que le Vieux McKey avait tué.

Lorsqu'il eut examiné la candidature d'Edward McKey, Martin rappela son assistante dans son bureau.

— Je pense qu'il fera l'affaire. Vous pouvez mettre en route les formalités habituelles.

Il faisait allusion à la procédure que la compagnie appliquait systématiquement en cas de nouvelle embauche. Lorsque le candidat, sur la base des renseignements fournis, semblait correspondre au profil recherché, on l'informait qu'il était présélectionné et qu'on le recontacterait dans les jours suivants. Ensuite, le service des Ressources humaines menait sa petite enquête sur ses emplois précédents, sur sa formation, ses références et autres, et si tout se révélait conforme au contenu du CV, Martin revoyait une dernière fois le dossier avant de donner son aval.

En quatorze ans d'entreprise, Martin avait été successivement préposé au courrier, garçon de bureau, simple employé, responsable des entretiens d'embauche, conseil en recrutement et directeur adjoint du service, avant que sa dernière promotion, deux ans plus tôt, ne lui accorde les fonctions de directeur. Wayne et Grayson était une grosse société spécialisée dans la production de papier à plat pour les imprimeurs de posters et d'affiches publicitaires. Elle exploitait des usines dans trois Etats et commençait à diffuser ses produits à l'échelle nationale. Chez Wayne et Grayson, Martin comptait parmi l'élite des jeunes cadres – dévoué à son travail, fiable et plein d'ambition. Depuis neuf ans, il suivait des cours du soir deux fois par semaine pour décrocher un mastère d'administration des entreprises, qu'il espérait bien obtenir avant ses trente-cinq ans.

Quand la jeune femme eut regagné son bureau avec la candidature de McKey, Martin continua à remuer des papiers sur sa table de travail, surveillant à la dérobée le meurtrier de Freddie Walsh. De prime abord, McKey n'avait pas tellement changé. Toujours le même visage en lame de couteau, avec ce nez busqué, ces cheveux strictement lissés en arrière et ces oreilles un brin trop grandes par rapport au crâne. Martin le trouvait plus petit que dans son souvenir, mais c'était une notion tout à fait relative. Lorsque Martin avait douze ans, la silhouette anguleuse de McKey, ses bras musculeux et couverts de poils lui semblaient gigantesques et intimidants. Aujourd'hui qu'il était adulte, il se rendait compte qu'il ne dépassait pas la taille moyenne. Il regarda son assistante serrer la main de McKey en souriant, le suivit des yeux tandis qu'il sortait du bureau. Il nota que sa démarche avait gardé ce quelque chose de désarticulé, cette espèce de déhanchement qui l'avait frappé dès leur première rencontre, en maison de correction.

Officiellement, on l'appelait Ecole de formation professionnelle de l'Etat de l'Illinois mais, comme elle se trouvait à St. Charles, les garçons la surnommaient depuis longtemps Charleytown. Cependant l'appellation relevait du plus pur euphémisme. En effet, la formation était plus que limitée, à moins que l'arrachage des pommes de terre, le désherbage, le lavage des sols et autres corvées du même genre puissent recevoir le nom d'apprentissage. Et même l'imagination la plus fertile n'aurait pas réussi à y voir une école. C'était une prison, tout simplement.

Martin, Freddie Walsh et leurs compagnons de voyage furent introduits dans l'Unité d'accueil et de détention, un baraquement réservé aux nouveaux arrivants. Là, on leur fit ôter leurs vêtements, on leur coupa les cheveux à ras et on leur remit un pain de savon brun avec lequel ils durent se frictionner énergiquement, sous étroite surveillance ; ensuite on leur pulvérisa sur le crâne, les pieds, les aisselles et le pubis d'épais nuages de poudre jaune qui sortaient d'un baril terminé par une pompe en caoutchouc, puis on les fit passer sous une douche froide jusqu'à ce que tout soit bien rincé. C'est alors seulement qu'on leur remit l'uniforme réglementaire : pantalon en denim marine, chemise en toile bleu ciel, maillot de corps et caleçon blancs, grosses chaussettes grises, et une paire de godillots noirs assez rudimentaires, fabriqués dans les ateliers de prison. Pas de ceinturon, pour la bonne raison qu'un ceinturon à boucle, enroulé autour de la main et pendant sur une dizaine de centimètres, devenait une arme redoutable quand on savait s'en servir. Le port du ceinturon avait été interdit à Charleytown après que trois garçons eurent perdu un œil dans une bagarre de ce type.

Le séjour en Accueil-Détention durait deux semaines. Les garçons étaient cantonnés au baraquement et à une petite cour de promenade fermée par une solide barrière métallique, dont ils ne s'éloignaient que pour des convocations individuelles dans les différents services de l'institution. On les soumit pour commencer à des examens médicaux. Il était rare que les médecins diagnostiquent une maladie en cours – les gosses des rues s'arrangeaient on ne sait trop comment pour se maintenir à peu près en bonne santé. On nota sur les deux poumons de Martin la présence de cicatrices, qui furent d'abord interprétées à tort comme une tuberculose. « Multiples abcès cicatrisés aux poumons, conclut le médecin après des radios complémentaires. Résultat, probablement, d'une pneumonie staphylococcique non traitée. »

Freddie Walsh aussi était couvert de cicatrices ; des traces de coups de lanière lui zébraient les fesses et le dos. Un garçon, Philly, souffrait de graves difficultés d'élocution, que l'on attribua à une hypertrophie de la langue. Il s'avéra qu'un gamin baptisé Wildcat – le Chat sauvage –, à cause de son tempérament violent et toujours prêt à exploser, avait à peu près l'intelligence d'un idiot congénital, mais pour lui non plus on ne pouvait rien. L'Etat ne proposait aucune structure d'accueil pour les handicapés mentaux dans cette tranche d'âge. On ne s'occupa pas davantage du strabisme à l'œil droit que présentait Joey Lupo, un Italien surnommé Loop en référence au quartier de Chicago. Comme le lui expliqua le docteur, « on ne peut prétendre à une opération correctrice que si l'amblyopie affecte les deux yeux ».

Pour les examens dentaires, qui venaient juste après, tout le monde était logé à la même enseigne. On soignait la gingivite ulcéro-nécrotique et la pyorrhée, mais on laissait en l'état les banales caries, recourant à l'extraction si la douleur devenait intolérable. Les dentistes de Charleytown n'assuraient pas les plombages.

Suivaient les tests psychologiques, qui paraissaient tous avoir trait à la sexualité. Regarde cette tache d'encre : est-ce qu'elle évoque pour toi une image cochonne ? Combien de masturbations par jour ? As-tu déjà eu des relations sexuelles avec un homme ? un parent ? un animal ? Dessine une femme nue.

La plupart des garçons étaient terrorisés par les gens qui leur posaient les questions. Avec leur ton onctueux et leur visage de marbre, sérieux et vaguement menaçant, ils semblaient leur proclamer de tout leur être : « Nous savons très bien qu'il y a chez vous quelque chose d'horrible ! » Heureusement, l'évaluation des nouveaux ne durait pas très longtemps. A moins que se présente un gamin dans le genre de Wildcat, qu'ils classaient d'office parmi les tueurs psychopathes en puissance et convoquaient encore et encore afin que l'ensemble du personnel l'examine et débatte devant lui de ses déficiences, sans plus de gêne que s'il était sourd ou insensible.

La série se concluait par l'orientation professionnelle, la blague suprême. Les garçons se disaient qu'on leur offrait une franche rigolade pour qu'ils puissent renouer avec le monde extérieur dans un sain état d'esprit.

Le conseiller les interrogeait en suivant un questionnaire imprimé.

— Tu as déjà travaillé sur un chantier ?

Pardon ? Entre Ashland et Van Buren ? Et de toute façon, ça veut dire quoi, chantier ?

— Tu connais un peu les animaux ?

Tu parles ! Dans les quartiers, les chats arrivaient à survivre, mais pas les chiens.

— Une expérience de garçon de bureau ou de coursier ?

Non.

— Commis dans un restaurant, aide-cuisinier ?

— J'ai que douze ans, monsieur, argua Martin. Pour le permis de travail, il faut en avoir seize.

Le conseiller rétorqua, les lèvres pincées :

— Toutes ces questions figurent sur le formulaire, contente-toi de répondre.

Il termina par la question qui, d'après Martin, aurait dû arriver en tête :

— As-tu une expérience professionnelle quelconque, et si oui, dans quel domaine ?

— Planteur dans une salle de quilles.

Entre le moment où il avait fui sa dernière famille d'accueil et son arrestation un mois plus tard, Martin avait travaillé et vécu dans une salle de bowling de West Madison, la Cascade Bowling Alley. En ramassant les quilles pour deux équipes chaque soir, il gagnait de quoi se nourrir à peu près régulièrement. A l'heure de la fermeture, il restait caché à l'intérieur et allait dormir sur un divan, dans le salon réservé aux femmes. Pendant la journée, il vagabondait en ville ou se réfugiait dans des lieux où les éducateurs n'auraient jamais pensé à chercher un fugueur : la bibliothèque municipale du centre-ville, les musées, l'Institut des beaux-arts, le planétarium. Quand il lui fallait des vêtements neufs, il en fauchait dans des friperies – les habits d'occasion ne sont pas censés intéresser les voleurs.

— C'est tout ce que tu as fait ? fit le conseiller avec un sourire glacial. Ramasser des quilles ? Dans ce cas, ce n'est pas ton jour de veine. Quand on a fait construire le centre de loisirs, on a oublié la salle de bowling. Je te nomme à la collecte des ordures. Pour ça, pas besoin d'un permis de travail.

Comme le séjour en Accueil-Détention touchait à sa fin, on commanda à Martin et aux autres de faire un ballot avec leurs vêtements de rechange et de se ranger dehors en file indienne pour attendre leur tuteur. A Charleytown, les pensionnaires vivaient dans des baraquements appelés « pavillons », qui portaient chacun le nom d'un Président américain. Le responsable de chaque pavillon avait le titre de « tuteur ». Wildcat fut affecté au pavillon Buchanan, où l'on regroupait les « résidents à problèmes », selon l'expression des psychiatres. Philly fut envoyé au pavillon Grant, Martin, Freddie Walsh et Loop au pavillon Polk. Le tuteur qui vint les chercher avait une face anguleuse, et dans la démarche quelque chose de désarticulé, une sorte de déhanchement.

Martin resta au bureau jusqu'à cinq heures passées. Après le départ de ses subordonnés, il mit la main sur la candidature d'Edward McKey et en tira un exemplaire à la photocopieuse.

En rentrant chez lui, il trouva Kevin, son fils de huit ans, en train de l'attendre sous le porche avec sa balle et son gant de base-ball.

— J'arrive tout de suite, Kev, lui dit-il en passant. Juste le temps de me changer.

Kevin faisait sa première année en ligue junior, et Martin l'entraînait une demi-heure chaque soir.

Dans la cuisine, Peg arrosait le rôti de porc, une main protégée par un gant et la cuillère dans l'autre. La voyant sans défense, Martin déposa sa serviette et s'approcha par-derrière pour la caresser.

— Martin, si jamais je me brûle à cause de toi...

— Salut, papa, fit la petite Ellie, cinq ans, en entrant dans la cuisine.

Elle observait ses parents bouche bée, laissant voir ses dents manquantes.

Martin lui donna la permission d'emporter son attaché-case dans la chambre des parents et de s'installer sur le « grand lit », comme elle disait, pendant qu'il enfilait des vêtements décontractés. Tout en l'écoutant raconter sa journée – le jardin d'enfants, un verre de Gatorade renversé, le bac de fleurs qu'elle avait aidé maman à replanter –, Martin se réjouissait qu'elle ait tant en commun avec Peg. Issue comme lui des quartiers défavorisés, Peg avait connu une jeunesse difficile : un père alcoolique, une mère résignée à son malheur, deux frères tombés dans la délinquance, et une sœur qui se prostituait sous la cage d'escalier de l'immeuble dès l'âge de quatorze ans. Elle n'avait pas suivi le même chemin, vivant comme Martin selon des principes et des règles qu'elle s'était fixés. Devenue adulte, Peg mesurait mieux ce qui lui avait manqué dans son enfance, et elle offrait toutes ces choses à Ellie. Comme sa fille lui ressemblait beaucoup, on avait l'impression qu'elle refaisait sa propre éducation, à la grande joie de Martin. Peg, de son côté, était ravie qu'il fasse la même chose avec Kevin.

Lorsqu'il fut prêt, Martin proposa à Ellie :

— Ça te dit de venir t'entraîner avec ton frère et moi ?

— J'ai déjà pris mon bain. Si je joue au base-ball, est-ce qu'il faudra que j'en prenne un autre ?

— Certainement.

— Alors j'aime mieux pas.

Après la séance d'entraînement, Martin et Kevin prirent leur douche et s'habillèrent pour dîner. Le repas terminé, les enfants s'installèrent devant la télé pendant que leurs parents rangeaient la cuisine, puis ils se consacrèrent tous les quatre à leur « moment familial » : trois soirs par semaine, ils choisissaient une activité à tour de rôle, qu'il s'agisse d'une partie de cache-tampon, jeu favori d'Ellie, ou de celui inventé par Martin – citer un animal, un vêtement, etc. commençant par telle ou telle lettre. Quelquefois, ils se contentaient de partir en balade.

Plus tard, lorsqu'il furent couchés, Martin demanda à Peg :

— Je t'ai déjà parlé d'un gamin que j'ai connu à Charleytown, Freddie Walsh ?

— Ça ne me rappelle rien, fit Peg d'une voix ensommeillée. (Elle aimait somnoler par intermittence quand ils venaient de faire l'amour – elle appelait ça « savourer son plaisir ».) Tu m'as parlé de tant de gens.

— Ce garçon est mort là-bas.

— Je ne crois pas que tu m'aies parlé de quelqu'un qui est mort. (Elle s'assoupit quelques secondes, puis émergea de nouveau.) Pourquoi ?

— Pour rien. J'ai eu l'occasion de repenser à lui aujourd'hui. Dors bien, ma chérie, fit-il doucement en remontant le drap sur son épaule.

Le souffle de Peg ne tarda pas à devenir régulier, mais Martin resta un long moment éveillé, obnubilé par un souvenir si vivace qu'il semblait dater de la veille.

— Mon nom est Mr McKey, dit l'homme au visage émacié. Je suis votre tuteur. Vous direz toujours monsieur quand vous vous adresserez à moi ou parlerez de moi, et vous recevrez un blâme si vous omettez de le faire. Dix blâmes débouchent sur une sanction.

Son regard embrassait les six visages qu'il avait devant lui : Martin, Freddie, Loop et trois autres.

— Mettez-vous en file indienne et suivez-moi, ordonna-t-il. Je ne veux rien entendre.

Il les conduisit jusqu'à leur pavillon, et dès qu'ils eurent franchi les doubles portes, il les fit arrêter dans le vestibule en leur signalant un petit tableau d'affichage. Une coupure de journal était punaisée dessus, portant le titre suivant : BILLY MCKEY SÉLECTIONNÉ DANS L'ÉQUIPE DE FOOTBALL DE L'ÉTAT. Sur la photo qui accompagnait l'article, un beau garçon de quatorze ans souriait sous son casque.

— Mon fils Billy, annonça McKey. Il est entré dans l'équipe officielle de l'Etat dès sa première année au lycée. Jusque-là, aucun élève de son âge n'avait été sélectionné à ce niveau. Si j'affiche des nouvelles de Billy sur ce panneau, c'est pour que les garçons de mon pavillon sachent ce qu'un gamin comme il faut fait de sa vie. Ça encouragera peut-être certains d'entre vous à se réformer. (Il plissa légèrement les yeux.) Dans ce pavillon, vous serez tenu de lire tout ce qui figurera sur ce tableau au sujet de Billy. J'aurai l'occasion de vous interroger là-dessus. Celui qui ne connaîtra pas la bonne réponse aura droit à un blâme.

McKey les mena ensuite au dortoir, désigna un lit à chacun et montra comment il fallait le faire. « Un lit mal fait vous voudra un blâme. » En leur attribuant leur casier, il leur fit voir comment ranger serviette et vêtements de rechange. « Un casier en désordre vous vaudra un blâme. » Puis il leur fit visiter les douches. « Vous aurez un blâme si vous gaspillez le savon, ou si vous ne refermez pas correctement le robinet. »

Freddie profita de ce que McKey avait le dos tourné pour chuchoter à Martin : « Respirer trop fort vous vaudra un blâme. »

McKey se retourna assez vivement pour surprendre les derniers mouvements sur les lèvres de Freddie.

— Un blâme aussi pour les messes basses dans le dos du tuteur, fit-il en tirant de la poche de sa chemise un crayon et un carnet à spirale. Walsh, c'est bien ça ?

Tout comme Martin, Loop et les autres, Freddie n'allait pas tarder à apprendre que la vie à Charleytown se résumait à des efforts aussi vains qu'incessants pour éviter les blâmes. Il y avait tant de pièges à la fois que c'était pratiquement impossible. Un col de chemise déboutonné, et vous étiez bon pour un blâme. Même chose si vous parliez un peu trop fort ou si vous aviez mal nettoyé le plateau du repas. Ne pas être au bon endroit quand le sifflet retentissait, poser les yeux sur une employée de sexe féminin, marcher du mauvais côté du trottoir, s'amuser bruyamment, communiquer avec des garçons d'un autre pavillon, marcher dans l'herbe, cracher, fermer une porte trop fort, autant de raisons de s'attirer un blâme. Un blâme encore pour un pan de chemise qui dépassait ou un air qui ne plaisait pas au tuteur, et pour une infinité de petits écarts, la plupart commis sans penser à mal, par négligence ou par jeu. La plupart des gamins envoyés à Charleytown avaient vieilli avant l'âge, et le processus ne faisait que s'aggraver.

Afin d'assurer leur protection, Martin, Freddie et Loop décidèrent de se serrer les coudes. Freddie, un peu plus âgé et nettement plus coriace que les autres, s'imposa naturellement comme le meneur du groupe. Ses cheveux roux et sa dureté lui valurent le surnom de Brick.

Les occupants du pavillon Polk comprirent très vite que quiconque s'en prendrait à Babyface ou à Loop se frotterait à Brick par la même occasion. En retour, Babyface et Loop étaient toujours là pour lui prêter main-forte si un adversaire lui donnait trop de fil à retordre. Et s'il en restait un que le trio n'avait pas pu mater pendant la journée, derrière les baraquements, il lui réglait son compte à la faveur de la nuit : même les terreurs ont besoin de dormir.

Le véritable chef du pavillon était un beau Noir aux muscles noueux, dont l'exceptionnelle dextérité justifiait le surnom de Lightning – l'Eclair. Il ne harcelait ni Loop, ni Brick, ni Babyface, parce qu'il n'y aurait trouvé aucun avantage. Aucun des trois ne touchait de mandat de chez lui, et Loop était le seul à recevoir un colis de provisions le jour des visites, le premier dimanche du mois. Vu que la mère de Freddie ne lui apportait jamais rien, et que personne ne venait voir Martin, Lightning aurait été bien bête de persécuter trois garçons pour profiter d'un paquet de nourriture par mois – à plus forte raison de la nourriture italienne.

Tandis que Freddie partait désherber avec l'équipe agricole et que Loop se rendait à la lingerie du Centre pour faire marcher l'essoreuse à manivelle, Martin montait à bord du gros camion-poubelle qui franchissait le portail deux fois par jour et ramassait les détritus de la cuisine et les déchets des ateliers. Il se cramponnait à l'arrière avec un autre garçon, un Noir que l'on surnommait Jazz – le Baratineur – parce qu'il passait son temps à frimer et à bluffer. A chaque arrêt ils descendaient d'un bond et soulevaient les containers de deux cents litres pour les vider dans la benne.

Le chauffeur, un bonhomme du coin employé par l'Etat, leur répétait à chaque fois : « Allez, fainéants, on se grouille ! On va pas y passer la journée ! » Jazz et Babyface ne changeaient pas de rythme pour autant. A la fin de la journée, quand le camion les déposait au pavillon Polk et que Mr McKey questionnait le chauffeur sur la conduite des garçons, celui-ci répondait immanquablement : « Trop lents. Ça fait facile une demi-heure que j'aurais terminé si z'allaient plus vite. Ils ont la flemme de bosser. Ça m'étonne pas qu'ils aient fini ici. »

Et chaque jour, McKey leur collait un blâme. A seulement travailler au ramassage des ordures, ils en récoltaient suffisamment pour écoper d'une sanction trois fois par mois.

Le vendredi soir, Martin annonça à Peg :

— Demain matin, j'aimerais bien aller voir Loop. Tu n'avais rien de prévu pour moi ?

— On a promis aux petits de les emmener à la fête du centre commercial, mais ça ne commence qu'en milieu d'après-midi. Tu seras rentré, je suppose ?

— Bien sûr.

— N'oublie pas d'emporter les dernières photos de classe. Tu sais combien ça lui fait plaisir de voir grandir les enfants.

— Je les ai déjà mises dans mon portefeuille.

Le samedi, il se leva de bonne heure et se mit en route pour Stateville, le pénitencier de haute sécurité au nord de Joliet. A l'entrée des visiteurs, il dut remplir un court formulaire qu'il présenta au gardien en faction derrière le guichet. Le surveillant entra dans son ordinateur le nom de « Lupo, Joseph Angelo », ainsi que son numéro matricule. Quand il eut vérifié que Martin faisait bien partie des visites autorisées, il le dirigea vers une deuxième salle, où l'on inspecta le contenu de ses poches. Comme d'habitude, on lui confisqua momentanément son trousseau, parce que la clé de sa serviette ressemblait trop aux clés des menottes. Après le détecteur à métaux, on lui remit un badge visiteur et on le fit entrer.

Long et étroit, le parloir était coupé en deux par une table qui couvrait toute la longueur, et qu'une ligne blanche divisait en deux parties. Deux surveillants, assis à chaque bout sur des sièges surélevés, s'assuraient qu'aucun objet ne franchissait la ligne de séparation. En entrant, Martin confia les photos de classe à l'un d'eux pour qu'il les transmette à Loop. Arrivant par l'autre côté, celui-ci le salua de la main en clignant son œil louche, et fit un grand sourire en découvrant les clichés que lui tendait le surveillant. Ils s'assirent face à face au milieu de la table, aussi loin que possible des gardiens.

— Dis donc, Babyface, t'as des gamins magnifiques, déclara Loop en s'asseyant, une photo dans chaque main. Kevin, c'est tout ton portrait quand t'étais môme, et la petite Ellie, y en a pas pour longtemps avant qu'elle fasse des ravages. Vise-moi un peu ce sourire. Bon Dieu, j'en reviens pas qu'ils poussent aussi vite.

Loop n'avait jamais vu les enfants en personne. Il était déjà en prison au moment de leur naissance, et il ne les connaissait que par les photos, leurs conversations ou les lettres qu'il recevait. Peg non plus ne l'avait jamais rencontré, mais elle lui écrivait longuement chaque mois. Martin lui rendait visite six fois dans l'année et alimentait un compte destiné à ses dépenses quotidiennes. Entre eux, il était tacitement entendu que Martin n'amènerait jamais sa famille dans une prison.

Loop mit les photos de côté et les deux hommes passèrent un moment à bavarder de tout et de rien : les derniers résultats des Cubs et des White Sox, les cafouillages ridicules de l'équipe des poids lourds, la sécheresse qui menaçait le Midwest, est-ce que Martin allait changer tout de suite de voiture ou attendre les nouveaux modèles, son travail au service du personnel et le boulot de Loop à l'atelier de la prison, où il reliait des manuels pour les écoles publiques.

Enfin, Martin baissa la voix pour demander :

— Loop, où est-ce que je peux trouver un flingue discret ?

Le détenu fronça les sourcils.

— Où quoi ? Mais qu'est-ce que tu comptes en foutre ?

Il parlait encore plus doucement que Martin, tout juste si l'on voyait remuer ses lèvres.

— Il me le faut.

— Je t'ai demandé pourquoi, insista Loop. (Son visage se durcit.) T'amuse pas à ça avec moi, Babyface, fit-il d'un ton sans appel.

Martin déglutit, la gorge sèche.

— Le Vieux McKey, tu te rappelles ?

— Le maton de Charleytown ? Ouais, bien sûr. Un taré pareil, on risque pas de l'oublier.

— Il s'est présenté dans mon service pour un job de gardien de nuit.

Loop en resta bouche bée.

— Pas possible, répondit-il, sidéré.

Les deux hommes se regardèrent droit dans les yeux, évoquant la promesse qu'ils avaient faite bien des années plus tôt.

Au pavillon Polk, on administrait les punitions chaque soir à sept heures et demie. Les garçons qui totalisaient dix blâmes étaient appelés dans le vestibule par Mr McKey, qui après avoir dîné chez lui, en ville, revenait exprès pour s'occuper personnellement des corrections. Lorsque la séance était finie et les garçons bouclés dans le dortoir, McKey confiait le pavillon au surveillant de nuit qui le relayait jusqu'au matin.

La majorité des garçons recevaient des blâmes parce qu'ils répondaient mal aux questions concernant Billy, que McKey avait coutume de leur lancer n'importe quand, à brûle-pourpoint. En plus des articles sportifs (LA PASSE DE MCKEY MÈNE L'ÉQUIPE À LA VICTOIRE, FINALE DE BASKET : BILLY MCKEY SERA CAPITAINE, BILLY MCKEY NOUVEAU RECORDMAN DU 100 MÈTRES), le tableau d'affichage contenait des extraits du journal des boy-scouts (15e MÉDAILLE DU MÉRITE POUR BILLY MCKEY), du bulletin de l'Eglise presbytérienne (BILLY MCKEY NOMMÉ CATÉCHISTE DES JUNIORS PENDANT LES VACANCES), de la revue du lycée (BILLY MCKEY PROMU LIEUTENANT DU CORPS DES OFFICIERS DE RÉSERVE, BILLY MCKEY ÉLU PRÉSIDENT DES DEUXIÈME ANNÉE), et du magazine de la National Honor Society (BILLY MCKEY REÇOIT LA MENTION TRÈS BIEN POUR LA TROISIÈME ANNÉE CONSÉCUTIVE).

Pourtant les garçons ne manquaient jamais de lire ce qu'avait placardé McKey. Le problème, c'est qu'ils n'y comprenaient quasiment rien, et qu'ils échouaient à mémoriser des informations qui n'éveillaient aucun écho dans leur histoire. Ignorant tout des scouts, des officiers de réserve et de la National Honor Society, ils ne voyaient souvent dans les exploits du parfait petit Américain Billy McKey qu'une suite de mots impossibles à enregistrer. C'est de cette manière que McKey parvenait à les coincer.

— Walsh, là-bas, disait-il d'un ton de défi. Cite-moi l'équipe de softball contre laquelle mon fils Billy a fait un *shutout* la semaine dernière.

Freddie réfléchissait un instant, puis il avouait en haussant les épaules :

— Je me souviens plus, monsieur McKey.

— Un blâme pour toi, Walsh, répliquait-il alors en sortant le carnet à spirale.

Ou bien :

— Lupo, lorsque mon Billy a remporté le prix d'éloquence du lycée, quel était le sujet de l'argumentation ?

Loop grimaçait, les yeux plissés par la réflexion.

— Monsieur McKey, ça veut dire quoi « argumentation » ?

— Ce que ça veut dire ? Un blâme de plus pour toi, Lupo.

Ou bien encore :

— Et toi, Howe, quelle association a écrit un article sur les brillants résultats scolaires de mon fils ?

— La National Grade Society.

— Pas mal, Howe, mais ça ne suffit pas. Un blâme. La prochaine fois, tu feras plus attention en lisant.

Il existait plusieurs types de punition. Les pompes étaient en général le lot des pensionnaires les plus jeunes. Leurs camarades un peu plus âgés devaient se tenir les bras tendus en avant, paumes baissées, et soutenir sur le dos de leurs mains une planche en bois de cinq centimètres de large sur dix centimètres d'épaisseur. Au bout de quelques minutes, ils avaient l'impression qu'on leur arrachait les bras et que leur nuque allait éclater.

Il y avait aussi le Rond, un cercle blanc tracé sur le sol près du mur : le garçon devait rester debout au milieu et fixer une ligne blanche sur le mur. Ce fut Freddie Walsh qui battit le record d'endurance, avec onze heures et vingt minutes. La plupart des gamins s'évanouissaient bien plus vite.

Enfin, il y avait Old Faithful, la fidèle lanière en cuir de Mr McKey. Old Faithful était une option. A la place des pompes, de la planche ou du Rond, Mr McKey proposait parfois à un garçon de choisir un nombre déterminé de coups de lanière. Il subissait la raclée vêtu d'un simple caleçon, appuyé contre le dossier d'une chaise.

Mais aucun châtiment n'était aussi redoutable que la lance

à incendie. Enroulée sur le mur du vestibule dans son caisson en bois, elle était reliée à un gros robinet encastré dans le mur, juste à côté. Assez longue pour arriver jusqu'au dortoir, on pouvait aussi la tirer en bas de la volée de marches qui menaient au sous-sol, où l'on rangeait le poêle qui chauffait le bâtiment pendant l'hiver. Il y avait un mur de briques du côté des marches, et au cours du deuxième été de Martin à Charleytown, l'idée vint à McKey d'obliger les garçons cumulant assez de blâmes à se déshabiller et à s'aligner devant. Il traînait la lance à incendie jusqu'en bas et ordonnait au surveillant de nuit d'ouvrir le robinet pour asperger les gamins avec le jet puissant. La pression était si forte qu'ils se plaquaient contre la paroi rugueuse et s'accroupissaient par terre, pliés en deux pour se protéger.

Dès qu'ils commençaient à pleurer en le suppliant d'arrêter, le visage tordu par la souffrance, McKey les autorisait à sortir un par un, et ils se hâtaient de remonter au dortoir, titubant et suffoquant, trempés et pitoyables. Le plus long à pleurer – celui qui supportait le jet plus longtemps que les autres, qui résistait le mieux au châtiment, le plus coriace de tous, la forte tête du lot – était celui qu'il libérait en dernier.

En général il s'agissait de Freddie Walsh.

S'il y avait une chose que le Vieux McKey ne pardonnait pas, c'était les jours où Freddie refusait carrément de pleurer et d'implorer. Ces fois-là, Freddie était bien résolu à endurer sans faillir tout ce que McKey lui infligerait. Dans ces cas-là, il se roulait en boule au pied du mur et continuait à se faire arroser quand les autres étaient déjà partis depuis plusieurs minutes. Protégeant ses oreilles de la main et de l'épaule, son autre main posée sur ses testicules, Freddie se pressait contre le sol et la paroi, les yeux bien fermés, ne desserrant les dents que pour aspirer quelques goulées d'air. Il obligeait McKey à rester là jusqu'à ce que le tuyau, lourd et difficile à manier, lui donne des crampes dans les bras. Le tuteur braquait le jet vers toutes les parties exposées de son corps : la tête, le cou et les épaules, le dos et les fesses. Lorsque l'impact devenait insupportable en un point précis, Freddie changeait de position, et McKey choisissait une nouvelle cible sur le corps du garçon. Il ne tarda pas à se rendre compte que la zone la plus sensible était le bas du dos, de chaque côté au-dessus du bassin. S'il parvenait à l'atteindre à cet endroit-là, Freddie se mettait plus rapidement à pleurer.

En règle générale, McKey sortait vainqueur de ces affrontements de volontés. Rares furent les occasions où il cria de couper l'eau avant que Freddie capitule devant la douleur et lui demande grâce. Ces fois-là, McKey bouillait d'une sombre colère quand il s'en allait pour la nuit.

Le dernier soir où Freddie l'emporta sur le Vieux, ce fut parce qu'il était inconscient. Il était sans connaissance lorsqu'on éteignit le robinet. Par la fenêtre du dortoir, les garçons virent qu'on le transportait à l'infirmerie sur une civière. Ce soir-là, il disparut pour toujours. Deux jours plus tard, McKey leur annonça que Freddie allait bien, et qu'on l'avait transféré dans un autre pavillon. Cependant, Babyface et Loop découvrirent une version des faits tout à fait différente. Ils se faufilèrent dans le pavillon Roosevelt, où logeaient les auxiliaires médicaux, et réussirent à interroger quelqu'un. « Tu parles qu'il a été transféré, leur confia le garçon en grand secret. Il est mort, ce gamin. Ses reins étaient fichus, les toubibs ont pas compris pourquoi. »

Plus tard dans la soirée, alors qu'ils pleuraient tous les deux dans la salle de douche obscure, Babyface et Loop avaient scellé un pacte : un jour ils se débrouilleraient pour éliminer le Vieux McKey, qu'ils soient ensemble ou pas.

— T'es dingo, marmonna Loop à travers la table du parloir. Si tu t'imagines que je vais te rencarder sur un pétard, c'est que t'es complètement cinglé. Tu lui dois rien, à Freddie.

— On a prêté serment, Loop, lui rappela Martin.

— C'étaient des conneries de mômes, on a passé l'âge, maintenant.

— Il faut bien que quelqu'un venge Freddie.

Le ton de Martin devenait aussi ferme que celui de son ami.

— Venger ? Nom de Dieu ! Y a la moitié des taulards ici qui parlent comme toi. C'est pas possible de se venger, petit. Si tu t'en sors à peu près, tu peux déjà t'estimer heureux. (Loop se pencha aussi loin que le permettait la ligne blanche. Sa voix était plus douce, mais aussi plus pressante.) Ecoute-moi bien. Toi tu fais partie des veinards, les rares mecs qui ont réussi à se tirer du caniveau pour se faire une place au soleil. T'as une gentille femme, deux gamins fantastiques, une maison, un boulot correct. Tu réalises pas ce que ça vaut, ça ?

Il se recula, à bout de patience, tambourinant sur la table du bout des doigts.

— Regarde-moi. On a que deux ans d'écart, mais on m'en donnerait dix de plus. Je passe ma vie au trou en tant que récidiviste. Tu te rappelles Philly, ce gosse avec une grosse langue, qui arrivait pas bien à parler ? Il s'est fait buter pendant un braquage chez un marchand d'alcools. La femme du proprio s'est ramenée de l'arrière-boutique, et elle l'a dégommé avec un fusil de chasse calibre 410. Et Wildcat, la petite frappe avec un caractère de cochon ? Figure-toi qu'il est dans le couloir de la mort, en Californie, parce qu'il a refroidi un flic qui l'arrêtait pour excès de vitesse. Tu te rends compte, bordel ? Une contredanse et ce mec attend de passer sur le gril.

» Et Jazz, tu te souviens, ce Noir qui bossait avec toi aux poubelles ? Il a fini toxico, et il est mort d'une overdose d'héroïne sous un porche d'immeuble. Et Lightning, le grand Black qui était chef du pavillon ? Tu sais ce qu'il est devenu ? Leader d'une bande de malfrats du côté de Kedzie et de la 12e Rue. Les Ebony Stallions, ils se font appeler – les Etalons d'ébène. Ils se font du fric en dévalisant leur propre peuple.

Le prisonnier reprit son souffle, ses doigts cessèrent de pianoter sur la table. Son regard dur de criminel était braqué sur Martin tel un canon pointé vers l'ennemi.

— T'es qu'un pauvre imbécile si tu crois devoir quelque chose à Freddie Walsh. Finalement il s'en est bien sorti, Freddie. C'est pas à toi qu'il ressemblerait aujourd'hui, il serait plutôt comme nous. Moi, Philly, Jazz et toute la clique. Toute sa vie il serait resté dans le caniveau. (Loop secoua la tête.) Et je vais surtout pas te dire comment trouver un flingue, parce que moi, j'ai pas la moindre envie de t'aider à te foutre en l'air – c'est tout ce que tu réussirais à faire en liquidant le Vieux McKey, te détruire.

Une main en visière, Martin fixait la table du regard. Loop fit de même, les deux mains posées à plat de son côté. Après tant de visites détendues et amicales, le lourd silence qui s'installa entre eux avait quelque chose d'inconfortable, de gênant. Au bout d'une interminable minute, Martin reposa sa main et hocha lentement la tête.

— Tu as raison, Loop, fit-il doucement, avec un petit sourire forcé. Il fallait sans doute que quelqu'un me remette les points sur les *i*. Je te revaudrai ça un jour, merci bien.

— A moi tu me dois rien, protesta Loop en haussant les épaules. (D'un mouvement de tête, il désigna les photos de classe des enfants de Martin.) C'est envers eux que t'as des devoirs.

Un gardien vint déposer une feuille de papier devant Loop pour lui signaler la fin de l'entretien. Chacun de son côté, ils s'approchèrent du surveillant posté à l'entrée, à qui Loop remit les photos pour qu'il les restitue à Martin.

— A la prochaine, Loop. Et merci.

Le prisonnier cligna de nouveau son œil louche.

— Fais attention à toi, petit.

Martin traversa le parking en se repassant les paroles de Loop. Jamais il n'aurait imaginé qu'il cherche à se dérober à sa promesse. C'était même la seule personne dont il escomptait de l'aide et de la compréhension. Freddie Walsh était leur ami, il lui était même arrivé de les protéger. Il venait des mêmes rues qu'eux, la société les avait piétinés de la même manière. Ils avaient été jugés par les mêmes institutions, condamnés par la même autorité. Et surtout, surtout, Freddie Walsh avait été le dernier à pleurer. Rien que pour cela, il méritait d'être vengé. Et Loop, sans le savoir, venait d'indiquer à Martin comment se procurer une arme.

Il mit une heure pour arriver à Chicago. En chemin, il s'arrêta dans une agence de sa banque habituelle et retira trois cents dollars au distributeur. Dès qu'il fut en ville, il se dirigea vers le cœur des quartiers sud-ouest. La population était exclusivement noire, désormais. En remontant Kedzie Avenue en voiture, il ne repéra pas un seul Blanc, et plusieurs passants lui lancèrent des regards mauvais. Ils doivent se demander qui je suis, songeait Martin – agent de recouvrement, contrôleur judiciaire ou loueur de taudis. La couleur de sa peau suffisait à le désigner comme étranger, comme ennemi, il s'en rendait compte. Le temps de parvenir jusqu'à la 12ᵉ Rue, sa chemise était trempée de sueur aux aisselles.

Il avait prévu des ennuis quand il pénétrerait dans le quartier, mais ses inquiétudes se calmèrent dès qu'il bifurqua dans la 12ᵉ. A quelques numéros du coin, il avisa une ancienne boutique aux vitrines peintes en noir, dont l'enseigne indiquait : EBONY STALLIONS CLUB. Il était précisé en petites lettres : *Réservé aux membres.* Martin poussa un soupir de soulagement, mais n'en continua pas moins à transpirer.

Il gara sa voiture et verrouilla les portières, se demandant si la bande de jeunes qui l'observait sur le trottoir, l'œil méchant et le visage fermé, allait le laisser passer. Toujours jouer les durs, se rappelait Martin du temps de sa propre jeunesse. Surtout ne pas montrer sa peur. Contournant son véhicule, il jeta un bref regard aux gamins et avança devant eux comme s'ils n'étaient pas là. Il ignora leurs remarques grossières, tandis qu'une hypothèse terrifiante lui traversait l'esprit : et si la porte du Ebony Stallion Club était fermée à clé...

Mais non. L'intérieur était agencé comme n'importe quel troquet de quartier : un bar, des box, quelques tables et une minuscule piste de danse. Il y avait là une douzaine d'hommes, quelques femmes et le barman, qui regardèrent entrer Martin d'un air stupéfait. Parmi les Blancs, même les flics ne s'aventuraient pas dans le club. Plusieurs hommes se levèrent, menaçants.

Martin s'avança vers eux.

— Je cherche un certain Lightning.

Ils continuèrent à le dévisager en silence.

— Je ne le connais pas sous un autre nom, expliqua Martin. Juste Lightning.

Comme ils l'observaient toujours sans dire un mot, il ajouta sur un ton à moitié convaincant :

— Je suis un ami à lui.

— Si quelqu'un a pas de copains blancs, ricana le barman, c'est bien Lightning.

Deux des hommes qui s'étaient levés s'approchaient maintenant du comptoir. Toujours jouer les durs, se répéta Martin. Il glissa une main sous son manteau, comme pour suggérer qu'il portait une arme.

— Vous feriez bien de laisser Lightning décider lui-même si je suis un ami ou pas, fit-il sèchement au barman. Dites-lui seulement que Babyface est là. De Charleytown.

Ils considérèrent Martin encore une minute, puis, sur un signe d'un des hommes, les autres se rassirent et se remirent à boire. Celui qui avait hoché la tête sortit rapidement par la porte principale. Martin retira sa main de sous le manteau.

Après un instant d'hésitation, le serveur lui proposa :

— Ça te dit, de boire un verre ?

Jamais Martin n'en avait eu aussi envie.

— Une vodka avec des glaçons.

Il en avait déjà descendu la moitié lorsque le type revint, quelques minutes plus tard, accompagné d'un grand Noir séduisant à l'élégance irréprochable. Deux décennies s'étaient écoulées depuis Charleytown, mais contrairement à Loop, on aurait cru qu'il n'avait pas pris plus de cinq ans.

— Tiens, tiens, Babyface, fit Lightning.

Le sourire aux lèvres, il lui tendit la main.

Une heure plus tard, Martin était sur le chemin du retour. Outre la candidature d'Edward McKey, la boîte à gants renfermait un automatique .380 chargé. « Tu peux pas rêver d'un flingue plus sûr, lui avait affirmé Lightning. Fabriqué illégalement en Italie, entré en fraude par Haïti, jamais enregistré aux Etats-Unis. Il porte même pas de nom de fabricant ni de numéro de série, et il est pas fiché par les services balistiques. Aucun moyen de remonter jusqu'à lui. »

Lightning avait refusé l'argent de Martin. Il semblait sincèrement heureux d'apprendre qu'il s'était rangé et avait fondé un foyer. Lui-même avait deux garçons, nés hors mariage de mères différentes, et qui vivaient tous les deux dans la rue. L'un d'eux se droguait, mais il restait un peu d'espoir pour son frère. « Le gamin est fou de musique classique, lui avait révélé Lightning comme s'il rapportait un prodige incroyable. Je lui ai dit que s'il marchait droit et s'il finissait le lycée, je l'enverrais au Conservatoire à Londres. »

Il n'avait pas demandé à Martin ce qu'il comptait faire du flingue, et Martin n'en avait pas parlé. Son instinct d'enfant des rues, toujours en éveil, lui soufflait qu'il valait mieux que personne ou presque ne puisse le rattacher au meurtre de McKey.

Il rentra chez lui à temps pour conduire Peg et les enfants à la fête.

— Tu as mis plus de temps que d'habitude, s'étonna Peg. Il y a un problème ?

— La voiture m'a lâché deux ou trois fois. (Il s'en voulait énormément de mentir à Peg, mais il avait besoin d'une excuse pour ressortir ce soir-là.) Après le repas, je crois que j'irai la faire voir au garagiste, Mac reste ouvert toute la nuit. C'est sûrement le carburateur qui s'est encrassé.

Peg et les enfants passèrent un bon moment à la fête, et Martin fit semblant de s'amuser aussi. Le seul endroit difficile fut le stand de tir, où il essaya de gagner une poupée Kewpie pour Ellie. Toutes les cibles lui rappelaient le Vieux McKey, et ses paumes étaient tellement moites qu'il n'arrivait pas à manier la carabine.

— On retentera notre chance à la prochaine fête, ma chérie, assura-t-il à la petite fille, qui oublia bientôt sa déception devant le marchand de barbes à papa.

Après la fête, ils allèrent dîner dans un Pizza Hut et rentrèrent chez eux à huit heures.

— J'emmène la voiture à réparer pendant que tu couches les enfants, signala Martin d'un ton aussi détaché que possible. Je devrais être là dans une heure.

Avant de partir, il alla prendre au garage les gants en coton qu'il portait pour bricoler : ils absorberaient la sueur et lui éviteraient de laisser des empreintes. Tenant l'arme dans un mouchoir, Lightning lui avait montré comment faire tourner le barillet et enclencher la sûreté, avant d'essuyer soigneusement le revolver et de l'envelopper dans le linge.

Martin connaissait l'adresse exacte de McKey, car il était passé devant la maison dans l'après-midi, en arrivant en ville. A présent, se disait-il en montant en voiture, il ne lui restait plus qu'à se rendre là-bas et à tuer ce salopard.

Martin se gara à un pâté de maisons de distance, à l'angle d'une allée qui passait derrière chez McKey. Il enfila les gants, déballa le revolver et le glissa dans la poche de son coupe-vent. Sans verrouiller sa portière, il s'éloigna légèrement de la rue de McKey. A quelques mètres de l'allée, il se dissimula dans l'ombre, près d'un arbre, et resta là un moment à scruter la ruelle obscure, l'oreille aux aguets. Tout était calme.

Sortant de sa cachette, il s'engagea dans l'allée et longea d'un pas vif l'arrière des maisons.

Celle de McKey était la cinquième en partant de l'angle. A son grand étonnement, Martin avait découvert cet après-midi qu'il habitait une bicoque minable de ce quartier délabré. Il avait toujours cru qu'il vivait dans une villa digne de la série *Andy Hardy*.

Tout en remontant l'allée, où il faisait plus sombre que dans la rue, Martin comptait les portails des arrière-cours. Il s'arrêta devant le cinquième et observa la maison. Une seule lumière brillait à l'intérieur, probablement dans la cuisine. D'une main il secoua tout doucement le portail, pour savoir s'il y avait un chien. Rien ne bougea.

Il poussa le portail sans bruit et se dirigea furtivement vers le porche. Pour ne pas faire craquer l'escalier en bois, il posait le pied vers l'intérieur de la marche, éprouvant chacune avant d'y reposer tout son poids. Bizarre, pensa-t-il, comme certaines choses vous restent pour toujours en mémoire.

Il distingua à travers la vitre une petite cuisine encombrée, et devant la table, dos à la fenêtre, une silhouette dans un fauteuil roulant. Martin fronça les sourcils. De cet endroit il ne voyait pas l'ensemble de la pièce, mais il existait une deuxième fenêtre, sur le côté, qui lui offrirait peut-être une meilleure vue.

Il allait s'en approcher lorsqu'une lumière s'alluma brusquement sous le porche. La porte s'ouvrit sur McKey, qui portait un sac-poubelle à la main. Surpris de se trouver face à face, les deux hommes eurent un mouvement de recul.

— Qui êtes-vous ? demanda McKey d'un air effrayé. Qu'est-ce que vous voulez ?

Il y aura un témoin, songeait Martin avec inquiétude. La personne dans le fauteuil d'infirme.

— Mr McKey, répondit-il d'une voix égale, je suis le directeur du personnel de Wayne et Grayson, vous avez postulé chez nous en tant que gardien de nuit. Comme je passais dans le coin, je me suis dit que je pouvais m'arrêter un instant. J'ai frappé à la porte de devant, mais vous n'avez pas dû entendre.

— En effet, répondit McKey en jetant son sac dans la poubelle du porche. Entrez donc, monsieur...

— Howe. Martin Howe.

Le nom ne semblait rien lui évoquer. Martin le suivit dans la cuisine.

— Désolé pour le désordre, mais j'ai perdu ma femme il y a quelques années. Je suis tout seul avec le garçon, maintenant, expliqua-t-il avec un geste vers le fauteuil roulant. J'ai jamais été bien fort pour tenir une maison.

Martin porta son regard vers le fauteuil. Il ne s'agissait pas d'un garçon, mais d'un homme de deux ans plus âgé que lui, dont il connaissait les traits pour les avoir vus bien souvent sur le tableau d'affichage du pavillon Polk. Billy McKey. Sa tête penchait légèrement de côté, et un filet de bave coulait au coin de ses lèvres. Ses yeux fixes regardaient dans le vague.

Finalement, celui-là ne risquait pas de témoigner.

Martin toucha l'arme au fond de sa poche.

— J'ose pas imaginer que vous êtes venu me dire que j'ai la place. (Le ton de McKey hésitait entre l'interrogation et l'affirmation.) J'en ai besoin, de ce boulot, à cause du garçon. Je suis obligé de travailler de nuit, parce que je n'ai pas les moyens de payer quelqu'un la journée, quand il demande le plus de soins. Pour les nuits, une veuve qui habite juste à côté a accepté de venir dormir avec lui. Si je décroche ce poste, ça risque de bien s'arranger pour nous.

— Qu'est-il arrivé à votre fils ? s'enquit Martin pour s'assurer qu'il ne pourrait pas témoigner.

McKey haussa les épaules et détourna les yeux d'un air gêné.

— La drogue. Il est tombé là-dedans quand il était à la fac. Il avait tout pour lui, dans la vie : le physique, la personnalité, l'intelligence, des qualités de sportif. Il a tout envoyé promener pour la dope. Un soir, il y est allé trop fort sur la poussière d'ange, et il a fait un coma. Il en est sorti dans l'état où vous le voyez aujourd'hui – un légume.

— Il arrive à parler, par exemple ?

McKey secoua la tête.

— Son cerveau ne marche même plus.

Martin enleva le cran de sûreté du revolver, promenant son regard entre McKey et Billy. L'espace d'une demi-seconde, son doigt se contracta sur la gâchette.

— Monsieur Howe, questionna McKey en pressant l'épaule de son fils, pour quelle raison vous êtes-vous arrêté, en définitive ?

Martin regarda la main qui serrait l'épaule de Billy, puis ses doigts posés sur l'arme se détendirent et il remit le cran de sûreté.

— Je voulais vous informer que la place était pour vous. Présentez-vous lundi matin au service du personnel et demandez à me voir.

McKey déglutit péniblement et lui dit d'une voix étranglée :

— Vous n'imaginez pas ce que ça représente pour moi. On en a bavé, mon garçon et moi...

— Maintenant ça va aller, j'en suis sûr, l'encouragea Martin. A lundi, et bonne soirée.

Il ressortit par la même porte, sur l'arrière de la maison. Il jeta un coup d'œil en passant devant la fenêtre, et vit McKey à genoux, le visage enfoui dans la couverture qui protégeait les jambes de Billy. Il sanglotait.

Ainsi, pensa Martin, Freddie Walsh n'avait pas été le dernier à pleurer.

Traduit par Marina Boraso.

L'ABSENCE D'EMILY

Jack Ritchie

LE téléphone sonna. Je décrochai :

— Oui ?

— Allô, chéri ? Ici, Emily.

Je marquai une pause.

— Emily qui ?

Elle eut un rire léger.

— Oh ! allons, chéri... Emily, ta femme.

— Je regrette, vous avez dû vous tromper de numéro.

Je raccrochai, les mains un peu tremblantes. Millicent, la cousine d'Emily, m'avait observé.

— Vous êtes vert, dit-elle.

Je lançai un coup d'œil furtif vers la glace.

— Je ne parle pas de votre *teint*, Albert. Je parle au figuré. Vous avez l'air effrayé, bouleversé.

— Absurde.

— Qui appelait ?

— C'était une erreur.

Millicent but une gorgée de café.

— A propos, Albert, j'ai cru apercevoir Emily en ville, hier. Mais naturellement, c'est impossible.

— Naturellement que c'est impossible. Emily est à San Francisco.

— Oui, mais *où* à San Francisco ?

— Elle ne me l'a pas dit. Elle séjourne chez des amis.

— Je connais Emily depuis toujours. Elle n'a aucun secret pour moi. Elle ne connaît *personne* à San Francisco. Quand doit-elle rentrer ?

— Elle risque d'être absente assez longtemps.

— Combien de temps ?

— Elle n'en savait rien.

Millicent sourit.

— Vous avez été marié une première fois, n'est-ce pas, Albert ?

— Oui.

— En fait, vous étiez veuf lorsque vous avez rencontré Emily ?

— Je ne m'en suis jamais caché.

— Votre première femme est morte il y a cinq ans dans un accident de bateau, c'est bien cela ? Elle est tombée par-dessus bord et s'est noyée ?

— Je le crains. Elle ne savait pas nager.

— Ne portait-elle pas de gilet de sauvetage ?

— Non. Elle disait que ça la gênait dans ses mouvements.

— Apparemment, vous avez été le seul témoin de l'accident.

— Je le crois. Du moins, personne d'autre ne s'est jamais manifesté.

— Vous a-t-elle laissé de l'argent, Albert ?

— Cela ne vous regarde pas, Millicent.

Cynthia avait laissé comme héritage une assurance vie de cinquante mille dollars – dont j'étais l'unique bénéficiaire –, quelque quarante mille dollars en actions et titres divers, et un petit voilier.

Je remuai ma cuiller dans mon café.

— Millicent, j'envisage de vous accorder un droit de préemption sur la maison.

— Un droit de préemption ?

— Oui. Nous avons décidé de la vendre. Elle est vraiment trop grande pour nous deux. Nous prendrons quelque chose de plus petit, peut-être même un appartement. Je me suis dit que vous voudriez peut-être sauter sur l'occasion. Je suis persuadé que nous arriverons à nous entendre.

— Il ne viendrait pas à l'idée d'Emily de vendre cette maison où elle a toujours vécu. Il faudrait qu'elle me le dise elle-même pour que j'y croie.

— Ce ne sera pas nécessaire, elle m'a délégué ses pouvoirs. Elle n'est pas douée pour les affaires, vous le savez, mais elle me fait toute confiance. C'est parfaitement légal et officiel.

— J'y réfléchirai. – Elle posa sa tasse. – Albert, de quoi viviez-vous avant de rencontrer Emily ? Ou Cynthia, tout aussi bien ?

— Je me débrouillais.

Millicent partie, j'allais faire ma promenade quotidienne autour du domaine. Je retournai une fois encore au vallon et m'assis sur un rondin. Cet endroit était infiniment paisible. Silencieux comme un cimetière. J'y étais souvent venu ces derniers jours.

Millicent et Emily... Deux cousines. Elles habitaient de grandes maisons presque identiques, entourées de vastes terrains qui se touchaient : compte tenu de ce fait, on aurait légitimement pu supposer qu'elles étaient toutes les deux aussi riches. Ce n'était pas le cas, ainsi que je m'en étais aperçu après avoir épousé Emily.

La fortune de Millicent devait certainement aller chercher au moins dans les sept chiffres, puisqu'elle requérait les services à plein temps d'Amos Eberly, son avoué et conseiller fiscal.

Emily, elle, ne possédait pratiquement que la maison et les terres, et elle s'était lourdement endettée pour les entretenir. Il ne lui restait plus qu'un couple de domestiques, les Brewster. Mrs Brewster, une créature revêche, faisait la cuisine et – sporadiquement – le ménage, tandis que son mari, ex-majordome devenu homme à tout faire, exécutait sans ardeur excessive divers petits travaux autour du domaine. En fait, la propriété aurait nécessité les services de deux jardiniers.

Millicent et Emily... Deux cousines. Il était pourtant difficile d'imaginer deux femmes plus différentes, aussi bien physiquement que moralement.

Millicent est grande, maigre et volontaire. Elle se croit intelligente et a tendance à régenter tous ceux qui l'entourent, à commencer par Emily. Il me paraît évident que Millicent m'en veut terriblement d'avoir soustrait Emily à son emprise.

Emily. Plus petite que la moyenne. Une dizaine de kilos de trop. Un caractère aimable. Aucune prétention à une intelligence foudroyante. Facile à dominer, certes, mais capable d'une surprenante obstination quand elle a décidé quelque chose.

De retour à la maison, je trouvai Amos Eberly qui m'attendait. C'est un homme d'une cinquantaine d'années, très porté sur les costumes gris.

— Où est Emily ? demanda-t-il.

— A Oakland.

Cette réponse le fit réfléchir. Je rectifiai :

— A San Francisco, voulais-je dire. Oakland est juste de l'autre côté de la baie, n'est-ce pas ? Dans mon esprit, ces deux villes n'en ont toujours fait qu'une – ce qui, je suppose, est injuste pour les deux.

Il fronça les sourcils.

— A San Francisco ? Mais je l'ai vue en ville ce matin même. Elle avait l'air en pleine forme.

— Impossible.

— Impossible qu'elle ait eu l'air en pleine forme ?

— Impossible que vous l'ayez vue. Elle est toujours à San Francisco.

Il but une gorgée de son whisky.

— Je suis encore capable de reconnaître Emily. Elle portait une robe lilas avec une ceinture. Et un foulard de tulle bleu ciel.

— Vous vous êtes trompé. D'ailleurs, à notre époque, les femmes ne portent plus de foulards de tulle bleu ciel.

— Emily, si. Peut-être est-elle rentrée sans vous prévenir ?

— Non.

Eberly m'observa.

— Seriez-vous malade, Albert ? Vos mains tremblent.

— Un début de grippe, répondis-je vivement. Ça me donne la tremblote. Et à part cela, Amos, qu'est-ce qui vous amène ?

— Rien de particulier, Albert. Comme j'étais dans les parages, j'ai eu l'idée de passer voir Emily.

— Bon sang, je vous dis qu'elle n'est pas là !

— Très bien, Albert, dit-il d'un ton apaisant. Je vous crois sur parole. Si vous dites qu'elle n'est pas là, c'est qu'elle n'est pas là.

J'avais pris l'habitude, le mardi et le jeudi après-midi, de faire les courses pour la maison – tâche dont j'ai déchargé Mrs Brewster le jour où j'ai commencé à suspecter ses comptes.

Comme d'habitude, je me garai sur le parking du supermarché et verrouillai la voiture. Lorsque je levai les yeux, je vis sur le trottoir d'en face une petite femme un peu dodue qui se dirigeait vers le coin de la rue. Elle portait une robe lilas et un foulard bleu ciel. C'était la quatrième fois en dix jours que je la voyais.

Je traversai rapidement la chaussée. J'étais encore à une soixantaine de mètres derrière elle lorsqu'elle disparut à l'angle de la rue.

Résistant à la tentation de lui crier de s'arrêter, je me mis à courir.

Lorsque j'atteignis le coin, elle s'était volatilisée. Une douzaine de boutiques bordaient la rue ; elle avait pu s'engouffrer dans n'importe laquelle.

Tandis que je restais là à essayer de reprendre mon souffle, une voiture s'arrêta à ma hauteur.

Millicent était au volant.

— C'est bien vous, Albert ?

Je la considérai sans enthousiasme.

— Oui.

— Qu'est-ce qui vous arrive ? C'est bien la première fois que je vous vois courir ainsi.

— Je ne courais pas. Je trottais simplement pour activer ma circulation. Il paraît que le jogging est bon pour la santé.

Je la quittai et retournai à grands pas au supermarché.

Le lendemain matin, en rentrant de ma promenade au vallon, je trouvai Millicent dans le salon. Elle se servait du café et faisait comme chez elle, habitude qu'elle avait conservée de l'époque où Emily habitait seule la maison.

— Je suis montée examiner la garde-robe d'Emily, déclara-t-elle. A première vue, rien ne manque.

— Pourquoi devrait-il manquer quelque chose ? Un cambrioleur s'est-il introduit dans la maison ? J'imagine que vous connaissez la garde-robe d'Emily aussi bien que la vôtre ?

— Pas tout à fait, mais presque. Presque. Et il y manque apparemment très peu de choses – sinon rien. Ne me dites pas qu'Emily est partie à San Francisco sans bagages ?

— Elle avait des bagages, mais pas beaucoup.

— Que portait-elle pour le voyage ?

Millicent m'avait déjà posé la question. Cette fois, je répondis :

— Je ne m'en souviens pas.

Elle haussa un sourcil.

— Vous ne vous en souvenez pas ? – Elle posa sa tasse. – Albert, j'organise une séance de spiritisme chez moi, ce soir. J'ai pensé que vous aimeriez peut-être venir.

— En aucun cas.

— Ne voulez-vous pas communiquer avec l'un ou l'autre de vos chers disparus ?

— Je suis pour laisser les morts reposer en paix. Pourquoi les embêter avec nos petites histoires de mortels ?

— Cela ne vous dirait rien de parler à votre première femme ?

— Pourquoi diable voudrais-je communiquer avec Cynthia ? Je n'ai absolument rien à lui dire.

— Peut-être a-t-elle quelque chose à vous dire, elle.

Je m'essuyai le front.

— Je n'irai pas à votre stupide séance, point final.

Ce soir-là, avant de me coucher, j'inventoriai le contenu du placard d'Emily. Comment me débarrasser de ses vêtements ? me demandai-je. Sans doute les donnerais-je à une œuvre charitable.

A deux heures du matin, je fus réveillé par de la musique.

J'écoutai. Oui, manifestement, quelqu'un jouait au piano la sonate préférée d'Emily.

J'enfilai mes pantoufles et endossai ma robe de chambre. Dans le couloir, j'allumai la lumière.

J'étais à mi-hauteur de l'escalier quand la musique s'interrompit. Je descendis jusqu'en bas et m'arrêtai devant les portes du salon de musique. Je collai l'oreille contre l'un des panneaux. Rien. Lentement, j'ouvris la porte et risquai un coup d'œil dans la pièce.

Il n'y avait personne au piano. Mais sur le dessus, fichées dans des chandeliers, deux bougies dispensaient une lueur vacillante. Il faisait frais. Très frais.

Je trouvai derrière les rideaux l'origine du courant d'air et je fermai la porte-fenêtre donnant sur la terrasse. Je soufflai les bougies et sortis de la pièce.

Au pied de l'escalier, je rencontrai Brewster.

— Il m'a semblé entendre jouer du piano, dit-il. Etait-ce Monsieur ?

Je m'essuyai les mains sur ma robe de chambre.

— Naturellement.

— Je ne savais pas que Monsieur jouait du piano.

— Il y a beaucoup de choses que vous ne savez pas sur mon compte, Brewster, et que vous ne saurez jamais.

Je regagnai ma chambre et, après avoir attendu une demi-heure, je m'habillai. Dehors, à la clarté de la lune je me dirigeai vers la remise du jardin. Je déverrouillai la porte, fis la lumière et examinai le matériel de jardinage. Mon regard se posa sur les outils alignés dans le râtelier, contre le mur.

Je pris une bêche à long manche, que je secouai pour enlever la terre séchée qui adhérait au fer. Je calai l'instrument sur mon épaule et me mis en marche vers le vallon.

Juste avant d'y arriver, je m'arrêtai et poussai un profond soupir. Puis, secouant la tête, je rebroussai chemin. Je remis la bêche à sa place, éteignis la lumière et retournai me coucher.

Le lendemain matin, Millicent débarqua pendant que je prenais mon petit déjeuner.

— Comment allez-vous ce matin, Albert ?

— Je me suis senti mieux.

Millicent s'assit à table et attendit que Mrs Brewster lui apporte une tasse de café.

Mrs Brewster apporta en même temps le courrier. Il y avait un certain nombre de prospectus publicitaires, quelques factures et une petite enveloppe qui m'était adressée.

Je l'examinai. L'écriture m'était vaguement familière et le parfum aussi. D'après le cachet, elle avait été postée en ville.

Je déchirai l'enveloppe et en sortis une unique feuille de bloc-notes.

Cher Albert,

Tu ne peux pas savoir combien tu me manques. Je rentrerai bientôt, Albert. Très bientôt. Emily.

Je remis le mot dans l'enveloppe et glissai le tout dans ma poche.

— Alors ? s'enquit Millicent.

— Quoi, alors ?

— Il m'a semblé reconnaître l'écriture d'Emily sur l'enveloppe. Précise-t-elle la date de son retour ?

— Ce n'est *pas* l'écriture d'Emily. C'est un mot de ma tante de Chicago.

— J'ignorais que vous aviez une tante à Chicago.

— *J'ai* une tante à Chicago, Millicent, je vous le certifie.

Cette nuit-là, j'étais couché – mais réveillé – lorsque le téléphone sonna. Je décrochai.

— Bonsoir, chéri. Ici Emily.

Je laissai passer cinq secondes.

— Vous n'êtes pas Emily. Vous mentez.

— Allons, Albert, à quoi joues-tu ? Je t'assure que c'est moi, Emily.

— C'est impossible.

— Pourquoi donc ?

— *Parce que.*

— Parce que quoi ?

— D'où appelez-vous ?

Elle rit.

— Tu serais surpris de le savoir.

— Vous ne pouvez pas être Emily. Je *sais* où elle est et elle ne pourrait pas... ne *songerait* pas à téléphoner à une heure pareille, juste pour dire bonsoir. Il est minuit passé.

— Tu crois savoir où je suis, Albert ? Non, je n'y suis plus. C'était trop inconfortable, affreusement inconfortable. Alors je suis partie, Albert. Je suis partie.

Je haussai la voix.

— Je peux *prouver* qu'Emily est toujours là-bas !

Elle eut un rire moqueur.

— Le prouver ? Comment veux-tu prouver une chose pareille, Albert ? Bonne nuit.

Elle raccrocha.

Je sortis du lit et m'habillai. Je descendis au rez-de-chaussée, en faisant un détour par la bibliothèque. Je me versai un whisky, que je bus lentement avant de m'en préparer un autre.

Lorsque je consultai ma montre pour la dernière fois, il était presque une heure du matin. J'enfilai une veste légère, car la nuit était fraîche, puis je me dirigeai vers la remise du jardin. J'ouvris la porte, allumai la lumière et pris dans le râtelier la bâche à long manche.

Cette fois-ci, j'allai jusqu'au vallon. Je fis halte près d'un grand chêne et contemplai la clairière au clair de lune.

Je me remis en marche, en comptant mes pas : « Un, deux,

trois, quatre... » A seize, je m'arrêtai, tournai d'un quart de tour et fis encore dix-huit pas.

Et je me mis à creuser.

Je m'activais depuis presque cinq minutes quand, soudain, j'entendis un coup de sifflet strident et me retrouvai aussitôt le point de mire d'une douzaine de torches et de silhouettes qui convergeaient vers moi.

Je mis une main devant mes yeux pour les protéger de la clarté aveuglante, et je reconnus Millicent.

— Que diable se passe-t-il ? lui demandai-je.

Elle eut un sourire cruel.

— Vous vouliez vous assurer qu'elle était bien morte, n'est-ce pas, Albert ? Et pour cela, le seul moyen était de fouiller sa tombe ?

Je me redressai.

— Je cherche des pointes de flèches indiennes. Selon une ancienne superstition, celui qui en trouve au clair de lune est assuré d'avoir de la chance pendant plusieurs semaines.

Millicent me présenta les gens rassemblés autour de moi.

— Depuis le moment où j'ai pressenti ce qui était réellement arrivé à Emily, des détectives privés vous ont surveillé vingt-quatre heures sur vingt-quatre.

D'un geste, elle indiqua les autres.

— Miss Peters... Une imitatrice très habile : c'est elle qui vous a téléphoné en se faisant passer pour Emily. Elle joue également du piano. Et voilà Mrs McMillan, la femme au foulard bleu et à la robe lilas. C'est elle qui a imité l'écriture d'Emily.

Apparemment, tout le personnel de Millicent était là. Je reconnus aussi Amos Eberly et les Brewster. Je me promis de les renvoyer dès le lendemain.

Les détectives avaient apporté des pelles et des bêches. Deux d'entre eux prirent ma place dans la fosse et se mirent à creuser.

— Hé là ! m'exclamai-je avec indignation. Vous n'avez pas le droit de faire ça. Vous êtes sur *ma* propriété. Il vous faut au minimum un mandat.

Millicent eut l'air amusé.

— Ce n'est pas *votre* propriété, Albert. C'est la *mienne.* Vous avez dépassé de six pas la ligne de démarcation.

Je m'essuyai le front.

— Je rentre à la maison.

— Vous êtes en état d'arrestation, Albert.

— Absurde, Millicent. Je ne vois pas ici de policiers en uniforme. Or, dans cet Etat, les détectives privés n'ont pas le droit de procéder à une arrestation.

Sur le moment, elle parut coincée. Puis elle trouva la parade :

— C'est *moi* qui vous arrête, Albert. N'importe quel citoyen a le pouvoir de procéder à une arrestation en l'absence d'un policier. Or je suis citoyenne.

Millicent fit tourner le sifflet autour de sa chaîne.

— Nous savions que le dénouement était proche, Albert. Vous avez bien failli la déterrer, hier soir, n'est-ce pas ? Mais vous avez fini par changer d'avis. Tant mieux, d'ailleurs. Hier soir, je n'aurais pas eu autant de témoins. Cette nuit, nous vous attendions de pied ferme.

Après avoir creusé pendant une quinzaine de minutes, les détectives s'arrêtèrent pour se reposer un peu. L'un d'eux déclara d'un air perplexe :

— J'aurais cru que ce serait plus facile de creuser. On dirait que la terre n'a jamais été retournée.

Ils se remirent au travail et atteignirent une profondeur d'environ un mètre quatre-vingts avant d'abandonner. L'homme à la bêche se hissa hors de l'excavation.

— Il n'y a absolument rien là-dedans. Tout ce qu'on a trouvé, c'est une pointe de flèche indienne.

Millicent me foudroyait du regard depuis une demi-heure. Je lui souris.

— Millicent, qu'est-ce qui vous fait croire que j'ai *enterré* Emily ?

Sur ce, je les laissai pour rentrer à la maison.

A quel moment m'étais-je aperçu des splendides manœuvres de Millicent et de la surveillance continuelle dont j'étais l'objet ? Presque dès le début, je crois. Je comprends en général assez vite.

Quel avait été le but de Millicent ? Elle comptait, je suppose, me pousser à bout, dans l'espoir que je finirais par m'effondrer et par avouer le meurtre d'Emily.

Franchement, à sa place, j'aurais considéré le succès d'une telle entreprise comme fort hypothétique – pour ne pas dire plus. Néanmoins, dès que j'eus percé à jour ses intentions, je décidai d'entrer dans son jeu.

C'est peut-être Millicent qui a pris l'initiative de la représentation, mais c'est moi qui l'ai conduite au vallon.

A plusieurs reprises, j'ai eu l'impression d'en faire un peu trop – essuyer de la sueur inexistante, courir après la mystérieuse femme en robe lilas, par exemple... – mais, d'un autre côté, on attendait de moi ces réactions et je ne voulais pas décevoir ceux qui m'observaient avec assiduité.

Mes promenades mélancoliques jusqu'au vallon avaient été du meilleur effet. Et, comme prévu, ma balade interrompue à mi-parcours, la nuit précédente, avec la pelle sur mon épaule, avait suffi à assurer un large public au final, vingt-quatre heures plus tard.

J'avais dénombré dix-huit témoins, sans compter Millicent.

Je m'absorbai dans mes réflexions. Diffamation ? Calomnie ? Conspiration ? Arrestation abusive ? Encore bien davantage, probablement.

Je menacerais Millicent de lui réclamer des dommages-intérêts exorbitants. De nos jours, c'était bien ainsi qu'on procédait, n'est-ce pas ? Vingt millions de dollars ? En réalité, le montant n'avait aucune importance : l'affaire avait peu de chance de passer un jour devant les tribunaux.

Non, Millicent ne serait pas capable d'endurer la publicité. Elle ne voudrait pas qu'on sache à quel point elle s'était couverte de ridicule. Elle ne supporterait pas d'être la risée de son cercle d'amis, de ses pairs.

Bien entendu, elle ferait tout son possible pour étouffer l'affaire. Elle distribuerait quelques dollars par-ci par-là pour acheter le silence des témoins. Mais pouvait-on sérieusement espérer acheter le silence de dix-huit personnes ? Sans doute pas. Et lorsque des rumeurs commenceraient à circuler, ce serait un renfort considérable pour Millicent si le principal intéressé se joignait à elle pour affirmer avec véhémence que cette ridicule histoire était de l'invention pure et simple.

Oui, je ferais bien cela pour Millicent. Contre rémunération bien sûr. Une *grosse* rémunération.

A la fin de la semaine, mon téléphone sonna.

— Ici Emily. Je rentre à la maison, mon chéri.

— Merveilleux.

— S'est-on étonné de mon absence ?

— Tu ne peux pas savoir à quel point.

— Tu n'as dit à personne où j'ai passé ces quatre semaines, n'est-ce pas, Albert ? Surtout pas à Millicent ?

— Surtout pas à Millicent.

— Que lui as-tu dit exactement ?

— Que tu étais à San Francisco, chez des amis.

— Oh ! Seigneur... Je ne connais *personne* à San Francisco ! Penses-tu qu'elle ait soupçonné quelque chose ?

— Ma foi, c'est bien possible.

— Elle croit que je n'ai absolument aucune volonté, mais elle se trompe. Néanmoins je ne voulais pas qu'elle se moque de moi si jamais j'abandonnais avant la fin. Remarque, d'une certaine façon, c'est un peu de la triche de suivre une cure d'amaigrissement. Je veux dire... tu n'as pas de tentations, puisqu'on contrôle tout ce que tu manges. N'empêche, j'ai quand même tenu jusqu'au bout. J'étais libre de rentrer à la maison quand je le voulais.

— Tu as une volonté extraordinaire, Emily.

— J'ai perdu *quinze* kilos, Albert ! Et je ne les reprendrai pas. Je parie que je suis maintenant aussi mince que l'était Cynthia.

Je soupirai. Emily n'avait absolument aucune raison de se comparer sans cesse à ma première femme. Ce sont deux personnes distinctes, qui ont chacune leur place réservée dans mon affection.

Pauvre Cynthia... Elle avait insisté pour partir toute seule à bord de cette petite embarcation. Moi, je sirotais un Martini au bar du yacht-club, en contemplant par la fenêtre le port gris et froid.

Apparemment, il n'y avait eu ce jour-là en mer que le bateau de Cynthia. A la suite d'une rafale de vent inattendue, j'avais vu le bateau se retourner d'un seul coup et Cynthia passer par-dessus bord. J'avais aussitôt donné l'alerte mais le temps d'arriver sur les lieux, il était déjà trop tard.

Emily soupira, elle aussi.

— Il va falloir que je renouvelle toute ma garde-robe. Penses-tu que nous puissions nous le permettre, Albert ?

A présent, nous le pouvions. Largement.

Traduit par Gérard de Chergé.

Evan Hunter

Lorsque cette nouvelle parut dans Playboy, *ce fut sous le titre* L'incident en Sardaigne. *J'ai toujours préféré son titre initial :* L'interview. *En fait, j'avais même espéré que la rédaction l'intitulerait* L'interview Playboy *et la présenterait comme l'authentique interview d'une célébrité. La nouvelle a paru en 1971, huit ans après ma collaboration avec Alfred Hitchcock sur* Les oiseaux *et* Pas de printemps pour Marnie, *et douze ans après mon adaptation de la nouvelle de Robert Turner.*

Les infos de onze heures *parurent d'abord dans* Bluebook *en 1955. Quatre ans plus tard, je recevais un appel d'Alfred Hitchcock : il en avait acheté les droits pour la télévision et me proposait d'en assurer l'adaptation. Par la suite, j'appris qu'il m'avait choisi en raison du caractère « intérieur » de l'histoire, c'est-à-dire que tout le récit se déroule dans la tête du protagoniste. Dans le jargon d'Hollywood, il fallait « développer ». Deux ans plus tard, Hitch me recontactait, cette fois pour écrire un scénario à partir d'un court roman de Daphné du Maurier,* Les oiseaux, *qui lui aussi nécessitait un « développement ». J'ai toujours pensée que si Robert Turner n'avait pas écrit cette brève et intense nouvelle, on ne m'aurait jamais sollicité pour* Les oiseaux.

L'INTERVIEW

— *D*EPUIS *l'incident en Sardaigne, vous avez refusé toute interview...*

— Je ne souhaite pas faire le jeu du battage médiatique.

— *Pourtant, vous n'êtes pas homme à fuir la publicité...*

— En général, non. Mais on a énormément glosé sur cette affaire et je ne vois aucune raison de jeter de l'huile sur le feu. Je suis un cinéaste, pas du gibier de faits divers...

— *Certains de vos confrères accepteraient de bon cœur cette publicité...*

— Pas moi.

— *Cependant, vous admettez que ce malheur a contribué au succès du film ?*

— Je ne suis pas responsable de la curiosité morbide du public américain.

— *Êtes-vous responsable de ce qui s'est passé en Sardaigne ?*

— Je suis responsable d'avoir dirigé ce film. Le reste...

— *Vous étiez là...*

— Oui.

— *Donc...*

— Je préfère ne pas en discuter.

— *Acteurs et techniciens présents au moment des faits se sont largement répandus en commentaires. Avez-vous quelque chose à réfuter ou à rectifier ? Ne voudriez-vous pas mettre les choses au clair ?*

— Tout est dans mon film. Le reste est insignifiant. Les acteurs sont des bêtes de somme et les techniciens, des domestiques. Toute explication supplémentaire serait une perte de temps absurde.

— *Voudriez-vous développer cette idée ?*

— Laquelle ?

— *L'idée que les acteurs...*

— Ce n'est pas une idée, mais un simple constat. Je n'ai jamais rencontré d'acteur intelligent. Enfin, à une exception près... Dans toute ma carrière, j'ai eu plaisir à travailler avec un seul d'entre eux, que je respecte énormément — autant qu'on peut respecter quelqu'un exerçant une profession où l'on doit se maquiller la figure...

— *Avez-vous employé cet acteur dans ce film-ci ?*

— Non.

— *Pourquoi ? Etant donné le respect que vous lui portez...*

— Je ne souhaitais pas verser cinquante pour cent des bénéfices sur son compte en banque déjà bien garni.

— *C'est ce qu'il demandait ?*

— A l'époque. Aujourd'hui, ce serait peut-être soixante-quinze pour cent. Je n'ai pas l'intention de donner à un cheval de labour ou à une paire de bœufs cinquante pour cent des recettes rapportées par un film que j'ai dirigé...

— *Si je vous comprends bien...*

— J'en doute.

— *Pourquoi ?*

— Parce que je n'ai jamais été cité correctement dans aucun journal et n'ai pas de raison de croire que votre magazine y fera exception.

— *Dans ce cas, pourquoi avoir accepté cette interview ?*

— Parce que j'aimerais parler de mon prochain film. Ce soir, j'ai rendez-vous avec un dramaturge new-yorkais qui doit me remettre la version définitive d'une pièce télévisée qui nous a demandé beaucoup de travail. J'ai bon espoir d'être à présent satisfait du résultat. Auquel cas, cet entretien devrait paraître peu avant que le film soit terminé et prêt à sortir sur les écrans. Du moins, j'espère qu'il en sera ainsi.

— *Peut-on connaître le nom de ce dramaturge ?*

— Je croyais que vous étiez ici pour me parler, *à moi...* ?

— *Oui, sans doute, mais...*

— J'ai eu l'occasion d'observer que, lorsque Otto Preminger, Alfred Hitchcock ou David Lean, ou même ces jeunes gens à la mode de la Nouvelle Vague, acceptaient des interviews, c'était rarement pour parler d'autre chose que d'eux-mêmes. Cela donne peut-être une notion exacte de leur contribution à l'industrie du cinéma.

— *Vous n'avez pas l'air d'admirer beaucoup vos confrères.*

— J'en admire certains.

— *Lesquels ?*

— Griffith, DeMille, Eisenstein, et d'autres...

— *Pourquoi eux en particulier ?*

— Ils sont tous morts.

— *Vous n'admirez aucun réalisateur vivant ?*

— Aucun.

— *Aucun ? C'est étrange qu'un homme réputé pour sa générosité soit si avare de louanges à l'égard d'artistes reconnus.*

— Oui.

— *Oui, quoi ?*

— Oui, cela peut paraître étrange, contradictoire. Mais je considère tout cinéaste vivant comme une menace, un concurrent. Il y a tellement d'écrans de cinéma dans le monde, et des milliers de films se les disputent. Si les foules font la queue dans la rue pour voir le dernier thriller d'Hitchcock, il y a de fortes chances pour qu'elles ne soient pas en train de le faire pour voir mon propre film ! La théorie selon laquelle le succès retentissant d'un film au box-office rejaillirait sur tout le cinéma en général est une absurdité. Le succès va au succès. Les autres films en pâtissent, parce que personne ne va les voir : le public veut voir le gros succès, celui pour lequel on fait la queue. Je m'efforce de créer autour de chacun de mes films une atmosphère d'attente qui poussera le public à faire la queue sur le trottoir. Et tout succès d'un tiers m'est désagréable.

— *Pourtant, vous avez essuyé des échecs remarquables.*

— Un échec n'est jamais « remarquable ». Du reste, je ne considère aucun de mes films comme un échec.

— *Parlons-nous d'échec artistique ou commercial ?*

— Je n'ai jamais eu d'échec artistique. Certains de mes films n'ont pas remporté le succès commercial escompté. Mais c'est rare.

— *Juste avant la première projection du film tourné en Sardaigne, fin juin...*

— Juillet. La première eut lieu le 4 juillet.

— *Oui, mais avant cette première, quand...*

— Ça devait être en juin, oui. Juillet est en général précédé par juin.

— *La rumeur a couru que le studio interdirait sa projection.*

— Balivernes !

— *Fausse rumeur ? On disait que le studio voulait enterrer le film ?*

— La première a eu lieu, n'est-ce pas ? Et le succès fut triomphal...

— *Certains critiques affirment que ce succès n'était dû qu'au scandale entourant l'accident. Vous êtes d'accord ?*

— Je vous pose la question, jeune homme : si l'accident concernait le tournage d'un navet, croyez-vous que la publicité aurait assuré son succès ?

— *Peut-être pas. Mais étant donné votre réputation et la présence de vedettes...*

— Allons donc ! Mes films ne doivent rien aux vedettes. Je pourrais les remplacer par un phoque de foire, le public viendrait quand même. Je pourrais vous mettre, vous, dans un film, avec le même résultat.

— *Vous ne croyez pas qu'un film est le fruit d'un travail d'équipe ?*

— Certainement pas. J'indique au scénariste ce que je veux, et il se met au travail. J'indique au décorateur ce que je veux, et il le fait. J'indique au cameraman où mettre sa caméra et quel objectif utiliser. Je dis aux acteurs où ils doivent se placer et comment dire leur texte. C'est un travail d'équipe, ça ? D'ailleurs, ce mot de travail me déplaît.

— *Pourquoi ?*

— Parce qu'il implique l'idée d'un effort non couronné de succès. On a tenté quelque chose, et c'est l'échec. Aucun de mes films n'a été un travail. C'est comme le mot « ambitieux ». Tous deux parlent d'échec. Vous voyez ces bandeaux sur les livres : « A ce jour, le livre le plus ambitieux d'Untel. » Qu'est-ce que ça vous inspire ? Pour moi, cela signifie que ce pauvre type a visé trop haut. Et qu'il s'est ramassé.

— *L'échec vous fait peur ?*

— Je ne puis me le permettre.

— *Considérez-vous que votre film tourné en Sardaigne soit un succès ? Artistique, j'entends.*

— Je vous ai déjà dit...

— *Oui, mais plusieurs critiques estiment que le montage est incohérent. Que les séquences tournées avant la noyade ont été insérées au petit bonheur...*

— Pour commencer, quand un critique parle « montage », « angle de prise de vues » ou « travelling », je m'endors aussitôt. Il n'a pas la moindre notion de ce qu'est la fabrication d'un film et son verbiage prétentieux sur l'art, s'il peut impressionner les demoiselles de Flushing Meadows, me laisse personnellement froid. En réalité, aucun ne sait ce qui se passe derrière la caméra ou sur le plateau. Vous savez ce qu'il faut pour devenir critique ? Avoir vu beaucoup de films, point final. A mes yeux, cela vous qualifie comme expert en pop-corn, pas en celluloïd.

— *En l'occurrence, vous avez tout de même bien été gêné pour le montage final...*

— Gêné ? Comment cela ?

— *Le film n'était pas fini. Il manquait des séquences...*

— Il était complet, au contraire. Certes, je n'ai pu inclure des séquences qui n'étaient pas tournées, l'actrice s'étant noyée. Il a fallu modifier le scénario. Mais les corrections nécessaires ont été faites sur-le-champ – ou plutôt à Rome. J'ai pris l'avion pour consulter un scénariste romain, qui a fait le travail.

— *Il ne figure pas au générique...*

— C'est lui qui l'a voulu. Il a obtenu satisfaction.

— *Non sans lutte.*

— Quelle lutte ?

— *On dit que vous l'auriez frappé.*

— Sottise !

— *Sur la via Veneto.*

— Ce que j'ai fait de plus violent sur la via Veneto a été de siroter un Campari sur une terrasse.

— *Pourtant, les journaux...*

— La presse romaine est notoirement mal informée. En fait, il n'y a pas un seul journal lisible dans toute l'Italie.

— *Mais vous vous êtes bien disputés ? Tout ce qu'on a raconté ne peut être entièrement...*

— Nous avons eu des mots.

— *A quel propos ?*

— Décidément, cette histoire vous passionne... ! C'est lui qui prétend qu'à l'époque où il a accepté ce travail, il ne se doutait pas que la publicité entourant ce décès atteindrait de telles proportions. Il a allégué qu'il ne voulait pas souiller sa réputation – ce petit opportuniste n'avait écrit qu'un film jusque-là, un western italien avec pour vedette un ringard du petit écran ! –, mêler son nom à une œuvre sur laquelle planait un parfum de scandale... Textuellement. En réalité, c'est tout le contraire. Raison pour laquelle j'ai résisté à son chantage.

— *Tout le contraire ? Qu'est-ce à dire ?*

— Loin d'essayer de fuir cette malheureuse publicité, il cherchait à en profiter. Quelle pitoyable manœuvre ! J'ai fini par lui céder. Moi qui pensais qu'il serait fier de voir son nom figurer au générique d'un de mes films ! Pour votre information, sachez qu'il ne m'a pas retourné le chèque de cinq mille dollars que je lui ai envoyé en règlement de sa semaine de travail dactylographique. Apparemment, sur mon argent ne planait aucun parfum de scandale...

— *« Dactylographique »... ?*

— Dactylographique. Les idées de modifications du script pour rendre la fin plus plausible étaient toutes de moi.

— *Plus plausible et compatible avec la noyade ?*

— Avec l'absence de l'actrice. Si je répugne à parler de cela, c'est en raison du caractère scabreux de cette affaire. Il s'agit de la mort d'une actrice. C'est une réalité. Mais il est une autre réalité à ne pas perdre de vue. Quitte à passer pour un monstre, et je suis bien conscient de me rendre peu sympathique par cette observation, je rappelle qu'un budget de trois millions de dollars avait été consacré à ce film. Il est déjà arrivé que des premiers rôles tombent malades, aient une crise cardiaque, meurent sur un plateau. Que je sache, cela n'a jamais interrompu une production, et je ne connais pas de cas où un film achevé serait passé à la trappe simplement parce qu'une des actrices principales était morte. Pourtant, j'ai subi des pressions en ce sens juste après cette noyade et jusqu'à la première.

— *Donc, la production a bien tenté d'annuler cette sortie ?*

— Au début, elle voulait seulement arrêter le tournage. J'ai refusé. Ensuite, ayant vu les rushes – le scandale avait atteint des sommets –, elle a dépêché sur place une équipe de producteurs exécutifs sans finesse, de chefs de production, que sais-je encore, pour me demander d'abandonner. Je les ai envoyés paître. Enfin, lorsque le film a été entièrement monté et calé sur la musique – rebelote. Je les ai menacés d'un procès. Par contrat, je devais toucher une bonne part des bénéfices et je n'avais pas l'intention de laisser les bandes moisir dans les boîtes.

— *Vous n'aviez pas l'impression que ce serait de mauvais goût de les montrer ?*

— Certainement pas. Cette actrice a été victime d'un accident. Personne n'était fautif. Elle s'est noyée. Si un cascadeur était mort en tombant d'une falaise à cheval, aurait-on fait tant d'histoires ? Je pense que non.

— *Convenez tout de même que les circonstances...*

— Cette noyade était totalement accidentelle. Nous tournions dans une eau peu profonde.

— *Les rapports d'enquête sur la profondeur de l'eau varient de trois mètres à douze mètres. Ce n'est pas « peu profond ».*

— L'eau lui arrivait à la taille. Et elle était grande. Un mètre soixante-quinze, il me semble...

— *Dans ce cas, comment a-t-elle pu se noyer ?*

— Je l'ignore.

— *Vous étiez pourtant là, n'est-ce pas ?*

— Sur la barge, près de la caméra, oui.

— *Que s'est-il passé ?*

— Il faut donc revenir une fois de plus là-dessus ? Je préférerais parler du présent et du futur mais, de toute évidence, on me demande encore de revenir *ad nauseam* sur le passé...

— *Si vous le voulez bien...*

— Ce que je voudrais, c'est que cet accident ne soit jamais arrivé. Je voudrais aussi ne plus être harcelé constamment. L'enquête italienne a établi que cette noyade était un simple accident. Ce qui convient à la police italienne me convient aussi, mais comment satisfaire l'appétit de scandale des Américains ? Derrière chaque accident ou incident, le plus banal soit-il, on flaire un complot, une conspiration, une cabale ! Rien ne peut être conforme à ce qu'il paraît être. Partout du mystère, des intrigues. C'est idiot ! Qui avait intérêt à cette mort ? Je vous ai déjà dit combien d'argent avait été dépensé dans la production au moment des faits. Les retards, le coût des révisions, la nécessité d'engager une remplaçante pour résoudre la love story, ont dû coûter au moins un million de dollars supplémentaire. Personne ne voulait sa mort. Ne serait-ce que pour une question de budget.

— *Pourtant, elle s'est noyée.*

— Oui.

— *Comment cela s'est-il produit ?*

— L'enchaînement des circonstances reste vague dans mon esprit.

— *Votre assistant réalisateur...*

— Oui.

— *A formellement déclaré aux enquêteurs...*

— Oui, oui...

— *Que l'actrice ne voulait pas se mettre à l'eau.*

— Particulièrement froide, ce matin-là. Que devais-je faire ? La lumière était parfaite, l'équipe était en place, on était prêt à tourner. Les acteurs sont de grands enfants, vous savez. Si j'avais cédé, elle aurait refusé de marcher sur une pelouse la fois d'après.

— *Le premier scénariste a affirmé que la scène que vous tourniez ce matin-là...*

— Celle où elle regagne le quai à la nage ? Eh bien ?

— *Il affirme qu'il n'a pas écrit cette scène. Qu'elle n'est pas dans le script original.*

— Il n'a qu'à se plaindre à son syndicat.

— *Est-elle dans le script original ?*

— Je n'en sais rien. Si on ne modifiait jamais rien en cours de tournage... vous croyez que je suis les scripts à la lettre ? Que devrait faire un metteur en scène, selon vous ? Dire « plus fort » ou « moins fort » au comédien ? Les scénaristes n'ont qu'à tourner leurs propres scripts, dans ce cas. Ce sera du joli.

— *Cette scène avait-elle été ajoutée ?*

— C'est possible. Je ne me rappelle pas. Si elle ne figurait pas dans le script, comme le prétend notre mercenaire d'Hollywood, je suppose qu'elle a été ajoutée.

— *Quand ?*

— Je ne me souviens pas. J'ai parfois des idées qui me viennent la veille du tournage d'une scène. Auquel cas je convoque les techniciens concernés pour leur expliquer l'affaire. S'il faut ajouter du dialogue, je m'arrange pour qu'acteurs et script-girl aient les pages nécessaires, et je demande aux premiers d'apprendre leur texte pour le lendemain. S'il n'y a pas de dialogues additionnels...

— *Là, il y avait du dialogue ?*

— Non. L'actrice devait simplement gagner le quai à la nage depuis une vedette.

— *Que fait-on en pareil cas ? Dans une scène ajoutée où il n'y a pas de dialogue ?*

— Je prends l'acteur à part pour lui décrire la scène dans ses grandes lignes. Là, c'était très simple. Elle n'avait qu'à plonger pour nager ensuite jusqu'au quai...

— *Dans une eau peu profonde ?*

— Pas profonde au point de lui faire courir le risque de heurter le fond, si c'est ce que vous insinuez.

— *Donc, peut-être que la profondeur estimée...*

— La profondeur n'était un problème pour personne sachant nager...

— *Savait-elle nager ?*

— Quelle question ! Vous ne croyez pas que je l'aurais laissée jouer une scène dans l'eau... !

— *Je me demandais simplement si elle était bonne nageuse...*

— Moyenne. Ce n'était pas Esther Williams, mais son rôle n'était pas celui d'une championne olympique. C'était une nageuse moyenne.

— *Quand lui avez-vous expliqué cette scène ?*

— Le matin même. Si ma mémoire est bonne... oui, je crois que l'idée m'était venue la veille et que j'avais convoqué l'équipe technique pour expliquer ce que je voulais pour le lendemain. C'est à ce moment-là que je me suis adressé à elle. Du moins, c'est ainsi que ça se passe, en général. J'imagine qu'il en a été de même pour cette scène-là.

— *Vous lui avez expliqué qu'elle aurait à plonger de la vedette pour nager jusqu'au quai ?*

— Elle n'avait rien d'autre à faire.

— *Etait-elle d'accord ?*

— Quelle question ! C'était une gamine inexpérimentée, qui tournait là son premier film. Bien sûr qu'elle était d'accord – on ne lui demandait pas son avis ! Elle posait en minijupe pour un magazine de mode destiné aux adolescents quand je l'ai découverte. C'était la chance de sa vie, ce film ! Voyez le casting que j'ai rassemblé autour d'elle ! Vous savez ce que m'a coûté la vedette masculine ? Enfin, bref... j'en suis encore agacé.

— *Est-il vrai qu'il a menacé de quitter le tournage après la noyade ?*

— Il l'a clamé haut et fort dans toute la presse mondiale. Je m'étonne qu'il n'ait pas dressé un panneau d'affichage sur la Lune, mais j'imagine qu'il a fait sa demande à la NASA.

— *Il a donc bien menacé de partir ?*

— En effet. Je ne pouvais le tolérer. Son contrat non plus, d'ailleurs. Les acteurs s'imaginent parfois être autre chose que des bêtes de somme. Aujourd'hui encore, malgré l'existence de structures de production indépendantes, le studio sert de puissant rouleau compresseur écrasant les contrariantes petites bosses soulevées sur notre chemin par les comédiens étourdis d'avoir vu leur grosse figure idiote sourire béatement à l'écran. Ils ont la tête qui enfle. Quitter le tournage ? Je lui aurais collé un procès au cul !

— *Pourquoi voulait-il s'en aller ?*

— Il a fait des difficultés dès le début. Je crois qu'il cherchait un prétexte et cet accident venait à point nommé...

— *Quel genre de difficulté ?*

— Je ne crois pas nécessaire de commenter la réputation de ce monsieur. On lui a fait la publicité adéquate, même dans les plus austères publications familiales.

— *Est-il vrai qu'il vivait une idylle avec cette actrice ?*

— Je n'ai encore jamais travaillé sur un film où ça n'était pas le cas. C'est la routine.

— *Il y avait donc idylle ?*

— Oui, hélas !

— *Pourquoi « hélas » ?*

— Cette fille était à l'aube d'une belle carrière. J'étais fâché de la voir se mettre dans une situation qui... de la voir dans une position aussi vulnérable.

— *Vulnérable ?*

— La presse italienne ne demandait qu'à broder sur une histoire d'amour torride avec ce séducteur. A plusieurs reprises, je l'ai mise en garde. Nous avions beaucoup fait pour elle. On ne devient pas star du jour au lendemain...

— *A-t-elle tenu compte de ces avertissements ?*

— Elle était très jeune.

— *Est-ce à dire... ?*

— Dix-neuf ans. Très jeune.

— *En dépit de vos efforts, leur liaison s'est ébruitée...*

— Oui, en dépit de mes efforts...

— *Oui ?*

— La jeunesse est susceptible. Je l'avais pourtant prévenue ! Jusqu'à la fin, je l'ai prévenue. La veille de l'accident, on donnait une réception à l'hôtel en mon honneur. Nous avions visionné les rushes de la journée – tout le monde était très content – et j'étais plus que jamais certain qu'elle allait crever l'écran, que j'avais découvert quelqu'un, inventé quelqu'un qui deviendrait une vraie star. Aucun doute là-dessus. Elle avait ce quelque chose... Impossible d'expliquer cela à un profane. Il existe des gens qui sont comme des pages blanches : fades, insipides, jusqu'au moment où on les photographie. Soudain, l'écran s'illumine d'une force vitale positivement éblouissante. Elle avait ça. Donc ce soir-là, je l'ai prise à part, et autour d'un verre je lui ai parlé, lui rappelant ses débuts d'obscur mannequin pour magazine de jeunes, lui promettant un beau succès à la sortie du film, et je l'ai suppliée de ne pas compromettre son avenir en sortant bêtement avec la vedette masculine, un homme qui avait une réputation... La presse était là, vous savez, c'était un événement mondain – j'avais rencontré la puissance invitante sur la Riviera, il y a des années, sur un tournage, et c'étaient des retrouvailles... Enfin, tout cela est accessoire, n'est-ce pas ? Elle est morte. Elle s'est noyée le lendemain.

— *Que s'est-il passé à cette soirée ?*

— On a réussi à prendre des photos d'elle. Il y avait une sorte de coursive menant aux chambres avec vue sur le port... Les paparazzi ont pris des photos du couple dans une attitude... compromettante, dirai-je. J'ai tenté de leur arracher leurs appareils, je me suis battu avec l'un des photographes...

— *Ce sont les photos qui ont été publiées après l'accident ?*

— Oui, oui. J'avais déjà compris que sa carrière était ruinée. Je savais que tout ce que j'avais fait, tous ces efforts – tout cela, pour elle, comprenez-vous, afin d'en faire une star –, tout cela était gâché. Je l'ai emmenée dans sa chambre, l'ai sévèrement réprimandée, et lui ai rappelé d'être au maquillage le lendemain, à six heures du matin.

— *Que s'est-il passé le lendemain matin ?*

— Elle s'est présentée sur la barge à huit heures du matin, maquillée et en costume. Elle portait un bikini sous son peignoir. Il faisait très froid.

— *Son comportement était-il bizarre ?*

— Bizarre ? Je ne comprends pas. Elle avait l'air contrite, naturellement. Elle restait dans son coin, sans parler à personne. A part cela, rien d'anormal.

— *Il n'y avait pas d'animosité entre vous ?*

— Non, non. Un certain froid, évidemment, après la scène de la veille. Mais je suis un professionnel, vous savez, et j'avais une scène à tourner. Dans mon souvenir, j'ai même été assez courtois pour lui offrir de profiter de ma Thermos, voyant qu'elle se gelait.

— *Votre Thermos ?*

— Oui. Ma Thermos de thé. Je l'aime très infusé, à la limite de l'amertume. Quand je tourne en extérieur, je n'en trouve jamais qui soit à mon goût, alors je le prépare moi-même. Je lui ai offert une tasse. Je l'avais préparé dans ma chambre le matin même.

— *Et elle a accepté ?*

— Avec gratitude. Elle frissonnait. Le vent était assez mordant, un début de mistral, j'imagine. Pendant qu'elle sirotait son thé, je lui ai expliqué la scène. Nous étions seuls à la poupe ; tout le monde était en train de s'activer de l'autre côté.

— *Elle n'a pas fait allusion à la scène de la veille ?*

— Aucune. Je ne lui demandais rien, d'ailleurs. Elle s'est seulement plainte que le thé était trop amer. Je me suis assuré qu'elle n'en laissait pas une goutte.

— *Pourquoi ?*

— Pourquoi ? Je vous l'ai déjà dit. Il faisait singulièrement froid. Je ne voulais pas qu'elle attrape un rhume.

— *Est-ce la seule raison pour laquelle vous lui avez proposé ce thé ? En veillant à ce qu'elle n'en laisse pas une goutte ?*

— Que voulez-vous dire ?

— *Je ne fais que répéter les propos de certaines personnes qui se trouvaient sur cette barge.*

— Oui... c'est-à-dire ?

— *Qu'elle était ivre quand elle s'est présentée, que vous avez essayé de la dégriser et qu'elle était encore ivre quand elle s'est mise à l'eau.*

— Sottise ! On ne se saoule pas sur mes tournages. Même si j'avais travaillé avec W.C. Fields, je n'aurais pas toléré qu'il boive – et je le tenais en haute estime ! Pour un acteur, c'était un homme sensible et honorable.

— *Pourtant, selon une rumeur persistante, elle aurait été ivre en quittant la barge pour embarquer dans la vedette.*

— Elle était tout à fait sobre. Je serais curieux de savoir comment naissent ce genre de rumeurs ! Elle a fini son thé et nous sommes restés seuls ensemble pendant plus de trois heures. J'avais un problème de couleur avec la vedette : le vert de la proue n'était pas satisfaisant et je l'ai fait repeindre. L'attente a donc été plus longue que prévu. Je craignais que le temps se gâte et qu'on soit obligés de se replier... Enfin, le point essentiel, c'est que, pendant tout ce temps, personne ne s'est approché de nous. Comment quelqu'un pourrait-il savoir si elle était ivre ou pas ? Elle ne l'était pas, je puis vous le certifier...

— *On dit...*

— On, on, on... Qui ça, on ?

— *Les autres, sur la barge. Ils disent que lorsqu'elle est montée dans cette vedette, elle avait du mal à garder son équilibre. Qu'elle avait l'œil vitreux...*

— Sottise !

— *Que lorsqu'elle a demandé à ce que le tournage de cette scène soit reporté...*

— Quel tissu d'âneries !

— *... sa voix était toute faible...*

— Je puis vous certifier, de la façon la plus nette et sans aucune réserve, pour avoir été à son côté depuis le moment où elle est arrivée sur cette barge jusqu'à celui où elle est montée dans la vedette, trois heures et demie plus tard, qu'elle était alerte, responsable et en pleine possession de ses facultés. Elle rechignait à se mettre à l'eau en raison de la température, mais je ne pouvais tout de même pas contrôler les éléments ! Ni retarder le tournage, alors qu'on risquait de perdre la lumière et que tout était prêt...

— *Donc, elle a plongé...*

— Oui. Elle était censée parcourir une courte distance sous l'eau, puis revenir à la surface. C'était la scène. Elle est bien allée sous l'eau, les caméras tournaient, nous... personne n'a compris, au début, qu'elle mettait un temps anormalement long à remonter. Lorsqu'on a compris, c'était trop tard. *Lui*, évidemment, il s'est aussitôt jeté à l'eau...

— *Lui ?*

— La vedette masculine. Le geste héroïque de la virile star. Elle était déjà morte quand il l'a ramenée.

— *Quelle fut la cause de la noyade ? Une crampe ? Un courant traître ?*

— Je n'en ai pas la moindre idée. C'était un accident, et voilà tout. Un accident particulièrement malheureux et que je déplore. Mais le passé est le passé, et quand on persiste à s'appesantir sur ce qui vous est arrivé, on perd de vue l'avenir. Personnellement, je n'aime pas ruminer. Ruminer, c'est stagner. Je fais des projets, et c'est ainsi que je ne me laisse jamais surprendre. C'est réconfortant, par exemple, de savoir qu'au moment où cette interview paraîtra, je serai en train de monter un film que je n'ai pas encore tourné. La routine a du bon : elle donne une assise qui manque trop souvent dans l'industrie du cinéma.

— *Ce prochain film...*

— Enfin ! Je croyais qu'on n'y arriverait jamais !

— *Quel en est le sujet ?*

— Je ne dévoile jamais l'intrigue ou le thème d'un film. Si une histoire pouvait se résumer en trois ou quatre paragraphes, pourquoi passerait-on de longs mois à la filmer ? Le synopsis a été inventé par ces analphabètes d'Hollywood qui ont besoin que des « analystes » leur mâchent le travail.

— *Que pouvez-vous nous en dire ?*

— Je puis vous dire que le tournage aura lieu en Europe centrale et que je profiterai des magnifiques décors naturels. J'ajoute que c'est une love story magnifique et que j'ai trouvé une jeune fille d'un talent extraordinaire pour le rôle principal. C'est son premier film ; elle était dans une petite troupe de théâtre quand je l'ai découverte, tout à fait par hasard. Un ami m'avait envoyé voir une de leurs pièces, disant qu'il y avait peut-être des idées de scénarios... bref ! La pièce était un nanar, mais cette jeune fille... Je lui ai fait passer des essais aussitôt, et le résultat fut stupéfiant. Ce qui compte, c'est ce que capte l'œil de la caméra, voyez-vous, raison pour laquelle beaucoup de célébrités de la scène ne font jamais carrière au cinéma. Cette fille-là a une authenticité qui fait complètement oublier tout l'appareil technique – projecteurs, écrans, etc. C'est incroyable, presque troublant, comme si sa force vitale transcendait le médium, le contournait en quelque sorte. Elle établit directement la communication avec une intensité inédite. Je la fais travailler depuis... quoi, six mois ? et elle est d'une réceptivité rare –

une rare combinaison d'intelligence et de beauté incandescente. Il serait hasardeux de faire des prédictions, vu l'évolution actuelle de l'industrie du cinéma, qui n'a jamais été aussi fragile, mais si elle continue à progresser, si elle s'astreint à travailler toujours aussi dur dans les mois qui viennent – et cela sous ma houlette –, alors j'entrevois pour elle une carrière des plus brillantes.

— *Avez-vous quelque chose à dire sur l'industrie du cinéma en général ?*

— Je ne m'intéresse pas aux généralités, seulement aux faits singuliers. Je pense que, tant qu'il y aura des hommes désireux de réaliser de bons films – et je ne parle pas de ces pornographes qui prennent la pose de l'artiste, ni des névrosés qui veulent passer pour des humoristes –, tant que des hommes seront prêts à faire les sacrifices nécessaires pour présenter des œuvres de qualité au public, cette industrie survivra – et moi avec ! En fait, pour être plus précis, j'ai l'intention de durer.

— *Merci.*

Traduit par Valérie Malfoy.

Les infos de onze heures

Robert Turner

Dans cette fournaise, même faire le mort – rester étendu, immobile, respirer à peine – vous mettait en nage. Allongé sur mon lit, je contemplais le plafond de ma chambre et écoutais ma mère se battre avec les casseroles dans la cuisine, quand ça s'est de nouveau insinué en moi. Comme si quelqu'un battait la cadence sous mon crâne : ce soir, martelait-il, ce soir, ce soir...

Rester couché et glander m'avançaient à rien.

Je me suis levé pour aller me regarder dans le miroir de la penderie. Je voulais m'assurer que j'avais pas l'air malade, ni nerveux ni rien – histoire de ne pas trop l'inquiéter. C'était déjà assez difficile pour elle.

Ce soir-là je faisais un peu plus que mes dix-huit ans, mais c'était peut-être à cause de cette manie que j'ai de toujours jouer au gros dur quand je me mate dans la glace, et parce que j'avais quand même pas mal de barbe pour mon âge ; j'ai commencé à me raser à quinze ans.

Dans la cuisine ça embaumait le gâteau. Une bonne odeur, qui m'a un peu soulevé l'estomac. Ma vieille, courbée devant le four, en sortait une tarte, à la belle croûte dorée replissée sur les bords. Elle a levé les yeux vers moi, fait la moue puis chassé, en soufflant dessus, une mèche de cheveux sur son front où perlait la sueur.

— A la pomme, Davie. Et elle est réussie. Une bonne tarte aux pommes, ta préférée.

— Hé, génial.

J'ai pas dû y mettre assez d'enthousiasme, parce que ma mère m'a lancé un drôle de regard.

— Si tu veux bien mettre la table, c'est prêt.

J'ai sorti les couverts et tout le bazar, les ai disposés, me suis assis ; elle a placé devant moi un grand plat de saucisses de Francfort aux haricots. Rien qu'à les regarder, j'ai eu un haut-le-cœur. Puis ma gorge a commencé à me faire plus ou moins mal. J'ai jeté un coup d'œil à l'horloge : sept heures et demie. Sans le faire exprès, car je m'étais promis de ne pas regarder l'heure, mais ça m'était sorti de la tête.

Alors je me suis levé de table et me suis cassé au salon pour observer la rue. C'était l'été, il faisait encore jour. Par la fenêtre ouverte j'ai regardé – on les entendait bien – les mioches jouer dehors au hockey. Ils couraient comme des tarés et semblaient ne suivre aucune règle ; rien de plus faux, bien sûr. Moi aussi j'y avais joué quand on habitait notre ancien quartier. Seulement, dans mes souvenirs, j'avais l'impression de ne pas me voir moi, gamin, mais un étranger, des années en arrière.

En levant les yeux, j'ai aperçu Mary Polaff se pencher à sa fenêtre de l'autre côté de la rue. Elle regardait dans ma direction. C'est encore une gamine, mais elle a déjà des formes. J'ai voulu lui faire coucou et lui crier quelque chose quand je l'ai vue reculer ni une ni deux. Croyant que je ne l'avais pas repérée, elle a tourné la tête pour appeler quelqu'un derrière elle et la barrique qui lui sert de mère est arrivée et elles se sont mises un peu en retrait pour lorgner de mon côté, en se disant sûrement que je ne pouvais pas les voir – elles se gouraient.

Je savais bien ce qu'elles mataient, de quoi elles parlaient. Aujourd'hui je le regrette, mais ça m'a foutu en rogne ; vous voyez ce que ça fait, quand la colère vous envahit soudain, on en a honte plus tard, mais sur le coup on ne se rend compte de rien. Penché presque à tomber par la fenêtre, j'ai senti saillir les veines sur mon cou et mes tempes. J'ai gueulé :

— Vous épiez qui comme ça, sales fouines ? Allez-y, regardez ! Vous gênez pas, surtout !

J'ai reculé de quelques pas et me suis retrouvé nez à nez avec ma mère. Elle semblait lutter pour ne pas fondre en larmes :

— Davie ! Je t'en prie, Davie, mon chéri !

Je lui ai tourné le dos et, toute colère envolée, je me suis senti bien con. Elle s'est approchée et m'a posé son bras sur les épaules.

— Viens manger, Davie. S'il te plaît. Il faut se ressaisir. Souviens-toi de la décision qu'on a prise. On n'y pense pas. D'accord ?

— Ouais, j'ai fait. Mais qu'est-ce qu'elles regardent comme ça ? J'ai l'air différent des autres, on croirait un monstre peut-être ?

L'esquive, ça me connaît.

— Je crois que j'ai pas faim. J'ai oublié de te dire, j'ai mangé un hamburger tout à l'heure et là j'ai envie de rien. On se voit plus tard.

J'étais à la porte lorsqu'elle m'a demandé d'une voix où perçait la panique :

— Où tu vas, chéri ? Tu vas faire quoi ?

— Aucune idée. Peut-être me promener. Je sais pas.

Elle n'a rien ajouté mais en mourait d'envie, ça sautait aux yeux. Elle voulait me parler de ce film qu'on devait voir, cette comédie musicale sympa et crétine avec surtout aucun meurtre dedans, ça aurait été chouette de le voir ensemble, mais elle s'est retenue.

Je me suis senti vraiment mal pour elle. C'était minable de la planter là, mais pas de doute, elle allait me taper sur le système si je restais, et je finirais par lui balancer un truc méchant. C'est pour ça que je suis parti. J'allais peut-être réussir à me reprendre, et revenir. J'en savais rien.

Dans la rue, la chaleur n'en finissait pas de s'élever du trottoir et de ricocher sur les façades des maisons, même si le soleil était presque couché. Encore un peu et j'allais mourir étouffé. Je me suis éloigné vite fait, sans un regard pour les gens assis sous leur porche. Des gamins qui jouaient au hockey m'ont crié quelque chose mais j'ai rien compris, et je m'en foutais.

Et me voilà un instant plus tard sur la 181e Rue, devant l'entrée du métro, et sans y penser ni me demander pourquoi ou comment, j'y suis descendu. Il aurait dû y faire frais, mais non ; la rue était une oasis à côté. J'ai pris un express en direction du centre-ville. Au plafond tournoyaient ces énormes ventilos déments qui vous bousillent votre coiffure et envoient valser des feuilles de journal, mais pour rafraîchir y a plus personne. Je me suis assis juste en dessous. On était une douzaine dans le wagon. Quand je croisais le regard d'un voyageur, j'avais toujours l'impression qu'il me matait d'une drôle de manière, mais pas vraiment ; c'était juste dans ma tête.

Une fois à Times Square, je suis remonté à l'air libre. Broadway grouillait de badauds en plein lèche-vitrines ou occupés à discutailler, rien que de très normal un soir de canicule à New York. Presque tout en haut de Times Tower, ce petit immeuble loufoque en triangle, des ampoules électriques clignotaient : 20 : 32.

J'ai insulté l'horloge, puis m'en suis pris à moi-même pour l'avoir regardée, et le mal de gorge est revenu. Impossible d'avaler ma salive pendant un bon moment.

Je suis entré dans le premier bar que j'ai trouvé. J'ai failli me barrer illico à la vue d'une meute de militaires et de marins en tenue blanche, plus quelques types de l'Air Force, mais je me suis ravisé : une bonne bagarre pourrait me faire du bien. Ça m'aiderait peut-être de casser la gueule à quelqu'un, et vice versa. Alors j'ai foncé et me suis incrusté au bar, entre un marin au pantalon très moule-boules et un para à l'air costaud. Je les ai poussés sans un mot d'excuse. Ils se sont tous deux retournés, trop vite, et m'ont dévisagé en silence. Puis se sont contentés de me faire de la place.

Un filet de pêche drapait le miroir du bar, pour faire plus cool, je suppose, et en se matant par les trous on voyait des bouts de visage. Moi j'avais un pif assez grand et un sourcil plus haut que l'autre. J'ai toujours trouvé que je ressemblais, un petit peu, à Jeff Chandler, mais pas ce soir-là. Pas à travers ce filet de pêche. Je ne ressemblais plus qu'à un abruti parmi d'autres, à cran.

J'avais trois dollars cinquante en poche. Je me suis envoyé un petit verre puis une bière pour un demi-dollar, ce qui me rendait d'attaque pour sept tournées.

Ça faisait un sacré boucan, tous ces gus qui péroraient et le juke-box qui déversait sa musique si fort qu'on l'entendait de la rue. Mais personne ne me connaissait ; personne ne s'intéressait à moi.

Après quelques verres j'ai commencé à m'y plaire. Les trois premiers n'ont eu aucun effet ou presque, du moins ils sont passés inaperçus, puis le déclic s'est produit, aucun doute, je devenais un peu tendu. Je suis pas du genre à me prendre le bec pour rien, à moins d'être un peu bourré.

Mon voisin le gros couillon a demandé l'heure au serveur, qui a jeté un œil sur une horloge électrique au bout du comptoir. Je l'avais pas remarquée, celle-là. J'avais complètement oublié l'heure depuis que je m'étais posé dans ce bar, je le jure. Mais là je l'ai regardée aussi – déjà vingt et une heures trente, plus qu'une heure et demie, et je crois qu'en m'en rendant soudain compte j'ai comme pété les plombs. Je me suis tourné vers le marin.

— Si ça te tient tellement à cœur, pourquoi tu t'achètes pas une montre ? Ils te paient pas dans la Marine ?

A peine j'avais sorti ça, je savais que le type se gênerait pas pour me briser en deux. Il en avait la carrure. Mais je m'en foutais. Je n'étais pas courageux, ni costaud, ni rien, non ; ça me semblait égal, rien de plus. Pourtant le marin s'est borné à me dévisager, l'air surpris, avant de répondre d'une voix calme :

— Tu devrais te détendre, mon gars. C'est quoi qui te chiffonne ?

Avec un de ces accents traînants du Sud.

Je lui ai rétorqué qu'il avait qu'à s'occuper de ses oignons, il m'a toisé en prenant son temps, a hoché tristement la tête et m'a dit que dommage, il était déjà très en retard pour un rendez-vous galant. Je suis tombé d'accord sur ce point mais il a simplement vérifié l'heure avant de se casser. Ça m'a fait drôle – je me suis un peu senti comme abandonné ; déçu, presque. J'ai balayé le bar du regard, attendant que quelqu'un prenne la parole, mais tout le monde s'en foutait.

J'ai sifflé un autre verre et à ce moment une vieille cocotte négligée est arrivée au bras d'un type qui, ne marchant pas encore au radar, n'en devait pas moins être bien imbibé pour passer du temps avec ce tas. Elle lui tirait son pognon, c'était évident, et le draguait comme pas permis. A peine installés dans une alcôve ils ont commencé à se rouler des pelles. Un peu dégueu, à leur âge.

J'étais debout au bar, dos tourné à cette sacrée pendule, et je pouvais pas m'empêcher de les regarder. Et alors, je sais pas si c'est dû à l'alcool ou quoi, la traîne-savate blonde a pris les traits de ma mère. C'est-à-dire comme ma mère serait avec quelques années, peut-être dix, dans les pattes, et la tignasse oxygénée. Un délire absolu, et j'ignore ce qui chez cette décolorée me rappelait ma vieille car elle ne lui ressemblait pas, ça non, mais il y avait un truc. Ça m'a fichu en rogne. J'ai pensé à elle en me demandant à quoi ça l'avançait, et même moi, que je me comporte comme une andouille, à pleurnicher sur mon sort. Puis je me suis dit qu'il était pas encore trop tard pour le cinéma.

Je suis parti. La nuit était tombée – enfin, à Times Square, façon de parler –, la chaleur aussi – un peu. Broadway le soir, c'est une vision saisissante, la première fois comme la centième. Broadway c'est spécial. Un monde où tout est illusion et où le reste passe à la trappe du moment qu'on s'amuse, qu'on s'éclate ; un monde où, qu'on soit seul ou même entre potes, ce qu'il nous faut, là, tout de suite, c'est une fille. Exactement ce qui m'arrivait.

Je me sentais si bien que j'ai poussé jusqu'à la 42ᵉ Rue, puis la 50ᵉ, retardant d'autant mon retour, puis j'ai gagné la 8ᵉ pour prendre le métro direction Washington Heights.

Mauvaise idée. Pas un chat sur la 8ᵉ, lugubre malgré le déluge de lumières. Le problème de cette rue, c'est qu'elle a zéro avenir. Dans n'importe quelle autre ville on la verrait comme l'artère principale, le coin à pas rater. Ici, Times Square lui fait de l'ombre. Telle une vieille pouffiasse bien crade qui se traîne au côté d'une jolie danseuse toute pimpante, habillées pareil mais la ressemblance s'arrête là. Ça m'a vraiment foutu les boules.

Et ce à quoi je m'étais jour et nuit efforcé de ne pas penser m'est revenu à l'esprit, comme une douleur qui se réveille. Non, impossible : si je lâchais prise et me mettais à ruminer, je me laisserais envahir. D'un coup je me suis senti bien esseulé à arpenter ainsi la 8ᵉ Avenue, Petit Poucet tremblant de frousse ; je pouvais pas rester comme ça. Je suis rentré fissa dans un autre rade pourri.

Celui-là était particulier. L'enseigne m'avait échappé, mais à la seconde où j'y ai mis le pied j'ai su que c'était Le Chardon de Paddy ou un autre nom couleur locale. Le genre de bar pour Irlandais de carrière. Une rangée de gourdins d'épine aux formes délirantes pendait derrière le comptoir, avec quelques chapeaux melons brunâtres, et ils avaient laissé accrochés au miroir la déco et les fanions de la Saint-Patrick, d'un vert tout dégueu – en plein mois d'août, bon sang. Mais la clientèle se pressait pas, il y avait une télé grand écran d'allumée et en plus aucune montre en vue. Alors je me suis pointé au bar, comme on dit dans les westerns.

A la télé passait une de ces sitcoms avec une blonde neu-

neu et son coloc sauf que sa niaiserie, loin d'être exaspérante, la rendait mignonne, et vu ce qu'elle avait sous le tee-shirt on s'en fichait un peu. Ça m'a pas fait mourir ni même pisser de rire, mais regarder ce truc m'a comme vidé la tête et l'enthousiasme de la douzaine d'Irlandais posés là était contagieux. J'ai même rigolé, une fois.

Entre-temps j'avais descendu deux autres whiskys et j'attaquais mon septième, le dernier que je pouvais m'offrir, lorsque le générique de fin a retenti. L'alcool faisait son effet, enfin, mais pas aussi fort que je l'aurais souhaité. Seule m'avait envahi une espèce de relâchement, jambes en coton et doigts qui picotent, et tout était trop nettement défini, comme dans les films en 3D. Une sensation dont, je le savais, j'avais entendu des types plus âgés parler : tu peux lever le coude tant que tu veux, tu seras jamais vraiment bourré.

Tandis que je vidais mon dernier verre il y a eu une coupure publicitaire ; les gars au bar ont détaché leur regard de l'écran qu'ils mataient comme hypnotisés et se sont replongés dans la conversation et la boisson. C'était le genre d'endroit où tout le monde se connaît, s'appelle par son prénom, se balance des insultes rigolardes et des noms d'oiseaux et personne ne prend la mouche. Ils se fichaient pas mal de moi. Je me suis bientôt senti comme l'homme invisible. Ça ne me gênait pas. Je voulais que ça se passe à peu près ainsi.

Alors un grand type aux sourcils comme des scarabées, avec une coupe au bol taillée au sécateur, les manches de son bleu de travail relevées sur des bras aussi épais que mes cuisses, s'est mis à demander le silence à la ronde pour essayer d'endiguer le brouhaha.

Le calme revenant, je l'ai entendu dire :

— Chut, vos gueules, regardez le journal ! C'est les infos ! Les infos !

Il nous saoulait, à répéter ce mot.

J'ai levé les yeux vers l'écran où était apparu un type

BCBG, l'air pas là pour se marrer, assis derrière un bureau sur lequel on avait posé un globe terrestre et un bidon d'huile de moteur, et le type jacassait de sa voix sérieuse et franche.

Comme si le plein de soupe avait agité une baguette magique, tout le monde s'est tu pour s'absorber de nouveau dans l'écran. J'ai entendu le présentateur annoncer :

— Mais tout d'abord votre journal local de onze heures, en direct des studios de...

La suite s'est noyée dans un recoin de ma tête où la voix du gros – « Les infos ! Les infos ! » – faisait écho à celle du journaliste – « de onze heures... de onze heures... de onze heures... » – comme un disque rayé.

Onze heures... Plus que trois minutes...

J'aurais dû filer sans demander mon reste. J'avais pas à écouter le journal. Ce que je ne voulais pas entendre ne viendrait de toute façon qu'à la fin, peut-être bien dans un flash spécial, et encore, s'ils arrivaient à en parler. J'avais tout mon temps. Peut-être qu'ils n'allaient pas le mentionner. Mais à ce moment-là je n'y pensais même pas. Je ne pensais à rien.

Je me suis concentré sur le visage sérieux et sincère du présentateur pris en gros plan, remplissant l'écran, sur sa voix calme et cultivée, et je sentais mes doigts agripper le petit verre à fond épais posé devant moi comme s'ils devaient jamais s'en décoller.

J'ai entendu quelqu'un s'écrier, très fort, presque hystérique :

— Eteignez ça ! Eteignez ce truc !

Et c'était moi.

Toutes les têtes ont pivoté, comme actionnées par un fil. J'aurais balancé un juron en pleine messe qu'ils m'auraient pas maté autrement. Je m'en foutais. La voix baratinait toujours et allait annoncer une chose que je ne voulais pas entendre.

— Vous voulez dégager ce type, oui ou merde ? j'ai gueulé.

C'était hors de question. Je le sentais. Je le savais. Mais je ne pouvais pas laisser le mec continuer son blabla. A mon avis, rien ni personne ne pourrait me forcer à refaire ce que j'ai fait alors, jamais de la vie, mais sur le moment ça coulait de source. J'ai empoigné mon verre. La télé se trouvait à environ dix mètres, sur une étagère à deux mètres du sol, mais j'ai visé en plein dans le mille, le verre a traversé l'écran et ce beau parleur de journaliste avec sa voix à la con a disparu d'un coup dans un amas de verre brisé ; restaient que la carcasse de la télé et le silence le plus silencieux qu'on ait jamais entendu.

Le gros Irlandais à la nuque rasée s'est approché de moi, la tronche rouge comme les briques qu'il devait passer ses journées à empiler, les yeux trop petits, trop brillants, trop renfoncés. J'étais cloué sur place.

— Pourquoi qu't'as fait ça ?

Il semblait peiné, pas du tout en colère.

— T'es devenu fou ? Pourquoi, hein ?

Et sans attendre de réponse – j'aurais été incapable d'en donner –, il s'est mis à me foutre des claques, et moi les claques je supporte pas, alors je crois qu'à cet instant, on peut le dire, j'ai un peu déconné. La bière qui s'éventait dans mon verre m'a éclaboussé lorsque je l'ai saisi pour frapper le type au front. Un verre solide, qui ne s'est même pas brisé lorsqu'il m'a glissé de la main pour atterrir par terre. Alors je lui ai donné un coup de poing dans le bide.

Ce qui a suivi reste assez flou. J'ai eu l'impression qu'une centaine de gars se ruaient sur moi à la seconde, sauf que c'était impossible vu qu'on était dix fois moins. Et ça ne me gênait pas. Je les attendais. Le serveur, tellement énorme que même le futal en feu il pourrait pas bouger, a enjambé le bar telle une gazelle. Il tenait un gros gourdin en épine noueuse.

Au début c'était le bordel parce qu'ils ont entrepris de m'attraper tous en même temps et on aurait dit un troupeau de porcs qui veut se glisser par un portail étroit. Dans leur fureur ils se grimpaient les uns sur les autres, et en jouant du poing aussi vite que le permettait mon bras j'ai cogné les premiers en pleine poire. J'ai senti craquer le cartilage d'un nez. J'ai senti un globe oculaire, mou, immonde, migrer sous mon poing. Alors quelque chose m'a frappé à la joue sans me faire trop mal mais la douleur a gagné mes oreilles et puis un gars m'a chopé par le bras et l'a retourné selon un angle incroyable – j'ai senti un truc casser net et j'ai hurlé. Un mur de briques m'est tombé dessus et m'a écrasé, sans se contenter de m'engloutir jusqu'à me boucher la vue et me plonger dans le noir...

Je me suis retrouvé dans une ambulance, sauf qu'il m'a fallu un moment pour en prendre conscience, même si la sirène me hurlait dans les oreilles et si je voyais deux types en blanc assis en face de moi, avec le flic. A la place du visage, j'avais l'impression d'étrenner une grosse masse visqueuse et palpitante, du genre créature des abysses qui vient envahir la Terre comme dans les films d'horreur. J'ai esquissé un mouvement et mon bras a été parcouru d'une décharge électrique qui faisait foutrement mal. Ça m'a rappelé mon problème.

— Il est quelle heure ? j'ai demandé.

Le flic et les ambulanciers sont restés assis à me regarder. L'idée folle m'a traversé qu'ils ne m'avaient pas entendu, qu'ils ne m'entendraient jamais même si je gueulais, qu'ils resteraient assis là à jamais, les yeux rivés sur moi.

L'ambulancier chauve a regardé sa montre et m'a dit :

— Onze heures vingt.

Il avait une voix bizarre, une voix rauque de poivrot.

Je suis resté couché, immobile à cause de mon bras, et j'ai commencé à gamberger ; plus rien ne semblait pouvoir s'y opposer. Quel mal ça pourrait faire, désormais ? C'était fini. Tout était fini, sans retour possible, dix-sept minutes plus tôt ils l'avaient électrocuté et lui avait bondi et lutté contre les sangles, comme ils le font tous d'après ce qu'on m'a dit, mais les lumières sont restées allumées car j'avais entendu dire que les plombs qui sautent c'est du passé. Puis peut-être trois, quatre ou cinq minutes se sont écoulées, mais lui n'a pas bougé. Il est resté immobile.

Même s'ils lui avaient recouvert la tête je pouvais voir son visage. Il arborait la même expression que le jour où il m'avait emmené – j'avais dans les dix ans – en randonnée dans les Palisades et s'était fait mordre à la jambe par un crotale. Il s'était tout de suite assis, avait promené une allumette enflammée sur mon canif de scout puis s'était fait un garrot au-dessus avec un mouchoir. Il était pâle à faire peur et semblait au bord des larmes, ce qui ne lui était jamais arrivé, mais la colère dominait la douleur et un sourire, ou une grimace, ou autre chose, dévoilait ses grandes dents blanches et régulières.

C'est ce visage qu'il leur avait montré ce soir sur la chaise, je le savais.

J'ignore depuis combien de temps je pleurais quand je m'en suis rendu compte, mais j'y allais de bon cœur. Je braillais comme un gamin. Je me suis dit : *Mais c'est pas pour toi que je chiale, là-haut, t'entends ? Même si on me payait j'aurais pour toi aucune larme, aucune plainte, parce que ça fait cinq ans que t'es plus mon père, depuis que t'as filé avec* l'autre *et que tu nous as abandonnés moi et maman. Parce que quand on a compris que tu reviendrais plus on s'est mis d'accord pour faire comme si t'étais mort et ne plus parler de toi, et c'est ce qu'on a fait ; on s'y est habitués, avec le temps. Et je pleure pas sur mon sort ni sur celui de maman parce qu'on s'en est bien sortis. On travaille tous les deux et on se débrouille, mieux que ça.*

Seulement, pourquoi il t'a fallu surprendre cette sale petite traînée au pieu avec un autre, en fin de compte, et la tuer et en faire tout un bordel dans les journaux avec le procès et le reste, et ils ont dû t'exécuter ce soir à onze heures trois ? Papa, pourquoi t'as fait ça ?

J'ai pensé ensuite : *Alors va au diable, c'est pas pour toi que je chiale, c'est à cause de ce bras, ça me tue cette douleur. Voilà. Tu peux comprendre ça ?*

J'ai dû essayer de me lever parce que les ambulanciers et le flic se sont jetés sur moi pour me maintenir tandis qu'on m'enfonçait une aiguille dans le bras, celui qui était pas cassé, et je ne me souviens plus de rien...

Traduit par Madeleine Nasalik.

Stuart Kaminsky

Sarasota, en Floride, où j'habite, est un petit paradis culturel – des théâtres, une maison d'opéra, un centre d'art dramatique, des résidences luxueuses en bord de mer, une bibliothèque neuve, un orchestre, un jazz-club. Nos belles plages de sable fin sont envahies de retraités et de touristes venus du monde entier. Mais, comme partout ailleurs, la ville a aussi ses tares – ses quartiers dont on ne parle pas et où des êtres égarés, ou qui se cachent, vivent sur la corde raide.

Lew Fonesca n'est ni grand, ni fort, ni ambitieux. Ce n'est même pas un détective mais un huissier. Lew a des affinités avec les paumés, les marginaux et ceux qui recherchent une épouse, une sœur, un fils ou une fille. S'il parvient toujours à les retrouver, il ne les sauve pas forcément. Il y a tant d'Adèle. Tant de ténèbres.

La mort du colonel Thoureau *parut dans* The Knickerbocker *ou* New York Monthly Magazine *en septembre 1861. J'ignore tout de l'auteur. J'imagine que cette nouvelle n'a jamais été rééditée. J'ai une passion pour les vieux magazines aux pages moisies, avec leurs poèmes oubliés, leurs essais palpitants, leurs récits poussiéreux.*

Cette histoire fut écrite pendant la guerre de Sécession. Peu d'allusions sont faites à la nature du conflit ou au problème de l'esclavage. En revanche, l'auteur se concentre sur le meur-

tre d'un militaire qui en dit long, sans le vouloir sans doute, sur la condition des Noirs, des femmes et des exclus il y a un siècle. Le style est celui de l'époque. Il rappelle Edgar Poe, sans en avoir la beauté. C'est un témoignage de l'engouement pour cet auteur alors très à la mode et dont nous ne savons quasi rien. Oh, et ne serait-ce que pour cette seule raison, qui pourrait résister à un récit policier dans lequel l'employeur du protagoniste est la Volcano Life-Insurance Company ?

Adèle

— Quelle chaleur, ici !

Elle examine mon minuscule bureau en s'efforçant de dissimuler sa méfiance et sa désapprobation. Je réponds :

— L'air conditionné ne marche pas.

— Alors, pourquoi le laissez-vous allumé ?

— Le ventilateur fait quand même circuler un peu d'air. Vous cherchez votre fille, c'est ça ?

Elle hoche la tête.

Jusque-là, je ne sais pas grand-chose de cette femme, si ce n'est qu'elle s'appelle Beryl Fitztown et que sa fille Adèle a disparu. Beryl, environ cinquante ans, cheveux châtains courts, plutôt mince, porte une robe classique avec une ceinture, toute fripée et sans style. Elle garde son sac sur ses genoux et ses genoux serrés l'un contre l'autre. Elle a de beaux yeux bleus et a probablement été très jolie. Un gros hématome bleuâtre lui marque la joue.

— J'ai une photo, dit-elle en ouvrant son portefeuille.

J'attends. L'air conditionné ronronne. Je me persuade que la chaleur est supportable.

— Voilà.

Elle me tend une photo d'identité, de celles que l'on prend dans les Photomaton des centres commerciaux.

Sa fille est une vraie beauté, avec ses longs cheveux blonds, ses dents toutes blanches et son pull vert.

— Adèle ! dit Beryl en regardant vers la fenêtre comme si sa fille allait réapparaître par là.

C'est à mon tour de hocher la tête.

— Comment vous êtes-vous blessée ?

De la main, elle effleure sa joue et dit :

— En tombant dans la salle de bains du motel.

— Racontez-moi ce qui s'est passé avec Adèle, mademoiselle.

— Madame, rectifie-t-elle, les yeux rivés sur son sac. Mon mari est mort quand Adèle était petite. Un chêne.

— C'était son nom, Unchêne ?

Elle répond dans un soupir :

— Non. Il s'appelait Dwight. Il était tailleur de branches et paysagiste. Il est tombé d'un arbre, un gros chêne.

— Désolé.

— J'ai élevé Adèle toute seule. A Brisbane, dans le Kansas. Ce n'était pas très distrayant pour une gamine. En plus, je travaillais toute la journée, et souvent le soir dans un restaurant, Chez Jim et Ella. Une clientèle de routiers. Adèle passait presque toutes ses soirées à regarder la télévision ou à rêvasser devant les puits de pétrole qu'on voyait de la fenêtre de l'appartement. Du moins jusqu'au jour où elle a été assez grande pour se faire accepter par la bande de jeunes.

— Une bande peu recommandable, peut-être ?

— Vous savez, à Brisbane, la bande, ça se limitait à quatre ou cinq gamins, alors...

— Continuez.

— Je ne vois pas ce que je peux vous dire d'autre. Au lycée, elle n'était pas très bonne élève et elle s'attirait parfois des ennuis. Elle a le caractère de son père, je n'y peux rien.

— Le tailleur de branches.

— Oui. Elle a fait partie des majorettes mais, comme elle n'allait jamais aux répétitions, ils l'ont renvoyée. Elle a aussi joué dans deux ou trois pièces à l'école. Il y en avait une où ses répliques étaient d'une longueur ! Je me demande comment on fait pour retenir autant de choses !

La sueur dégouline de mon crâne mais je n'y fais pas attention.

— Je me le demande aussi.

— Que voulez-vous, dit-elle en soupirant à nouveau, la vie est une énigme.

— Eh oui.

— Ça fait trois mois qu'elle a fugué. Partie avec sa valise. Elle a laissé un message sur la télévision disant qu'elle me donnerait bientôt de ses nouvelles. Aussitôt, j'ai prévenu Josh Hamilton, le shérif, à qui j'ai confié une photo comme celle que vous avez là. Il a promis de faire le maximum. Il a même dit qu'il ferait imprimer sa photo sur les briques de lait ou les papiers d'emballage s'il n'obtenait rien. Mais elle ne donnait toujours pas de nouvelles, alors Josh m'a suggéré d'installer sur mon téléphone un de ces appareils qui permettent de savoir d'où viennent les appels. Au bout de deux semaines, elle a enfin téléphoné et j'ai pu noter le numéro. A sa voix, j'ai senti qu'elle allait mal et même qu'elle avait peur. Je l'ai suppliée de revenir. Elle a dit que c'était impossible mais que je n'avais pas à m'inquiéter. L'appel venait de Floride, d'ici, de Sarasota.

Beryl fouille dans son sac, sort une feuille de papier qu'elle me met sous les yeux : le code régional est le 813.

— J'ai refait le numéro, continue Beryl en jouant avec le fermoir doré de son sac. Quinze fois, je l'ai refait. Personne au bout du fil. Et la semaine dernière, un homme m'a répondu : il était dans une cabine téléphonique à côté d'un motel de Tamiami Trail. Ma patronne m'a conduite à Wichita, ensuite j'ai pris le bus jusqu'ici. Adèle a tout juste seize ans. Elle est jolie mais pas très dégourdie et en danger. Depuis une semaine que je suis là, je la cherche partout, mais je ne sais ni où ni quoi demander.

— Vous êtes allée à la police ?

— Oui. Dès mon arrivée. Ils ont gardé la seule photo récente qui me restait d'Adèle, et le numéro de téléphone. Il m'a paru bien, le sergent. Mais quand il m'a expliqué qu'il enverrait la photo aux services compétents pour qu'ils l'enregistrent sur ordinateur, j'ai eu l'impression que ma fille allait se retrouver dans une grosse boîte avec des centaines d'autres jeunes dans son cas.

— C'est à craindre.

Je pose le numéro de téléphone sur mon bureau, juste à côté de la photo de la jeune fille souriante.

— Autre chose, madame ?

— Oui. J'aimerais savoir qui vous êtes.

— Mon nom, c'est Lewis Fonesca. Avant, je travaillais pour le procureur général du Cook County dans l'Illinois. Au service des enquêtes. Un matin, ma femme est partie travailler en voiture et n'est jamais revenue. Un accident mortel sur la route de Lake Shore. C'était l'hiver. Je végétais dans mon boulot et je dois dire que je ne suis pas carriériste. Il faisait un froid de canard là-bas, et tous les gens, tous les lieux me rappelaient ma femme. Bref, je m'étale un peu trop, peut-être ?

— Non.

— Vous m'avez trouvé comment ?

— Le type du Dairy Queen[1], dit-elle en tournant la tête vers la porte.

Derrière, il y a un escalier de secours extérieur. Juste en face se trouve le Dairy Queen de la Route 301 (également connue sous le nom de Washington Street, mais j'ai toujours entendu parler de la Route 301 depuis six mois que j'habite ici).

Elle me dévisage pour la troisième ou quatrième fois : elle voit un homme de quarante ans, à l'air posé, brun mais déjà sérieusement déplumé, en chemise bleue à manches courtes et jean gris.

— Vous êtes détective comme à la télé ? elle demande. Comme Rockford ?

---

1. Chaîne de restauration rapide. (*N.d.T.*)

— Plutôt comme Harry Orwell, je réponds. Je ne suis pas détective. Je n'ai pas la licence pour cet Etat. Mais comme tout citoyen, j'ai le droit de faire des enquêtes. Alors, c'est ce que je fais, des enquêtes.

— Vous posez des questions.

— Je pose des questions.

— Vous prenez combien ?

— Cinquante dollars par jour, frais en sus.

— Frais, c'est-à-dire ?

— Les coups de fil. L'essence. Des choses comme ça. Je vous fais chaque jour un compte rendu et vous pouvez mettre fin à notre collaboration quand vous voulez, à condition de me prévenir la veille. Mon petit doigt me dit que je l'aurai retrouvée dans deux ou trois jours, votre fille. Sinon, je vous annoncerai qu'elle n'est pas à Saratosa.

— D'accord.

Elle sort un portefeuille de son sac et compte cinq billets de dix dollars.

— Il me faut un reçu, dit-elle en me les tendant.

Je prends un bloc de papier du format et de la couleur officiels et j'inscris la somme sur une des feuilles. Elle dit :

— Je suis au Best Western, derrière le garage. Dans la chambre 204.

— Bien. Vous pouvez m'appeler jour et nuit.

Je lui donne ma carte. Elle la range dans son sac qu'elle ferme d'un claquement sonore avant de se lever. Je fais de même.

— Je ne suis pas quelqu'un de chaleureux. Avec Adèle, je n'étais pas démonstrative, mais je l'aime et je pense qu'elle en a conscience. Je vous en prie, ramenez-la-moi.

— Vous pouvez compter sur moi.

Et elle tourne les talons.

Je m'essuie le haut du corps avec un chapelet de Kleenex que je sors de mon tiroir. Ma chemise est auréolée de sueur et me colle à la peau. Ce jour-là, à Sarasota, il fait humide et chaud, environ trente degrés, ce qui est élevé pour l'hiver, mais pas rare dans la région. La saison bat son plein. Sur le continent, à Bradenton et à Sarasota, les touristes de passage prennent des locations à des prix exorbitants et les habitués possèdent des villas ou des suites tout aussi inabordables. Mais c'est dans les stations et les appartements en copropriété le long des plages de Longboat et de Siesta Key que vont les plus gros richards. Au total, les comtés de Manatee et de Sarasota brassent environ cent mille personnes pendant la haute saison d'hiver.

Au sud de l'aéroport de Sarasota, le Tamiami Trail est une avenue bordée de motels bon marché qui s'étire sur trois kilomètres jusqu'au centre-ville et au quartier des théâtres. L'essentiel de la clientèle de ces motels est formé de prostituées mais, pendant la haute saison d'hiver, des touristes français ou allemands vont parfois s'y fourvoyer. C'est sur le Trail que j'ai commencé à chercher la cabine téléphonique d'Adèle. En cas d'échec, j'irais au sud du Bayfront Park puis dans le centre-ville pour arpenter les centres commerciaux, les boutiques et les restaurants. Sarasota est rempli de restaurants, il y en a des centaines : pour retraités, pour touristes ou pour ceux qui travaillent à l'année. Mes pérégrinations dureraient environ un ou deux jours.

Je pensais trouver Adèle sans trop de difficultés. Et puis, j'avais besoin des cinquante dollars. Si j'avais su que j'allais me retrouver aux prises avec deux meurtres, je n'aurais pas accepté cette affaire... Enfin, peut-être que si !

Je vivais dans mon bureau : un sac de couchage, un oreiller et quelques vêtements entassés dans le placard, en face de ma table. Dans un coin de la pièce, un évier jauni où je me lavais les dents, faisais mes ablutions et me rasais en évitant de me regarder dans la glace. Presque tous les jours, j'allais au YMCA[1] pour faire de la musculation et quelques plongeons avant de prendre une bonne douche.

En arrivant à Sarasota, j'avais fait la tournée des cabinets

1. Young Men's Christian Association. (*N.d.T.*)

d'avocats de la ville et de Bradenton pour offrir mes services à des prix beaucoup plus attractifs que ceux des privés officiels. Je commençais à me faire une clientèle d'avocats, mais aussi un certain nombre d'ennemis parmi mes concurrents agréés. Tant que je me contentais de poser des questions et de faire mon rapport à qui de droit, je restais dans le cadre de la loi.

Sarasota et Bradenton n'avaient donc plus beaucoup de secrets pour moi. Et dans ces villes à taille humaine, comment oublier une belle fille quand on l'a vue, ne seraitce qu'une fois ? Première étape : éplucher les numéros de toutes les cabines du Tamiami Trail. Adèle pouvait avoir téléphoné de là.

Muni de la photo d'Adèle et du précieux numéro, sans oublier ma casquette aux couleurs du club de base-ball, le Chicago Cub, je descends au Dairy Queen devant lequel j'ai garé ma voiture.

Presque vingt-deux heures. J'ai l'estomac dans les talons. Je remercie Dave de m'avoir envoyé une cliente, après quoi je lui commande un burger géant et un Blizzard aux cerises nappé de chocolat.

— La p'tite dame avait besoin d'aide, dit Dave en s'affairant autour de ma commande. Sa gamine qui file sans laisser d'adresse !

Dave n'est pas plus âgé que moi mais, après avoir réparé les bateaux pendant des années sous le soleil de la baie, il a la peau desséchée et tannée comme du cuir. Même s'il a gardé tous ses muscles et toute sa vigueur, son visage est grillé à point.

— J'ai bon espoir de la retrouver.

— Ah, les gosses !

Une fois ma commande prête, je lui montre la photo d'Adèle. Il la regarde et plisse les yeux dans un effort pour se souvenir.

— Je crois pas la connaître, mais qui sait ? Pour peu qu'elle se soit fait teindre ou couper les cheveux, plus une bonne couche de maquillage, elle sera capable de commander une glace et de partir, ni vu ni connu. J'te jure.

— Merci, Dave, dis-je en prenant mon repas.

— J'te jure !

— Salut, Dave.

Pour avaler ma pitance, je vais m'asseoir dans ma Cutlass 85, une voiture que j'ai achetée cinq cents dollars en arrivant ici. Deux mois plus tard, j'en déboursais à nouveau trois cents pour des réparations. Mais maintenant, elle me mène où je veux et la climatisation fonctionne.

La limite entre Bradenton et Sarasota est juste au nord du New College et du Center for Performing Arts Asolo. Sarasota est une ville de culture avec un grand C, avec son musée, ses cinq théâtres dont un qui ne joue que des comédies musicales, une énorme salle de concert, deux troupes de ballets et une compagnie de chanteurs d'opéra.

Le quartier du Warm Breeze Motel (en face du Harcourt Inn) où j'essaye ma première cabine n'est pas franchement culturel... Bref. Le numéro ne correspond pas à celui de Beryl. La prochaine cabine, sur la façade du Warm Breeze Motel, est la bonne : les chiffres coïncident.

Au moment où je me retourne, une prostituée qui semble me prendre pour l'homme de sa vie me tombe dans les bras :

— Tu viens, chéri ?

C'est une petite brune pâlotte aux yeux tristes, à la peau rêche, avec une poitrine plate comme une galette.

— Non, merci. Mais vous pourriez peut-être me dire si vous reconnaissez cette fille.

Je montre la photo à cette putain qui ne paraît pas beaucoup plus âgée que la fille de Beryl.

— Belle plante, elle marmonne d'une voix éteinte en me rendant la photo. Vous êtes flic ? Je croyais pourtant les connaître tous. Vous êtes nouveau dans le secteur ?

— Non, je ne suis pas flic. J'enquête sur une fille qui a disparu.

— Ah bon ! C'est qu'il y a tellement de flicaille ici, depuis une semaine.

— Pourquoi ?

— Un micheton a été tué juste en face, au Yellow Sun. Les flics ont cuisiné toutes les filles sans rien trouver.

La circulation est étourdissante. Une voiture ralentit. Un jeune, cheveux filasse et grosse tête ronde, descend sa vitre pour crier avec sa voix de péquenaud :

— C'est tout c'que t'as dégoté, mon pote ? J'te plains.

Et la voiture de redémarrer.

La fille serre les dents et essaie de se remettre dans son rôle en respirant un bon coup.

— Vous avez quoi dans vot' portefeuille, à part ça ?

— Cinq dollars si vous connaissez la fille de la photo et me filez des renseignements sur elle.

— Cinq dollars ?

— Les temps sont durs, je réponds.

— D'accord. Je les prends et je parle ensuite.

Je lui tends l'argent.

— Son nom, c'est Suzanne, dit-elle en croisant les bras. Elle bossait à partir du Linger Longer.

Elle regarde par-dessus son épaule. Deux motels plus loin, une enseigne au néon fatigué indique par une flèche clignotante la direction du Linger Longer Motel.

— Et puis ?

— Et puis, on l'a plus revue, dit-elle d'un haussement d'épaules.

— Elle travaillait pour qui ?

Nouveau haussement d'épaules. Elle regarde dans le vide.

— Ça ne valait pas cinq dollars, je proteste.

— C'est tout ce que vous aurez. Les temps sont durs.

Prenant moi aussi l'air indifférent, je passe devant elle pour rejoindre le motel en question. C'est un bon début. J'ai tapé dans le mille au second coup : l'adresse d'Adèle et son prénom de circonstance.

Sur la porte vitrée du Linger Longer Motel, il est indiqué

que les cartes American Express, MasterCard, Visa et Discover sont acceptées, qu'on parle allemand, espagnol et français et que l'employé n'a pas d'espèces sur lui. En entrant, je vois un endroit exigu, sans siège ni hall de réception. Des gobelets et une cafetière à moitié vide. Derrière un comptoir de fortune, un jeune type est en train de lire *Principes d'économie.* Il pose son livre.

— Je peux vous aider ?

Il retire ses lunettes et se lève avec un sourire poli.

Je sors une nouvelle fois la photo d'Adèle. Il remet ses lunettes.

— Suzanne. Elle était ici... euh... il y a à peu près deux mois. Pourquoi ?

— C'est sa mère, elle la cherche.

Il penche la tête de côté et regarde de plus près.

— Vous n'avez rien d'un policier, vous. Montrez-moi votre carte, si vous êtes détective.

— Je n'ai pas de carte. Je me renseigne pour des gens. Suzanne avait un nom de famille, peut-être ?

Le jeune réfléchit, puis tapote sur le comptoir en soupirant :

— Je crois qu'elle était chanteuse de cabaret dans un club de Port Charlotte.

— On trouve beaucoup de chanteuses, dans le coin, sans nom de famille ?

— Beaucoup ! Vous êtes supporter du Chicago Cub ?

Ah oui, ma casquette.

Je la retire pour essuyer la bande de sueur avec un mouchoir que je prends dans une boîte posée sur le comptoir.

— C'est pour cacher votre calvitie ? observe le gamin pendant que je me couvre à nouveau le chef.

Je vise la corbeille à papiers avec le mouchoir et demande, sans me laisser impressionner :

— Vous pensez du bien de Suzanne ? Je veux dire, d'après ce que vous savez d'elle.

— Elle était pas très bavarde. Certaines de ces chanteuses

aiment bien discuter. Il y en a même qui vous saoulent. Elle, elle avait un foutu caractère mais je l'aimais bien.

Je reste là, à attendre qu'il ait fini de cogiter sur ce qu'il va me dire.

— Ecoutez, fait-il en baissant la voix, alors qu'il n'y a personne d'autre que nous dans la pièce. Je suis étudiant au New College. Ici, on me paie bien et je peux lire et travailler mes cours autant que je le veux, sans compter que, de temps en temps, je pratique l'espagnol, l'allemand ou le français quand je reçois un touriste qui ne comprend pas où il est tombé.

Cette fois, le silence est plus long. Il regarde par la fenêtre le flot incessant de voitures.

— Cinq dollars, ça vous aiderait à vous décider ? je demande.

Refusant de la tête, il lâche :

— Elle travaillait pour Tilly. La chambre 5, dans ce coin, là-bas. S'il vous demande comment vous avez eu son adresse, dites-lui que vous avez parlé à une fille qui s'appelle Elspeth, une grande blonde délavée avec des cheveux courts, des lèvres trafiquées mais une poitrine normale. Elspeth a largué Tilly il y a trois semaines pour retourner dans l'Oklahoma.

— Merci.

— J'espère que vous la trouverez. Elle me faisait penser à ce martin-pêcheur infirme que j'avais recueilli avec ma sœur quand j'étais petit.

Je traverse le parking pour aller vers la partie en angle du motel. Devant la chambre 5, deux voitures dont une petite Fiat bleue. Je frappe à la porte.

— Qui est-ce ?

— Seymour.

— Seymour quoi ?

— Juste Seymour, je dis. Je suis chanteuse.

Un œil scrute à travers le minuscule judas.

— Flic ?

Ma parole, tout le monde me prend pour un flic !

— Non, j'ai seulement deux ou trois questions à vous poser.

— A quel propos ? Qu'est-ce que vous me voulez ?

— A propos de Suzanne. Sa mère la cherche partout.

— Moi aussi.

Il finit par m'ouvrir.

— Tilly ?

— Entrez.

Il ferme la porte derrière moi. C'est un Black, grand et élancé, environ un mètre quatre-vingts, qui porte un jean parfaitement repassé et une chemise blanche. On ne lui donnerait pas plus de vingt-cinq ans.

Je jette un coup d'œil autour de moi : la chambre est d'un mauvais goût achevé, un goût de motel. On n'a pas envie de s'éterniser.

— Je n'habite pas là, dit-il, comme s'il lisait dans mes pensées. Vous la cherchez pourquoi, Suzanne ?

— Sa mère est dans les parages. Elle veut ramener sa fillette au bercail.

— Sa mère ? Au bercail ? Elle a pas de mère, pas de maison. Elle m'a dit qu'elle s'était barrée de chez son oncle et sa salope de tante qui vivent à Los Angeles.

— Suzanne a une mère et n'habite pas à Los Angeles.

— Elle aurait donc menti, fait-il d'un air contrarié. Vous voulez quelque chose ? Personnellement je ne bois pas mais j'ai mon frigo plein pour les visites.

— Non, merci.

— Comme vous voudrez.

Il va prendre une Mountain Dew dans le mini-frigidaire et revient s'asseoir sur le petit canapé défoncé couleur de rouille. Je préfère rester debout.

— Suzanne vous a laissé tomber.

Il pouffe de rire et entame sa boisson.

— Elles ne me laissent jamais tomber. Il m'arrive de leur demander de partir, à ces dames, mais elles refusent toujours. Je suis généreux et je ne lève jamais la main. Vous pigez ?

— Je pige. Sauf qu'Elspeth vous a quitté.

— C'est ce qu'elle vous a dit ? Je l'ai virée. Elle avait très mauvais esprit, la preuve, c'est qu'elle vous a donné mon adresse. Elspeth, quelle horreur, ce nom. Elle refusait que je lui en trouve un autre.

— Et Suzanne ?

— C'est une brave fille. Un peu mélancolique, mais qui faisait du bon boulot et se plaignait jamais. Elle avait du caractère, aussi. Regardez le cadeau qu'elle m'a fait.

Il relève sa manche droite. Je vois une blessure rouge et profonde en voie de cicatrisation.

— Après tout, c'est pas mal d'avoir quelques souvenirs de bataille dans mon métier.

Il rabaisse sa manche. Je m'enquiers :

— Vous savez où elle est ?

Il appuie la cannette sur son front en fermant les yeux. A ce moment-là, on entend un bruit de clef dans la serrure. Apparaît une femme très fardée en minijupe. Elle me sourit puis se tourne vers Tilly qui a toujours les paupières baissées.

— Va te prendre un jus, Francine, et même deux.

Le sourire disparaît des lèvres très rouges de la femme qui s'éclipse en refermant la porte.

Tilly rouvre les yeux et se redresse, les bras sur le dos du canapé.

— Je vous file un tuyau si vous me donnez votre parole que vous ne répéterez à personne qu'il vient de moi.

— Vous croyez peut-être que je vais vous donner ma parole ?

— Enfin, non, il répond d'un air agacé. Je crois que ce serait une bonne chose que vous rameniez Adèle à sa mère. Ça gênerait beaucoup deux types que j'ai envie d'enquiquiner. Vous me suivez ?

— Comme votre ombre.

— Elle est avec John Pirannes, il lance avec mépris. Une grosse pointure de Beach Tides Resort, sur l'île de Longboat. Sa clientèle, ce sont des touristes, surtout les vieux friqués.

Il avait remarqué Adèle la semaine où elle s'est absentée d'ici. Ensuite, il est venu me voir avec son garde du corps, un Haïtien, un type moche comme tout avec une vilaine peau. Pirannes m'a fait une offre, une offre de merde, mais je l'ai acceptée avec le sourire.

— C'est dur comme job, le trafic d'humains !

— Dites donc ! N'essayez pas de me culpabiliser. Je vous ai bien rencardé, et gracieusement en plus.

Je dois lui attribuer ce mérite. Et il vide sa cannette pour la poser sur la table basse, sans l'écraser ni la jeter dans la corbeille à papiers.

— Vous avez raison. Merci.

— Mais je vous préviens, ajoute-t-il en appuyant sur la télécommande du téléviseur. Ça ne sera pas du gâteau. Pour séparer Adèle de M. John Pirannes, il faudra vous accrocher ! Et maintenant, bougez de là. Vous n'êtes pas transparent.

— Une dernière question.

Il presse la touche « pause », réduisant au silence la voix féminine (qui ne m'est d'ailleurs pas inconnue).

— La dernière, alors.

— Comment saviez-vous qu'elle s'appelait Adèle, et pas Suzanne ?

— Vous l'avez appelée comme...

Il se reprend :

— Vous voyez la boîte aux lettres, à deux rues d'ici ? Eh bien, elle a écrit à une amie dans le Kansas pour dire qu'elle allait bien, qu'elle suivait un stage de secrétariat et qu'elle adorait Sarasota.

— Parce que vous avez défoncé la boîte aux lettres ?

— C'était votre dernière question. Maintenant, déguerpissez. J'ai essayé d'être courtois, mais je commence à vous trouver collant.

En me dirigeant vers la porte, j'entends à nouveau la voix féminine. Sur l'écran de télévision, je reconnais Mary Tyler Moore qui tente d'expliquer quelque chose à Ed Asner.

Quand j'arrive au rez-de-chaussée, je vois Francine près du

bureau du motel. La cigarette aux lèvres, elle obéit aux ordres en buvant un jus, et même deux. Je lui fais signe qu'elle peut retourner dans la chambre. Le gamin ayant levé les yeux de son comptoir, je lui fais comprendre d'un hochement de tête que mon entrevue avec Tilly s'est bien passée.

J'ai une longue soirée devant moi, mais aussi beaucoup de pain sur la planche. Il me reste une heure avant la fermeture de la bibliothèque municipale. Je longe Tamiami Trail jusqu'au boulevard des Arts où je me gare, juste devant le Hyatt ; je pose ma casquette sur la banquette avant et traverse la rue en direction de la bibliothèque. Là, je parcours en diagonale le *Herald Tribune de Sarasota* sur microfilms, dans l'espoir de trouver quelque chose sur John Pirannes (je suis devenu expert en lecture rapide quand je travaillais pour le procureur général). Rien sur Pirannes, rien sur le Beach Tides Resort ; en revanche, il y a une avalanche d'annonces, toutes identiques, sur les autres complexes hôteliers de l'île. Un article attire toutefois mon attention : il s'agit du meurtre d'un client canadien du Yellow Sun Motel. Ce touriste aurait, en revenant à l'hôtel, surpris un homme en train de cambrioler sa chambre. Il se serait fait tuer par le malfaiteur. D'après la prostituée à qui j'ai parlé, la victime était un micheton. Le journal a préféré ne pas entrer dans les détails.

Fort peu surpris par le maigre résultat de ma démarche, je m'avance vers la bibliothécaire, une femme aux cheveux longs et au sourire complaisant.

— Vous avez déjà entendu parler de John Pirannes ?

Sans se départir de son sourire, elle s'étonne :

— Je vous demande pardon ?

— Vous êtes bibliothécaire ?

— Jusqu'à preuve du contraire, oui.

— Parce que les bibliothèques sont une bonne source de renseignements...

— De potins, vous voulez dire ? ajoute-t-elle toujours aussi gaiement.

— De renseignements.

Je lui mets la photo d'Adèle sous les yeux. Cela ne lui rappelle rien. Je lui raconte mon histoire, qu'elle écoute dans un silence attentif.

Derrière moi, quatre personnes attendent pour faire enregistrer leurs livres avant la fermeture.

— Je sors dans cinq minutes, dit la bibliothécaire. Si vous voulez, je peux vous rejoindre au bar du Hyatt, de l'autre côté de la rue.

Je prends congé. Direction : le Hyatt. Pour ce qui est de la température, la nuit n'a rien arrangé et, malgré la faible distance que j'ai à parcourir (la longueur d'un terrain de football), je sue à grosses gouttes en poussant la porte de l'hôtel. La fraîcheur du hall est saisissante.

Au bar, deux clients sont en train de parler cinéma. En commandant ma bière, j'envisage un instant de montrer au serveur la photo d'Adèle. Je me ravise. J'attendrai la bibliothécaire en sirotant ma bière et en profitant de la conversation de mes voisins.

La femme arrive quinze minutes plus tard, chemisier blanc en soie et jupe colorée, une vraie symphonie en rouge et jaune.

— Désolée, dit-elle en s'installant sur le tabouret à côté de moi. Ça m'a pris plus longtemps que prévu.

— Je ne regrette pas d'avoir attendu, dis-je en levant mon verre à sa santé.

— C'est bien ce que je pensais, vous essayez de me draguer.

Ce n'est pas le cas, mais si elle me tend une perche...

— Je voulais aussi avoir des éclaircissements sur un certain John Pirannes.

— Comme d'habitude, Rhonda ? dit le serveur.

Rhonda hoche la tête. Le serveur me proposant une autre bière, je me laisse tenter.

— Je ne peux vous accorder que vingt minutes. J'ai rendez-vous au cinéma.

— Un homme ?

— J'avais envie de vous le faire croire, mais non, c'est une femme. Alors, pourquoi vous intéressez-vous à John Pirannes ?

— Pour gagner ma vie. Apparemment, il y a une fille avec lui ; sa mère veut la retrouver pour la ramener dans son Kansas natal.

— Je vois, dit-elle en prenant son verre de bière.

— Vous êtes ensemble ? demande le serveur.

— Mettez tout sur ma note, je réponds.

Rhonda trinque avec moi et avale une grande lampée de bière, comme si elle venait de traverser un désert. Elle repose son verre et m'explique :

— John Pirannes s'habille en blanc, a les cheveux coiffés en arrière et des dents apparemment bien couronnées. Son langage est très châtié. Le bruit court qu'il garde toute sa galette en liasses de billets. Il est dans la région depuis cinq ans. Il fournit des prostituées de luxe et a la réputation de piquer des coups de gueule, surtout envers l'une de ses filles. Il a un acolyte, un certain Tony Spiltz, qui travaille au Y.

— Un petit au crâne rasé ?

— C'est ça.

— Je le vois au Y quand j'y vais tôt le matin. Un homme un peu filou !

— Mais un grand lecteur. Il adore les livres, surtout les classiques. Vous voulez en savoir plus ?

— S'il vous plaît.

— Il a passé un long séjour dans un endroit où il n'y a pas grand-chose d'autre à faire que lire, dit-elle en replongeant le nez dans son verre.

— Je vois le tableau : un type dangereux flanqué d'un extaulard !

— Bon, dit-elle avec un coup d'œil à sa montre. Je dois y aller. Vous savez où me trouver. Merci pour le verre.

Et elle me prend la main, ce qui n'est pas pour me déplaire. Je règle l'addition, salue d'un geste le serveur comme si nous étions copains comme cochons et me précipite au téléphone. En moins d'une demi-journée, j'ai accompli ma mission auprès de Beryl Fitztown. La tentation est grande de foncer jusqu'à Longboat Key où je pense pouvoir trouver Adèle. Mais le bon sens l'emporte : je compose le numéro du Best Western Hotel, chambre 204.

— Oui, répond Mme Fitztown.

Je l'imagine assise sur son lit tout habillée, jambes serrées, en train de guetter mon coup de fil devant la télévision.

— C'est Lew Fonesca. J'ai retrouvé Adèle. Ou plutôt je peux vous donner son adresse et vous dire avec qui elle est.

— Allez-y.

— Je vous le dirai si vous me promettez de vous faire aider de la police. Quand vous saurez où elle est... Les flics auraient mauvaise grâce à ne pas vous accompagner.

— Dites-moi tout de suite où elle est.

— Avec un certain Pirannes, John Pirannes, au Beach Tides Resort, sur Longboat Key.

Elle répète les informations et me demande d'épeler le nom de Pirannes.

— Merci. Si je vous dois un complément, je vous le donnerai demain matin.

— Nous sommes quittes, madame Fitztown. Courez chez les flics avec ces indications. Toute seule, vous n'arriverez à rien.

— Je n'ai rien à craindre des fornicateurs ou des proxénètes, monsieur Fonesca. Quand le Seigneur est à nos côtés, il n'y a pas de raisons d'avoir peur.

— Il n'empêche qu'un grand flic armé à vos côtés ne serait pas de trop.

Elle raccroche.

J'ai réussi à garder quelques dollars en poche. Pas assez, il est vrai, pour faire réparer le climatiseur, mais assez pour m'approvisionner en hamburgers et en milk-shakes, mettre de l'huile et de l'essence dans ma voiture et faire une grosse lessive au Lavomatic de Bee Ridge. Et pour le téléviseur que je dois acheter, j'irai au Goodwill demander les prix.

Je déplie mon sac de couchage, me déshabille et éteins la lumière. Route 301, la circulation est toujours aussi dense ; des éclats de voix s'élèvent du Dairy Queen, et parfois quelques rires. Au moment de plonger dans un sommeil bien mérité, les paroles de Beryl me reviennent en mémoire.

Sans perdre un instant, je me lève, j'allume et me rhabille. Le téléphone est là, qui me tend les bras : je dois appeler la police.

— Scott à l'appareil, fait une voix d'homme énergique. J'écoute.

— Est-ce qu'une certaine Beryl Fitztown est venue dans vos locaux, ce soir ? je demande en prenant mon plus bel accent de paysan de l'Alabama.

— Pourquoi ?

— J'ai besoin de savoir si elle a porté plainte.

— Qui êtes-vous par rapport à Mme Fitztown ?

— Son frère, Orel Bass, j'habite près de Myakka. Je me fais du mauvais sang pour elle.

— Contre qui aurait-elle porté plainte ?

— Sais pas. Elle veut retrouver sa fille de seize ans qui a disparu, ma nièce Adèle. Elle croit savoir qu'elle est ici. J'ai peur qu'elle aille la chercher dans des endroits pas propres.

— Ne quittez pas, je vais vérifier, dit Scott.

Il me fait patienter longuement. Enfin :

— Je ne vois aucune plainte à ce nom pour ce soir. Il y a une femme qui a subi des violences conjugales et un homme qui a été cambriolé. C'est tout.

— Merci beaucoup, dis-je en raccrochant sans lui laisser le temps d'approfondir la question.

Beryl Fitztown prétend qu'elle n'a rien à craindre des fornicateurs ou des proxénètes et qu'avec l'aide du Seigneur elle va se charger de John Pirannes. Je ne lui ai pourtant rien dit de cet homme, qui pourrait aussi bien être le petit copain d'Adèle ou un vieux dentiste charitable qui recueille les âmes perdues. A moins que Beryl ne qualifie de proxénète tout individu mêlé de près ou de loin à la fugue de sa fille, mais c'est peu probable.

En moins de trois minutes, je suis dehors. La circulation est fluide. Je longe la route de Fruitville, tourne sur le Trail, prends la première à gauche, puis à droite après chez Denny's, traverse le pont de Bird Key, puis la route surélevée qui mène à St. Armand. Dans la baie obscure, les lumières des bateaux scintillent de tous leurs feux. St. Armand's Circle est très animé. Je fais une embardée pour éviter des touristes en voiture à cheval et reprends ma route en direction de Longboat Key : il me faut traverser encore un pont, et enfin j'arrive sur la seule route de cette île de huit kilomètres de long : la route du golfe du Mexique.

Longboat est synonyme de dollars. Sur ma gauche, les complexes hôteliers et les barres d'immeubles du front de mer, sur ma droite, les lotissements ultraprivés : des Français et des Allemands fortunés prennent ici leurs quartiers d'hiver, mais aussi des stars de cinéma. De la route, on ne peut qu'imaginer tous ces petits nids douillets achetés pour des millions de dollars. C'est là que Johnny Pirannes et ses concurrents font leurs affaires en toute quiétude.

J'arrête ma voiture juste devant la barrière du gardien de Beach Tides Resort et je descends ma vitre. Je m'annonce en faisant un sourire courtois :

— J'ai rendez-vous avec M. Pirannes.

Le gardien, qui ne semble pas né de la dernière pluie, lorgne ma vieille guimbarde et retourne dans sa guérite. Trente secondes plus tard, il est déjà ressorti :

— Ça ne répond pas. Désolé.

— J'ai juste un...

— Je suis vraiment désolé, monsieur, dit-il comme s'il était catastrophé.

Je fais demi-tour pour repartir vers le parking du petit centre commercial, à trois cents mètres de là, où j'aurais dû m'arrêter en passant la première fois. Je gare ma voiture. Tout est éteint, mais il reste encore des véhicules. Je reprends à pied le chemin de Beach Tides Resort en espérant ne pas me faire interpeller par un policier indiscret. Derrière la rangée d'arbres, je repère un trou dans les broussailles. Je me faufile. Dans ces stations balnéaires, la sécurité est parfaitement assurée, à condition de se trouver devant la grille principale, mais il n'y a jamais de clôture sur la totalité du pourtour. Avec l'aide du clair de lune et des fenêtres éclairées, je réussis à traverser un étang, non sans avoir failli mettre le pied sur une grue endormie et heurté du genou un barbecue en briques. Une fois sur la plage, j'enlève ma chemise, la jette sur mes épaules et marche sur le sable blanc et doux avec la même nonchalance que les promeneurs tardifs. Au Beach Tides, il me faut contourner une piscine éclairée où un vieux monsieur solitaire barbote et me salue au passage. Sans me faire repérer par les vigiles qui font leur ronde dans des voiturettes de golf, j'entre dans les halls d'immeuble pour consulter les noms des occupants : c'est dans le troisième que je tombe sur un certain J. Pirannes.

J'appuie sur le bouton. Pas de réponse. J'insiste. Une fille répond :

— Oui.

— John Pirannes, s'il vous plaît.

— Je ne peux pas vous le passer.

— Pourquoi ?

— Il est mort, je crois.

— C'est vous, Adèle ?

— Oui.

— Ouvrez-moi.

— Je ne sais pas comment.

— Sur l'interphone ou à côté de la porte, il doit y avoir un bouton.

— Qui êtes-vous, la police ?

— Bien joué. La porte, je vous prie.

Je l'entends reposer le combiné. J'attends en surveillant les allées et venues. Enfin, le déclic de la porte du couloir.

L'ascenseur m'élève en un rien de temps jusqu'au seizième étage. Je frappe. Frappe encore.

— Qui est-ce ?

J'ai déjà entendu cette voix quelque part.

— Lew Fonesca.

La porte s'ouvre et je me trouve nez à nez avec Beryl Fitztown. Dans sa main gauche, elle tient son sac à main. Dans la droite, un revolver braqué sur moi. Son hématome est enflé et violacé.

— Fermez la porte, dit-elle.

J'obéis. Derrière elle, un homme est étendu sur le canapé : brun, cheveux en arrière, avec au milieu de la poitrine un trou qui a beaucoup saigné.

— Où est Adèle ?

— Partie. Elle a répondu à l'interphone et appuyé sur un bouton avant de filer.

— Nous devrions peut-être aller à sa poursuite ?

Beryl refuse de la tête et me fait signe de m'asseoir en face du cadavre, sur le siège rembourré à motifs floraux. Je m'exécute. Elle reste debout.

— Que s'est-il donc passé ? je demande.

— Je suis arrivée en taxi et j'ai essayé de parler au type. Adèle a dit qu'elle allait me suivre. Mais il ne l'entendait pas de cette oreille. Il m'a frappée et m'a sommée de partir. J'ai tiré.

— Et sur le touriste, cette semaine. Vous avez découvert votre fille avec un client qui vous a empêchée de l'emmener. C'est comme ça que vous avez eu ce bleu sur la joue. Vous avez tiré et...

— Ecoutez, Adèle était partie de la maison. J'avais espéré que la police m'aiderait, mais ils n'ont rien pu faire. C'est pourquoi je vous ai appelé à mon secours.

Beryl se laisse tomber dans le canapé, juste à côté du corps qui rebondit légèrement, mais elle ne s'en aperçoit pas.

— C'est Tony Spiltz qui l'a emmenée, n'est-ce pas ?

Elle hausse les épaules sans cesser de pointer le revolver sur moi.

— Où sont-ils allés ?

Pas de réponse. Mais un long soupir. Elle finit par dire :

— On va rester ici une heure ou deux, peut-être même toute la nuit et après, on ira à la police.

— Et vous avouerez les deux meurtres ?

— Oui.

Je m'enfonce dans mon siège en bâillant. J'ai sommeil et une barbe de trois jours.

— Vous ne les avez tout de même pas tués tous les deux, Beryl ?

— Si, tous les deux, elle répond en relevant l'arme.

— Je vais vous dire, moi, ce qui s'est passé. Vous avez retrouvé Adèle dans ce motel, avec le touriste. Le gars a essayé de vous jeter dehors. Il vous a frappée. Adèle avait une arme dans un coin de la chambre, en cas de pépin. Elle l'a sortie et a tiré sur le touriste. Vous étiez prête à couvrir votre fille pour celui-là, mais elle est partie en vous disant – je pense – qu'elle allait chercher la police. Elle a pris le revolver avec elle. Je me trompe ?

Pas de réponse. C'est que je ne me trompe pas.

— Ensuite, vous êtes venue me raconter cette histoire de numéro de téléphone. Je n'ai eu aucun mal à trouver la cabine, près de l'hôtel où le vacancier était mort. J'ai vite remonté la piste et, quand je vous ai parlé de Johnny Pirannes, vous avez fait l'erreur de le traiter de proxénète. Vous étiez parfaitement au courant de ce que votre fille faisait.

Beryl tourne les yeux vers le cadavre en secouant la tête. Je ne sais comment interpréter ce geste.

— En arrivant ici, vous avez trouvé à peu près le même scénario qu'avec le touriste. Pirannes vous a dit d'aller vous faire voir. En le voyant vous rudoyer, Adèle a pris le revolver. Et pan ! Un fornicateur en moins !

Elle garde un silence obstiné.

— Hé ! Madame Fiztown, Beryl !

— C'est faux ! C'est moi qui ai tiré, c'est moi qui les ai tués tous les deux. Je vais me livrer à la police.

— Comme vous voudrez. En attendant, Adèle est dans la nature avec un type au crâne rasé, un repris de justice à moitié cinglé. J'ai bien peur qu'elle soit un peu rapide à sortir son flingue et à jouer de la détente. Qui sera le prochain, Beryl ?

— Elle n'a tiré sur personne !

— C'est ça, elle n'a tué personne... Le mieux, c'est que je vous laisse en charmante compagnie, avec Pirannes. Vous aurez tout le temps de réfléchir avant d'appeler la police. Je vous propose un marché : je ne vais pas prévenir les flics, mais vous ne leur dites pas que j'ai mis les pieds ici.

Elle éclate de rire. Un rire jaune, mais un rire tout de même.

Lentement, je me lève et me rapproche de la porte en lui adressant un faible sourire.

— Un dernier petit conseil, madame Fitztown. Dénoncez-la à la police. Vous l'aiderez.

— Celui qui l'a emmenée est plein aux as. Il a dit qu'il s'occuperait d'elle.

— Vous croyez à ces sornettes ?

— Je n'ai pas le choix.

Arrivé près de la porte, je me retourne :

— Beryl...

— Elle était si jolie, monsieur Fonesca, dit-elle avec un sourire vague. Si naturelle, si fraîche, contrairement à toutes ces filles vulgaires qu'on voit à la télévision. C'est une enfant perdue, monsieur Fonesca. Il faut la sauver.

— Et c'est Tony Spiltz qui la sauvera ?

— Adèle, mon bébé, souffle-t-elle.

Elle me lance un regard suppliant, elle voudrait tant que je la comprenne. Je sors en refermant doucement la porte derrière moi.

Dehors, la chaleur n'a pas désemparé. Et il me faut encore

éviter les vigiles pour rejoindre le parking où j'espère retrouver ma voiture.

Ne pas penser à Beryl Fitztown, qui réfléchit à côté du corps de Johnny Pirannes pour savoir quel sera le meilleur moment pour appeler la police. Ne pas penser à Adèle et à Tony Spiltz qui roulent à tombeau ouvert en direction de Tampa, à moins qu'ils n'aillent vers Miami. Ne pas penser du tout. Mais je ne suis pas doué pour cela. J'aurais été mauvais élève en méditation. Si, par chance, je trouve un peu de sommeil cette nuit, je rêverai certainement de Beryl et d'Adèle, sa fille que je n'aurai jamais connue qu'en photo.

Une fois parvenu sans encombre à ma voiture, je décide de mettre le cap sur un bar de Bradenton ouvert toute la nuit et qui propose, après minuit, un cocktail pour le prix de deux.

Traduit par Christine Rousselet.

La mort du colonel Thoureau

(Anonyme)

De par ma naissance je suis un nordiste, de par ma profession un juriste, et je réside et exerce mon activité dans une ville du Sud dont je tairai le nom mais qui est située à cent cinquante kilomètres de Charleston, en Caroline du Sud.

Tels sont les renseignements personnels que j'ai cru bon de divulguer en guise d'introduction à l'histoire singulière que je vais vous conter.

Il y a tout juste trois ans, au mois d'août, je suis retourné sur les lieux de mon enfance, dans le Massachusetts. Séjournant pour quelques jours à Boston, je me suis trouvé dans le cabinet d'un ancien condisciple – appelons-le M. Richards –, homme de loi jouissant déjà d'une certaine notoriété comme avocat et qui occupait la position délicate de conseiller auprès de la plus grosse compagnie d'assurance vie de Nouvelle-Angleterre.

— Vous tombez bien, me dit-il, on me soumet un dossier sur lequel vous pourrez peut-être m'apporter quelque lumière...

Là-dessus, il se mit à m'expliquer que la Volcano Life-Insurance Company venait de recevoir une proposition pour assurer la vie d'un certain colonel Thoureau dans la ville où je résidais moi aussi. Cette offre avait été faite à la maison mère de Boston et non, comme de coutume, à l'agence locale. Elle était accompagnée de certificats médicaux et autres attestations concernant l'état de santé de la personne, ses habitudes, etc. ; et, jusque-là, tout était parfaitement en règle. Seul le montant du capital concerné faisait hésiter la direction. Le colonel Thoureau, qui avait déjà quarante ans, souhaitait garantir à ses héritiers la somme de vingt-cinq mille dollars.

La compagnie, m'expliqua R. sous le sceau du secret, avait récemment subi des pertes sévères en raison du décès inattendu de clients s'étant assurés pour des sommes considérables. L'un au moins de ces décès avait éveillé les soupçons de l'assureur, qui était résolu à être extrêmement prudent à l'avenir tout en enquêtant sur ces disparitions suspectes.

— Puisque notre correspondant est l'un de vos concitoyens, auriez-vous des renseignements à nous fournir sur lui ?

Je connaissais le colonel de vue. Il prenait ses repas au même hôtel que moi et se faisait surtout remarquer par son goût des échecs et sa réserve. De corpulence moyenne, robuste, le cheveu grisonnant, il se tenait bien droit et avait le teint florissant. Voilà tout ce que je pouvais dire sur sa personne et cela paraissait éminemment favorable.

— A votre retour, j'aimerais que vous vérifiiez certaines choses... Nous lui donnerons réponse dans quelques semaines. Le risque est trop grand pour qu'on agisse à la légère.

Deux semaines plus tard, j'avais réintégré mon cabinet et entrepris aussitôt une enquête discrète auprès de mes amis concernant le colonel T. mais sans grand succès. En fait, il y avait peu à apprendre. Le colonel était originaire de Louisiane, de souche française. Pour des raisons inconnues, ce planteur avait vendu quelques années plus tôt terres et esclaves pour aller à New York, où il passa un hiver, avant de se fixer chez nous. Il était accompagné de son épouse, mais, au cours de la première année, ils avaient eu un différend et s'étaient séparés à l'amiable. Depuis trois ans et demi, il menait une vie solitaire dans un quartier un peu mort mais agréable, occupant le premier étage d'une petite maison de rapport, avec une seule domestique à son service, une vieille Négresse qui couchait au grenier, et il prenait ses repas, comme je l'ai déjà mentionné, dans un petit hôtel. Ses habitudes étaient simples et immuables : il faisait ample consommation d'eau froide et chaude, jouait aux échecs quasiment tous les jours et s'adonnait aux mathématiques. N'exerçant aucune profession, il vivait de ses rentes. Quant à ses moyens d'existence, nul ne pouvait m'en dire plus, mais ses rentrées d'argent devaient être régulières, étant donné que son épouse, qui habitait à l'autre bout de la ville, semblait à son aise et qu'on ne lui connaissait pas de dettes. J'ai oublié de préciser qu'ils n'avaient pas d'enfants.

Tout cela me paraissait satisfaisant et j'eus tôt fait de communiquer ces renseignements à mon ami de Boston.

A ma grande surprise, la direction fut d'un autre avis. Son agent local, jeune juriste de mes amis, reçut l'ordre de prendre contact avec moi et de solliciter mon aide. On me jugeait bien placé pour éclairer les questions pécuniaires et la vie privée du colonel.

Je conseillai à Willard, l'agent, d'interroger directement le colonel. Ce dernier lui répondit que son épouse était son unique héritière et que, malgré leur malheureuse séparation, il souhaitait la prémunir au cas où il décéderait prématurément ; en effet, si son capital actuel suffisait à son propre entretien et à celui de sa femme, il craignait que cela ne puisse plus être le cas après sa mort. Tout cela avait été déclaré avec un tel air de franchise et d'honnêteté que Willard avait conseillé à la maison mère de conclure l'affaire ; et, lorsque le médecin conseil de la compagnie, le Dr Evarts, se prononça favorablement lui aussi à l'issue d'un examen plus approfondi, la direction de Boston n'hésita plus et envoya les documents à signer. Muni de son contrat, le colonel régla aussitôt le montant de la prime et des frais divers.

Il était bien naturel que, au terme de cette affaire, le colonel – qui en était le héros – eût éveillé ma curiosité. Car ma curiosité était en effet piquée – et ce, autant en raison du mystère qui enveloppait encore certains détails de sa vie, que par ce qu'on avait découvert – et lorsque nous nous croisions, chaque jour, soit après le dîner dans la salle de lecture, ou le soir sur le front de mer, je scrutais ce visage indéchiffrable, cherchant vainement à plonger dans cette âme qui, j'en avais désormais la certitude, se servait de ses traits pour cacher les sentiments qui l'agitaient plutôt que pour les exprimer. Je suis, moi aussi, un homme d'habitudes – célibataire – et le colonel fit bientôt partie de mon quotidien. Je le cherchais dans les lieux qu'il hantait, tranquillisé de le voir – ou contrarié lorsque, par hasard, mon œil ne se posait pas sur sa virile silhouette au cours de ma promenade ; ou si son coin de véranda était désert.

Quant au colonel, il était peu bavard. Tout le monde le connaissait – de vue – et il passait inaperçu dans notre milieu. C'était un solitaire. Pas un misanthrope, mais un solitaire. Et cela était si clairement inscrit sur sa figure qu'il n'était pas importuné par les sollicitations mondaines des gens parmi lesquels il frayait et qu'on le laissait vaquer tranquillement à ses occupations.

Certes, de temps en temps un nouveau venu demandait : « Qui est le colonel T. ? » et nous, haussant les épaules, répétions cette phrase, car personne n'était plus avancé. Mais il présentait bien, s'exprimait avec courtoisie, était à l'évidence un gentleman, et il est difficile d'éprouver à la longue de la curiosité pour quelqu'un que rien ne distingue particulièrement de ses contemporains.

Pourtant, je ne pouvais m'empêcher de l'observer. Et telle était ma curiosité que je finis par décider de l'aborder. Nous étions déjà à la fin de l'automne et je me livrais à ma promenade sur le front de mer, comme de coutume, lorsque je décidai de mettre mon plan à exécution dès que j'aurais rencontré l'objet de mes pensées, mais il n'était pas là.

En vain je le cherchai. Je poursuivis ma route, et j'avais déjà prolongé ma promenade au-delà de ce que j'avais prévu, lorsque je pris conscience, par quelques grosses gouttes, qu'un nuage était sur le point de crever. Je ne portais qu'un costume d'été et, craignant de prendre froid, m'enquis d'un refuge. A peu de distance, s'élevait une maison en construction où j'allai m'abriter de la pluie qui se mit à tomber dru. Les nuées avaient précipité le crépuscule et il faisait presque nuit.

C'est alors que je m'aperçus que je n'étais pas seul. J'entendais des voix, assez proches. Je fus capable d'en distinguer deux ; l'une appartenait à un jeune homme, l'autre, plus grave et énergique, à son aîné.

L'averse s'interrompit aussi vite qu'elle avait commencé. Comme je m'apprêtais à partir, les deux inconnus se rapprochèrent. Je reculai instinctivement, quand le timbre de l'homme le plus âgé me parut familier.

— Vous avez tout ? disait-il.

— Oui, tout, répondit l'autre, d'une voix quelque peu émue.

— Vous vous rappelez votre serment ?

— Oui, monsieur. Vous pouvez compter sur moi.

— N'attendez plus ; que rien ne vous arrête. Vous connaissez la maison. Irez-vous ?

— Ponctuellement.

— Je pars le premier. N'oubliez pas votre récompense. A ce soir.

— A ce soir. Je n'oublierai pas, monsieur.

Les pas se dirigeaient vers le seuil de mon refuge. Je me reculai en silence, non sans jeter un coup d'œil à l'homme d'âge mûr qui s'éloignait d'un pas vif. Au même moment, le ciel s'éclaircit et je reconnus – sans aucun doute possible – mon mystérieux ami, le colonel. Il marchait vite et, lorsque je fus remis de ma surprise, il avait disparu dans l'obscurité.

Etrange, pensai-je sur le trajet du retour. C'était bien lui, mais que fabriquait-il là ? Et quel était ce jeune homme à qui il recommandait de tenir son serment ? Et que penser du « A ce soir » ?

Le lendemain matin, j'étais à mon cabinet, en train d'étudier un dossier important, lorsque j'entendis mon copiste éconduire quelqu'un qui désirait me voir de toute urgence. Je reconnus la voix de mon ami, Willard, l'agent d'assurances, et, ne souhaitant voir personne, guettai son pas décroissant dans l'escalier.

— Je dois absolument le voir ! disait-il. C'est capital. Dites-lui mon nom, et que je ne resterai pas plus de cinq minutes.

J'ouvris la porte et l'accueillis en expliquant que des affaires pressantes m'avaient contraint à condamner ma porte pendant quelques heures.

— Que se passe-t-il ? Vous êtes tout retourné...

— Il y a de quoi ! Quel malheur... Vous vous souvenez du colonel T. ?

— Certainement. Eh bien... ?

— Il est mort. On l'a retrouvé dans son lit ce matin. Egorgé. J'ai vu le cadavre... C'est très fâcheux pour moi, étant donné le montant des indemnités prévues au contrat, et que j'avais donné un avis favorable...

Je le regardai, bouche bée. C'était si inattendu !

— Dites-m'en plus...

— La domestique qui s'occupait de son ménage s'est présentée comme d'habitude à neuf heures. La porte était verrouillée. Elle a frappé plusieurs fois et, ne recevant pas de réponse, est allée prévenir la propriétaire. On a fait venir un serrurier et... quelle tragédie ! Le colonel était dans son lit, gisant dans une mare de sang.

— Quel était l'état des lieux ?

— Les portes de communication entre les deux pièces de la suite étaient grandes ouvertes. Les fenêtres de la chambre étaient ouvertes... On n'a touché à rien. Sa montre en or et sa bourse étaient encore sur la table de toilette, près du lit. Les draps avaient été légèrement remués – par l'agonisant, semble-t-il. Sinon, rien n'a été dérangé. Il y avait un rasoir par terre, près du lit, comme tombé de ses mains.

— Pas de signe de violence ?

— Aucun. C'est sûrement un suicide, et je ne laisserai pas notre compagnie pâtir de ces procédés de coquin ! déclara le furieux Willard, qui de toute évidence rangeait le défunt colonel parmi ceux ayant des vues sur les coffres de la Volcano Life-Insurance Company.

— Bien entendu, le coroner est chargé de l'affaire ?

— Oui.

— Câblez immédiatement à Boston. Dans deux heures, je vous rejoins dans la chambre du colonel.

Lorsque j'arrivai sur place, le coroner, le Dr Davis, avait déjà constitué un jury et entendait les autres pensionnaires. La tête pleine de l'étrange colloque que j'avais surpris la veille, bien malgré moi, j'écoutai attentivement ces dépositions.

Le rez-de-chaussée servait d'entrepôt à un marchand de nouveautés qui ne dormait pas sur place. Le second était loué à un invalide qui habitait là avec sa servante. Au grenier logeaient la Négresse qui tenait le ménage du colonel et une blanchisseuse noire.

La serrure n'avait pas été crochetée. On trouva la clé sous l'oreiller. La fenêtre, comme je l'ai déjà dit, était ouverte, mais un examen scrupuleux de l'appui et des deux côtés du mur ne révéla aucune trace d'effraction.

Le plus étrange était au sol ! Depuis le chevet du lit, où une petite flaque de sang s'était formée au sol, jusqu'à la porte et *sur le palier*, il y avait des traces de pas ! *Dans le sang !* Une seule rendait le dessin complet d'un pied ; les autres donnaient l'impression que l'individu s'était déplacé sur la pointe des pieds – pieds nus.

Ceux du mort étaient nus, mais pas ensanglantés. De plus, la pointure des empreintes était supérieure à la sienne. C'était du moins l'avis de ceux qui avaient mesuré. Mais le médecin, qui examina tout en détail, affirma que le colonel aurait pu laisser ces empreintes.

Jusque-là, l'opinion était équitablement partagée : *meurtre* ou *suicide* ?

— Pourquoi l'aurait-on assassiné ? On ne l'a pas volé ! déclara l'un des jurés à un autre.

— Pourquoi se serait-il suicidé ? Et pourquoi sortir sur le palier après s'être égorgé – et retourner se coucher ? lui fut-il rétorqué.

Plusieurs personnes furent entendues. Un veilleur de nuit déclara avoir vu de la lumière dans la chambre du colonel jusqu'à dix heures du soir.

Sa voisine du dessus l'avait vu monter dans sa chambre vers neuf heures. Elle n'avait rien noté de spécial, sauf qu'il marchait plus lentement qu'à l'ordinaire.

Interrogée, la blanchisseuse déclara qu'elle avait été réveillée vers trois heures du matin par un bruit de porte ou de fenêtre. Devant prendre son travail de bonne heure, elle s'était levée et habillée. En descendant, elle avait trouvé la porte d'entrée simplement fermée – et non verrouillée –, la clé y était accrochée comme d'habitude. Enfin, elle avait vu un homme se courber sur le trottoir d'en face. Entendant son pas, il s'était redressé vivement avant de s'éloigner. En raison de la pénombre, elle n'avait pu distinguer ses traits, mais il était petit, d'allure robuste, et portait des habits amples, un peu comme un matelot.

A ce stade de l'enquête, un fiacre s'arrêta devant la maison.

— Voici Mme T., dit le Dr Davis.

On l'avait avertie. Comme elle était introduite au salon, il alla à sa rencontre, tandis que nous restions dans l'autre pièce. Par l'entrebâillement de la porte, j'aperçus une silhouette élancée, un visage marqué par le chagrin, mais portant aussi les traces d'une beauté alors sur le déclin.

Ayant exprimé ses condoléances et déploré de faire sa connaissance dans d'aussi tristes circonstances, le coroner se mit à l'interroger sur le défunt.

— Quand avez-vous vu votre époux pour la dernière fois, madame ?

Ses larmes se mirent à rouler et un lourd sanglot l'interrompit alors qu'elle tentait de répondre.

— On ne se parlait plus depuis presque quatre ans, dit-elle d'une voix brisée par l'émotion.

— Voulez-vous le voir ?

Elle fut conduite dans l'autre pièce et laissée seule avec le cadavre. Là, elle tomba à genoux devant le lit, sans toutefois toucher le défunt, et se mit à pleurer en silence, sa poitrine se soulevant douloureusement sous la violence de la douleur.

Lorsqu'elle fut de retour, le coroner reprit son interrogatoire.

— Votre époux était-il sujet à des crises de neurasthénie ?

— Non.

— Avait-il des ennuis d'argent ?

— Pas à ma connaissance.

— Avait-il jamais évoqué le suicide devant vous ?

Elle se cacha le visage dans ses mains, toute frémissante d'une peine contenue, avant de pouvoir répondre, non sans hésitation :

— En effet, mais seulement une fois.

— Je vous l'avais bien dit ! chuchota le partisan du suicide au tenant de l'assassinat.

— Voulez-vous me dire dans quel contexte, madame ?

Après réflexion, la dame leva un visage calme et sévère, et répondit tranquillement :

— Je préfère m'abstenir. Cela n'a aucun rapport avec...

Il y eut un bref conciliabule entre les jurés et le coroner, et ce dernier reprit :

— Je regrette, mais c'est absolument nécessaire, madame : connaissez-vous des faits qui pourraient nous éclairer sur ce mystère ?

De nouveau, elle se cacha le visage et pleura, les épaules secouées de sanglots, mais lorsqu'elle put parler, elle répondit d'une voix assez claire, le regard direct :

— Non, je ne sais rien.

— Ce sera tout pour le moment, répondit le coroner.

La dame se retira après avoir jeté un dernier regard désespéré au cadavre, et fait mine de s'en rapprocher.

La servante fut rappelée, et on lui demanda s'il manquait des objets dans la pièce. Elle répondit que non. Le foyer de la cheminée, protégé par un pare-feu, fut dégagé. Personne n'avait pu entrer ou sortir par là. Enfin, je relatai ma petite aventure de la veille. Ma déposition, on le comprendra aisément, fut accueillie avec l'attention la plus vive, mais elle n'avait qu'un rapport vague avec la mort du colonel Thoureau. Je ne pouvais même pas certifier que c'était bien lui que j'avais vu. Et si c'était lui, le mystère n'en était que plus épais. Plus cela allait, plus l'affaire se compliquait. Le jury convint de suspendre son verdict ; en fait, les avis étaient si partagés, et il y avait tant de théories et suppositions flottantes, qu'il était impossible d'en établir un. Le coroner penchait pour le suicide. Willard, l'assureur, pour une conspiration obscure visant à flouer sa compagnie, et il souhaitait faire arrêter l'épouse en qui il voyait le cerveau de l'opération. Les jurés étaient sages – comme le sont tous les jurés – mais, quel que fût leur avis, ils en savaient si peu qu'ils s'accordèrent pour suspendre le verdict dans l'attente de nouveaux développements. En attendant, on fouilla dans les papiers du défunt. Tout était parfaitement en ordre, mais n'apportait aucune lumière sur ce qui s'était passé. On ne trouva pas de testament ; de pièces d'argent, espèces ou bijoux, il n'y avait nulle trace. C'était assez étonnant et Willard remarqua que cela confortait la thèse du suicide commis dans l'intention de filouter sa compagnie d'assurances, tandis qu'un juré qui avait du flair déclara que cela sentait le vol, et peut-être le meurtre.

Nous étions sur le point de nous retirer lorsque entra un gentleman qui se présenta comme l'ami du défunt, et en qui je reconnus aussitôt l'un de ses partenaires aux échecs. Le capitaine Snyder, ainsi qu'il se présenta, paraissait bouleversé mais ne put nous donner la moindre information. Il venait de recevoir un billet de Mme T. lui demandant de régler à sa place les détails des obsèques et il s'offrait à assumer toutes les obligations ne concernant pas les autorités.

— Au fait, docteur, dit-il au coroner alors que nous sortions, j'aimerais garder un souvenir de lui. Si ses effets étaient vendus, je souhaiterais acquérir cet ensemble de pièces de jeu d'échecs qui nous ont fait passer tant d'heures agréables ensemble. En outre, j'aimerais avoir la pièce anglaise en or que mon ami avait toujours sur lui.

— Vous dites qu'il avait des pièces d'échecs en argent massif ?

— En effet. Vous les trouverez dans ce petit meuble... Vous voyez, le dessus se rabat de cette façon – il joignit le geste à la parole – et voici l'échiquier. Mais les pièces ont disparu !

On ne les retrouva pas, non plus que la pièce d'or. Le vol était prouvé !

Le capitaine assura qu'il avait joué aux échecs avec son ami le mardi matin, soit deux jours avant sa mort.

Cette découverte donna une nouvelle impulsion à l'enquête. S'il y avait eu vol, c'était qu'il y avait eu ou bien assassinat, ou bien homicide involontaire. En tout cas, nous avions désormais une piste – et bon espoir de parvenir, si on mettait la main sur le fruit de ce vol, à élucider le mystère. Un signalement des objets volés fut adressé à la police, qui reçut l'ordre de fouiller activement les boutiques des prêteurs sur gages et ailleurs. La chambre de la servante fut perquisitionnée, sans résultat, et l'honnête Négresse versa des larmes en apprenant qu'elle était soupçonnée d'avoir dévalisé un maître qui l'avait toujours traitée avec bonté.

La police ne trouva rien ; fort probablement, le voleur avait fait fondre les figurines en argent. Quant à la pièce d'or, elle pouvait être passée entre plusieurs mains sans éveiller une attention particulière car, dans une ville portuaire de cette importance, les pièces d'origine étrangère ne sont pas rares : la seule particularité de celle-ci était si courante qu'une dizaine pouvait circuler de par la ville au même moment. Il s'agissait d'une pièce du siècle dernier, figurant sur l'une de ses faces saint Georges et le dragon, alors que les pièces de l'époque ultérieure portent le buste du souverain régnant. Les anciens souverains valent quelques cents de plus que les nouveaux, et ont en conséquence été presque tous retirés de la circulation ou fondus. Néanmoins, ils ne sont pas rares au point qu'en posséder un soit jugé remarquable.

Plus de deux semaines s'étaient écoulées sans apporter d'éclaircissement ; déjà l'affaire n'intéressait plus la presse, et même si ni Mme T. ni personne n'avait réclamé son dû à la compagnie d'assurances, Willard était plus que jamais convaincu que le défunt colonel était un coquin, lorsqu'un fait nouveau nous fit espérer – ou à moitié espérer – un dénouement. En réglant sa note d'épicerie, l'épouse du chef de la police reçut comme monnaie un souverain anglais. Comme elle lui rendait l'argent ce soir-là, son époux comprit aussitôt que cette pièce-là était identique à celle ayant mystérieusement disparu de la poche du colonel. Il interrogea l'épicier et réussit à remonter jusqu'à un petit revendeur du bord de mer. L'homme déclara qu'il l'avait reçue une dizaine de jours plus tôt d'un inconnu vêtu comme un vulgaire matelot. Il avait acheté un vêtement, on lui avait remis son achat et sa monnaie, et il était parti – pour où, personne n'en savait rien. Le vendeur décrivit l'individu, mais ce signalement n'apportait pas grand-chose.

Quelques jours plus tard, cependant, dans cette même boutique, un type fut désigné à un policier déguisé comme étant celui qui avait payé avec le souverain.

— Vous en êtes sûr ? demanda-t-il au commerçant.

— Oui, je me souviens très bien de lui.

L'homme s'apprêtait à sortir lorsque le policier s'approcha de lui et lui mit la main sur l'épaule en disant :

— Qu'avez-vous fait des pièces du jeu d'échecs et de l'argent volés au colonel Thoureau ?

L'homme blêmit, trembla violemment et, ayant enfin partiellement recouvré son sang-froid, protesta avec véhémence de son innocence. Il nia même avoir eu en sa possession le fameux souverain, mais revint par la suite sur cette affirmation, alléguant que, dans sa frayeur, il avait été entraîné à tout nier en bloc et que sa confusion n'était que le fruit de son innocence quant au crime dont il était accusé. Il se prétendait charpentier naval, au chômage ; n'était en ville que depuis quelques semaines, étant venu de La Nouvelle-Orléans où il avait eu du mal à trouver du travail ; pour se nourrir il allait à la soupe populaire, dormait ici et là, n'ayant pas de domicile fixe. Il n'avait pas d'amis pour se porter garant de sa réputation, qu'il jurait sans tache, et supplia les larmes aux yeux qu'on le laissât partir. Même si les soupçons pesant sur lui étaient légers, on l'arrêta avec l'intention de l'interroger à fond le lendemain. Dans l'intervalle, je fus assez curieux pour aller le voir en compagnie de Willard, qui voulait lui parler. La voix du prévenu me sembla curieusement familière, mais je ne me rappelais plus où je pouvais l'avoir rencontré. Lui, ayant appris que j'étais avocat, insista pour que je plaide sa cause le lendemain et fit si bien que, ne le croyant pas coupable, j'y consentis. Il m'assura de son absolue innocence et me répéta son histoire.

L'interrogatoire eut lieu. Le propriétaire de la pension où George Gordon (c'était son nom) avait dormi certifia qu'il l'avait vu monter dans sa chambre vers onze heures du soir, la fameuse nuit, et qu'il était redescendu le lendemain pour prendre son petit déjeuner à sept heures du matin. Le prévenu confirma qu'il n'avait pas quitté sa chambre de toute la nuit. Le témoignage de la blanchisseuse indiquait que le crime avait été commis probablement vers deux heures du matin. Appelé, le district attorney fut incapable de prouver que la pièce d'or trouvée sur le prisonnier était celle du colonel. Bizarrement, le capitaine Snyder, témoin dont la déposition était indispensable pour identifier cette pièce, avait disparu. Après enquête, il se révéla qu'il avait quitté précipitamment la ville, apparemment pour La Nouvelle-Orléans, mais même cela n'était pas sûr. Quand le district attorney mentionna cette absence inexplicable, le visage du prévenu s'illumina et il se pencha de son banc pour me dire :

— Je suis sauvé ! Ils n'ont plus rien contre mon alibi.

Le patron de la pension fut reconvoqué. Il affirma que le prévenu était rentré à vingt-trois heures, ou un peu plus tard. L'accusé avait à l'origine maintenu qu'il s'était couché à vingt-deux heures.

— Où étiez-vous avant onze heures du soir ? demanda le district attorney. Il se peut que ce vol ait été commis au début de la soirée.

— Vous n'êtes pas obligé de répondre à cette question si elle devait vous porter tort, lui dis-je, comme c'était mon devoir.

— Serai-je disculpé si je peux dire où j'étais pendant les premières heures de la soirée ? me demanda-t-il fébrilement.

Je lui répondis que, vu la tournure des événements, c'était presque certain.

— Dans ce cas, dit-il avec une résolution soudaine, je vais vous le dire : j'étais chez Mme Thoureau !

— Mme Thoureau ! La veuve ? dis-je, frappé d'horreur.

Toute la cour fut électrisée par cette révélation.

— Si vous la faites venir, elle le confirmera.

On l'envoya immédiatement chercher. Pendant ce temps mon client, répondant aux questions de la cour, déclara qu'il avait été recruté par Mme Thoureau pour réparer et cirer du mobilier ; qu'informée de sa pauvreté, elle lui avait donné de bons conseils et les moyens de pourvoir à ses besoins les plus criants, et que ce soir-là il était venu chercher son dû et n'avait quitté sa demeure que pour rentrer se coucher.

Mme Thoureau fut annoncée. Elle corrobora point par point l'histoire du prisonnier.

— Une dernière question, madame, dit le district attorney. Auriez-vous, par hasard, en présence du prisonnier, fait allusion à la situation financière et au mode de vie de feu votre époux ?

— Jamais.

— Savez-vous si le prisonnier connaissait le colonel et son adresse ainsi que ses habitudes ?

— Au contraire, je sais qu'il ne le connaissait pas et j'imagine qu'il ne l'a jamais vu.

Il y eut un silence qui dura toute une minute. L'accusé paraissait avoir bon espoir. Le district attorney, qui avait étudié le visage de Mme Thoureau, puis celui de l'accusé, se tourna subitement vers celle-ci et lui demanda :

— Quelle est la nature du lien qui vous unit au prisonnier, madame ?

Le visage de cette femme s'embrasa, puis devint d'une pâleur mortelle. Elle tenta de parler, mais ses lèvres remuèrent sans proférer un son. S'étant agrippée à la table pour s'y retenir, elle tomba au sol, évanouie. On la porta aussitôt à l'air libre. Un médecin fut mandé. Il ordonna qu'elle soit ramenée chez elle et déclara qu'il s'agissait d'une attaque de paralysie. Sa présence au tribunal était désormais impossible.

— J'ignore si elle passera la nuit, dit-il avant de se hâter de rejoindre sa patiente.

— Ma mère ! Ma pauvre mère ! Je t'ai tuée ! s'écria le prisonnier, se tordant les mains de désespoir et perdant toute retenue.

Sa mère ? Voilà qui était une nouvelle complication.

La séance fut levée ; le détenu remis en cellule. Notre perplexité était à son comble. Mme Thoureau aurait-elle pris part à ce crime ? Elle qui semblait si honnête. En outre, n'avait-elle pas renoncé à ses droits sur l'héritage du défunt ? Et pourtant...

La première nouvelle que j'entendis en me levant le lendemain fut que mon client s'était échappé en endossant les habits d'un de ses geôliers, qu'il avait terrassé par traîtrise. L'évasion ne fut connue que quelques heures plus tard, et autant dire tout de suite que le pauvre diable s'était caché à bord d'un navire en partance pour une île des Antilles, échappant ainsi à toute poursuite. Il m'avait laissé une lettre, qu'on avait glissée sous ma porte au cours de la nuit. Il y promettait de révéler dès que possible la part qu'il avait prise dans la mystérieuse transaction, tout en jurant solennellement qu'il était innocent du meurtre, si meurtre il y avait, et n'avait jamais connu le colonel Thoureau sous son nom véritable, l'ayant seulement rencontré par hasard en deux occasions – dont la fois où il avait plu. C'est alors que je me rappelai sa voix.

Deux jours plus tard, nous eûmes l'agréable surprise de revoir le capitaine Snyder. Il nous apportait la clé du mystère qui avait si longuement occupé l'attention de notre petit groupe. Je résume son intervention :

Mme Thoureau était la fille d'un planteur de Louisiane. Elle avait été élevée dans une pension dans le Nord. De tempérament romantique, elle s'était éprise à l'âge de dix-sept ans de son professeur de rhétorique, un homme plein de séduction mais entièrement dénué de scrupules qui, se voyant aimé de cette ingénue, avait feint d'en tomber amoureux. Le fruit de cette idylle fut un enfant, né un mois avant le retour prévu de la jeune fille dans sa famille. Sa faute n'était connue que de trois personnes – le séducteur, qui s'était enfui, et les deux demoiselles qui dirigeaient cet établissement. Craignant pour la réputation de leur maison au cas où le malheur d'Emily serait connu, elles l'aidèrent à dissimuler sa grossesse et, l'enfant étant né, lui trouvèrent un foyer chez des paysans qui ne demandaient qu'à toucher une pension sans poser de questions. En vain la pauvre mère réclama-t-elle son enfant. C'est seulement lorsqu'elle eut fait le serment de ne jamais chercher à le revoir que les deux directrices consentirent à taire son secret.

Une fois remise de ses couches, la jeune femme retourna chez elle, dans le Sud. Là, ayant mené pendant cinq ans une vie exemplaire – car elle avait péché par faiblesse et non par goût du vice –, elle fit la connaissance du colonel Thoureau. L'attirance fut réciproque. Lui vit dans sa conduite réservée mais aimable et la rectitude de toutes ses actions l'incarnation de son idéal féminin. Elle-même trouva chez ce noble et franc gentilhomme toutes les qualités dont l'imitation l'avait si fatalement trompée dans sa jeunesse. Imaginez son angoisse lorsque le colonel lui déclara sa flamme ! Ses yeux s'illuminèrent, mais, se rappelant aussitôt sa faute, elle s'enfuit en pleurant.

Pouvait-elle lui dire la vérité – à lui qui ne voyait en elle que pureté et innocence ? Mais aussi, comment l'épouser en dissimulant ce secret affreux qui l'empêchait de connaître le bonheur ? Quelles luttes amères, quelles vaines résolutions, que de larmes et prières durent être les siennes et dont il serait vain de vouloir rendre compte... Il suffira de dire que, cédant aux supplications de son soupirant, elle fut sienne – mais sans avoir avoué sa faute, ce qui aurait pu laver sa conscience, et faire d'elle une honnête femme.

Le mariage fut heureux. Emily – qui s'appelait à présent Mme la colonelle – avait été informée que le fruit de ses péchés avait disparu – sans doute était-il mort. Son séducteur était un débauché qui vivait d'expédients, dans une région lointaine. N'était-elle pas à l'abri ? Elle le croyait, et se hasarda à vivre quelques années dans la félicité. Son père mourut. Sa mère avait depuis longtemps quitté ce monde. Elle n'avait point de frère ni de sœur. Son époux était tout pour elle, et elle se consacra à son bonheur.

Sait-on jamais quel précipice nous menace ? Le séducteur d'Emily, roulant toujours plus bas sur la pente du vice, pressé par la nécessité, adressa une lettre à son ancienne victime pour l'informer de ses besoins d'argent. La pauvre fut bien forcée de parlementer avec ce méchant homme et d'accéder à sa demande en puisant dans sa bourse, dans le vain espoir qu'il la laisserait tranquille.

Las ! Un filon si riche ne pouvait être dédaigné. A plusieurs reprises, elle céda au chantage, craignant de voir son passé révélé. Et lorsque enfin, désespérée par l'audace de plus en plus grande de l'infâme, elle lui refusa ses largesses, un paquet fut envoyé à son mari, comprenant de vieilles lettres et souvenirs qui ne prouvaient que trop clairement sa faute.

Soucieux de mettre sa femme, qu'il aimait encore, à l'abri du besoin, le colonel s'était résolu à souscrire une assurance sur la vie, afin de pouvoir lui garantir une existence décente même après son trépas. Il avait fait cette démarche de bonne foi quand, un mois plus tard, il reçut une nouvelle lettre de menace de la brute qui avait détruit son foyer. Très affecté, il écrivit à cet homme et – moyennant une forte somme d'argent – obtint de lui l'engagement écrit de quitter l'Amérique pour toujours. Mais pour ajouter à son malheur, cette somme fut dilapidée sur une table de jeu et le scélérat refusa de partir sans avoir touché un supplément.

Pendant ce temps, le fils d'Emily était devenu un robuste jeune homme, apprenti sur les chantiers navals. Sa mère nourricière était morte, lui dévoilant le secret de ses origines sur son lit de mort, ainsi que le lieu de résidence de sa véritable mère. Animé du désir de la voir, il rassembla ses maigres économies pour faire le voyage et se rendit au domicile de Mme Thoureau qui le reçut avec une émotion et une joie auxquelles il ne s'attendait pas. Tous deux ressentaient la nécessité de tenir secret leur lien de parenté ; et la pauvre femme ne lui avait pas révélé les détails de sa vie conjugale. Il la prenait pour une veuve et ignorait évidemment que le mari vivait en ville.

En réalité, lorsqu'il avait débarqué (car il avait fait le voyage en bateau, contrairement à ce qu'il avait déclaré) il était tombé sur une bande de truands qui l'avaient dévalisé. L'apparition du colonel Thoureau, alors qu'il était sur le point de succomber, les avait fait fuir ; ce dernier avait ramené chez lui le pauvre garçon pour panser ses blessures sans se douter de leur tragique lien de parenté.

— Quelques jours plus tard, poursuivit le capitaine Snyder qui avait réuni toutes les pièces du puzzle, Jeremiah Randall, le débauché, fit une nouvelle demande au colonel. Il était désespéré. Le colonel aussi. Il avait vu une part considérable de son capital passer dans les mains de ce gredin pour être dissipée dans les plaisirs vulgaires et vivait dans la terreur abjecte de ses indiscrétions. Bien des fois il dut rêver d'envoyer à la potence ce dévoyé, et pourtant on peut tenir pour certain qu'il aima de tout son cœur son infortunée épouse. Si seulement il avait eu la sagesse de pardonner, de la serrer contre son cœur et de fuir avec elle, loin de leur persécuteur... ! Le sort en décida autrement.

» Ce que je vais vous raconter, continua le capitaine Snyder, je l'ai littéralement arraché à cet individu que j'ai surpris dans une ruelle de La Nouvelle-Orléans, et qui croupit à présent en prison. Maudit soit-il. Sans vouloir prendre la place du bourreau, je l'aurais volontiers étranglé de mes mains ! (Là, le capitaine montra une main que je n'aurais pas aimé sentir à ma gorge.) Vous devez savoir que mon pauvre ami était convenu d'une entrevue pour ce triste soir, afin de régler l'"arrangement" final. En raison de l'heure tardive, il avait fait parvenir au "professeur" la clé de la maison et, à onze heures du soir, Randall entra dans la chambre où le colonel l'attendait. Il prétend que ce dernier l'a insulté, ce que je crois, et menacé de mort, ce qui est un mensonge éhonté ; et qu'une lutte s'est engagée, où le colonel a eu le dessous. Cherchant un pistolet sans en trouver, Randall s'est souvenu qu'il avait une corde dans sa poche et, ligotant sa victime qui gisait à terre, il l'a bâillonnée, déposée sur le lit avant de l'égorger avec son propre rasoir ! Après quoi, il a passé trois heures à ranger à la lueur du clair de lune la pièce dont il connaissait bien la disposition, étant venu plusieurs fois chercher son argent, et il est reparti pieds nus. Mais comme il jetait un dernier regard à sa victime, il a marché par inadvertance dans le sang, d'où les empreintes jusque sur le palier... il était trop lâche pour retourner dans la chambre afin de les effacer...

— Et la blanchisseuse l'a vu se rechausser dans la rue, quand elle est sortie ? dis-je.

— Exactement. La pauvre Mme Thoureau, que je connais depuis longtemps, m'a appelé après l'enterrement et, à travers ses larmes, m'a raconté sa propre version de l'histoire, en m'expliquant sur qui se portaient ses soupçons. C'est elle qui m'a mis sur la piste de cet homme, et je n'ai eu de cesse de le tenir au bout de mon revolver, prêt à faire ses aveux. Dieu merci, la pendaison existe pour les individus de cette espèce. Sinon, j'aurais dû faire justice moi-même.

Ainsi se résolut cette énigme qui nous avait tant intrigués.

Jeremiah Randall fut pendu. Je l'ai vu se balancer au bout de sa corde. Plus jamais je n'assisterai à une pendaison. C'est trop horrible.

La pauvre Mme Thoureau végéta encore pendant quelques semaines, mais son organisme, affaibli par la détresse mentale, succomba à la paralysie et elle mourut avant l'exécution. Je n'ai jamais revu son malheureux fils. Il y a trois jours, j'ai reçu une enveloppe contenant cent dollars, avec ces mots : « Vous m'avez défendu quand tout le monde était contre moi. Merci. » Cela m'a rappelé cette histoire que je viens de vous raconter. Noms et dates ont pu être changés ; quant au reste, n'importe quel avocat ayant exercé depuis dix ans dans cette région pourra vous faire le même récit.

Traduit par Valérie Malfoy.

SHARYN McCRUMB

Être brimé, je sais ce que c'est. Chaque quartier semble entretenir son tyran local ; enfant unique, timide, j'étais tout naturellement le souffre-douleur des gros bras de Jackson Drive. J'avais quatre ans. Tous les après-midi, ma mère m'envoyait jouer dehors pour me récupérer une heure plus tard, tachée de boue, en sanglots – victime du voyou du quartier.

Un jour, exaspérée, elle a fini par me dire : « La prochaine fois que tu rentreras à la maison en pleurant, tu recevras une fessée telle que tu en oublieras les coups de ce garçon. » Elle parlait sérieusement. Mes parents n'étaient pas des gens surprotecteurs, gâteux. Il ne lui serait jamais venu à l'esprit de s'expliquer avec les parents de ce garçon. L'enfance, c'était la guerre, et je me trouvais seule sur le champ de bataille.

Le lendemain je suis sortie, glacée de terreur. J'allais prendre deux raclées, une dehors, une autre au retour. J'avais l'impression que toutes les issues avaient été bouchées – rien de plus dangereux qu'un animal acculé.

Le tyranneau de Jackson Drive discutait avec les grands au sommet de la colline. Pour une fois il ne me fondit pas dessus à la seconde, mais c'était trop beau pour durer, je le savais bien. Avant de me faire repérer, j'ai ramassé un tuyau en fer qui traînait dans l'herbe et l'ai levé aussi haut que possible pour l'abattre sur sa tête. Il s'est écroulé comme un bœuf qu'on assomme et en rentrant à la maison j'ai dit à ma mère : « Tout va bien. Je l'ai tué. »

C'était aller un peu loin, mais il a quand même fait un tour aux urgences. Et il ne m'a plus jamais approchée.

Dans Jeux d'enfants, *je me suis inspirée de mes propres sentiments pour raconter l'histoire de ce garçon timide, dans le Tennessee qu'a connu la génération de mon père. Le garçon a lui aussi affaire à un garnement crâneur, mais sa vengeance prend une forme plus subtile et ironique que la mienne. La cruauté du tyran le mène à sa propre perte.*

Des rapprochements se sont imposés entre mon histoire, mon enfance solitaire, et la vie de H. H. Munro, auteur anglais qui publiait ses nouvelles sous le pseudonyme de Saki. Le bourreau de ses jeunes années fut une tante restée vieille fille avec qui il vécut lorsque son père, soldat britannique, fut envoyé en Inde. Dans Sredni Vashtar, *nouvelle d'une formidable puissance d'évocation, Saki imagine une vengeance terrible destinée à cette tutrice haineuse qui le prive de son seul ami.*

Jeux d'enfants *s'inspire de faits réels – seule la vengeance finale est un produit de l'imagination. Je suis convaincue que l'histoire de Saki suit le même schéma – une blessure infligée au meilleur ami devient sous sa plume une revanche triomphale. L'écriture procure de nombreuses joies – régler ses comptes sans aller en prison en fait partie.*

Jeux d'enfants

L'APRÈS-MIDI, les sœurs Haskell passèrent faire la quête pour une couronne mortuaire. Davy leur tendit une pièce de cinq *cents* en plus des dix *pennies* puisés dans la boîte de levure au fond du garde-manger. Maintenant que Papa travaillait quelques jours par semaine à l'atelier du chemin de fer, Maman aurait sûrement donné vingt-cinq *cents*, mais elle était en visite chez les Kessler, où on ne parlait que de l'accident. Chaque mère de la communauté s'épancherait sur cette tragédie, les yeux rougis de larmes, car, comme le proclamait le pasteur, la mort a pour perpétuelle compagne la douleur, peu importe qui elle fauche. Pourtant, toutes sangloteraient tôt ou tard : « Ça aurait pu être mon p'tit gars. » Mais ça n'était pas leur p'tit gars : c'était Junior Mullins. Quinze *cents*, ça suffisait amplement, se dit Davy.

Les dons recueillis auprès des vingt-trois familles installées au creux de Foggy Moutain permettraient d'acheter un bouquet de fleurs correct dans le magasin d'Erwin. L'une des sœurs Haskell inscrirait le nom de chaque famille sur la carte destinée aux parents de Junior. Il y avait de fortes chances que les couronnes envoyées par les collègues de M. Mullins, comme lui responsables au chemin de fer, et peut-être par le directeur en personne compte tenu des circonstances, se révèlent plus imposantes, plus coquettes, mais les voisins tiendraient quand même à en offrir une, histoire de montrer qu'en ces temps de douleur leurs pensées et prières allaient à la famille.

Davy, lui, était toujours en deuil de sa bicyclette. Personne ne ramassait de fleurs pour elle. Elle lui avait coûté deux dollars. Deux dollars gagnés au prix d'une détresse solitaire, dans la sueur et les épines d'églantiers, à cueillir des mûres au milieu de champs en friche et à les vendre au porte-à-porte, dix *cents* le gallon. Et il en faut, des mûres, pour remplir un gallon. Rassembler la somme en menue monnaie avait occupé Davy deux précieuses semaines d'été – deux semaines à traîner du matin au soir un seau pesant entre les églantiers, à éviter serpents et sumac vénéneux, quand tous ses copains allaient nager ou jouer au base-ball dans la carrière de gravier désaffectée. Deux semaines à se priver de bonbons, de sodas, de matinées au ciné.

Le plus dur, c'était le samedi après-midi. Davy se retrouvait seul parmi les ronces, dans une chaleur telle que l'air ondulait à l'horizon, cerné par les montagnes comme par les murs verdoyants d'une prison en plein air. Quelque part, de l'autre côté de cette crête, les autres s'amusaient. Les heures s'égrenaient, Davy restait courbé sur des mûriers broussailleux et, pour détourner ses pensées de son dos endolori et de ses doigts ankylosés, tentait d'imaginer les films qui passaient au cinéma. Les cow-boys, comme Buck Jones ou Tom Mix avec son cheval Tony, étaient ses héros favoris, mais Davy y allait dès que ses moyens le lui permettaient, sans distinction de genre. Pour un gamin de onze ans qui s'ennuie à mourir chez lui, n'importe quel film vaut mieux que la vraie vie. Il fallait rudement tenir à quelque chose pour payer ainsi de sa personne. A ce moment-là il ratait *Les Collines du danger*, où Buck Jones protège une jeune femme contre des hors-la-loi qui en veulent à sa mine d'or. Comme dans tout film muet, les dialogues étaient imprimés sur des cartons projetés à l'écran. Davy considérait que bien des gosses de la région avaient fait davantage de progrès en lecture les fesses calées dans les fauteuils du cinéma que sur les bancs de l'école. Aux matinées du samedi, lorsque des meutes de gamins ânonnaient à voix haute les répliques, la salle bruissait d'un bourdonnement continu qui rappelait les ruches de Johnson à l'heure de pointe.

Davy avait loupé presque tous les épisodes du Fantôme. Il lui avait fallu se contenter du résumé de Johnny Suttle, qui accumulait les trous de mémoire et rabâchait ses passages préférés. Mais il s'en fichait. Des films, il y en aurait d'autres, et la récompense de son sacrifice était un vélo, un vélo rien qu'à lui. Davy l'avait fabriqué lui-même.

Ses deux dollars gagnés à la dure furent échangés contre un cadre de bicyclette complètement nu : sans chambres à air, sans freins, sans pédales. Il avait trafiqué des pneus en piochant dans le jardin de la vieille M'ame Turner. La disparition du tuyau d'arrosage – quatre mètres de caoutchouc rouge – passa inaperçue, et il en tira des chambres à air larges et solides, parfaites pour le vélo fait maison. Par contre, il reçut une raclée lorsqu'il taillada le fil à linge en acier galvanisé de Maman et l'enroula autour des quatre longueurs de caoutchouc afin de les fixer sur les jantes. Mais la dérouillée en valait la peine. Il avait un vélo.

Le vélo à deux dollars de Davy arborait en manière de pédales des clous à rail pris au rebut, et les freins en dessous de verre ne freinaient pas, mais Davy s'en fichait. Il avait un vélo. Papa avait rapporté de l'un des ateliers un pot de peinture bleue presque vide et Davy en avait barbouillé son vélo qui, de loin, aurait pu passer pour acheté dans un magasin.

Aux quatre coins de la carrière de gravier il tournoyait et virevoltait, plongeait dans les crevasses et surgissait du côté opposé pour rafler une boîte de Quaker Oats posée là en guise d'obstacle. S'il souhaitait s'arrêter, il appuyait le pied sur la roue avant. Une méthode tout à fait efficace quand il s'amusait seul, mais dès qu'il voulut se joindre aux compétitions de polo-vélo dans le pré de Wells, un système plus fiable se révéla nécessaire.

Le polo-vélo se jouait avec une vieille balle de softball et des maillets de croquet qu'un garçon avait dégotés dans un tas d'ordures. Les joueurs constituaient des équipes et dévalaient le pré à vélo, cognant la balle de toutes leurs forces. Des freins étaient indispensables si on voulait éviter de se fracasser contre ses coéquipiers, ou pour virer soudain lorsque la balle était interceptée par le camp adverse et envoyée aux antipodes. Quelques heures de bricolage plus tard, Davy avait remplacé les freins originaux par un cylindre fabriqué avec des capsules de bouteilles de Coca-Cola. Deux ou trois heures de rude chevauchée le mettaient hors d'usage et Davy se retrouvait à nouveau sans freins, mais le match était alors fini ; il pouvait rentrer et réparer la casse pour la rencontre suivante.

Davy s'était plutôt bien défendu sur son vélo de bric et de broc – jusqu'à l'arrivée de Junior Mullins, à califourchon derrière Charlie Bestor sur sa motocyclette. Davy rangeait Junior et Charlie dans la même catégorie : deux tyrans, l'un gros, l'autre petit. Charlie était en dernière année au collège et avait passé tous ses étés au camp scout de Fort Oglethorpe, en Géorgie. De son dernier séjour il avait ramené cette moto, et circulait sur les routes pavées dans un vacarme à réveiller les morts, promettant des tours en mob aux lèche-bottes et traitant de haut les autres.

Junior Mullins était un gros gamin fort en gueule, du genre que tout le monde déteste mais auquel personne ne tient tête. Son père travaillait comme responsable au chemin de fer – un poste stable ; Junior portait donc des vêtements qu'il n'avait pas hérités de son grand frère, engloutissait des sandwichs à la viande puis une pomme ou une orange pour son déjeuner quand tout le monde se contentait de pain de maïs et d'une patate froide. Junior Mullins avait reçu pour son anniversaire une bicyclette que son père avait achetée dans un magasin de Johnson City, toute neuve, rouge vif. Junior s'estimait le meilleur parce que son père était le chef de tous les pères de ce coin de la région, parce que la famille Mullins habitait une maison en briques et que Junior avait trouvé un petit camion et une maquette d'avion sous le sapin de Noël, pas seulement une orange, un sucre d'orge ou une nouvelle paire de chaussures. Junior faisait valoir sa supériorité avec l'impitoyable cruauté d'un despote de dix ans. Il avait pour armes le mépris, la dérision, la raillerie et, en ultime recours, ses poings. Davy s'efforçait de l'éviter et jusque-là il avait assez bien réussi, mais personne n'échappait très longtemps à l'attention de Junior Mullins.

Davy vit donc son tour arriver dans le pré de Wells, lorsque Junior débarqua au tout début d'une partie de polo. Charlie Bestor immobilisa la motocyclette à quelques mètres du groupe et Junior en descendit, l'habituel rictus méprisant plaqué sur son visage écarlate. Il exhibait une salopette bleue flambant neuve et une veste en cuir.

— Alors, les bébés, vous en êtes encore au vélo ? Nous, c'est du sérieux, lança-t-il en montrant la moto du pouce.

Charlie Bestor tapota sa bécane et cria :

— Ça vous dit, une course ?

Johnny Suttle fourra le bout de son soulier dans la boue avant de marmonner :

— On allait faire une partie de polo.

Junior Mullins éclata de rire.

— T'entends ça, Charlie ? Une partie de polo ! Vous savez même pas y jouer, espèces de poules mouillées ! décréta-t-il en s'approchant du groupe, fier comme un paon. Rien à faire, je vais devoir vous apprendre.

— Tu peux pas jouer sans vélo, remarqua Dewey Givens qui, à peine ces mots prononcés, regretta d'avoir pris la parole : Junior, dont la figure s'éclaira d'une jubilation méchante, fit un pas en arrière pour contempler les visages tendus de ses victimes.

Le voilà qui cherchait à épater son grand pote, ce qui allait le rendre plus odieux que jamais. Il laissa un malaise silencieux tenailler les garçons en faisant semblant de considérer la situation.

— A mon avis tu as raison, Dewey, dit-il enfin. Ouais, je

suis d'accord avec toi. Y a pas plus vrai, je peux pas jouer au polo sans vélo, hein ? Je crois bien que je vais devoir en emprunter un.

Junior observa la bande de gamins embarrassés qui usaient de toute leur adresse pour éviter de croiser son regard.

Lorsque l'attente lui devint insoutenable, Davy éleva la voix :

— Tu pourrais aller chercher le tien.

Même Charlie Bestor trouva cette audace hilarante. Personne n'ignorait que jamais Junior Mullins ne prendrait le risque d'érafler sa bicyclette neuve dans une activité aussi brutale que le polo, où chocs et accrochages entre joueurs étaient inévitables. Tous avaient des vélos d'occasion déglingués ou des biclous traficotés par leurs soins. Le sien, acheté en magasin, était forcément trop bien pour des crétins de leur genre. Junior sourit à Davy.

— Non, je crois que je vais en emprunter un.

Il jaugea le vélo bleu, astiqué avec soin, que tenait Davy.

— Le tien est neuf, pas vrai ? Tu l'as fabriqué toi-même ?

Davy fit signe que oui, empli de fierté malgré la menace que représentait Junior Mullins, maintenant à portée de poing et qui le raillait comme un ver frétillant sur un hameçon.

Junior fit mine de s'intéresser au travail de Davy, inspectant les roues en tuyau d'arrosage, la peinture impeccable, les freins en capsules de Coca. *Peut-être qu'il va sentir combien j'y ai mis d'amour-propre et qu'il va le laisser là*, se dit Davy avec l'espoir de gagner par le respect ce que la clémence lui refusait.

— Pas mal, concéda Junior d'une voix traînante en tripotant les pédales-clous.

Il jeta un coup d'œil en arrière, histoire de s'assurer que Charlie Bestor le regardait.

— Pour un vélo de pauvre, bien sûr. Il a l'air assez costaud. Je vais l'essayer pour toi, hein, qu'on voie si t'as fait du bon boulot.

Davy agrippa plus fort le guidon.

— T'es trop gros, Junior. Tu vas le casser.

Déjà rougeaud, Junior vira à l'écarlate. Garçon robuste que guettait l'embonpoint, il n'appréciait guère ce genre de commentaires, même anodins. Il arracha la bicyclette des mains de son propriétaire.

— Il va falloir prendre le risque. J'ai une partie de polo qui m'attend.

Il saisit un maillet, se hissa sur la selle habituée à un fardeau plus léger et chancela jusqu'au milieu du pré.

— Allez, on commence ! cria-t-il aux autres, qui le rejoignirent l'un après l'autre sur le terrain de jeu.

Quelques-uns jetèrent au passage un regard de pitié ou d'excuses à Davy mais celui-ci se moquait bien de leur opinion sur Junior Mullins ou de leur compassion. Seul comptait son vélo, et nul n'avait l'intention de l'aider à le récupérer. S'il essayait de se battre seul contre Junior, il finirait le nez en sang, la chemise en lambeaux, et son adversaire détruirait son bien le plus précieux.

Davy, poings serrés, resta sur la ligne de touche, regardant les équipes évoluer dans le pré et faire circuler la balle. Pardessus le bruit sourd des maillets en bois et les cris des joueurs, il crut entendre craquer son vélo surchargé. Complètement déchaîné, Junior Mullins quittait sa trajectoire pour percuter les autres joueurs, qu'ils se trouvent ou non à proximité de la balle. Marquer des buts, changer l'issue de la partie, cela ne semblait pas lui tenir à cœur. Le polo n'était qu'un prétexte pour flanquer le plus de coups possible. Davy tressaillait à chaque choc, se représentant son vélo bosselé et les éraflures zébrant le beau bleu brillant, par la faute de Junior Mullins. A quelques mètres du terrain, Charlie Bestor posa sa motocyclette contre un arbre et observa les joueurs avec l'ironie amusée d'un être supérieur, bramant parfois des encouragements à Junior et l'exhortant à plus de témérité.

Après moins d'une heure de jeu, Junior se lassa. Il jeta le

vélo dans les mauvaises herbes tout au bout du pré et courut vers la moto de son ami.

— On met les bouts ! s'exclama-t-il. C'est la barbe de jouer avec ces bébés !

En s'installant sur le siège derrière un Charlie tout sourire, il héla Davy :

— Pas mal, le vélo ! Je l'essaierai peut-être encore un de ces quatre !

C'était plus qu'une menace – une promesse.

Davy attendit que la mobylette disparaisse dans un rugissement par-delà la voie ferrée, puis derrière le virage, et traversa le pré à toutes jambes pour constater les dégâts. Les autres garçons restèrent en retrait. Un par un ils s'éclipsèrent, et Davy se retrouva seul.

Il tendit le bras vers l'herbe mêlée de bruyère et tira d'un coup sec sur le guidon. La lutte fut courte ; il réussit à dégager le vélo, le déposa dans la boue et effleura le tuyau d'arrosage déchiqueté qui avait joué le rôle de pneu avant. Le cadre était rayé, cabossé, le guidon tordu par les impacts qui, alliés au poids de Junior, avaient malmené le métal. De longues balafres veinaient la peinture, et ce n'était pas une capsule de bouteille qui remettrait à neuf les freins défoncés. Davy rapporta chez lui sa création détruite, parcourut le pré désert, traversa le ruisseau rocailleux en la serrant dans les bras, choisit son chemin avec soin aux endroits les plus accidentés. Il avait le visage fermé, la mâchoire plus serrée qu'un bouledogue, mais le regard perdu dans le lointain, comme s'il était ailleurs, loin de la route de Foggy Mountain. Il ne versa pas une larme.

Davy disparut de la circulation jusqu'au samedi suivant. Personne n'alla voir comment il allait, car tout le monde s'en doutait, et il n'y avait rien à dire pour le réconforter. Mieux valait le laisser tranquille quelque temps. Il referait surface lorsque son moral irait mieux, et la vie reprendrait son cours.

Il resta tout ce temps dans le fumoir à jambons au fond du jardin, travaillant jusqu'à la nuit tombée. Il china, rafistola, décapa, donna des coups de marteau et de pinceau, bricola encore, si bien que la bicyclette retrouva presque son ancienne allure. Sans être autant réussie, bien entendu. Il ne parvint pas à redresser complètement le guidon, et on distinguait les rayures les plus profondes sous la seconde couche de peinture ; mais le vélo était réparé. Avec de nouveaux freins. Il pouvait s'en servir.

Lorsque Maman demanda ce qui était arrivé, Davy expliqua qu'il avait tenté de descendre une pente trop raide et buté contre une souche. Elle le dévisagea longuement, comme hésitant à le questionner, mais finit par hausser les épaules et rentrer à l'intérieur. A quoi bon raconter aux parents les exploits de Junior Mullins, qui avait pour père le chef de l'atelier où travaillait le sien ? A rien du tout.

Il s'entraîna le vendredi soir devant la maison, sur la route, jusqu'à ce que le jardin scintille de mille lucioles et que Maman l'appelle. Il découvrit qu'il arrivait à manœuvrer, plutôt bien, la bicyclette. Encore deux ou trois petits ajustements et elle serait tout à fait prête.

Le samedi il partit de bon matin, faussant compagnie à Papa et sa liste de corvées, laissant Maman à son désherbage du maïs. Ses tennis étaient encore humides de rosée lorsqu'il entendit des cris s'élever sur le chemin de terre, derrière la carrière. Il retrouva la bande à son point de rassemblement habituel, le pré de Wells. Cette fois, cependant, il ne déboula pas en plein jeu. Cinq garçons avaient disposé leurs vélos en cercle et se disputaient sur la meilleure façon d'occuper une longue matinée. Davy embrassa le groupe d'un coup d'œil : Johnny Suttle, Dewey Givens, Jack Howell, Bob Miller, et Junior Mullins. Flanqué de sa bicyclette, Davy traversa le pré et se glissa sans mot dire à sa place, entre Johnny et Bob.

— Le polo c'est pour les filles ! clamait Junior.

Cette déclaration fut accueillie par un silence sceptique.

Les copains, tous plus jeunes que Junior, échangèrent quelques coups d'œil. Bob Miller proposa enfin :

— Et si on allait s'amuser dans les fondrières ?

— Et si on allait s'amuser dans les fondrières ? pleurnicha par moquerie son oppresseur.

Mutisme pesant.

— Quelqu'un est partant pour jouer au Pony Express ? dit Junior. Ou vous avez la frousse ?

Johnny Suttle émit un sifflement.

— Courser un train de marchandises à vélo ? M'man m'écorcherait vif si elle l'apprenait.

Nombreux grognements d'approbation.

— Et comment elle le saurait ? s'enquit Junior.

— Si elle me voit rentrer à la maison avec mon biclou tout esquinté.

Junior haussa les épaules.

— Pas si tu fais ça dans les règles. Le seul truc risqué c'est quand on s'accroche à l'échelle du wagon et qu'on balance le vélo. Mais si on trouve une pente avec de l'herbe le long de la voie ferrée, il devrait à peu près supporter la chute.

— C'est dangereux, souffla Davy.

— Je l'ai déjà fait, interrompit Junior, c'est super. Quand le train ralentit pour prendre le virage, on s'accroche à l'échelle et on attend un coin sympa pour atterrir. Me dites pas que vous avez jamais essayé, bande de dégonflés ?

Junior toisa les garçons, mettant chacun au défi d'avouer qu'il avait peur. Les cinq gamins de Foggy Mountain soutinrent son regard, yeux écarquillés, cramoisis au dernier degré ; aucun ne protesta, aucun ne fléchit.

— Entendu alors, conclut Junior. Je connais l'endroit idéal.

Le petit groupe le suivit sur le chemin de terre qui remontait la colline, roulant en file indienne sans se presser, jusqu'à la croisée entre voie ferrée et route. Junior pédalait en tête, se pavanant sur sa splendeur rouge ; il montrait l'horizon de son bras tendu comme s'il interprétait un officier de cavalerie dans un film.

— On va prendre à droite pour suivre les rails ! hurla-t-il à ses troupes.

A son ordre, celles-ci changèrent de direction et mirent pied à terre pour pousser les vélos sur le bas-côté, tandis qu'il inspectait le terrain.

— Il nous faut une belle ligne droite afin de prendre de la vitesse, mais avec un virage juste avant, car le train doit ralentir assez pour qu'on le rattrape.

Personne ne se donna la peine de répondre. Junior pensait tout haut.

Johnny Suttle, qui talonnait Davy, fermait le peloton.

— Il regarde pas le talus comme il a promis. Les coins avec de l'herbe, ça l'intéresse pas. Y a des cailloux partout ici.

— Il s'en fout, chuchota Davy.

Tous deux savaient pourquoi.

La procession solennelle suivit la voie sur la côte abrupte que le train devait gravir avant de s'enfoncer en lacets dans la montagne. En contrebas, les champs verdoyaient dans le soleil et l'onde de la Nolichucky étincelait du même éclat que les rails qui l'escortaient sur toute la longueur de la vallée. Junior avait choisi un accotement de gravier large de moins d'un mètre, qui donnait sur un à-pic de glaise et de roches meubles.

Johnny Suttle frôla le bras de Davy avant de proposer :

— On pourrait rebrousser chemin.

Davy refusa sans mot dire. Impossible de se dégonfler lors d'un défi. Cela faisait partie des règles. Dévoiler sa peur signifiait se retrouver exclu du groupe, et Junior Mullins traquerait sans répit le froussard.

Ils crapahutèrent encore, passèrent deux courbes peu adaptées, selon leur chef de file, à l'usage qu'il souhaitait en faire, puis suivirent le virage le plus prononcé à mi-hauteur du sommet. Ils contemplèrent alors les rails qui se déployaient en ligne droite sur plusieurs centaines de mètres avant d'attaquer une nouvelle montée. Junior se tourna et hocha la tête, désignant le site.

— Ici !

L'endroit était bien choisi. Un fourré de laurier dressé au bord du talus les soustrairait au regard du conducteur. Une fois la locomotive lancée devant leur cachette, la course-poursuite pourrait commencer, et ils avaient toute la distance nécessaire pour accélérer et saisir l'échelle du wagon.

Junior fit signe à la bande de se poster sous le laurier.

— Un train de marchandises devrait pas tarder, dit-il, le soleil dans les yeux.

Il était en nage et sa chemise, plaquée sur son dos par la sueur, laissait largement voir ses bourrelets. Il s'essuya le front de son avant-bras luisant et scruta les rails.

— Impec. Encore une chose, au fait.

Junior appuya avec précaution sa bicyclette rouge contre l'arbuste et avisa son escorte, un grand sourire aux lèvres. Les gamins détournèrent le regard, excepté Davy.

— Je vais devoir emprunter un vélo.

— Je viens de réparer le mien, déclara tranquillement Davy.

Son ton n'était ni implorant ni geignard ; il se bornait à énoncer un fait qu'il valait mieux prendre en considération.

— Mais c'est super, répondit Junior. Je suis content que tu l'aies retapé. J'aimerais pas emprunter un vélo pourri.

D'une main il s'empara de la bicyclette et repoussa Davy de l'autre.

— Admire l'artiste, morveux.

Davy haussa les épaules. Se disputer avec Junior Mullins ne servirait à rien. On faisait les choses à sa façon, ou pas du tout. Ce n'était un secret pour personne. Que Davy se plaigne de ses manières de scélérat et il passerait pour un pleurnicheur.

Johnny Suttle considéra la voie ferrée, puis son propre vélo en piteux état.

— Tiens, Junior, tu veux pas plutôt le mien ?

— Ce vieux truc tout déglingué ? Nan. Je veux un chouette vélo bleu. Et je suis habitué à celui de Davy, on peut dire.

Davy s'agenouilla à l'ombre du laurier, près de la bicyclette rouge.

— D'accord, dit-il.

Junior fit un pas en avant, affûtant ses nouvelles moqueries, mais un bruit à peine audible stoppa net son assaut. Les garçons tendirent l'oreille ; un son strident, assourdi, résonnait dans le lointain, au fin fond de la vallée.

Le sifflement d'un train.

— Bon, déclara Junior, abandonnant Davy à sa disgrâce. A vos vélos, les gars. Je pars le premier. On attend que le wagon de charbon soit passé, on compte jusqu'à cinq et on se lance. Pigé ? En arrivant au niveau du fourgon, chopez l'échelle à deux mains et hissez-vous. Ensuite larguez le vélo d'un grand coup de pied. Compris ?

Assentiment général. Un nouveau coup de sifflet les fit frémir.

— Y en a plus pour longtemps, se réjouit Junior.

Il sembla s'écouler une éternité avant que les rails vibrent, que retentisse le fracas métallique des roues et qu'enfin la locomotive noire apparaisse comme s'abattrait un orage. Les garçons se blottirent sous le laurier, aux premières loges pour distinguer le visage du mécano et sentir la rafale soulevée au passage du train.

— On y va ! hurla Junior par-dessus le tumulte.

Il se précipita hors de l'abri, enfourcha le vélo de Davy en plein élan et donna de furieux coups de pédale pour ne pas se laisser distancer. Les autres se hissèrent sur leur propre monture et foncèrent derrière lui, hurlant à la façon des hordes d'Indiens qui attaquent les trains dans les westerns de Buck Jones.

Davy les regarda s'éloigner.

Junior resta en tête, presque aplati sur son guidon, dans une accélération qui lui permit de suivre la cadence du train. A peine avait-il franchi cinquante mètres qu'il avait déjà atteint le niveau du troisième wagon.

Tout se déroula ensuite comme au ralenti. Le vélo de Davy cala, puis vacilla dans un instantané qui sembla durer une éternité. Sans laisser à Junior le temps de crier ni aux autres de dire ouf, il s'écroula, piqua vers la gauche. Et disparut sous les roues du train, emportant Junior avec lui. Malgré le fracas métallique, Davy observa la scène dans ce qui lui parut un silence absolu.

L'aînée des Haskell s'attardait à la porte. Elle palpait la boîte de conserve destinée aux dons où était inscrit JUNIOR MULLINS en majuscules, à l'encre noire. L'enterrement avait lieu le lendemain. On racontait que le cercueil serait fermé.

— Tu y étais quand c'est arrivé, hein ?

Davy acquiesça.

Elle se pencha vers lui, l'effleurant presque, et il distingua les pores de sa peau et son haleine mentholée.

— Ça ressemblait à quoi ?

— Il est tombé, tout bêtement.

— J'ai entendu dire qu'on pouvait même plus le reconnaître – après.

— Non.

Le vélo lui aussi était méconnaissable. Réduit à un enchevêtrement de métal coincé sous le wagon, traîné ensuite sur plusieurs dizaines de mètres. Papa lui avait raconté comment les ouvriers avaient extrait les débris des entrailles du train. Par égard pour la famille Mullins, ils les avaient rincés au jet avant de les abandonner à la décharge.

— Pas moyen de le récupérer, conclut son père. C'est vraiment dommage, perdre ton copain et ton vélo d'un coup. Un bon vélo en plus. Je sais que t'y avais mis du cœur.

Davy opina. Oui, il y avait mis du cœur. Par deux fois il l'avait fabriqué, à partir de rien ou presque, et en avait été fier. Le soir précédant le jeu du Pony Express, il avait apporté la touche finale en limant un des maillons de la chaîne pour qu'elle rompe à la moindre pression, et déséquilibre le vélo.
— C'est pas grave, Papa. Pas grave du tout.

Traduit par Madeleine Nasalik.

SREDNI VASHTAR

Saki

CONRADIN avait dix ans et le médecin avait déclaré que l'enfant n'en avait pas pour plus de cinq ans à vivre. Le docteur était un être doux et efféminé qui ne comptait guère, mais son opinion était partagée par Mme De Ropp qui, elle, comptait beaucoup. Mme De Ropp était la cousine et la tutrice de Conradin, et à ses yeux elle représentait ces trois cinquièmes du monde qui sont nécessaires, désagréables et trop réels : les deux autres cinquièmes, en perpétuel antagonisme avec les trois autres, étaient figurés par lui-même et par son imagination. Conradin pensait qu'un de ces jours il finirait par succomber sous le poids écrasant de maux inéluctables comme la maladie, les interdictions et l'ennui d'avoir toujours à se soigner. Sans son imagination, aiguillonnée par la solitude, il aurait succombé depuis longtemps.

Mme De Ropp n'aurait jamais voulu s'avouer, même dans ses moments de plus grande sincérité, qu'elle détestait Conradin, quoique le fait de le gronder pour son bien fût une tâche qu'elle ne trouvait pas particulièrement désagréable. Conradin, lui, par contre, la haïssait avec une sincérité farouche qu'il savait admirablement dissimuler. Les rares plaisirs qu'il parvenait à se procurer acquéraient une saveur accrue du fait même qu'ils déplairaient immensément à sa tutrice qu'il avait bannie à jamais du royaume de son imagination comme une chose impure et sale qu'on chasse de sa maison.

Le jardin triste et morne, sur lequel s'ouvraient tant de fenêtres d'où pouvait à tout moment s'échapper l'interdiction de faire ceci ou cela, ne lui procurait guère de satisfaction. Les rares arbres fruitiers qu'il contenait étaient soigneusement disposés pour être hors de son atteinte comme s'ils étaient de rares spécimens de leur espèce à fleurir au milieu d'un désert aride ; mais on aurait sans doute eu bien de la peine à trouver un maraîcher qui eût offert dix shillings pour ce qu'ils produisaient annuellement. Dans un coin oublié de ce jardin, presque dissimulé par un buisson rabougri, se trouvait néanmoins une resserre à outils de proportions respectables qui, tenant à la fois de salle de jeux et de cathédrale dans l'imagination foisonnante de Conradin, lui servait de havre. Il l'avait peuplée d'une légion de fantômes familiers, issus en partie de souvenirs de livres d'histoire et en partie de sa propre cervelle, mais elle abritait également deux pensionnaires de chair et d'os. Dans un coin vivait une poule de Houdan passablement déplumée à laquelle l'enfant prodiguait une affection qui n'avait guère d'autre exutoire. Plus au fond, dans l'obscurité, il y avait un grand clapier divisé en deux compartiments, dont l'un était fermé par des barreaux de fer étroitement disposés. C'était le logis d'un gros furet qu'un garçon boucher avait un jour introduit clandestinement avec sa cage dans sa demeure actuelle, en échange d'une petite somme d'argent secrètement amassée par Conradin. Le garçonnet avait terriblement peur de cette bestiole insaisissable aux dents coupantes mais qui n'en était pas moins son trésor le plus précieux. Sa présence dans la resserre le remplissait d'une joie secrète et redoutable que devait soigneusement ignorer la Femme, comme il appelait par-devers lui sa cousine. Et un beau jour – Dieu sait les idées qui peuvent germer dans la cervelle d'un garçon solitaire –, il baptisa sa bête d'un nom merveilleux et en fit une divinité dont il fut le serviteur. La Femme, qui allait une fois par semaine faire ses dévotions dans une église voisine, emmenait Conradin avec elle, qui ne voyait dans le culte qu'elle pratiquait qu'un rite barbare rendu à une divinité païenne. Tous les jeudis dans l'ombre silencieuse et fraîche de la resserre, il rendait un culte fervent et très élaboré au grand furet Sredni Vashtar. Il déposait devant son autel, l'été, des fleurs rouges et, l'hiver, des baies écarlates, car le dieu qu'il adorait était un dieu précis et exigeant, voire impatient, contrairement à celui qu'honorait la Femme et qui, pour autant que Conradin avait pu l'observer, semblait des plus laxistes. Lors des grandes célébrations celui-ci répandait de la poudre de noix muscade devant le clapier, l'un des aspects les plus importants de ce rite étant que la noix muscade devait être volée. Ces fêtes ne tombaient pas régulièrement et avaient surtout pour but de célébrer quelque événement particulier. C'est ainsi que lorsque Mme De Ropp fut affligée d'une rage de dents qui dura trois jours, Conradin officia devant Sredni Vashtar pendant ces trois jours et arriva même à se persuader que le furet était personnellement responsable de cette rage de dents. Si la souffrance de sa cousine avait duré un jour de plus, la provision de noix muscades eût été épuisée.

La poule de Houdan, elle, était exclue du culte de Sredni Vashtar, Conradin ayant décidé depuis longtemps qu'elle était anabaptiste. Il n'avait pas la moindre idée de ce qu'était un anabaptiste, mais il espérait dans le fond de son cœur que l'anabaptisme était une religion tapageuse et très peu respectable, Mme De Ropp étant l'aune suivant laquelle il mesurait sa détestation de toute espèce de respectabilité.

Au bout d'un certain temps la fréquentation presque quotidienne de la resserre par son pupille commença d'attirer l'attention de cette dernière. « Ce n'est sûrement pas bon pour lui de traînasser tout le temps dans un endroit aussi humide et aussi malsain », décida-t-elle soudain, et un beau matin elle annonça au petit déjeuner que la poule de Houdan avait été vendue et emmenée la veille. De ses petits yeux de myope elle scruta Conradin dans l'attente d'une explosion de rage et de chagrin qu'elle s'apprêtait à contenir par un flot de vertueuses paroles et de sages préceptes. Mais Conradin garda le silence : il n'y avait rien à dire. Le visage blême et crispé de son pupille lui causa peut-être une inquiétude momentanée car cet après-midi-là le thé fut accompagné de toasts, friandise qu'elle bannissait ordinairement de sa table sous prétexte que c'était mauvais pour lui.

— Je croyais que tu aimais les toasts, s'exclama-t-elle d'un air outragé en observant qu'il n'y touchait pas.

— Ça dépend, répondit Conradin.

Ce soir-là dans la resserre il y eut une innovation dans le culte rendu au dieu du clapier. Conradin, qui jusque-là se contentait de lui offrir des actions de grâces, lui demanda une faveur.

— Sredni Vashtar, exauce ma prière.

Cette prière ne fut pas précisée. Comme Sredni Vashtar était un dieu, il était censé le savoir. Et tout en réprimant un sanglot tandis qu'il regardait le coin vide de la resserre, Conradin regagna le monde qu'il haïssait tant.

Et chaque nuit dans l'obscurité accueillante de sa chambre, et chaque soir dans la pénombre de la resserre, Conradin entonnait son amère litanie : « Sredni Vashtar, exauce ma prière. »

Mme De Ropp observa que les visites à la resserre ne cessaient pas, et un jour elle entreprit une nouvelle tournée d'inspection.

— Qu'est-ce qu'il peut y avoir dans ce clapier ? demanda-t-elle d'un ton impératif. Ce doit être des cochons d'Inde, j'imagine. Je vais faire débarrasser tout ça.

Conradin serra fortement les lèvres, mais la Femme fouilla sa chambre de fond en comble jusqu'à ce qu'elle eût trouvé la clé qui y était soigneusement cachée, et gagna aussitôt la resserre dans l'intention de compléter sa découverte. C'était un après-midi froid d'hiver et Conradin avait reçu l'ordre de rester à la maison. De la fenêtre la plus éloignée de la salle à manger, on pouvait juste apercevoir la porte de la resserre à peine masquée par le buisson, et c'est là que se posta Conradin. Il vit la Femme entrer, puis il l'imagina ouvrant la porte du sanctuaire et scrutant de ses petits yeux de myope la paillasse sur laquelle était couché son dieu. Peut-être allait-elle remuer la paille dans sa maladroite impatience. Et Conradin murmura pour la dernière fois sa prière avec une ferveur décuplée. Mais il savait tout en priant qu'il n'y croyait pas. Il savait que la Femme allait bientôt ressortir de la resserre avec au coin des lèvres ce sourire pincé et content de soi qu'il détestait tellement et que, dans une heure ou deux, le jardinier viendrait emporter son dieu merveilleux, qui ne serait plus du tout un dieu mais un simple furet marron en cage. Et il savait que la Femme triompherait une fois de plus comme elle l'avait toujours fait et qu'il lui faudrait encore supporter ses tracasseries, son harcèlement et sa sagesse supérieure jusqu'au jour où tout lui deviendrait indifférent et où les prédictions du médecin se réaliseraient. Et dans l'amertume de sa défaite, il se mit à entonner d'un air de défi et à haute voix l'hymne à son idole menacée :

Sredni Vashtar s'est avancé
Ses pensées étaient des pensées rouges et ses dents étaient blanches
Ses ennemis demandaient la paix mais il leur infligea la mort
Sredni Vashtar le Magnifique.

Et tout à coup il interrompit sa psalmodie et se rapprocha de la vitre. La porte de la resserre était toujours entrouverte et les minutes s'égrenaient. C'étaient de longues minutes, mais qui finissaient néanmoins par passer. Il regarda le ballet des étourneaux au-dessus de la pelouse ; puis il se mit à les compter tout en gardant un œil sur cette porte qui grinçait au vent. Une bonne au visage morose vint mettre la table pour le thé, mais Conradin ne quittait toujours pas son poste d'observation. L'espoir s'était insensiblement insinué dans son cœur et maintenant une lueur de triomphe brillait dans des yeux qui n'avaient connu jusque-là que la résignation mélancolique du vaincu. A mi-voix, avec une exaltation contenue, il se remit à entonner le péan de la victoire et de la dévastation. Et sa patience finit par être récompensée : une longue bête jaunâtre courte sur pattes, dont les yeux clignotaient au soleil couchant, avec des taches sombres sur son pelage autour des babines, apparut sur le seuil de la resserre. Conradin tomba à genoux. Le grand furet se dirigea vers un petit ruisseau qui coulait au bas du jardin, y but un moment, traversa un petit pont de planches et disparut dans les fourrés. Ainsi s'en fut Sredni Vashtar.

— Le thé est prêt, annonça d'un ton geignard la bonne à la face de carême. Où est la maîtresse ?

— Elle est allée à la resserre il y a un moment, répondit Conradin.

Comme la bonne allait chercher sa maîtresse pour l'avertir que le thé était servi, Conradin chercha dans le tiroir d'un buffet une fourchette à toasts et entreprit de se faire un toast. Et tandis qu'il faisait griller sa tartine, qu'il la beurrait copieusement et qu'il la mastiquait lentement avec délectation, Conradin écoutait les bruits et les silences qui se succédaient spasmodiquement derrière la porte de la salle à manger. D'abord le cri stupide de la bonne, et les exclamations stupéfaites et incrédules qui lui firent écho, montant des profondeurs de la cuisine, des bruits de pas précipités et la galopade effrénée de ceux qu'on envoyait chercher du secours au-dehors, puis après un temps d'accalmie les sanglots apeurés et le piétinement affolé de ceux qui transportaient un lourd fardeau à l'intérieur de la maison.

— Qui annoncera la nouvelle à ce pauvre enfant ? Moi je ne le pourrai jamais ! s'écria une voix aiguë.

Et tandis qu'ils débattaient entre eux de cette épineuse question, Conradin se préparait un autre toast.

Traduit par Gérard Joulié.

Joyce Carol Oates

Amant *est né d'une vision de cauchemar par un pluvieux et ensoleillé dimanche de Pâques dans le New Jersey. Je roulais sur la R 1 (dans l'histoire, la R 11), venant de Princeton Junction (Pelham Park) afin de rentrer chez moi, quand un effet de lumière m'a fait « voir » le trafic de tous côtés comme dans un rêve. Chaque automobiliste m'apparaissait perdu dans son monde et ses obsessions personnelles. L'idée m'est venu que chacun d'entre nous avait le pouvoir, s'il le voulait, de provoquer des catastrophes. Il suffirait de s'écarter de sa voie, de freiner ou de se déporter n'importe comment, d'éperonner le véhicule précédent... Vision diabolique, et pourtant quoi de plus naturel ? Pourquoi ce genre de choses ne se produit-il pas constamment ? La civilisation est un vaisseau fragile qui nous emporte et nous protège – et nous voici filant à toute vitesse dans nos voitures, en nous fiant à l'équilibre mental de nos contemporains...*

Dans Amant, *la femme trahie veut se venger, ce qui lui semble parfaitement normal, et nous le semblerait aussi, peut-être, à sa place. Dans la vengeance, il y a une aspiration élémentaire à la justice. Ici, le rapport de force ordinaire est inversé, car la femme est la prédatrice et l'homme, la proie. Elle ne s'est pas encore vengée, mais ce n'est qu'une question de temps. La Saab est sa complice – une machine puissante et amorale construite pour répondre à ses désirs, conçue pour effectuer des mouvements précis à des vitesses excessives.*

J'ai voulu célébrer aussi le rapport amoureux que chaque conducteur entretient avec son véhicule, lorsqu'il traverse ces excroissances urbaines que sont ces zones d'activités avec leurs bâtiments abritant des bureaux, ces autoroutes, croisements, voies de dégagement, et le terrible plaisir intime que représente la vitesse. J'ai beau être l'auteur, je lis toujours cette nouvelle comme si je n'en connaissais pas la fin ; je ne puis m'empêcher de prendre le parti de la femme qui souhaite voir la Mercedes quitter la route.

Enfin, qui sait ? De toute façon, ce n'est qu'un fantasme de femme.

Le Chat noir *est l'un de nombreux chefs-d'œuvre d'Edgar Allan Poe, avec* Le Cœur révélateur *et* La Chute de la maison Usher. *Il évoque lui aussi des images d'horreur primitive : la terreur de détruire ce qui nous est cher, et qui est celle de détruire notre propre Moi déséquilibré ; et la terreur d'être emmuré – enterré vivant. Comme le dit l'infortuné narrateur : « Cette terreur n'était pas positivement la terreur d'un mal physique. » Chez Poe, la peur est toujours celle de perdre sa raison car, dès que notre attention se relâche, serait-ce pour un instant, le diable s'en mêle.*

Il y a deux chats dans cette nouvelle. Pourtant, symboliquement, ils n'en font qu'un. Mystérieusement, ce chat est aussi la femme du narrateur, un principe féminin incontrôlable qui échappe à toute compréhension. Comme il n'est pas soumis aux règles du réalisme, Poe fait mouche : lorsque l'épouse intervient pour sauver la vie de son chat, voici comment le narrateur réagit :

« Cette intervention m'aiguillonna jusqu'à une rage plus que démoniaque : je débarrassai mon bras de son étreinte et lui enfonçai ma hache dans le crâne. Elle tomba morte sur la place, sans pousser un gémissement. »

Chez Poe, le meurtre est toujours d'une stupéfiante facilité, exécuté avec une rapidité de bande dessinée. (Le vieillard dans Le Cœur révélateur *meurt tout aussi facilement, écrasé sous un lit.) Ce sont les conséquences qui sont difficiles. Tandis que Dostoïevski s'étend sur les remords de Raskolnikov, Poe expédie le tout, englobant culpabilité et châtiment en quelques phrases. Si les battements de cœur amplifiés du narrateur ne le dénoncent pas à la police, les miaulements du chat emmuré le font. La conclusion unit femme et chat dans une image démoniaque, aussi frappante qu'un cauchemar. Une fois que la police a démoli le mur de la cave, ne voyons-nous pas :*

« Le corps, déjà grandement délabré et souillé de sang grumelé... Sur sa tête, avec la gueule rouge dilatée et l'œil unique flamboyant, était perchée la hideuse bête dont l'astuce m'avait induit à l'assassinat, et la voix révélatrice m'avait livré au bourreau. J'avais muré le monstre dans la tombe ! »

Le lecteur sait que nul n'a « induit » le narrateur à l'assassinat, sinon lui-même, et que le seul monstre c'est lui. Poe a le génie de peindre des états de conscience perturbés comme s'ils étaient tout naturels... identiques aux nôtres.

AMANT

TU ne me reconnaîtras pas, tu ne verras pas mon visage. Ou, quand tu le verras, il sera trop tard.

C'était enfin le dégel et son sang s'était remis à circuler dans ses veines. La neige fondue formait des ruisselets d'eau vive, aussi étincelante qu'une plaie fraîche.

Comme l'homme qui avait été son amant aurait reconnu sa voiture, elle en acheta une autre.

Pas d'une marque que tu pourrais identifier, repérer – c'était un modèle qu'elle n'avait jamais conduit, ni emprunté comme simple passagère : une berline Saab élégante, pas trop tape-à-l'œil. Ce n'était pas un nouveau modèle, mais à ses yeux elle avait quelque chose de virginal, d'inviolé. Au soleil, le vert de la carrosserie avait l'éclat des fonds marins et, par temps couvert, cette teinte prenait des reflets de bronze plus subtils, profonds, plus séduisants peut-être. Son châssis était conçu pour résister aux collisions les plus terribles. Sur la route, les vibrations de sa puissante transmission se communiquaient à travers ses plantes de pied, ses chevilles, ses jambes, son ventre et ses seins ; remontaient par sa colonne vertébrale jusqu'à son cerveau. *C'est une voiture dont vous ne pourrez plus vous passer*, avait dit le vendeur. *Une voiture pour la vie.* Elle ressentait les trépidations de cette mécanique invisible et pleine de murmures comme l'expression d'une excitation intense, effrayante, trop intime pour être partagée avec quiconque.

C'était le dimanche des Rameaux.

Donc, il fallait foncer – sur ces kilomètres de chaussée miroitante où tout fondait en accéléré. Sous ces gros nuages gonflés, malsains, et dans cette odeur pénétrante, celle d'une peau mal lavée, une odeur louche de gaz d'échappement qui évoquait des myriades d'haleines insupportablement proches. Dans cette voiture qui répondait à ses moindres sollicitations comme aucune autre.

Patiente et méthodique, elle suivait le chemin que son ex-amant empruntait cinq soirs par semaine, en moyenne, pour se rendre depuis son lieu de travail, dans la banlieue de Pelham Junction, jusqu'à son domicile à River Ridge ; cinq kilomètres de nationale, la R 11, puis huit d'autoroute, la I 96. Mémorisant l'itinéraire, le gravant dans ses cellules. *Quand tu verras mon visage, il sera trop tard.* Elle sourit – sourire l'embellissait. Elle avait les dents d'une blancheur idéale.

Ses cheveux blond cendré, elle les avait teints en noir et leur masse dansait autour de son visage. Des lunettes de soleil aux verres presque noirs dissimulaient en partie son visage. Serait-elle prête à mourir avec lui ? Question cruciale. Elle s'était déchaussée, appréciant le contact du plancher et des pédales à travers son collant.

Parfois, la Saab réagissant au quart de tour, elle sentait comme l'aiguillon du plaisir dans son bas-ventre – une décharge électrique.

Combien de fois avait-elle accompli ce circuit, sortant à River Ridge pour recommencer de zéro, tel un coureur automobile qui se prépare à une compétition dangereuse, sachant que ce pourrait être la dernière de sa vie – elle n'aurait su le dire. C'était parfois le jour, mais surtout la nuit, quand elle n'était pas gênée par le trafic ; la Saab, telle une bête captive jouissant de quelques moments de liberté, aspirait à des vitesses extrêmes. Comme en transe, elle regardait l'aiguille du compteur franchir la barre du cent dix, flirter avec le cent vingt et au-delà, risquant une contravention dans ce secteur où la vitesse était limitée à quatre-vingt-dix kilomètres à l'heure. *Passé une certaine vitesse, il est un peu ridicule d'être malheureux.*

Ce fut un samedi soir, aux alentours de minuit, alors qu'elle avait entamé sa deuxième semaine de préparation, qu'elle longea pour la première fois avec sa nouvelle voiture le site d'un grave accident. Sur l'autoroute, près de l'accès à l'aéroport, les quatre voies se rétrécirent pour n'en former plus qu'une et il y eut un bouchon long de deux kilomètres. En s'approchant, elle vit deux ambulances quitter la bande médiane en béton jonchée de verre et de métal, sirènes hurlantes ; plusieurs voitures de police entouraient l'épave fumante, gyrophares en action, et des balises d'un rouge aveuglant avaient été posées sur la voie. Pourtant, dès que les ambulances furent parties, un silence sinistre régna. Que s'était-il passé, combien de blessés – de morts ? La Saab, calmée, avait pris sagement sa place parmi une interminable caravane qui évoquait une procession se rendant à des funérailles. Inconnus témoignant en silence de l'anéantissement d'autres inconnus. Seule la mort – la mort violente, subite, spectaculaire – induit un tel silence, une telle dignité. Elle ne croyait pas en Dieu, ni à l'intervention du surnaturel dans les affaires de l'humanité, et pourtant ses lèvres remuèrent pour prier, malgré elle. *Dieu, ayez pitié !*

Sa vitre était baissée. Elle ne se rappelait pas l'avoir fait et cependant se pencha à l'extérieur pour regarder, renifler, ses narines sensibles captant une odeur d'essence, d'huile, de fumée, à la fois âcre et exaltante. Elle fut épouvantée et fascinée de voir ce qui ressemblait à trois véhicules mutilés, atrocement illuminés par les balises et les gyrophares. Deux voitures, dont l'une, assez petite, semblait étrangère, peut-être une Volvo, et l'autre une grosse américaine – l'une et l'autre broyées, calandres et pare-brise défoncés ; comme lâchées d'une grande hauteur par un enfant géant avec dédain, dérision, et une suprême cruauté. La troisième, une limousine d'aéroport, était moins endommagée, avec sa majestueuse calandre chromée, froissée et ternie, son pare-brise étoilé ; ses portières étaient grossièrement ouvertes, comme des points d'exclamation. Elle fut déçue de constater que toutes les victimes avaient été évacuées ; ne restaient que les officiels, des hommes en uniforme qui balayaient bris de verre et morceaux de métal en se donnant des airs, prenant leur temps pour dégager la voie avant de la rouvrir à la circulation. La Saab avançait à une allure d'escargot, laissant entre elle et la voiture précédente un large espace, comme si elle quittait à regret cet endroit, si bien qu'un policier lui fit signe de ne pas traîner. Derrière elle, un automobiliste la klaxonnait.

La limousine noire ressemblait à celle que son ex-amant empruntait régulièrement pour se rendre à l'aéroport, ou en revenir, trois fois par mois en moyenne ; à plusieurs reprises, au début de leur liaison, elle avait fait le trajet avec lui. Protégés par les vitres fumées, étalés sur la moelleuse banquette, ils plaisantaient et se parlaient à l'oreille, l'haleine imprégnée d'alcool, libres de se toucher. Quelle flamme, quelle fébrilité dans ces attouchements ! *Si seulement ils avaient pu périr à ce moment-là dans un accident. Ensemble.* De penser à cette occasion manquée, elle en aurait pleuré.

Le lendemain, elle fit la grasse matinée et se réveilla à midi, dans le cirage. Le fond de l'air était frais, le ciel dégagé. Le soleil brillait comme un phare dans le ciel. C'était le dimanche de Pâques.

L'homme qui avait été son amant, et qu'elle avait aimé, était cadre dans une société d'investissement dont les locaux se trouvaient dans une zone d'activité desservie par la R 11. Urbanisé avec goût, telle une ville nouvelle en réduction, ce complexe miroitait autant qu'un arbre de Noël. Cinq ans plus tôt, il n'y avait rien. Du sol creusé et défoncé au bulldozer de cette région du New Jersey, surgissaient régulièrement de nouvelles cités d'allure lunaire, cernées d'aires de stationnement où s'alignaient méthodiquement des voitures lustrées.

Elle était venue le voir à son bureau, au septième et dernier étage du bâtiment tout de verre et d'aluminium ; elle avait appris par cœur le chemin à travers ce dédale : le croisement, la pièce d'eau en contrebas, les saules pleureurs – il ne fallait pas attirer l'attention d'un agent de la sécurité. Car dans sa belle Saab aux formes fluides, avec sa tenue élégante, sa coiffure chic et ses lunettes de soleil, son visage intelligent et impassible, son port de tête, elle était le type même de la femme digne d'habiter Pelham Park, une chef de bureau, analyste financière ou cadre. Bien entendu, elle aurait sa propre place de parking, connaîtrait sa destination.

La place de son ex-amant était proche de son bureau. Elle n'avait pas à s'inquiéter de savoir s'il avait, comme elle, changé de véhicule, car sa voiture était assez signalée par sa présence sur cette place réservée ; d'ailleurs, elle avait appris par cœur le numéro de sa plaque minéralogique.

Son numéro de téléphone aussi, elle l'avait mémorisé – et pourtant elle ne l'avait pas appelé une seule fois depuis qu'il l'avait plaquée. Sa fierté en aurait trop souffert, si jamais il avait changé de numéro de téléphone.

Tu ne verras pas mon visage. Mais tu comprendras que c'est moi.

En semaine, il quittait son bureau entre dix-huit heures quinze et dix-neuf heures, s'empressant de retrouver son véhicule, une Mercedes gris métallisé, pour prendre la direction de River Ridge. (Sauf les jours où il était en voyage, mais un simple coup d'œil permettait de le savoir.) La Mercedes éveillait en elle une vague de pure répulsion ; elle la connaissait bien pour y être montée souvent. En la voyant, elle comprit, ce qui n'était pas encore tout à fait le cas, que lui, son ex-amant, n'avait pas éprouvé le besoin de changer quelque chose à son existence depuis leur rupture ; sa vie continuait comme avant, sa vie professionnelle, sa vie de famille à River Ridge dans une maison qu'elle n'avait jamais vue, et ne verrait jamais ; rien n'avait changé pour lui, et surtout en lui. Il s'était détaché d'elle comme on se débarrasse d'un manteau qui n'est plus à la mode, dont on ne veut plus.

Elle fit le tour du parking, qui était divisé en zones, chacune limitée par des bandes de gazon, vert et bien peigné comme du gazon artificiel alors qu'il s'agissait en fait de vrai gazon où poussaient des fleurs. Attendant à une certaine distance. Sachant qu'il sortirait – il le fallait ! Et quand ce fut le cas, elle le suivit calmement au volant de la Saab, se fiant à l'instinct du moteur ronronnant, au tableau de bord rougeoyant qui semblait exprimer une intelligence, une volonté propres. *Tu sauras que c'est moi. Tu le sauras.* La première fois elle le suivit sur la R 11 jusqu'à l'accès à la I 96 ; pour ne pas se faire remarquer, elle avait laissé plusieurs automobiles s'intercaler entre eux. La deuxième fois, elle le suivit sur la I 96, ce qui était plus délicat, laissant à nouveau plusieurs voitures entre eux, et sur cette autoroute la Saab, incapable de se brider davantage, avait pris rapidement de la vitesse. Elle avait déboîté pour accélérer sur la voie la plus rapide et dépassé la Mercedes (qui roulait juste à la vitesse maximale autorisée, dans la file du milieu) avant de poursuivre sa route, freinant progressivement tandis qu'il empruntait la sortie 33 pour River Ridge. Là encore, il ne l'avait pas remarquée – et quoi de plus normal ? Même s'il l'avait vue le doubler, il ne l'aurait pas reconnue avec ses lunettes de soleil et ses cheveux teints.

La troisième fois qu'elle le suivit, ce fut sous une pluie diluvienne qui avait viré à la grêle. Les grêlons bombardaient gaiement la chaussée comme des boules de naphtaline, rebondissant sur le capot et le toit gris argent de la Mercedes, comme ils rebondissaient sur la carrosserie vert bronze de la Saab. Elle avait envie de rire, ravie comme une gamine, et avait même osé se glisser juste derrière lui, dans la file du milieu – et quelle joie de rouler ainsi sur cette portion de route à sa vitesse à lui : cent dix kilomètres à l'heure exactement ! Lorsqu'il quitta l'autoroute, la Saab avait été entraînée dans son sillage et elle avait dû tirer sur le volant pour l'empêcher de le suivre. *Si tu savais ! Oh, tu sauras...*

Parfois, elle passait encore du temps sur l'autoroute. Car elle était étrangement heureuse, calée dans son confortable fauteuil gris tourterelle, la ceinture serrée sur ses cuisses et ses seins – serrée au maximum, pour la protéger. Ce fut au volant de sa Saab, lorsqu'elle passa devant un deuxième, puis un troisième endroit où s'était produit un accident, qu'elle comprit qu'il n'y a pas d'accident, seulement la fatalité. Ce que l'humanité appelle « accident » n'est jamais que le masque du destin.

Les jours se réchauffaient, elle était nue sous ses vêtements. Maintenant que c'était le dégel, la terre miroitait – partout des surfaces brillantes, des plaques d'huile irisées comme des miroirs. *Si tu savais comme je suis heureuse !* Son ex-amant devait croire qu'elle avait disparu ou qu'elle était morte. Il avait exprimé la crainte qu'elle fût « suicidaire » – avec quel dédain avait-il prononcé ce mot, comme s'il avait quelque chose de scandaleux – et à présent il devait penser, c'était tout naturel, qu'elle était morte. Si toutefois il pensait à elle.

Nue sous ses vêtements, à la fois amples et qui collaient avec sensualité à sa peau. Ses fesses enfoncées dans le siège rembourré, ses cuisses négligemment voilées par l'étoffe fine en soie synthétique de sa jupe. (Car elle portait toujours des jupes ou des robes, jamais de pantalon.) Et ses jambes étaient nues, pâles au sortir de l'hiver mais lisses, galbées et gracieuses, comme les lignes fluides de la Saab. Aimant conduire pieds nus, se sentir en contact avec les pédales, elle ôta ses escarpins, les posa à la place du passager. La nuit, parfois, des routiers venaient se mettre à sa hauteur, même si elle roulait dans la voie la plus rapide. Elle ne les voyait pas, ces inconnus juchés dans leur cabine, mais ils se maintenaient à son niveau pendant de longues minutes chargées de tension, pour mieux plonger leur regard sur elle, sur ce qu'ils pouvaient voir de son corps svelte, ses jambes d'une blancheur spectrale à la lueur du tableau de bord. Ils lui parlaient, bien sûr, murmurant des mots d'une délicieuse obscénité qu'elle n'entendait pas et n'avait pas envie d'entendre. *Pas maintenant, pas encore ! Pas toi.*

Une nuit, elle avait pleuré, étouffant ses sanglots de ses poings, bavant sur l'oreiller. Ses mains à lui s'étaient posées sur elle. A travers son sommeil, il cherchait à l'atteindre. Sans savoir qui elle était, peut-être, son identité exacte, car dans les profondeurs du sommeil on oublie parfois avec qui l'on dort. Pourtant, il avait senti sa présence et ses mains s'étaient tendues pour la calmer, l'apaiser. Sécher ses larmes.

Il s'était écoulé des semaines depuis le dimanche des Rameaux, depuis que la Saab était entrée dans sa vie. Ce fut par un soir où le fond de l'air était doux, le temps à la brume...

A cette époque, elle connaissait par cœur son itinéraire, chaque portion de chaque kilomètre de route était inscrite dans son cerveau, sa peau. L'ordre dans lequel se présentaient les sorties, les panneaux aériens qu'elle aurait pu réciter comme un rosaire, les étendues de ligne médiane qui étaient faites de béton et celles faites de mauvaises herbes ; comment, au-delà de la sortie 23 sur la I 96, il y avait, sur le bas-côté, une couche de verre brisé comme des pierres précieuses finement broyées, un fragment de pare-chocs rouillé, des bandes de métal ressemblant aux restes d'un tricycle. Et dans un pont passant sous une voie de chemin de fer, près de la sortie 29, un enjoliveur méconnaissable qui faisait penser à un crâne sectionné. Le jour, on pouvait voir, cachées à certains endroits, tant sur la R 11 que sur la I 96, des taches hiéroglyphiques – un ensemble de taches, huile, carburant ou sang, ou tout cela mélangé – imprimées dans le béton, et en quoi seul un œil de lynx aurait pu reconnaître un message codé. Puis il y avait la sortie 30, un vrai virage en épingle à cheveux aussi amusant et effrayant qu'un tour de manège si on l'abordait à plus de trente à l'heure, qui entourait une zone marécageuse d'une beauté désolée avec ses roseaux, ses joncs et ses mares d'eau stagnante, noire et visqueuse comme de l'huile au soleil. Elle était terriblement attirée par ces rares poches de nature – reliques du paysage originel où un cadavre aurait pu demeurer dissimulé pendant des années ; un cadavre se décomposant jour après jour sous les yeux de centaines de milliers d'automobilistes. Car dans un tel no man's land, au cœur de ce système complexe de routes, aucun piéton ne s'aventurait.

Elle se mit à l'attendre à partir de six heures du soir et, à six heures cinquante, le vit sortir avec son attaché-case et se hâter vers sa voiture. Invisible, elle était au volant de sa Saab, moteur éteint, à une cinquantaine de mètres de là, à fumer tranquillement une cigarette sans trahir la moindre agitation ni même quelque intérêt. Elle se savait parfaitement déguisée avec sa chevelure teinte ; son maquillage formait comme un masque, ses yeux étaient dissimulés par des lunettes de soleil. Ses ongles, coupés court mais manucurés, avaient reçu une couche de vernis violet assorti à son rouge à lèvres. Calmement, sans se presser, elle tourna la clé de contact et sentit la réaction nerveuse du moteur qui revenait à la vie.

Oui, maintenant, le moment est venu.

Elle avait passé une nuit blanche à sillonner la I 96 et pourtant elle se sentait fraîche et dispose. Attachée à son siège comme un pilote à la fois aux commandes d'un petit avion et commandé par lui : fixée à sa place, se fiant aux rouages bien réglés de la mécanique.

A une prudente distance, elle suivit son ex-amant à travers les allées sinueuses de Pelham Park, le laissant s'engager sur la R 11 avant de s'y lancer à son tour avec un temps de retard et dans un calme absolu. Au bout d'un kilomètre et demi, la Saab exigea plus de mobilité, plus de vitesse, aussi déboîta-t-elle pour se glisser dans la voie la plus rapide. Ses vitres étaient baissées ; le vent fouettait ses cheveux dans l'air saturé de gaz d'échappement et d'ozone ; sa respiration était plus haletante. A présent, plus de retour en arrière possible, la Saab était téléguidée comme un missile. La Mercedes filait à environ cent kilomètres à l'heure dans la voie du milieu ; son ex-amant devait écouter les nouvelles, vitres remontées, climatisation en marche. Ce soir-là, le temps était brumeux ; des nuages d'orage s'amoncelaient au-dessus de sa tête, serrés les uns contre les autres, violacés comme des ecchymoses ; à l'horizon, des rayons de soleil flamboyaient d'une couleur malsaine, celle d'une orange pourrie ; le ciel pollué par les déchets industriels en était tout strié. Petit à petit, la brume s'était muée en une fine pluie et les essuie-glaces balayaient le pare-brise à leur cadence la plus basse : un mouvement caressant, hypnotisant et impérieux. Elle rattrapait rapidement la Mercedes et allait sortir à sa suite pour s'engager sur la I 96 ; une fois sur la I 96, elle réintégrerait vivement la voie rapide pour dépasser des véhicules plus lents, y compris la Mercedes, qui ne serait alors qu'une voiture parmi d'autres, à laquelle elle n'aurait pas besoin de jeter un coup d'œil. Elle aurait huit kilomètres pour passer à l'action.

Elle avait beau avoir répété et répété, dans l'exaltation du moment, emportée par la grâce et la vitesse de la Saab, elle se fierait à son instinct, à son intuition. Gardant la sage Mercedes dans le cadre de son rétro, malgré sa vitesse croissante ; cheveux volant autour de son visage en feu, se plaquant contre sa bouche. Ses yeux étaient comme des phares ; elle entendait un rugissement en elle : peut-être la circulation fiévreuse de son propre sang dans ses veines, ou le bruit du moteur. *A grande vitesse, le malheur n'est plus une option sérieuse.*

Il ne l'avait pas aimée assez pour mourir avec elle ; maintenant, il allait payer. Et d'autres aussi.

Le compteur de l'élégant tableau de bord indiquait cent dix kilomètres à l'heure. La Mercedes, deux voitures derrière, avançait approximativement à la même vitesse. Elle aurait préféré une vitesse supérieure, au moins du cent vingt, mais n'avait pas le choix : impossible de reculer. Des gouttes de sueur perlaient sur son corps, sous ses bras, dans le foyer ardent qui pulsait entre ses jambes, à son front, sur sa lèvre. Elle était hors d'haleine, comme si elle était en train de courir ou au comble du coït.

Elle changea de file, se rabattant sur celle de droite sans clignotant, à la grande indignation d'un conducteur qui klaxonna ; mais elle était décidée et laissa deux voitures la dépasser dans la voie de la Mercedes avant de se ranger dans ce couloir-là, de sorte qu'elle était à présent juste devant son ex-amant, qui la suivait en respectant la distance réglementaire. La pluie avait redoublé de violence. Les essuie-glaces de la Saab bougeaient plus rapidement, dessinant des arcs plus vifs, plus volontaires – même si elle ne se rappelait pas en avoir modifié la cadence. La pluie glissait sur le pare-brise convexe en y dessinant des formes serpentines et sensuelles. Dans son rétro, la Mercedes était illuminée par la pluie ; ses phares formaient des auréoles éblouissantes. A cette vue, elle eut une sensation fulgurante au bas-ventre. Il lui semblait voir, à travers le pare-brise zébré de pluie, le pâle ovale d'un visage masculin : celui de l'homme qui avait été son amant pendant un an, onze mois et douze jours. La Saab la propulsait en avant ; c'était presque comme si elle tractait la Mercedes. Médusée, elle se demandait, comme si c'était un problème d'algèbre, à l'école : si elle freinait brutalement et que la Mercedes l'emboutissait, quelle serait la violence du choc ? Ça ne serait pas comme un choc frontal, évidemment, puisque leurs véhicules avançaient dans la même direction. Feraient-ils une embardée telle qu'ils se retrouveraient sur une autre voie ? Et quels véhicules autour seraient alors impliqués ? Combien d'individus, étrangers les uns aux autres, seraient blessés ? Combien de morts ? Si les probabilités étaient infinies, un seul cas de figure se réaliserait. Cette idée la laissa songeuse, grisée ; elle se sentait au bord d'un abîme, sondant ce gouffre.

C'est alors qu'elle vit, dans le rétro extérieur, un autre véhicule se rapprochant à toute vitesse : une moto ! Une Harley-Davidson d'après son allure. Le motard était une silhouette compacte vêtue de cuir noir, coiffée d'un casque ; indifférent à la pluie, il zigzaguait d'une file à l'autre avec audace, témérité, faisant une queue-de-poisson à une fourgonnette qui se mit à klaxonner et se faufilant dans la voie à droite de la Saab, juste derrière elle. Elle accéléra vivement pour lui permettre de se ranger dans son sillage, s'il le souhaitait, ce qu'il fit, prêt à se lancer dans la voie la plus rapide pour faire étalage de ses dons de pilote et de sa bravoure. Sous la pluie ! *Parce que mourir lui est égal. Parce que c'est comme ça.*

Il éveillait en elle du désir sexuel, cet inconnu dans son absurde combinaison de cuir.

Il fallait agir vite. La sortie 31 s'annonçait, avec ses deux voies ; de nombreux automobilistes allaient se préparer à sortir, changeant irrémédiablement cette configuration. Dans quelques secondes, le motard serait loin... Un filet de sueur dégoulina sur sa tempe, comme du sang, mais elle n'osa pas s'essuyer, agrippée si fort à son volant qu'elle en avait les phalanges douloureuses. Elle constata avec admiration que la Saab était dépourvue de toute faiblesse humaine ; sa mécanique de précision n'était pas programmée pour éprouver de l'attachement pour la vie, de la terreur à l'idée de disparaître. Car le temps se repliait sur lui-même, à ces vitesses-là, et peut-être que la Saab et sa conductrice en transe avaient déjà disparu dans un carambolage général. Quelle importance si cette catastrophe était déjà arrivée ou allait arriver – si ce n'était qu'un rêve ? Son pied nu appuyait sur le frein ; ses orteils glacés par la peur appuyaient sur la pédale comme on presse, par jeu, le pied de son amant ; un petit coup de frein discret. Manœuvrant pour se placer avantageusement, le motard qui était sur le point de changer de file n'avait peut-être rien remarqué car une voiture de sport arrivait sur cette voie-là, dans une frémissante lueur de phares, à cent trente kilomètres à l'heure, peut-être ; il devait calculer s'il avait le temps de changer de voie ou si mieux valait la laisser passer. Distrait, il ne s'apercevait pas de la conduite aberrante de la Saab qui le précédait. Pour la troisième fois, avec plus de force, elle enfonça le frein et la Saab fut prise d'un violent mouvement de bascule, il y eut un hurlement de freins – qui étaient peut-être les siens, ou peut-être pas –, la Harley-Davidson freina, dérapa, fit un écart, parut se cabrer et se rétablir – enfin, presque ; elle aperçut dans son rétro le visage surpris du jeune inconnu, ses yeux incrédules écarquillés de terreur, juste au moment où la Saab s'échappait telle une gazelle fuyant d'un bond le danger. Une seconde plus tard, elle était déjà loin et, dans son sillage, il y eut comme un dérapage d'homme ivre, une embardée, des coups de klaxon frénétiques. Défaillant d'allégresse, elle avançait pied au plancher pour atteindre la vitesse de cent trente, ses roues vibrant sur la chaussée mouillée mais réussissant à accrocher le bitume, tandis que derrière elle le motard se déportait sur la voie extérieure, et que la voiture de sport faisait de même pour éviter la collision – en vain, car tous deux se couchèrent contre le muret de séparation et s'emboutirent. Au même moment la Mercedes, qui suivait de près le motard, s'était rabattue aveuglément sur la voie de droite, évitant de peu une camionnette de livraison. Tant la Mercedes que ce véhicule, ainsi qu'une ribambelle d'autres – aux conducteurs choqués –, ralentissaient comme des bêtes blessées en passant devant le brasier signalant l'accident. Elle vit ce spectacle en miniature, qui allait se réduisant encore dans ses rétroviseurs, alors que la Saab empruntait la sortie, épuisée mais saine et sauve. Elle s'efforçait de reprendre son souffle, riant, sanglotant, et finit par s'arrêter dans un lieu qu'elle ne connaissait pas, près d'un passage souterrain bordé de chardons et qui puait l'eau saumâtre. Sa colonne vertébrale ployait comme un arc sous l'effet du plaisir et de l'épuisement ; entre ses cuisses, ses doigts cherchaient à contenir, ralentir, ses fiévreuses palpitations.

La prochaine fois, se dit-elle pour se consoler. La prochaine fois.

Traduit par Valérie Malfoy.

LE CHAT NOIR [1]

Edgar Allan Poe

RELATIVEMENT à la très-étrange et pourtant très-familière histoire que je vais coucher par écrit, je n'attends ni ne sollicite la créance. Vraiment, je serais fou de m'y attendre dans un cas où mes sens eux-mêmes rejettent leur propre témoignage. Cependant, je ne suis pas fou, – et très-certainement, je ne rêve pas. Mais demain je meurs, et aujourd'hui je voudrais décharger mon âme. Mon dessein immédiat est de placer devant le monde, clairement, succinctement et sans commentaires, une série de simples événements domestiques. Dans leurs conséquences, ces événements m'ont terrifié – m'ont torturé, – m'ont anéanti. – Cependant, je n'essayerai pas de les élucider. Pour moi, ils ne m'ont guère présenté que de l'horreur : – à beaucoup de personnes ils paraîtront moins terribles que *baroques.* Plus tard peut-être, il se trouvera une intelligence qui réduira mon fantôme à l'état de lieu commun – quelque intelligence plus calme, plus logique et beaucoup moins excitable que la mienne, qui ne trouvera dans les circonstances que je raconte avec terreur

1. Dans l'une des maisons habitées par Poe à Philadelphie, on a trouvé une cave portant, sur l'un de ses murs, la trace de briques dérangées et replacées. Doit-on en conclure que cette particularité fournit à Poe l'un des éléments du *Chat noir* (ou de *La barrique d'Amontillado*) ? (*N.d.T.*)

qu'une succession ordinaire de causes et d'effets très-naturels.

Dès mon enfance, j'étais noté pour la docilité et l'humanité de mon caractère. Ma tendresse de cœur était même si remarquable qu'elle avait fait de moi le jouet de mes camarades. J'étais particulièrement fou des animaux et mes parents m'avaient permis de posséder une grande variété de favoris. Je passais presque tout mon temps avec eux, et je n'étais jamais si heureux que quand je les nourrissais et les caressais. Cette particularité de mon caractère s'accrut avec ma croissance, et, quand je devins homme, j'en fis une de mes principales sources de plaisir. Pour ceux qui ont voué une affection à un chien fidèle et sagace, je n'ai pas besoin d'expliquer la nature ou l'intensité des jouissances qu'on peut en tirer. Il y a dans l'amour désintéressé d'une bête, dans ce sacrifice d'elle-même, quelque chose qui va directement au cœur de celui qui a eu fréquemment l'occasion de vérifier la chétive amitié et la fidélité de gaze de l'homme *naturel*.

Je me mariai de bonne heure, et je fus heureux de trouver dans ma femme une disposition sympathique à la mienne. Observant mon goût pour ces favoris domestiques, elle ne perdit aucune occasion de me procurer ceux de l'espèce la plus agréable. Nous eûmes des oiseaux, un poisson doré, un beau chien, des lapins, un petit singe et *un chat*.

Ce dernier était un animal remarquablement fort et beau, entièrement noir, et d'une sagacité merveilleuse. En parlant de son intelligence, ma femme, qui au fond n'était pas peu pénétrée de superstition, faisait de fréquentes allusions à l'ancienne croyance populaire qui regardait tous les chats noirs comme des sorcières déguisées. Ce n'est pas qu'elle fût toujours *sérieuse* sur ce point, – et, si je mentionne la chose, c'est simplement parce que cela me revient, en ce moment même, à la mémoire.

Pluton – c'était le nom du chat – était mon préféré, mon camarade. Moi seul, je le nourrissais, et il me suivait dans la maison partout où j'allais. Ce n'était même pas sans peine que je parvenais à l'empêcher de me suivre dans les rues.

Notre amitié subsista ainsi plusieurs années, durant lesquelles l'ensemble de mon caractère et de mon tempérament, – par l'opération du démon Intempérance, je rougis de le confesser, – subit une altération, radicalement mauvaise. Je devins de jour en jour plus morne, plus irritable, plus insoucieux des sentiments des autres. Je me permis d'employer un langage brutal à l'égard de ma femme. A la longue, je lui infligeai même des violences personnelles. Mes pauvres favoris, naturellement, durent ressentir le changement de mon caractère. Non-seulement je les négligeais, mais je les maltraitais. Quant à Pluton, toutefois, j'avais encore une considération suffisante qui m'empêchait de le malmener, tandis que je n'éprouvais aucun scrupule à maltraiter les lapins, le singe et même le chien, quand, par hasard ou par amitié, ils se jetaient dans mon chemin. Mais mon mal m'envahissait de plus en plus, – car quel mal est comparable à l'alcool ? – et à la longue Pluton lui-même, qui maintenant se faisait vieux et qui naturellement devenait quelque peu maussade, – Pluton lui-même commença à connaître les effets de mon méchant caractère.

Une nuit, comme je rentrais au logis très-ivre, au sortir d'un de mes repaires habituels des faubourgs, je m'imaginai que le chat évitait ma présence. Je le saisis ; – mais lui, effrayé de ma violence, il me fit à la main une légère blessure avec les dents. Une fureur de démon s'empara soudainement de moi. Je ne me connus plus, mon âme originelle sembla tout d'un coup s'envoler de mon corps, et une méchanceté hyperdiabolique, saturée de gin, pénétra chaque fibre de mon être. Je tirai de la poche de mon gilet un canif, je l'ouvrais ; je saisis la pauvre bête par la gorge, et, délibérément, je fis sauter un de ses yeux de son orbite ! Je rougis, je brûle, je frissonne en écrivant cette damnable atrocité !

Quand la raison me revint avec le matin, – quand j'eus cuvé les vapeurs de ma débauche nocturne, – j'éprouvai un sentiment moitié d'horreur, moitié de remords, pour le crime dont je m'étais rendu coupable ; mais c'était tout au plus un faible et équivoque sentiment, et l'âme n'en subit pas les atteintes. Je me replongeai dans les excès, et bientôt je noyai dans le vin tout le souvenir de mon action.

Cependant, le chat guérit lentement. L'orbite de l'œil perdu présentait, il est vrai, un aspect effrayant, mais il n'en parut plus souffrir désormais. Il allait et venait dans la maison selon son habitude ; mais, comme je devais m'y attendre, il fuyait avec une extrême terreur à mon approche. Il me restait assez de mon ancien cœur pour me sentir d'abord affligé de cette évidente antipathie de la part d'une créature qui jadis m'avait tant aimé. Mais ce sentiment fit bientôt place à l'irritation. Et alors apparut, comme pour ma chute finale et irrévocable, l'esprit de PERVERSITÉ. De cet esprit la philosophie ne tient aucun compte. Cependant, aussi sûr que mon âme existe, je crois que la perversité est une des primitives impulsions du cœur humain, – une des indivisibles premières facultés, ou sentiments, qui donnent la direction au caractère de l'homme. Qui ne s'est pas surpris cent fois commettant une action sotte ou vile, par la seule raison qu'il savait devoir *ne pas* la commettre ? N'avons-nous pas une perpétuelle inclination, malgré l'excellence de notre jugement, à violer ce qui est *la Loi,* simplement parce que nous comprenons que c'est *la Loi* ? Cet esprit de perversité, dis-je, vint causer ma déroute finale. C'est ce désir ardent, insondable de l'âme *de se torturer elle-même,* – de violenter sa propre nature, – de faire le mal pour l'amour du mal seul, – qui me poussait à continuer, et finalement à consommer le supplice que j'avais infligé à la bête inoffensive. Un matin, de sang-froid, je glissai un nœud coulant autour de son cou, et je le pendis à la branche d'un arbre ; – je le pendis avec des larmes plein mes yeux, – avec le plus amer remords dans le cœur ; – je le pendis, *parce que* je savais qu'il m'avait aimé, et *parce que* je sentais qu'il ne m'avait donné aucun sujet de colère : – je le pendis, *parce que* je savais qu'en faisant ainsi je commettais un péché, – un péché mortel qui compromettait mon âme immortelle, au point de la placer, – si une telle chose était possible, – même au-delà de la miséricorde infinie du Dieu Très-Miséricorde et Très-Terrible.

Dans la nuit qui suivit le jour où fut commise cette action cruelle, je fus tiré de mon sommeil par le cri « Au feu ! ». Les rideaux de mon lit étaient en flammes. Toute la maison flambait. Ce ne fut pas sans une grande difficulté que nous échappâmes à l'incendie, – ma femme, un domestique, et moi. La destruction fut complète. Toute ma fortune fut engloutie, et je m'abandonnai dès lors au désespoir.

Je ne cherche pas à établir une liaison de cause à effet entre l'atrocité et le désastre, je suis au-dessus de cette faiblesse. Mais je rends compte d'une chaîne de faits, – et je ne veux pas négliger un seul anneau. Le jour qui suivit l'incendie, je visitai les ruines. Les murailles étaient tombées, une seule exceptée ; et cette seule exception se trouva être une cloison intérieure, peu épaisse, située à peu près au milieu de la maison, et contre laquelle s'appuyait le chevet de mon lit. La maçonnerie avait ici, en grande partie, résisté à l'action du feu, – fait que j'attribuai à ce qu'elle avait été récemment remise à neuf. Autour de ce mur, une foule épaisse était rassemblée, et plusieurs personnes paraissaient en examiner une portion particulière avec une minutieuse et vive attention. Les mots : étrange ! singulier ! et autres expressions analogues, excitèrent ma curiosité. Je m'approchai, et je vis, semblable à un bas-relief sculpté sur la surface blanche, la figure d'un gigantesque *chat*. L'image était rendue avec une exactitude vraiment merveilleuse. Il y avait une corde autour du cou de l'animal.

Tout d'abord, en voyant cette apparition, – car je ne pouvais guère considérer cela que comme une apparition, – mon étonnement et ma terreur furent extrêmes. Mais, enfin, la réflexion vint à mon aide. Le chat, je m'en souvenais, avait été pendu dans un jardin adjacent à la maison. Aux cris d'alarme, ce jardin avait été immédiatement envahi par la foule, et l'animal avait dû être détaché de l'arbre par quelqu'un, et jeté dans ma chambre à travers une fenêtre ouverte. Cela avait été fait, sans doute, dans le but de m'arracher au sommeil. La chute des autres murailles avait comprimé la victime de ma cruauté dans la substance du plâtre fraîchement étendu ; la chaux de ce mur, combinée avec les flammes de l'ammoniaque du cadavre, avait ainsi opéré l'image telle que je la voyais.

Quoique je satisfisse aussi lestement ma raison, sinon tout à fait ma conscience, relativement au fait surprenant que je viens de raconter, il n'en fit pas moins sur mon imagination une impression profonde. Pendant plusieurs mois je ne pus me débarrasser du fantôme du chat ; et durant cette période un demi-sentiment revint dans mon âme, qui paraissait être, mais qui n'était pas le remords. J'allai jusqu'à déplorer la perte de l'animal, et à chercher autour de moi, dans les bouges méprisables que maintenant je fréquentais habituellement, un autre favori de la même espèce et d'une figure à peu près semblable pour le suppléer.

Une nuit, comme j'étais assis à moitié stupéfié, dans un repaire plus qu'infâme, mon attention fut soudainement attirée vers un objet noir, reposant sur le haut d'un des immenses tonneaux de gin ou de rhum qui composaient le principal ameublement de la salle. Depuis quelques minutes, je regardais fixement le haut de ce tonneau, et ce qui me surprenait maintenant, c'était de n'avoir pas encore aperçu l'objet situé dessus. Je m'en approchai, et je le touchai avec ma main. C'était un chat noir, – un très-gros chat noir, – au moins aussi gros que Pluton, lui ressemblant absolument, excepté en un point. Pluton n'avait pas un poil blanc sur tout le corps ; celui-ci portait une éclaboussure large et blanche, mais d'une forme indécise, qui couvrait presque toute la région de la poitrine.

A peine l'eus-je touché, qu'il se leva subitement, ronronna

fortement, se frotta contre ma main, et parut enchanté de mon attention. C'était donc là la vraie créature dont j'étais en quête. J'offris tout de suite au propriétaire de le lui acheter ; mais cet homme ne le revendiqua pas, – ne le connaissait pas, – ne l'avait jamais vu auparavant.

Je continuai mes caresses, et, quand je me préparai à retourner chez moi, l'animal se montra disposé à m'accompagner. Je lui permis de le faire, me baissant de temps à autre, et le caressant en marchant. Quand il fut arrivé à la maison, il s'y trouva comme chez lui, et devint tout de suite le grand ami de ma femme.

Pour ma part, je sentis bientôt s'élever en moi une antipathie contre lui. C'était justement le contraire de ce que j'avais espéré ; mais – je ne sais ni comment ni pourquoi cela eut lieu – son évidente tendresse pour moi me dégoûtait presque et me fatiguait. Par de lents degrés, ces sentiments de dégoût et d'ennui s'élevèrent jusqu'à l'amertume de la haine. J'évitais la créature ; une certaine sensation de honte et le souvenir de mon premier acte de cruauté m'empêchèrent de le maltraiter. Pendant quelques semaines, je m'abstins de battre le chat ou de le malmener violemment ; mais graduellement, – insensiblement, – j'en vins à le considérer avec une indicible horreur, et à fuir silencieusement son odieuse présence, comme le souffle d'une peste.

Ce qui ajouta sans doute à ma haine contre l'animal, fut la découverte que je fis le matin, après l'avoir amené à la maison, que, comme Pluton, lui aussi avait été privé d'un de ses yeux. Cette circonstance, toutefois, ne fit que le rendre plus cher à ma femme, qui, comme je l'ai déjà dit, possédait à un haut degré cette tendresse de sentiment qui jadis avait été mon trait caractéristique et la source fréquente de mes plaisirs les plus simples et les plus purs.

Néanmoins, l'affection du chat pour moi paraissait s'accroître en raison de mon aversion contre lui. Il suivait mes pas avec une opiniâtreté qu'il serait difficile de faire comprendre au lecteur. Chaque fois que je m'asseyais, il se blottissait sous ma chaise, ou il sautait sur mes genoux, me couvrant de ses affreuses caresses. Si je me levais pour marcher, il se fourrait dans mes jambes, et me jetait presque par terre, ou bien, enfonçant ses griffes longues et aiguës dans mes habits, grimpait de cette manière jusqu'à ma poitrine. Dans ces moments-là, quoique je désirasse le tuer d'un bon coup, j'en étais empêché, en partie par le souvenir de mon premier crime, mais principalement – je dois le confesser tout de suite – par une véritable *terreur* de la bête.

Cette terreur n'était pas positivement la terreur d'un mal physique, – et cependant je serais fort en peine de la définir autrement. Je suis presque honteux d'avouer, – oui, même dans cette cellule de malfaiteur, je suis presque honteux d'avouer que la terreur et l'horreur que m'inspirait l'animal avaient été accrues par une des plus parfaites chimères qu'il fût possible de concevoir. Ma femme avait appelé mon attention plus d'une fois sur le caractère de la tache blanche dont j'ai parlé, et qui constituait l'unique différence visible entre l'étrange bête et celle que j'avais tuée. Le lecteur se rappellera sans doute que cette marque, quoique grande, était primitivement indéfinie dans sa forme ; mais, lentement, par degrés, – par des degrés imperceptibles, et que ma raison s'efforça longtemps de considérer comme imaginaires, – elle avait à la longue pris une rigoureuse netteté de contours. Elle était maintenant l'image d'un objet que je frémis de nommer, – et c'était là surtout ce qui me faisait prendre le monstre en horreur et en dégoût, et m'aurait poussé à m'en délivrer, *si je l'avais osé* ; – c'était maintenant, dis-je, l'image d'une hideuse, – d'une sinistre chose, – l'image du GIBET ! – oh ! lugubre et terrible machine ! machine d'Horreur et de Crime, – d'Agonie et de Mort !

Et, maintenant, j'étais en vérité misérable au-delà de la misère possible de l'Humanité. Une bête brute, – dont j'avais avec mépris détruit le frère, – *une bête brute* engendrer pour moi, – pour moi, homme façonné à l'image du Dieu Très-Haut, – une si grande et si intolérable infortune ! Hélas ! je ne connaissais plus la béatitude du repos, ni le jour ni la nuit ! Durant le jour, la créature ne me laissait pas un seul moment ; et, pendant la nuit, à chaque instant, quand je sortais de mes rêves pleins d'une intraduisible angoisse, c'était pour sentir la tiède haleine de la *chose* sur mon visage, et son immense poids, – incarnation d'un cauchemar que j'étais impuissant à secouer, – éternellement posé sur mon *cœur* !

Sous la pression de pareils tourments, le peu de bon qui restait en moi succomba. De mauvaises pensées devinrent mes seules intimes, – les plus sombres et les plus mauvaises de toutes les pensées. La tristesse de mon humeur habituelle s'accrut jusqu'à la haine de toutes choses et de toute humanité ; cependant, ma femme, qui ne se plaignait jamais, hélas ! était mon souffre-douleur ordinaire, la plus patiente victime des soudaines, fréquentes et indomptables éruptions d'une furie à laquelle je m'abandonnai dès lors aveuglément.

Un jour, elle m'accompagna pour quelque besogne domestique dans la cave du vieux bâtiment où notre pauvreté nous contraignait d'habiter. Le chat me suivit sur les marches roides de l'escalier, et, m'ayant presque culbuté la tête la première, m'exaspéra jusqu'à la folie. Levant une hache, et oubliant dans la rage la peur puérile qui jusque-là avait retenu ma main, j'adressai à l'animal un coup qui eût été mortel, s'il avait porté comme je voulais ; mais ce coup fut arrêté par la main de ma femme. Cette intervention m'aiguillonna jusqu'à une rage plus que démoniaque ; je débarrassai mon bras de son étreinte et lui enfonçai ma hache dans le crâne. Elle tomba morte sur la place, sans pousser un gémissement.

Cet horrible meurtre accompli, je me mis immédiatement et très-délibérément en mesure de cacher le corps. Je compris que je ne pouvais pas le faire disparaître de la maison, soit de jour, soit de nuit, sans courir le danger d'être observé par les voisins. Plusieurs projets traversèrent mon esprit. Un moment j'eus l'idée de couper le cadavre par petits morceaux, et de les détruire par le feu. Puis je résolus de creuser une fosse dans le sol de la cave. Puis je pensai à le jeter dans le puits de la cour, – puis à l'emballer dans une caisse comme marchandise, avec les formes usitées, et à charger un commissionnaire de le porter hors de la maison. Finalement, je m'arrêtai à un expédient que je considérai comme le meilleur de tous. Je me déterminai à le murer dans la cave, – comme les moines du Moyen Âge muraient, dit-on, leurs victimes.

La cave était fort bien disposée pour un pareil dessein. Les murs étaient construits négligemment, et avaient été récemment enduits dans toute leur étendue d'un gros plâtre que l'humidité de l'atmosphère avait empêché de durcir. De plus, dans l'un des murs, il y avait une saillie causée par une fausse cheminée, ou espèce d'âtre, qui avait été comblée et maçonnée dans le même genre que le reste de la cave. Je ne doutais pas qu'il ne me fût facile de déplacer les briques à cet endroit, d'y introduire le corps, et de murer le tout de la même manière, de sorte qu'aucun œil n'y pût rien découvrir de suspect.

Et je ne fus pas déçu dans mon calcul. A l'aide d'une pince, je délogeai très-aisément les briques, et, ayant soigneusement appliqué le corps contre le mur intérieur, je le soutins dans cette position jusqu'à ce que j'eusse rétabli, sans trop de peine, toute la maçonnerie dans son état primitif. M'étant procuré du mortier, du sable et du poil avec toutes les précautions imaginables, je préparai un crépi qui ne pouvait pas être distingué de l'ancien, et j'en recouvris très-soigneusement le nouveau briquetage. Quand j'eus fini, je vis avec satisfaction que tout était pour le mieux. Le mur ne présentait pas la plus légère trace de dérangement. J'enlevai tous les gravats avec le plus grand soin, j'épluchai pour ainsi dire le sol. Je regardai triomphalement autour de moi, et me dis à moi-même : Ici, au moins, ma peine n'aura pas été perdue !

Mon premier mouvement fut de chercher la bête qui avait été la cause d'un si grand malheur ; car à la fin, j'avais résolu fermement de la mettre à mort. Si j'avais pu la rencontrer dans ce moment, sa destinée était claire ; mais il paraît que l'artificieux animal avait été alarmé par la violence de ma récente colère, et qu'il prenait soin de ne pas se montrer dans l'état actuel de mon humeur. Il est impossible de décrire ou d'imaginer la profonde, la béate sensation de soulagement que l'absence de la détestable créature détermina dans mon cœur. Elle ne se présenta pas de toute la nuit, – et ainsi ce fut la première bonne nuit, – depuis son introduction dans la maison, – que je dormis solidement et tranquillement ; oui, je *dormis* avec le poids de ce meurtre sur l'âme !

Le second et le troisième jour s'écoulèrent, et cependant mon bourreau ne vint pas. Une fois encore je respirai comme un homme libre. Le monstre, dans sa terreur, avait vidé les lieux pour toujours ! Je ne le verrais donc plus jamais ! Mon bonheur était suprême ! La criminalité de ma ténébreuse action ne m'inquiétait que fort peu. On avait bien fait une espèce d'enquête, mais elle s'était satisfaite à bon marché. Une perquisition avait même été ordonnée, – mais naturellement on ne pouvait rien découvrir. Je regardais ma félicité à venir comme assurée.

Le quatrième jour depuis l'assassinat, une troupe d'agents de police vint très-inopinément à la maison, et procéda de nouveau à une rigoureuse investigation des lieux. Confiant, néanmoins, dans l'impénétrabilité de la cachette, je n'éprouvai aucun embarras. Les officiers me firent les accompagner dans leur recherche. Ils ne laissèrent pas un coin, pas un angle inexploré. A la fin, pour la troisième ou quatrième fois, ils descendirent dans la cave. Pas un muscle en moi ne tressaillit. Mon cœur battait paisiblement, comme celui d'un homme qui dort dans l'innocence. J'arpentais la cave d'un bout à l'autre ; je croisais mes bras sur ma poitrine, et me promenais çà et là avec aisance. La police était pleinement satisfaite et se préparait à décamper. La jubilation de mon cœur était trop forte pour être réprimée. Je brûlais de dire au moins un mot, rien qu'un mot, en manière de triomphe, et de rendre deux fois plus convaincue leur conviction de mon innocence.

— Gentlemen, – dis-je à la fin, – comme leur troupe remontait l'escalier, – je suis enchanté d'avoir apaisé vos soupçons. Je vous souhaite à tous une bonne santé et un peu plus de courtoisie. Soit dit en passant, gentlemen, voilà – voilà une maison singulièrement bien bâtie (dans mon désir enragé de dire quelque chose d'un air délibéré, je savais à peine ce que je débitais) : – je puis dire que c'est une maison *admirablement* bien construite. Ces murs, est-ce que vous partez, gentlemen ? – ces murs sont solidement maçonnés !

Et ici, par une bravade frénétique, je frappai fortement avec une canne que j'avais à la main juste sur la partie du briquetage derrière laquelle se tenait le cadavre de l'épouse de mon cœur.

Ah ! qu'au moins Dieu me protège et me délivre des griffes de l'Archidémon ! – A peine l'écho de mes coups était-il tombé dans le silence, qu'une voix me répondit du fond de la tombe ! – une plainte, d'abord voilée et entrecoupée, comme le sanglotement d'un enfant, puis, bientôt, s'enflant en un cri prolongé, sonore et continu, tout à fait anormal et antihumain, – un hurlement, – un glapissement, moitié horreur et moitié triomphe, – comme il en peut monter seulement de l'Enfer, – affreuse harmonie jaillissant à la fois de la gorge des damnés dans leurs tortures, et des démons exultant dans la damnation.

Vous dire mes pensées, ce serait folie. Je me sentis défaillir et je chancelai contre le mur opposé. Pendant un moment, les officiers placés sur les marches restèrent immobiles, stupéfiés par la terreur. Un instant après, une douzaine de bras robustes s'acharnaient sur le mur. Il tomba tout d'une pièce. Le corps, déjà grandement délabré et souillé de sang grumelé, se tenait droit devant les yeux des spectateurs. Sur sa tête, avec la gueule rouge dilatée et l'œil unique flamboyant, était perchée la hideuse bête dont l'astuce m'avait induit à l'assassinat, et dont la voix révélatrice m'avait livré au bourreau. J'avais muré le monstre dans la tombe !

Traduit par Charles Baudelaire.

IAN RANKIN

J'aime le personnage de Jennifer, j'aime la machination qu'elle met en branle, et je me suis bien amusé en écrivant cette nouvelle. Depuis toujours le cinéma, et ce monstre qu'est Hollywood, me fascinent. L'industrie du film n'existe pas vraiment au Royaume-Uni, et je me suis dit qu'il serait intéressant d'associer une grande star américaine avec toute sa clique à une nounou anglaise pleine de jugeote. J'avais lu un article dans un magazine qui décrivait le boulot de ces nounous et ce qu'elles doivent supporter. Mais le polype, je vous l'assure, est de mon invention.

Mat Coward est un auteur de nouvelles formidable, mais il n'a pas encore franchi le cap du roman. Trop confidentiel, il maîtrise pourtant une variété incroyable de styles et de thèmes et Un Noël en famille *en est un exemple parfait, entre humour et horreur menés à leur paroxysme. C'est le cauchemar absolu de la classe moyenne : un Taré s'introduit de force chez vous la nuit de Noël – entre toutes les nuits. Comme seul le point de vue de l'intrus nous est dévoilé, le récit oscille entre tension et compassion. Choisir son camp se révèle impossible. Et Coward réussit à conjuguer émotion et réflexion.*

Les aventures d'une nounou

D'abord convaincue que la sirène d'incendie s'était déclenchée, j'ai bondi hors du lit pour planquer mes fringues.

Tout m'est revenu d'un coup : impossible, on faisait hôtel à part. La panique refluant, je m'écroulai sur mon oreiller.

Je m'explique : on dormait dans le même hôtel, moi et l'acteur dont j'avais la charge, la fois où un de ses potes s'était mis en tête d'actionner les détecteurs de fumée. A une heure du matin. Le sixième étage fut complètement inondé. Les clients sortaient des chambres en titubant, trempés, dans un raffut de cris et d'injures. La société de production se retrouva submergée de demandes d'indemnisation, adressées surtout par l'hôtel. Ça s'était passé à Glasgow, je crois, au Fairmount. Un endroit sympa. Je venais de défaire ma valise ; ma garde-robe était foutue. Le studio s'efforça d'étouffer l'incident mais plusieurs tabloïds s'en emparèrent. De toute évidence, quelqu'un avait cafardé, et sûrement oublié de laisser son nom. L'acteur vit sa carrière à la Paramount en prendre un coup...

Ce qui me vrillait les tympans, c'était la sonnerie du téléphone. Tout bêtement. Je décrochai, devinant déjà qui serait à l'autre bout du fil.

— Allô ?

Je distinguai le brouhaha d'une fête battant son plein, puis une voix.

— Jenny ? Jenny, j'aurais besoin d'une énorme faveur. Une de plus.

— De quoi s'agit-il, monsieur Claymore ?

— Je vous l'ai déjà dit, appelez-moi Todd.

Todd. Le monde entier l'appelait ainsi. L'étourdissant Todd. Todd la Tornade. Le nouveau Stallone, Schwarzie le cœur en plus. Todd Claymore, baraqué mais sensible, auquel personne ne résistait. Mais, pour moi, M. Claymore.

— De quoi s'agit-il ? répétai-je.

L'acteur parla sans détour tandis qu'à l'arrière-plan une jeune femme gloussait, puis s'esclaffait. Je savais à qui appartenait ce rire : Sherilynne Tamasco, sa nouvelle épouse. Sherilynne, la seule et l'unique.

— Un archet, m'informait Todd Claymore. Il me faut un archet.

— Un archet comme pour les violons ?

— Mais non, une arbalète, je veux dire.

— Il est trois heures du matin et vous voulez une arbalète ?

J'avais allumé la lampe de chevet et saisi mon paquet de cigarettes. D'aucuns pourraient trouver cette scène surréaliste, mais j'avais connu pire. Après tout, je suis une nounou professionnelle. Voilà en quoi consiste le boulot d'une attachée de presse : chouchouter les acteurs. Et Todd Claymore étant le chouchou par excellence, mieux valait qu'il n'aille pas chouiner auprès des producteurs et du studio.

— Vous voyez, on est là, à Nottingham... c'est bien ça ?

— Oui...

— Pays de Robin des Bois...

— Ouuui...

— Et j'ai besoin d'une arbalète, merde !

— Pour quoi faire ?

— Pour me faire la pomme perchée sur la jolie tête de Sherry !

Les rires redoublèrent, frôlant l'hystérie. Un couple bruyant, Todd et Sherilynne, à caser de préférence dans une suite bien entourée – pour que les membres de leur entourage fassent tampon entre leur vacarme et les autres chambres, les autres clients.

— Monsieur Claymore, articulai-je calmement, Robin des Bois n'a jamais fait joujou avec des pommes. C'était Guillaume Tell. Et Robin des Bois n'aurait utilisé ni arbalète ni archet, mais un arc.

— Alors trouvez-moi un arc, lança Claymore.

Todd détestait avoir tort, mais ce qu'il haïssait par-dessus tout, c'était que ses ordres ne soient pas exécutés fissa, et à la lettre. C'était un Californien pur jus ; de gamin gâté par ses parents il était devenu la coqueluche d'Hollywood, une rutilante machine à dollars – il n'avait tout simplement pas l'habitude qu'on lui refuse quoi que ce soit.

Il jouait depuis peu dans la cour des grands, et les nouveaux sont les pires. Claymore apprenait à affirmer son autorité. Il devait tout au succès tardif de son thriller, *Passion secrète* – carton-surprise de l'année –, et se trouvait en Grande-Bretagne pour assurer la promo de la suite, *Crime de sang*. Nottingham l'accueillait comme invité d'honneur d'un festival qui devait projeter le film en première nationale. J'avais tenté de l'en informer dans la limousine à Londres, mais il se préoccupait de questions autrement plus importantes. Extrait du dialogue :

— Jenny, vous avez déjà rencontré Bruce Willis ?

— Oui.

Et je m'appelle Jennifer.

— Dites-moi (se penchant vers l'avant, dévoilant un ventre gonflé et des pectoraux moins saillants qu'à l'écran), quand il vient en Angleterre, sa limousine est de la même taille que la mienne... ou plus grande ?

— De la même taille.

— OK, mais il se ramène comment ? En jet privé, hein ?

— Je n'en sais rien (second mensonge).

Claymore avait explosé :

— Eh bien, *moi,* je sais. Il se paie un jet privé, et moi je me farcis le charter ! Moi, Todd Claymore !

Par « charter » il désignait le Concorde, bien sûr.

— Il prend combien de commission ?

Et caetera.

Cut sur Todd et son épouse à Nottingham, escortés par son frère, un garde du corps, l'habilleuse-maquilleuse de Sherilynne, le manager du couple et le représentant de son agent, tous installés dans le meilleur hôtel de la ville, tandis que j'opte pour un taudis trois-étoiles pas trop éloigné, pensant – à tort – qu'en gardant mes distances je pourrais profiter d'une vraie nuit de sommeil.

— Un arc fera l'affaire, me dit Todd Claymore, oui, comme celui de Kevin dans son film. Bon sang, ils auraient dû m'auditionner pour ce rôle.

— Vous auriez été fabuleux, renchéris-je dans l'espoir qu'un peu de léchage de bottes stratégique lui ferait...

— Hé, rugit soudain Claymore, je veux cette arbalète !

Je me frottai le visage de ma main libre.

— Arbalète ou arc ?

— Ce qu'il y avait dans le film. Ouais, on va prendre la voiture pour aller dans la forêt de Sherwood et faire un peu de tir à l'arc.

Je savais que l'envie lui serait passée d'ici une heure. D'ici une heure, il aurait tout oublié. Il dormirait dans les bras de sa femme, deux bambins enlacés entre les draps de satin réclamés par l'agent de Todd. Retour en arrière : une liasse de fax en provenance d'Hollywood – « Mon client, M. Todd Claymore, exige... », suivi d'un inventaire extravagant, depuis son eau minérale préférée (Calistoga, goût cerise) jusqu'à un régime quotidien de draps en satin noir.

— Me faites pas chier, entendis-je Todd ajouter.

Mes poils se hérissèrent et je lui raccrochai au nez.

Qui appeler sinon Bunny ? Bunny, au bras aussi long que son carnet d'adresses, un homme capable de dégoter tout et n'importe quoi. Harrods en personne. Et – ultime bonheur

– insomniaque. Mon sauveur semblait donc éveillé lorsqu'il décrocha le téléphone dans son triplex de Clapham.

— Bunny, c'est Jennifer.

— Jennifer les quatre fers en l'air, chantonna-t-il. Ça date d'avant ta naissance, non ?

— Oui.

— Ne me raconte pas qu'un autre de tes clients t'a sortie du lit avec une petite requête de rien du tout ?

— Il veut un arc.

Bunny resta impassible.

— Qui ça ?

— Todd Claymore.

— Le Todd tout nouveau tout chaud, je suis impressionné. On m'a dit que Disney allait signer avec lui pour son prochain film.

Bunny adorait le monde du cinéma.

— Ça va s'appeler *Les Chevaliers*, lui confiai-je. Si Claymore signe, il se fait trois millions et demi.

De dollars. Les salaires à Hollywood me donnaient la nausée.

— Attends voir, je connais un type, m'apprit Bunny. Il vit à Nottingham et dirige un club de tir à l'arc.

— Super.

Rien ne m'étonnait plus de sa part. J'empoignai un bloc-notes.

— File-moi son numéro.

Et Bunny, ce cher Bunny, s'exécuta.

Une heure et demie plus tard je frappai à la porte de la suite de Todd. Le chauffeur faisait le pied de grue dehors, avec la limousine. Quand on passe une nuit pourrie, autant en faire profiter les autres ! On avait sillonné la ville jusqu'à trouver la bonne adresse, guidés par M. Tir-à-l'arc – l'oreille vissée au portable, je transmettais ses indications au chauffeur. Puis retour à l'hôtel avec un arc de presque deux mètres, cinquante centimètres de plus que moi. Sans oublier une douzaine de flèches dans un carquois en simili-cuir. La totale pour mille livres. En incluant les indemnités de dérangement de M. Tir-à-l'arc.

Je frappai à la porte de la suite. Attendis. Frappai une nouvelle fois. Balayai le couloir du regard. Râlai. Fis quelques pas et entendis un rugissement dans une autre chambre. Je suivis le bruit, l'arc à la main, et cognai avec force à une porte qu'ouvrit à la volée un Todd Claymore rouge de colère, grondant et montrant les crocs. La sueur perlait à son haut front hâlé. Sa rage ne semblait pas feinte.

— Tout est annulé ! hurla-t-il avant de me repousser et de s'élancer, furieux, vers sa suite.

Je m'engouffrai dans la chambre de Chris Klamowski tandis que Todd claquait sa porte – notre cher acteur ayant Chris pour frère et Klamowski pour véritable patronyme. J'aimais bien ce jeune type un peu fou qui en profitait pour s'éclater sans se permettre trop de libertés. C'était pourtant bien un parasite propre à Hollywood, dont il fallait se méfier. Peut-être son amabilité même faisait-elle partie de son rôle. Agents, producteurs, directeurs, comptables, tous jouaient un rôle. Tous portaient un masque.

Chris se tenait à la fenêtre. Sur le lit était assise Sherilynne, en larmes, jambes repliées, sublime dans un peignoir blanc. Matthieu Preene, l'agent, lui tendait une boîte de mouchoirs qu'il avait dégotée dans la salle de bains. A cette heure de la nuit, Preene portait toujours son costume, un trois-pièces, pas moins. Il avait pourtant enlevé sa cravate et défait le premier bouton de son col, ce qu'il devait considérer comme « décontracté ». Je parierais que son prénom est orthographié autrement sur son certificat de naissance.

Près du lit se déployait Chuck, garde rapprochée de Todd et Sherilynne. Le jeune couple était d'habitude inséparable et cela faisait du travail de Chuck un jeu d'enfant. Maintenant qu'il ne savait lequel suivre, il faisait craquer ses jointures et rotait. Comme la plupart des accros aux salles de gym,

Chuck témoignait en société de la grâce d'un tas de saindoux.

Accoudé à une table se trouvait le dernier membre du groupe, le manager du conglomérat Claymore-Tamasco, « Howie » Malamud. Tout comme Chuck, Howie était perdu : devait-il rester ici, rassurer Sherilynne (susceptible de jouer avec Stallone dans ce qui devait être la superproduction à grand spectacle et petit QI de l'année suivante) ou apaiser les tourments de Todd et protéger le contrat Disney ?

Lors de notre première rencontre, Howie m'avait prise à part pour me dire qu'il espérait qu'ensemble, travaillant dans l'intérêt commun, notre équipe réussirait à tenir Todd à l'écart des ennuis. Les articles devaient obtenir le feu vert avant publication, les photos idem. Et il fallait garder secrète toute inconvenance. Petit, gros et poilu, Howie avait un problème de transpiration.

Dont je connaissais la raison : si l'acteur devait se révéler une cause d'embarras, Disney pouvait à tout moment annuler le contrat. Ce qui signifiait : pas de drogues, pas d'alcool, pas de baise extra-conjugale... pas sur la place publique.

— Bon, dis-je en lançant un sourire à la ronde, tout le monde est là. Et si vous me disiez ce qui se passe ?

— C'est quoi ce machin ? demanda Chuck.

Le « machin », c'était l'arc, que j'appuyai contre le mur. Mille livres allongées par le studio. Je posai le carquois par terre.

— Ça vous dit, un peu de café ?

A ma suggestion, le groupe se ragaillardit. Chris appela le service d'étage et fut assailli de demandes. Crème... sucrettes... glaçons (Howie dorlotait un whisky tiré du mini-bar)... sandwichs, jambon et moutarde française... Il parvint enfin à raccrocher le combiné.

— Alors ? insinuai-je.

— Eh bien, commença Matthieu Preene, il y a eu un cambriolage.

— Bon sang, Matthieu, interrompit Howie Malamud, on n'a même pas encore fouillé sa chambre.

— Todd dit qu'il a tout retourné.

Génial.

— Qu'est-ce qui a disparu ?

Tout le monde se tourna vers Sherilynne, qui renifla, consciente de ce qu'on attendait d'elle. Elle prit une pro fonde inspiration.

— Son porte-bonheur. Il l'emmène partout avec lui.

— Et on peut le remplacer ?

Elle secoua ses boucles parfaites. Son public regarda les cheveux onduler comme s'il avait payé pour ce privilège. Devant des hommes – surtout des guignols d'Hollywood –, Sherilynne interprétait son rôle. Mais il s'agissait bien d'un rôle. On avait eu une brève conversation à Londres, entre filles, et elle s'était montrée très différente, posée et lucide. Retour en arrière :

— Toi et moi, m'avait-elle dit, sur de nombreux points on est pareilles.

Sous-entendu, on a toutes deux plus de vingt ans et on est blondes...

— Moi, avait-elle continué en passant la main dans sa chevelure assurée tous risques, je joue du système de la seule façon qu'il m'est possible. Jamais je n'incarnerai un prix Nobel de chimie. Tant que je suis comme je suis et que je veux faire du cinéma, je serai la nana du méchant ou le bon coup d'à côté...

Cut sur une suite d'hôtel à Nottingham.

— Si je peux me permettre, c'est quoi exactement comme mascotte ?

Je pensais à Bunny, me voyant déjà remplacer l'objet sans que Todd apprenne la supercherie.

Sherilynne prit une nouvelle et exquise inspiration :

— C'est un polype.

Pour Bunny, ça tombait à l'eau.

On a fini par convaincre Todd d'ouvrir la porte et entrepris de fouiller sa chambre, comme dévastée par une tornade. Todd refusa de nous aider. Il nous dévisageait à tour de rôle et dédaigna les sandwichs au jambon.

— Il était dans le tiroir de la table de chevet, m'expliqua-t-il comme à un gosse. Je l'y avais mis moi-même. Sherry et moi on est allés dîner, on est revenus et on a invité tout le monde à prendre un verre.

— J'ai entendu au téléphone.

— Oui, et juste après mon coup de fil j'ai ouvert le tiroir pour le montrer à Chuck... et il n'y était plus. Donc c'est qu'un connard me l'a tiré, et ça peut être que l'un de vous !

Il nous montra tous du doigt.

— Et toi, cracha-t-il à mon intention, t'es censée t'occuper de moi !

Ce à quoi j'aurais dû répondre : « Mais pas de ton polype. »

Ce n'était pas un polype *ordinaire*[1]. Celui-ci avait été extirpé du postérieur du père de Todd au cours d'une difficile opération menée à l'hôpital général Notre-Dame-d'Aloysius, dans la ville d'Eureka. Chris m'en livra les détails tandis que nous stationnions dans le couloir.

— Et Todd l'a gardé ? demandai-je.

— Dans une petite fiole en verre remplie de formol, me confirma Chris. Quand le vieux est mort, c'est le seul souvenir qu'a voulu garder Todd. Il disait que ce truc allait lui rappeler ce qui l'avait motivé à se barrer d'Eureka et à faire carrière.

— Et c'était quoi ?

Chris renifla.

— Notre père, expliqua-t-il, était un emmerdeur de première.

De retour dans la suite, je remarquai deux choses. La pre-

1. En français dans le texte. (*N.d.T.*)

mière, c'est que le jour se levait peu à peu. La seconde, qu'il manquait quelqu'un.

Ludmilla, l'habilleuse-maquilleuse de Sherilynne.

On a frappé à sa porte sans obtenir de réponse, puis essayé de la réveiller par téléphone. L'intendant de nuit, un homme poli mais tellement coincé qu'il semblait avoir eu les jambes bloquées dans un presse-pantalon, fut appelé à la rescousse. Il finit par accepter d'ouvrir la porte de Ludmilla.

Celle-ci gisait sur son lit, encore habillée, et tout à fait morte.

Une ambulance l'emmena pleins gaz à l'hôpital. Le pronostic n'était guère brillant : si l'affaire filtrait, je pouvais me chercher un autre boulot.

C'est en plein petit déjeuner que Howie vint nous donner des nouvelles.

— Ils pensent qu'elle a souffert de lésions cérébrales. A cause du manque d'oxygénation, un truc de ce genre.

Il enleva ses lunettes et les essuya, révélant des yeux bordés de rouge. Il n'y avait personne d'autre que nous dans le restaurant de l'hôtel à cette heure-là. Normalement, le service débutait à sept heures, mais les hôtels faisaient des exceptions pour les acteurs.

— Qu'est-ce qu'elle avait pris ?

Howie lissa les poils de ses bras.

— Peut-être de la cocaïne, plus des cachets – des amphés.

— Ludmilla est venue à la fête ? demandai-je à Todd qui acquiesça.

Sherilynne s'accrochait à son bras et pleurait en silence. Elle allait bientôt être déshydratée, vu toutes les larmes qu'elle versait.

— Elle buvait beaucoup, ajouta Chris.

— Elle est quand même partie tôt, précisa Matthieu Preene, le seul capable d'avaler un vrai petit déjeuner.

Il avait remis sa cravate.

— C'est un cauchemar, grogna Todd.

— T'inquiète pas, dit Howie en le tapotant sur l'épaule, on va noyer le poisson.

Il me regarda.

— Pas vrai, Jennifer ?

Je m'excusai et remontai à l'étage. Il me fallait rendre l'arc avant neuf heures si je ne voulais pas payer une journée de rab. Et je devais aussi passer un coup de fil à mon patron en privé.

Chuck sortait de la chambre de Ludmilla.

— Salut, lui lançai-je. T'as perdu quelque chose ?

Il rougit, tel un acteur planté par son souffleur.

— Tu sais garder un secret ?

— D'habitude, oui.

Chuck baissa les yeux.

— Ludmilla et moi, on... tu sais, on se fréquentait.

— Super.

Cela ne l'avait pas empêché de me faire des avances le premier soir à Londres.

— Mais je te jure, je savais pas qu'elle se droguait. Seulement, si la police se met à poser des questions, je veux pas qu'ils sachent... à notre sujet.

Ça a fait tilt.

— Tu prends de la drogue ?

J'observai son physique : façonné en laboratoire.

— Le problème, c'est que je sais pas vraiment ce qui est légal ou non dans ce pays.

J'approuvai :

— Alors tu vérifiais s'il n'y avait rien à toi dans la chambre de Ludmilla ?

— Hé, grommela Chuck, je suis désolé qu'elle soit morte et tout, mais faut que je pense à ma carrière.

— T'es pas le seul, rétorquai-je me dirigeant vers mon objectif : la chambre de Chris et l'arc.

— S'il y a des fuites, se lamenta Todd Claymore, je peux dire adieu à Disney.

Nous voilà rien que nous deux en conférence dans sa suite, malgré les protestations de Matthieu.

— Je ferai de mon mieux.

Le visage de Todd s'assombrit.

— Et je ne rigole pas pour le polype. Tant qu'on le retrouve pas, tout est annulé. C'est non négociable, compris ?

— Une idée du motif du vol ?

Il secoua la tête.

— Non, aucune. Mais l'Angleterre c'est fini, et la France pareil.

La France : après la tournée anglaise, Todd et son escorte devaient se rendre à Bordeaux pour un autre festival, une autre projection. Seulement, cette fois, Claymore était invité aux côtés de son rival Jeremiah Tang, un *arriviste*[1] pétri de muscles. Tang, Américain né de mère hong-kongaise, montait en épingle sa maîtrise des arts martiaux pour compenser son exécrable jeu d'acteur. Il était admis que Tang comédien n'arrivait pas à la cheville de Todd. Mais cette ancienne star de la vidéo attendait encore de tourner dans un film qui ne rapporterait pas dix fois la mise initiale. A vingt-cinq ans, Claymore entendait derrière lui son challenger monter quatre à quatre les marches de la gloire.

C'était mon patron, pas moi, qui allait accompagner Todd et compagnie en France. Sujet douloureux.

J'avais téléphoné à mon boss. Il était à Londres, dans son bain et furieux. Résultat, je me retrouvais à essayer d'éviter la curée médiatique tout en recherchant le polype perdu. J'envisageais même de me rendre à l'hôpital, pas pour voir Ludmilla mais pour demander au personnel s'il serait possible de racheter un petit bout de nerfs superflus, de préférence conservé dans du formol, peu importe le prix.

---

1. En français dans le texte. (*N.d.T.*)

Je devais pourtant rester auprès de Todd. Nous attendaient à onze heures une conférence de presse dans la salle de réception, puis un entretien télé à trois heures, enfin des interviews individuelles, triées sur le volet, de cinq à sept. A vingt et une heures, projection. Si toutefois Monsieur Todd daignait coopérer. A ma demande, Matthieu et Howie le pressèrent de respecter ses engagements. Il avait consenti à tout ; revenir sur son accord signifiait subir une pénalité financière – mesure qui n'était vraiment dans l'intérêt de personne.

— Jennifer, annonça Howie le Grizzli en me menaçant d'un petit doigt boudiné, tu sais que je t'aime bien, mais si quelque chose merde, je veillerai moi-même à ce que ton seul lien avec Hollywood devienne ton vidéo-club.

Matthieu Preene acquiesça, tout à la vérification de ses boutons de manchette.

— J'admire votre franchise, messieurs, assenai-je avant de me lever, et je m'éloignai la tête haute.

Comme l'aurait fait une héroïne de film en noir et blanc.

Chris se trouvait au salon, absorbé dans une bande dessinée. Ça peut être rasant de voyager avec un acteur. Je m'assis près de lui et demandai ce qu'il pensait de Ludmilla.

— A mon avis, elle se droguait, confessa-t-il. Je n'arrivais seulement pas à savoir à quoi. Elle parlait peu, restait à l'écart, sauf quand elle était dans la chambre de Sherry. Là, elle en avait pour des heures...

— Et avec Chuck ? Est-ce que lui et elle... ?

Il grogna.

— Tu veux rire ? Elle ne le supportait pas. Je pense qu'il la draguait encore hier soir, et c'est pour ça qu'elle est partie tôt. Si ça se trouve elle est sortie pour lui échapper.

— Elle est sortie ?

Chris avait roulé son magazine. Il me jeta un coup d'œil avant de regarder autour de lui.

— En allant prendre quelque chose dans ma chambre, je l'ai vue disparaître dans l'ascenseur.

Je quittai Chris pour discuter un moment avec le directeur de l'hôtel. Celui-ci hésita à me donner les noms de l'équipe de nuit, sans parler d'un numéro où les joindre. En piochant dans la cagnotte du studio, qui faisait moins la fière, je lui donnai bonne conscience – professionnelle.

Cinq coups de fil plus tard, je savais que Ludmilla était descendue dans le hall pour se poser au bar. Apprenant qu'il était fermé, elle avait exigé sa réouverture. L'intendant de nuit lui avait expliqué que le service d'étage serait heureux de la pourvoir en rafraîchissements. Ludmilla avait protesté, perdu l'équilibre, renversé une poubelle et fini par regagner l'ascenseur.

Puis elle était morte, sans doute d'une overdose accidentelle.

Je contrôlai la salle de réception et vis que la conférence de presse se déroulait sans accroc. Preene et Malamud étaient installés de part et d'autre de leur propriété, portables disposés avec ostentation. Je n'aperçus Sherilynne nulle part, mais Chuck – ce faux-jeton, ce menteur – était assis sur le côté, à l'écart, les bras croisés. Il y avait pas mal de monde, y compris quelques journalistes étrangers. Je reconnus un Danois qui posait toujours la même question : « Qu'est-ce qui en particulier la grandeur que mérite cet acteur qui soit Robert de Niro – selon vous ? »

Les réponses certes variaient, mais la plus fréquente était : « Pardon ? »

Je passai un coup de fil à Bunny afin d'arranger une ou deux bricoles, et il me fit jurer que je ne les demandais pas pour mon usage personnel. Après avoir parlé avec les femmes de ménage, je montai dans ma chambre et enfilai mes habits les plus miteux pour les aider à passer au peigne fin les sacs-aspirateurs de la veille.

Je pris ensuite une douche bien méritée et descendis au restaurant où tout le monde déjeunait, aux frais de la princesse. Ils m'invitèrent à me joindre à eux, mais je refusai de mon sourire professionnel en prétextant d'autres obligations.

— Tant que tu ne racontes rien aux journalistes, m'avertit Preene.

La plupart s'attardaient encore au bar.

Todd mâchait du pain et contemplait les murs de derrière ses Ray-Ban à monture en écaille.

— Tu sais, j'ai vraiment envie de travailler avec Quentin. Quentin comprend les acteurs.

— Il en comprend quelques-uns, rectifiai-je. Au fait, j'aurai récupéré ton polype d'ici ce soir. Je te le donnerai lors de la projection.

Je tournai les talons et m'éloignai, sachant bien que de dos, j'en jette.

Je me rendis dans l'un des immeubles les plus insalubres de la ville puis demandai au chauffeur de me déposer devant un vidéo-club. L'employé, un ado au visage blême, effectua pour moi quelques vérifications. Cut sur l'hôtel, où Sherilynne cherchait une remplaçante à Ludmilla par le biais d'un casting arrangé au pied levé. Le couloir grouillait de candidates à l'air peu convaincant. Je frappai à la porte et pénétrai dans la suite. Une gamine, dreadlocks roses et piercings en pagaille, sortait au même moment.

— Je suis épuisée, souffla Sherilynne.

— On le serait à moins.

Elle leva les yeux, étudia mon visage et fronça les sourcils. Les masques tombèrent le temps d'un éclair, puis elle se crispa et me montra les ongles de sa main gauche.

— La dernière m'a fait une manucure complète. Un boulot d'amateur, et une vraie torture.

Je lui collai la fiole sous le nez – elle tressaillit.

— Regarde ce que Ludmilla a perdu dans le hall. Et devine qui a dû se taper une douzaine de sacs-aspi pour le trouver ?

Sherilynne avait pâli au point qu'il m'était possible de distinguer chaque particule de maquillage.

— Tu veux que je le rende à Todd ? demandai-je.

— Bien sûr, répondit-elle sans grande conviction.

— Ça ne figure pas dans le scénario, Sherry.

Je m'assis sur une chaise.

— Tu as pris le polype dans le tiroir et demandé à Ludmilla de s'en débarrasser. Elle n'avait elle-même aucune raison de le voler. Après son overdose, comme tu ne savais pas ce qu'elle en avait fait, tu as convaincu Chuck de fouiller la chambre... c'est facile, hein, d'amadouer Chuck ?

— Je ne vois pas ce que...

Sherilynne se décomposa et ne reprit pas tout de suite contenance. Peut-être basculait-elle sur un nouveau personnage, mais j'en doute.

— Je ne veux pas aller à Bordeaux, avoua-t-elle.

— Je sais.

Elle écarquilla les yeux.

— Pendant notre conversation à Londres, tu as mentionné les rôles que tu as interprétés. Mais la copine du méchant, tu ne l'as jouée qu'une seule fois. Dans *Le Couteau sanglant.* Ça a atterri direct en location, puis à la poubelle.

— Tu l'as vu ?

Elle semblait stupéfaite.

— J'adore le cinéma, Sherry. Pendant un temps, je louais peut-être quinze vidéos par semaine. Je me souviens vaguement du *Couteau sanglant.* Tu jouais avec un type inconnu à l'époque, un certain Jerry Tang. J'ai fait le rapprochement...

Elle parla d'une voix sèche mais calme.

— Ça n'a duré que le temps du tournage, trois semaines maximum. Personne n'était au courant sauf les autres acteurs et l'équipe, et c'est surprenant qu'ils aient tenu leur langue. Mais je sais que quand Todd et Jerry... Je sais que s'ils s'embarquent dans cette compétition de machos débiles, Jerry sortira son arme absolue.

Elle me lança un regard larmoyant avant d'ajouter :

— Moi. Et alors Todd me détestera, j'en suis sûre.

Je me levai pour partir. Cette femme que j'avais en face de moi, au visage noyé de larmes, à la voix brisée, apeurée, non, ce n'était pas la Sherilynne que j'aimais. Je la préférais en garce pleine de cran, aux répliques claquant comme des coups de fouet.

— Qu'est-ce que tu comptes faire ? demanda-t-elle.

— Todd l'apprendra d'une manière ou d'une autre. Vous êtes tellement célèbres... quelqu'un finira par vendre la mèche contre un chèque, ou alors par jalousie.

Cela, elle le savait déjà. Tout ce qu'elle voulait, c'était du temps, et rien d'autre.

— Tu sais, j'aurais pu perdre mon job avec cette histoire, l'informai-je.

— Je suis désolée.

Désolée, la bonne blague.

— On se voit ce soir. Et ne t'inquiète pas, vous n'irez pas à Bordeaux. Fais-moi confiance, ajoutai-je avec un clin d'œil.

La foule s'amassait devant un cinéma cerné de barrières de sécurité et de policiers chargés de contenir la cohue. Personne ne me prêta attention lorsque je foulai le tapis rouge et franchis les portes. Tous étaient à l'affût d'un couple hollywoodien. Pour moi, il y avait là un mystère, et je me demandais ce qui attirait tant les gens. Mais bon, on en connaît qui aiment aller au zoo.

Le public au grand complet se leva pour acclamer Todd et sa scintillante épouse lorsqu'ils pénétrèrent, en retard, dans l'auditorium. Ils avaient pris la limousine alors que l'hôtel se trouvait à deux pas du cinéma. Ils s'avancèrent main dans la main, saluant leurs admirateurs. Todd embrassa Sherry sur la joue ; vivats et applaudissements reprirent de plus belle.

Lorsqu'il m'aperçut, il lui serra la main et s'approcha de moi. Sherilynne resta pétrifiée tandis que je donnais la fiole à Todd. Il l'examina avant de l'empocher, puis m'offrit son irrésistible sourire de star et me serra dans ses bras en chuchotant :

— Bien joué, Jenny, bien joué.

Blottie dans son étreinte parfumée, je glissai quelque chose dans l'autre poche et le regardai prendre place.

Voir le film pour la quatrième fois m'en dégoûta tout à fait. Lacunes béantes du scénario, scènes au montage foireux, dialogues en copier-coller... tout me sauta à la figure.

La fin fut accueillie par une nouvelle ovation et la ruée des chasseurs d'autographes. Todd et Sherilynne ne pouvaient toutefois s'attarder. Ils avaient un avion privé à prendre, qui les emmènerait à Paris – où devait les rejoindre mon patron – puis à Bordeaux.

Les bagages déjà en route, le cortège gagna directement l'aéroport. Personne ne daigna me dire au revoir ni merci, non, que dalle. Pas même Chris. Je revins à l'hôtel, me déshabillai et m'étendis sur le lit. Il me fallait rentrer à Londres le lendemain matin. En train. Seconde classe. Je saisis le téléphone et composai le numéro qu'on m'avait donné, celui de la Direction des douanes. Déguisant ma voix, je déclarai que l'acteur Todd Claymore allait essayer de faire entrer de la cocaïne en France. Je savais que le message serait transmis et que la Brigade des stups ne raterait pas le farceur. J'avais glissé juste assez de dope dans sa poche pour que l'affaire provoque gêne, inquiétude et quelques *remous*.

Je réservai l'appel suivant à un correspondant du *Sun* qui me devait désormais *deux* faveurs. La chose ferait du tort à Todd. Disney ne trouverait pas ça drôle – Preene et Malamud encore moins. Sans compter mon patron, obligé d'annuler son voyage à Bordeaux. Est-ce que Hollywood considérerait cela comme un *happy end* ?

Générique de fin.

Traduit par Madeleine Nasalik.

Un Noël en famille

Mat Coward

— Faut que j'aille à l'hosto après les fêtes.

— Ben merde, compatit le Diplomate, je suis désolé.

— Ouais. Au Royal Free, le jour après Noël, faire des analyses.

— Y a pas plus désolé que moi, mon pote.

— Franchement, de nos jours ils jurent que par ça, les toubibs. Tu vas les voir avec un aphte, ils te collent direct à l'hosto avec une tripotée d'examens.

— C'est vrai, confirme le Diplomate en sirotant la mousse de sa pinte. Mais laisse-moi te dire, mon beau-frère, il avait un aphte du genre incurable, ils l'ont envoyé au Free pour des analyses et six mois plus tard, vlan, il bouffait les pissenlits par la racine.

Le truc marrant avec le Diplomate, c'est qu'on l'appelle comme ça parce qu'il a bossé comme chauffeur pour un étranger, un Arabe casé dans une ambassade. Voilà, c'est ça le truc marrant.

— Et tu sais quoi, il avait bien dix ans de moins que toi, mon beauf. Dans les trente-cinq ans, qu'il avait.

— De toute façon, moi, j'ai pas d'aphte.

— A part ça, le Taré, c'est quoi ton programme pour Noël ? Tu vas chez ta mémé, comme d'hab ?

Je secoue la tête. Pas pour dire non, plutôt pour montrer qu'il commence à me courir.

— Mamie est morte, tu te rappelles ? Cet été.

— Eh merde, s'enfonce le Diplomate, désolé, mon pote, bien sûr. J'avais pas vraiment oublié, tu me l'avais dit. Ça m'était juste sorti de la tête. Désolé. En juin, c'est ça ? Je m'en souviens parce que c'était le tournoi de Wimbledon, Cherry rate jamais ça à la télé. Alors t'as prévu quoi ? Une chambre d'hôtel bourrée de jeunes nymphos, pas vrai ?

— Je sais pas. Rien, en fait.

Le Diplomate s'essuie la bouche du revers de la main, empoigne sa pinte et hop, cul sec. Tout dans le gosier, ni une ni deux. Il se lève et s'apprête à partir.

— Bon, de toute manière, je t'en souhaite un joyeux, mon pote. Faut que j'y aille, la petite femme attend. La veille de Noël, tu sais ce que c'est – instructions de dernière minute et où tu traînais encore.

Il me donne une tape sur l'épaule, ratisse son briquet et quelques pièces sur le comptoir.

— A un de ces quatre, le Taré. Amuse-toi, hein ! Te fais pas choper surtout !

Et le voilà parti.

De même que la plupart des clients à cette heure : il se fait tard. Quelques types, à l'autre bout du bar, je les connais de vue, plus jeunes que moi, ceux-là aussi ramassent leurs affaires. Ils achètent des litrons à emporter.

— Vous allez faire la fête, les gars ? je leur lance.

Ils font la sourde oreille. Si une fête se prépare, j'y suis pas invité.

Tous mes Noëls sans exception, c'est avec ma grand-mère que je les ai passés. Je me suis retrouvé à l'ombre pas qu'une fois, c'est vrai, mais le hasard a fait que jamais à Noël. Noël, ça a toujours été chez mamie.

Les gamins se cassent à leur fête, ou ailleurs, et on reste seuls avec le mec du bar, un Irlandais. Il me voit assis là et me ramène un paquet, une lourde boîte en carton bien ficelée.

— Jim m'a dit de te donner ça, il m'explique en le plaçant sur le comptoir.

Je prends la boîte et la pose par terre, à mes pieds.

— Ah ouais, merci, mec. Je l'attendais.

— Génial, dit le serveur occupé à astiquer le comptoir et ramasser les verres vides.

— Et il a dit autre chose, Jim ?

— Non, seulement que tu serais au courant.

— Ouais, c'est vrai. Je sais ce que c'est.

— Mais pas moi, ajoute le serveur, compris ? Je sais rien de rien, moi.

La dernière gorgée avalée, j'évalue mes chances d'être resservi lorsque le type m'enlève le verre des mains et me fait :

— OK, le Taré, merci, à bientôt. Et bon retour.

Il est pressé : il bosse pas demain, et ça le démange de retrouver sa copine pour Noël.

— Ouais, dacodac, mon pote. Laisse-moi juste embarquer une ou deux bouteilles, OK ?

— Pas de problème, répond le serveur. Tu veux quoi ?

Une ou deux bouteilles – bon sang. J'ai jamais été seul à Noël, pas une seule fois. Jamais, jamais seul.

Je traverse Golders Green à pied pour rentrer chez moi, dans ma piaule, en me disant qu'il y aura peut-être un message sur le panneau près du téléphone, dans l'entrée – « Untel a appelé mais t'étais pas là, il te propose de dîner chez lui ce soir » – mais à la vérité, je vois pas qui pourrait me laisser ce genre de message. J'ai déjà appelé tout le monde.

Et un pied devant l'autre, je me répète : « Jamais tout seul, jamais tout seul, jamais... »

Le paquet que le serveur m'a confié est encombrant et les bouteilles cognent contre ma jambe avec un bruit pas possible, alors je m'offre une pause, fous tout par terre, m'allume une clope.

Je m'étire et jette un œil alentour ; je me suis arrêté pile devant une maison sympa comme tout. Cette rue, je l'ai empruntée des centaines de fois, et comme rue elle est plutôt pas mal, les maisons ont pas l'air pourries. C'est des pavillons flanqués de grands garages, où il y a des allées de gravier avec un rosier ou d'autres machins plantés sur un îlot de terre brune pile au milieu d'un petit bout de pelouse. Aux fenêtres, ces trucs en plomb qui leur donnent l'air ancien, mais c'est du faux, elles sont plus jeunes que moi, ces baraques. Je me rappelle quand on les a construites.

Elles sont vraiment chouettes, ces maisons, mais ce soir, la veille de Noël, celle-là elle en jette encore plus. Ils ont accroché une couronne de houx sur la porte d'entrée, avec un ruban rouge vif dessus, et je vois toutes les lumières allumées, et une guirlande en papier. Je ramasse les bouteilles et le paquet de Jim, je me traîne dans l'allée et frappe à la porte. De la main, obligé, parce que la couronne recouvre le heurtoir.

Il est minuit passé et je me dis qu'il est peut-être trop tard, que je devrais pas déranger les gens à cette heure, qu'ils sont sans doute couchés. Mais presque aussitôt la porte s'ouvre, elle s'ouvre en grand pour m'accueillir, et je rentre.

— Oui, bonsoir ? demande la femme qui m'a ouvert.

Pas désagréable à regarder, joues très blanches parsemées de petits points rouges, cheveux fins et clairs. Plus jeune que moi de quelques années, à mon avis. Sapée avec une robe assez classe et un collier de perles minuscule.

— Veuillez m'excuser, elle ajoute, la main toujours sur la porte – qu'elle oublie illico pour s'exclamer : Tony !

J'en profite pour m'avancer dans le couloir et jeter un œil dans une pièce, sur la gauche, qui au départ, vu l'odeur, me paraît vide, inoccupée. Une pièce en rab au rez-de-chaussée – pourquoi pas, quand il y en a tant ? Pas la peine de mettre le chauffage partout si on les utilise pas. Mais en allumant la lumière je découvre une grande table de travail parée d'un sous-main vert sur laquelle est posé un écran d'ordinateur, en plus d'une chaise, une bibliothèque, des trucs dans ce genre. Comme un bureau, mais à la maison. Au cas où la neige te bloquerait chez toi, je suppose.

— Excusez-moi ?

Je me retourne. Il y a un type planté là, pas loin de la quarantaine, un peu dégarni, chemise rayée bien repassée et falzar élégant, mais il a tombé la veste et la cravate. J'éteins la lumière, referme la porte du bureau derrière moi et lui file sous le nez – sans le bousculer, sans rudoyer personne – parce que je viens d'apercevoir le salon de l'autre côté du couloir.

Le type – le mari, ça saute aux yeux – m'attrape par la manche lorsque j'entre dans le séjour – énorme, déjà illuminé – et s'entête :

— J'ai dit *Excusez-moi* ! On se connaît ? Je peux vous aider ?

Sa femme le serre de près, sur ses joues les points rouges grossissent.

Il en jette, ce salon. Des meubles de super-qualité, du papier peint, et j'en passe. Il y fait bon aussi, grâce à un feu de charbon artificiel qui crépite tout au bout. Vraiment agréable, comme pièce. Ces gens ont du goût, pas seulement du fric. Aux murs, des petits tableaux, des scènes de campagne. Pas de télé – ils la regardent sûrement ailleurs, dans une pièce rien que pour ça – mais, à la place, un gigantesque sapin de Noël coincé derrière la porte, recouvert de pied en cap de loupiotes clignotantes et de fanfreluches d'étain, avec plein de cadeaux emballés dans ce papier brillant qui fait miroir. Un sapin parmi les plus grands et les plus beaux que j'ai vus de toute ma vie. Si vous voulez mon avis, ils auraient dû le mettre à la fenêtre, pas le planquer derrière la porte. Ça ferait encore plus accueillant de l'extérieur. Peut-être que j'en parlerai à la femme, si ça fait pas malpoli.

— Ecoutez, retente le gars en essayant comme il peut de se poster devant moi et de me barrer le passage lorsque je remonte le corridor et me dirige vers l'arrière de la maison.

Bon, écoutez, je ne sais pas qui vous êtes mais à moins d'une bonne raison j'exige que vous déguerpissiez sur-le-champ.

Sur ce il m'indique la porte, qui laisse entrer un sacré courant d'air.

C'est la cuisine qui m'intéresse, alors je me glisse sous le bras du type – il est peut-être plus petit, mais moi je suis plus rapide –, et en me tapant le long couloir dans l'autre sens je l'entends dire dans mon dos :

— Tout va bien, Sarah, je m'en occupe.

Chez Sarah et Tony, avant d'arriver dans la cuisine il faut passer par la salle à manger. Qui est elle aussi joliment décorée, avec une chouette nappe rouge recouvrant une grande table – six couverts, facile –, des décorations un peu partout et même sur la table et un diablotin de Noël par invité.

Mais pour l'instant, concentré à fond sur la cuisine, je trace. Le type me colle aux basques, il me talonne de pièce en pièce et je n'y fais pas trop gaffe quand soudain je sens son bras autour de mon cou et le voilà qui essaie de m'entraîner par la porte de derrière, celle de la cuisine, dans le jardin.

Non merci, il fait trop froid pour ça, alors je le repousse sur un tabouret – la cuisine est grande, pas besoin de salle à manger avec une cuisine comme ça –, il le rate et atterrit le cul par terre. Sa femme, qui a tout vu depuis la porte cintrée menant à la salle à manger, s'écrie d'une voix étranglée :

— Oh mon Dieu, qu'est-ce que vous nous voulez ? C'est Noël, par pitié !

Marrant, mais je croyais qu'ils fêtaient pas Noël, ces gens. A la réflexion c'est peut-être les musulmans ; enfin bref. Alors je les regarde, lui qui se redresse lentement, essaie de faire du tabouret un bouclier, elle dans son cadre de porte, bras croisés, tremblotante. Je les regarde. Ou plutôt je les laisse me regarder, moi. Je les ai déjà vus, du coin de l'œil quoi, alors à leur tour maintenant.

Et, en plus, je vais les écouter. D'accord, c'est vrai, avant aussi je les entendais avec toutes leurs questions, mais bon, j'étais occupé : il fallait tout vérifier et m'assurer que ce nid était bien aussi douillet que je m'y attendais. Par exemple, est-ce que les fêtes sont pas préparées n'importe comment ? Ils ont prévu quoi au menu ? Ils ont mis des décorations comme il faut, etc., pareil que chez mamie. Franchement, de nos jours les gens ne se foulent plus trop, et si ceux-là prennent pas Noël à cœur ils peuvent me dire au revoir.

Un coup d'œil à l'homme, puis un autre à la femme, et là, un petit garçon s'est matérialisé. A côté, non, derrière elle ; je sais pas si elle l'a vu, je l'ai même pas entendu arriver. Un gamin d'environ dix ans, qui reste planté là, à se demander c'est quoi ce binz. En pyjama et robe de chambre, des chaussons Fred Pierrafeu aux pieds.

— Salut gamin, je lui fais.

Ils se retournent comme un seul homme, avisent l'enfant. Le papa laisse échapper un « mon Dieu », la maman chope son rejeton et le serre tout contre elle.

On repart dans la salle à manger. Enfin, moi je repars, eux me suivent. Vous savez quoi, on raconte qu'ils sont radins, hein ? Les juifs et tout ça. Pas ceux-là – je le vois aux diablotins. Des comme ça, j'en ai jamais vu ! Bien plus grands que la normale, plus gros aussi, et l'emballage est vraiment classe, ils doivent coûter les yeux de la tête. Mais bon, les préjugés ont la vie dure, et mon expérience m'a montré qu'ils sont pas toujours fondés.

Je pose le carton et le sac de bouteilles sur une petite table près de la fenêtre. Je défais l'emballage et coupe la ficelle avec mon canif. Pas la peine de garder le papier, il a rien de spécial. C'est du kraft tout ce qu'il y a d'ordinaire : je le roule en boule et le balance dans une corbeille à papiers toute rikiki sous la table. J'empoigne le flingue et le colle sur la table, près du sac.

Puis je pivote sur mes talons, regarde la petite famille et lui offre un grand sourire.

— Bonjour. Et joyeux Noël.

— Qu'est-ce que vous voulez ? reprend l'homme. Dites-le-nous, c'est tout ce qu'on vous demande.

— Je suis venu m'incruster – je lui explique. Je suis venu m'incruster pour Noël – j'ajoute. J'ai apporté ça.

Je sors les bouteilles du sac. Une grande de scotch – whisky pur malt, spécial Noël – et une de vin au gingembre. Un remontant de saison. Je les tends à la femme qui laisse passer un bon moment avant de venir les prendre.

— Merci, elle dit d'une petite voix, et elle recule sans me quitter des yeux.

— C'est ça, mon chou, va les mettre avec les autres, d'accord ? je lui conseille.

Le gamin est assis à la table. Pas touche aux couverts et aux plats, on les a arrangés avec tant de goût. Le type regarde sa femme prendre la bibine, mon cadeau de fête, et la placer sur un buffet sensas derrière la table, où se dressent en rang d'oignons des bouteilles de tous les alcools possibles et imaginables, qui flamboient dans la lumière joyeuse.

— Mon Dieu – ce mec cause si bas que je l'entends à peine –, mon Dieu, il est fou.

Le truc marrant dans tout ça, c'est qu'au pub les copains m'appellent le Taré pour la seule raison qu'avant j'étais fan de ce groupe-là – Madness, vous voyez lequel. C'est ça le truc marrant.

L'homme fixe le flingue, l'arme à feu, abandonné sur la table.

— Dites-nous seulement ce que vous voulez, il répète. Nous ne savons même pas qui vous êtes, je vous le jure !

Alors je prends le calibre et vise un peu le garçonnet. Mon doigt est genre à trois kilomètres de la détente, aucun danger. Il est pas à moi, ce flingue, j'en ai pas utilisé depuis tout môme. Il appartient à un gros bonnet du nom de Jim, qui vient de prendre rendez-vous avec un copain du commissariat pour une perquisition de son domicile le lendemain de Noël alors est-ce que ça me dérangerait de veiller quelques jours sur son fidèle compagnon (ben non, pas de problème, c'est pas comme si quelqu'un allait fouiller les tiroirs de mon chevet, hein ?) et il réglera sa dette au pub, comme il faut, mon pote. Mais après les fêtes, bien entendu, quand les choses se seront un peu tassées.

Un joli sourire au monsieur, un autre à la dame. Le gamin arbore un air un peu effrayé. En fait, un truc me chagrine : c'est que j'ai rien pour lui – la gnôle, ça va pour les parents, mais j'ai pas prévu de cadeau pour un petiot. Tout s'est décidé sur un coup de tête, vous voyez ce que je veux dire. Pas grave – j'ai une bonne idée. Ouais, il va adorer, ça fera pile l'affaire.

En attendant : où sont tes manières, le Taré ! D'abord les présentations.

— Je suis votre cousin, je dis. Je suis votre cousin le Taré, et je viens fêter Noël avec vous. Je vous fais la surprise de venir pour un charmant Noël en famille. Joyeux Noël.

Le mari reste comme deux ronds de flan, mais la femme – elle observe l'arme pointée sur son fils – s'approche de moi, la petite futée, afin de se placer entre le flingue et la chair de sa chair, et me souhaite « Joyeux Noël » la gorge nouée, je crois apercevoir une petite larme, et elle répète, plus fort :

— Joyeux Noël. Je m'appelle Sarah, et voici mon fils Daniel.

— Joyeux Noël, Daniel, je fais, tout sympa.

Lequel Daniel, sans un regard pour ses parents, me fixe bien en face et répond :

— Joyeux Noël, cousin Taré.

Je remets une couche de bons vœux et rigole. Ça nous fera tous marrer, plus tard, cet air sérieux qu'il prend pour me parler comme s'il se disait oui, je suis vraiment son cousin, sauf que personne ne lui en avait jamais parlé ! Un petit gars bien élevé, voilà tout. Rien de tel qu'une bonne éducation familiale.

— Brave gamin, je commente.

Sarah jette un coup d'œil à son mari, un peu pareil qu'un coup de coude, avant d'ajouter :

— Et voici mon époux, Tony.

— Joyeux Noël, Tony.

Lequel Tony examine sa femme, me regarde moi, enlève ses lunettes, s'essuie le visage de sa manchette et articule :

— Joyeux Noël.

Il se planque les mains sous les aisselles et les serre fort, alors je ne vais pas lui serrer la louche. Ça serait pas correct. Je veux pas le gêner.

Je glisse le flingue dans ma ceinture. Ça y est : finito les formalités.

Nous voici au salon, là où trône le super-sapin, à trinquer en cette veille de Noël. On boit du vin, en fait : ils ont ouvert une bouteille pour l'occase, ce qui est la moindre des choses de leur part. Des gens de cette qualité sont jamais pris de court par des invités imprévus. Le vin est pas mauvais, dans son genre, c'est pas mon rince-gosier de prédilection mais il se laisse boire.

Je me sens bien. Assis là, au coin du feu, rideaux tirés, ébloui par les guirlandes, douillet juste comme il faut. Noël, quoi. Je me demande ce qu'il y a dans les paquets sous le sapin même si, bien sûr, je sais qu'aucun n'est pour moi. Ils ne m'attendaient pas, ce serait trop leur demander, mais c'est amusant quand même. Celui-là, là – alors, un livre ? Un disque ? Et le grand au fond : un vélo pour le gamin ? Un établi pour Papa ?

Ce qui me rappelle : les cadeaux.

— J'espère que le scotch vous plaît, Tony ? Je vois que vous buvez plutôt du vin, si j'avais su, bien sûr...

— Non, non, c'est... c'est très bien, dit Tony. N'est-ce pas, chérie ? Oui, c'est très gentil.

— Très gentil, ajoute Sarah. Très délicat.

— Il est plutôt bon, je note, sans me vanter, mais c'est vrai, il est plutôt bon.

— Oui, dit Tony. Il est, oui, vraiment il est très bien. C'est mon préféré.

— J'en suis ravi. On en boira un verre plus tard, hein ?

Daniel est au lit. Pas étonnant, l'horloge marque presque une heure du matin. Il rêve de ses cadeaux, le petiot.

— Le problème, je commence, un peu confus, même si c'est pas vraiment ma faute, le gamin – j'y ai pas pensé.

— Aucune importance ! ils s'exclament en chœur.

J'ai toujours le flingue à la ceinture, mais en vérité mon point de vue c'est que, passé les premières minutes – et peu importe la situation –, une arme change pas grand-chose à l'affaire. Soit ça se passe dans le calme, soit non, et dans ce cas une arme ça peut qu'envenimer les choses, pas vrai ? Ce soir, j'aurais carrément préféré l'avoir laissée dans le sac. J'en avais pas besoin, pas vraiment, et il y a toujours un risque que ça pourrisse l'ambiance.

— Bon, d'accord, en tout cas j'ai une idée.

Je fouille dans ma poche et en ressors le canif que je balance à Tony. Il l'évite : quel ballot.

— J'avoue, il est pas neuf. Mais il est en bon état, j'en ai pris soin. Et c'est un bon couteau, pas du premier prix. Je me disais, vous voyez, que Sarah pourrait faire un paquet-cadeau et le mettre sous le sapin avec le reste. Je sais bien qu'il est d'occase, mais il devrait lui plaire. Les garçons, ça aime bien les couteaux, pas vrai ?

Puis je considère Tony d'un air grave parce qu'il est chez lui, après tout, c'est son fils.

— Sauf si, bien entendu, vous pensez que c'est pas un cadeau approprié. Si vous trouvez Daniel trop jeune, enfin vous voyez.

Non, aucun problème, ça ne les dérange pas, merci pour le couteau. Sarah annonce qu'elle va l'emballer, sûr que Daniel sera ravi. Alors tout baigne. Bon ben, il se fait tard, je me sens un peu crevé. J'ai fait des mélanges pas très catholiques aujourd'hui, voilà pourquoi, vraiment pas l'idée du siècle !

— Eh bien, toutes les bonnes choses ont une fin.

Je me lève et m'étire.

Sarah et Tony jaillissent de leurs sièges comme si un chien les avait mordus.

— Attendez ! s'exclame Tony.

— C'est l'heure de se coucher, je lui annonce.

Les tourtereaux échangent un regard.

— Oh mon Dieu, soupire Tony en se vautrant sur sa chaise.

— Très bien, dit Sarah, oui. Eh bien... le Taré. Si vous choisissiez votre chambre ? N'importe laquelle, elles sont toutes aérées. Et il y a des serviettes dans l'armoire de la salle de bains.

Elle toise son mari, puis revient vers moi.

— Je pense... que Tony et moi on va rester encore un peu, voir s'il n'y a pas quelque chose à la télé.

Je lui souris.

— Ça serait mieux qu'on y aille ensemble, non ? Qui m'aime me suive, comme disait ma grand-mère.

Donc on va tous au lit. Et tant mieux : je veux pas être ronchon le matin de Noël.

Environ une heure et demie plus tard, Sarah trébuche et vlan ! atterrit à plat ventre par terre.

Elle y est pour rien – je suis couché sur le tapis juste devant la porte de leur chambre, ma veste en guise d'oreiller, le flingue à la main.

Elle porte sa robe de chambre, et des chaussures. Des chaussures, pas des chaussons. Et une lampe-torche. Je l'aide à se relever, rien de cassé, et nous nous dévisageons un instant. Hem. Un ange passe.

Elle regarde l'arme, peut pas s'en empêcher, puis moi.

— Vous êtes fâché ?

Comme si c'était possible ! Non mais c'est vrai, c'est sa famille, non ? Elle doit tenter le coup, essayer, ne pas en démordre, sinon comment vivre avec s'il arrive quelque chose ? Bon sang, bien sûr que je comprends tout ça. Mais c'est bien elle, de demander si elle m'a blessé, de penser d'abord à moi et pas à elle. Une nana incroyable, cette Sarah.

— J'espère que votre Tony se rend compte combien il a de la veine, je commente, mais elle se drape encore plus dans sa robe de chambre et je me dis qu'elle a peut-être mal interprété.

Alors je recule d'un pas, m'appuie sur la balustrade, allume une clope, très relax.

— D'habitude je vais chez ma grand-mère.

Elle hoche la tête. Je lui offre une cigarette – mieux vaut tard que jamais, Monsieur Bonnes Manières ! –, et elle l'accepte, me laisse l'allumer, même si elle fume pas, ça se voit.

— Votre grand-mère, elle est morte ? elle demande.

Qu'est-ce que je disais ? Elle pense aux autres, laisse rien échapper, comprend tout. La compassion incarnée.

Mais c'est Noël, et je me suis déjà trop imposé. En réalité ça ne me dérangerait pas de pleurer sur son épaule, j'ai pas honte de le dire, mais c'est pas à moi qu'elle est destinée, hein ? Alors je renifle, fais semblant de bâiller et déclare :

— Bon, mieux vaut aller dormir ! Une grande journée nous attend !

Je me réveille au matin, reposé et détendu. Pioncer par terre me gêne pas, j'ai vu plus de planchers que de lits dans ma vie. Enfin bon : c'est Noël ! Et il y a cette sensation spéciale qu'on a, jeune ou vieux, elle revient à tous les coups, pas vrai ? Le jour où l'excitation du matin de Noël disparaît – à sept ou soixante-dix-sept ans, peu importe –, on est bon pour le cimetière !

Laissez-moi vous dire, pas de danger que le matin de Noël soit pas spécial ici, dans cette jolie maison, avec ces gens sympas et généreux. C'est comme dans un rêve ! Si seulement mamie pouvait être là, elle aurait adoré.

Petit déjeuner bien copieux, avec toute la famille réunie. Bonne bouffe. Rien de lourd, faut laisser de la place pour plus tard, mais très satisfaisant. Ils préparent le repas ensemble, Sarah et Tony, ce qui est chouette. Une dame dans son genre, elle mérite un mari prévenant, et je suis content de voir qu'il l'est. Parce que ça peut être une corvée pour les femmes, le jour de Noël, si les hommes filent pas un coup de main. Je me porte volontaire pour la vaisselle, c'est la moindre des choses.

J'en profite pour retirer le flingue de ma ceinture et le glisser dans la poche intérieure de ma veste, que j'accroche derrière la porte de la cuisine. Me voilà plus léger : les armes et Noël, ça va pas ensemble je trouve, pas vrai ? Daniel me surprend – impatient d'ouvrir ses cadeaux, il est venu dans la cuisine voir ce que je fous – alors je lui dis qu'il ne doit pas toucher à ma veste, compris ? Et bien sûr il répond d'accord, le brave petit.

La distribution des cadeaux me file un peu le cafard, mais pas longtemps. Y a rien pour moi, c'est normal, et ça me fait penser aux Noëls chez mamie. Elle m'offrait toujours un joli pull, un disque, des tas de trucs. Ça me remonte le moral que le couteau plaise autant à Daniel. Il n'a pas l'air de faire ça juste par politesse, il semble aimer pour de vrai. Normal, c'est un bon canif, même plus tout neuf.

Le temps passe si vite, c'est presque l'heure de déjeuner. On fait exploser beaucoup de diablotins, surtout moi et Daniel – deux gamins farceurs ! –, ils sont sacrément chouettes, comme je m'en doutais. Avec des cadeaux bien sympas – des choses dont on peut se servir, pas des merdes en plastique –, un vrai bruit de pétard, et des chapeaux rigolos. Mais les blagues sont toujours pourries. « Comment appelle-t-on une pieuvre à huit tentacules ? Une pieuvre à huit tentacules ! » C'est pas drôle, je trouve. Je comprends, pas de problème là-dessus, mais je vois pas en quoi c'est drôle. Pour le prix on devrait avoir une blague digne de ce nom. Bon, laissons tomber. C'est sans importance.

Daniel a l'autorisation d'allumer la télé, il s'installe devant et joue avec ses nouveaux cadeaux tandis que les grands dégustent un verre de sherry en attendant que ça finisse de mijoter dans le four.

Sarah toussote et s'éclaircit la voix :

— Eh bien, je vous souhaite un joyeux Noël, le Taré, et une bonne année.

Elle a l'air plus détendue, parce qu'elle en a fini avec les préparatifs, j'ai l'impression.

— En fait ça a été une année vraiment pourrie, je lance.

Et qu'est-ce qui m'en empêcherait ? On est entre amis, j'ai pas à faire mon timide. Dis ce que t'as sur le cœur.

— Une année pourrie du début à la fin. Je serai content quand je la laisserai derrière moi. Du moins si je savais que celle qui vient sera pas pareille, ou pire.

— J'en suis désolée, répond Sarah. En quoi l'année a-t-elle été si mauvaise, si ce n'est pas indiscret ?

— Pas du tout. C'est gentil de demander.

Mais elle me prend de court. Je veux pas leur raconter l'hôpital et tout ça, je veux pas casser l'ambiance. Ni foutre leur Noël en l'air avec la mauvaise poisse d'un autre. Alors je déclare :

— Oh, ben, les trucs habituels.

Je me fourre un doigt dans la bouche, taquine une dent branlante.

— Des problèmes de dents, d'abord. On croirait qu'elles vont toutes se faire la malle. Des fois ça m'empêche de dormir.

Le plus drôle c'est que je mens pas, j'ai eu plein d'ennuis avec mes chicots ces derniers temps.

— Est-ce que, demande Tony, excusez-moi, est-ce que vous avez vu un dentiste ? Je suppose que oui.

— Non, j'aime pas les arracheurs de dents.

— Le frère de ma femme est dentiste.

La gaffe.

— Euh, je voulais offenser personne, j'ai rien contre ces gens, je dis à Sarah. Je suis certain que votre frère est très bon comme dentiste, c'est pas tous des charlatans, pas vrai ? De toute façon, sûr que c'est pas votre frère que j'ai vu la dernière fois.

— Non, elle répond.

— Attendez... il serait pas australien ? Installé sur Finchley Road ?

— Non.

— Un rouquin, grandes oreilles ?

— Non, ce n'est pas lui.

— Eh bien, ajoute Tony, non, il ne travaille pas à Finchley Road. Et il a la boule à zéro. Et de grandes oreilles.

Sa femme lui jette un vieux regard, alors il la boucle.

On est bien ici. Cordialité, bonne humeur, des amis qui prennent un verre, papotent, se racontent leurs petits problèmes.

Une pensée me vient à l'esprit.

— Alors, vous faites quoi le jour de l'an ?

Elle glousse, juste un peu, très bas. Il ouvre la bouche avant de bégayer un truc mais elle pose la main sur son bras et explique :

— Eh bien, le Taré, voyez-vous, nous ne fêtons pas la même nouvelle année que vous. Nous sommes juifs, voyez-vous.

Embarrassant !

— Ah oui, je m'excuse. Désolé, je voulais vexer personne.

— Personne n'est vexé, elle m'assure avec courtoisie. Quoi qu'il en soit, je vous souhaite une année pleine de bonheur.

— Bien sûr. De toute façon, le nouvel an, c'est différent, pas vrai ? Les pubs sont ouverts, le dernier métro est gratos. On peut aller partout. Plein de possibilités, plusieurs choix. Ouais, faut pas s'inquiéter, le 31 je serai pas seul.

— Vous n'aimez pas être seul, n'est-ce pas ? demande Sarah.

Sacrément perspicace, je trouve. Une nénette très généreuse, qui s'intéresse pour de vrai aux autres.

— Eh bien, je dédramatise, comme si c'était pas grand-chose, vous comprenez, enfin, on n'arrive pas au monde tout seul, pas vrai ? Il y a votre maman, et puis la sage-femme, et d'autres. Et on ne le quitte pas tout seul non plus.

— Ah bon ? s'étonne Tony.

— En fait, non. Un type au pub, qui bossait avant dans un crématorium, m'a affirmé qu'ils en enfournaient douze en même temps, pour faire des économies d'énergie.

Tu parles d'un truc à raconter à Noël ! Espèce de crétin.

J'essaie de trouver un moyen de transformer ça en blague sans me vautrer dedans, lorsqu'on frappe à la porte et que mes hôtes se figent, échangent un coup d'œil.

Merde, voilà qui est gênant. Ils attendaient de la visite ! J'ai pas pensé à demander, et ils étaient trop polis pour me le signaler. Maintenant que j'y pense, oui, six couverts sur la table. Sacré bon sang.

Le plus gênant, bien entendu, c'est que je ne peux rien y faire, pas en de telles circonstances. Il y a qu'à espérer que les invités se cassent, et il va vraiment falloir qu'on se creuse la tête et qu'on invente une excuse pour plus tard, quand Sarah et Tony devront expliquer pourquoi ils ont pas ouvert. Ça va pas être de la tarte.

Ils partent enfin, mais ils ont bien pris leur temps, et c'est pour mieux revenir à la charge. Le téléphone sonne tout le long du déjeuner (un repas super, même si on a tous un peu l'esprit ailleurs), et au moment où on se pose de nouveau devant la télé, ils rappliquent. Pas étonnant, hein, quand on y pense ? Ça, ils sont certains de pas se tromper de jour ! Et si on les laisse encore poireauter, ils risquent de s'inquiéter, d'appeler les flics.

— OK, j'annonce en me postant à l'entrée de la salle à manger, je suis vraiment désolé mais voilà ce qu'on va faire. Daniel ?

Le gosse détache son regard de l'écran de télé.

— Tu veux bien me prêter ton nouveau couteau une minute ? Et viens te mettre près de moi.

Parce que ça me branche pas de filer dans la cuisine prendre mon flingue ; on pourrait me voir de dehors, par la fenêtre du couloir.

— Sarah, restez derrière moi. Tony, vous allez à la porte et vous leur expliquez qu'ils peuvent pas entrer, vous avez une maladie contagieuse.

— Une maladie contagieuse ? répète Tony, à moitié hilare.

Il devrait apprendre à moins faire le mariole, celui-là, je critique pas mais quand même. D'accord, c'est pas un plan génial, mais ça pourrait les éloigner au moins quelques minutes, le temps de choper ma veste et m'esquiver par-derrière. Un peu tard pour les bonnes manières, j'en ai peur.

— Vas-y, chéri, répond Sarah. Dis-leur que c'est la rougeole, qu'on l'a tous attrapée, et qu'ils reviennent plus tard quand on ira mieux.

Bien balancé, ma belle !

— Et Tony, j'ajoute. Ne marmonnez pas, s'il vous plaît.

J'ai Daniel juste devant moi, une main sur son épaule, et le couteau dans l'autre. Je veux pas faire peur au petit, mais Tony comprend le message.

Je reste hors de vue, l'oreille tendue.

— La rougeole... bla bla bla... ne vous inquiétez pas... bla bla... appelle-nous dans quelques jours, Jeremy...bla bla.

Ça a marché. Mais pas pour longtemps, il faut que je me casse vitesse grand V, et faire gaffe aussi, mais au moins il n'a pas fallu recourir à des méthodes désagréables qui auraient gâché le Noël de tout le monde.

La porte claque, je jette un œil sur la petite famille – ouf ! enfin, on se détend, tout va bien, la fête peut continuer. Là, mon regard s'arrête sur Sarah et le problème, c'est qu'elle tient le flingue de Jimmy – j'aurais préféré ne jamais avoir posé les yeux sur ce satané machin, je le jure – et elle le braque sur moi. Elle l'empoigne ferme, des deux mains, pareil que les flics dans les séries télé, et le pointe sur l'arête de mon nez. Bon, d'accord, j'ai pas dit à Daniel « N'en parle à personne », je lui ai juste demandé de pas y toucher. C'est pas comme s'il m'avait désobéi.

Nos regards se croisent. Visage et cou écarlates, furieuse. Le truc marrant, c'est que je la vois pas du tout me tirer dessus. Je suis pas expert en psychologie ni rien, mais j'ai regardé plein de visages dans ma vie, et je la vois mal me tirer dessus. Je pense qu'à la place, oui, je pense qu'elle va mettre le flingue sous verrou, dans un placard à l'étage, sans me montrer où, je pense qu'après elle va aller dehors jeter la clef dans le caniveau, et ensuite conclure : « Bon, maintenant on rentre et on finit les chips et les cacahuètes, et je trouve aussi que tu nous dois des excuses, hein, le Taré ? » Peut-être même qu'elle va éclater de rire et ajouter : « Et prends rendez-vous avec mon frère pour tes dents, compris ? »

J'en mettrais pas ma main à couper, bien sûr, je lis pas dans les pensées, mais je crois bien que c'est ce qu'elle va faire. C'est ce que mamie aurait fait, elle.

Traduit par Madeleine Nasalik.

Carolyn Wheat

Cousine Cora *décrit la vie à la ferme et l'amitié entre les femmes au début du* XXe *siècle. Un matin, je me suis réveillée après avoir fait le rêve marquant d'un adolescent et d'une vieille fille étrange, rêve qui m'a incitée à écrire cette nouvelle anti-policière. Cette histoire triste est peuplée de nostalgie et du regret cuisant de ne pas avoir agi autrement. Quant à la résolution prise par le garçon à la fin de* Cousine Cora, *je me suis toujours demandé s'il l'avait suivie. Rappelons que son nom est Sam.*

Il ne m'a pas fallu plus de dix secondes pour choisir. Une affaire de femmes, *depuis toujours ma nouvelle policière préférée. Elle m'obsède depuis trente-cinq ans, depuis que je l'ai découverte dans l'anthologie* To the Queen's Taste *publiée par Frederick Dannay en 1946. Susan Glaspell, lauréate du prix Pulitzer pour les auteurs dramatiques, a adapté l'histoire à partir de sa pièce en un acte :* Trifles. *Publiée la première fois en 1917 sous la forme d'une nouvelle, cette histoire policière féministe, qui évoque la justice à laquelle sont soumises les femmes, est typique de son époque, tout en étant aussi actuelle que le dernier Sara Paretsky.*

Cousine Cora

— Et maintenant, la gauche, dis-je en prenant ma voix d'inspecteur de Scotland Yard.

Le plus dangereux criminel de Londres (en l'occurrence mon frère Lionel âgé de six ans) mit sa petite main potelée dans la mienne. L'un après l'autre, je fis rouler ses doigts sur la pâte bien ramollie du tampon encreur avant de les appliquer sur une feuille du plus beau papier à lettres de Maman. Résultat : un relevé d'empreintes digitales très réussi, comme le garantissaient les Editions Racine, fabricant de la panoplie du Jeune Détective Atouvu.

Je libérai la main de Lionel et dis :

— Ne t'essuie pas sur tes culottes, sinon on va se faire drôlement enguirlander, tous les deux.

Lionel acquiesça ; ses yeux bleus écarquillés prêtèrent à la scène une solennité qui eût fait le bonheur de n'importe quel inspecteur de police.

Nous étions dans la grange rebaptisée pour les besoins de la cause 221b, Baker Street. Moi, dans le rôle du grand Sherlock Holmes, Lionel étant tour à tour (comme indiqué) le docteur Watson, Mycroft Holmes, un marginal de Baker Street, Mme Hudson et Toby le chien. A présent, il se fondait avec délectation dans les traits du célèbre professeur Moriarty, avec une efficacité à peine affaiblie par la tache d'encre qui brillait sur son nez en trompette.

Ce fut l'été où même les arbres semblaient se balancer au rythme de la valse de *La Veuve joyeuse*. Ce fut l'été où je délaissai peu à peu les sentiers de l'enfance où l'on va les pieds nus (mes pieds qui grandissaient à une vitesse vertigineuse). Ce fut l'été où je croquai jusqu'au trognon le fruit amer de la connaissance, le fruit du bien et du mal. Ce fut l'été de la cousine Cora.

— Sa-am, fit une voix au loin.

Lionel et moi fermâmes nos paupières, unis par cette seule pensée pour deux : quel danger pouvait représenter le plus grand criminel de Londres à côté de notre sœur aînée Lucy, la plus grande cafteuse de toute l'agglomération de Springfield ?

— Sa-am, où es-tu ?

Sa voix se rapprochait. Mon Dieu, elle serait ici d'une minute à l'autre, et elle verrait les doigts tout tachés de Lionel, et elle fourrerait son nez dans la boîte du Jeune Détective Atouvu, et.:

Il ne faisait aucun doute pour moi que les femmes sont incapables d'apprécier la science de l'investigation à sa juste valeur.

— Sauve-toi par-derrière et passe tes mains sous la pompe. Grouille-toi ! ordonnai-je à Lionel.

Il se sauva. Du haut de ses six ans, mon frère avait déjà un sens aigu des impératifs de la vie.

En quatrième vitesse, je rassemblai le dossier du professeur Lionel Moriarty, refermai le tampon encreur et rangeai mon attirail dans le carton. J'enfouis le tout dans le grenier à maïs, sous une bonne couche d'épis afin de cacher aux yeux de Lucy le couvercle représentant le visage renfrogné du Détective Atouvu.

Vite, j'arrachai mon harmonica de ma poche et entamai les premières mesures de *La Veuve joyeuse*, que j'avais essayé d'apprendre tout l'été à seule fin de taper sur les nerfs de Lucy. C'était son air préféré, et je ne pensais pas qu'elle serait très contente de l'entendre ainsi saccagé à l'harmonica.

— Sam, mais qu'est-ce que tu fais à moisir dans cette vieille grange par un temps pareil ?

Ma sœur était sur le pas de la porte, dans cette posture que prennent les femmes, depuis que le monde est monde, quand elles s'apprêtent à critiquer un homme : pieds ancrés dans le sol, mains sur les hanches et coudes recourbés. Pour savoir à quoi ressemble un pot à lait indigné, il suffisait de la regarder.

Je baragouinai quelques paroles inaudibles en faisant ressortir le mot « oignons ».

— Que veux-tu dire : ce ne sont pas mes ... Maman m'envoie vous chercher, c'est tout !

— Pour quoi faire ?

— Une cousine de Maman, Coramae, est venue nous rendre visite. Il faut que vous fassiez votre toilette et que vous mettiez votre col du dimanche pour le souper, a dit Maman.

— Une cousine, Coramae ?

Mon instinct de détective reprit le dessus. Maman était originaire du Sud et considérait tous ceux qui avaient le moindre lien de parenté avec elle comme des cousins. Alors comment expliquer que je n'aie jamais entendu parler de Coramae ?

— Pourquoi Maman ne nous a-t-elle pas prévenus au petit déjeuner ?

Il n'était pas vraiment dans mon intention de laisser échapper cette question, surtout en présence de Lucy : depuis que Mademoiselle avait passé le cap des dix-sept ans et qu'elle se coiffait à la Pompadour, elle était invivable. Elle prenait de grands airs et méprisait les garçons plus jeunes qu'elle, sous prétexte qu'ils ne se pommadaient pas les cheveux comme les lycéens de Webley's Corners !

— Tu voulais peut-être que Maman te demande ton avis avant d'inviter sa cousine ? dit Lucy d'un air suffisant.

— Je crus un instant que j'allais voir son chignon larguer les amarres en entraînant la chute de ses cheveux blond miel sur ses épaules, mais je n'eus pas cette chance.

— Elle ne pouvait pas en parler puisqu'elle n'était pas au courant. La cousine Coramae a débarqué à l'improviste, il y a à peine vingt minutes. Elle est seule.

Lucy fit des yeux de chouette (on aurait dit Lionel) et prit un air conspirateur, si bien qu'un instant, je crus que la vieille frangine autoritaire s'était effacée devant notre compagne aux longues tresses d'une époque révolue. Elle baissa la voix pour annoncer :

— Elle n'a pas fait le trajet en voiture.

Détail d'une importance capitale, suivi d'une déclaration tout aussi stupéfiante :

— Et tu sais ce qu'elle a apporté comme bagages ? Rien qu'un sac minable et un carton à chapeau !

Pour une nouvelle, c'était une nouvelle : les membres de la famille de Maman annonçaient toujours leur visite par une lettre et, à chaque étape, ils envoyaient un télégramme de confirmation. De plus, ils passaient invariablement par le relais avec leur armada de cartons à chapeaux, de valises en cuir et de malles.

La cousine Coramae était un vrai mystère.

Sans perdre un instant, je décidai de me rendre au salon ; en traversant le jardin potager, je crachai dans mes mains et me recoiffai tant bien que mal.

La maison était plongée dans la pénombre ; pour tenir en respect les rayons du soleil et protéger les couleurs du tapis d'Orient, on avait fermé les gros rideaux damassés. Debout derrière la porte entrebâillée, je me mis à surveiller ce qui se passait dans le salon. Maman avait la voix aiguë et flûtée qu'elle prenait d'habitude pour échanger des banalités avec des inconnus. Son interlocutrice parlait avec une concision abrupte et la sécheresse typiquement nordiste de son intonation ne manqua pas de me surprendre : dans la famille de Maman, originaire du Sud, on traînait sur les mots en accentuant certaines syllabes de façon erronée et indolente. Contrairement à Papa, dont l'aboiement appris dans son Middle West natal tombait sur les consonnes avec la même dureté qu'un pasteur baptiste sur les péchés de ses fidèles. La cousine Coramae, avec son particularisme, ne semblait parente de personne que d'elle-même.

Au moment d'entrer pour faire mes salutations, je me retrouvai figé sur place, tel un papillon chloroformé, par les paroles de ma mère.

— ... mon mari. Qu'est-ce que je vais lui raconter ?

La voix de Maman atteignait maintenant la hauteur des notes aiguës du piano.

— Plutôt mourir que lui dire la vérité.

— Ne lui dis rien, répondit la voix yankee. Ma visite sera brève. Personne n'a besoin d'être au courant.

— Brève ?

Maman s'accrocha à ce mot comme à une planche de salut.

— Que veux-tu dire par « brève », Tommy ?

J'eus à peine le temps de retenir l'étrange surnom que la visiteuse répondait :

— Le temps que tu me donnes l'argent.

Puis ce fut le silence, un silence épais comme la poussière de la grange. J'avançai sur la pointe des pieds pour me rapprocher de l'encoignure de la porte.

L'étrange cousine était une toute petite femme. Frêle, avec un squelette d'oiseau et une peau de parchemin tendue à l'excès sur un visage pincé d'institutrice. L'impression d'épuisement qu'elle donnait au premier abord (alors qu'elle paraissait du même âge que ma mère) était contredite par l'âpreté qui émanait de sa personne.

Ses cheveux couleur de boue avaient apparemment besoin d'un bon lavage. Sa jupe était salie par le voyage et ses bottines usées aux talons. Son jabot en dentelle était dans le même état que mes cols de chemise, quand arrive le samedi soir.

Elle était assise sur l'un des plus beaux sièges de la maison.

Le fauteuil de maître, strictement réservé au grand-père Parsloe et aux autres dieux de la maison, était couvert d'un magnifique velours vert, avec des bras en acajou. Les chaises étaient destinées aux enfants (lorsqu'ils avaient le privilège d'être admis au salon) et à l'oncle Samuel que son goût immodéré pour l'alcool avait banni des fauteuils aux bras d'acajou. Comment la cousine Coramae, avec son air débraillé et ses bagages de miséreuse, avait-elle mérité une telle faveur ?

En me penchant un peu plus, je vis Maman perchée inconfortablement sur le bord d'un fauteuil, comme si elle craignait de s'enfoncer dans un luxe trop profond. Nul doute qu'un étranger, en voyant cette scène, eût pris la cousine Coramae pour l'hôtesse pleine d'assurance et Maman pour la visiteuse égarée.

— L'argent ! répéta ma mère sur un ton morne comme un jour sans pain, creux comme un arbre à chouette. Et où crois-tu que je vais trouver cette somme ?

— Enfin, Lia, comme toutes les femmes mariées, tu as sûrement amassé un petit pécule à l'insu de ton mari, non ?

Lia. Un nom inconnu au bataillon. Maman s'appelait Lillian. Lily pour ses sœurs, Lil pour Papa quand il était d'humeur blagueuse. Mais jamais Lia.

Le soupir que Maman poussa en guise de réponse signait sa reddition.

— Il reste bien un peu d'argent, ce mois-ci, qui n'a pas été complètement dépensé, mais j'espérais l'utiliser pour acheter une robe à Lucy en l'honneur de son diplôme.

— J'ai besoin de cet argent, Lia, j'en ai besoin.

— Tu ne comprends pas, Tommy. Ce n'est pas sous forme d'argent, pas exactement.

Les paroles de Maman s'entrechoquaient comme des petits pois écossés en train de tomber dans un bol.

— M. Benbow, du Magasin général, garde un compte de tout ce qu'il me doit et me fait ensuite crédit quand j'ai besoin de quelque chose de spécial, comme la soie pour la robe de Lucy.

— Tu n'as qu'à lui demander de l'argent, à la place.

— Ça éveillerait ses soupçons et il en parlerait à Harry. Les hommes se serrent les coudes.

— Je vois.

Sur son siège, la cousine Coramae avait la raideur du hibou ; ses yeux de rapace étaient fixés sur Maman.

— Alors, il faut concocter une histoire que nous pourrons faire avaler à ton mari, un problème de dettes ou de santé. Je pourrais avoir une maladie qui nécessite une opération chirurgicale.

C'était très mal d'écouter aux portes, je le savais, mais je ne pouvais plus bouger de là. Si la cousine Coramae faisait penser au méchant hibou, c'était moi sa proie, et non Maman. La sueur coulait dans mon dos et sur mon visage ; je m'essuyai le front avec ma main noircie. Beaucoup de tâches m'attendaient avant le souper, dont celle de me frotter les doigts avec le produit nettoyant de Papa. Impossible pourtant de quitter mon poste d'observation !

— Pourquoi moi, Tommy ? demanda Maman. Pourquoi ne pas avoir choisi quelqu'un d'autre !

— Parce que c'est toi qui habites le plus près du collège. J'étais certaine que la gare était surveillée, alors je n'ai pas osé prendre le train.

Tout cela était drôlement plus captivant que le roman à deux sous caché sous mon matelas. Une vieille fille énigmatique, surgie de nulle part, interdite de chemin de fer ! Le collège, c'était à coup sûr le collège de professorat d'Etat de Springfield que Maman avait fréquenté avant son mariage.

— Tu es certaine qu'ils ont des soupçons ?

— Ils ont beaucoup plus de soupçons que de preuves. Mais la famille est influente et déterminée, c'est pourquoi j'ai pensé que la discrétion était pour moi le meilleur parti à prendre. Cela dit, Lia, je suis désolée que ce soit tombé sur toi.

— Je sais, Tommy, fit Maman d'une voix aussi apaisante que le sirop qu'elle me donnait parfois. Je sais. Samedi, j'aurai l'argent, je te le promets. C'est le jour où Harry me dépose chez M. Benbow pour faire les courses de la semaine.

Tout était à sa place dans le salon, même le service à thé en argent de mon arrière-grand-mère Hartley qui trônait, entouré des tasses et des soucoupes en porcelaine tendre, sur le buffet en acajou. J'avais si souvent vu Maman verser le thé dans ces tasses.

Mais aujourd'hui, c'était différent. Aujourd'hui, l'ombre d'un chantage lourd comme un ciel d'orage pesait sur l'atmosphère.

Assis sous le porche à éplucher le maïs, j'avais largement de quoi m'occuper l'esprit : j'écoutais avec plaisir le bruit de déchirure que faisait chaque épi au moment d'être arraché de son enveloppe et je regardais les filaments ondoyants s'amonceler sous mes pieds. On eût dit que toutes les poupées de la maison avaient été scalpées.

Ma première affaire, une vraie de vraie. Fini de jouer à Sherlock Holmes dans la grange. Le professeur Moriarty se trouvait sous mon toit, en la personne d'une femme bien réelle. De profonds secrets unissaient les deux étrangères, l'une qui s'appelait « Tommy », l'autre « Lia ». Des secrets à dissimuler par tous les moyens à mon père.

Que faire ? Parler à Papa ? Quand j'eus fini d'éplucher le dernier épi, je fis glisser ma main le long des graines, ces petites perles dorées, et jetai le légume sur le reste de la pile.

Mais non. Parler à Papa reviendrait à trahir Maman.

Affronter la cousine Coramae (à supposer qu'elle soit vraiment la cousine de Maman) et lui annoncer, en héros de mélodrame, qu'elle était démasquée ? Il suffisait qu'elle menace de tout raconter à Papa et me voilà revenu à la case départ !

Tout en portant le maïs à la cuisine pour que Maisie, l'employée de maison, le fasse cuire, je déplorai que rien ne soit prévu dans la panoplie du Jeune Détective Atouvu pour couvrir ce genre de situation. A moi de me débrouiller.

Ce jour-là, Papa allait en ville. Nous habitions dans la ferme où avaient travaillé avant lui son père et son grand-père mais, en fait, Papa était employé au Feed and Grains. C'est pourquoi il passait trois ou quatre jours par semaine à Webley's Corners et franchissait la porte d'entrée principale avec ses vêtements de citadin.

Nous étions dans la salle à manger, assis devant notre assiette à soupe posée sur une double superposition de porcelaine. Mon col du dimanche m'arrachait la peau ; Lionel se tortillait comme un ver de terre. Lucy, fière de sa taille de guêpe, se tenait à côté de moi, raide comme la justice, avec son air de grande personne qui n'a plus l'âge de batifoler à table.

Maman était en bout de table, tendue comme un fil de fer. Au moindre bruit en provenance de la porte, elle sursautait. Elle portait toutes les deux minutes son verre d'eau à ses lèvres, mais on ne voyait pas le niveau bouger. Elle jouait machinalement avec les couverts en argent massif.

Son regard errait dans toutes les directions, mais évitait de se porter sur la cousine Coramae.

Dès qu'elle entendit Papa s'approcher du porche, elle courut à sa rencontre, non sans avoir au préalable bousculé la table et fait une grande mare d'eau sur la nappe.

— Harry, cria-t-elle d'une voix de crécelle que j'associais toujours à la nervosité. Tu ne devineras jamais qui est là.

Ils échangèrent quelques paroles dans le vestibule, au milieu des parapluies et des cannes. Je n'attrapai que des bribes :

— ... la cousine germaine de... de ma tante, tu sais, celle... je ne l'ai pas vue depuis des années... sa lettre s'est perdue, tu...

Papa avait beau chuchoter, j'entendais sa voix de baryton.

— ... franchement, je ne me souviens pas, Lil, mais je m'y perds avec tous tes cousins... Elle est bienvenue quand même, lettre ou par lettre. Dînons maintenant, je meurs de faim.

Papa entra dans la pièce à la manière d'un ours ; sa présence mâle remplissait tout l'espace de façon disproportionnée par rapport à sa corpulence proprement dite. Sans être grand, il était très baraqué, et j'enviais chaque jour un peu plus sa moustache brune et sa tignasse épaisse. J'avais tellement hâte de me débarrasser de ma silhouette de gringalet et de ma tête de rouquin pour ressembler à un homme comme mon père !

— Harry, je te présente ma cousine, mademoiselle Coramae Jones.

Jones ? C'était la première fois que j'entendais ce nom. Et puisque Maman avait dit « mademoiselle », il ne pouvait s'agir d'un nom marital. Quoi qu'il en soit, j'étais prêt à parier toutes mes billes, et même mon lance-pierre, qu'elle ne s'appelait pas Jones.

Une fois Papa installé en bout de table, le repas put commencer. Maisie apporta la soupière et nous servit l'un après l'autre : du potage aux cerises dont je raffolais pour sa fraîcheur et son goût sucré, et parce que j'étais le seul parmi mes camarades à consommer des cerises sous cette forme au souper.

— Du potage aux cerises, s'exclama la cousine Coramae dont la voix avait perdu un peu de son acidité de pomme verte. Ça me rappelle ma jeunesse, Lillian.

Tiens, ce n'était plus Lia. Au même instant, Maman demandait :

— Tu te souviens, Coramae ? C'est cette Suédoise qui nous avait appris à la faire, comment s'appelait-elle déjà ?

— Inga. Inga Gustavsen. Une cervelle de moineau, mais elle cuisinait comme un ange.

— Je ne savais pas que les anges savaient cuisiner, dit Lionel. Qu'est-ce qu'ils font ? Des gâteaux angéliques ?

Papa partit d'un rire tonitruant. Maman et Lucy souriaient. Mais la cousine Coramae eut le fou rire de quelqu'un qui a trop longtemps contenu une émotion. De sa manche, elle tira un mouchoir en dentelle d'une propreté douteuse, qu'elle porta à ses lèvres sans réussir à maîtriser son hilarité. Ses yeux pleuraient, comme si le fait même de rire suscitait en elle une trop vive émotion. Elle faisait peine à voir ; elle redécouvrait peut-être que la vie peut aussi apporter un peu de gaieté.

Elle se tamponna les yeux avec son mouchoir ; elle avait le nez tout rouge. Elle se secoua un bon coup en disant :

— Bon, allez, je me calme maintenant. Excusez-moi... le voyage en chemin de fer a été si pénible !

Tout le monde opina du bonnet sans faire le moindre commentaire, tant il allait de soi que les voyages en train sont éprouvants pour le sexe faible. Je savais, moi, que la cousine Coramae n'avait pris ni le train ni la voiture.

Pour en revenir au potage, Maisie n'avait jamais pu apprendre à dénoyauter les cerises, de sorte qu'à chaque bouchée on frôlait une catastrophe nationale en matière de bonnes manières. Maman et Lucy s'arrangeaient toujours pour recracher délicatement les noyaux dans leur cuillère avant de les faire glisser sous leur bol.

J'essayai de les imiter. J'y mis tout mon cœur. Mais un noyau tomba fâcheusement au fond de mon gosier, provoquant une quinte de toux suivie d'une grande giclée de jus rouge dont la destination fut la nappe en lin blanche. Lucy me fusilla du regard :

— Vous voudrez bien excuser mon frère, mais nous n'avons pas encore réussi à le rendre propre.

Je piquai un fard, comme si je venais de me frotter aux orties. J'aurais voulu voir Lucy tomber dans la grande mare (qui était, comme chacun sait, sans fond).

Mlle Jones se tourna brutalement vers Lucy.

— De mon temps, dit-elle avec son acidité de pomme reinette, cela ne se faisait pas d'attirer l'attention sur les *faux pas*[1] d'une personne. C'était le summum de l'impolitesse.

Lucy piqua du nez dans son assiette ; c'est sur elle que le traitement aux orties semblait maintenant agir.

Une nouvelle pièce de mon puzzle était en place : je sus que la visiteuse était professeur.

Des étoiles grosses comme des bourdons flottaient dans le ciel d'été. Je me promenais avec la cousine Coramae. Mon appréhension n'était pas moins forte que ma curiosité, à marcher ainsi aux côtés d'un présumé maître-chanteur. Et je n'étais pas peu fier à l'idée de commencer ma première enquête policière.

— Regardez la lune, comme elle est belle !

La visiteuse indiquait de son doigt – ou plutôt de sa brindille de doigt – un point du ciel. Nous allions bientôt atteindre la route qui menait vers la ville.

A mon tour, je regardai le croissant de lune qui se présentait à l'horizontale, avec les extrémités tournées vers le haut.

— On dirait un bateau, dis-je.

— C'est vrai. Ça me rappelle Venise, ses gondoles.

Dans le clair de lune, son visage ridé s'éclaira d'une exaltation nouvelle.

— Vous êtes allée en Italie ?

— Votre mère ne vous l'a pas dit ?

— Ma mère ?

— Elle y est allée aussi. Nous étions un groupe de jeunes femmes. Nous avons visité Rome, Florence et Venise. Un voyage que nous n'oublierons jamais !

Lia. Un surnom italien pour un séjour en Italie. Un séjour dont personne dans la famille ne connaissait l'existence.

En restant le plus naturel possible, je demandai :

---

1. En français dans le texte. (*N.d.T.*)

— Vous êtes déjà allée voir Maman au collège des professeurs ?

— Ah oui, je pense bien. Une ou deux fois.

La blancheur de sa voix trahissait un manque de conviction. Le silence s'installa. Nos pieds raclaient la poussière d'été. Les oiseaux chantaient dans le bois de l'autre côté de la route ; près de nous, la luzerne exhalait ses parfums qui se mêlaient par endroits à ceux du blé tendre.

Au bout de quelques minutes, j'entendis :

— Le Chasseur est en train de rôder.

— Quoi ?

Réponse fort peu courtoise, j'en conviens, mais la surprise me faisait oublier les règles de la bienséance.

— Tout là-haut, dans le ciel.

Le doigt en forme de brindille se dressait à nouveau.

— C'est Orion le Chasseur. Vous voyez, celui qui ressemble à un H avec une barre tordue.

Je n'eus pas de mal à repérer Orion qui dominait toute une région du ciel et me faisait penser à mon père trônant dans la salle à manger.

— Artémis, Diane pour les Romains, l'a installé au milieu des étoiles après l'avoir tué. C'était une chasseresse, la Déesse Vierge.

— A vous entendre parler, vous devez être professeur.

Réflexion mi-calculée mi-spontanée, mais incontournable si je voulais découvrir la vérité.

— Vous êtes très observateur, jeune homme.

Une simple affirmation, sans jugement de valeur.

— Vous remarquez tout. Vous mettez tout en fiches comme un comptable. Ou peut-être, comme...

Elle poursuivit avec son intonation de pomme acidulée :

— ... comme un espion.

A cet instant, la fugitive me donna l'impression de plonger tout droit les yeux dans la grange, sous les épis de maïs desséchés où se trouvait ma panoplie de Jeune Détective Atouvu.

Nous passâmes devant l'arbre creux où, la semaine précédente, j'avais aperçu une effraie. Le ruisseau où j'avais coutume de pêcher murmurait au loin. Au-dessus de nos têtes, le château d'eau se découpait sur l'horizon comme les toits de l'église méthodiste sur la ville.

A cette vue, je ne pus réprimer un sourire : il y avait tout en haut de la construction des initiales qui faisaient ma fierté.

— Il faut un sacré courage pour grimper !

— Vous avez deviné que je suis monté là-haut, cousine Coramae ?

— Appelez-moi Cora. Je déteste qu'on m'appelle par mon prénom. J'ai du mal à le faire comprendre à votre mère, d'ailleurs.

— Alors, cousine Cora.

Mon éducation m'avait habitué à ne jamais prononcer le nom d'un adulte sans lui attacher un titre, quel qu'il soit. Va donc pour cousine Cora.

— Une nuit, Red Beaudine, Spider Crowley et moi avons escaladé le château d'eau pour y peindre nos initiales. En rouge.

— Bel exploit ! dit cousine Cora. Un vrai petit homme, maintenant !

Même Papa, qui voulait faire ressortir ma virilité, n'aurait jamais dit une chose pareille. Je commençais à me prendre de sympathie pour la visiteuse, à tel point que je lui fis des confidences que je n'avais jamais faites à personne : je lui parlai de mon aversion pour la vie à la campagne, de mon désir effréné d'aller vivre en ville, peut-être même en Californie.

Je ne touchai pas un mot de ma panoplie de Jeune Détective, ni de la conversation que j'avais surprise dans le salon. Il fallait que je me garde quelques secrets. Mais pour le reste, cousine Cora n'avait rien à redire : toutes mes paroles lui semblaient raisonnables, et elle pensait que mes rêves pouvaient devenir réalité, à condition que j'y tienne vraiment.

Sur le chemin du retour, éclairé par une lune livide, j'en vins à me dire que je lisais trop de romans. Non, décidément, cette vieille fille desséchée comme un hareng qui se parfumait à la violette ne pouvait être l'auteur du chantage.

Le lendemain matin, nous étions, Papa et moi, en train de réparer les clôtures le long de la route. Il s'agissait de changer les fils de fer barbelé et de consolider les poteaux pour qu'ils résistent aux pluies d'été. Il faisait chaud, la tâche était ardue et nous y étions depuis l'aube. J'avais mal aux bras et ma chemise était trempée de sueur. Papa avait l'air éreinté mais je savais qu'il était capable, s'il le fallait, de continuer jusqu'au coucher du soleil sans prendre ni repos ni collation.

Quand il soulevait le marteau au-dessus de sa tête, ses énormes biceps se contractaient en s'arrondissant, et quand il frappait le poteau, la terre se mettait à trembler. Peu à peu, coup après coup, le bois pénétrait dans le sol endurci.

En tenant les poteaux, je luttais pour ne pas vaciller sous la poussée du marteau, car Papa y allait de toutes ses forces. Serais-je un jour capable de tenir cet outil, avec mon frère à ma place pour m'aider ? Pour l'instant, je pouvais à peine le lever, alors avec l'aisance de Papa...

Des bruits de sabots attirèrent notre attention : c'était le shérif Caleb Anson qui arrivait au trot sur Midnight, sa jument noire.

— Quoi de neuf, Cal ? cria Papa.

Il posa le marteau pour saluer le shérif d'un grand geste. Celui-ci mit son cheval au repos.

— Dis-moi, Harry. Ta femme est bien allée au collège de professorat d'Etat de Springfield, n'est-ce pas ?

— Tu le sais bien, Cal.

— Je suis désolé d'avoir à importuner Lillian, mais il se trouve qu'il y a eu du grabuge là-bas.

Le shérif tenta de calmer sa jument d'une petite tape sur le flanc. Mais l'animal continuait à piaffer.

— J'aimerais que tu me laisses dire deux mots à Lillian. Il paraît que la femme impliquée dans cette histoire était une de ses camarades de classe. Elle est restée après ses études pour enseigner au collège.

A ce mot « enseigner », mes oreilles se dressèrent comme celles d'un lapin. J'avais bien deviné que cousine Cora était professeur ! Je me plaçai près de la clôture sans bouger, dans l'espoir de me faire passer pour un poteau ou, du moins, de faire oublier ma présence.

— Impliquée dans quoi, Cal ? demanda Papa.

Il repoussa son chapeau en arrière et s'essuya le front.

— Pas devant le petit, dit le shérif.

Papa se rapprocha de Midnight. Le shérif se pencha vers lui.

Je ne perçus pas grand-chose de ses paroles :

— ... famille bouleversée... la fille morte, empoisonnée par du laudanum...

La voix de Papa était plus distincte :

— Pour une histoire d'amour, je suppose. C'est tout ce qui les intéresse, ces filles.

Je n'avais pas oublié la colère noire du paternel le jour où Eddie Ruckleshaus avait eu le malheur de venir chercher Lucy pour l'emmener à la fête paroissiale. A entendre Papa, on aurait juré qu'Eddie s'apprêtait à causer la perte de ma sœur, pour la simple raison qu'il l'invitait à déguster une glace à la vanille.

— ... je sais ce que c'est, Harry. Les pensionnats de filles... des femmes enfermées entre elles. Cela arrive.

— Répugnant !

Papa commençait à s'emporter ; il en oubliait de chuchoter :

— Si tu oses aborder un sujet aussi sale dans ma maison, Caleb Anson, tu vas...

— Il est tout de même question de meurtre, Harry.

La sérénité du shérif coupa court à la furie de Papa.

— C'est du moins ce que pensent les Pargeter, la famille de la victime. Et ils sont influents à Springfield, alors...

— Springfield est Springfield, l'interrompit Papa, et Webley's Corners est Webley's Corners.

Je connaissais mon père quand il était dans ce genre d'humeur : le shérif aurait bien de la chance s'il réussissait à se faire conduire jusqu'à la maison. Je n'avais plus qu'une chose en tête, la conversation de la veille avec les remarques de cousine Cora sur la famille en question, son motif pour ne pas prendre le train... Comment imaginer que la vieille fille qui m'avait accompagné à la lueur des étoiles était une meurtrière ? J'aurais dû me frotter les mains, j'étais atterré.

— Quand même, Harry, Lillian pourrait...

— Fiche-moi le camp, Cal ! cria Papa.

Prenant brutalement son chapeau, il s'en frappa le mollet ; un halo de poussière l'encercla. Le cheval recula d'un bond, mais fut aussitôt maîtrisé par son cavalier qui tira sur les rênes.

— Ça fait au moins vingt ans qu'elle a passé son diplôme dans ce collège. Je t'interdis de la perturber avec une histoire qui ne la concerne pas.

— Harry, je t'ai expliqué.

Patiemment, le shérif fit une nouvelle tentative :

— Ce professeur, Mlle Tomlin, a fait ses études avec Lillian il y a vingt ans. Ta femme se souvient peut-être d'elle, elle connaît peut-être l'adresse de sa famille.

Mlle Tomlin. Tommy. Mes oreilles bourdonnaient et, pendant un instant, je ne pus sortir aucun mot. Je me raclai la gorge et finis par dire :

— Je n'ai jamais entendu Maman prononcer ce nom.

— Tu vois ? dit Papa. Ce nom ne dit rien à Sam. Lillian passe son temps à parler de cette école. Si elle la connaissait, elle aurait forcément prononcé le nom de cette Mlle Tomlin. N'est-ce pas, Sam ?

— Oui Papa.

J'étais étourdi, comme si le soleil était en train de me brûler le cerveau. Bien sûr que Maman connaissait Mlle Tomlin ! Même qu'elle l'appelait Tommy et qu'elle était victime d'un chantage de la part de cette femme qui lui réclamait de l'argent pour s'enfuir !

— L'incident est donc clos, Cal. Ne viens plus déranger Lily à ce sujet...

Le shérif leva la main et éloigna Midnight de la clôture.

— J'avoue que je te comprends, Harry. J'aurais fait la même chose pour ma femme.

Il enfonça ses étriers dans les flancs de la jument qui accepta de bonne grâce le signal du départ.

La fin de la réparation s'effectua en silence. J'aurais tant voulu savoir ce que le shérif avait dit, j'aurais tant voulu que mon père me traite en homme, mais il tapait et retapait, enfonçant toujours plus profond les bouts de bois dans la terre.

Une fois notre travail achevé, je me dirigeai vers la salle de couture. Sur l'un des murs, il y avait dans un cadre doré le diplôme obtenu par Maman dans le collège de professorat d'Etat de Springfield. Dans un coin, près de la corbeille à ouvrage, se trouvait une petite bibliothèque. L'étagère du haut contenait l'objet qui m'intéressait : le Livre du collège de l'année où Maman avait obtenu son diplôme. Comme d'habitude, je l'ouvris en commençant par admirer la photo de Maman.

A l'époque, elle s'appelait Lillian Wanderley. Le visage qui regardait vers moi me paraissait à la fois très proche et très lointain. C'était ma mère, mais elle ne savait pas encore que je viendrais au monde, qu'elle se marierait avec Papa et qu'elle habiterait à Webley's Corners.

Elle était présidente de l'Association de poésie. Au-dessous de son nom, cette citation : « Te comparer à une journée d'été. » A chaque fois que je lisais ces mots, je m'extasiais devant leur justesse. Ses cheveux brillants comme un rayon de soleil et ses yeux bleus n'étaient pas les seuls traits qui la rendaient estivale, il y avait aussi son rire, sa légèreté.

En feuilletant le livre, je m'arrêtai sur la photo d'une jeune fille brune aux yeux grands et noirs, au visage fin. Sous cette photo, il y avait le nom de Letitia Coramae Tomlin, secrétaire de l'Association de poésie.

Papa avait dit la vérité au shérif. Maman parlait à Lucy et à moi de ses amies, de ses professeurs, de ses joies et de ses peines, du temps où elle était au collège de Springfield. Je savais tout de ses pique-niques, de ses anecdotes, de ses fêtes nocturnes après l'heure du coucher réglementaire.

Mais rien de Cora Tomlin, rien du voyage en Italie. Pourquoi ?

Le lendemain, je me levai à cinq heures pour traire les vaches et balayer la grange. Tout en travaillant, je réfléchissais à la marche à suivre. Je ne devais ni la laisser prendre l'argent de Maman, ni la laisser repartir sans la dénoncer au shérif, ni la laisser s'enfuir impunément.

D'un autre côté, il y avait ce terrible secret. Mais je songeais aussi aux révélations du shérif. Si la cousine Cora avait vraiment assassiné la fille des Pargeter, il me serait difficile de rester les bras ballants.

J'avais besoin d'un supplément de preuves. En passant devant le grenier à maïs, je pris la boîte du Jeune Détective Atouvu et la glissai sous la poche de ma salopette.

Ma prudence fut récompensée car, en sortant de la grange, je tombai nez à nez sur Lucy, endimanchée avec sa jupe vichy et son ruban assorti dans les cheveux.

— Tu nous accompagnes en ville, Sam ? demanda-t-elle avec un drôle de mouvement de tête (elle devait s'entraîner pour les garçons de Webley's Corners).

— Sais pas.

Nous étions samedi, le jour où Papa devait conduire Maman au Magasin général de Benbow, le jour où cousine Cora devait récupérer l'argent.

— Ta petite chérie nous quitte aujourd'hui, dit-elle, moqueuse. Maman m'a dit que cousine Coramae allait prendre le train de seize heures cinquante pour Chicago. Tu ne veux pas être là pour lui dire au revoir ?

— Pas spécialement.

Les mains dans les poches, je me mis à siffloter dans l'espoir d'éviter toute conversation.

Rien ne décourageait Lucy lorsqu'elle avait décidé de bavarder.

— Je ne comprends pas ce que tu trouves de si fascinant chez cousine Coramae, dit-elle. On dirait un vieux bout de bois, si tu veux mon avis.

Quand mon sifflement ininterrompu la persuada qu'elle n'obtiendrait rien de plus, elle se dirigea comme une fusée vers la cuisine.

Lucy n'avait pas tort : cousine Cora était comme ces insectes tout en longueur qui font penser à un bout de bois et vous donnent une peur bleue dès qu'ils se mettent à bouger.

La chambre d'amis donnait l'impression de n'avoir hébergé aucun hôte depuis des années. Le lit, recouvert de satin rose, était fait de façon irréprochable et les traversins régulièrement appuyés contre la tête de lit. Dans la commode ornée d'une broderie fait main, il n'y avait aucun vêtement appartenant à la cousine Cora. Seule preuve de son passage : le carton à chapeau et le sac en toile posés près de la porte.

La Singer de Maman tournait dans la pièce à côté. Tant mieux : personne ne m'entendrait. Je sortis la précieuse boîte de ma salopette. A l'intérieur, j'avais ma poudre, mon ventilateur et le produit pour relever les empreintes.

Dans cette pièce, de nombreuses surfaces devaient logiquement me fournir des indices : le haut de la commode, la table de chevet et le lavabo. Mais je ne trouvai aucune empreinte. A chaque fois que je soufflais l'excès de poudre avec mon ventilateur, je faisais chou blanc. La chambre avait été nettoyée de fond en comble. De deux choses l'une, soit

Maisie s'était transformée en femme de ménage exemplaire, soit cousine Cora avait effacé toute trace de son passage.

J'étais si concentré sur ma tâche que je fus long à remarquer que la machine à coudre s'était arrêtée. Mon Dieu ! Pourvu que Maman n'entre pas dans la chambre d'amis. Comment justifier ma présence ici ?

C'est alors que j'entendis des sanglots.

Je me précipitai dans le couloir. La porte était ouverte, mais je restai sur le seuil. Maman était assise sur la chaise à bascule, la tête entre les mains, les épaules rentrées. Sur ses genoux : un des livres du collège.

— Maman !

Mon cœur battait aussi fort que le marteau de Papa quand il s'acharnait sur un poteau. Je pouvais compter sur les doigts de la main le nombre de fois où j'avais vu ma mère pleurer.

— Sam !

En levant son visage brouillé par les larmes, Maman fit un effort pour sourire.

— J'étais en train de regarder mon livre, et tant de souvenirs sont remontés, tant de souvenirs !

Elle s'essuya les joues sans mouchoir, comme une enfant.

— Ça va, Maman, ça va ?

— Oui, Sam. Laisse-moi.

Elle fit mine de s'égayer.

— J'étais dans mes souvenirs, que veux-tu. Tu comprendras quand tu seras grand.

— Maman, je sais tout.

— Quoi, tout ?

Je bondis en avant pour m'agenouiller à ses pieds.

— Je suis au courant pour la fille qui est morte au Collège et pour cousine Cora. Je sais qu'elle n'est pas ta cousine, mais Mlle Tomlin. Et...

Je conclus bravement :

— Je sais que tu as l'intention de lui donner de l'argent pour l'aider à s'enfuir.

Maman tourna le regard vers la fenêtre derrière laquelle

les lilas commençaient à s'affaisser sur leurs branches. C'était la fin de la saison, mais la salle de couture était remplie de ce parfum qui me rappelait Maman.

— Si tu en sais autant, alors tu sais aussi que je ne peux pas faire autrement, Sam. Je n'ai pas le choix.

— Mais, Maman, nous pourrions...

— Non, Sam.

D'une voix tranchante, elle m'interrompit.

— Je t'en prie, ne me pose plus de questions. Laisse-moi.

N'ayant pas le cœur de la contredire, je la laissai tourner les pages de son livre. Quand elle se crut seule dans la pièce. elle pencha la tête. Une larme tomba sur la page, puis une autre. Je m'éclipsai comme on sort d'une chambre de malade.

Qu'aurait fait Sherlock Holmes à ma place ? Il aurait cherché la vérité à tout prix. Et Papa ? Il aurait protégé Maman. Et moi, que fallait-il que je fasse ?

Je retournai vers la chambre d'amis. Je ne savais pas ce que je voulais. La vérité ? De confortables mensonges ? Faire reculer les aiguilles de l'horloge pour que la cousine Cora ne soit jamais entrée dans notre existence ? Non, rien de tout cela. L'important était de faire éclater la vérité au grand jour.

J'ouvris le sac de voyage. A l'intérieur, parmi les vêtements proprement pliés qui sentaient la violette, se trouvait un petit paquet de lettres ficelées avec un ruban de velours noir. En les examinant, je reconnus l'élégante calligraphie de ma mère.

Des lettres d'amour destinées à quelqu'un qui n'était pas mon père. Certaines, de quatre à cinq pages, étaient en papier vélin, d'autres de simples notes. Au dos d'une des cartes de visites de Maman, il était écrit : « J'ai tant aimé notre pique-nique au bord de la rivière, mon trésor. » Sur un morceau de papier rose marqué d'un monogramme : « Combien je t'aime ? Laisse-moi compter les différentes manières. » Sur une feuille de classe à moitié déchirée : « Je n'ose te demander un baiser, je n'ose réclamer un sourire. »

Je me sentais comme un poteau sous le marteau de Papa, devant ce terrible secret qui mettait Maman à la merci de la cousine Cora. Maman avait quelqu'un dans sa vie quand elle fréquentait le collège de professorat, quelqu'un qui recevait des lettres poétiques. Des lettres signées « Lia ».

Cora Tomlin n'était pas seule à appeler ma mère par ce surnom. Il y avait quelqu'un d'autre. L'aurait-elle rencontré en Italie ? Comment Cora s'était-elle procuré ces lettres ?

La dernière lettre était quelque peu sibylline : « Puisqu'il n'y a aucune solution, disons-nous adieu d'un baiser. »

C'est en remettant le paquet de lettres à sa place que je découvris la fiole de laudanum.

Je la tournai et la retournai entre mes mains. Oui, cousine Cora avait fait chanter Maman, et les lettres adressées à son amant perdu étaient un moyen de pression pour lui extorquer de l'argent. Cousine Cora, meurtrière qui avait empoisonné une jeune fille du collège et qui avait peut-être exercé un chantage sur sa victime avant de la tuer pour l'empêcher de parler...

Il ne me restait plus qu'une chose à faire. D'accord, c'était un peu comme une trahison, mais il y avait un assassinat en jeu ! Je n'avais donc plus le choix. Et puis Papa comprendrait, lui qui plaisantait souvent au sujet des garçons que Maman avait dû rencontrer dans sa jeunesse, en Virginie. Je sortis les lettres du sac et les mis dans la poche de ma salopette.

Papa était dans la chambre, devant la glace, son rasoir à la main. Il avait le visage plein de mousse, à l'exception de sa précieuse moustache. En temps normal, j'aimais le regarder se raser, et je cherchais à retenir la façon dont il jouait du rasoir afin de l'imiter le jour venu.

Je n'y allai pas par quatre chemins.

— Papa, j'ai à te parler.

On eût dit qu'un anarchiste venait de faire exploser une bombe dans notre ferme. Papa s'élança hors de la pièce, le visage couvert de mousse. Il entra en trombe dans la chambre d'amis, ramassa les affaires de la cousine Cora et les jeta dehors. Il ordonna à Maisie de prévenir la cousine Cora, en train de se promener dans les bois, qu'elle devait déguerpir au plus vite.

Puis il courut dans la salle de couture. Je me cachai derrière l'escalier, avec la sensation d'essuyer une tornade. Les hurlements de Papa, ponctués des réponses déchirantes de Maman, remplissaient toute la maison.

— ... une cousine qui n'en est pas une. Recherchée par la police, en plus.

— ... comprends pas, Harry... pas un assassinat. La pauvre enfant a pris sa vie... pas la faute de Tommy.

— Tommy ? C'est comme ça que tu appelles cette créature ?

Lucy descendit les escaliers, folle d'inquiétude. En me voyant, elle murmura :

— Qu'est-ce qui se passe ?

— J'sais pas trop.

Je mentais. Je ne pouvais la regarder en face. Ce qui se passait derrière cette porte fermée, c'était mon œuvre.

Ce fut encore pire quand Lionel arriva de la cuisine, son gâteau au gingembre dans la main. Il était aussi terrorisé que lorsqu'il avait failli tomber dans le puits.

— Comment as-tu pu, Lily ? demanda Papa.

C'était une prière, une supplication.

— J'étais si seule ! répondit Maman. Loin de la maison pour la première fois... Tommy était gentille avec moi. Je n'ai pas compris d'abord, et ensuite... je suis tombée amoureuse.

— Amoureuse ! Tu appelles ça tomber amoureuse !

La voix de Papa semblait se détacher de lui.

— C'est un péché, Lily, un péché contre nature.

Ses paroles se perdirent dans un sanglot.

L'atmosphère était aussi pesante qu'à la mort du bébé.

C'est moi qui avais trahi Maman, pas la cousine Cora. J'avais voulu la protéger, mais c'était contre moi qu'elle aurait eu besoin de protection.

La dernière vision que j'eus de la cousine Cora, ce fut quand elle s'éloigna sur la route avec son sac de voyage dans une main, son carton à chapeau dans l'autre.

Rien ne fut plus jamais comme avant. Il n'y eut plus jamais de potage aux cerises. Le tempérament ensoleillé de Maman se fana comme les lilas. Papa travaillait de plus en plus tard en ville et restait parfois à la pension de Mlle Hepwhite pour dormir. Plus jamais il n'appela Maman Lil.

Quant à moi, j'en avais fini avec mes enquêtes. Je donnai ma loupe à Red Beaudine en échange d'une sarbacane dont je n'avais pas vraiment envie. Le reste de la panoplie, je le fis brûler derrière l'abri à bois. En regardant les flammes danser autour du visage renfrogné du Détective Atouvu, je me disais que l'enfer était bien mérité pour un individu qui avait causé tant de chagrin.

Traduit par Christine Rousselet.

Une affaire de femmes

Susan Glaspell

Lorsque Martha Hale poussa la double porte et reçut en plein visage la morsure du vent du nord, elle rentra bien vite chercher un gros châle en laine. Tout en se dépêchant de s'en couvrir la tête, elle embrassait la cuisine d'un regard scandalisé. L'événement qui l'appelait à sortir était purement extraordinaire – il était même probable que le comté de Dickson n'avait jamais rien connu de tel. Mais ce qu'elle voyait, elle, c'est qu'on n'abandonnait pas sa cuisine dans un état pareil : tout était préparé pour la pâte à pain, et elle n'avait pu tamiser qu'une partie de sa farine.

Faire les choses à moitié, voilà une chose dont Martha Hale avait horreur. Mais le petit groupe venu de la ville s'était arrêté pour prendre Mr Hale pendant qu'elle travaillait, et le shérif avait fait irruption chez elle en disant que sa femme voulait qu'elle les accompagne. Il avait ajouté avec un sourire en coin qu'elle avait peur, sans doute, et souhaitait la présence d'une autre femme. Ce qui explique que Martha Hale ait tout laissé en chantier.

— Martha ! lui cria son mari, impatienté. On fait pas poireauter les gens dans ce froid de canard.

Elle poussa de nouveau la porte et, cette fois, elle rejoignit les trois hommes et la femme qui l'attendaient dans le grand buggy à deux banquettes.

Rassemblant ses jupes, elle s'installa à l'arrière et put

détailler sa voisine. Elle avait rencontré Mrs Peters un an plus tôt à la foire du comté, et elle se rappelait surtout qu'elle n'avait pas l'air d'une femme de shérif, avec sa silhouette menue et son petit filet de voix. Mrs Gorman, l'épouse du shérif précédent, était dotée d'un tel organe que chacun de ses mots semblait proclamer la force de la loi. Mais si Mrs Peters ne ressemblait en rien à une femme de shérif, son mari compensait largement de son côté ; il correspondait à merveille au genre de personnage qui a toutes les chances d'être élu à ce poste : un solide gaillard à la voix tonnante, spécialement aimable avec les citoyens respectueux de la loi, comme s'il tenait à montrer qu'il faisait bien la distinction entre les criminels et les honnêtes gens. Et à cet instant, Mrs Hale songea avec un pincement au cœur que cet homme si jovial et si avenant se rendait aujourd'hui chez les Wright en tant que représentant de la loi.

— La campagne n'est pas bien jolie en cette saison, hasarda Mrs Peters, comme si elle estimait que les femmes aussi devaient bavarder entre elles.

Mrs Hale n'eut pas le loisir de répondre grand-chose, car on était arrivé au sommet d'une colline d'où l'on surplombait la propriété des Wright, et le spectacle n'invitait guère à la conversation. En ce matin glacé de mars, elle avait l'air particulièrement solitaire. C'était d'ailleurs le sentiment qu'elle donnait toujours : elle était bâtie dans une dépression du terrain, et les peupliers qui l'entouraient participaient de cette solitude. Les hommes l'observaient tout en discutant de ce qui s'était passé. Penché sur son siège, le procureur du comté ne la quittait pas des yeux tandis que la voiture approchait.

— Je suis contente que vous soyez venue, avoua Mrs Peters, pleine d'appréhension, alors que les deux femmes allaient pénétrer dans la cuisine à la suite des hommes.

Quoiqu'elle eût déjà un pied sur la marche et la main posée sur la poignée, Martha Hale crut un instant qu'elle ne parviendrait pas à franchir le seuil. Et si elle éprouvait cette impression, c'était tout simplement parce qu'elle aurait dû le franchir plus tôt. En effet, elle s'était dit bien des fois : « Je pourrais quand même rendre visite à Minnie Foster » – pour elle, elle restait toujours Minnie Foster, même si elle s'appelait Mrs Wright depuis une bonne vingtaine d'années. Mais elle avait toujours mille choses à faire, et Minnie Foster lui sortait de l'esprit. Aujourd'hui, pourtant, elle avait trouvé le temps de venir.

Les hommes se regroupèrent devant le poêle pendant que les femmes patientaient ensemble à côté de la porte. Le procureur du comté, qu'on appelait le Jeune Henderson, se tourna en disant :

— Venez donc vous chauffer, mesdames.

Mrs Peters esquissa un pas et s'arrêta net.

— Je n'ai pas froid, assura-t-elle.

Toujours près de la porte, les deux femmes n'osaient même pas regarder autour d'elle.

Les hommes se réjouirent abondamment que le shérif ait envoyé son adjoint allumer le feu un peu plus tôt dans la matinée, puis le shérif Peters s'éloigna du poêle et déboutonna son pardessus avant de poser les mains sur la table, façon de marquer le début des opérations officielles.

— Mr Hale, commença-t-il sur un ton vaguement professionnel, avant que nous touchions à quoi que ce soit, vous allez rapporter à Mr Henderson ce que vous avez vu en entrant ici hier matin.

Le procureur demanda en explorant la cuisine du regard :

— A propos, rien n'a été déplacé ? Tout est bien à l'endroit où vous l'avez laissé hier ?

Le regard de Peters passa du placard à l'évier, puis s'arrêta sur un petit fauteuil à bascule en piteux état, près de la table de repas.

— Non, rien n'a bougé.

— Il aurait mieux valu que quelqu'un reste sur les lieux hier, fit remarquer le procureur.

— Ah, hier... répliqua le shérif avec un petit geste qui suggérait que la journée de la veille lui donnait des cauchemars. Il m'a fallu envoyer Frank à Morris Center à cause du type qui a perdu la boule – je vous garantis qu'hier, j'avais d'autres chats à fouetter. Je savais que vous pourriez venir d'Omaha dès aujourd'hui, George, et dans la mesure où je me charge de tout ici...

— Bien, monsieur Hale, enchaîna aussitôt le procureur, signifiant par là qu'il était inutile d'épiloguer sur le passé, racontez-nous ce qui s'est produit lorsque vous êtes venu ici hier matin.

Mrs Hale, toujours appuyée à la porte, sentit son cœur se serrer comme une mère dont le rejeton va réciter un texte en public. Quand il racontait une histoire, Lewis avait tendance à se perdre dans les détails et à tout mélanger. Elle espérait que, cette fois, il saurait aller droit au fait et garderait pour lui les informations superflues qui ne serviraient qu'à accabler davantage Minnie Foster. Il attendit un court moment avant de se lancer, et elle s'aperçut qu'il avait l'air tout chamboulé, comme si l'obligation de se tenir dans cette cuisine et de raconter ce qu'il avait vu le rendait un peu patraque.

— Monsieur Hale ? insista le procureur.

— Harry et moi, on s'en allait en ville avec un chargement de pommes de terre, commença alors le mari de Mrs Hale.

Harry était l'aîné de ses fils. Il n'était pas là aujourd'hui, pour la bonne raison que, la veille, les pommes de terre n'étaient pas arrivées à destination et qu'il était justement en train de les transporter. Il était déjà parti lorsque le shérif était venu demander à son père de le suivre chez les Wright, où il pourrait tout expliquer *de visu* au procureur. Au milieu de toutes ses émotions, Mrs Hale sentit percer une bouffée d'inquiétude : Harry s'était-il assez couvert ? Personne n'avait réalisé combien ce vent était mordant.

— On est arrivés par là, poursuivit Hale avec un geste en direction de la route qu'ils venaient d'emprunter, et quand on s'est trouvés en vue de la maison, j'ai dit à Harry : « Je vais voir si je pourrais pas décider John Wright à faire mettre le téléphone. » Vous comprenez, expliqua-t-il au procureur, si je décide personne à demander avec moi, ils voudront jamais installer les lignes sur mon chemin, ou alors ce serait pas dans mes moyens. Je lui en avais déjà touché un mot, à Wright, mais il m'avait envoyé promener, soi-disant que les gens causaient déjà de trop, et que lui il voulait surtout la paix – vous savez combien il était bavard... Quand même, j'ai calculé que si j'allais le trouver chez lui et que je lui en parlais devant madame, en lui expliquant que le téléphone, ça plaît à toutes les femmes, et que ce serait pas du luxe dans un coin reculé comme ici – bon, c'est ce que j'ai dit à Harry, mais j'ai dit aussi que j'étais pas bien sûr que John tienne compte de l'avis de sa femme...

Et voilà ! Il déblatérait de nouveau à tort et à travers. Mrs Hale essaya d'accrocher le regard de son mari, mais par chance le procureur écourta le récit.

— Nous reviendrons là-dessus dans un moment, monsieur Hale. Le sujet m'intéresse, soyez-en certain, mais pour l'heure je suis impatient de savoir ce qui s'est passé quand vous êtes arrivé.

Cette fois, Mr Hale s'exprima posément, en faisant attention à ce qu'il disait.

— Je n'ai rien vu, et rien entendu non plus. J'ai frappé à la porte, mais rien n'a bougé pour autant. Je savais qu'ils devaient être debout, il était plus de huit heures. Alors j'ai tapé un peu plus fort, et il m'a semblé qu'on me disait : « Entrez. » J'en étais pas sûr, et même aujourd'hui je le jurerais pas. J'ai quand même ouvert la porte. Celle-ci, précisa-t-il en désignant la porte près de laquelle se tenaient les deux femmes. Et là, dans ce fauteuil à bascule (il pointa son doigt dans cette direction) il y avait Mrs Wright.

Tous les regards se braquèrent vers le fauteuil, et Mrs Hale se fit la réflexion qu'il ne s'accordait pas le moins du monde avec Minnie Foster – la Minnie Foster qu'elle connaissait vingt ans plus tôt. La peinture rouge était abîmée, il manquait le barreau du milieu au dossier, et l'assise s'affaissait d'un côté.

— Et comment vous a-t-elle paru ? demanda le procureur.

— Eh bien, je dirais qu'elle avait l'air... bizarre.

— Bizarre ? Dans quel sens ? s'enquit Henderson en sortant un carnet et un crayon.

Le crayon en question déplut fortement à Mrs Hale. Elle tenait son mari à l'œil, comme si cela devait l'empêcher de lâcher des détails inutiles qui seraient notés dans le carnet et causeraient tout un tas d'ennuis.

Hale était maintenant sur la réserve, comme si la vue de ce crayon le chiffonnait lui aussi.

— On aurait dit qu'elle était un peu perdue. Et elle était habillée comme pour sortir.

— Comment a-t-elle réagi en vous voyant apparaître ?

— Honnêtement, j'ai l'impression que ça lui était égal. Elle n'y a pas prêté tellement attention. Moi je lui dis : « Bonjour, madame Wright, il fait froid, hein, ce matin ? » Et elle me répond : « Ah bon », tout en faisant des plis à son tablier. J'étais surpris, moi. Elle m'invite pas à me chauffer devant le poêle, ni même à m'asseoir, et elle reste dans son fauteuil sans bouger, sans me regarder ni rien. « J'aimerais voir John », je lui dis alors. Et voilà qu'elle se met à rire – je pense qu'on peut appeler ça comme ça. Je pensais à Harry qui attendait dehors avec la voiture, et du coup j'ai insisté un peu brusquement. « Je peux voir John, ou quoi ? » « Non », qu'elle me répond, la voix éteinte. Alors moi : « Il est pas là, c'est ça ? » « Si, il est là. » Elle m'a regardé en disant ça, et je lui ai retourné à bout de patience : « Dans ce cas, pourquoi je pourrais pas le voir ? » « Parce qu'il est mort. » Elle m'annonce ça sur le même ton, toujours aussi tranquille, et sans se détourner de son tablier. « Mort ? », je répète, comme on fait quand on peut pas croire à ce qu'on entend.

» Elle, elle ne fait rien d'autre que hocher la tête, pas plus démontée que tout à l'heure, et elle se balance dans son fauteuil. Je savais vraiment pas quoi dire, là. « Où est-il ? » Elle a pointé son doigt vers le premier étage, comme ça, vous voyez.

» Je me lève, avec dans l'idée de monter au premier, mais là... je savais plus quoi faire. Je me suis avancé par là, et j'ai demandé : « De quoi il est mort ? » « Une corde autour de son cou », qu'elle me répond sans lâcher son tablier.

Il marqua une pause, contemplant le siège comme s'il y voyait encore celle qui l'occupait la veille. Tout le monde se taisait. On aurait juré qu'ils croyaient tous la voir à cet instant, la femme assise dans le fauteuil. Le procureur finit par rompre le silence :

— Et ensuite, qu'avez-vous fait ?

— Je suis sorti appeler Harry. Je me suis dit que peut-être... il me faudrait de l'aide. Je fais entrer Harry, et on grimpe là-haut tous les deux. (Sa voix se réduisit à un murmure.) Il était là, couché...

— Mieux vaut attendre d'être à l'étage pour entrer dans les détails, coupa le procureur. Vous pourrez tout me montrer. Passez donc à la suite de l'affaire.

— La première idée que j'ai eue, ça été de retirer cette corde. On aurait dit...

Il s'interrompit, un tremblement sur le visage.

— Mais Harry, il s'est approché de lui, et il m'a dit : « Il est bel et bien mort, on ferait mieux de toucher à rien », et du coup on est redescendus.

» Elle, elle avait pas bougé dans son fauteuil. Je lui demande si on a prévenu quelqu'un, et elle me répond que non, comme si elle s'en moquait. Harry lui pose la question : « Qui a fait ça, madame Wright ? », et comme il a l'air sérieux elle finit par lâcher son tablier. « Je n'en sais rien », voilà ce qu'elle répond. « Comment ça, vous n'en savez rien ? fait Harry. Vous ne dormiez pas avec lui ? » « Si, mais j'étais tournée de l'autre côté. » « Quelqu'un passe une corde autour du cou de votre mari, et vous ne vous réveillez pas ? » « C'est ça, elle répète après Harry, je ne me suis pas réveillée. » On devait avoir l'air de douter, parce qu'elle a ajouté au bout d'un petit moment : « J'ai le sommeil lourd. »

» Harry allait lui poser d'autres questions, mais j'ai suggéré que c'étaient peut-être pas nos affaires. Il valait mieux la laisser raconter son histoire au coroner ou au shérif. Harry s'est dépêché tant qu'il a pu pour aller sur High Road, chez les Rivers qui ont le téléphone.

— Et comment s'est-elle comportée quand elle a su que vous préveniez le coroner ?

Le procureur tenait son crayon à la main, prêt à prendre des notes.

— Elle s'est levée de son siège pour aller se mettre sur celui-là (Hale faisait voir une petite chaise dans un angle de la pièce) et elle est restée assise là, elle gardait les mains jointes en regardant par terre. Comme j'avais l'impression qu'il me fallait lui parler, j'ai dit que je venais voir si John voulait le téléphone. Elle a rigolé en entendant ça, et puis elle s'est arrêtée pour me regarder. Elle avait peur.

Le grincement du crayon fit lever les yeux à Hale, et il ajouta précipitamment :

— Je sais pas trop, en fait, c'était pas forcément de la peur. Je voudrais pas l'affirmer. Harry n'a pas tardé à revenir, et puis le Dr Lloyd est arrivé, ainsi que vous, monsieur Peters ; ce qui fait que, pour la suite, je ne dois rien savoir de plus que vous.

Il y avait du soulagement dans ces dernières paroles, et il fit un léger mouvement, comme si la tension s'était relâchée. Tout le monde d'ailleurs s'autorisa à bouger. Le procureur gagna la porte qui donnait sur l'escalier.

— Je propose de commencer par l'étage, on continuera par la grange et les alentours.

Il s'arrêta pour balayer la cuisine du regard et demander au shérif :

— Vous êtes bien certain qu'il n'y avait rien d'important ici ? Rien qui soit susceptible d'indiquer un mobile ?

Le shérif étudia la pièce à son tour, comme pour renforcer sa conviction.

— Rien d'autre que des ustensiles de cuisine, déclara-t-il enfin, avec un petit rire narquois pour leur insignifiance.

Le procureur était en train d'observer le meuble de rangement, une construction biscornue, assez vilaine, qui tenait à la fois du buffet et du placard. La partie supérieure était encastrée dans le mur, tandis que le bas ressemblait à un buffet de cuisine traditionnel. Manifestement intrigué par sa forme insolite, il se percha sur une chaise et ouvrit les portes pour inspecter les étagères du haut. Il en retira bientôt une main toute poisseuse et commenta d'un air fâché :

— Voilà un sacré gâchis.

Les deux femmes s'étaient approchées, et l'épouse du shérif intervint, quêtant chez sa compagne un signe de sympathie :

— Ah, ses fruits ! (Elle expliqua à l'intention du procureur :) Hier soir elle s'inquiétait pour eux, quand ça s'est mis au froid. Elle pensait que le feu allait s'éteindre, et que les bocaux risquaient d'éclater.

— Si c'est pas incroyable ! ricana son mari. Cette femme est en prison pour meurtre, et elle se fait du mouron pour ses conserves.

Le jeune procureur pinça les lèvres.

— Quand nous en aurons terminé avec elle, j'ai bien peur qu'elle ait des soucis plus graves que l'état de ses conserves.

— Bah, répliqua Mr Hale sur un ton de supériorité bienveillante, les femmes sont toutes comme ça, à se biler pour des bêtises.

Sans rien dire, les deux femmes se rapprochèrent insensiblement l'une de l'autre. Le procureur sembla reprendre d'un seul coup ses bonnes manières, et songer par la même occasion à sa carrière.

— Les femmes ont peut-être leurs petits tracas, fit-il avec une galanterie de politicien débutant, mais que deviendrions-nous sans elles ?

Elles ne se déridèrent pas pour autant, et gardèrent le silence pendant qu'il se rinçait les mains à l'évier. Au moment de se sécher avec l'essuie-mains, il fit tourner le rouleau pour trouver un coin propre.

— Des torchons tachés ! Une piètre maîtresse de maison, n'est-ce pas, mesdames ?

Il cogna du pied une pile de casseroles graisseuses rangées sous l'évier.

— La besogne ne manque pas quand on vit sur une ferme, argua Mrs Hale avec raideur.

— Je n'en doute pas. Et pourtant (il s'inclina légèrement) je connais des fermes dans le comté de Dickson où les torchons ont meilleure allure.

Il tira sur le linge pour le remettre en place.

— Ces torchons-là ont vite fait de se salir. Les mains des hommes laissent souvent à désirer.

— Ah, la solidarité féminine, fit-il en riant, avant de fixer sur elle un regard insistant. Mrs Wright et vous étiez voisines. Je présume que vous étiez également amies.

Martha Hale secoua la tête.

— Ces dernières années, je ne l'ai pas beaucoup vue. Je n'étais pas venue dans cette maison... depuis plus d'un an.

— Et pour quel motif ? Vous ne l'aimez pas ?

— Je n'ai rien dit de tel, protesta Mrs Hale avec feu. Mais une femme de fermier n'a pas une minute à elle, monsieur Henderson. Et puis...

Elle promena son regard autour d'elle.

— Oui ?

— Cet endroit n'a jamais été bien gai, acheva-t-elle sans s'adresser vraiment au procureur.

— En effet, renchérit néanmoins celui-ci. Je crois que personne ne pourrait le qualifier ainsi. J'ai l'impression qu'elle se souciait peu de son foyer.

— Que je sache, marmonna Mrs Hale, Wright ne l'y aidait pas beaucoup.

— Vous insinuez par là qu'ils ne faisaient pas bon ménage ? s'empressa de lui demander le procureur.

— Non, rétorqua-t-elle avec la plus grande fermeté, ne me faites pas dire ce que je n'ai pas dit. (Et elle ajouta en se détournant un peu :) Ce que je veux dire, c'est que John Wright ne risquait pas de mettre de la gaieté quelque part.

— J'aimerais en discuter un peu plus tard avec vous, madame Wright. Dans l'immédiat, je préfère aller me rendre compte de la disposition des lieux, au premier étage.

Il se dirigea vers la porte de l'escalier, les deux autres sur les talons.

— Je suppose que Mrs Peters peut agir à sa guise, fit le shérif. Elle doit lui rapporter quelques vêtements, vous comprenez, et d'autres bricoles. Hier on est partis en catastrophe.

— Oui, Mrs Peters... (Ce n'était pas elle qu'il regardait, mais l'autre femme, la fermière corpulente qui se tenait derrière l'épouse du shérif.) Bien entendu, Mrs Peters fait partie de l'équipe, confirma-t-il comme s'il lui confiait une responsabilité. Madame Peters, soyez vigilante, au cas où vous remarqueriez quelque chose d'utile. On ne sait jamais. Les femmes risquent de découvrir un indice qui nous renseignerait sur le mobile – et on en a bien besoin.

Mr Hale se passa les mains sur le visage, tel un comédien qui s'apprête à sortir un bon mot.

— Est-ce que les femmes sauraient reconnaître un indice si elles l'avaient sous les yeux ?

Ayant formulé le fond de sa pensée, il emboîta le pas à ses compagnons.

Immobiles, les femmes écoutèrent en silence les pas résonner sur les marches, puis au-dessus de leur tête. Enfin Mrs Hale, n'y tenant plus, alla remettre de l'ordre dans les casseroles sales que le procureur avait dérangées d'un coup de pied méprisant.

— Je ne supporterais pas que des hommes viennent dans

ma cuisine, ronchonna-t-elle, juste pour fouiner et trouver à redire.

— Ils ne font que leur devoir, lui dit Mrs Peters sur le ton accommodant et craintif qui lui était habituel.

— Le devoir est une chose, riposta vertement Mrs Hale en tirant sur le torchon, mais j'estime que l'adjoint du shérif aurait pu faire quelque chose, quand il est venu allumer le feu. Si seulement j'y avais pensé plus tôt. C'est moche, de la critiquer parce qu'elle n'a pas tout laissé impeccable, quand on sait qu'elle a tout quitté précipitamment.

Elle promena son regard autour de la cuisine. En effet, les lieux étaient tout sauf impeccables. Sur une étagère basse, un pot à sucre en bois retint particulièrement son attention. On avait retiré le couvercle, et un sac en papier était posé à côté, encore à moitié plein.

Mrs Hale s'en approcha tandis qu'une idée se formait dans sa tête. « Elle était en train de transvaser le sucre. » Elle pensa à la farine qu'elle avait laissée dans sa propre cuisine, sans avoir pu la tamiser jusqu'au bout. On l'avait interrompue, et elle s'était arrêtée en plein milieu. Par quoi Minnie Foster avait-elle été dérangée ? Comment expliquer qu'elle n'ait pas achevé ce qu'elle avait entamé ? Elle était sur le point de terminer à sa place – elle avait la manie du travail bien fini – lorsqu'elle s'aperçut que Mrs Peters épiait ses mouvements. Elle ne voulait surtout pas que celle-ci devine ce qu'elle venait de pressentir – que, pour une mystérieuse raison, une tâche en cours avait été abandonnée.

— Quel dommage pour les fruits, dit-elle en s'approchant du placard. (Elle monta sur la chaise en murmurant :) Je me demande s'ils sont tous perdus.

Le spectacle était consternant, mais elle finit par constater en élevant une conserve vers la lumière :

— J'en tiens une qui n'a pas souffert, on dirait. Des cerises. Mais j'ai bien peur que ce soit la seule.

Elle descendit de la chaise en soupirant et alla essuyer le bocal au-dessus de l'évier.

— Elle va être dans tous ses états, avec le mal qu'elle s'est donné pendant les grosses chaleurs. Je suis pas près d'oublier le jour où j'ai mis mes cerises en bocaux, l'été dernier.

Elle posa le bocal sur la table et, soupirant de nouveau, fit mine de s'asseoir dans le fauteuil à bascule. Elle se ravisa, toutefois. Quelque chose la retenait de s'installer sur ce siège. Elle se redressa, recula de quelques pas, et se détournant à demi elle resta à le regarder, croyant voir la femme qui faisait des plis à son tablier.

La voix ténue de Mrs Peters la ramena à la réalité :

— Il faut que j'aille chercher ses affaires dans le placard du salon.

Elle ouvrit la porte de communication, avança d'un pas et ressortit aussitôt.

— Vous m'accompagnez, madame Hale ? réclama-t-elle anxieusement. Vous... vous pourrez m'aider.

Elles furent bientôt de retour, car il ne faisait pas bon s'attarder dans cette pièce fermée où régnait un froid glacial.

— Mon Dieu ! se plaignit Mrs Peters, abandonnant son fardeau sur la table pour se précipiter vers le poêle.

Mrs Hale, cependant, examinait les vêtements que la détenue avait réclamés.

— Quel avare, ce Wright ! s'indigna-t-elle en levant en l'air une jupe noire tout élimée et reprisée de toutes parts. C'est peut-être pour ça qu'elle restait toujours dans son coin. Elle devait pas se sentir à la hauteur. Et on n'a goût à rien quand on se sent mal attifée. Autrefois elle s'habillait joliment, et elle était pleine d'entrain – à l'époque où elle était encore Minnie Foster, une fille de la ville qui chantait dans la chorale. Ah, mais je vous parle de vingt ans en arrière !

Avec des gestes soigneux et empreints de tendresse, elle entreprit de plier les vêtements usés et d'en faire une pile au bout de la table. En regardant Mrs Peters, elle déchiffra dans ses yeux quelque chose qui l'irrita. « Ça lui est égal, pensa-t-elle. Elle se fiche pas mal que Minnie Foster ait été bien mise du temps où elle était jeune. » Elle éprouva pourtant quelques doutes lorsqu'elle l'observa de nouveau. Pour dire la vérité, elle n'avait jamais eu aucune certitude concernant Mrs Peters. Certes, ses façons manquaient d'assurance, mais on devinait à son regard qu'elle savait lire sous la surface des choses.

— Vous n'aviez rien d'autre à emporter ? demanda Mrs Hale.

— Si, elle a dit qu'elle voulait son tablier. (Et elle ajouta avec sa nervosité coutumière :) C'est surprenant, non, qu'elle ait demandé ça ? Dieu sait qu'on n'a guère d'occasions de se salir, en prison. Mais je suppose qu'elle se sentira plus à l'aise. Quand on est habituée à porter un tablier... Elle m'a dit qu'elle les rangeait dans ce placard, dans le tiroir du fond. Ah, je les vois. Et aussi le petit châle qu'elle suspend toujours au bouton de la porte.

Elle décrocha le petit châle gris et passa une minute à le contempler. Sans prévenir, Mrs Hale s'approcha vivement.

— Madame Peters ?

— Oui, madame Hale ?

— Vous croyez que c'est elle qui a fait ça ?

Une expression d'effroi envahit le regard de Mrs Peters.

— Je ne sais pas, répondit-elle brièvement, comme si elle rechignait à aborder le sujet.

— Eh bien moi, je pense que non, affirma Mrs Hale, catégorique. Elle est là à demander son tablier et son petit châle, à se tracasser pour ses fruits...

— D'après Mr Peters... (Un bruit de pas à l'étage lui fit lever la tête, et elle poursuivit plus bas :) D'après Mr Peters, la situation est mal engagée pour elle. Mr Henderson est terriblement sarcastique lorsqu'il prend la parole, et il va faire des gorges chaudes parce qu'elle prétend ne pas s'être réveillée.

Tout d'abord, Mrs Hale ne trouva rien à répondre, puis elle murmura :

— On dirait que John Wright non plus, il ne s'est pas réveillé quand on lui a passé la corde au cou.

— C'est vraiment étrange, souffla Mrs Peters. Ils prétendent que c'est une drôle de manière... de tuer un homme.

Elle commença par s'esclaffer, mais l'écho de son propre rire la fit taire.

— Oui, c'est exactement ce que dit Mr Hale, fit Mrs Hale avec une feinte désinvolture. Il y avait une arme à feu dans la maison. C'est ce qu'il n'arrive pas à comprendre.

— En sortant, Mr Henderson a dit qu'il manquait un mobile dans cette affaire. Quelque chose qui trahirait de la colère, ou une impulsion subite.

— Moi je ne vois aucun signe de colère, je ne...

Elle laissa la phrase en suspens, comme si sa réflexion butait contre un obstacle. Au milieu de la table de la cuisine, un torchon à vaisselle venait d'arrêter son regard. Elle s'approcha tout doucement : une partie de la table avait été nettoyée, mais l'autre était toujours sale. Très lentement, et de manière presque involontaire, elle se tourna vers le pot à sucre et le sac à moitié plein. Des choses qu'on n'avait pas eu le temps de terminer.

Elle finit par s'écarter de la table et exprima ce qu'elle avait sur le cœur :

— Je me demande ce qu'ils ont trouvé là-haut. Pourvu que l'étage soit un peu plus en ordre. Vous savez... (elle se tut un instant, juste le temps de rassembler ses idées)... je trouve ça malhonnête, moi, de venir ici pendant qu'elle est bouclée en ville, en espérant que sa propre maison va lui faire du tort.

— Mais enfin, madame Hale, protesta la femme du shérif, la loi est la loi.

— Vous devez avoir raison, répliqua-t-elle sèchement.

Elle se tourna vers le poêle en marmonnant qu'il n'y avait pas de quoi se vanter, pour ce feu. Elle l'attisa une minute, puis, se redressant, elle lança hargneusement :

— La loi est la loi, et je sais reconnaître un fourneau qui ne marche pas. Comment vous voulez cuisiner avec ça ? fit-elle en montrant du bout du tisonnier le revêtement abîmé.

Elle ouvrit la porte du four pour dire tout le mal qu'elle en pensait, mais elle se laissa entraîner par ses propres pensées, imaginant ce que ce pouvait être, de se bagarrer avec ce fourneau année après année. Elle voyait Minnie Foster s'efforçant de cuire un plat là-dedans – et elle qui n'était jamais venue lui rendre visite.

La voix de Mrs Peters l'arracha à ses réflexions :

— Oui, on finit par se laisser abattre, par perdre courage.

Son regard s'était déplacé du poêle à l'évier, vers le seau d'eau qu'on avait apporté de l'extérieur. Les deux femmes demeuraient silencieuses, tandis qu'au-dessus d'elle résonnaient les pas des hommes qui cherchaient comment incriminer celle qui avait travaillé dans cette cuisine. A présent, on voyait sur le visage de Mrs Peters ce regard capable de traverser les apparences, et c'est d'une façon plus aimable que Mrs Hale s'adressa à elle :

— Vous feriez mieux de vous déshabiller, madame Peters. On aura besoin de se couvrir quand on ressortira.

Mrs Peters alla suspendre son étole en fourrure au fond de la pièce, et s'exclama presque aussitôt :

— Regardez, elle était en train de coudre une courtepointe !

Elle tenait en l'air une grande corbeille à ouvrage qui débordait de pièces de tissu.

Mrs Hale en étala plusieurs sur la table et déclara en en assemblant quelques-unes :

— Un motif *log cabin*. Si c'est pas ravissant !

Elles étaient si absorbées par le patchwork qu'elles n'entendirent pas les pas dans l'escalier. Lorsque la porte s'ouvrit, Mrs Hale était en train de dire :

— Vous croyez qu'elle allait le piquer ou faire un capitonnage noué ?

Le shérif leva les mains en l'air.

— Elles se demandent si elle allait le piquer ou faire un capitonnage noué !

Quelques rires saluèrent ces préoccupations typiquement

féminines, des mains s'approchèrent de la chaleur du poêle, puis le procureur décréta fermement :

— Bien, allons faire un tour dans la grange pour régler une bonne fois cette affaire.

Dès que la porte se fut refermée sur les trois hommes, Mrs Hale se mit à récriminer :

— C'est donc tellement aberrant, qu'on papote ensemble pendant qu'ils cherchent des indices ? Je vois pas ce qu'il y a de si risible.

— Ils ont de graves questions à résoudre, vous le comprenez, fit Mrs Peters sur un ton d'excuse.

Elles se penchèrent de nouveau sur les blocs destinés à la courtepointe. Mrs Hale contemplait les points minutieux et réguliers tout en songeant à la femme qui les avait cousus, lorsque l'épouse du shérif lui dit d'une drôle de voix :

— Regardez un peu celui-ci.

Elle se tourna pour prendre le carré qu'elle lui tendait.

— Voyez ces points, fit Mrs Peters, troublée. Tous les carrés sont cousus avec soin, sauf celui-ci. C'est à croire qu'elle avait la tête ailleurs.

Leurs regards se rencontrèrent, et quelque chose affleura fugacement à la surface, passant de l'une à l'autre. Puis, comme à regret, elles rompirent le contact. Pendant une minute, Mrs Hale ne bougea pas, les mains croisées sur ce carré qui se démarquait tellement du reste, puis elle arracha un nœud et tira sur le fil.

— Enfin, madame Hale, qu'est-ce qui vous prend ? s'alarma Mrs Peters.

— J'enlevais juste quelques points qu'elle avait cousus de travers, répondit-elle tranquillement.

— Je crois qu'il vaut mieux ne rien toucher, objecta l'autre, un brin désemparée.

— Je vais quand même terminer ce morceau, insista Mrs Hale sans se départir de son naturel et de son calme.

Passant le fil dans l'aiguille, elle entreprit de remplacer les points défectueux. Elle cousit quelques minutes en silence, puis la petite voix timide s'éleva de nouveau :

— Madame Hale ?

— Oui, madame Peters ?

— Selon vous, qu'est-ce qui l'a bouleversée à ce point ?

— Ce n'est pas moi qui peux vous le dire ! répliqua Mrs Hale, comme si le sujet ne valait pas la peine qu'on s'y étende. Rien ne nous dit qu'elle l'était, d'ailleurs. Moi, il me suffit d'être fatiguée pour coudre n'importe comment.

Tout en coupant le fil, elle lorgnait Mrs Peters du coin de l'œil. Elle vit comme une crispation sur le petit visage maigre et, dans les yeux, cette expression de clairvoyance qu'elle connaissait déjà. Un instant plus tard elle dit de sa voix fluette et mal assurée :

— Bon, il me faut empaqueter ces vêtements. Ils auront peut-être fini plus tôt que nous ne le pensons. Qui sait où je pourrai trouver du papier et... de la ficelle.

— Dans ce placard, peut-être, suggéra Mrs Hale en jetant un regard autour d'elle.

L'un des carrés cousus à la diable n'était toujours pas défait. Mrs Hale profita de ce que sa compagne tournait le dos pour étudier la pièce de tissu et la comparer au travail délicat et précis des autres carrés. La différence était frappante. Elle ressentait une impression curieuse à tenir ce morceau d'étoffe entre les doigts, comme si se communiquait à elle l'égarement de la femme qui, peut-être, avait cherché un apaisement dans ces travaux de couture.

La voix de Mrs Peters la tira de ses pensées.

— Vous avez vu cette cage ? Savez-vous si elle élevait un oiseau, madame Hale ?

Elle se tourna pour regarder.

— Je n'en ai pas la moindre idée ! Il y a si longtemps que je ne suis pas venue. (Elle laissa échapper un soupir.) L'an dernier, un bonhomme est passé chez les gens avec des canaris qu'il vendait pour trois fois rien. Mais je ne sais pas si elle en a pris un. Pourquoi pas, après tout ? Elle avait une bien jolie voix, dans le temps.

— On n'imagine pas un oiseau dans ce genre d'endroit, observa Mrs Peters en regardant autour d'elle. (Elle gloussa de rire, comme pour se protéger.) Pourtant elle devait en avoir un, sinon à quoi servirait la cage ? J'aimerais savoir ce qu'il est devenu.

— C'est peut-être le chat qui l'a attrapé, fit Mrs Hale en poursuivant son ouvrage.

— Oh non ! Elle n'en avait pas. Elle en a peur, vous comprenez, ça le fait à certaines personnes. Quand ils l'ont amenée chez nous hier, le mien est entré dans la pièce, et elle n'était pas tranquille, elle m'a demandé de le faire sortir.

— Ma sœur Bessie était comme ça, commenta Mrs Hale en riant.

Comme la femme du shérif ne répondait pas, elle se tourna vers elle et la trouva en train d'examiner la cage.

— Regardez cette porte, dit-elle doucement. Elle est cassée. Un des gonds a été arraché.

Mrs Hale s'approcha pour mieux voir.

—- On dirait que quelqu'un l'a... malmenée

Leurs regards se croisèrent de nouveau, interrogateurs, pleins d'une perplexité inquiète. Pendant une minute, elles restèrent immobiles en silence, puis Mrs Hale se détourna en grommelant :

— S'ils doivent les trouver, ces indices, j'aimerais autant qu'ils traînent pas trop. Cet endroit est loin de me plaire.

Mrs Peters reposa la cage avant de s'asseoir.

— Si vous saviez comme je suis heureuse que vous soyez venue. Je me sentirais seule, assise là, sans personne pour me tenir compagnie.

— Je veux bien le croire, opina Mrs Hale avec un détachement étudié. (Elle fit mine de reprendre l'ouvrage, mais elle le laissa tomber dans son giron en murmurant sur un tout autre ton :) Moi je vais vous dire ce que je regrette vraiment, madame Peters. Mon regret, c'est de ne pas lui avoir rendu visite une fois en passant. Vous ne pouvez pas savoir combien je regrette.

— Je comprends bien que vous étiez occupée, madame Hale. Entre la maison et les enfants...

— J'aurais pu trouver le temps, rétorqua Mrs Hale. Si je l'ai pas fait, c'est parce que cette maison était triste, et c'était justement une bonne raison de venir. Je... (elle regarda autour d'elle)... je ne l'ai jamais aimée, cette maison. On ne la voit pas de la route, elle est bâtie en contrebas. Je sais pas dire à quoi ça tient, mais on se sent seul, ici, et c'est comme ça depuis toujours. J'ai eu tort de ne pas venir voir Minnie Foster. Maintenant je comprends...

Elle n'acheva pas de formuler sa pensée.

— Allons, cessez de vous faire des reproches, lui conseilla Mrs Peters. En fait, on ne sait jamais ce que vivent les autres jusqu'au jour... où il arrive quelque chose.

Après une pause, Mrs Hale reprit pensivement :

— C'est vrai, les enfants vous donnent du travail, mais ils mettent de la vie dans une maison... Wright ne rentrait pas de la journée, et quand il était là ça ne changeait rien. Dites-moi, madame Peters, vous avez connu John Wright ?

— Connu, ce n'est pas le mot. Je le croisais simplement en ville. Il passait pour un brave homme.

— Un brave homme, oui, concéda d'un air sombre celle qui avait été sa voisine. Il ne buvait pas, il tenait sa parole aussi bien que les autres, je suppose, et il payait ses dettes. Mais quand il était là... (elle se tut un instant, secouée par un léger frisson)... on aurait dit qu'un vent glacial vous transperçait jusqu'aux os.

Son regard se porta vers la cage, posée devant elle sur la table, et elle ajouta avec une pointe d'amertume :

— Je comprends qu'elle ait eu envie d'un oiseau !

Elle se pencha brusquement, observant la cage avec attention.

— D'après vous, qu'est-ce qui lui est arrivé ?

— Je ne sais pas. Il a peut-être attrapé une maladie.

Toutefois, elle se leva pour aller secouer la porte endommagée de la cage. Fascinées, les deux femmes ne pouvaient en détacher le regard.

— Et... elle, vous la connaissiez ? demanda Mrs Hale avec plus de douceur.

— Non, pas avant qu'ils l'amènent hier.

— Maintenant que j'y réfléchis, elle était un peu comme un oiseau, autrefois. Douce et gracieuse, mais timide, aussi, et émotive. Elle a tellement changé !

Elle resta un long moment plongée dans ses pensées. Elle finit par s'exclamer, comme si une idée plaisante lui avait traversé l'esprit et qu'elle se sentait soulagée de revenir aux préoccupations quotidiennes :

— Que diriez-vous d'emporter la courtepointe, madame Peters ? Ça risque de la réconforter.

— L'idée me paraît excellente. (Elle semblait ravie de partager ce geste de générosité toute simple.) Je ne vois pas qui pourrait s'y opposer. Qu'est-ce que je dois prendre, au juste ? Vous croyez que toutes les pièces sont là-dedans, et son matériel aussi ?

Elles se tournèrent vers la corbeille à ouvrage.

— Voici du rouge, fit Mrs Hale en sortant un rouleau d'étoffe. (Une boîte était dissimulée dessous, qu'elle retira également.) Tiens, les ciseaux et tout le reste sont peut-être là-dedans. Une bien belle boîte, en tout cas. Je parie qu'elle l'a depuis très longtemps – du temps où elle était jeune fille.

Elle la garda une minute entre ses mains, puis ôta le couvercle en soupirant.

Elle plaqua aussitôt une main sur son nez.

— Mon Dieu !

Mrs Peters se rapprocha et se détourna vivement.

— Il y a quelque chose d'enveloppé dans ce morceau de soie, balbutia Mrs Hale.

— Et ce ne sont pas les ciseaux, ajouta Mrs Peters d'une voix étranglée.

D'une main tremblante, Mrs Hale souleva le morceau de tissu et s'écria :

— Oh, madame Peters ! C'est...

Mrs Peters se pencha et acheva dans un souffle :

— ... l'oiseau.

Mrs Hale se remit à crier :

— Mais regardez donc, madame Peters ! Son cou, son cou ! Il est... à l'envers.

Elle écarta la boîte, que l'épouse du shérif examina de plus près.

— Quelqu'un lui a tordu le cou, articula-t-elle d'une voix sourde.

Et cette fois, chacune des femmes soutint longuement le regard de l'autre, tandis que la vérité se faisait jour dans leur esprit horrifié. Les yeux de Mrs Peters allaient de l'oiseau mort à la porte brisée de la cage. Comme leurs regards se rencontraient de nouveau, un bruit se fit à la porte de la cuisine.

Mrs Hale glissa la boîte sous les morceaux de tissu et se laissa tomber sur la chaise la plus proche. Mrs Peters resta debout, cramponnée à la table, pendant que le shérif et le procureur faisaient leur entrée.

— Mesdames, fit le premier, comme s'il quittait les affaires sérieuses pour passer aux bagatelles, avez-vous décidé si elle allait piquer ou nouer ?

— A notre avis, répondit la femme du shérif, passablement agitée, elle avait choisi les... nœuds.

Préoccupé comme il l'était, il ne s'aperçut même pas que le dernier mot était prononcé avec une intonation particulière.

— Je suis enchanté de l'apprendre, fit-il non sans condescendance, remarquant au même instant la cage vide. Et l'oiseau, il s'est envolé ?

— Nous pensons que le chat l'a tué, l'informa Mrs Hale sur un ton étrangement neutre.

Il se mit à arpenter la pièce, comme s'il cherchait la solution d'une énigme.

— Il y a un chat ici ? demanda-t-il distraitement.

Mrs Hale jeta un regard furtif à la femme du shérif, qui se chargea de répondre :

— Il n'y en a plus. Vous savez comme ils sont superstitieux. Dans ces cas-là ils quittent la maison.

Elle s'effondra sur sa chaise, mais le procureur l'avait déjà oubliée.

— Aucune trace d'intrusion, dit-il à Peters comme s'il reprenait le fil d'une conversation interrompue. La corde était à eux. Bon, on retourne là-haut et on revoit tout en détail. Celui qui a fait ça savait forcément que...

La porte de l'escalier se referma derrière eux et leurs voix s'éteignirent.

Pétrifiées sur leur chaise, les deux femmes n'échangèrent pas un seul regard, mais on aurait cru que leur esprit pénétrait une vérité qu'elles répugnaient à considérer. Quand enfin elles ouvrirent la bouche, elles semblaient redouter la portée de leurs paroles, mais rien n'aurait pu les empêcher de les prononcer.

— Elle aimait cet oiseau, fit doucement Martha Hale. Et elle allait l'enterrer dans la jolie boîte.

— Quand j'étais jeune, chuchota Mrs Peters, j'avais un petit chat... un jour un garçon a pris une hachette, et avant que j'aie pu faire quoi que ce soit... (Un bref instant, elle se couvrit le visage de la main.) Si on ne m'avait pas retenue, j'aurais... (elle s'arrêta, leva les yeux en entendant des pas au-dessus, et conclut d'une voix à peine audible)... je lui aurais fait du mal.

Après ça elles ne dirent plus rien, toujours figées sur leur siège. Enfin Mrs Hale risqua prudemment, comme si elle s'aventurait en terrain inconnu :

— Je me demande ce que ça fait, de passer une vie sans enfant. (Son regard errait à travers la cuisine, cherchant à deviner ce qu'on pouvait bien ressentir, à vivre là pendant toutes ces années.) Cet oiseau, je veux bien croire que Wright ne l'aimait pas. Une petite créature qui chante. Comme elle, dans le temps. Ça aussi, il a voulu le détruire.

Il y avait une tension dans sa voix, et Mrs Peters remua sur sa chaise, mal à l'aise.

— Evidemment, on ne sait pas qui a tué cet oiseau.

— Moi je le connaissais, John Wright, se borna à répondre Mrs Hale.

— C'est affreux, ce qui est arrivé ici l'autre nuit. Tuer un homme dans son sommeil. Lui passer quelque chose autour du cou et l'étrangler avec.

Mrs Hale tendit la main vers la cage.

— Son cou, oui. Etranglé.

— On ne sait pas qui l'a tué. On n'en sait rien ! s'obstina Mrs Peters, éperdue.

Mais Mrs Hale ne bronchait pas.

— Si pendant des années, ç'avait été... le vide, et qu'un beau jour un oiseau vienne chanter pour vous, il ne serait pas affreux, le silence, une fois qu'il se serait tu ?

On aurait dit que s'exprimait à travers elle quelque chose qui la dépassait, touchant chez Mrs Peters une partie d'elle-même dont elle ne soupçonnait pas l'existence. D'une voix étrange, monocorde, celle-ci se mit à parler :

— Je le connais, ce silence. Quand on était fermiers dans le Dakota, et que j'ai perdu mon premier bébé... il venait d'avoir deux ans... et à l'époque je n'en avais pas d'autre...

— Vous croyez qu'ils en ont encore pour longtemps, avec les indices ?

— Je le connais, ce silence, répéta Mrs Peters, toujours sur le même ton. (Puis elle se ressaisit et assena de son petit air pincé :) La loi doit punir le crime, madame Hale.

Mais celle-ci se contenta de dire :

— Si vous l'aviez vue, Minnie Foster, quand elle chantait dans la chorale, avec sa robe blanche à rubans bleus.

Et tout à coup, il lui parut insoutenable d'évoquer l'image

de cette fille, de penser qu'elle avait vécu vingt ans près de chez elle et l'avait laissée périr d'ennui.

— Ah, si seulement j'étais passée la voir de temps en temps ! C'était un crime, un crime ! Qui lui fera justice ?

— Voyons, ne vous rongez pas les sangs comme ça ! fit Mrs Peters avec un regard effrayé en direction de l'escalier.

— J'aurais *dû* comprendre qu'elle avait besoin de soutien. N'est-ce pas que les choses sont bizarres, madame Peters. On vit côte à côte, et un monde nous sépare. On traverse tous les mêmes choses, il y a si peu de différences, finalement ! Sinon... comment expliquer que l'on comprenne, vous et moi, que l'on sache tout à cette minute ?

Elle se couvrit les yeux d'une main, puis, avisant le bocal de fruits sur la table, elle s'en saisit et fit d'une voix étouffée :

— A votre place je ne lui dirais pas que ses fruits sont perdus. Faites-lui croire que non. Racontez-lui que tout va bien. Tenez, emportez celui-ci pour le lui prouver. Si ça se trouve, elle ne saura jamais que les bocaux ont éclaté.

Elle se détourna tandis que Mrs Peters attrapait la conserve, visiblement satisfaite de toucher un objet familier, d'accomplir un geste qui l'empêchait de penser à autre chose. Elle chercha de quoi emballer le bocal, choisit un jupon dans la pile de vêtements qu'elle avait apportés et enveloppa les cerises avec des gestes fébriles.

— Mon Dieu ! fit-elle d'une voix haut perchée, qui sonnait faux. Heureusement que les hommes ne sont pas là pour nous entendre. Se mettre dans des états pareils pour des riens... pour la mort d'un canari. (Elle passa rapidement sur ces derniers mots.) Comme si ça avait un rapport avec... Ah, ils ne manqueraient pas de nous rire au nez !

Des pas retentirent dans l'escalier.

— Peut-être que oui, marmonna Mrs Peters, et peut-être que non.

Le procureur disait sur un ton incisif :

— Non, Peters, tout est parfaitement clair, hormis le mobile. Mais vous savez comment sont les jurys quand ils ont affaire à une femme. Si seulement on tenait un élément concret – quelque chose à leur montrer, à partir de quoi on pourrait bâtir une histoire. Quelque chose qui justifierait cette méthode pas très logique.

Mrs Hale coula un regard discret en direction de Mrs Peters. Leurs yeux se rencontrèrent et se détournèrent aussitôt. Mr Hale rentra sur ces entrefaites.

— La voiture est devant la porte. Il fait rudement froid, dehors !

— Personnellement, je vais rester encore un peu, annonça le procureur. Je suppose que vous pouvez envoyer Frank me chercher ? Je veux tout passer au peigne fin. Je ne compte pas me satisfaire du peu qu'on a trouvé.

L'espace d'un instant, les deux femmes se concertèrent du regard. Le shérif s'approcha de la table.

— Vous voulez voir ce que Mrs Peters a prévu d'emporter ?

Le procureur souleva le tablier en riant.

— Oh, je devine que ces dames n'ont pris que des choses bien innocentes.

Mrs Hale gardait une main sur la corbeille qui camouflait la boîte. Elle avait beau sentir qu'elle devait l'en ôter, c'était plus fort qu'elle. Il prit un des carrés de tissu sur le dessus de la pile. Les yeux de Mrs Hale lançaient des flammes, et s'il s'était avisé d'attraper la corbeille, elle se sentait prête à la lui arracher des mains.

Mais il n'en fit rien. Il se contenta de se détourner avec un petit rire, en disant :

— Non, il est inutile de surveiller Mrs Peters. D'une certaine manière, une épouse de shérif est mariée à la loi. Vous n'avez jamais vu la chose sous cet angle, madame Peters ?

Mrs Peters se tenait près de la table. Mrs Hale lui lança un regard mais, comme elle était tournée de côté, elle ne pouvait voir son visage.

— Non, jamais sous cet angle, articula-t-elle péniblement.

— Mariée à la loi ! pouffa son mari avant de se diriger vers la porte qui ouvrait sur la pièce voisine. George, j'aimerais que vous veniez une minute. Ces fenêtres méritent quand même un coup d'œil.

— Bah, les fenêtres... railla le procureur.

Le shérif signala au fermier qui patientait toujours près de la porte :

— On arrive tout de suite, monsieur Hale.

Hale retourna s'occuper des chevaux tandis que le shérif suivait le procureur dans la pièce d'à côté. Pour un bref moment, les deux femmes se trouvaient de nouveau seules dans la cuisine. Alors Martha Hale se leva d'un bond, les mains nouées, fixant la femme sur qui reposait la suite des événements. Tout d'abord elle ne vit pas ses yeux, car elle n'avait pas bougé depuis qu'on lui avait demandé si elle était mariée à la loi. Mais il y avait dans le regard de Mrs Hale une force qui l'obligea à faire volte-face. Non sans réticence, Mrs Peters tourna lentement la tête jusqu'à ce que ses yeux croisent ceux de l'autre femme. Pendant une minute, elles se dévisagèrent sans ciller, avec une intensité qu'aucune des deux ne cherchait à fuir. Puis Martha Hale dirigea son regard vers la corbeille où se cachait la chose qui pouvait assurer la condamnation d'une femme – une absente dont elles avaient néanmoins ressenti la présence tout au long de l'heure écoulée.

D'abord Mrs Peters ne fit pas le moindre geste, et puis d'un seul coup elle s'élança en avant, écarta les pièces de tissu et s'empara de la boîte pour la fourrer dans son sac. Mais elle n'y rentrait pas. En désespoir de cause, elle l'ouvrit pour en sortir l'oiseau, mais à ce moment-là le cœur lui manqua, et elle resta les bras ballants, démunie.

On entendit tourner le bouton de la porte de communication. Martha Hale arracha la boîte à la femme du shérif et l'enfouit dans la poche de son grand manteau au moment précis où les deux hommes revenaient dans la cuisine.

— Henry, plaisanta le procureur, la mine facétieuse, on

aura au moins appris si elle allait le piquer ou bien... comment appelez-vous ça, mesdames ?

Mrs Hale tenait la main plaquée contre la poche de son manteau.

— La méthode des nœuds, monsieur Henderson.

Traduit par Marina Boraso.

Lawrence Block

Fabuleux écrivain, Fredric Brown s'est distingué par une abondante production dans deux genres particuliers : le policier et la science-fiction. En lisant son œuvre, j'ai toujours été frappé non seulement par la simplicité trompeuse de son style et la remarquable originalité de ses idées, mais aussi par la connaissance profonde de l'être humain qui se devinait en filigrane. Je regretterai toujours de ne pas l'avoir rencontré.

Quand j'ai commencé à écrire des histoires policières, à la fin des années cinquante, Fredric Brown faisait partie des auteurs que j'aimais dévorer. Je lisais tout ce que je pouvais trouver de lui, et j'y découvrais toujours un élément à mon goût. Un jour, au terme d'une longue semaine, je me suis installé avec un de ses romans et une bouteille de Jim Beam. Chaque fois que le narrateur se servait un verre, j'en faisais autant de mon côté. Je vous préviens : ne tentez surtout pas l'expérience chez vous.

La Voix du silence *compte parmi les nouvelles que j'ai lues à l'époque, il y a plus de quarante ans. Je ne l'ai jamais relue depuis, mais je m'en souviens sacrément bien, et l'autre jour j'ai remis la main dessus dans la bibliothèque d'un ami. Rares sont les histoires qui me laissent un souvenir aussi fort au bout de tant de temps. Il en existe quelques-unes, cependant, et plusieurs d'entre elles sont signées Fredric Brown.*

J'ai écrit Des poissons petits et gros *en 1975, pendant le mois que j'ai passé à Rodanthe, sur les Outer Banks de Caroline du Nord. Là-bas, il y avait une longue jetée d'où l'on pouvait lancer sa ligne dans l'océan. C'est d'ailleurs ce que je faisais. Je me nourrissais presque exclusivement de ma pêche, et un jour j'ai écrit cette histoire. Mon agent littéraire de l'époque, Henry Morrison, a appelé un de mes amis en disant qu'il s'inquiétait pour mon compte. « Larry vient de m'envoyer une nouvelle, et j'ai comme l'impression qu'il a passé trop de temps tout seul. »*

Je n'ai pas l'impression que cette histoire doive quelque chose à La voix du silence *ou à Fredric Brown, mais j'aime penser qu'il l'aurait peut-être appréciée.*

Des poissons petits et gros

Mowbray pêchait dans le lac depuis deux bonnes heures lorsqu'il tomba sur le grand gaillard. L'endroit était réputé pour regorger d'achigans à grande bouche, et c'était justement ce qu'il était venu chercher. Equipé pour la pêche à la cuiller, il lançait tout un attirail de bouchons, de cuillers tournantes, de mouches et de vers en plastique partout où un achigan de belle taille était susceptible d'attendre son heure. Bon pêcheur, Mowbray s'entendait à placer ses leurres pile à l'endroit voulu, le long d'un herbier ou contre un obstacle immergé. Et ceux qu'il utilisait étaient parfaits pour pêcher l'achigan à la fin de l'automne. Tout se passait pour le mieux, il ne lui manquait plus qu'un poisson accroché au bout de sa ligne.

Il s'installait à un endroit pendant un moment, puis se déplaçait légèrement vers la droite, autant pour s'occuper que parce qu'il espérait trouver là des achigans plus coopératifs. Il était donc en train de parcourir la rive ouest du lac lorsqu'il déboucha sur une éclaircie, derrière un rideau de broussailles, et avisa l'autre à une dizaine de mètres.

L'homme était grand – sept ou huit centimètres de plus que Mowbray – et large d'épaules, sans un pouce de graisse sur le ventre et les hanches. Il portait un jean en bon état, et un coupe-vent en popeline par-dessus sa chemise en flanelle bleu marine. Leurs bottes étaient identiques, et Mowbray supposa qu'ils les avaient commandées chez le même fournisseur d'articles de pêche, dans le Maine. L'inconnu avait un équipement de lancer léger. Suivant sa ligne des yeux, Mowbray repéra le bouchon rouge à la surface, à trente mètres du bord.

Ses cheveux châtains étaient à peine striés de gris, sa moustache taillée avec soin, et on devinait une ombre de barbe sur les joues, comme s'il s'était rasé à l'aube. A en juger par ses mains et son visage, il devait passer beaucoup de temps en plein air. Mowbray estima qu'il avait son âge, soit quarante-quatre ans, mais jamais de sa vie il n'avait possédé une telle forme physique. Cette idée éveilla en lui un mélange d'admiration et d'envie.

Puisque l'inconnu l'avait salué de la tête en le voyant approcher, Mowbray lui adressa un signe à son tour, mais sa position d'intrus le retenait d'engager la conversation.

— Bonjour, finit par dire l'autre. Ça marche comme vous voulez ?

— Pas la moindre touche.

— Ça fait longtemps que vous êtes là ?

— Deux heures. J'ai déjà dû tourner sur une bonne moitié du rivage, surtout pour le plaisir de bouger. Si on se fiait à moi, on croirait qu'il n'y a pas un seul achigan dans ce lac.

L'homme se mit à rire.

— Sûr qu'il y en a. Ce lac en est plein, et les autres poissons manquent pas non plus.

— J'ai peut-être pas choisi les leurres qui conviennent.

— Ça m'étonnerait. Quand il a la rage, le poisson se jetterait sur n'importe quoi. Si c'est son jour, je vous parie qu'un achigan goberait un lacet de chaussure, mais s'il est pas d'humeur, il voudrait même pas de votre appât sans hameçon au bout. Ils sont comme ça. Des jours ils mordent, d'autres pas.

— Ça c'est vrai, acquiesça Mowbray avec un signe en direction du bouchon rouge. Vous n'êtes pas là pour pêcher l'achigan, si ?

— Non, pas avec ce matériel. J'essaie juste de prendre

quelques mariganes. (Il pointa le pouce par-dessus son épaule, pour indiquer l'emplacement du feu de camp.) J'ai déjà le poêlon et l'huile, la farine pour les rouler dedans, et un foyer qui attend qu'une allumette. Il ne manque plus que le poisson.

— Pas de chance ?

— Pas plus que vous.

— Ça fait pas bien lourd, alors. Vous êtes du coin ?

— Non, mais je suis passé par ici un bon paquet de fois. Ça m'arrive de pêcher dans ce lac, de temps à autre, et en général j'ai pas mal de succès.

— Bien, répondit simplement Mowbray.

Il trouvait stimulante la compagnie de cet homme, mais un protocole très strict gouvernait ce genre de rencontre.

— Je crois que je vais continuer jusqu'à la prochaine boucle, fit-il. Ça servira sûrement à rien, mais j'aimerais bien lancer encore.

— Comment savoir à l'avance ? D'une minute à l'autre le vent peut tourner, la température baisser de plusieurs degrés, et le comportement du poisson changer radicalement. A mon avis, c'est pour ça qu'on s'obstine à venir depuis des années, non ? La magie de l'imprévisible. Tout ça pour dire, ne partez surtout pas à cause de moi.

— Vous êtes sûr ?

Le bonhomme hocha la tête et remonta son pantalon.

— Vous êtes pas obligé de bouger d'ici pour lancer votre ligne. Que vous soyez là à taquiner l'achigan, ça empêchera pas une marigane ou un poisson-lune de venir goûter à mon appât si l'envie lui en prend. Et pour être franc, je serai pas fâché d'avoir un peu de compagnie.

— Même chose pour moi, répliqua Mowbray avec gratitude. Puisque vous dites que ça ne vous gêne pas.

— Et même, je n'en aurais pas fait toute une histoire.

Mowbray posa par terre sa boîte en aluminium et s'agenouilla pour préparer sa ligne. Après avoir fixé l'amorce, il se remit debout et prit ses cigarettes dans la poche de sa chemise en velours côtelé.

— Vous fumez ? demanda-t-il.

— J'ai arrêté depuis un bon moment, merci quand même.

Mowbray fuma la moitié de sa cigarette et écrasa le mégot sous son talon. Il s'approcha du bord et prit une minute pour observer la surface avant de lancer à bonne distance. Pendant un quart d'heure, les deux hommes pêchèrent dans un silence convivial. Mowbray n'accrochait toujours rien mais, comme il s'était résigné à son sort, il passa tout de même un moment agréable.

— Une touche, annonça tout à coup l'inconnu. (Au bout d'une ou deux minutes, il commença à ramener sa ligne.) Une touche, mais ça s'arrête là. Je ferais bien de vérifier s'il a pas tout emporté.

Une moitié du vairon avait été tranchée net ; comme l'hameçon était passé dans la bouche, c'est la queue qui avait été arrachée. D'une main experte, l'homme décrocha son appât et le remplaça par un des vairons de son seau à vifs. Quelques secondes plus tard, il avait plongé sous l'eau et le bouchon se balançait à la surface.

— Je me demande bien ce qui lui a fait ça, commenta Mowbray.

— Difficile à dire. Certainement une écrevisse. Sale bête, en tout cas.

— Je me disais que c'était bon signe, une touche, que le poisson commençait à répondre. Mais s'il s'agit d'une écrevisse, je suppose que ça veut pas dire grand-chose.

— En effet.

— Je me demandais... poursuivit Mowbray. C'est un peu surprenant que vous pêchiez la marigane dans un lac rempli d'achigans.

— La plupart des gens penseraient comme vous, probablement.

— Ça me regarde pas, bien entendu.

— Pas de souci, ce n'est pas un secret d'Etat. Il se trouve que je préfère le goût des petits poissons à celui des gros. J'avoue que je ne pêche pas vraiment par amour du sport. D'accord, ça me plaît bien de ferrer le poisson, mais ce qui me préoccupe surtout, c'est la saveur qu'aura la chair une fois passée dans ma poêle. La confrérie a un certain mépris pour les pêcheurs dans mon genre, ceux qui se soucient en premier de leur estomac. (Un large sourire révéla brusquement ses grandes dents blanches.) S'ils pêchaient aussi souvent que moi, ils finiraient par se lasser de l'aspect purement sportif. Vous comprenez, je pêche pratiquement tous les jours. J'ai pris ma retraite il y a une dizaine d'années, j'exploitais un magasin que j'ai revendu peu de temps après la mort de ma femme. Comme on n'avait jamais pu avoir d'enfant, je me suis retrouvé tout seul, à la tête d'un capital suffisant pour pouvoir cesser de travailler, à condition de vivre simplement. Pas de problème de ce côté-là, j'ai toujours préféré vivre comme ça.

— Vous êtes jeune, pour un retraité.

— J'ai cinquante-cinq ans, j'en avais quarante-cinq quand je me suis retiré des affaires. Ça fait peut-être un peu tôt, mais pour moi c'était le bon moment.

— On vous donnerait facilement dix ans de moins.

— Si vous dites vrai, c'est que la retraite doit me réussir. Mais bon, je ne fais pas grand-chose à part me balader et pêcher mon repas du soir. J'ai toujours une préférence pour les petits poissons. J'ai essayé aussi le reste, mais j'en ai eu très vite assez. De mon point de vue, il ne faut pas attraper plus de poissons que ce qu'on a l'intention de manger. Quand je tue quelque chose, ça passe directement dans la poêle à frire que j'ai là-bas. Sinon, ça vaut pas la peine de tuer.

Mowbray garda un moment le silence, ne sachant trop que dire. Il finit cependant par répondre :

— Personnellement, je crois que je n'ai pas encore atteint ce stade. Je suis bien obligé d'admettre que je prends plaisir à pêcher, que je consomme ma prise ou non. En règle générale je la mange, mais pour moi ce n'est pas le principal. Il faut dire que je suis pas comme vous, à sortir pêcher presque tous les jours. Je m'arrange pour y aller deux ou trois fois dans l'année, pas plus.

— Pendant qu'on est là à discuter, vous ne risquez pas de prendre un achigan, et moi j'avance pas beaucoup plus avec les mariganes. Pour ce que ça change, on pourrait faire croire qu'on pêche la baleine.

Un peu plus tard, Mowbray ramena sa ligne pour changer de nouveau son leurre, puis il alluma une autre cigarette. La lumière avait bien décliné, et le soleil sombré derrière l'écran des arbres, près de toucher la ligne d'horizon. La température avait nettement chuté. Encore une heure, et la journée de pêche serait terminée. Le moment viendrait alors de regagner le motel pour boire quelques cocktails, avant d'aller manger un steak et une pomme de terre au four dans le snack voisin. Mowbray finirait la soirée avec un bourbon soda, allongé devant la télé de sa chambre, les pieds surélevés, son verre à portée de main et une cigarette allumée dans le cendrier.

Le tableau lui parut si alléchant qu'il envisagea un instant de sacrifier sa dernière heure de pêche. Mais la première gorgée de Martini ne serait que meilleure s'il attendait encore un peu, et la compagnie de cet homme valait bien une heure de son temps.

Au bout d'un moment, l'autre lui demanda :

— J'aimerais vous poser une question inhabituelle.

— Je vous écoute.

— Est-ce que vous avez déjà tué quelqu'un ?

Effectivement, la question n'était pas banale. Mowbray réfléchit quelques secondes avant de répondre :

— Je crois bien que oui ; il y a de fortes chances, en fait.

— Vous avez tué quelqu'un sans vous en rendre compte ?

— Présenté comme ça, ça peut paraître bizarre, mais vous voyez, j'étais dans l'artillerie en Corée. Armes lourdes. On voyait jamais nos cibles, ni les dégâts que faisaient les obus. J'ai servi pendant plus d'un an, à bourrer un gros monstre de canon, et ce serait bien un malheur si on avait jamais touché ce qu'on visait. Ce qui fait que oui, j'ai dû tuer des gens, mais je ne pense pas que c'était le sens de la question.

— Non, je voulais parler d'un face-à-face. Et en dehors d'un contexte de guerre, ce qui change complètement la perspective.

— Alors non, jamais.

— Moi aussi j'ai été dans l'armée, mais pendant la guerre d'avant. J'étais à bord d'un navire ravitailleur, et j'ai jamais entendu tirer contre l'ennemi. Pourtant j'ai tué un homme, il y a quatre ans de ça. (Un instant, ses mains effleurèrent le couteau qu'il portait dans un étui à la ceinture.) Avec ça.

Ne trouvant rien à répliquer, Mowbray raidit sa ligne pour se donner une contenance, attendant que l'autre poursuive.

— J'étais en train de pêcher. Tout seul, comme d'habitude. Mais c'était en eau salée, pas comme ici. Je me trouvais sur les Outer Banks de Caroline du Nord, vous connaissez ? (Mowbray fit non de la tête.) Un archipel en barrière, assez loin du littoral. Un coin perdu, quoi. Pas grand-chose à y faire, à part pour les mordus de pêche. Beaucoup de gens lancent leur ligne d'une jetée ou d'un bateau, moi j'avais choisi le surfcasting. En général ça marche pas plus mal qu'autre chose, et je m'étais dit que je pourrais allumer du feu sur la plage et faire cuire ma pêche pour la manger sur place. Avant même de mouiller ma ligne, j'avais ramassé du bois flotté et bâti le foyer, comme aujourd'hui. C'est une habitude, chez moi. J'avais déjà fait ça la veille, et j'avais pris une dizaine de courbines en un clin d'œil, tout juste si j'avais eu le temps de m'installer. Ce jour-là, par contre, j'avais eu trois heures de déveine, ce qui prouve bien que les poissons d'eau salée sont aussi imprévisibles que les poissons d'eau douce. Vous pratiquez la pêche en mer ?

— Très peu.

— J'aime presque autant ça que la pêche en eau douce.

Et cette fois-là, sur les Banks, je n'étais pas mécontent de ma journée, même si le poisson refusait de mordre. Il faisait bon, un petit vent soufflait de l'océan, on ne pouvait pas rêver mieux. Lancer sa ligne pour rien, c'est presque aussi agréable que d'attraper du poisson. Il faudra qu'on pense à ça pour se consoler de notre mauvaise journée.

— Sûr que je m'en rappellerai.

— Je prenais plutôt du bon temps, même si je voyais venir le moment où il me faudrait acheter de quoi dîner. A un moment, j'ai senti que quelqu'un s'approchait par-derrière. Je suppose qu'il était descendu par les dunes, parce qu'il ne s'est jamais trouvé dans mon champ de vision. J'ai su qu'il était là – l'instinct, il faut croire – et j'ai porté mon regard aussi loin que je pouvais sans avoir à tourner la tête. Je ne le voyais toujours pas. (L'homme marqua un temps d'arrêt et poussa un soupir.) Dites-moi, si la proposition tient toujours, je prendrais bien une de vos cigarettes.

— Ce sera avec plaisir, mais je m'en voudrais que vous recommenciez à cause de moi. Vous êtes sûr d'en vouloir une ?

Il fit de nouveau un grand sourire.

— J'ai laissé tomber le tabac à peu près à l'époque où j'ai cessé de travailler. Depuis, j'ai pas dû fumer plus d'une douzaine de cigarettes, échelonnées sur dix ans. A ce rythme-là, on peut pas parler d'habitude.

— Bon, dans ce cas j'ai la conscience tranquille.

Mowbray secoua le paquet pour en détacher une cigarette qu'il tendit à son compagnon. Il en prit aussi une pour lui et alluma les deux avec son briquet.

— Rien de tel pour apprécier le tabac que de laisser passer un an entre deux cigarettes. (Il aspira une longue bouffée et expulsa un panache de fumée, les lèvres pincées.) Ecoutez, si vous n'y voyez pas d'inconvénient, j'aimerais vraiment vous raconter cette histoire. Ça ne m'arrive pas souvent d'en parler, mais par moments j'ai besoin que ça sorte. A la fin, vous aurez sans doute une piètre opinion de moi, mais puisqu'on est des étrangers et qu'on ne se reverra sûrement jamais... Vous voulez bien m'écouter ?

Mowbray était totalement captivé, et il ne fit rien pour le cacher.

— J'étais là, donc, avec cette présence que je sentais dans mon dos. J'étais convaincu qu'il mijotait un sale coup, les gens ne s'approchent pas tout doucement par-derrière quand ils ont de bonnes intentions. Je tenais fermement ma canne à pêche, et avant de me retourner j'ai fiché le bout dans le sable, comme on fait toujours quand on pêche sur la plage. J'ai patienté une minute et puis j'ai tourné la tête, l'air de ne pas m'attendre à découvrir quelqu'un derrière. Il était là, bien entendu.

» Un jeune. Vingt-cinq ans maximum, je dirais, mais pas un hippie. Pas de barbe, et des cheveux pas plus longs que les nôtres. Pourtant ils m'ont paru sales, ces cheveux, et dans l'ensemble il n'avait pas l'air bien net. Il portait un tee-shirt bleu clair avec un pantalon en coutil blanc. C'est drôle que je revoie tout comme si c'était hier, non seulement ses habits mais sa figure, aussi. Des lèvres minces, un visage triangulaire, et des yeux un peu de travers, comme si chacun suivait sa propre idée. Il avait des boutons sur le visage, et des cicatrices d'acné. On peut pas dire que la nature l'avait gâté.

» Il tenait une arme dans sa main. Genre revolver, un petit Smith et Wesson .32, à canon court. Un truc qui ne pouvait servir qu'à descendre quelqu'un à bout portant – c'est justement pour ça qu'il avait dû le choisir. Sur le moment, bien sûr, je connaissais ni la marque ni le calibre. J'ai jamais été un fou d'armes à feu. Il devait pas être à plus de deux mètres de moi. Vu comme il était près, pas besoin d'un sixième sens pour deviner qu'il était là.

L'homme tira longuement sur sa cigarette. Tandis qu'il rassemblait ses souvenirs, les yeux plissés, Mowbray vit apparaître sur son visage une ligne verticale, entre le milieu du front et l'arête du nez. Lorsqu'il rejeta la fumée, ses traits se détendirent et la ride s'effaça.

— On n'était que tous les deux sur cette plage, lui et moi. Personne nulle part, pas un bateau à proximité de la côte, et pas un chat alentour pour me prêter main-forte. Juste ce jeune avec son revolver, et moi sans rien pour me défendre. Je regrettais d'avoir planté ma canne dans le sable. J'avais fait ça pour avoir les mains libres, mais j'aurais pu m'en servir pour frapper le type et essayer de le désarmer. Alors il m'a dit : « Allez, vieux, tu vas me donner gentiment ton portefeuille. » Il avait l'accent du Nord, mais les jeunes d'aujourd'hui n'ont plus beaucoup d'accent. L'effet de la télé, je suppose. Le monde est devenu plus petit.

» En regardant ses yeux, et sa manière de braquer son arme, j'ai compris qu'il allait pas se contenter de filer avec le portefeuille. Il avait dans l'idée de me tuer. En fait, je crois bien qu'il m'aurait tiré dans le dos si j'avais pas fait volte-face. A moins qu'il ait fait partie de ces gens qui aiment contempler le visage de leur victime. Je sais que ça existe.

Mowbray frissonna. Comment l'homme pouvait-il garder ce ton désinvolte, alors que ces mots étaient taillés dans l'étoffe des cauchemars ?

— J'ai plongé ma main gauche dans ma poche, mais mon portefeuille n'était pas là. Je l'avais laissé dans la boîte à gants de ma voiture, qui était garée en retrait de la route, derrière les dunes. J'ai quand même fait mine de chercher, pour qu'il ne quitte pas ma main gauche des yeux, et en même temps j'ai dégainé mon couteau avec la droite. J'ai frappé par en dessous, et je sais pas si j'ai été spécialement rapide ou si la drogue lui avait enlevé ses réflexes, le fait est que d'un seul mouvement, j'ai réussi à envoyer valser son arme et à lui trouer la peau avec mon couteau.

Il sortit le couteau de l'étui, un couteau à désosser avec un manche en bois et une lame longue et fine, légèrement recourbée.

— Voici le couteau en question, expliqua-t-il. Un Rapala fabriqué en Finlande, un champion dans sa catégorie : une lame en inox et un tranchant à toute épreuve. Je m'en sers pour lever les filets, et pour tout ce qui touche à la pêche. Je suppose que vous avez le même.

Mowbray secoua la tête.

— J'utilise un canif.

— A votre place j'en prendrais un comme celui-ci, j'en connais pas de meilleur. Et quand on reçoit de la visite, je vous garantis qu'il est commode. Ce gosse, je lui ai fendu la panse comme à un poisson qu'on va vider. Je suis parti du bas-ventre, et j'ai remonté jusqu'à la limite de la cage thoracique. Ça rentrait tellement bien qu'on aurait dit du beurre.

D'un geste dégagé, il glissa le couteau dans son étui.

Un frisson passa dans le dos de Mowbray. L'autre avait terminé sa cigarette ; Mowbray éteignit la sienne et en prit aussitôt une autre dans le paquet. Au moment de les ranger dans sa poche, il eut l'idée d'en offrir une à son compagnon.

— Pas maintenant, mais vous pourrez retenter votre chance d'ici neuf ou dix mois.

— J'y manquerai pas.

Un large sourire fendit le visage de l'homme, puis son expression redevint grave.

— Donc, voilà que le gosse s'écroule, couché sur le dos et le ventre ouvert. Il gémissait, il perdait son sang et tout le toutim. Je me rappelle plus ses paroles exactes, son discours n'était pas très cohérent, mais j'ai compris qu'il me demandait d'appeler un médecin.

» Je savais, moi, que le docteur le plus proche se trouvait à Manteo, soit à une bonne trentaine de kilomètres de Rodanthe, l'endroit où j'étais. Vu l'importance de la blessure, je doutais vraiment qu'il supporte un voyage d'une demi-heure en voiture. Et même si le docteur avait été à deux mètres, je ne crois pas qu'il lui aurait été d'un grand secours. Je connais rien à la médecine, mais je ne donnais pas cher de la vie de ce garçon.

» J'ai pensé que si je le conduisais chez le médecin, je réussirais juste à salir les sièges de ma voiture, et à m'attirer un tas d'embrouilles par-dessus le marché. Je ne voyais pas comment on aurait pu raisonnablement me coller un meurtre sur le dos : il était clair que ce type avait un casier et qu'on aurait vite fait de se renseigner sur le continent, et moi je n'avais rien de plus sérieux à me reprocher que des contraventions. Et encore, pas très nombreuses. En plus, le revolver portait ses empreintes à lui, pas les miennes. Cela dit, ça m'aurait obligé à répondre à des milliers de questions et à rester sur place au moins une semaine, sûrement plus, en attendant que le coroner ait fini son enquête. Ça faisait beaucoup de complications pour rien du tout, puisque de toute manière il était fichu.

» Et puis je vais vous dire autre chose : est-ce que ça valait la peine de se déranger pour sauver la vie à une vermine de voleur et d'assassin ? Pour peu qu'ils arrivent à le rafistoler, il serait à nouveau dehors aussitôt guéri, et il tuerait quelqu'un en un rien de temps. Ça ne m'a pas fait grand-chose, de penser qu'il allait mourir. (Il regarda Mowbray droit dans les yeux.) Et vous, qu'est-ce que vous auriez fait à ma place ?

Mowbray s'accorda un instant de réflexion.

— Je n'en sais rien. Sincèrement, je ne peux pas vous dire. Probablement la même chose que vous.

— Il souffrait horriblement, étendu par terre. J'ai regardé autour de moi pour vérifier qu'on était seuls, et en effet il n'y avait toujours personne. J'ai pensé qu'il ne me fallait que deux ou trois minutes pour embarquer ma ligne, ma poêle et le reste de mes affaires, et filer sans laisser de traces compromettantes. J'avais passé la nuit sous la tente, dans mon sac de couchage, et je n'étais inscrit ni dans un camping ni dans un motel. En d'autres termes, il me suffisait d'une demi-heure pour être loin des Outer Banks sans que rien me rattache à cet endroit, et encore moins au type allongé sur le sable. Je n'avais même pas payé par carte quand j'avais fait le plein d'essence. Si je fichais le camp tout de suite, j'étais tranquille. Je n'avais qu'à abandonner ce gosse à une agonie atrocement longue et douloureuse. (De nouveau, il fixa Mowbray droit dans les yeux, avec une intensité presque insoutenable. Il poursuivit plus bas, d'une voix radoucie :) J'avais aussi la possibilité d'abréger ses souffrances.

— Oh !

— Oui. Et c'est précisément ce que j'ai fait. J'ai pris le couteau, et je le lui ai enfoncé en plein cœur. Il est mort sur le coup. Ses yeux se sont éteints, son visage s'est décontracté ; c'était fini. Ce qui faisait de moi un meurtrier.

— Evidemment.

— Evidemment, répéta l'autre. On aurait pu voir ça comme un geste de pitié, mais aux yeux de la loi, un acte de légitime défense venait indéniablement de se changer en homicide volontaire. (Il prit une profonde inspiration.) Vous croyez que j'ai eu tort ?

— Non.

— Vous auriez réagi de la même façon ?

— Honnêtement, je ne sais pas. J'espère que oui, si l'alternative était de le laisser souffrir.

— En tout cas, c'est ce que j'ai fait. Du coup, je n'ai pas simplement tué un homme, je l'ai littéralement assassiné. J'ai enfoui le corps sous vingt centimètres de sable, en lisière des dunes. Je ne sais pas à quel moment ils l'ont découvert. Très vite, je parie. Là-bas, le sable ne tient jamais en place. Il n'avait aucun papier sur lui, mais la police a dû l'identifier à ses empreintes. Un garçon honnête comme ça, je suis sûr qu'il était fiché. Tout ce que j'ai trouvé sur lui, c'est cinquante dollars en liquide, ce qui exclut la possibilité qu'il m'ait braqué pour s'acheter à manger. (Un demi-sourire détendit ses traits.) J'ai emporté l'argent. Lui, il n'aurait plus l'occasion de s'en servir, et de toute façon je crois pas qu'il ait vraiment eu des droits dessus.

— Si je comprends bien, non seulement vous avez commis un meurtre, mais vous en avez tiré un bénéfice matériel.

— C'est ça. J'ai quitté les Banks le soir même. J'ai roulé un bon bout de chemin vers l'intérieur des terres, et je suis descendu dans un motel à la sortie de Fayetteville. Je n'ai jamais regardé derrière moi, jamais su s'ils l'avaient retrouvé. Si c'est le cas, il a dû échouer dans les archives avec les crimes non élucidés. Ah, et puis j'ai aussi pris son arme, et je l'ai balancée dans l'eau au diable Vauvert. Je n'ai pas eu à m'occuper de sa voiture. Il avait dû venir en stop ou à pied, ou sinon il s'était garé tellement loin que je n'avais pas à m'en tracasser. (Il conclut avec un sourire :) Voilà, vous connaissez mon secret, maintenant.

— Vous auriez pu éviter de préciser les lieux, suggéra Mowbray.

— Pourquoi donc ?

— Vous n'avez pas tellement intérêt à donner tant d'informations à un inconnu.

— Possible que vous ayez raison, mais je connais qu'une seule façon de raconter cette histoire. Je devine ce qui vous trotte dans la tête.

— Vraiment ?

— Vous voulez que je vous dise ? Vous êtes en train de vous demander si je vous ai dit la vérité. Vous pensez que j'irais pas en parler comme ça si ça s'était produit pour de bon, et pourtant l'histoire en elle-même est plutôt crédible. D'un côté vous espérez que j'ai tout inventé, de l'autre vous avez envie qu'elle soit vraie. Je me trompe ?

— Pas tellement, avoua Mowbray.

— Je vais ajouter autre chose, qui fera pencher la balance. Après ça, je vous jure que vous n'aurez qu'une envie, croire que c'était juste un tas de bobards. (Il baissa les yeux.) Et si vous aviez encore un tant soit peu de respect pour moi, il en restera plus rien quand vous m'aurez entendu.

— Pourquoi m'en parler, alors ?

— Parce que j'en ressens le besoin.

— Je ne tiens pas forcément à l'entendre.

— Mais moi, je veux que vous l'entendiez. La poiscaille ne mord pas, la nuit va tomber et il vous tarde sûrement de rentrer boire un coup et manger un morceau. Je n'en ai pas pour longtemps, assura-t-il tout en enroulant sa ligne.

(L'opération terminée, il posa tranquillement sa canne dans l'herbe, à ses pieds, et déclara en se redressant :) Je vous ai déjà fait part de ma position vis-à-vis du poisson. Ne tuer que ce que l'on compte manger. Et ce garçon qui était là devant moi, avec son ventre ouvert et ses organes mis à nu...

— Taisez-vous.

— Appelez ça comme vous voudrez, curiosité, compulsion ou retour des instincts primitifs. Moi, je saurais pas dire. Toujours est-il que j'ai découpé un petit bout de son foie avant de l'enterrer. Une fois qu'il a été couvert de sable, j'ai allumé mon feu et... je vous épargne les détails.

Dieu soit loué pour le peu qu'Il nous accorde, songea Mowbray en regardant ses mains. La gauche tremblait. La droite, refermée sur la gaule, avait blanchi aux jointures, et il avait mal au bout des doigts à force de serrer la canne à pêche.

— Meurtre, cannibalisme, détroussement de cadavre. Un sacré palmarès pour quelqu'un qui n'avait jamais récolté que des contraventions. Et le tout en moins d'une heure.

— S'il vous plaît, implora Mowbray d'une voix faible et suraiguë. Je vous en prie, arrêtez-vous là.

— Je n'ai plus rien à ajouter.

Mowbray inspira bien fort et retint son souffle. Que ce type ait menti ou pas, il s'agissait d'un individu extrêmement singulier. Et encore, le mot était faible.

— Vous avez tort de confier cette histoire à des inconnus, observa-t-il au bout d'une minute. Vraie ou fausse, vous feriez mieux de vous taire.

— J'en éprouve le besoin de temps à autre.

— Ça tombe bien que je sois un étranger. Dans le fond, j'ignore tout de vous, même votre nom...

— Je m'appelle Tolliver.

— Et votre adresse ou...

— Wallace P. Tolliver. Je tenais une quincaillerie à Oak Falls dans le Missouri. Pas très loin de Joplin.

— Ne me dites plus rien, insista désespérément Mowbray. Je regrette que vous m'ayez raconté tout ça.

— Il le fallait. (Un bref sourire éclaira de nouveau le visage de l'homme.) Cette histoire, je l'avais déjà racontée trois fois. Vous êtes la quatrième personne à l'entendre.

Mowbray garda le silence.

— Trois fois, et toujours à des inconnus qui se présentaient pendant que je pêchais. Et chaque fois c'était pendant un de ces après-midi d'inaction, quand le poisson refuse de mordre, quoi que vous fassiez.

Mowbray esquissa alors une série de gestes : il recula de quelques pas, relâcha légèrement l'étreinte de ses doigts sur la canne, et tendit le bras gauche en avant dans l'espoir de se protéger.

Mais le couteau à désosser avait déjà jailli de son étui.

Traduit par Marina Boraso.

La voix du silence

Fredric Brown

Encore ce vieux débat oiseux sur la nature du son. Si un arbre tombe au cœur de la forêt sans personne pour l'entendre, la chute est-elle silencieuse ? Peut-on légitimement parler de son en l'absence d'une oreille susceptible de le capter ? Sur ce sujet, j'ai entendu s'affronter les universitaires aussi bien que les balayeurs de rues.

Cette fois-là, dans la petite gare où je me trouvais, la discussion opposait un agent des chemins de fer et un grand gaillard en salopette. C'était l'été, dans la tiédeur du crépuscule, et l'employé avait relevé la vitre de son guichet qui donnait sur le quai à l'arrière de la gare. Ses coudes reposaient sur le rebord tandis que le grand costaud s'appuyait au mur en briques rouges du bâtiment. Le débat tournait en rond, monotone comme le vol du bourdon

Pour ma part, j'étais assis sur un banc à trois mètres de là. Je n'étais que de passage dans cette ville, où j'attendais un train qui avait déjà du retard. Il n'y avait qu'un homme avec moi, assis à mes côtés sur le banc, entre le guichet et moi. Grand et massif, la mine sévère, avec des mains en battoirs, énormes et calleuses. On aurait dit un fermier dans son costume du dimanche.

Je ne m'intéressais pas plus à mon voisin qu'à la discussion en cours. Tout ce qui m'importait, à moi, c'était le retard de ce fichu train.

Je n'avais pas ma montre, que j'avais donnée à réparer en ville, et de l'endroit où je me tenais je ne voyais pas la pendule dans le hall de la gare. Comme le bonhomme assis près de moi portait une montre au poignet, je lui ai demandé l'heure.

Il ne m'a pas répondu.

Vous vous représentez le tableau, on est d'accord ? On est quatre en tout : trois sur le quai, plus l'agent à son guichet. La discussion entre le guichetier et le grand gaillard. Et sur le banc, moi et le type muet.

Je me suis levé pour aller regarder l'heure par la porte ouverte du hall. Sept heures moins vingt. Le train aurait déjà dû passer depuis douze minutes. Avec un soupir j'ai allumé une cigarette, puis j'ai décidé de mettre mon grain de sel dans la querelle. Ce n'étaient pas mes affaires, évidemment, mais contrairement à eux je connaissais la réponse.

— Si je peux me permettre d'intervenir, votre débat ne porte pas du tout sur le son, c'est la sémantique qui est au cœur du problème.

Moi qui m'attendais à des questions sur la signification du terme, j'ai été bien attrapé quand l'agent a répliqué :

— Ça concerne l'étude des mots, non ? D'une certaine manière, vous devez avoir raison.

— Oui, ai-je insisté, j'ai raison d'un bout à l'autre. Si vous cherchez le mot « son » dans un dictionnaire, vous lirez deux acceptions différentes. D'une part « vibrations d'un corps matériel transmises par une onde élastique », et d'autre part « l'effet de ces vibrations sur l'oreille ». Ce n'est peut-être pas la formulation exacte, mais vous avez l'idée générale. Selon l'une de ces définitions, le son – autrement dit la vibration – existe indépendamment de la présence d'une oreille à proximité. Si l'on s'en tient maintenant à l'autre définition, les vibrations ne deviennent « son » que s'il y a un système auditif pour les percevoir. Ce qui fait que vous dites vrai tous les deux, ça dépend seulement du sens que vous prêtez au mot.

— Ça m'a l'air de tenir debout, a fait le grand baraqué en salopette. (Et il a conclu en regardant le guichetier :) Je propose qu'on en reste là, Joe. Il faut que je rentre, à la prochaine.

Il est descendu du quai et a disparu à l'angle du bâtiment alors que je demandais à l'agent :

— Des nouvelles du train ?

— Rien du tout.

Comme il se penchait hors de son réduit et tendait le cou vers la droite, j'ai remarqué pour la première fois l'horloge d'un clocher, à un pâté de maisons de là.

— Il devrait plus tarder, maintenant.

Il a ajouté avec un sourire :

— Alors comme ça, vous êtes un spécialiste du son ?

— Non, on ne peut pas dire ça. Il se trouve juste que je me suis renseigné dans le dictionnaire. Je connais le sens du mot.

— Ah ah. Disons qu'on garde la deuxième définition, et qu'il n'y a pas de son à proprement parler sans oreille pour l'entendre. Un arbre tombe dans la forêt, et il n'y a qu'un sourd dans les parages. On peut parler de son, selon vous ?

— A mon avis, non. Pas si vous considérez le son comme un phénomène subjectif, s'il faut absolument qu'il y ait quelqu'un en mesure de l'entendre.

A ce moment-là j'ai jeté un coup d'œil sur ma droite, vers l'individu qui ne m'avait pas répondu quand j'avais demandé l'heure. Son regard était toujours fixé droit devant lui. Baissant la voix, j'ai interrogé l'employé.

— Est-ce qu'il est sourd ?

— Celui-là ? m'a-t-il répondu en pouffant de rire. Bill Meyers ? (Son rire avait quelque chose d'étrange.) Ça, monsieur, personne en sait rien. J'allais justement vous en parler. Supposons que notre arbre s'écrase en présence d'un homme, mais que personne puisse dire si cet homme est sourd ou non : le son est là, ou pas ?

Son ton était monté. Je l'ai dévisagé, perplexe, en me

demandant s'il était un peu dérangé ou s'il voulait entretenir le débat par des arguments tordus.

— Si personne ne sait s'il est sourd ou pas, personne non plus ne peut se prononcer sur l'existence du son.

— Là, vous vous trompez, monsieur. Cet homme sait bien s'il l'a entendu ou pas. Peut-être que l'arbre le sait aussi, après tout. Et même d'autres gens, si ça trouve.

— Je ne vois pas bien où vous voulez en venir. Qu'est-ce que vous cherchez à prouver ?

— Un *meurtre*, monsieur. Vous étiez assis à côté d'un assassin.

Je l'ai observé de nouveau, mais il semblait bien avoir toute sa tête. Le sifflement d'un train est parvenu jusqu'à nous, affaibli par la distance.

— Je ne vous suis pas, ai-je avoué.

— Ce type, sur le banc. Bill Meyers. Il a tué sa femme, et aussi son ouvrier agricole.

Il parlait très fort, et je me sentais mal à l'aise. Je regrettais que le convoi soit encore si loin. Je ne comprenais pas trop de quoi il retournait, je savais seulement que j'aurais préféré partir avec ce train. J'ai coulé discrètement un regard vers le grand bonhomme aux grosses mains et au visage figé. Il regardait toujours dans le vague, au-delà de la voie ferrée. Pas un muscle de son visage n'avait bougé.

— Je vais tout vous dire, monsieur. Vraiment, ça me plaît de raconter cette histoire. Sa femme était une cousine à moi, une fille bien. Mandy Eppert, elle s'appelait, avant d'épouser cette ordure. Celui-là, je vous garantis qu'il lui en a fait voir de toutes les couleurs. Vous savez comme ils peuvent être mauvais, les hommes, quand ils ont affaire à une femme sans défense ? Elle avait à peine dix-sept ans quand elle a fait la bêtise de se marier avec lui, il y a sept ans de ça. Et elle en avait vingt-quatre quand elle est morte, au printemps dernier. Tout ce qu'elle a trimé sur sa ferme, la plupart des femmes en font pas autant dans toute leur vie. Il la faisait cravacher comme une mule, et il la traitait pas mieux qu'une esclave. Et elle, à cause de sa religion, elle osait pas divorcer ni même s'en aller. Vous comprenez, monsieur ?

Je me suis borné à me racler la gorge mais, apparemment, il n'avait pas besoin de commentaires ni d'encouragements pour continuer.

— Allez, monsieur, qui pourrait lui reprocher d'avoir aimé un garçon comme il faut, un brave type de son âge qui était tombé amoureux d'elle ? Je dis bien : de l'avoir aimé, rien de plus. Là-dessus je mettrais ma main au feu, vu comme je connaissais Mandy. Bien sûr ils bavardaient tous les deux, et ils se regardaient – j'irais pas jusqu'à jurer qu'ils s'embrassaient pas à la sauvette – mais pas de quoi les tuer, quand même.

Toujours aussi gêné, j'étais impatient que le train vienne m'arracher à cette histoire. Je comprenais pourtant qu'il me fallait dire quelque chose. Le guichetier attendait.

— Et même dans le cas contraire, les lois du passé n'ont plus cours.

— Tout juste, monsieur.

J'avais donné la réponse qu'il voulait entendre.

— Mais vous savez ce qu'il a fait, le salopard qui est assis là-bas ? Il est devenu sourd.

— Pardon ?

— Oui, sourd. Un jour, il rapplique en ville pour voir le docteur, et il se plaint de douleurs dans les oreilles, soi-disant qu'il entendait plus rien. Il avait peur de devenir sourd. Le toubib lui donne un remède, et devinez où il est allé en sortant de son cabinet ?

Je n'ai même pas essayé de trouver.

— Au bureau du shérif. Il veut signaler la disparition de sa femme et de son ouvrier agricole, vous pigez ? Pas bête, hein ? Il a porté plainte, et il a dit qu'il ferait un procès si jamais on les retrouvait. Mais il avait un mal fou à saisir les questions du shérif. A la fin, le shérif en avait tellement marre de brailler qu'il lui a écrit les questions sur un bout de papier. Plutôt malin, non ? Vous me suivez ?

— Pas vraiment. Sa femme ne s'était pas enfuie ?

— Il l'avait assassinée. Et lui aussi, il l'avait tué. Disons plutôt qu'il était *en train* de le faire. Ça a dû prendre dans les deux semaines, à peu près. On les a découverts au bout d'un mois.

Son visage s'était rembruni, et ses yeux étincelaient de colère.

— Dans le fumoir, c'était. Un fumoir en béton qu'il venait de construire, et qui avait pas encore servi. Avec un cadenas sur la porte, côté extérieur. Un jour en traversant la cour de la ferme, un mois en arrière – c'est ce qu'il a raconté quand on a découvert les corps –, il avait remarqué que le cadenas était pas bien fermé, l'arceau était passé dans le piton mais le bout était pas dans son trou. Vous voyez ? Pour pas qu'il se perde ou que quelqu'un le fauche, il a solidement verrouillé le cadenas.

— Mon Dieu. Et pendant ce temps ils étaient enfermés là-dedans ? Ils sont morts de faim ?

— Quand on a rien à boire ni à manger, c'est la soif qui vous tue en premier. Oh, ils ont bien essayé de se tirer de là, ça fait pas de doute. Ils ont arraché le bois sur la moitié de l'épaisseur avec un morceau de béton qu'il avait réussi à déloger. Mais elle était lourde, cette porte. Je suppose qu'ils ont cogné dessus de toutes leurs forces. Et alors, monsieur, est-ce qu'on peut dire qu'il s'est produit un son, quand la seule personne à proximité est un sourd qui habitait là et passait devant vingt fois par jour ?

Il a eu de nouveau un rire sans joie.

— Votre train va arriver. C'est lui que vous avez entendu siffler. Il a un arrêt à côté du château d'eau. Dans dix minutes, il est là. (Et il a ajouté sur le même ton, élevant simplement la voix :) C'est moche, de mourir comme ça. Même s'il avait ses raisons pour les supprimer, il faut que ce saligaud ait été pourri jusqu'au cœur pour s'y prendre de cette manière. Vous êtes pas de mon avis ?

— Est-ce que vous êtes sûr...

— Qu'il est sourd ? Ah ça oui, il est sourd ! Vous l'imaginez pas, devant cette porte cadenassée, en train de les écouter tambouriner avec ses esgourdes qui valaient plus rien ? Et les cris qu'ils poussaient ? Et comment, qu'il est sourd ! Sinon je me permettrais pas de lui dire tout ça, de lui gueuler dans les oreilles. Si je me suis trompé, ça veut dire aussi qu'il m'entend pas. Il entend tout, je vous dis ! Même qu'il vient exprès pour m'entendre.

Je n'ai pas pu m'empêcher de poser la question :

— Mais pourquoi ? Qu'est-ce qui le pousserait – dans l'hypothèse où vous avez vu juste ?

— Parce que je l'aide, voilà pourquoi. Petit à petit, je persuade cette crapule d'attacher une corde à la grille du fumoir et de se la passer autour du cou. Pour l'instant il a pas le cran de le faire, alors chaque fois qu'il vient en ville, il se repose un moment sur le quai. Et moi je lui répète à chaque fois qu'il est qu'une saloperie d'assassin.

Il a envoyé un jet de salive sur les rails.

— On est que quelques-uns à l'avoir percé à jour. Mais le shérif, non, il nous croirait même pas. Il dirait que c'est trop difficile à prouver.

Un bruit de semelles derrière moi m'a fait tourner la tête. Le grand bonhomme aux grosses mains et au visage impassible venait de se lever. Sans un regard pour nous, il s'est dirigé vers les marches.

— Il finira par se pendre, y en a plus pour longtemps. Sinon il viendrait pas s'asseoir ici comme il fait, vous croyez pas, monsieur ?

— A moins qu'il soit vraiment sourd.

— Ouais, c'est pas complètement impossible. Vous voyez où je veux en venir ? Mettons qu'un arbre tombe, et qu'on sache pas trop si la seule personne susceptible d'entendre est sourde ou non : vous diriez que la chute est silencieuse, ou quoi ? Bon, faut que j'aille préparer le sac postal.

Je me suis retourné pour regarder s'éloigner la haute silhouette. Il marchait à pas lents et, malgré sa carrure, il avait les épaules légèrement voûtées.

Un pâté de maisons plus loin, l'horloge du clocher s'est mise à sonner sept heures.

L'homme a levé le poignet pour regarder l'heure à sa montre.

J'ai tressailli. Bien sûr, il pouvait s'agir d'une simple coïncidence, mais un petit frisson m'a néanmoins parcouru l'échine.

Le train est entré en gare, et je suis monté.

Traduit par Marina Boraso.

Composition Nord Compo
Impression Bussière, octobre 2004
Editions Albin Michel
22, rue Huyghens, 75014 Paris
www.albin-michel.fr

ISBN 2-226-15503-1
N° d'édition : 22694 – N° d'impression : 044319/4
Dépôt légal : novembre 2004
Imprimé en France